世界文学名著名译典藏

插图精华本

福尔摩斯探案集

〔英〕柯南·道尔◎著　姚锦镕　涂小榕◎译

SHERLOCK HOLMES

长江出版传媒 | 长江文艺出版社

图书在版编目（ＣＩＰ）数据

福尔摩斯探案集 / （英）柯南·道尔著；姚锦镕，
涂小榕译. -- 武汉：长江文艺出版社，2018.6
　（世界文学名著名译典藏）
　ISBN 978-7-5354-8937-1

Ⅰ. ①福… Ⅱ. ①柯… ②姚… ③涂… Ⅲ. ①侦探小
说－小说集－英国－现代 Ⅳ. ①I561.45

中国版本图书馆 CIP 数据核字(2018)第 062102 号

责任编辑：杜东辉　　　　　　　　　责任校对：陈　琪
封面设计：格林图书　　　　　　　　责任印制：邱　莉　胡丽平

出版：长江出版传媒｜长江文艺出版社

地址：武汉市雄楚大街 268 号　　　　邮编：430070
发行：长江文艺出版社
电话：027—87679360
http://www.cjlap.com
印刷：湖北恒泰印务有限公司

开本：880 毫米×1230 毫米　　1/32　　印张：15.375　　插页：4 页
版次：2018 年 6 月第 1 版　　　　2018 年 6 月第 1 次印刷
字数：456 千字

定价：45.00 元

译者前言

本书作者阿瑟·柯南·道尔1859年5月22日出生于英国北部城市,苏格兰首府爱丁堡,9岁时就被送入耶稣预备学校学习,1875年他离开学校时对天主教产生厌恶情绪,而成为一名不可知论者。1876年至1881年间他在爱丁堡大学学习医学,毕业后作为一名随船医生前往西非海岸,1882年回国后在普利茅斯开业行医。在此期间柯南道尔开始写作。柯南·道尔的第一部重要作品是发表在1887年《比顿圣诞年刊》的侦探小说《血字研究》,该部小说的主角就是之后名声大噪的夏洛克·福尔摩斯。

1890年柯南·道尔到维也纳学习眼科,一年之后回到伦敦成为一名眼科医生,这使得他有更多时间写作。19世纪末英国在南非的布尔战争遭到了全世界的谴责,柯南·道尔为此写了一本名为《在南非的战争:起因与行为》的小册子,为英国辩护。这本书被翻译成多种文字发行,有很大影响。柯南·道尔相信正是由于这本书使他在1902年被封为爵士。20世纪初柯南·道尔两次参选国会议员,都没有当选。到晚年时柯南道尔开始相信唯灵论,甚至还曾以此为主题写过好几部小说。阿瑟·柯南·道尔在公元1930年7月7日去世。

古今中外描写与形形色色犯罪活动斗争的文学作品中,柯南·道尔创作的探案小说无疑是其中的佼佼者,历经百年时间考验,至今仍为世界各地读者争相传诵,在外国大众文学史上实属罕见。福尔摩斯这个口衔烟斗、神态严肃、行动诡秘、神通广大的英格兰大侦探已成为妇孺皆知的人物，人们几乎忘了他只是个作家笔下的虚构形象，而把他视为实有其人的英雄，崇拜备至。英国有"福尔摩斯协会"，他所"居住工作"过的伦敦贝克街 221B 号房子成为历史名胜。每年都有福尔摩斯迷前来凭吊。当年柯南·道尔中途颇有倦意，决心停止福尔摩斯系列写作，"狠心"让主人公惨死飞流，竟引起读者强烈抗议。众怒难犯，柯南·道尔被迫让福尔摩斯死而复生，重展当年雄风，为民除害。凡此种种，不难看出福尔摩斯探案作品影响之深、魅力之强。

柯南·道尔的作品之所以拥有那么广泛的读者群，不仅以怪诞离奇的故事取胜，而且得力于作者苦心经营、塑造出一个焕发出智慧之光、才思敏捷、冷静果断、善恶分明的私家侦探福尔摩斯的形象。

福尔摩斯是当年欧洲大陆首屈一指的名侦探，在与犯罪分子斗争中，不问案情有多复杂，也不问他的处境多险恶，他总能逢凶化吉，所向披靡。他不费一枪一弹，克敌制胜的法宝便是他身上那非凡的智慧。他说过："我这脑子会使我名扬四海。从来没有人像我一样在侦破罪案上既具天赋，又进行过大量研究。"一语道破了他成功的秘诀。他凭着自己独特的推理手法解难释疑、破案擒敌。他的过人之处在于善于从一些为常人所忽略的蛛丝马迹中找到合理有用的线索，得出正确的结论。他不但谙熟常人常态下的心理活动、行为规律、生活习惯，也摸透反常人物的病态行为，特殊环境下人物的特殊心理和反常行为方式。

福尔摩斯所掌握的这套推理方法自然不是与生俱来的。他的出类拔萃、料事如神完全得力于他对知识的渴求，对各种技术的精心研究和平日的苦心自我训练。他时时刻刻不放过对各类人和事的心态、衣着、行动的细致入微的观察，重视经验的积累。他可以凭着一撮烟灰知道凶手的身份，根据步距推断对方的身高，乃至年龄，一瞥之下就能大体说出人家的某段经历……说来神乎其神，一经点破，便觉合情合理。

福尔摩斯并非孤胆英雄。虽说他瞧不起刑事部里的一班警察，但实际行动中往往依仗警力，更尊重法律程序；他调动街头流浪儿、店铺小厮为自己刺探情报，通风报信。华生更是他须臾不离的助手。他沉默寡言，喜怒无常，似乎是个冷酷之人。其实他是位有血有肉、感情丰富的现实中人。他酷爱音乐，拉得一手好提琴。得意之时他高谈阔论；忘形之余竟跟一本正经的老爵爷大开玩笑……小说中这类描写虽然意在调剂气氛，为紧张的故事平添几分轻松乐趣，也从侧面反映了主人公丰富的内心世界。

阅读福尔摩斯探案故事对大多数读者来说，目的自然不是仿效福尔摩斯具体的破案手法，而是从中吸取智慧，开拓眼界，认识人生，学习观察事物和处理难题的思路，以提高自己艺术欣赏水平和精神境界。

柯南·道尔一共写了 60 个关于福尔摩斯的故事，56 个短篇和 4 个中篇小说。这些故事在 40 年间陆陆续续在《海滨杂志》上发表。故事主要发生在 1878 年到 1907 年间，最晚的一个故事是以 1914 年为背景。这些故事中两个是以福尔摩斯第一口吻写成，还有两个以第三人称写成，其余都是华生的叙述。

柯南·道尔除了福尔摩斯探案系列外，还写过《伟大的布尔战争》《失落的世界》《新启示》《地球病叫一声》《修道院公学马拉库特深渊》等历史传记、诗歌、剧本、政论。

在福尔摩斯的探案故事中，最为人所乐道的是他的四个中篇故事：《血字研究》《四签名》《巴斯克维尔的魔犬》和《恐怖谷》。《血字研究》是柯南·道尔整个福尔摩斯探案系列的第一篇，几乎为此后的故事定下了基调，颇具提纲挈领作用。《四签名》是柯南·道尔继《血字研究》之后创作的第二篇中篇推理小说，仍以夏洛克·福尔摩斯为主角。故事发生在 1887 年至 1888 年之间，讲述了梅丽·摩斯坦在父亲失踪后，每年都会收到一个匿名包裹，原来其中牵涉一个密谋。小说对英国在印度的殖民活动进行了客观的揭露和反映。作品一经问世便大获成功。与此同时，作者也因之名声鹊起。

《巴斯克维尔魔犬》被认为是福尔摩斯探案中的精品，文中所营造的神秘氛围、所布下的种种悬念和人物飘忽不定、矛盾复杂的心态相互辉映，达到了情景交融的艺术境界。

福尔摩斯的其他短篇涉及当时英国各阶层社会生活的方方面面，诸凡道德、犯罪及殖民问题无不有或详或略的反映，而情节之扑朔迷离、紧张诡异，而行文之轻松幽默，又不见一般破案作品之浓重的血腥味，更是此书之一大特色，读来既引人入胜，又发人深省，这怕是该书经久不衰的一大诀窍吧。

译　者

2018 年 1 月于浙江大学

目录

Contents

血字研究

第一部
皇家陆军军医部医学博士约翰·华生回忆录

一 夏洛克·福尔摩斯先生

一八七八年我获得了伦敦大学医学博士学位，然后去内特莱选修军医的必修课程，读完这些课程后，我即被派到诺斯忒伯兰第五火枪手团当助理军医。当时这个团驻扎在印度，我还没有来得及赶到部队，第二次阿富汗战争爆发了。船到孟买，就听说我所属的那支部队已经开拔，过了山隘，已深入敌境。不过我还是跟着好几位像我一样处境的军官一起去追赶部队，并安全到达了坎达哈，找到了自己的部队，马不停蹄便立刻投入新职务的工作中去。

这场战争为许多人提供了晋升的机会，获得不少荣誉，我得到的却是痛苦和灾难。我所在的部队被调到伯克郡旅，跟他们一起参加了梅旺达那场倒运的战斗。战斗中我的肩部挨了阿富汗人一土枪，子弹打中肩骨，擦伤了锁骨下的动脉。全亏我的勤务兵默里的勇敢和一片忠心，把我扔到马背上，安全送回英军阵地，不然的话，我早为那班嗜血成性的阿福汗草莽英雄生擒活捉了。

我受尽了病痛的折磨，加上长途辗转的劳苦，变得虚弱不堪，最后跟大批伤员一起被送到了白沙瓦①的后方医院。从此我的健康

---

① 白沙瓦：今日巴基斯坦西北部政治、经济、文化中心。当时为印度的一部分。

逐渐有所好转，可以在病房中走动，甚至到外面走廊晒晒太阳了。可是不久我又染上我们在印度殖民地上那种该死的瘟疫——伤寒，连续几个月挣扎在死亡线上。最后虽然保住一命，恢复了健康，然而人却浑身无力，瘦得皮包骨头。医院方面决定不失时机立刻送我回英国。于是我乘上"奥隆梯兹"号兵船走了。一个月后船到达朴茨茅斯①。那时我的身体已彻底垮了。看来简直没指望恢复如初。但是政府大发慈悲，给了我几个月假期，让我好生休养。

我在英格兰无亲无故，可以像空气一样逍遥自在，也可以说每天11先令6便士收入的人，无牵无挂。处于这种境况，伦敦自然对我有巨大的吸引力。这个城市无疑是个大污水池，大英帝国的所有游民懒汉全都麇集其中。我在河滨区的一家私人公寓里住了一段时间，日子过得既不舒服，又百无聊赖。钱花得很快，入不敷出。瘪下去的钱包不免对我敲起了警钟，使我意识到要么离开这个污水池，搬到乡下去，要么洗心革面。我走了另一条路，决心从公寓搬出，另找一个不那么阔气、花销少些的住处。

就在我打定主意的那天，我在"典范"酒吧里，忽然有人拍了拍我的肩。回头一看，原来是我在巴茨时手下的助手小斯坦福。在伦敦这一举目无亲的大城市里，遇到这位旧相知，我这个孤苦伶仃的人不免大喜过望。想当年斯坦福算不得是我的知己，然而此时我对他欢喜有加，套起热乎来。他见了我也非常高兴。我在欣喜之余请他跟我一起到"赫尔朋"用餐。于是我俩坐上了马车。

马车咕隆咕隆穿过伦敦一条又一条拥挤的街道。路上他惊奇地问我："你这一向干吗，华生？瞧你骨瘦如柴，面色死灰，倒是怎么了？"

我把自己的遭遇略略跟他说了说，没等我把话说完，车子已到目的地。

"怪可怜的！"他听了我的不幸经历后，同情地说，"如今你有什么打算？"

"先找个住的地方，"我说，"设法租到既舒适，价钱又便宜的房子。"

---

① 朴茨茅斯：英格兰南部军港城市。

"说来也怪,"我的伙伴说,"今天你是第二个对我提这种事的人了。"

"还有一个是谁?"我问。

"一个在医院化验室工作的人。今天上午他唉声叹气,说他找到了一所房子,几个房间挺不错,只可惜租金太高,他一个人住不起,一时又找不到合租的人。"

"有这回事?"我大声说道,"要是他真的愿意找个人合租,我正合适。我也缺个伴,孤单一人没劲。"

小斯坦福手举酒杯,疑惑地看着我,说:"你还不了解夏洛克·福尔摩斯这个人吧。到时候遇到有这么一个长年离不开的伙伴别就不高兴了。"

"怎么,他的名声不好?"

"不,我可没说他的名声不好。只是他的脑子有点怪,瞧他研究学问的劲头甭提有多足。我知道,他这人十分正派。"

"我想他是专攻医学的吧?"我问。

"不是。我也不知道他一门心思在干吗。不过我相信他对解剖学很在行,又是个第一流的药剂师。我知道他从来没有接受过系统的医学教育。他研究的学问既杂乱又古怪。他的脑子里装了不少稀奇古怪的知识,连教授也感到吃惊。"

"你有没有问过他在干什么?"我问。

"没有。他可不是轻意能从口中套出话来的人。可一高兴起来,就叽叽呱呱说个不停。"

"我倒想见见他。"我说,"我跟人合住,倒希望对方又有学问,话又不多,那才求之不得哩。现在我还虚弱,经不起吵吵闹闹,受不了刺激。在阿富汗已受够了那份罪,这辈子再也不想领教了。怎么可以找到你的朋友呢?"

"他一准在实验室里。"对方说,"他这人要么可以一连好几星期不踏进实验室一步,要么从早干到晚整天待在里面。要是你愿意,吃完饭咱们一起看看去。"

"那敢情好。"我说。于是我俩又谈起别的事来。

离开"赫尔朋"我俩便径直上医院去。一路上小斯坦福又给我讲了这位将成为我同屋人的其他一些情况。

"要是日后你跟他合不来可不能怪我。"他说，"其实呢，我只是偶尔在实验室里见过他几次，知道一些情况，除此之外，一无所知。是你自己主动要这么安排的，可不能让我来承担什么责任。"

"要是我跟他合不来，说散伙就可以散伙。"我答道，"据我看起来，斯坦福，"我眼盯着对方接着说道，"这件事你多半想撒手不管了吧？是这个人脾气坏难侍候呢，还是别的原因？别这么支支吾吾，好不好？"

"怎么说好呢，本来就是件说不清的事，要说清楚可难哩。"他笑着答道，"我看呢，福尔摩斯的学究味太浓了点。他的血简直是冷的。我还清楚记得这么一件事。有一次他竟把一撮刚提炼出来的植物碱让朋友去尝。他倒不存什么坏心，纯粹想查清这种植物碱的确切效果。说句公道话，我看，他自己也会二话没说一口吞下去的。他对知识就爱讲精确无误，一丝不苟。"

"他这种精神也没有什么不对。"

"可不，就是太过分了点。瞧他居然在解剖室里用棍子打尸体。你说怪不怪？

"打尸体？"

"可不，说是要证明人死后挨打会产生什么样的伤痕。这件事可是我亲眼所见的。"

"那你怎么说他不是专攻医科的呢？"

"他不学医。天知道他在钻研什么。这不，咱们到了。他到底怎么样，瞧了你自己会有结论的。"说话间我们转入一条窄窄的小巷，又穿过一道小门，来到这座大医院的侧楼。这地方我很熟悉，不用人指点我们就登上灰白石级，穿过一条长廊。一路过去，左右是粉得雪白的墙，间有暗褐色的门。挨近走廊尽头分出一条低矮的拱形过道，直通实验室。

实验室的房间挺高大，横七竖八地摆满了数不清的瓶子。几张又宽又矮的桌子，上面散乱地放着蒸馏器、试管和几只本生灯，本生灯发出幽幽的火焰。实验室里只有一个人，坐在远处桌前埋头工作。他听到脚步声，回头看见我们，便"噔"地跳了起来，兴高采烈地说："找到了！我找到了！"他手拿着试管向我们跑过来。边跑边大声对我的伙伴说，"我找到了一种试剂，只有用血红蛋白才能使它沉淀，别的东西都不行。"瞧他的高兴劲，胜过发现一处金矿。

"这位是华生大夫。"小斯坦福替我作了介绍，"这位是福尔摩斯。"

"你好，"福尔摩斯用力握住我的手，热情地说，想不到他的力气会这么大，"看得出你在阿富汗待过。"

"你怎么知道？"

"先不谈这个，"他径自咯咯地笑了起来，"不妨先谈血红蛋白。毫无疑问，你已看出我这一发现有多大意义了吧？"

"毫无疑问，从化学的角度看很有意思。"我答道，"可在实际应用上……"

"哟，这可是近年来实用医学的一大发现。你没注意到这种试剂能正确无误鉴别血迹吗？请过来！"他急切地抓住我的袖子，把我拉到刚才工作过的桌子前，"先弄点血试试看，"他说罢用一根长长的粗针扎破自己的手，用试管吸了流出来的那滴血，"现在把这一小滴血放进1公升水里。你会看到，血与水混在一起。但水仍旧像清水一样，看不出别的东西来，因为血与水的比例不到百万分之一，但是我坚信还是能得到一种独特的反应。"他说着，往容器里倒入一点白色晶体，又加入几滴透明的血水混合物。片刻后，这溶液便变成暗红色，接着一种褐色的颗粒沉淀到玻璃瓶底。

"哈！哈！"他拍着手，大声说道，乐得像个小孩得到了新玩具，"怎么样？"

"看来这实验挺精密。"我说。

"妙极了！真是妙不可言！过去用愈创木做实验，既困难又不准确，用显微镜验血球的方法也有同样的不足。如果是干了几小时的血迹再用显微镜来验就不管用了。如今有了这种试剂，不管是新鲜血迹还是干了的都行之有效。要是早几年发现这种方法，如今仍逍遥法外的一些罪犯早已被绳之以法，得到应有的下场了。"

"可不是。"我应付道。

"这种方法在侦破刑事案件中取得了新的突破口。往往有这种情况：罪行发生几个月后才发现嫌疑犯。在他们的内外衣上可能会发现一些棕色斑点。可到底是血迹还是污垢，是铁锈，是果汁，还是别的什么呢？正是这个问题使许多专家感到十分棘手。为什么呢？

因为缺乏可靠的检验手段。现在好了，有了'夏洛克·福尔摩斯检验法'，问题就可迎刃而解了。"

他说着说着，两眼发出欣喜的光芒，一只手放到胸口，鞠了一躬，像是对想象中的观众道谢似的。

"恭喜了！"想不到他这么激动，我便说道。

"去年在法兰克福①发生的冯·皮肖夫案件，要是当时知道这种检验法，那罪犯早上绞架了。此外，还有布拉德福德②的梅森，臭名昭著的米勒，蒙彼利埃③的利费沃和新奥尔良④的萨姆森等案件。我可以举出二十个案例，若是用这种方法侦破，可以起举足轻重的作用。"

"你成了刑事犯罪案件的活字典了。"斯坦福笑着说，"你可以办一份这方面的报纸，取名《警界旧闻新闻报》。"

"这样的报纸读起来一定很有意思。"夏洛克·福尔摩斯说着把一小片橡皮膏贴在手指伤口上。"我得处处小心谨慎，"他笑吟吟地对我说，"因为我经常接触有毒的物品。"他说着把手伸给我看，但见上面斑斑驳驳，贴满同样大小的橡皮膏，而且被强酸腐蚀得变了色。

"我们是有事来找你的。"小斯坦福在一张只有三只脚的长凳上坐下，又用脚推给我另一条凳子，"我的朋友想找个住处，你不是说过一时找不到人同住吗？我看不如让你俩住在一块吧。"

看来夏洛克·福尔摩斯听了这主意挺满意。"我看中了贝克街上一套房子，"他说，"很适合你我合住。我想你不讨厌强烈的烟草味吧？"

"我也经常抽'船牌'烟。"我说。

"那太好了。我经常接触化学品，偶尔也做实验，这不会叫你讨厌吧？"

"哪会呢！"

① 法兰克福：德国东部城市。
② 布拉德福德：英国中部城市。
③ 蒙彼利埃：法国地中海滨城市。
④ 新奥尔良：美国港口城市。

"让我想想，我还有什么别的毛病。有时我情绪不好，一连几天不声不响，遇到这种情况，你可不要认为我在生谁的闷气。别来管我就是了。很快就会没事的。那么你呢？不妨说说吧。两个人合住前，先摸清彼此的主要毛病，那就好办了。"

见他这样追根究底，我禁不住笑了起来。"我养了条小虎头狗。"我说，"由于我神经脆弱，最怕吵闹。每天起床没个准时，人也非常懒散。在我身体好的时候还有一些别的毛病。不过目前主要就这几点。"

"你是不是把小提琴声也看作是吵闹声？"他急忙问。

"这要看谁拉的琴。"我说，"出色的提琴手拉出来的都是仙乐，算不上吵闹，而蹩脚的人另当别论。"

"是吗？那就好了。"他喜滋滋地笑了起来，"我看，咱们的事情算是定了——我的意思是说，如果你也看中那房子的话，就算定了。"

"那么什么时候去看房子？"

"明天中午你到我这儿来，咱们一起去，把事情最后敲定。"他说。

"好吧，准明天中午。"我说罢握了握他的手。

我俩走了，让福尔摩斯忙他的化学实验。我和斯坦福一起回公寓。

"想顺便问一下，"我突然停住脚步，对斯坦福说，"活见鬼了，他到底怎么知道我在阿富汗待过？"

我的同伴神秘一笑。"这正是他的小小独特之处。"他说，"许多人都想弄明白，他到底是怎样发现问题的。"

"是吗，挺神秘的是不是？"我搓着双手问，"真是怪事。我很感激你把我与他拉在一起。'研究人类最好的办法是研究具体的人'这道理你是知道的。"

"那你就好好研究研究吧，"斯坦福说罢与我道别，"但是你会发现，他是块难啃的骨头。我敢担保，到头来他更了解你，你却不如他。再见。"

"再见。"我说罢迈步回自己的公寓，念念不忘自己这位新相识。

二 演绎法

上次与福尔摩斯会面时他提到贝克街 221B 号的一座房子。第二天我们如约去看那座房子。房子有两间舒适的卧房，一间又大又通风良好的独立客厅。厅内陈设讲究，两扇大窗子，光线非常充足，给人一种赏心悦目的感觉。房子的方方面面都令人满意，由我们两个人合租下来租金也适中，于是我们当场拍板成交，立刻租了下来。当天晚上我把东西从公寓搬了过来。第二天早晨夏洛克·福尔摩斯也运来了几只箱子和旅行包。此后一两天我们都忙着拆行李，整理布置。一切安排妥当后我俩逐渐安定下来，慢慢地适应了新环境。

其实夏洛克·福尔摩斯不是个难相处的人。他少言寡语，生活起居很有规律。晚上十点钟前就睡了，早晨我起床时他早已吃过早饭出去了。白天有时他待在化验室里，有时在解剖室，偶尔出去散散步，远远地跑到城里的贫民区去。他一旦来了劲，精力充沛，做起事来像个拼命三郎；有时完全不同，接连几天躺在客厅沙发上，从早到晚不言不语，寸步不动。遇到这种情况只见他眼神恍惚茫然，心不在焉。要不是他一向生活节制刻苦，真会让人怀疑，他是不是服了什么麻醉药了。

几个星期之后，我对他的为人和生活目标越来越感兴趣，好奇心也越来越浓。他的相貌和外表，看上一眼就引人注目。他身高六英尺以上，长得精瘦，因而越发显得硕长，他目光锐利，咄咄逼人——上文提到他处于恍惚状态时却另当别论。他生就一只细而长的鹰钩鼻子，给他平添了几分机警而果断的神态。他的下颚突出而方正，说明他办事坚定。他的双手虽然满是墨水和药品的污迹，但我经常注意到他使用那些易碎而精巧的仪器无不得心应手。这时候我往往在一旁观察。

倘若我承认，福尔摩斯已激起我强烈的好奇心，并且想方设法从这个寡言少语、从不谈论自己的人口中探出点什么来，诸位不会觉得我太爱多管闲事了吧。然而，且慢下结论，先不妨设想一下我的处境：殊不知我过的是漫无目标的日子，活动范围又这么狭小。由于健康原因，除非天气特别宜人，我是不随便外出的。而且又没有亲朋好友来往，生活自然单调乏味——处于这种环境中，我自然对自己的这位伙伴小小神秘之处特别感兴趣，把自己的大部分时间都花在试图揭穿他的秘密上。

他并非志在研究医学，有一次我问他，他亲口证实了斯坦福是说对了。他似乎并不是为取得什么学位而钻研学问，也不像存心去叩学术大门，然而他对某些学科的热情异乎寻常，在某些古怪的知识领域学识非常渊博精深，一些见解令我惊诧不已。事实上，一个人倘若没有明确的目标，肯定不会孜孜不倦地工作以获得缜密的资料。但凡漫无目标阅读的人，他们的学识往往是零乱无序的；倘若不是为了正当的理由，谁也不会在细枝末节上苦下功夫。

他知识丰富，同时又非常贫乏。他对现代文学、哲学和政治学近于无知，当我提到托马斯·卡莱尔①，他居然问我，那是个怎样的人，干什么的。但是最使我不可置信的是，有一次我无意间得知他对哥白尼的理论和太阳系的构成竟一无所知。我们这些生活在十九世纪的文明人，哪个不知道地球围绕太阳转？在我的眼中，这简直是天大的笑话，无以理喻。

"想不到吧，"看到我露出惊讶的神情，他笑着说，"哪怕我已掌握了这些知识，也要设法忘了它。"

"忘了它？"

"是这么回事。"他解释说，"我认为，人的大脑最初像间空无一物的小阁楼。得选些家具进去。傻瓜才会碰到什么破烂货不分青红皂白全塞进去，结果是，有用的知识反而被挤了出来，要么充其量有用的、没用的全混在一起。可是到了选用时就无从下手了。所以凡是善于工作的人，始终小心谨慎选取有用的东西装进大脑这个阁楼内，只选有助于工作的工具，别的一概不要。而这些'工具'都配套齐全，摆设有序。不要以为那小小的空间四周是具有弹性的墙壁，可以无限伸缩。这种想法大错特错了。请相信：有朝一日每每为了增加新知识，得把旧知识忘掉一些。最重要的是：别让无用的

①　托马斯·卡莱尔（1795—1881）：苏格兰作家，历史学家和哲学家。

知识挤掉有用的知识。"

"那可是太阳系呀。"我反驳道。

"太阳系关我什么事?"他不耐烦地打断我的话,"你说咱们是绕着太阳转的。可是哪怕说绕着月亮转,丝毫影响不了我和我的工作。"

我正想问他到底在干什么,一看他的神情明显地表示他不会乐意回答这个问题的。我把这一短短的交谈内容默默地想了想,设法得出结论来。他说他对那些与自己研究对象无关的知识不感兴趣,而他所掌握的知识都是有用的。于是我默默地列出我所知的、他了解特别深的所有学科,拿铅笔写了下来。写完之后一看,忍不住笑了。表如下:

1. 文学——无。

2. 哲学——无。

3. 天文学——无。

4. 政治——一知半解。

5. 植物学——视具体情况而定。

对莨菪剂和鸦片知之甚详。对一般毒品略有所知。对实用园艺学一窍不通。

6. 地质学——注重实用,且有局限性。

这里我插上一句,他一眼能识别不同土质。有一次散步回来,他把溅在裤子上的泥土指给我看,并根据不同颜色和密度,辨别出是伦敦哪个地区溅上的。

7. 化学——精深。

8. 解剖学——精确,但缺乏系统。

9. 惊险新闻——精通。

对本世纪发生的每一恐怖事件的细节都了如指掌。

10. 小提琴——拉得很不错。

11. 棍棒、拳击、剑术——件件精通。

12. 英国法律——良好的实用知识。

回过头来看看上述几点之后,不免令我大失所望,一把扔到火里烧了。"罢了。根据这几点万万不能勾画出这家伙到底是个什么样的人,到底干哪种行当需要具备以上本事。"我自言自语道。

记得上文我已提到福尔摩斯拉小提琴的事。他小提琴拉得出奇得好，但也跟他其他的本事一样，古里古怪。我清楚记得，他能拉一些调子，而且是难度很高的曲子。在我请求下，他就拉起门德尔松的浪漫曲和其他一些福尔摩斯喜欢的作品。但是在独自一人的时候，很少见他能拉出有腔有调的乐曲，也没有熟悉的那种情调和风格。有天傍晚，他背靠椅子，闭着双眼，胡乱地拨弄膝上的提琴。有时琴声高亢，有时忧郁，偶尔怪诞而欢快。显而易见，琴声道出了他当时的思绪。然而，究竟是借曲调来宣泄自己的情绪呢，还只是一时心血来潮信手弹来？我无法断言。反正我是压着满腔怒火去听这些刺耳的琴声的。要不是每次临末他都要拉上一段我喜爱的曲子，作为对我的小小补偿，我准会提出抗议。

头一两个星期没人来看望我们。我以为他也像我一样缺朋少友。可是不久我发现，他有许多熟人，高贵贫贱各个阶层的人都有。内中有个人面色发黄，身材矮小，獐头鼠目，眼睛乌黑。福尔摩斯介绍说，这位先生名叫莱斯特雷德。一星期内他连续来了四次。一天上午，来了一位年轻的女郎。她装扮入时，待了半小时才走。当天下午他带来了一位头发灰白、破衣烂衫的人来。看模样像个犹太小贩，显得异常的激动不安。跟他一起来的是一位穿得邋邋遢遢的老妇人。还有一次，我的伙伴接见一位白发苍苍的老绅士。再有一次，来了位穿棉绒制服的火车搬运工。每当这些身份不明的人来访，夏洛克·福尔摩斯总请我让他单独使用客厅。我便回到自己的卧室。每当这些情况，他往往向我致歉，说是给我添麻烦了。"我不得不利用客厅当办公的地方。"他说，"来人都是当事人。"是个好机会，可以直截了当把自己的疑问提出来。但是出于礼貌，我还是没勉强人家向我道出秘密。我估计他有某些重大理由才没言明自己的职业。不久他终于改变初衷，主动谈了这个问题，澄清了我的看法。

清楚记得，那是三月四日。我比平时起得早些，发现夏洛克·福尔摩斯还在吃早饭。女房东知道我有迟起的习惯，所以没有为我在餐桌上安排座位，也没有准备好我那份咖啡。一时间我无名火起，猛按铃，没好气地说自己要用餐了。我随手从桌子上拿过一份杂志翻了翻，等着送上早餐。我的伙伴默默地嚼着面包。杂志上有篇文章的标题被人用铅笔画过了，引起我的注意，便看了起来。

那标题有些虚张声势，居然自称《生活指南》。文章企图说明：善于观察的人，对所接触事物只要作出精确而系统的观察，得益匪浅。文章自有与众不同之处，既精辟，又荒谬，两者兼而有之。立论倒也严密紧凑，但据我看来，论断未免失之牵强生硬，颇有夸夸其谈之病。作者称，可以根据一个人一时的表现、肌肉的伸缩，或眼睛的转动，便可洞察其内心的思想。作者称，在一个观察和分析方面训练有素的人面前，什么也骗不了他。作者的妙论和欧几里得的命题一样无懈可击。他的论断会使外行人惊得目瞪口呆。倘若只知其结论，而不问采取什么步骤，准会把他看作是能掐会算的神仙。

作者写道："逻辑学家无须亲眼看到、亲耳听到大西洋或尼亚加拉大瀑布，只凭一滴水就可以推测出确实存在这么一个大洋、这么一个大瀑布。所以说，生活的整体就像一条巨大的链条，只要看到其中的一环，整条链的本质就可想而知了。演绎法和分析法也和其他技艺一样，只有经过长时间耐心地研究才得以掌握。不管一个人的寿命有多长，毕其一生也达不尽善尽美的境界。所以不妨从学会基本问题入手，进而去研究十分棘手的事件及精神和心理领域。当你遇到一个人时，要学会第一眼就能识别出对方的经历和职业。这类训练看似十分幼稚，却能提高人的观察力，教你从哪里着手观察、观察什么。人的指甲、衣袖、靴子、裤子的膝盖部分、拇指和食指间的茧，乃至表情、衬衣袖口无不清楚说明一个人的职业。若是把它们联系起来，有经验的调查人员还不能有所领悟，那是不可想象的。"

"胡说八道！"我把杂志往餐桌上一扔，大声道，"这辈子从未读过这般荒唐的文章。"

"什么文章？"夏洛克·福尔摩斯问。

"瞧吧。"我吃起早餐，并用小匙指着那篇文章说，"我看是你用铅笔在上面做了记号，一准读过了。我承认，就文章本身而言，写得不错，可读了叫人恼火。明摆着准是什么无事生非的家伙，闭门造车写出来的一套似是而非的理论，丝毫不切合实际。我真想把这家伙关在地下火车三等车厢里，看他能不能把同车人的职业都说出来。我可以跟他打赌。一千对一的赌注。"

"那你输定了。"福尔摩斯心平气和地说，"文章可是我写的。"

"你写的?"

"不错。我在观察和推理方面有一两手。我在文章里阐明的见解你认为是胡说八道,事实上非常实用。我就是凭它来挣钱过日子的。"

"怎么个挣钱过日子?"我禁不住脱口问道。

"不是吗,我也有自己的职业。我想当今世上只有我一个人在干这行当。我是个为人出谋划策的侦探——也许你能理解这是个什么样的行当吧?伦敦有不少官方侦探,也有许多私家侦探。他们一旦有麻烦就来找我。我则设法为他们排忧解难。他们为我提供证据,我凭着自己对犯罪史的知识,指出他们所犯的错误。但凡犯罪行为都有共同点,彼此十分相似。如果你对一千件案子的详情细节已了如指掌,竟破不了第一千零一件案子,那才怪哩。莱斯特雷德是位名侦探。最近他陷进一桩伪造案里进退维谷,所以来找我。"

"那别的人干什么来?"

"他们多半是私家侦探机构介绍来的。都因为某些事遇到麻烦,需要别人给指点指点。我先听他们讲事实过程,他们听我的见解。就这样我的口袋里就有钱了。"

"你的意思是说,"我道,"别人虽然亲眼见到、掌握了事实的细节,却不知道如何解决,而你足不出户却能解开死结?"

"说对了。在这方面我有一种直觉。偶尔也会遇到一些较为复杂的案件,非得去跑跑,亲眼看看不可。你是知道的,我有许多专门的知识可用来解决难题,效果十分理想。我在文章中提到的那些推理原则受到你一番奚落,但在实际应用中却非常宝贵。观测力是我的第二天性。你我初次见面时我就说过你在阿富汗待过,当时你大概很惊讶吧?"

"自然是有人跟你说过了,没错。"

"哪有人说过,是我自己看出你从阿富汗回来的。由于多年养成的习惯,一系列想法飞快在我脑中出现,来不及意识到其中间环节,便得出结论。不过从事实到结论,这中间必然有一些环节。一系列推理就在这些环节中出现。'他是有地位的人,属于从医的那一类,但又有军人风度。显而易见是位军医。他的脸色黝黑,可见是从热带来的。但他的手腕白皙,可见原来的脸色不是这样。他面容憔悴,清楚说明他吃了不少苦头，受过疾病折磨。他的左臂受过伤，所以左手动作僵硬，不自然。英国军医在热带什么地方有这样的经历，会伤了手臂？显然是阿富汗。'——在不出一秒钟的时间内出现一系列想法，于是我便说你在阿富汗待过。当时你感到意外吧？"

"经你一解释，想不到这事儿也简单不过。"我笑着说，"你这番话使我联想到爱伦·坡笔下的杜宾①。想不到小说里的人物，现实中也存在。"

夏洛克·福尔摩斯站起来点燃了烟斗："无疑，你以为把我比作杜宾便是恭维我。但据我看来杜宾是个微不足道的人。你看他沉默了一刻钟，然后才点明了朋友的想法。这种做法太肤浅，太矫揉造作了。他无疑有分析力，但绝不像作者设想的那样是个奇才。"

"你读过加波利欧的书吗，"我问，"在你心目中勒科克②称得上侦探吗？"

夏洛克·福尔摩斯轻蔑地哼了一声。"勒科克是个不中用的笨蛋。"他恶声恶气地说，"要说他这人有什么值得一提，那便是他精力充沛。那本书真叫人恶心。说的是如何识别出不知名的罪犯。让我来办不出二十四小时就能解决。勒科克却花了六个多月。真该写本教科书，教那些个侦探懂得，什么事该避免去做。"

听了他把我一向佩服得五体投地的两个人物，说得一无是处，我十分恼火，便转身走到窗口，打量人来人往的街道。"这家伙也许真有几分才气，"我暗自想道，"可实在太目中无人了。"

"这几天没发生什么罪案，也没罪犯出现，"他发起牢骚来了，"这么一来，干我们这一行的脑子就派不上用场啦。我十分清楚：我这个脑子会使我名扬天下的。从来没有人像我一样在侦破罪案上既具天赋，又进行过大量的研究。过去没有，现在也没有。可是结果怎么样？反倒没有罪行可查了。小案倒有几件，作案动机明明白白。

---

① 爱伦·坡（1809—1849）：美国小说家，被誉为推理小说的鼻祖。杜宾系作者《毛格街血案》等系列小说中的业余侦探。

② 爱弥尔·加波利欧（1835—1873）：法国作家，著有《勒科克先生》等侦探小说。

苏格兰场①的人完全对付得了。"

他大话连篇,听了叫人心烦,我想该换个话题了。

"不知道那个人到底在找什么?"这时街对面走着一位身材魁梧、衣着朴实的人,焦急地在找门牌号码。他的手中捏着一只蓝色大信封,显然是替人送信的。

"你是说那位退伍的海军陆战队的士官吧?"夏洛克·福尔摩斯问。

"又吹上了!"我暗自想道,"他明知道我无法证实他猜得对不对。"

我刚想到这里,只见我们一起注意的那个人发现我们的门牌,迅速穿过街面跑了过来。只听见一阵重重的敲门声和几声低沉的话语,接着楼梯上传来有力的脚步声。

"夏洛克·福尔摩斯的信。"来人进了房间,把信递给我的伙伴。

这下可好了。我可以利用这机会杀杀福尔摩斯的傲气,当时他瞎编乱说,想不到人家送上门来了。"小伙子,"我用十分温和的口气问,"能不能说说你的职业?"

"当差的,先生,"那人粗声粗气地说,"我没穿制服,拿去修补了。"

"那以前是干什么的?"我问,同时以略带恶意的目光瞟了瞟自己的伙伴。

"中士,先生。在皇家海军轻骑兵团待过,先生。没有回信吗?再见,先生。"

他碰了碰脚跟,举手行过礼,走了。

三 劳列斯顿花园街奇案

我的伙伴那一套理论又一次在实践中得到了证实。我承认,这使我十分吃惊,对他的判断力不得不生出几分佩服之心来。不过我

---

① 苏格兰场,即伦敦警察刑事部。

仍然怀疑：整个事情是不是他预先安排好的圈套，好让我上当？可要是他这样做又居心何在？我不理解。他已看完信，我打量他，只见他的眼神游移不定，一副心烦意乱的样子。

"你到底是怎样推论出来的呢？"

"推论什么？"他没好气地问。

"你不是说他是退伍的海军陆战队的士官吗？"

"现在没时间扯这些小事。"他粗暴地说了一声，接着又露出笑容，"请原谅我这样无礼。你打断我的思路。不过，没什么。如此说来你真的看不出那人曾是海军陆战队的士官吗？"

"当真看不出。"

"其实这不难，但要说出所以然来并不容易。如果有人要你证明为什么 2＋2＝4，也许觉得挺难，可这又是个谁都深信不疑的事实。就在他在街对面走的时候，我便看到他手臂上刺着一只蓝色的大锚。只有干海员的人才有这种标记。况且他的举止具有军人的气概，留着标准的络腮胡子，因此可以断定他是海军陆战队的。他有一种自以为是、喜欢发号施令的神态。你一定注意到他那昂首挺胸、挥舞手杖的样子吧？从外表看，他已是中年人了，稳重而得体——所有这一切令人信服地断定他过去当过士级军官。"

"对极了！"

"说来也不足为奇，"福尔摩斯嘴上这么说，但我发现：他见我明显地流露出惊讶和钦佩之情，显得得意洋洋。"我刚说今天没发生什么罪案，原来我错了。你看！"他把那当差的送来的信扔给了我。

"哟！"我草草地扫了几眼，失声喊道，"太可怕了！"

"是有点非同寻常，"他平静地说，"你能不能大声念念？"

下面就是我念的信：

尊敬的夏洛克·福尔摩斯先生：

三日夜，在布利克斯顿街尽头的劳列斯顿花园有人惨遭不测。凌晨二时许，我局警察巡逻时发现一向无人居住的空房子里有灯光，引起他的怀疑。经查，房门敞开，空无一物的前室有男尸一具。该男尸衣着考究，口袋内有一名片，上有"伊诺克·杰弗逊·德莱伯，美国俄亥俄州克利夫兰"字样。既无被劫迹象，亦无其他死因之证据。房内有多处明显血迹，但死者身上未发现任何伤痕。该人如何进入空房尚无法查清。我等深感此案之棘手，特请你于十二时前亲临现场，专此奉候。此前现场一切将保持原状。若先生无法脱身，我将奉告详情。倘蒙赐教，不胜荣幸。

托拜厄斯·葛莱森谨启

"葛莱森是苏格兰场最精明强干的人物。"我的朋友说，"他和莱斯特雷德可算是矮子堆里的长子。两个人手脚倒也敏捷，精力十分充沛，可都是守残抱缺之辈，彼此勾心斗角。像一对风月场中的妇人，爱争风吃醋，要是这两个宝贝插手这案子，非闹出笑话不可。"

我见他这种时候还能心平气和、高谈阔论，好生惊讶。"说真的，这可是刻不容缓的大事。要不要去雇辆马车？"

"去不去我还没拿定主意哩，我可是个不可救药的人形懒鬼。当然是在发懒劲的时候才这样。有的时候我的手脚还是挺麻利的。"

"可不是吗，现在正是你求之不得大展拳脚的好机会。"

"亲爱的伙计，值得起劲吗？即使我破了整个案子，功劳还不是全归葛莱森、莱斯特雷德他们吗？因为我不是官方的人。"

"可他不是向你求援吗？"我问。

"不错。他知道我比他高明。当着我的面他会服输。可是只要有第三人在，他宁愿割了舌头也不会承认。话得说回来，不妨去看看。我要自己一个人来破这案子，到头来即使一无所获，至少也可以笑话他们一顿。走吧！"

说着他匆匆穿上外衣，那急忙的样子表明他已劲头十足，不再无动于衷了。

"戴上帽子。"他说。

"我也去？"

"要是没别的事，跟我去一趟。"不久我俩坐上一辆马车急匆匆向布利克斯顿街赶去。

这天早晨阴云密布，雾气沉沉。房屋上空挂着一道灰蒙蒙的帷幕，恰与泥泞不堪的街道上下呼应。此时此刻，我的伙伴兴致勃勃，谈兴正浓。他大谈克里莫纳产的提琴，大谈斯特莱瓦利和阿玛蒂演奏的提琴风格有什么不同。我呢，则一言不发，因为阴沉沉的天气和我俩去执行的悲惨任务害得我心情十分压抑。

"你的心思好像并不放在这件案子上。"我忍不住打断福尔摩斯有关音乐的高论。

"手头还没有什么材料。"他说，"没有掌握足够的证据前就作出假设，势必铸成大错，会导致判断的失误。"

"这不，你要的材料可以到手了，"我手指前方说道，"要是我没记错的话，布利克斯顿街已经到了。那不就是我们要去的房子吗？"

"对了，停车。赶车的，停车！"离那房子还有一百码左右，福尔摩斯硬要下车，我俩便步行前去。

一看劳列斯顿花园3号，就给人一种阴森森的感觉。这里有四幢房子，离街面还有一段距离。两幢有人居住，另两幢空关着。两座空房子都有三排窗子，空荡荡的，一幅凄凉、颓败的景象。迷迷蒙蒙的窗玻璃上贴着"招租"的条子，像是眼睛上的白翳。每座房子前都有一个小花园，草木丛生，把房子和街面隔开来。花园中有条浅黄色的小径，砾石铺就。一夜大雨过后，到处泥泞不堪。花园围着三英尺高的砖墙，墙头装有木栅。一名身材魁梧的警察背靠院墙。四周几个看热闹的人，伸着脖子往里张望，想看看屋内的情况，但一无所见。

我原以为夏洛克·福尔摩斯会一到立刻往屋里奔去，动手调查这一奇案。不料他并不着急，反而显得若无其事的样子。在我看来，在这种情况下不免有装模作样之嫌。他在人行道上东走走，西望望，漫无目标。他低着头看看地面，又抬头看了看天空，后来又转而打量街对面那房子和墙上的木栅。这么仔仔细细看过之后，才慢吞吞踏上屋前花园的小径，确切地说，沿着路边草丛走去。一路上他聚精会神地注视着地面，有一两次停下脚步，有一次我看见他露出笑意，听到他兴奋地发出"啊"的一声。泥泞的地面上有许多明显的脚印，只是已有警察来往走过，我不明白我的伙伴怎么指望从中看出什么来。不过已有足够的证据证明他有敏锐的观察力，我毫不怀疑他会发现我所忽视的许多情况。

门口过来一名男子，高高的身架，白白的脸，亚麻色的头发，手里拿着笔记本。见了我们便跑过来，热情洋溢地握住我同伴的手，

"你来了，太感谢了。"他说，"这里的一切我们都保持原状，没有动过。"

"不会没有例外吧，"我的朋友指着花园小径说，"哪怕被一群水牛踩过也没有这样乱七八糟。好在关系不大。你一准有了定论，才让人乱来的，葛莱森。"

"我一直在里面忙乎着。"这侦探支支吾吾，"这儿归我的同事莱斯特雷德管，我把这儿的事全托给他了。"

福尔摩斯瞥了我一眼，讥讽地扬了扬眉毛，说："有了你和莱斯特雷德两位到场处理过，别的人自然没有什么可查的了。"他说。

葛莱森洋洋得意地搓着手说："我看，我们是全力以赴了。不过这案子挺奇特。我知道你就喜欢办这类案子。"

"你没坐马车来吧?"夏洛克·福尔摩斯问。

"没坐，先生。"

"莱斯特雷德也没有坐?"

"没有，先生。"

"那好，咱们进屋看看去。"他问了这些无关紧要的问题后，大步流星地进了房子。葛莱森丈二和尚摸不着头脑，呆呆地随后跟去。

一条短短的过道直通厨房和下房。过道上没铺地毯，满是灰尘。过道的左右各有一道门，其中一道显然已关了好几个星期。另一道是通餐厅的。奇案就发生在餐厅。福尔摩斯进了餐厅，我随后跟进去。一想到里面有个死人，心头沉甸甸的不好受。

餐厅很大，呈方形，里面没有任何家具摆设，空荡荡的，显得益发宽大。四周的墙壁糊着粗俗的墙纸，上面斑斑驳驳，有的地方已出现霉点，随处可见大片大片剥落下来，露出了墙上黄色石灰。门对面有个壁炉，四周镶着白色仿大理石，煞是起眼。炉台的一角放着一段红色蜡烛头。餐厅内只有一扇窗，满是灰尘。屋内因而显得昏暗，一切都蒙上一层模糊不清的阴影，而那一层厚厚的灰尘更加深了这种色调。

这些细节都是我事后才看到的，当时一心注意那僵卧在地板上可怕的尸体。他一双呆滞的眼睛直对褪了色的天花板。这个人约摸四十三四岁，中等身材，宽宽的肩膀，浓黑卷曲的头发，留着短而硬的胡子。他身穿一件厚厚的黑呢礼服和一件背心，浅色的裤子，上衣的硬领和袖口白而洁净。死者身旁地板上有一顶精心刷过的整洁的礼帽。他双手握拳，两臂摊开，双腿交叠。看来临死时有过一番痛苦的挣扎。他那僵硬的脸上留有一种恐惧的神情，据我看来，这是一种我平生从未见过的憎恨。死者那变了形的脸孔显得狰狞恐怖，加上生就一个低低的前额，扁平的鼻子和外突的下巴，怪模怪样，活像只猩猩。而那经过挣扎、极不自然的姿态越发令人生畏。我曾见过各种各样的死尸，但从来没有比在伦敦郊区大道旁这昏暗肮脏的房子里见到的这具更为可怕了。

莱斯特雷德长得瘦削，活像只雪貂，这时在门口迎接我的朋友。

"这案子一定会引起轰动的，先生。"他说，"真是前所未有的怪事。可我也不是个没见过世面的人。"

"找不到线索？"葛莱森问。

"压根儿没有。"莱斯特雷德答道。

夏洛克·福尔摩斯走近尸体，跪了下去，仔细地检查了一番。"尸体上肯定没有伤痕吗？"他手指着溅得到处是一团团、一滴滴的血迹问。

"肯定没有。"两个人齐声道。

"如此说来这自然是另一个人的血迹了。假定这是起凶杀案，那大概就是凶手的血迹吧。很像1834年乌特勒支①的冯·贾森死时的情况。葛莱森，你可记得那宗案子？"

"记不得了，先生。"

"你真该去翻阅、翻阅这案子的材料。世上并没有新鲜的事，无不重复前人做过的。"

他说着手指灵巧地东摸摸，西按按。他解开尸体的衣扣检查了一番，眼里又出现前面提到过的那种茫然的神色。他检查得非常快，人家还以为他草率从事哩。最后，他嗅了嗅死者的嘴唇，看了看死尸脚上的漆皮靴底。

"从未动过这人吗？"他问。

"除了必要的检查，根本没乱动过。"

"现在好送去埋掉了。"他说，"没有什么可检查了。"

---

① 乌特勒支：荷兰中部城市。

葛莱森带来四个人和一副担架。他一招呼，四个人都走了进来搬尸体。抬起尸体时，"当"的一声一枚戒指滚落在地板上。莱斯特雷德捡起戒指，疑惑不解地打量着。

"来过一个女人，"他大声地说，"这是只女人的结婚戒指。"

他说着把放在掌心的戒指递给大家看。我们围过去。确实，这只普普通通的戒指准是新娘戴过的。

"这一来案子更加复杂了。"葛莱森说，"老天爷，这案件本来够复杂的。"

"你不认为有了这只戒指案子反而更明朗一些了吗？"福尔摩斯说，"光盯着戒指看有什么用？你们在他口袋找到什么没有？"

"全在那儿。"葛莱森指着离地面最近的梯级上一堆东西说，"一只金表，97163 号，伦敦巴罗德公司制造。一条又重又结实的艾伯特金链。一只戒指，上刻共济会会徽。一枚虎头狗脑袋形状的金别针，眼睛上镶有两颗红宝石。俄国皮的名片夹，里面有克利夫兰市伊诺克·杰弗逊·德莱伯的名片，与衬衣上三个缩写字母 E.J.D 相符。没有钱包，只有零钱，共 7 英镑 13 先令。一本袖珍版的薄伽丘的《十日谈》，扉页上写着约瑟夫·斯坦格森的名字。还有两封信，一封的收信人是 E.J. 德莱伯，另一封是约瑟夫·斯坦格森。"

"地址呢？"

"河滨路，美国交易所本人自取。两封信都是从盖恩轮船公司寄来的，涉及他们轮船从利物浦开航的日期。显然，这遇难者正准备回纽约。"

"你们有没有调查过斯坦格森这个人？"

"我当时马上就去调查了。"葛莱森说，"我已让各报刊登启事，我手下的人已去美国交易所调查，但还没有回来。"

"你们跟克利夫兰方面取得联系了吗？"

"今天上午已去过电报。"

"怎么询问的呢？"

"我们只把这儿发生的事说了一下，请对方提供一切有用的资料。"

"你认为关键性的那些问题的详细情况都提到了？"

"我问斯坦格森是个什么样的人。"

"没问其他问题？整个案件就没有一点举足轻重的地方？你能不能再拍个电报？"

"我说过，该问的我全问了。"葛莱森没好气地说道。

福尔摩斯暗自咕噜了一声，正想说些什么，莱斯特雷德走了进来，得意洋洋地搓着手——我们交谈的时候，他在前室。

"葛莱森先生，"他说，"我发现一个至关重要的情况。要不是仔细检查墙壁，是很容易忽略过去的。"

这小个子侦探说着说着，眼里露出兴奋的光彩。显然他为自己比同僚技高一筹而自鸣得意哩。

"来。"他说罢转身回到前室。由于那怕人的尸体已从前屋内抬走，这儿的空气似乎也新鲜了些。"就站在这儿。"

他在靴底划亮一跟火柴，举起照看墙壁。

"看！"他得意地说。

只见部分墙纸已经剥落。在房间这一角墙上，在一大片墙纸剥落的地方，露出一方块黄色的石灰。就在没有墙纸的地方，有个用血草草写上去的词：

RACHE（雷切）

"对此诸位有何看法？"莱斯特雷德大声问道，像个马戏演员在夸耀自己的演技，"这个词之所以不被人注意，是因为写在房间最暗的地方，谁也不会想到要在这儿检查。这个词是凶手——男的或女的——用自己的血写上的，瞧，墙上还留有血往下流的痕迹。完全可以排除自杀的可能。那么为什么要选在这个角落里写字呢？我可以告诉你们。看见壁炉上那段蜡烛没有？当时蜡烛是点着的。那样一来这个墙角非但不是墙壁最暗部分，反而是最亮的地方了。"

"你发现的这个情况又能说明什么问题呢？"葛莱森轻蔑地问。

"说明了什么问题？说明了：那个人想写上一个女人的名字 Rachel（雷切尔），但来不及写完，便被人打搅了。好好记住我这番话，等到真相大白的那一天，你们就会发现一个叫雷切尔的女人跟这案子有牵连。现在你们完全有理由觉得好笑。夏洛克·福尔摩斯先生，你也算得上是个精明强干的人了，可说到底，姜还是老的辣。"

"对不起得很，"我的搭档听了对方一番话，禁不住放声大笑起来，弄得小个子十分恼火，"你确实是我们当中第一个发现这字迹，这个功劳归你。正如你所说的，显而易见字确实是昨晚奇案中另一个人写的，只是这房间我还来不及检查。要是不反对的话，我这就动手检查了。"

他说罢从口袋里掏出一把卷尺和一个很大的圆形放大镜。他拿着这两件工具，一言不发地在房子里走来走去，不时停下脚步，偶尔跪下去。有一次还趴在地板上。他专心致志，旁若无人，自始至终不断自言自语，时而哼哼，时而吹起口哨，时而受到什么鼓舞，唤起了希望，惊奇地低声叫起来。我看着，看着，不由想到他简直像条训练有素的猎狗，在密林深处东奔西窜，起劲地汪汪叫，非把迷失的猎物踪迹嗅出来决不罢休。他连续检查了二十分钟，小心翼翼，准确地测量痕迹间的距离（我丝毫没有发现这些痕迹）。偶尔完全莫名其妙地用卷尺量墙壁，有一次小心地把地板上一小撮灰色尘土拾起来，放进信封。然后用放大镜检查那个血字，仔细观察每个字母，最后似乎满意了，才把卷尺和放大镜放回口袋。

"有人说，'天才'意味着任劳任怨和不畏艰难，这说法很不恰当，但对侦探工作来说，还是适用的。"

葛莱森和莱斯特雷德十分好奇地，但又不无轻蔑地注视这位私家侦探的一举一动。显然，他们并没有理解福尔摩斯的意图。我这时已渐渐有所领悟：福尔摩斯每一细小举动都有其明确而实际的目的。

"谈谈你的高见吧，先生。"两个人同时说道。

"如果我说：我会对你们有什么帮助，未免有夺人功劳之嫌，"我的朋友说，"现在你们正干得有声有色，再让别人插一手，不是太可惜了吗？"他话带调侃，"今后两位如果把调查进展情况告诉我，"他接着说，"我自当尽力效劳。下一步我准备找发现尸体的那位警察谈谈。可以告诉我他的姓名和地址吗？"

莱斯特雷德翻了翻笔记本，说："他叫约翰·兰斯。他已下班了。可以到肯尼顿花园门路奥德利大院46号找他。"

福尔摩斯记下了地址。

"走吧，大夫。"他对我说，"咱们看看去。不过有几句话我得告诉两位，这对你们破案可能有所帮助。"他转而对两名侦探说，"这是一起谋杀案。凶手是男的。身高六英尺，正当年富力强。他个子高，但脚显得短了些。穿一双粗皮方头靴，爱抽一种印度雪茄烟。他和被害者同坐一辆马车来到这里。拉车的马只有一匹。三只蹄铁是旧的，右前蹄的蹄铁是新装的。凶手的脸色红通通的。右手指甲非常长。我提供的只是几条线索，对你们可能有用。"

莱斯特雷德和葛莱森听了面面相觑，脸上露出的是疑疑惑惑的笑。

"如果说那个人是被谋杀的，请问到底是怎么死的呢？"莱斯特雷德问。

"毒药，"福尔摩斯只说了这两个字便大步流星往外走，"还有一件事，莱斯特雷德，"他走到门口，又转身补充道，"Rache 是德文，有'复仇'的意思，所以别浪费时间去找什么雷切尔小姐了。"

他丢下这么一句临别赠言就走了，听得两位冤家对头大眼瞪小眼，不知所措。

四 约翰·兰斯的供述

我和夏洛克·福尔摩斯于下午一点钟离开劳列斯顿花园路。他领着我在附近的电报局拍了一份长长的电报，然后雇了辆马车，吩咐车夫把我们送到莱斯特雷德提供的那个地点。

"最重要的是取得第一手证据。"他说，"事实上对这个案子我心中已有底了，不过还有些情况需要调查清楚。"

"你这人真叫怪，福尔摩斯，"我说，"方才你说得好像已十拿九稳，该不是装的，事实并非如此吧？"

"我说的分毫不差，"他答道，"一到那里，我首先发现靠近街沿石头上有两道车轮痕迹。最近连续一星期都是晴天，昨晚才下过雨。所以车轮留下很深的痕迹说明，马车一定是夜间来的。此外还有马蹄印。其中一个比其他三个清晰得多，说明蹄铁新换不久。那辆车是雨停以后来的。据葛莱森说，早晨根本没来过什么马车，可见那辆车是夜里来的。所以可以断定那两个人一定是马车送来的。"

"听来也简单不过。"我说，"但你说的另一个人的身高是怎么知道的？"

"说到人的身高，十有八九可以根据他跨出的步子长度来确定。计算起来很简单，但你未必喜欢听一大串枯燥的数字。我从屋内外黏土和尘埃上留下的脚印量出那人的步距，然后用另一个方法验证自己计算准不准确。一个人在墙上写字，往往写在高于视线的地方。这一次字正好写在离地面六英尺的地方。你看这方法简不简单？简直就像玩儿戏。"

"那么年龄呢？"我紧逼不舍地问。

"如果一个人毫不费力一步跨出四英尺半，他绝不是个年老体衰的人。花园小径上就有个四英尺宽的水注。显然，他一步就跨过去了。但那穿漆皮靴的人却要绕着走过去，而穿方头靴的脚能跨过去。说来这也没有什么神秘。我只是把那篇文章中提出的一些观察和推理方法应用到日常生活中而已。你还有什么不明白的吗？

"手指甲和印度雪茄烟又是怎么回事？"我又问。

"墙上的字是那人用食指蘸着血写上去的。我用放大镜观察到，写字时有些墙粉被刮下来了。如果他修过指甲，绝不会刮下墙粉。我从地板上收集到一些烟灰，颜色很深，呈片状，这样的烟灰只有印度产的一种雪茄烟才有。我专门研究过雪茄烟灰。事实上我还写过这方面的论文哩。我毫不夸口，只要让我看上一眼，任凭什么名牌的雪茄烟和香烟的灰，我都能辨别出那是什么烟。精明能干的侦探与葛莱森和莱斯特雷德之流的不同之处就表现在这些细节上。"

"你说他脸色通红又是怎么个说法？"我问。

"哦，这只是个十分大胆的推测。不过我确信错不了。这个案子目前处于这种情况下，先不必急于提这问题。"

我用手摸了摸额头，说："真叫人摸不着头脑了。越深入想下去，越觉得离奇。那两个男人——如果确实是两个男人——是怎样进入空房？送他们来的马车夫后来又怎么样？一个人怎么能强迫别人服下毒药？血又是从哪里来的？既然不是为谋财，那么凶手的目的何在？女式戒指又是从何而来？主要的是那第二个人在逃走之前为什么要在墙上写下德文'复仇'一词？坦白地说，我实在无法把这些材料联系起来看。"

我的同伴赞许地一笑。

"你简明扼要地把这案子作了总结,非常好。"他说,"虽然主要情节我已充分掌握,但还有许多地方不清楚。说到可怜的莱斯特雷德发现的血字,那只是个圈套,暗示是社会党或秘密社团所为,企图把警方引上歧途。写字的不是德国人。不知你注意到没有,字母A有点像德文体,但真正的德国人写的却是拉丁体。所以可以十分肯定,字绝不是德国人写的,而是个不高明的摹仿者,结果反而露出了马脚。这套鬼把戏可以使调查的人误入歧途。大夫,有关这起案件我不想多谈了。魔术师要是把自己的戏法完全说穿,就得不到别人赞赏了。要是我把自己的工作方法全端给你,你准会认定我不过是个十分平凡的人了。"

"绝不会的。"我说,"侦查术将发展成一门精密的学科,你差不多已达到这个水平了。"

我的伙伴听了这番话,况且我说得又是那么恳切,高兴得容光焕发。我早已注意到,当他听到别人夸他的侦查手段时,就像大姑娘听到别人夸她长得美一样,是很敏感的。

"再告诉你一件事,"他说,"穿漆皮靴和穿方头靴的两个人是乘同一辆车来的,而且亲亲热热地——很可能是手挽着手从花园小径走过来的。他俩进了房子后,就在室内走动。确切地说,穿漆皮靴的那位站着没动,只有穿方头靴的来回走动。这可从地板尘土看出来。还可以发现,他越走越激动,从他跨出的步子越来越大可以得到证实。他一直在说话,而且火气越来越大。最后惨剧发生了。我把所知道的全告诉你了。剩下的只是猜测和推断。不过咱们已有良好的基础,可以着手干下去了。要抓紧时间,因为下午我要去赫利音乐厅听诺曼·聂鲁达的演奏哩。"

说话间马车一直在一条条昏暗的大街和凄清的小巷行驶。最后到了一条最最肮脏、最最凄清的巷口,马车突然停住了。"奥德利大院就在里头。"马车夫指着夹在两排暗色砖墙间狭窄的胡同说,"我在这儿等你们回来。"

奥德利大院并非引人入胜之所。我们穿过一条狭小的路径,来到一座方形院子。院内铺着石板,周围是一些破烂的住房。我们穿

过一群破衣烂衫的孩子，钻过一排排褪了色的衣物，最后到了 46
号。46 号门上钉着块小铜牌，上刻"兰斯"字样。一问才知道这警
察还在睡大觉。我们便在前边一间小厅堂等着他。

他很快就出来了。由于我们打断了他的好梦，他一脸不高兴：
"我向局里全报告过了，先生。"

福尔摩斯从口袋里摸出一枚半英镑金币，若有所思地把玩着。
"我们很想听你亲口把经过情况再说一遍。"他道。

"我很乐意把知道的情况告诉两位。"警察的目光盯着小金币，
说道。

"请你把了解的情况如实说出来。"

兰斯坐到马毛呢的沙发上，皱起眉头，像是狠下决心，要把情
况一五一十全说出来。

"不如从头说起吧，"兰斯说，"我当班的时间是晚上十点到第二
天早晨六点。夜里十一点，哈特街有人打过架，除此之外，我当班
的时间内没出别的乱子。夜里一点钟下起了雨，我碰到哈利·默奇。
他负责'荷兰树林'地段巡逻。我跟他一起在街拐角上说了一会话。
不久，约摸两点钟，也许两点刚过，我想该去转转，看看布利克斯
顿有没有事儿。这条街可是糟透了，又十分冷僻，一路上没见个人
影儿。不过倒有一两辆马车经过。我慢慢溜达过去。心想，这会儿
要是能喝上几口热酒那才美哩。突然，我看见那座房子的窗口闪出
亮光。我知道劳列斯顿花园有两所房子没人住。其中一所的房客害
伤寒病死了。房主硬是不把阴沟修好。所以我一见窗口的亮光就吓
坏了。我疑心准是出事了。我刚到门口……"

"你没进去，又回到花园门口，"福尔摩斯插言道，"为什么？"

兰斯吓了一跳，惊得眼睛直盯着夏洛克·福尔摩斯。

"可不是，先生。有这回事，"他说，"这事儿只有天知地知，怎
么瞒不过先生你呢？有这么回事。我一到门口，觉得四周静悄悄的，
心想只我孤孤单单一个人，不如再找个人一起进去的好。我并不害
怕世间上的什么东西，怕的是那个害伤寒病死去的人，怕他这当儿
正检查送了他命的阴沟。这么一想吓得转身走了。我刚到花园门口，
指望能见到默奇的风灯，可哪儿有他的人影儿？也没见到别的人。"

"街上没人？"

"没个人影儿，先生。连狗也见不到一条。我只好壮着胆再转回去。推开门，里面没一点声息。我走进有亮光的那个房间，只见炉台上点着一支蜡烛。一支红蜡烛，亮光一闪一闪的。这时候我看见……"

"好了，你看见了什么我全知道。你在屋里转过几圈，还在尸体旁蹲下去，然后过去推厨房的门，最后……"

约翰·兰斯被夏洛克·福尔摩斯一番话吓得跳起来。他又惊又疑。"你这是躲在哪儿，全看见了？"他大声问道，"要不怎么知道得一清二楚？"

福尔摩斯哈哈一笑，拿出名片，隔着桌子扔给警察。"你不要把我当作凶手给逮起来，"他说，"我可是条猎犬，不是狼。葛莱森和莱斯特雷德两位先生可以为我做证的。好了，接着讲吧。后来你又干了些什么？"

兰斯又坐下去，但脸上仍然带着疑惑不解的神情："我回到花园门口，吹起了警笛。默奇和另外两名警察赶了过来。"

"当时大街上没别的人？"

"可不是，那种时候除了不三不四的人，谁会待在街上？"

"什么意思？"

警察咧开嘴轻轻一笑。"我这辈子见过的酒鬼不算少了，"他说，"可从来没见过像那家伙醉成一摊泥的。我出来的时候，他在大门口，背靠栅栏，尖着嗓子，唱着考伦班滑稽小曲儿。晃晃悠悠，脚也站不稳。真要命。"

"他是怎么样的一个人？"夏洛克·福尔摩斯问。

约翰·兰斯被对方打断了话头，好像挺不高兴。"他么，说来是个非同一般的醉鬼。"他说，"要不是我们忙得不可开交，早让他进警局了。"

"他的脸、衣服——这些你留意了没有？"福尔摩斯急忙问。

"我想，当时我是留意过的。我和默奇一左一右搀扶他。是个高个子，脸红扑扑的，下巴留着一圈……"

"这就对了。"福尔摩斯大声说道，"后来他怎么样了？"

"我们自己忙得够呛，哪有工夫管他，"警察没好气地说，"我敢打赌，他准是安安生生回家了。"

"他穿什么样的衣服？"

"棕色外衣。"

"手里是不是有马鞭子？"

"马鞭子——没有。"

"他一定把它扔了。"我的同伴咕噜道，"后来再没看见或听见马车来往了？"

"没有。"

"这半个金镑归你了。"我的同伴说罢立起来，戴上帽子，"兰斯，看来你在局里永远没有高升的指望了。你的脑袋本该派上用场才是，不该只是个摆设。警官的位子昨晚你本可以十拿九稳到手的，落到你手中的那个人正是这件奇案的关键人物。他也正是我们要找的人。不过现在后悔也迟了。跟你说吧，事实正是这样。咱们走吧，大夫。"

我俩一起出去找那辆马车。那个为我们提供消息的警察还是半信半疑，老大不自在。

"十足的傻瓜！"我们坐上马车回家，路上福尔摩斯恶狠狠地说，"你瞧瞧，好端端的一个千载难逢的机会，白白给丢了。"

"可我还是丈二和尚摸不着头脑哩。不错，这个警察说的那个人和你所判断的十分符合。但是他离开房子后怎么又回来呢？这不像犯罪的人应该的做法。"

"戒指，老弟，戒指。他是为这玩意儿回来的。如果我们没别的办法抓住他，可以拿戒指做诱饵。我会把他抓到手的。大夫，我可以一赔二跟你打个赌，准能抓住他。我十分感激你。要不是你，我原不想插手这案子的。那就错过了最好的研究机会了。血字研究，怎么样？不妨取这么个文雅的说法。在平凡枯燥的生活中谋杀案像条红线贯穿其中。我们的责任就是找出它，清理出来，让它暴露无遗。现在该吃午饭了。然后去听诺曼·聂鲁达的演奏。她的指法和弓法妙极了。肖邦的一些小曲子经她演奏，达到出神入化的境界：特拉……拉……拉……里拉……里拉……来。"

这位私家侦探背靠马车，像是云雀，咿咿哇哇哼个不停。我却暗自赞叹人的大脑果真无所不能。

五　失物招领

忙碌了一个下午，我的身体支持不住了，午后就觉得浑身无力。福尔摩斯听音乐会去了，我便躺在沙发上想好好睡上几小时。可怎么也睡不着。这一奇案害得我心神不宁，激动不安。脑子里翻腾着种种离奇的想法和猜测。只要闭上眼睛，面前就出现被害人那张扭曲得像狒狒的怪脸。留给我的印象那样狰狞恐怖，直觉得凶手除掉他反而值得人们感激。倘若相貌反映了一个人的罪孽，那么克利夫兰城的伊诺克·J. 德莱伯便具有这种典型的嘴脸。然而，我也意识到，凡事都应该公正。从法律观点来看，即使被谋杀的是个有罪之人，凶手也是罪责难逃的。

我越想，越觉得我的同伴说那个人是被毒死的推测非同寻常。我记得他嗅过死者的嘴唇。毫无疑问，他一定发现什么疑点才产生这样的念头。况且，尸体上既没有伤痕，也没有被勒死的迹象。倘若不是被毒死，那死因又是什么呢？但是，另一方面，地板上厚厚一摊血迹又是谁的？没有发现搏斗的迹象，也不见死者有什么利器可以击伤对方。只要这些问题得不到解答，不管是福尔摩斯，还是我，都不会睡上安稳觉的。他那镇定自信的神态使我相信，他早已胸有成竹，找到所有答案了。但是具体内容我一时猜不出来。

他很晚才回家。我知道音乐会早就结束了。他回来的时候晚饭已摆好。

"真是妙不可言，"他说着坐下来用餐，"你可知道达尔文有关音乐的观点吗？他说：远在语言能力出现之前，人类就有创作和欣赏音乐的能力了。这也许正是我们容易微妙地受音乐感染的原因所在。在我们心灵中还保留着洪荒时代的模糊记忆。"

"这观点也过于宽泛了。"我说。

"一个人如果要解释大自然，他的观点必须像大自然一样宽广。"他说，"怎么回事？你好像有什么心事。是劳列斯顿花园案子引起的？"

"老实说，正是。"我说，"经过阿富汗一段经历之后，我应该更经得起变故才是。想当初在梅旺达战斗中亲眼见到自己的战友被敌人劈成碎片，也没惊慌失措。"

"可以理解。这案件有些离奇。因此反而激起人的想象力；没有想象力就不会产生恐惧。你读过晚报了吗？"

"没读。"

"各报详尽地报道了这个案件。只是没提到抬尸体时掉到地板上的女式戒指一节，不提倒也好。"

"为什么？"

"看这启事。"他说，"今天上午，案子发生后，我立即在各报登了一则启事。"

他把报纸扔了过来，我把他指明的启事看了一下。启事登在"失物招领"栏内，是该栏的第一则启事。说是：

> 今晨于布利斯克顿路，"白鹿"酒馆和"荷兰树林"之间拾得普通结婚金戒指一枚，失主可于今晚八时到九时间向贝克街221B号的华生大夫认领。

"启事上用你的名字请不要见怪。"他说，"如果是用我的真名，那两个笨蛋知道就要插上一手了。"

"没什么。"我说，"可要是真的有人来领，而我手头又没有戒指，怎么办？"

"怎么没有？有。"他说着递给我一枚戒指，"这一枚满可以对付过去，和原来的一模一样。"

"你说，看了启事谁来认领呢？"

"当然是那个穿棕色上衣的男子，咱们那位穿方头靴的朋友。如果他不亲自来，也会打发同党来的。"

"他不认为这么干太冒险了吗？"

"哪会呢？如果我对这案件判断正确的话——我有充分的理由相信我是正确的，这个人宁愿冒这个险，也不肯失掉戒指。据我的分析，戒指是他在弯下身子去看德莱伯的尸体时掉的，当时没有发觉。走了后才发现戒指掉了，便匆匆忙忙赶回来，结果才知道自己犯了个错误：离开前没有灭掉蜡烛，招来了警察，这时只好装成个醉鬼，以免引起怀疑。试想这时候还有谁到人家花园门口呢？要是你处在那种情况下会怎么样？他前后细细想了一通之后，认为戒指可能是掉在离开房子的路上。那怎么样呢？必然会急不可耐翻晚报，希望在'失物招领'栏内有所收获。看到我这则启事，他必然很高兴，得意忘形中就不会想到这是圈套，就不会害怕了。在他看来，没有任何理由把寻找戒指和凶杀案连在一起。他会来的。一小时内就可以见到他了。"

"他来了之后怎么办？"我问。

"到时候让我来对付。你有没有武器？"

"有一把旧军用手枪，几发子弹。"

"你最好把手枪擦拭干净，装上子弹，因为那是个不要命的家伙。我可以冷不防制服他。不过还是有所防备的好。"

我回到卧室，照他的吩咐做好了准备。我带着手枪出来时，饭桌已经收拾好了。福尔摩斯正专心致志地拨弄他心爱的小提琴。

"案情越来越明朗了。"他见我进来，说道，"刚才收到美国的回电，证明我对这案件的判断正确无误。"

"回电怎么说……"急忙问。

"我的提琴要是换上新弦就更妙了。"他说，"把枪放到口袋里。那家伙来时，你要像平时一样跟他说话，别的由我来应付。别板着脸吓了他。"

"现在是八点了。"我看了看表说。

"是的，几分钟之内他可能要来了。把门稍稍打开点。这就好了。把钥匙插在门里边。谢谢！这里有本书是我昨天在书摊上买的。一本古怪的旧书。书名叫《论各民族法律》。用拉丁文写的。1642年比利时列日出版。这本棕色皮面的小书出版时，查理一世的脑袋还牢牢长在脖子上哩①。"

"出版商是哪个？"

"菲利浦·德·克洛伊。管他是个什么样的人。书前扉页上写着'朱列米·怀特藏书'字样。墨水已褪了色。我倒想知道：朱列米·

---

① 英王查理一世于1649年以民族叛徒罪被处死。

怀特究竟是个什么样的人。我猜想，他是位 17 世纪实证主义的法律学家。他的笔锋带有搞法律的人那种风格。看来咱们等待的客人来了。"

说话间楼下响起重重的门铃声。夏洛克·福尔摩斯轻轻地站了起来，把椅子向门口移了移。我们听见女仆走过门厅，接着是她卸下门闩的声音。

"华生大夫住这儿吗?"问话的人声音清楚，但十分刺耳。没有听到仆人如何回答，只听见大门又关上。有人上楼来了。脚步不稳，拖拖拉拉，我的伙伴一听脸上露出惊讶的神色。脚步声慢慢地从过道传来。接着是数声轻轻的敲门声。

"进来。"我大声说道。

应声出现的不是我们预料的什么粗汉子，而是个老太婆，满脸皱纹，晃晃悠悠进了房，被室内灯光一照，好像花了眼。行过礼后，她立住了，一对昏花老眼打量我们。她双手哆哆嗦嗦从口袋里摸着。我看了同伴一眼。只见他眉宇间出现闷闷不乐的神情。我只好装出若无其事的样子。

老婆子掏出一张晚报，指着启事说："我是为这事来的，好心的先生，"她说着又行了个礼，"掉在布利克斯顿大街上的戒指是我闺女萨莉的。她嫁人才一年。丈夫在一条英国船上管账。要是他回来知道我闺女掉了戒指，不知会闹出什么事来。他这人平时就是个火暴性子，喝醉了更不得了。是这么一回事，昨晚她去看马戏，是和……"

"这是她的戒指吗?"我问。

"谢天谢地，"老婆子叫了起来，"萨莉今晚可别提有多高兴了。正是她的戒指。"

"你住哪里?"我拿起铅笔，问。

"宏达兹区，邓肯街 13 号。离这儿可远哩。"

"从宏达兹到马戏团并不经过布利克斯顿街。"夏洛克·福尔摩斯猛地插言。

老婆子转过身去，一双红红的眼睛逼视着他，说："这位先生问的是我住在哪儿，可萨莉住在培克罕区，墨菲尔德公寓 3 号。"

"你姓什么?"

"我姓桑耶。闺女叫丹尼斯,她丈夫叫汤姆·丹尼斯。他在船上算得上是个又出挑,又本分的小伙子。轮船公司里他可是个难得的主儿。可是一上岸,又玩女人,又逛酒馆……"

"还你戒指,桑耶太太。"根据同伴的眼色,我不让她唠叨下去,"戒指确实是你女儿的。我很高兴物归原主。"

老婆子嘟嘟哝哝、千恩万谢之后包好了戒指,放进口袋,颤颤巍巍地下楼去了。夏洛克·福尔摩斯见她一走,立刻起身跑进自己的房间。片刻后他走出来,穿上外套,系好围巾。"我要跟着她,"他急忙说,"她一定是同党,一定会把我带到那个人那里去。等着我回来。"客人出了门,大门刚关上,福尔摩斯紧跟着下了楼。我从窗口望出去,见那婆子有气无力地沿着街对面走着,福尔摩斯在她后面不远处跟着。"除非他的全部判断错了,"我暗自想道,"要不这次他是深入奇案中心了。"其实用不着他提醒,我也会等着他回来的。我在没听到他这次冒险的结果之前,是不可能入睡的。

福尔摩斯是快九点钟离开的,什么时候回来?不知道。我只好坐着等,抽抽烟,翻阅亨利·墨杰的《波亥米传》。十点钟过后,我听见女仆回房睡眠的脚步声。十一点钟,女房东拖着沉重的脚步从我房前经过。她也去睡了。将近十二点钟我才听到开锁发出的刺耳声。福尔摩斯一进来,从脸色上可以看出:他扑了个空。只见他显得又高兴,又烦恼,心情十分矛盾。突然间到底是高兴占了上风,他竟开怀大笑起来。

"这件事我怎么也不能让苏格兰场的那些家伙知道。"他在椅子上坐定后,大声说道,"我已经把他们奚落得够惨了。他们一定不会让我吃好果子。让他们笑话去吧,我才不理会哩,因为到时候我会让他们明白:我不是好惹的。"

"怎么回事?"我问。

"唉,说来丢脸。跟你说说也无妨。那老婆子走不多远一瘸一拐起来,像是脚痛的样子。一会儿突然不走了,叫住一辆过路的马车。我设法走近想听听她要去哪里。其实不该这么性急,因为她简直是扯着喉咙说话,就是在街对面也听得清。'宏达兹,邓肯街 13 号。'她大声嚷嚷着。开始时我以为她说的是大实话。只见她安安生生上了马车,我也跳上马车的后部。这是做侦探必不可少的本事。就这样车子一直走着，没停过。最后到了邓肯街。快到13号门，我抢先跳下车，慢悠悠在街上溜达。我看见马车停下，车夫跳了下来，打开车门等候着。可没人下来。我过去一看，车夫还在空车里发疯似的摸索着，骂爹骂娘，怨天怨地，世上的脏话全倒出来了。可哪有什么人影儿，看来今天拿车钱没指望了。我们去13号一问，才知道那儿住的是位规矩的裱糊工，名叫凯斯维克。从来没听说这一带住着什么叫桑耶或丹尼斯的人。"

"你的意思是说，"我惊得大声问，"那个走路晃晃悠悠、有气无力的老婆子在马车行驶的途中瞒过你和车夫的眼睛，跳车跑了？"

"老婆子哩，真该死！"夏洛克·福尔摩斯嚷道，"你我才是老婆子。很可能是个年轻人，精明强干。此外还是个出色的演员。看他扮演得惟妙惟肖。毫无疑问，他发现有人跟踪，便来这一招，乘人不备，溜了。这说明我们要找的那人不是单枪匹马，一定有班朋友愿为他冒险。大夫，看样子你累坏了。听我一言，睡去吧。"

我实在累坏了，便听他的吩咐去睡了。我走了之后，福尔摩斯独自一人坐在火光微弱的壁炉前。夜深人静，我听到那如泣如诉的提琴声。我知道，他还在探索如何去解决这一棘手的怪题。

六 托拜厄斯·葛莱森显身手

第二天各报登满了昨天案子的各类文章，并称之为布利克斯顿奇案。各家报纸各有一长篇报道，有的还发表了社评。其中一些消息我闻所未闻。我的剪报册里至今还保留大量有关这起案子的材料，现摘编几段如下：

《每日电讯》报说：在犯罪史上很难找到比这件悲剧更离奇的案例了。被害人用的是德国人的名字。找不到任何作案动机。墙上留下一个邪恶的字眼。这一切无不说明这是一帮亡命的政治犯或革命党人所为。社会党在美国有各种派别。死者无疑因违反了他们不成文的法律而受到跟踪追杀。文章列举了秘密法庭案、矿泉案、意大利烧炭党案、布列威利侯爵夫人案和雷特克利夫公路谋杀案，达尔文理论、马尔萨斯人口论，在结尾部分向政府进言，主张今后严密监视侨居英国的外国人。

《旗帜》报的评论说：此种目无法纪的暴行往往是在自由党执政时期发生的。究其根源，乃民心不稳及政府权力削弱所致。死者为美国绅士。在英京已盘桓数周之久。曾寓居坎伯维尔区托夸里地段之查普梯太太家。他是在私人秘书约瑟夫·斯坦格森陪同下来旅游的。两人于本月四日星期二离开女房东后即去尤斯顿车站，准备搭乘去利物浦的快车。当时曾有人在月台见过他们。后来，据报载，在离尤斯顿车站数英里之遥的布列克斯顿路的一所空房中，发现德莱伯先生的尸体。在此之前的一段时间内他的去向不明。他如何到达该房子、如何被害，仍属不解之谜。斯坦格森仍下落不明。我们高兴得知，苏格兰场的莱斯特雷德和葛莱森两先生正致力于该案之侦破。我们有充分信心相信，两位大名鼎鼎的探长不久即可查明真相，案情将大白于天下。

《每日新闻》指出，毫无疑问，这是一起政治性犯罪。鉴于大陆诸国政府的独裁专制，以及他们对自由主义之憎恨，为数不少的人士被驱逐至我国境内。倘若我们能宽容地对待他们的过去，不加追究，他们有可能成为模范公民。他们中存在极为严格、高尚的行为准则，一经触犯，必置之死地。我们务必千方百计找到死者秘书斯坦格森，查明死者生活习惯的某些特点。死者生前寓居地点业已查明，使案情的进展向前迈出一大步。这全是苏格兰场葛莱森先生机敏和努力之结果。

吃早饭时，夏洛克·福尔摩斯和我一起读了这些报道，他认为这些报道十分荒唐可笑。

"我不是早就说过吗，不论什么情况，功劳全归到莱斯特雷德和葛莱森的账上……"

"那也要看结果如何。"

"哦，得了。这跟结果毫无关系。那人一旦捉拿归案，自然是他们两人努力的结果；如果那人漏网了，也会说他俩已全力以赴，尽心尽职了。正所谓两头不吃亏。不管他们干什么，总有人为之捧场喝彩。常言道：'笨蛋自有更大的笨蛋为他叫好。'"

"到底出了什么事？"这时候楼下厅堂和楼梯上响起一阵杂乱的脚步声，随之是女房东清楚的抱怨声。我不禁问道。

"侦察队贝克街小分队的人来了。"我的同伴煞有介事地说道，接着冲进来六个街头流浪儿，衣衫褴褛，脏得前所未见。

"立正！"福尔摩斯厉声喝道，于是六个小坏蛋个个像丑陋不堪的木头人站成了一队，"今后你们就派维金斯一个人前来报告。其余的全待在街上待命。打听清楚了吗，维金斯？"

"没有，先生，还没有。"一个孩子答道。

"我料到你们还没打听出来，那就继续干吧。一定要打听清楚。这是你们的工钱。"他给每个孩子一先令，"现在去吧。下次得带回好消息给我。"

福尔摩斯一挥手，一帮流浪儿像一窝耗子直往楼下蹿。接着街上传来叽里呱啦的喧闹声。

"这些小叫化子办事比一打官方侦探强。"福尔摩斯说，"官方侦探一露面，人家就闭上嘴一声不吭了。可是这些小家伙满天飞，什么消息都打听得到。他们的脑袋像针一样尖，无孔不入。只要好好组织起来，能耐可大啦。"

"你就雇他们来侦破布利克斯顿案？"

"正是。有一点我必须弄明白，迟早要弄明白的。好哇！这下咱们可要听到新闻啦！葛莱森在下边街上，向咱们这边过来了。瞧他满脸得意劲儿。瞧，他站住了。是他。"

门铃被拉得震天响。不一会儿这位长着一头漂亮头发的侦探上楼来了。他一步三跳上楼来，直往我们房间闯。

"亲爱的朋友，"他紧握福尔摩斯的手，没注意对方反应很冷淡，高声说，"快恭喜我吧！案子到底水落石出了！"

可我发现朋友那富有表情的脸却布满愁云。

"你的意思是说你摸对路了？"

"可不是！可不是吗，先生！那个人给我们逮住了。"

"谁？"

"亚瑟·查普梯，皇家海军中尉。"葛莱森大声说道，得意洋洋地搓着一双胖乎乎的手，挺着胸脯，好不傲慢。

夏洛克·福尔摩斯听了如释重负。他舒了一口气，这才转忧为喜，露出笑容。

"请坐。抽支烟吧。"他说，"我很想知道你是怎样取得成功的。来点儿兑水威士忌怎么样？"

"不妨喝点儿。"侦探答道，"这一两天我费尽了劲，可把我累垮了。你是知道的，这算不了是体力活，可脑子绷得够紧的。这方面你是深有体会的，夏洛克·福尔摩斯先生，因为咱们干的都是脑力活。"

"你太抬举我了。"福尔摩斯神情严肃地说，"倒是说来听听，你是怎样得到这一可喜可贺的大功大劳的。"

侦探安坐在扶手椅上，喜滋滋地抽着雪茄烟。忽地，他一拍大腿，快活地打开话匣子。

"够乐的，"他大声说道，"那个傻瓜莱斯特雷德自以为高明能干，结果却走错了道。他正在找死者秘书斯坦格森的下落，可这个斯坦格森像个还没出娘胎的娃娃，跟案子根本沾不上边儿。我呢，可以十拿九稳地告诉你，这会儿他准把那家伙逮起来了。"

葛莱森说到这儿，乐不可支，哈哈大笑，笑得直喘不过气来。

"那你的这条线索是怎样得到的？"

"好哩。我这就一五一十全告诉你。当然啰，华生大夫，这可是绝对秘密。你知我知就好了。不是吗，我们碰到的第一个难题就是查明那些个美国人的底细。有的人也许等启事登出来便有人来报案，要么有关当事人自动来提供消息。这可不是我托拜厄斯·葛莱森一向办事的规矩。你还记得死者身旁那顶帽子吗？"

"有这么回事。"福尔摩斯说，"那是从坎伯维尔路 229 号的约翰·安德伍德父子帽店买的。"

葛莱森一听，登时像当头被浇了盆冷水，

"想不到你也注意到这事了，"他说，"你去过帽店？"

"没有。"

"好哇！"葛莱森松了口气，又眉飞色舞地说开了，"哪怕是看起来不起眼的小事儿，也不能轻易放过。"

"在伟人眼中世上无小事。"福尔摩斯引经据典，一本正经地说。

"于是我就去安德伍德的店里去问，他是不是卖过如此这般尺码和式样的帽子。他翻了翻售货簿，很快查到了是给一位叫德莱伯的先生送去过一顶。他寄居在托夸里地段的查普梯公寓里。这就得到了地址。"

"妙——妙极了！"夏洛克·福尔摩斯喃喃道。

"接着我就找查普梯太太，"侦探接着说，"我发现她脸色苍白，掉了魂似的。她女儿也在屋里。她可真是个俊俏的妞儿。我跟她说话的时候，她眼圈红红的。嘴唇直哆嗦。这些自然逃不过我的眼睛。我觉得其中必有奥妙。夏洛克·福尔摩斯先生，你是有体会的，当你发现正确的线索，会是什么滋味——只觉得浑身每根神经高兴得全蹦起来了。'你听到自己的房客克利夫兰·杰弗逊·德莱伯先生被害的消息吗？'我问。

"老太太点了点头。她差不多连话也说不上来了。她女儿泪珠儿直往下淌。这下我明白了：这几个人对这案子是有数的。

"'德莱伯先生几点钟离开你家去火车站？'我问。

"'八点。'她不住地咽唾沫，想压下不安的心情，'他的秘书斯坦格森先生说有两班火车，一班是九点十五分，另一班是十一点。他们打算坐第一班车走。'

"'这次是你们最后一次见到他？'

"那女人一听，一下子变得脸无人色，十分害怕的样子，好一会儿才挤出个'是'字，声音沙哑。好一会儿没说话，后来她女儿说了，说得镇定，口齿也清楚。

"'妈，瞒是不会有好结果的，咱们还是老老实实给这位先生说了吧。我们后来又见过德莱伯先生。'

"'愿上帝保佑你！'查普梯太太，双手一伸，喊了一声，坐到椅子上，'你可害了你哥哥了！'

"'亚瑟就希望咱们照实说。'女儿坚定地说。

"'你们最好给我全说出来，'我说，'这样有一句没一句的不如不说。再说你们也不清楚我们到底掌握了多少情况。'

"'你要倒霉的，爱丽斯！'她妈妈说罢转身对我说，'我全说出来，先生。你别以为一提起我儿子那么激动，就认为我儿子跟这件可怕的事有牵连。我敢保证，他完全是清白无辜的。没这种事儿。

他人品好，又有个好职业。他一向规规矩矩，哪会干这事？'

"'你最好还是全端出来，弄它个一清二楚。'我说，'相信我好了，要是你儿子真的清清白白，他不会有罪的。'

"'敢情是这样。爱丽斯，你还是出去的好。'她这么一说，女儿便走了出去。'我说，先生，我本不想把事儿告诉你的。只是我那可怜的女儿已经走漏了嘴，没法子不说了。我说过全都告诉你，一准一字不漏全说出来。'

"'这才是最聪明的做法。'我说。

"德莱伯先生在我家住了差不多三个星期。他和秘书斯坦格森先生一直在欧洲大陆旅行。我发现他的每只箱子都贴有哥本哈根的标签，可见他们最后到过那地方。斯坦格森文文静静，寡言少语。可想不到他的主子完全是另一种人。他举止粗鲁，行为下流。他们搬进来的当天晚上就醉得不像人样。直到第二天中午十二点钟还是迷迷糊糊的。他对女人别说有多没规矩了。最叫人受不了的是他对我女儿爱丽斯特别不尊重。不止一次对她说粗话。幸好她岁数小还不懂事。有一次他抓住我女儿的手，要搂搂抱抱，做出伤天害理的事儿。连他的秘书也骂他下流。

"'那你为什么还要留他住下去呢？'我问，'我想，只要你一句话，随时可以撵走他们。'

"查普梯太太一听这话脸刷地红了起来。'要是他来的那天晚上一口回绝了就好了。'她说，'可是因为有个条件太叫人动心了。讲定每天每人房租一镑。一星期就有十四镑。再说现在这种季节客人少。我又是个寡妇。儿子在海军里花销也大。实在舍不得白白丢了这大笔钱。我尽往好处想。可最近一次闹得实在太不像话了，我这才把话挑明，让他们搬走。他就是这个原因才搬走的。'

"'后来呢？'

"'我见他坐车走了。这才放下心来。我儿子这时正在家休假。我没敢把这事告诉他，因为他是个急性子，对妹妹疼得不得了。他们这一走我关上门，心头一块石头才算落了地。老天爷，想不到不出两个钟点，门铃响了，德莱伯又回来了。当时他醉了，显得很兴奋。一看就知道他醉了。他一头闯进来。当时我和女儿正在房里坐着。他前言不搭后语胡说了一通，说是赶不上火车。后来又和我女儿搭腔，当着我的面要跟她私奔。他说："你已经是大人了，法律管不了你。我有的是钱够你花的。别理会这老寡妇，干脆跟我远走高飞吧。你会过上公主一般的日子的。"可怜的爱丽斯躲着他，可他抓住她的手，硬往门外拉。我大喊大叫起来。就在这节骨眼上我儿子亚瑟回来了。后来发生什么事我就不知道了。只听见又是骂又是咒，吵吵闹闹，两个人扭成一团，吓得我头也不敢抬起来。临末我抬头一看，看见亚瑟拿着棍子，立在门口，笑着说："我看那大贵人再也不会来捣乱了。我这就跟着他，看他到底要干什么。"说完他就拿起帽子往街上跑。第二天一早我们就听说德莱伯先生被人谋杀了。'

"这些都是查普梯太太亲口对我说的。说的时候有时喃喃低语，有时停了一会儿，有时声音很低，简直听不清说些什么。不过她的话我全都速记下来了，绝不会有错。"

"听起来真激动人心。"夏洛克·福尔摩斯打了个呵欠，说，"后来呢？"

"查普梯太太停住的时候，"侦探接着说下去，"我已看出整个案件有一点是至关重要的。我用一向对付女人行之有效的办法对待她：眼睛紧紧盯着她不放，问她儿子是什么时候回来的。

"'不知道。'她说。

"'不知道？'

"'不知道。他有大门钥匙，能自己开门进来。'

"'他在你睡了后回来的？'

"'是的。'

"'你什么时候睡的？'

"'约摸十一点钟。'

"'如此说来你儿子出去至少有两个钟头了？'

"'是的。'

"'也许是四个或五个吧？'

"'是的。'

"'这段时间他都在干什么？'

"'不知道。'她说，嘴唇变得死白。

"自然啰，以后的事用不着多问了。我找到查普梯中尉的下落后，便带上两名警官把他逮捕了。在我拍着他肩膀警告他老老实实跟我走时，他竟厚着脸皮放肆地说：'我看你们抓我以为我与那个流氓德莱伯的死有牵连吧?'还没等我们开口，他倒自己说了。这正是可疑之处。"

"确实非常可疑。"福尔摩斯说。

"当时他是拿着棍子——就是他母亲说的，去追德莱伯的那根棍子，一根结结实实的棍子。"

"那么你有什么高见?"

"我的意见是：他追着德莱伯追到了布利克斯顿路，这时他们又打了起来。争吵之间，德莱伯狠狠挨了他一棍子，也许打在要害，送了命，又没留下伤痕。当天晚上又下了一场雨，查普梯见四下没人，便把尸体拖到空房子里。说到蜡烛、血迹、墙上的字和戒指，很可能全是圈套：想让警方误入歧途。"

"干得好，"福尔摩斯以赞许的口吻说，"干得真叫好。葛莱森，你大有长进，日后会大有作为的。"

"我自认为是尽心尽职的。办得也算利落。"侦探不无自豪地说，"再说那小伙子也招认了，说他追了德莱伯一阵，对方发现有人追，便坐上马车溜了。回家的路上正遇上船上的老同事，跟他走了好久。我问他的同事住在哪儿，他提不出令人满意的回答。我认为整个案件前后情节非常吻合。莱斯特雷德居然误入歧途，真好笑。看来他准两手空空回来。哟，说到他，他就来了!"

说话间，莱斯特雷德果然上了楼，走了进来。他这人平日里无论是言行举止，还是服饰打扮，无不显得信心十足，潇潇洒洒。而这一次全没了，一脸的慌乱和愁苦，衣服也零乱不堪。显然他是来向夏洛克·福尔摩斯讨救兵来的。你看他一见自己的同事在场，手足无措起来。他立在房中，神经质地摆弄帽子，不知如何是好。"这是一桩非同寻常的案子。"他终于开了口，"一桩十分离奇的案子。"

"哟，你也这么看，莱斯特雷德先生?"葛莱森洋洋得意地说，"我早知道你会得出这样结论的。找到约瑟夫·斯坦格森先生了吗?"

"斯坦格森秘书先生吗?"莱斯特雷德伤心地说，"今天早晨约摸六点钟在赫力岱旅馆被人杀了。"

七 柳暗花明

莱斯特雷德给我们带来的消息既重要又意外。我们三个人听了惊得一时说不出话来。葛莱森猛地从椅子上蹦了起来，连手中的兑水威士忌也倒翻了。我默默地打量夏洛克·福尔摩斯，只见他紧闭双唇，紧锁眉毛。

"连斯坦格森也死了！"他嘟哝道，"案情越发复杂了。"

"本来够复杂。"莱斯特雷德拿过一把椅子，诉起苦来，"像是硬拉我参加什么军事会议，到头来竟摸不着头脑。"

葛莱森问莱斯特雷德："你这消息可靠吗？"

"我就是从他房间来的。"莱斯特雷德答，"是我第一个发现的。"

"我们刚才在听葛莱森谈他对这案子的看法，"福尔摩斯说，"那么你不妨谈谈自己的所作所为、所见所闻吧。"

"好吧，"莱斯特雷德说罢坐了下来，"坦率地说，我原来就坚持这个观点：斯坦格森与德莱伯的死有牵连。从目前案情进展情况来看，我的想法完全错了。只要我坚持一个想法，便一头扎进去，非要找到这位秘书下落不可。三日晚上八点半左右有人在尤斯顿车站见过他们。德莱伯是凌晨二点钟在布利克斯顿被发现的。我要解决的问题是：斯坦格森在八点钟到案发这段时间内究竟在干什么？后来他又干什么？我给利物浦方面拍过电报，告诉他们斯坦格森的外貌特征，提醒他们监视美国的船只。然后我逐个找遍尤斯顿附近的旅馆和公寓。知道吗，当时我的判断是：既然德莱伯和自己的同伙各奔东西，那么当天晚上他的同伙自然在车站附近找个地方住下，第二天早晨才去车站。"

"他们事先可能已约好会面地点。"福尔摩斯说。

"事实证明确实如此。昨天整整一晚我都在打听他的下落。可是毫无结果。今天一大早我又开始查访。八点钟的时候，我来到小乔治街赫力岱旅馆。我问这里有没有住着一个叫斯坦格森的先生？他们立即回答说：'有，有。'

"'不用说你就是他一直等候的先生了。'他们说，'他在这儿已等你两天了。'

"'他现在哪儿?'我问。

"'在楼上，正睡着呢。他要我们九点钟叫醒他。'

"'我马上去找他。'

"我本来以为可以这样出其不意来给他个猝不及防，也许他在慌乱中讲出点什么来。一位擦鞋的小厮自告奋勇领我去他的房间。他的房间在三楼。有一条小小走廊直通。小厮为我指明了房间后正转身下楼的时候，我发现一个情况，使我这个办案二十年的老侦探忍不住几乎要呕吐出来。从门下流出一条弯弯曲曲的血迹，一直流到过道，在对门墙脚下汇成个小血注。我失声一叫，小厮听到了，转身过来。他一见这情景，差点没晕过去。门是锁着的。我们用肩膀撞开了门。室内的窗子开着。窗下躺着个男子，身穿睡衣，蜷成一团，死了。死了好一会儿了，因为四肢冰冷僵硬。我们把尸体翻过来。小厮认出他就是那位先生。他是以斯坦格森的名字住进来的。他的身体左侧被深深刺了一刀，因而致死。一定是刺中心脏。还有一件事肯定是这案子最离奇的部分，你们猜猜，死者身上有什么?"

我只觉得毛骨悚然，恐怖万分。只听夏洛克·福尔摩斯答道：

"血写的 Rache（复仇）字样。"

"正是。"莱斯特雷德带着恐怖的声调说。大家听了好一会儿说不出话来。

这位出没无常杀手的行动很有章法，令人猜不透，因而他的罪行更添一层阴森恐怖的色彩。我虽历经战场考验，是个坚强的人，但一想到那场面，不免心惊胆战。

"有人见过那人。"莱斯特雷德说，"一个送牛奶的去牛奶房的路上正好经过旅馆后面的小胡同。这条小胡同通向旅馆后面的马车房。他看见平日放在地上的梯子被人竖起来靠在三楼的窗口。窗子开着。送奶工已经走过去了，又回过头，看见一个人从梯子上下来。那人显得不慌不忙，若无其事，便以为是来旅馆干活的木匠，所以没多大留意，只是觉得这个时候来干活未免太早了点。在送奶工的印象中那人高高的个子，红扑扑的脸膛，穿一件长长的棕色外套。他杀人后一定在房内逗留了一会儿，因为我们在洗脸盆内发现了血迹。

他一定在里面洗过手。床单上也有血迹。杀人后从容地擦过刀。"

我一听他描述的凶手与福尔摩斯猜想的完全一致，禁不住看了福尔摩斯一眼，可是他的脸上丝毫没有流露出得意的神色。

"你有没有发现房内有关凶手的线索?"福尔摩斯问。

"没有。斯坦格森的口袋内有德莱伯的钱包。这很正常，因为他就是管开支的。钱包里有八十镑现金，分文不少。且不管这件非同寻常案子的作案动机是什么，反正不是为钱财。被害者的口袋里有封电报，是一个月前从克利夫兰打来的。内容是: J. H 现在欧洲。没有署名。此外没有别的文件或记事本。"

"再没有别的东西了?"福尔摩斯问。

"再没有重要的东西。桌上有一本小说，是他临睡前翻翻的。身旁椅子上有支烟斗。桌子上有杯水，窗台上有个盛药膏的盒子，里面有两颗药丸。"

福尔摩斯一听立刻从椅子上跳了起来，高兴得喊道:"最后一环终于有着落了。"他兴高采烈，大声说道，"我的论断圆满了。"

两名侦探疑惑不解地打量他。

"我已掌握了整个案件的每根线索，"我的伙伴信心十足地说，"当然，还有一些细节有待澄清。但是从德莱伯在火车站与斯坦格森分手以来，到斯坦格森的尸体被发现一段时间内的主要情节我已了如指掌，完全有把握了。我会为自己的判断提出证据的。那些药丸你有没有带在身边?"

"带来了。"莱斯特雷德拿出一只白色小盒子，"药丸、钱包和电报全拿来了，想放到警察局内安全的地方。我把药丸带在身边可以说完全是偶然。坦白地说，我还以为这些药丸并不是重要的玩意儿。"

"给我吧，"福尔摩斯说，"我说大夫，"他对我说道，"这是普通的药丸吗?"

这些药丸确实非同一般，呈珍珠灰色，小小的，圆圆的，对着亮光看差不多是透明的。"那么轻，又是透明的，凭着这两点看可溶于水。"

"说得是，"福尔摩斯说，"麻烦你下楼一趟，把那条可怜的小狗抱上来。那小畜生病好久了。昨天房东太太说要弄死它，免得活受罪。"

我下楼抱回狗。那狗喘着粗气，目光呆滞，活不了多久了。它那惨白的口鼻表明，它正该寿终正寝。我把狗放到地毯上的一个垫子上。

"我把药丸一切为二，"福尔摩斯拿出一把小刀，把药丸切开，"一半放回盒子将来用，另一半放进酒杯。杯子里有一匙水。你们会看到，我的大夫朋友说对了，药丸很快就溶化的。"

"这倒挺有趣，"莱斯特雷德以生气的口吻强调说，他以为人家在奚落他哩。"只是我不明白，这跟约瑟夫·斯坦格森先生的死有什么相干？"

"别着急，朋友，先别急！到时候你会明白：关系可大了。我在里面再添些牛奶，味儿就更好了。让狗来吃，我们会看到很快就被舔得干干净净。"

他说着把杯内的东西倒进盆子里，摆在小狗面前，很快被狗舔干净了。夏洛克·福尔摩斯认真的举动使我们信服。大家默默地坐着，聚精会神地注意着狗的一举一动，期待着发生惊人的结果。然而，没有。狗继续躺在垫子上，喘着粗气。显然，药丸没有产生好的效果，也没有出现不良影响。

福尔摩斯掏出怀表来看，时间一分分过去，并无结果，他的脸上露出极度沮丧和失望。他咬着嘴唇，手指敲着桌子，显得十分焦急，叫人看了替他难过。两名侦探却在一旁幸灾乐祸，似乎笑他不该做这样的试验。

"不可能。"他说罢从椅子上跳起来，激动地在房内走来走去，"说是巧合吗？不可能。在德莱伯的案子里我怀疑有毒药，斯坦格森死后又发现两颗药丸。这说明什么呢？事实上我的一系列推论不可能有任何漏洞。不可能！但这可怜的狗还是好端端的。啊，明白了，我明白了！"他高兴得尖叫起来，奔到桌前，把另一片药一分为二，溶化开来，掺入牛奶，递给狗。这不幸的畜生舌头刚沾湿，四肢便抽搐起来，接着像遭电击一般，直挺挺地僵死了。

夏洛克·福尔摩斯舒了口气，抹了抹前额上的汗珠。

"我应该有更强的信心才是。"他说，"当时就应该明白：当一件事实与一系列推论发生矛盾时，必然存在着其他解答方案。盒子里有两颗药丸，一颗是致命的，另一颗完全无毒。看到盒子前就该想到这点。"

在我看来，他最后一句话颇有故作惊人之嫌，令人听了不免怀疑他的神志是不是清醒。但是小狗死了，足以证明他的推论是正确的。我觉得自己心中的疑团慢慢地解开，对这案件的真相已有了朦胧的认识。

"你们觉得这一切很离奇，"福尔摩斯接着说，"因为你们在侦查一开始就没有意识到那唯一正确的线索有多重要。幸好我抓住这条线索。以后发生的事都证实了我原来的设想。事实上，这也是必然的逻辑结果。因此那些令人疑惑不解、使案情更加模糊不清的情况恰恰对我有所启迪，充实了我的论证。把奇异和神秘混为一谈是错误的。最普通的犯罪行为往往是最神秘的。因为它没有什么新奇或特殊之处可用于推理。就这起案件来说，如果被害人的尸体只是在大马路上发现，又没有使之显得与众不同的那些超常规的、具有轰动效应的细节，那么这个案子破起来就难多了。这些奇特的细节丝毫没有增加破案的难度，反而减少了困难。"

葛莱森先生听了这番议论，显得非常不耐烦，他再也按捺不住，说："你看，福尔摩斯先生，我们承认你是十分有能耐的人，自有一套破案方法。可是我们需要的不是高谈阔论和一味说教。重要的是抓住凶手。我已经把自己做过的事都端出来了。看来我是错了。年轻的查普梯不可能与第二件凶杀案有牵连。莱斯特雷德跟踪自己的目标斯坦格森，结果他也错了。你东一棒，西一锤，又似乎比我们掌握的情况更多。现在该是时候了，我们有权请你亮亮自己的底牌，看到底对这案件了解了多少。能不能把凶手的名字说一说？"

"我也有同感，先生。葛莱森说得对。"莱斯特雷德说，"我和他都努力过，却失败了。我到这儿来以后你不止一次说过自己已掌握了所需要的全部证据。说真的，你再也不能瞒着不说了。"

"再迟迟不动手抓凶手，"我说，"可能为他提供机会，又干出新的暴行来。"

福尔摩斯被大家这么一逼，显得犹豫不决的神态。他继续在房里踱来踱去，深深低着头，紧锁眉头。他在思考问题时往往这样。

"不会再发生谋杀案了。"他猛地停下脚步，面对我们，终于开了口，"放心吧，不会出问题了。你们问我知不知道凶手是谁。我知道。单知道凶手的名字只是小事一桩，把他捉拿归案才算有能耐。我估计很快就可以办到。我很想亲自作出安排，亲自出马。可是这要做非常细致的工作，因为对手是个狡猾的亡命之徒，而且据我证实，他得到同他一样精明的人帮助。只要这个人没有想到有人会找到线索，那就有机会捉住他。但是他一旦稍有怀疑，就要改名换姓，在我们这个四百万人口的大城市里再找到他就难了。我不想伤害你们的自尊心，但是我必须说明，我认为官方的侦探绝不是他的对手。所以我没有请你们协助。如果我失败了，当然要承担应负的责任，怪自己不求助于你们；但是我准备承担这个责任。我保证：到了不危及我全盘计划的时候，我会与你们联系的。我说到做到。"

葛莱森和莱斯特雷德对这个保证和他对官方侦探的蔑视极为不满。葛莱森气得满脸通红。莱斯特雷德睁大一对滚圆的眼珠又是惊讶，又是愤恨。但是没等两个人开口，响起了敲门声，那位流浪儿的代表小维金斯低微而讨人厌的脑袋探了进来。

"请吧，先生，"他举手行了礼，说，"马车已在楼下等候了。"

"好孩子，"福尔摩斯温和地说，"你们苏格兰场为什么不用这种手铐呢?"他从抽屉里拿出一副钢手铐，说，"瞧，弹簧多灵。一碰就锁上了。"

"只要找到该上手铐的人，"莱斯特雷德说，"老式手铐够对付得了。"

"很好，很好。"福尔摩斯笑着说道，"请车夫上来帮我搬这些箱子，维金斯。"

我听了同伴的话心里直纳闷，以为他打算旅行去了。可他从未在我面前提过这事。房间里只有一只小提箱，他把手提箱拉了出来，系上箱子的皮带。马车夫进来时，他正在忙。

"帮我扣上这皮带扣，车夫。"他蹲着忙乎着，头也不抬，对车夫说。

车夫生着闷气，老大不情愿地走上前，正伸手帮忙，说时迟，那时快，只听手铐咔嚓一声，夏洛克·福尔摩斯站了起来。

"先生们，"他两眼炯炯有神，大声道，"请允许我向各位介绍杰弗逊·霍普先生。是他谋害了伊诺克·德莱伯和约瑟夫·斯坦格森。"

　　这一切都在刹那间发生——快得连我也来不及思索一下。我永远清楚记得：这一刹那间福尔摩斯的脸上露出得意的神情，嘴里发出响亮的声音和马车夫魔术般被铐上锃锃发亮的手铐时茫然不知所措的表情和凶狠的脸孔。其他人惊得泥塑木雕似的足足呆了一两秒钟。马车夫疯狂地怒吼一声，从福尔摩斯手中挣脱出来，直向窗口冲去，木窗框和玻璃被撞得粉碎。但葛莱森和莱斯特雷德及福尔摩斯像一群猎犬蹿了上去，按住他，把他拖回房间。接着是一场可怕的搏斗。马车夫力气很大，又十分疯狂，我们四个人一再被他摔开去，他像个疯子，发作时力大无穷。他的脸和手在跳窗时割破了，血流如注，但并不因此而削弱他的抵抗力。最后莱斯特雷德终于用手箍住他的喉咙，不让他喘过气来，才使他知道再反抗下去无济于事了。即使如此，我们还是把他的手脚都捆了起来，才放心。捆好之后，我们也上气不接下气，心跳得很厉害。

　　"他的马车在下边，"夏洛克·福尔摩斯说，"就用他的车送他到苏格兰场去，先生们。"他说罢高兴得笑开了，"这件小小的奇案算是接近尾声了。现在欢迎各位提各种问题，再也用不着什么顾虑，怕我拒绝回答了。"

第二部

摩门王国

一 大荒原上

北美大陆腹地，有一大片干旱荒凉的不毛之地，一直阻碍着文明的发展。从内华达山脉到内布拉斯加，从北部的黄石河到科罗拉多河，是一大片荒芜沉寂的地区。但是在这样凄凉恐怖的区域里，自然景色并非刻板划一。有的地方是冰封雪盖的险峻山峰，有的地方则是阴森幽暗的深谷，也有出没于岩石嶙峋峡谷间的飞流，更有辽阔无垠的荒原。冬天白雪皑皑，夏日盐碱裸露，灰蒙蒙一片。无处不呈现贫瘠荒芜、渺无人烟、凄凉悲惨的景象。

这是一片死亡之区，人烟绝灭，只有波尼人和黑足人，偶尔为了去另一座猎场，成群结队从这里经过。即使是最最坚强、最最无畏的人，也恨不得早日走完这片恐怖的荒原，重回大草原的怀抱。这片荒凉的土地上寄居着绝无仅有的几种动物：躲躲闪闪于矮树丛中的山狗，徐徐翱翔于高空的巨雕，以及出没于幽暗山谷里笨拙的灰熊，摇摇摆摆，在山岩间寻觅食物。

勃郎卡山脉北麓是世上最为凄凉的地区。极目四望，整个平原上是一片盐碱地，矮小的檞树林点缀其间。天地相接处是逶迤起伏的山峦，顶上雪光闪烁。这片土地上既见不到生命的踪影，也没有与生命相关的东西。铁灰色的天空飞鸟绝迹，灰暗的大地死气沉沉。总之，这里是沉寂的世界。侧耳细听，在这片辽阔的大荒原里无声无息，只有彻彻底底、完完全全令人绝望的寂静。

刚才说这片广阔的荒原没有与生命相关的东西，这话并不十分确切。不是吗，从勃朗卡山脉往下看，就可以看到一条小路，弯弯曲曲穿过荒原，消失在远方天际。这路是车轮碾轧出来的，是无数冒险家双脚踩出来的。这儿，那儿，时而散落的堆堆白森森的东西，在日光下闪闪发亮，在单调盐碱地的衬托下显得分外引人注目。走近细看，原来是一堆白骨！又大又粗的是牛骨，较小较细的是人骨。

在绵延一千五百英里旅人必经的路上，随处可见路旁散落着倒毙者的尸骨。

这一天是一八四七年五月四日。一位孤独的旅人正在俯视眼底景色。他的外表活像这一片土地的鬼怪精灵。眼力极强的人也分不清他到底是年近四十，还是已届六十，他的脸容憔悴瘦削，嶙峋的瘦骨包着一层干羊皮似的褐色皮肤。长长的褐色须发已经斑白，深陷的眼睛射出两道野性的光。那握着来复枪的手皮包骨头，肌肉所剩无几，支着枪立着。他身躯高大，骨架魁梧，原是个颀长坚实、精力旺盛的汉子。但是那憔悴的面容和布袋似的披在骨瘦如柴躯体上的衣衫使他越发显得老态龙钟，衰弱异常。他由于饥渴的煎熬已濒临绝境。

他千辛万苦跋涉于山谷之中，终于来到这块小高地上，怀着渺茫的希望，想找到点滴水源。如今，呈现在他眼前的只是一望无际的盐碱地和远方绵延不断的荒山秃岭。植物和树木踪迹全无——有植物和树木的地方就可能有水。处于这样的广漠地区无异陷入绝境。他睁大狂野而迷茫的眼睛望过东、西、北三个方向，终于意识到自己漂泊生涯已到尽头，这荒凉的山崖便是他葬身之地。"死在这里，和二十年后死在羽绒被上不是同样一死吗？"他喃喃着，便在一块突出的大石的影子里坐了下来。

他坐下之前，先把那已没有用处的枪放到地上，又放下背在右肩上用灰色披肩裹着的大包袱。他已精疲力竭，连放下包袱的力气也没有了，所以是重重地掼到地上的。这一掼不要紧，可灰色包袱里立即传出哇哇声，一张小脸儿随之钻了出来，那一对水灵灵的棕色眼睛显出受惊的神情，同时伸出一双长着雀斑的细嫩小拳头。

"你可把我摔痛了！"是小孩的责备声。

"是吗？"那人带着歉意说，"可我不是存心的。"他说着解开灰包袱，里面钻出个约摸五岁的伶俐小女孩。她身穿一双做工精细的小鞋，讲究的粉红色的上衣和麻布小围裙。这一切无不透露出做娘的深切关怀之情。小女孩脸色苍白，没有一点血色。她那双结实的手臂和小腿说明她吃的苦要比自己的同龄人少。

"现在好了些吗？"一看小女孩还在揉着后脑勺蓬乱的金黄鬈发，他焦急地问。

"亲亲这儿好吗?"她十分认真地把头上碰痛的地方指给他,说,"妈妈一向都这样做。妈妈上哪儿去了?"

"妈妈走了。我想你很快能见到她的。"

"啊,走了!"小女孩说,"怪哩,可她没跟我说再见。每次她上姑姑家做客都忘不了说声再见。她走了三天了。喂,我可渴坏了。连喝的、吃的都没了?"

"没了,啥都没了,乖乖。你得忍着点。过一会儿就好了。你这就把小脑瓜靠在我的身上,那样就会好受些。嘴巴干得像皮子,说起话来更费劲。不过我看还是把底子亮给你吧。你手里拿的啥?"

"挺好玩的! 多漂亮!"小女孩手里拿着两片闪闪发亮的云母石片,快活地大声说道,"回家后送给小弟弟鲍勃。"

"比这好看的玩意儿往后多着哩。"这人满有把握地说,"耐着心等会儿。刚才我正跟你说哩,你还记得咱们过的那条河吗?"

"记得。"

"那好。当时咱们以为还要过一条河,是不是? 兴许哪里出了岔子,是罗盘呢,还是地图,或别的东西。结果硬是找不到河。水全喝光了。只留下丁点儿给你这样小娃娃喝。而且……而且……"

"而且你就不能洗脸了。"他的同伴抬起头,打量着他那张脏脸,一本正经地插言道。

"洗不了脸,连喝的也没了。本特先生第一个去了。接着是印第安人皮特,然后是麦克格雷哥太太,然后又是约翰尼·洪斯,最后是你妈妈,好乖乖。"

"这么说我妈也死了。"小女孩用围裙捂着嘴痛哭起来。

"是呀,除了咱俩,全没了。我以为朝这个方向走兴许会找到水。所以背着你,好不容易挨到这儿。看情形没指望了。现在咱们可是糟透了。"

"你是说咱们这就要死了?"小女孩慢慢地不哭了。她抬起泪眼问。

"我想兴许是快到这地步了。"

"那你干吗不早说呢?"小女孩开心地笑起来,说,"我当是怎么回事,可把我吓坏了。这不,只要咱们一死,又能和妈妈一起了。"

"是呀,你会跟妈妈一起的。"

"你也会的。我要跟妈妈说，你一直疼着我。我敢打赌，妈一准在天堂门口，拿着一壶水迎接咱们。还有好多好多荞麦饼，热烘烘的。两面烤得焦黄，就是我和鲍勃爱吃的那种。那么咱们多久才能死呢？"

"不知道，反正快了。"那人眼盯着北面地平线。蓝色天幕下出现三个小黑点，眼看越来越大，迅速向这边过来。顷刻间看出是三只巨大的鸟，在两个沦落人头上盘旋，接着落在他们上方一块岩石上。这是三只巨雕，即西部地区的秃鹫。秃鹫的出现预示着死神的来临。

"公鸡和母鸡哩。"小女孩指着三只不祥之物快活地说道。她拍着小手儿想惊动巨雕飞起来，"你说，这地方是上帝创造出来的吗？"

"当然是。"她的同伴说，这问题吓了他一跳。

"那边的伊利诺州才是上帝创造的。还有密苏里州。"小女孩接着说，"可这儿我想是别人造的。造得多不好，连树木和水也忘了。"

"是不是做做祷告呢？"

"还不到晚上哩。"

"没关系。本来就不一定非要在晚上做祷告不可。上帝不会怪罪的。祷告吧，就像在荒原时每晚在篷车里那样祷告。"

"你呢，干吗不祷告？"小女孩瞪着眼睛，疑惑不解地问。

"我忘了祷文了。"他说，"打从我长到枪一半高的岁数就没做过祷告。不过现在来做不能算迟。你大声念出祷文来，我立在旁边跟着你一起念。"

"那你得跪下去。我也跪下。"她把包袱布铺开去，说，"你还得把手举起来。照我这样做。你会舒服些的。"

只有三只巨雕目睹这一奇特的场面，此外再也没有其他见证人了。两位天涯沦落人并排跪在窄窄的披肩上，一位是天真无邪的小女孩，一位是鲁莽、坚强的冒险者；一位稚脸圆圆，一位憔悴瘦削。两个人一齐仰望苍天，面对与其同在的可畏神明，虔诚祈祷。两个声音，一个细弱清脆，一个低沉嘶哑，齐声祈求慈悲与宽恕。祈祷毕，两个人又坐到大石阴影里。小女孩依偎在保护人宽广的胸膛里很快就睡着了。他细细打量她一会儿，却无法抵挡自然法则。连续三天三夜他挣扎着没合过眼，也没休息过。慢慢地眼皮耷拉下来，倦眼闭上，脑袋垂到胸前，斑白的须发与小女孩的金黄鬈发合在一起。两人都进入深沉的梦乡。

要是这位飘零人晚睡半个小时，就能目睹一番奇异的景象。在这片盐碱地远方的天际，升腾起一片尘雾。开始时很小，渐次升高增大，最后形成一团清楚可见的浓云。尘雾越来越大，显然只有行进中的大队人马才会扬起这么多的尘土。倘在绿洲沃土，人们认为那是大队牛群在草地游牧，正往这儿过来。但是这里是荒芜的盐碱区，显然是不可能的。滚滚尘土正向这位沦落人酣睡的孤崖而来，越来越近，已到了眼前。烟尘弥漫中出现帆布作顶的篷车和武装骑手。这并非幻觉，乃是一队向西进发的车队。何等壮观的一支队伍！前队已到山脚下，后队仍隐没在地平线外。在这片辽阔无际的荒原上绵延着一股洪流。双轮车、四轮车嘎嘎而来。男人有的骑马，有的步行。数不清的女人肩负重担，步履艰难。小孩子蹒跚地跟在车旁，或坐在车上，小脑袋从白色车篷里探出来，东张西望。这显然不是一班寻常的移民，倒像一群游牧民族，由于环境所迫在大迁徙。他们所过之处，清新的空气里人声鼎沸，马蹄嗒嗒，车声辚辚，一片混乱。但是这震天的喧闹声并没有惊醒上方两位精疲力竭的天涯沦落人。

走在队伍前面的是二十来个骑马的硬汉子，神态严肃。他们身上穿着手工织成的粗布陋衫，带着来复枪。一行人来到山崖脚下，停了下来，简短地商议起来。

"兄弟们，往右走有井。"说话的是个嘴巴绷得很紧、胡子刮得光光、头发灰白的人。

"沿勃朗卡山脉右侧走，我们就要到里奥格兰德了。"另一个说。

"别怕找不到水，"第三个人大声说道，"上帝能从岩石中引出水来，他会抛弃自己的选民吗？"

"阿门！阿门！"大见齐声附和道。

一行人正准备重新上路，一位年纪最轻、目光最敏锐的人手指上方嶙峋的峭壁，惊叫起来。山顶上，飘着一件粉红色小东西，在灰色岩石衬托下显得分外耀目。骑手们见了都勒住马头，端起枪，与此同时又跑上来几名骑手想来增援。大家都喊道："红人！"

"这儿不可能有印第安人。"一位年长者说，看来他是首领。他说，"波尼人居住区已经过去。翻过大山之后才会有别的部落。这儿没有。"

"让我上去看看，好吗，斯坦格森兄弟？"人群中有人问。

"我也去。"

"我也去。"十来个人同时喊起来。

"把马留在下边。我们等着你们。"长者说罢，几个小伙子很快下了马，拴好，便沿着陡峭的山坡向着引起他们注意的目标攀去。他们悄悄地向前而去，行动敏捷，个个像富有经验的侦察兵，信心十足，动作矫健。站在山下的人看见他们在岩石间出没，行走如飞，最后到达高耸的山巅。走在前面的就是那位首先发现情况的小伙子。蓦地，跟在后面的人看见他双手一举，像是大惊失色的样子。大家赶了上去，也被眼前的情景惊呆了。

荒山顶上有片小平地，平地上有块巨石，石旁躺着个高大的男子，长长的胡子，粗犷的相貌，骨瘦如柴。他面容安详，呼吸均匀，显然在酣睡中。他身旁有个小女孩，滚圆白嫩的手臂搂着他那古铜色的瘦脖子，长着金发的脑袋依在这个穿棉绒上衣男子的胸膛，粉红色的嘴唇微微开启，露出两排雪白齐整的牙齿，稚气的脸蛋上漾着一丝顽皮的微笑，白白胖胖的小腿儿穿着白色短袜，干干净净的鞋上的鞋扣闪闪发亮。这一切与她同伴又高又瘦的身躯形成奇异的对照。在这一双怪人的上方岩石边缘停着三只凶猛的巨雕，一见来了几个人，发出一阵绝望的粗哑叫声，没奈何中怒气冲冲地展翅飞走了。

猛禽的叫声惊醒了两个熟睡的人。他俩惶惑地打量面前的来人。那汉子摇摇晃晃立起身子，看了看眼前。他睡意袭来时，那里是一片凄凉，如今却出现这么多人马。他看着，看着，脸上流露出迷惑的神情，对这番景象实难相信。于是他把枯槁的手搭在前额，细细打量起来。"我的神经一定错乱了。"他喃喃道。小女孩立在一旁，紧紧拉着他的衣角，一声不吭，以孩子特有的好奇目光东张西望。

这些救星很快就让两个落难人相信，他们的出现并非幻象。其中一个人抱起小女孩放到自己肩上，另两个人搀扶着她虚弱不堪的同伴，一起向车队而去。

"我叫约翰·费利厄。"流浪者说，"原来有二十一个人，现在只剩下我和小姑娘了。其他的人都在南边不是渴死，就是饿死了。"

"她是你女儿?"有人问。

"我看，现在该是我女儿了。"那人以肯定的口气大声说道，"是我女儿，因为我救了她一命。谁也甭想夺走她。现在她就叫露茜·费利厄了。可你们是什么人?"他好奇地打量这些高大壮实、皮肤黝黑的救命恩人，"好大一帮子人哩!"

"快上万了。"一位小伙子说，"我们是受压迫的上帝孩子。天使莫罗尼的选民。"

"我没听说过有这么个天使。"流浪者说，"这位天使选中了你们这么一大帮子，可真不赖呀。"

"这种神圣的事可不许取笑。"另一个人厉声说道，"我们都是信奉《圣经》经文的人。这些经文用埃及文写在金片上，后来在巴米拉①交给了约瑟·史密斯。我们从伊利诺州的瑙伏来。那里有我们建造的神庙。我们为了逃避那些专横的不信神的人，即使流落到沙漠也心甘情愿。"

一提到瑙伏，约翰·费利厄很快就回想起一些事来。"我知道，"他说，"你们是摩门教徒吧。"

"我们是摩门教徒。"对方异口同声说。

"你们往哪儿去?"

"不清楚。上帝的手通过先知指引我们要去的地方。你必须见见先知，他会指示该怎么处置你的。"

说话间一行人来到山脚下。大群移民围了上来——有脸色白皙、目光温顺的妇女，有笑容满面壮实的孩子，有心事重重、目光焦虑的男子。许多人看到陌生人竟是这么个幼小的女孩和虚弱不堪的男子，禁不住又是惊奇，又是同情地叽叽喳喳起来。但护送的人并没停住脚步，他们推开围观者继续前进。一大群摩门教徒随后跟着。他们到了

---

① 巴米拉：又名塔德木木，叙利亚中部城市。

一辆大车前。这车与众不同，特别宽大，看上去非常华丽考究，由六匹马拉着。而一般的车只有两匹马，最多四匹。驾车人旁边坐着一个男子，年纪不会超过三十，但那大大的脑袋和脸上果断的神情说明他是这队人的首领。他正在读一本棕色封面的书。见他们到来，他放下书。仔细听了别人讲述事情始末后，他对两位流浪者说：

"如果我们带你们走，"他严肃地说，"你们必须信奉我们的教。我们不能让狼混入自己的羊群。如果日后证明是小小的病斑，害得整个果子腐烂，那不如今日让你们的白骨暴露于荒原上。你们愿意接受这条件，跟我们一起走吗？"

"我接受，愿意跟你们走。"费利厄异常坚定地说，使得那些庄重的长者忍不住笑了起来。只有首领保持严肃、庄重的表情。

"带他去，斯坦格森兄弟，"首领说，"给他吃的、喝的。不要亏待小女孩。教他神圣的经文，这责任你担当起来。我们耽搁太久了。出发吧，目标锡安山①。前进！"

"前进，向锡安山前进。"摩门教徒齐声喊道。声浪在长长的人流中起伏着，次第传下去，越传越远，越远越模糊，最后消失了。车队在噼噼啪啪的鞭声、轰轰隆隆的车声中开始移动。整条人流随之蜿蜒向前。那位负责照管这两个落难人的长老把他俩带进自己的车内。车里已准备好了吃食。

"你们就留在这里，"他说，"不出几天你们就能消除疲劳。同时要记住：从今之后你们就是我们的教徒了。布赖汗·杨就是这样教导的。他代表约瑟·史密斯说话。他的话传达了上帝意旨。"

二　犹他一枝花

本书作者无意撰史立传，细说摩门教徒如何经历千辛万苦，备受颠沛流离之难，终于定居下来的情况。他们以前所未有坚忍不拔

---

①　锡安山：原系耶路撒冷圣山。常把锡安山作为耶路撒冷和天国的代称。

的勇气，从密西西比河沿岸一直到达洛基山脉西麓；他们凭着盎格鲁·撒克逊人特有的顽强精神，战胜野人、野兽、饥渴、劳顿和疾病等大自然横肆暴虐的灾难。然而，纵令钢筋铁骨之人，经历这漫长长途跋涉和接踵而至的恐怖，不免也要心惊胆战。因此，当他们来到一片阳光普照的犹他山谷，听到他们的首领宣布这里便是神赐的乐土，这块处女地将永远属他们所有，个个都跪下来，虔诚祈祷。

布赖汗·杨很快被证明是位果断的领袖，且是位精明强干的行政长官。一些图表被绘制出来，未来的城市初露端倪。四周的农田根据各人的身份高低分配。商人经商，工匠做工，各守其业。城市街道和广场魔术般相继出现。乡村里开渠挖沟，筑篱立界，垦殖耕作，好不繁忙。到了次年夏天，田野麦浪滚滚，一片金黄。这奇异的垦区处处是欣欣向荣的景象。尤其是市中心，一座宏伟的教堂拔地而起，那是移民献给指引他们战胜千灾百难、安全到达安身立命之乡的上帝殿堂。每天从晨曦初露到夜色苍茫，神庙内锯斧之声不绝于耳。教堂也日见变大增高。

且说这天涯沦落人约翰·费利厄和那小女孩，从此相依为命。小女孩认他为父。两个人随着摩门教徒经过长途跋涉到达目的地。小露茜·费利厄留在斯坦格森长老的篷车里。她出落得聪明伶俐，与摩门教长老的三位妻妾和那个任性早熟的十二岁儿子共同生活。她恢复了健康。小小年纪却十分机灵，又是个没爹没娘的孤女，很快博得家中三个女人的欢心，简直把她视作掌上明珠。露茜对漂泊无定的篷车生活也慢慢地适应了。费利厄也从灾难中挣扎出来，恢复了健康，不仅成了有用的向导，而且也是个勤劳能干的猎手，因此很快赢得了新伙伴的尊敬。流浪生活结束后，大家一致同意把他看作是移民一分子，像大家一样分得一块肥沃的土地。杨和斯坦格森、肯鲍尔、约翰斯坦及德莱伯四位长老自然享受特殊的待遇。

约翰·费利厄在农村分得一份土地，盖起了坚固的木屋。随后几年经不断扩建，木屋成了一座宽畅的庄院。他是个讲求实际的人，处事精明而有远见，心灵手巧，身强力壮，起早摸黑勤勤恳恳不倦劳作，办事又讲究精益求精，因此田庄和财产十分兴旺发达，不出三年他便比左邻右舍更加富裕，六年之后家境相当殷实，九年内称得上富有人家。过了十二年他已是整个盐湖地区的首富，只有五六户人家可与之匹敌。从盐湖这个内陆湖直到遥远的沃萨奇山脉一带，约翰·费利厄已成了家喻户晓的人物了。

一件事，也只有这一件，他伤了自己教友的心。那就是任凭别人如何规劝，如何争论，始终说服不了他像众教徒那样娶个妻子成个家。他从不说明理由，一味拒绝别人的一再要求而固执己见。有人指责他对自己信奉的宗教三心两意。也有说他是个守财奴，舍不得这笔开销，也有人怀疑他早先有过风流艳事，大西洋之滨定有位金发女郎为他殉情。虽说众说纷纭，费利厄仍然自行其是，过着严格的独身生活。不过在其他方面他一一遵守这个新移民区的教规，无懈可击，被公认是位虔诚的教徒，正派的规矩人。

露茜·费利厄长在木屋里，是养父各项事务的好帮手。山区清新的空气，松林浓烈的脂香是哺育她成长的乳汁。岁月如流，转眼她已长得亭亭玉立，健康而美丽。她如花似玉，婀娜多姿，引得从费利厄门前大道上经过的人，见了少女轻盈的身姿飘过麦田，或者骑着父亲的马，着意显出西部少年特有的娴熟自如的优美姿态，久已忘怀的情思便浮上心头。当年的花苞已开成一朵鲜花，岁月使她父亲成为农村中的首富，也使她出落成太平洋彼岸山野里百里挑一的美洲型美人。

首先发现她从一个小女孩长成大姑娘的，不是父亲。这种事做父亲的无能为力。这种神秘的变化实在太微妙、太缓慢了，无法以时日来判断。而觉察自身变化的是少女们自身。终有一天，别人的一言一语，或手心的一次接触，使自己怦然心动，她才怀着骄傲而恐惧的复杂心态，意识到自己内心深处有一种全新的、更有力的本能已经萌动。几乎人人都能记得这一天，几乎无人会忘记新的生活到来的那些小插曲。对于露茜·费利厄，且不说这件事对她本人和其他人日后命运所产生的重大影响，就事件本身而言，这事也够重大的了。

时值六月的一个和暖的早晨。摩门教徒个个像蜜蜂一样忙碌着——他们就是用蜂巢作自己的标志。田野、街道，处处响彻他们辛勤劳作时的嘈杂声。大道上尘土飞扬。重载的骡子成群结队，川流不息，全都向西部而去。当时加利福尼亚的采金热如火如荼，横贯大陆通向太平洋沿岸的大道正好从伊雷克特城经过。大道上来自边远牧场的牛羊群、疲惫不堪的移民经过长途跋涉已累得人困马乏。

露茜·费利厄仗着自己娴熟的骑术在人畜杂陈的阵中横冲直撞。飞骑中她那俏丽的面容泛起片片红云，栗色的长发在脑后飘洒。她是受父亲之托到城里办事去的。她曾多次凭着年轻人天不怕地不怕的气概策马飞驰。她一心记着自己的使命，思量着如何去完成。大道上风尘仆仆的冒险家们无不惊奇地看着她，就连那些喜怒不露形色的送皮货的印第安人，见了这位美丽的白人女郎，也收起一向冰冷的面孔，露出惊讶的神情。

她刚到离城不远的地方，突然发现被一大群牛堵住去路。赶牛的是六个来自草原的莽汉子。她急不可耐地催着马想从牛群中冲过去。就在她刚想要冲出牛群的刹那间，后面的牛已挤拢来，她陷入了怒目圆睁的长角牛阵中。她熟知牛的习性，所以临危不惊，而是乘机顺势策马向前，实指望闯过牛阵。不幸的是一头牛的长角有意无意地猛触她坐骑的腹部，马被激怒，立即腾起前蹄，嘶鸣着，颠簸起来。若不是骑术高超，她早被摔下马了。在这危急关头，受惊的马每一次腾跃都受到牛角的抵触，马更是狂怒至极。姑娘只有紧贴马鞍，别无良策。稍不留神，就要落下马来，将被失去控制的可怕牛群乱蹄踩死。这姑娘从未经历过这种意外，这时只觉得头昏眼花起来，紧握手中的缰绳眼看就要放松了。飞扬的尘土和拥挤的牛群散发出来的热气呛得她喘不过气来。在这千钧一发之际，若不是身旁响起一个亲切的声音，使她确信有人前来相助，她很可能在绝望之余，听天由命了。刹那间，一只强有力的棕色大手一把抓住受了惊的马嚼环，硬是从牛群中闯出一条生路，把她带到城下。

"你没伤着吧，小姐？"她的救命恩人很有礼貌地问。

她抬起头，看见面前一张黝黑粗犷的脸，便满不在乎地笑了起来。"可把我吓坏了。"她天真地说，"谁会想到庞乔会被一群牛吓成这个样子。"

"谢天谢地，全亏你抱紧马鞍子。"对方真诚地说。他是位身材魁梧、粗犷的年轻人，骑着一匹杂有白斑的马，身穿坚实的粗皮猎装，肩扛一管长枪。"我猜想你是约翰·费利厄的千金吧？"他说，"我看见你从他家里出来。见到他时请问问他还记不记得圣路易的杰弗逊·霍普。要是他就是费利厄，我爹可是他的好朋友。"

"你亲自去问问他不是更好吗？"她一本正经地答道。看来小伙子听了挺高兴。他乌黑的眼睛立即闪出喜悦的光彩来。

"我会去问的。"他说,"我们刚从山里来,在那儿待了两个月,现在就这模样去做客不成样子。他要是见了我们,一定会高兴的。"

"他一定对你感激不尽。我也非常感谢你。"她说,"他很疼我,要是我给牛踩死,他怎么受得了?"

"我也受不了。"对方说。

"你?得了吧。我看,这跟你反正不相干。你连我们的朋友也不是。"

年轻人听了这话黑黑的脸上顿时出现阴云。露茜见了禁不住大声笑了起来。

"哦,我可不是那个意思。"她说,"现在你当然是我们的朋友了。你一定来看我们。我现在得赶路了,要不今后我爹再也不相信我,不托我办事了。再见!"

"再见!"他说着抬了抬头上的阔边帽,弯下身吻了吻她的小手。她转过马头,扬起鞭子打了一下马,飞快地向着尘土飞扬的大道奔驰而去。

年轻的杰弗逊·霍普随着自己的伙伴继续赶路。他显得闷闷不乐,沉默寡言。他和伙伴一直在内华达山脉寻找银矿。这时正回盐湖城想筹集一笔资金开发已发现的几处银矿。他和自己的伙伴都醉心于事业。如今发生这一意外的插曲,分了他的心。邂逅的这位美丽姑娘像山巅轻风般纯洁,充满活力,深深触动了他那颗火山般炽热而奔放的心。当她从视线消失之后,他顿时意识到,他的生活已发生重大的转折。银矿的冒险,或别的事都不会比刚刚发生的、令他销魂荡魄的事更重要了。他心头萌发的爱情不是少年人那样只是心血来潮、飘忽不定,而是一个意志坚定、性格果断男子喷发出的奔放而强烈的激情。他一向办事得心应手,这一次他暗自发誓:只要力所能及,只要坚持不懈,定能成功。

当天晚上他就去拜访约翰·费利厄。以后又去了多次,成了他家的常客。约翰在山谷里深居简出,十二年来很少听到外界的消息,霍普给他说了自己的见闻,不但约翰爱听,露茜也听得津津有味。霍普属于加利福尼亚开拓者,能说出许多奇闻轶事。那是个暴力横行而又美好的年代。有人发了大财,也有人倾家荡产。他做过向导,当过猎人，寻过银矿，也在牧场干过。只要哪里出现冒险事业，杰弗逊·霍普就出现在哪里。他很快博得这位老农夫的欢心，常常眉飞色舞地提及自己的壮举。每逢这种时候，露茜便一言不发，但双颊绯红，目光有神，说明她那颗年轻的心已有所属了。她纯朴的父亲也许并没有发觉这些迹象，却逃不过赢得姑娘芳心的小伙子的眼睛。

一个夏天的晚上，霍普策马奔驰在大道上，直向这一家人奔来。露茜正在家门口，见了他便跑过去迎接。他把缰绳抛到篱笆上，大步流星地从门前小径走过来。

"我要走了，露茜，"他捉住她的双手，柔情脉脉地凝视她的脸庞，说，"现在我不要求你跟我一起走。下次回来时，只要你愿意，就立刻随我去。"

"你什么时候回来？"她满脸通红，笑着问。

"至多两个月。我一回来就向你求婚。亲爱的，谁也挡不住咱俩。"

"我爹呢？"

"他已答应了。只要我的银矿进行顺利，就好办了。这方面我是不担心的。"

"那好。只要你与我爹安排妥了，我自然没说的。"她喃喃地说着，面颊依偎在他那宽阔的胸口。

"谢天谢地，"他说道，声音嘶哑，弯身吻她，"算是讲定了。我越是跟你在一起，越是舍不得离开。他们在峡谷等我，再见了。亲爱的——再见，两个月内你又能见到我了。"

他说着从她拥抱中挣脱出来，跃上马，头也不回，飞快地奔驰而去，仿佛担心只要多看一眼离别的人，决心就要动摇。她立在门口目送着渐渐消逝的背影，然后这位犹他地方最幸福的姑娘才进屋去。

三　来者不善

杰弗逊·霍普和伙伴离开盐湖城已有三个星期了。约翰·费利厄每想起小伙子一回来，很快就要失去养女，便心如刀绞。但一想到女儿那洋溢着喜悦和幸福的面容，就心甘情愿作这样的安排，任何理由都动摇不了他的决心。他早已打定主意，下了决心，说什么也不让女儿嫁给摩门教徒。他认为，这种结合根本称不上婚姻，只是一种耻辱。且不管他对摩门教义抱什么观点，在女儿终身大事上，他的决心是坚定不移的。不过他对这门亲事始终守口如瓶，因为在摩门教管辖的地区，但凡触犯教义的言辞都是非常危险的。

是的，非常危险。就连身居高位的教徒只敢私下议论对教会的看法，唯恐祸从口出，招来不测。过去的被迫害者如今已为了自身的利害而变成迫害者了，而且手段之狠毒难以言状。无论是塞维利亚的宗教法庭，还是日耳曼叛教律，或意大利秘密党团那些心狠手毒的行动组织，都不能与犹他州布下的天罗地网同日而语。

这个组织神出鬼没，行动诡秘，因而显得特别可怕。它几乎无孔不入，无所不能，然而来无踪去无影，谁反对教会，谁就会失踪，无人知晓他的下落，也不明白到底出了什么事。他的妻儿在翘首以待他的音讯，但一家之主却一去不复返，再也无法告诉家人自己如何落入秘密法庭，惨遭厄运。谁的言语不慎、行为偶失检点，便立刻招来杀身之祸。然而谁也不知道这股随时危及他们的恶势力的实质。难怪人人自危，惶惶不可终日，甚至在偏僻的旷野也无人敢私下发泄一下郁积心头的疑虑。

开始时，这股可怕的隐秘势力只针对叛教者，他们原先忠于摩门教义，后来改变或背弃自己的信仰。然而不久，这股恶势力的活动范围扩大了。当时的成年女子严重不足，若是缺乏女子，他们推行的一夫多妻制就形同虚设。接着盛传种种有关旅途中移民被杀、篷帐被劫的奇闻，而那并非印第安人涉足地区。长老的后宫从此出现陌生的女子。她们面容憔悴，哭哭啼啼，脸上的恐惧久久不能消失。据留在山中的人说，有一伙武装匪徒戴着面具，在黑夜中不声不响，偷偷摸摸从他们身旁奔驰而过。这些传闻说得有根有据，有情有节，而且一次又一次得到了证实。最后，到底是谁所作所为真相大白了。时至今日，西部荒凉大草原上，丹奈特帮，或称复仇天使的名字仍是邪恶和灾难的代名词。

越是深入了解这个组织所干的恐怖行动，人们越感到恐惧。谁也不知道这个残忍的秘密组织的成员是谁，这些在宗教幌子下进行血腥暴行的人，他们的姓名是绝对保密的。你的朋友，当你把自己对先知及宗教团体的不满向他们透露时，恰恰可能是他在月白风清之夜持枪握剑来干恐怖的报复勾当。因此，人人对左邻右舍也心怀恐惧，谁也不会对他人吐露心里话。

一个晴朗的早晨，约翰·费利厄正准备上麦田干活，突然听到门闩咔嗒一响，透过窗户他看见一个身强力壮、发色黄中带红的中年男子，沿着门前小径走过来。他心头怦怦跳起来，因为来者不是别人，而是伟大的布赖汗·杨。费利厄心战胆惊。他知道来者不善。他急忙奔到门口恭迎这摩门教首领。杨对他的迎接表现得十分冷淡，冷若冰霜，跟他进了客厅。

"费利厄兄弟，"他说着落了座，那对淡色睫毛下的眼睛锐利地注视这位农夫，"忠实的信徒一直把你看作是最好的朋友。当你在荒原上奄奄一息时，是我们收留了你，把自己的食物匀给你吃，把你安全带到上帝选定的山谷，并分给你一大片土地。在我们保护下让你渐渐发了家。是不是这样？"

"是的。"约翰·费利厄说。

"我们做了这一切只要求你一个条件作为报答，那就是你必须信奉我们真正的宗教，各方面要遵守教规。你答应照办。但是如果我说得不错，普遍反映你在这方面阳奉阴违。"

"我到底怎么阳奉阴违？"费利厄摊开双手，辩解道，"我没交公共基金，还是没上教堂祈祷？还是没……"

"你的那些妻妾哪里去了？"杨环视四周，问，"把她们请出来，让我认识认识。"

"不错，我没结婚，"费利厄说，"但现在缺女人，许多人比我更需要妻子。我并不是孤苦伶仃，我有女儿伺候。"

"我正是为你女儿来的，"摩门教首领说，"她已长成犹他州的一朵鲜花。这儿许多有身份人家看上她了。"

约翰·费利厄一听心如刀绞。

"外面纷纷传说，她已和某非摩门教徒订婚了。我倒不相信这是事实，而只是一些无聊人在搬弄是非。圣约瑟·史密斯经典第十三条说了些什么？'每位摩门教的女子都嫁给上帝的选民。若是嫁给异教徒便罪不可恕。'经典说得明明白白。你既然已答应信奉神圣教义，绝不该眼看女儿违犯教规。"

约翰·费利厄没有回答，只是不安地拨弄手中的马鞭。

"这件事完全可以作为对你是否忠诚的试金石。四圣会已作出决定。你女儿还年轻，不会让她嫁给白发老头的，也不会无视她的选择。我们这些长老已有不少'小母牛'了①，可我们的孩子还需要几个。斯坦格森有个儿子，德莱伯也有一个。他们都欢迎你女儿嫁到他们家去。嫁给哪一个由她自己决定。这两个孩子年纪很轻，家里又有钱，同是教友。这件事你说该怎么办？"

约翰·费利厄眉头打结，好一会儿还是一声不吭。

"你得让我有些时间想想。"他终于开了口，"我女儿年纪太轻，还不到嫁人的年龄。"

"给她一个月时间，让她决定。"杨说罢站了起来，"期限一到她必须作出答复。

他到了门口，又回过头来，满脸通红，眼睛充血，恶狠狠地说："约翰·费利厄，要想鸡蛋碰石头违抗四圣的决定，倒不如当年死在勃朗卡山变成一堆白骨省事。"

他做了一个威胁的手势，转身走了。费利厄听他重重的脚步踏在门前砂石小径上发出嚓嚓声。

费利厄呆呆地坐着，双手支在膝盖上，思量该如何向女儿交代。突然一只柔软的手握住他的手，回头一看，女儿立在身旁。一见她那苍白而恐惧的脸，知道刚才的一番话她全听到了。

"我怎么能不听到呢？"她面对父亲投来的目光，回答道，"他说得那么响，整个房子都能听到。哦，爹，爹，我该怎么办呢？"

"你先别害怕。"他把女儿拉到身边，宽大而粗糙的手深情地抚摸女儿栗色的秀发，"咱们总能想出办法对付的。你的心不会因此对那小伙子冷淡下去吧，会不会？"

露茜只是嘤嘤啜泣着，紧握父亲的手，一言不发。

"不会的。当然不会的。我才不要听到你会冷淡下去哩。他是个很有前程的小伙子，又是基督徒。单凭这两点他比这里的人强多了。

---

① 摩门教长老之一肯鲍尔在一次布道中说到他有一百个老婆时用的就是"小母牛"一词。——作者原注。

他们怎么祷告，怎么教训，我才不管哩。明天就有人去内华达，我设法捎个信去，让他知道咱们遇到麻烦了。要是我没看错人的话，他马上就会回来的，快得像电报。"

露茜听了父亲这番话破涕为笑了。

"他一回来，就会给咱们想出好主意的。可叫我担心的是你，爹。大家都知道谁反对先知，谁就没有好下场。"

"可咱们还没反对过他。"父亲答道，"要是真的到了这地步，那得好好提防着点。好在咱们还有整整一个月时间。期限一到，咱们不如离开犹他。"

"离开犹他？"

"大概只能这么办。"

"那田庄呢？"

"可以变卖成现金，卖不掉的，只好由它去了。说实在的，露茜，我早就动过这主意了。这里的人对天杀的先知低三下四。委屈点我倒没什么，可我是个自由的美国人。我对这里的一切实在看不顺眼。我琢磨着自己岁数太大了，这套能耐学不会。要是他要到咱们农庄撒野，准会吃到咱们送给他们的枪子儿。"

"可他们不会放咱们走的。"女儿提出自己的看法。

"等杰弗逊来咱们一起商量出个办法。在这种时候你先别犯愁，宝贝女儿。别哭鼻子抹眼泪的。人家一见你眼泪汪汪，准会来找碴儿。没什么好担心的。反正不会有危险。"

约翰·费利厄信心十足地说了这番话，目的是安慰女儿。女儿注意到，当天晚上，他一反常规，把里里外外的门户闩得严严实实，把平日挂在卧房墙上已生了锈的猎枪仔细擦拭干净，装上子弹。

四　亡命天涯

约翰·费利厄与摩门教先知交谈后的第二天早晨，去了盐湖城，找到一位相知，那人就要到内华达去。费利厄请他把一封信转交给杰弗逊·霍普，告诉这年轻人，父女俩面临着迫在眉睫的危险，要他务必赶回来。办完这件事后，他才松了口气，怀着比较轻松的心情回家。

当他快回到自家田庄时，看见家门口两旁的木桩上各拴着马。他感到意外，但更令他意外的是，一进屋，发现客厅里有两个年轻人，一位长着马脸，面无血色，背靠摇椅，两脚高高跷在火炉上；另一位长着粗而短的脖子，模样粗野，一副目中无人的架势。他立在窗前，双手插在裤袋里，吹着口哨，哼起流行的赞美歌。两个人一见费利厄进来，连连向他点头。坐在椅子上的那位先开言。

"你大概不认识我们吧。"他说，"这位是德莱伯长老的公子。我叫约瑟夫·斯坦格森。当年上帝伸手引你走上正道后，我们和你一起从大荒原上走过来。"

"到时候上帝要把天底下的人全都引上正道。"另一位瓮声瓮气地说，"上帝的训导虽不能立竿见影，但疏而不漏。"

约翰·费利厄冷冷地鞠了一躬。其实他早已猜到来客是何等样人。

斯坦格森接言道："我们是奉父命来向你女儿求婚的。请你们定夺：我俩哪个合你女儿的意。由于我只有四房妻子，德莱伯兄弟已有七房，所以我认为自己的条件比他强。"

"不，不，斯坦格森兄弟，"另一个大声道，"关键不在妻子多少，主要看娶得起多少。我爹已把磨坊给了我，可见我比你阔。"

"从长远看我胜过你，"对方慷慨陈词，"一等上帝召回我爹，他的硝皮作坊和制革厂就归我了。那时我就是长老，在教会中地位比你高。"

"还得让姑娘决定，"小德莱伯照着镜子，傻笑着，"全凭姑娘一句话。"

在两个人你一言我一语，争长论短的时候，约翰·费利厄压着满肚子的火气，立在门口，恨不得举起马鞭狠狠揍两个客人的脊背。

"给我听着，"他终于大踏步跨到他俩面前，"我女儿叫你们来时，你们才能来。在这之前别让我见到你们的嘴脸。"

听了这话，两个年轻人惊得面面相觑，在他俩心目中，彼此争着向姑娘求婚是她本人和她父亲无上体面的事。

"出这房子有两条路：一是门，一是窗。你们愿意走那条？"

他那酱紫色的脸孔显得非常凶狠可怕，那青筋毕露的手十分吓人，两位来客一见这架势，慌忙拔腿就跑。老农夫随后到了大门口。

"让我看看你们到底要走哪条道。"他奚落道。

"有你好果子吃的！"到了门口，斯坦格森气急败坏地嚷道，"你敢违抗先知和四圣会，要后悔一辈子的。"

"上帝的手绝不会轻饶你，"小德莱伯嚷道，"他会显现，会惩罚你！"

"那我就先下手为强了。"费利厄怒火冲天，喊道。要不是露茜赶到拉住他的手，拦着，他早已冲上楼拿枪了。他还没从露茜手中挣脱出来，马蹄声起，知道他们已溜得远远，追不上了。

"一对油嘴滑舌的小流氓！"他嚷着，抹去额头上的汗珠，"我宁愿你死，我的孩子，也不会把你嫁给他们的。"

"爹，我也这么想。"她激动地说，"反正杰弗逊很快就要来了。"

"不错，他马上就会来的。早一天到早好。咱们还不清楚他们接下去还要搞什么鬼。"

确实，这位倔强的老农夫和女儿多么需要有个人给自己出出主意，帮他俩一帮。在这个移民区的历史中，从没出现过这样的事：有人胆敢违抗长老的权威。如果说犯了小错小过都要遭到严厉的惩罚，那么这种公然的谋反举动会有什么后果是可想而知的。费利厄知道，凭着他的财富和地位是过不了难关的。在此之前，一些像他一样有声望且富有的人都不明不白地失踪了，他们的财产归了教会。他虽不是个贪生怕死的人，但一想到降临到头上不可捉摸的恐怖阴影，还是不免心惊肉跳。他可以咬着牙面对任何明处的危险，却受不了终日提心吊胆的日子。但是他在女儿面前绝不流露丝毫的情绪，反而装得满不在乎。然而女儿那双锐利的眼睛早已看得一清二楚：他心事重重。

他预料到自己的所作所为定然受到杨的警告或指责。果不出所料。但警告的方式却万万意想不到。第二天大清早，他刚起床，便惊奇地发现自己盖的被面上，就在他睡觉时的胸口位置，有张字条，上面歪歪斜斜写着几个粗体字：

限你二十九天之内改过自新，否则……

后面的省略号比任何其他威胁更令人胆战心惊。字条是怎么进来的？约翰·费利厄百思不得其解。家里人都睡在外屋。屋内的门窗全都关得十分严实。他把字条揉成一团。这种事没对女儿透露半句。可他自己却吓得心惊肉跳。字条上所说的二十九天分明是指给他一个月期限所剩的时间。要对付一个神出鬼没的敌人需要多大的勇气和力量啊！钉上字条的那只手本来满可以置他于死地的。谁干的，对他来说势必永远是个谜。

次日早晨发生的事更令他吃惊。当他们坐下来吃早饭时，露茜手指上方，发出一声惊叫。原来天花板的中央涂着一个数字："28"。一看就知道是用烧焦的木棒写上的。他女儿不明白这数字的含义，他也没有点破。当天晚上他拿着枪守了一个通宵，什么动静也没有。然而早晨门上又涂上个粗大的"27"。

日子就这样一天天过去。每天早晨，一天不缺都发现来无踪去无影的敌人留下的数字，而且都画在显眼的地方，写出离一个月期限还剩多少天。有时候这个凶险的数字出现在墙上，有时候在地板上。还有几次，这些数字是写在小纸片上，钉在花园的门上或栏杆上。约翰·费利厄虽然百倍警戒，始终发现不了每天的警告是什么时候干的。他每看到这些警告，便产生一种天命安排无法抗拒的恐惧，变得坐立不安。人一天天消瘦下去，眼中流露出被追逐的猎物那种痛苦的神情。他唯一的希望就寄托在那个年轻人从内华达赶来。

只剩下二十天，转眼只有十五天，十天。远方的人还是音讯全无。所剩的日子越来越少，仍然不见他的踪影。只要听到大道上"嘚嘚"的马蹄声，或牧人赶着畜群的吆喝声，这老农夫便急匆匆地跑到门口探望，以为救兵终于盼到了。眼看那数字由"5"变成"4"，又变成"3"，他已丧失信心，以为逃走无望了。他单枪匹马，又不熟悉周围的大山。通行的大道都已被严密把守起来，没有四圣会的命令，谁都不准通过。深知逃走是不可能的。看来已到山穷水尽的境地，大祸临头，在劫难逃。但即使到了这个地步，这位老人的决心还是没有动摇。他宁死不让女儿受辱。

一天晚上，他一个人独自坐着，陷入了沉思。他想到这一场灾难，想到找出摆脱困境的办法，但一筹莫展。当天早晨他家墙壁上出现的数字是"2"，也就是说明天是最后一天了。到时候会怎么样呢？他设想种种模糊而可怕的情景。他死后女儿将落到什么样的下场呢？莫非他真的冲不出这无形的罗网吗？他一想到自己落到这坐以待毙的结局，不禁伏在桌子上低声痛哭起来。

怎么回事？在这万籁俱寂的时刻，他隐约听到轻轻的窸窣声。声音虽然很轻，但在夜深人静时却听得分明。声音是从大门那边来的。费利厄悄悄进入客厅，屏声敛息听起来。有一会儿，声音没了。后来这轻微而不祥的窸窣声又响起来。显然，有人在轻轻叩门板。莫非是哪个杀手夜半来执行秘密法庭的判决？要不然就是来涂写最后的期限？约翰·费利厄感到与其这样提心吊胆、心神不宁地活着，不如拼它一死。于是他跳上前去，拉下门闩，打开门。

户外悄无声息，夜色朗朗，繁星闪烁。这位农夫看到的是自家的庭院、院门及篱笆。庭院中、大道上，不见人影。他松了口气，又打量左右，无意间他看了看脚下，不觉大吃一惊，只见一个人趴在地下，手脚摊开。

费利厄一见这情景，惊得魂飞魄散，整个人靠到墙上，用手卡住喉咙，好不容易才没喊出声来。开始时还以为这个倒在地上的人受了重伤不能动弹，或已奄奄一息，但仔细一看，原来手脚还在蠕动，蛇一般悄无声息往客厅爬去。那人进了客厅，站起来，关上门，目瞪口呆的农夫这才看清面前站着的是杰弗逊·霍普。他样子凶猛，神情刚毅。

“老天爷！”费利厄气喘吁吁地说，“你可把我吓坏了！你这是怎么啦，这副模样进来？”

“快给吃的！”对方声音嘶哑，“我急得两天两夜没吃没喝了。”房主人晚饭后饭桌还没有收拾。他跑过去抓起冷肉狼吞虎咽地吃起来，吃饱之后才问：“露茜好吗？”

“没事。她还不知道有危险。”露茜的父亲答。

“那就好。房子周围已被监视起来了，所以我才爬进来。他们也算厉害了，可要捉住瓦肖湖①的猎人还差一截儿。”

约翰·费利厄这下仿佛变成另一个人。他知道如今有个可靠的

————————

① 瓦肖湖是美国内华达州西部的一个湖泊，当年有“瓦肖印第安人”部落曾在这一带居住。

帮手。他热情洋溢地紧握小伙子粗糙的大手。"你是个值得骄傲的
人，"他说，"这种时候难得有人来与我们共患难，闯险关。"

"算是给你说对了，老爷子。"年轻的猎人答道，"我一向敬重
你。但是如果这事只与你一个人有关，我在把头伸进马蜂窝前还得
犹豫一阵子的。我是为露茜而来的。我想他们还来不及对露茜下毒
手，犹他州的霍普一家子早已无影无踪了。"

"现在该怎么办？"

"明天期限就到，今晚非行动不可。我带来一头骡，两匹马，存
在鹰谷。你手头有多少钱？"

"两千金洋，五千钞票。"

"够了。我这里还有一些，凑在一起就够了。咱们必须翻过山到
卡森城去。快去叫醒露茜。仆人不睡在房子里吧？这更好。"

费利厄进去为父女即将上路做准备。杰弗逊·霍普把所有吃的
东西找来，打成一个小包，又把粗陶罐灌满了水。凭经验他知道山
上水源少，而且很远才有井。他刚忙完，农夫带着女儿来了。他们
都是行装打扮，准备出发。一对恋人非常亲热地问候一番，但为时
不长，因为时间紧迫，而且还有许多事要办。

"咱们得马上就走。"杰弗逊·霍普轻声说，语气坚决，就像一
个人明知有很大的危险，也要铤而走险，"前后门都有人监视，咱们
可以悄悄从旁边窗子出去，穿过田野走掉。只要一上大道，距鹰谷
只有两英里，骡马在那儿等。天亮前必须赶完一半山路。"

"要是有人来拦截怎么办？"费利厄问。

霍普拍了拍衣襟下面露出的手枪柄，说："要是他们人多难对
付，咱们至少能把他们干掉两三个。"他狞笑道。

屋内的灯火全灭了。费利厄透着黑漆漆的窗子打量那些原属于
自己的田地，很快他要永远离弃了。作出这样的牺牲不是一下子就
能狠下决心的。但是一想到女儿的尊严和幸福，纵令倾家荡产也在
所不惜。沙沙低语的树林，一片宁静的田畴，显得平和、幸福。谁
会想到这里潜伏着杀机。这位年轻的猎人苍白的脸孔和急切的表情
说明在他进屋之前，已把当前的形势看得一清二楚了。

费利厄提着装了金币和纸钞的袋子。杰弗逊·霍普带着不多的
食物和水，露茜则拎着个包包，里面装着她的贵重物品。一行三人

非常小心，慢慢打开窗子，等到一片乌云过来，乘着夜色更浓时，鱼贯跳窗出去，来到庭院中。他们屏声静息，弯着身子，趔趔趄趄地穿过庭院，来到树篱暗处，又沿着树篱一直走到一个通向麦田的缺口。刚到缺口，小伙子一把抓住两位同行者，拖着他们躲在暗处，伏在那儿，大气也不敢出，紧张得浑身直哆嗦。

多亏杰弗逊·霍普久居大草原，练就一双山猫似的机灵耳朵。他与自己的同行人刚把身子伏下去，就听到离他们几码开外处响起猫头鹰凄厉的叫声。稍远处又是一声，与之遥相呼应。与此同时他们刚过去的那个缺口出现一个模模糊糊的人影，也发出令人毛骨悚然的暗号。接着又钻出一个人来。

"明天半夜，"第一个人说，看来是个头目，"夜莺叫过三遍后。"

"好哩。"另一个人答道，"要不要转告德莱伯兄弟？"

"转告他。由他通知其他人。9 到 7！"

"7 到 5！"另一个人说罢，两个人朝相反方向溜走。最后的两句话显然是一问一答的暗号。他们的脚步声一从远方消失，杰弗逊·霍普立即站起来，带着两个同伴穿过缺口，以最快的速度领着他们穿过麦田。这时的露茜已精疲力竭，他只好半拖半拉着她。

"快，快！"他不时气喘吁吁地说，"咱们已穿过警戒线。成不成功全看跑得多快了。快！"

一行人上了大道，速度更快了。只有一次遇到人。他们便躲进田里去，以免被人发现。快到城边时，年轻的猎人转到一条通向山区的崎岖狭小便道，黑暗中他们的头顶上方屹立着两座黑森森的嵯峨山崖。他们所走的这条隘道就是通向鹰谷的，马匹就藏在那里。杰弗逊凭着直觉正确无误地领着他们在乱石堆中穿行，沿着一条干涸的小溪河床，终于到了岩石挡着的一个隐蔽所在。那些忠心的坐骑就拴在这里。露茜骑上骡子，费利厄带着钱袋坐上马，杰弗逊·霍普则骑着马沿着险峻的小道在前面领路。

但凡没有领教过大自然狂野本性的人，一旦踏上这一险途，无不心惊肉跳，举步艰难。这山路一边是千仞绝壁，黑黝黝、阴森森，狰狞恐怖。嶙峋的怪石，高高的石柱，活像变成化石的魔鬼。山道的另一边则是堆堆乱岩碎石，根本无法通行。一条弯弯曲曲的小径从绝壁和乱石间通过。小径上有的地方十分狭窄，仅容一人过去，且高低不平，没有高超的骑术的人很难举步。然而，纵令千难万险，这三位亡命者的心情却是轻松的。每前进一步，离他们刚逃开的那个残暴专横的王国就远一步。

但不久他们发现，他们仍逃不出摩门教管辖的地区。当他们来到最为荒凉、最冷僻的地段时，露茜姑娘突然发出一声尖叫，手向上指。原来路边屹立着一块巨石，在蓝天衬托下显得黑森森的；巨石上站着个孤独的哨兵。在他们发现哨兵时，哨兵也发现了他们，紧接着寂静的山谷响起威严的问声："谁在那里走？"

"去内华达的旅客。"杰弗逊·霍普答道，同时手握住鞍旁的枪。

可以看见这个孤独的哨兵正要扣动扳机。他居高临下，对霍普的答复似乎并不十分满意。

"谁准许的？"

"四圣。"费利厄答道。凭着他在摩门教中得到的经验知道，教会中最高的权威是四圣。

"9 到 7。"哨兵大声说。

"7 到 5。"杰弗逊·霍普立刻回答。他想到树篱中听到的暗号。

"过去吧。愿上帝伴着你们。"上面的人说道。

过了这一关，小路变宽了，马可以小跑前进。一行三人回头看到那孤独的步哨倚枪站着。他们知道已经闯过摩门王国最后一道关口。自由在望了。

五　复仇天使

一行三人在这迷离曲折的羊肠小道和崎岖不平、乱石杂陈的山间小路上走了整整一夜。不止一次迷了路，但由于霍普对这一带山区情况熟悉，他们一次又一次找到了路。天亮了，眼前呈现一幅奇妙的景观。虽然地处荒凉，景色却十分壮丽。四面八方是白雪皑皑的雄伟山峰，山峦起伏，逶迤而去，直抵天外。山路两旁是悬崖绝壁。山上的落叶松像是悬空挂在人们的头顶，一阵风过来，就要被吹倒压将下来。不过这绝非只是幻觉，因为这蛮荒凄凉的山谷草木丛生，乱石遍地，岩石和树木确实滚下来过。就在他们的行程中，有一次就有一块巨石雷鸣般滚了下来，隆隆声在寂静的峡谷中回荡，吓得疲惫的骡马快跑起来。

太阳从东方冉冉升起，群峰也像节日彩灯次第抹上晨曦，殷红一片，华光万道。这奇丽的景色抹去三位逃亡者心头的愁云，给他们增添了新的勇气。他们在一股从山谷中涌出来的湍急激流边打尖休息。吃过早饭，饮好马，露茜和她父亲很想多休息一会，杰弗逊·霍普坚持要立即动身。"这会儿他们一准沿着咱们的足迹追上来了。"他说，"咱们走得快慢是成败的关键。到了卡森城，爱休息上一辈子也行。"

整个白天他们都在隘道奔波。近黄昏时，据估计，他们已离敌人三十英里开外的地方了。晚上，他选了悬崖下一块可以避风寒的地方安顿下来，三个人紧紧挨在一起取暖防寒，睡了几小时。天未亮又继续赶路，并没有发现敌人追上来的迹象。杰弗逊·霍普这才觉得他们已逃出那个恐怖组织布下的罗网，敌人再也奈何不了他们。他根本不知道敌人的铁拳伸得多远，不久就要打下来，令他们粉身碎骨。

在他们逃亡的第二天中午，他们带来的那点食物快要吃完了，对此，年轻的猎人并不着急，因为在大山里可以打些野味回来。过去他经常凭手中一杆枪过日子的。他找了个僻静隐蔽的地方，拾来一堆枯枝生起火，让两位同行者烤火取暖。这时候他们是在海拔五千英尺的高山区，寒风刺骨。他把骡马拴好，告别露茜，带上枪出去碰碰运气，打点猎物回来。他走了又回头看了看，只见老人和年轻的女儿蹲着取暖，三匹牲口一动不动立在身后。后来由于几块石头挡住了视线，看不见他们了。

他走了两英里地，翻过一座座深谷，却一无所获。不过从树干上的痕迹和其他迹象判断，附近有很多熊出没。但是搜寻了两三个小时，仍无结果，绝望之余他正打算回去，就在这时候他抬头一看，喜出望外。在离他三四百英尺的高坡有块突出的悬岩，悬岩边上有只野兽，外表像羊，但头上长着一对巨大的角。这只被称作"大角"的畜生可能在为这位猎人视线之外的一群同类担任警戒。幸运的是这只野兽背对着他，所以没有发现他。他伏倒在地，把枪架在一块石头上，慢慢地、稳稳地瞄准之后才扣动扳机。那野兽往空中一蹿，落在岩石边挣扎几下，掉入深谷。

这只野兽很沉，他一个人扛不动，所以只割下"大角"的一条腿和腰肉回去。他扛着战利品赶回去。这时暮色苍茫，时候不早了。他刚要走，发现自己陷入了困境：由于打猎心切，走着走着离熟悉的深谷太远，已不容易找到原路。这里山谷沟壑纵横，处处十分相似，再也分不清东南西北来。他沿着一条山沟走了一英里地，来到一条山间激流。他断定来时没有到过这地方，一准转错了方向。他又改走另一条山沟。结果还是不对。夜色一下子浓了许多。待他来到另一条熟悉的隘道时，天完全黑了。这条隘道他是熟悉的。但沿着这路也很容易迷失方向，因为月亮还未出来，路夹在两边的悬崖之间显得格外昏黑。肩头扛着沉重的猎物，加之大半天来的劳累，他已举步艰难，走起来跌跌撞撞。但一想到每前进一步，离露茜近一步，而且带回这么多猎物，整个旅途的食物就不用愁了——想到这里，劲头更足，又迈开了脚步。

他终于找到山道的路口。他们就留在山谷内。即使是在漆黑的夜中，他也认出挡在路口的模糊巨石。他想，他们一定在焦急地等着他。他离他们差不多有五个小时了，兴奋中他把双手凑在嘴上"喂"地喊了一声，想借山谷回音传到他们的耳朵，说明他已回来。他停了一会儿，侧耳细听，可没有反应，唯有自己方才的喊声在沉寂、荒凉的深谷石壁上碰撞，又折回无数的回声。他又喊了一声，比刚才的还响。仍然听不到不久前留下的两个朋友的回音。他隐隐感到一种无可名状的恐惧，急急忙忙狂奔过去，连肩上宝贵的猎物也扔了。

他转过弯，清清楚楚看到不久前生着火的地方，还留着一堆木炭，微微闪着光。显而易见，他离开后火堆便没有人照料了。四周仍是一片沉寂。他的担心得到证实。他急忙奔向前去。火堆旁见不到生命的迹象。骡马、老人和姑娘无影无踪。显然，他走后肯定发生过可怕的灾难——他们全都遇难，无一幸免，但没留下丝毫的蛛丝马迹。

杰弗逊·霍普像是当头挨了一棒，失去了方寸，不知所措。他感到天旋地转，不得不靠着长枪，才使自己没倒下去。但他毕竟是条硬汉子，很快就振作起来。他从火堆里捡起一根半焦的木棒，点燃起来，借着火光把周围看了个遍。地上满是马蹄踏过的印子，证明大队骑马的人追上来袭击了那两个亡命的人。从他们所走的方向看出，他们是回盐湖城去了。他们是不是把他的同行人都带走了呢？杰弗逊·霍普确信他们一定这样做了。但他看到一样东西，不由心惊肉跳起来。就在离他们原来休息的地方不远处有一堆低矮的土堆，颜色带红，原先肯定是没有的。不错，是新堆起来的，一定是座坟。年轻的猎人走近一看，发现土堆上插着一根木棒，上面钉着一张纸，草草地写着几个字，寥寥几个字足以说明真相了：

约翰·费利厄
生前住盐湖城
死于一八六〇年八月四日

这位身强力壮的老人，几个小时前刚与他分别，此刻已不在人世，而几个字便是他的墓志铭。杰弗逊·霍普焦急地环视四周，看是不是还有坟墓。没有。露茜已被那帮残忍的追踪者带走，逃脱不了注定的命运，成了长老儿子后宫的一名姬妾。年轻人一想到她要是真的落到这般下场，自己又无回天之力，真想和这农夫一起长眠于这块宁静的安息之地。

但是他的积极进取精神再次战胜了绝望而滋生的伤感之情。即使已到山穷水尽，也还有一条命，可以去复仇雪耻。杰弗逊·霍普具有非凡的耐心和毅力，以及坚忍不拔的精神，因此他的复仇心是百折不挠的。这大概是和印第安人相处的日子学来的。他伫立在孤独的火堆旁，认为只有一件事能减轻自己的痛苦，那就是亲手杀尽仇敌。他脸无人色，凶狠异常，一步一步挨到丢下猎物的地方，又点起行将熄灭的篝火，烤好足以吃几天的兽肉，捆成一包。这时他虽已劳累不堪，但还是沿着复仇天使的足迹，翻山越岭追踪下去。

五天中他在过来的那些深谷中跋涉。他已疲惫至极，脚痛难熬。夜里他露宿岩石间，胡乱睡几小时，天未亮起身赶路。第六天他抵达鹰谷，这个他们三人开始悲惨出逃的地方。从这里可以看见摩门教徒的屋宇田园。他已精疲力竭，虚弱不堪。他倚着来复枪，眼望身下这个宁静宽广的市镇，不由得挥起瘦削的拳头。看着，看着，他看到主要的街道张灯结彩，一派节日景象。他想：现在到底是什么节日？突然间，马蹄声起，一个人骑着马过来。来人很快到了跟前，他认出是个叫考珀的摩门教徒。霍普先后帮过他几次忙，所以当对方走近时，便跟他打招呼，想从对方口中打探出露茜的下落。

"我是杰弗逊·霍普。"他说，"你还记得吗？"

这摩门教徒毫不掩饰地露出吃惊的神情打量他。确实，实难相信，面前这个衣衫褴褛、蓬头垢面、脸色苍白、面目狰狞、样子凶狠的流浪汉，就是当年潇洒英俊的年轻猎人。然而他终于认出对方确实是霍普，便由惊讶而转为恐惧了。

"你疯了，胆敢到这里来？"他惊叫起来，"要是让人发现我和你说话，我这条命就保不住了。四圣会已下了通缉令，说你帮助费利厄父女出逃，要抓你哩。"

"我才不怕他们，不怕什么通缉令。"霍普急切地说，"考珀，你多少知道一些底细吧。我求你好歹看在过去的情分上，回答我几个问题。你我朋友一场，看在老天爷的分上，你不会拒绝吧？"

"什么问题？"摩门教徒惴惴不安地问，"快说，这些石头都长耳朵，树木也长眼睛。"

"露茜·费利厄现在怎么样？"

"昨天她和小德莱伯结婚了。立稳了，伙计，立稳了。看你连魂儿也飞了。"

"别管我。"霍普有气无力地说。他脸色刷白，一屁股坐在石头上，"你是说结婚了？"

"昨天结的婚。会堂上张灯结彩。在谁娶她的问题上小德莱伯和斯坦格森争吵过一阵，他们两个都去追赶父女俩，是斯坦格森用枪打死她父亲，也许在这点占了便宜，可在四圣会上辩论的时候德莱伯一派势力大，所以先知就把她嫁给德莱伯。话得说回来，不论哪个得了她，都不会长久的。这不，昨天我看见她一脸死色，哪像个女人，活脱是鬼了。你这就走？"

"是的，我就走。"杰弗逊·霍普站了起来，说道。他的面容像大理石雕出来的，冰冷、严峻，两眼放射出邪恶的寒光。

"上哪儿去？"

"别管我。"他说罢扛起枪,大踏步下了山谷,钻进深山,从此与野兽为伍,但是野兽哪有他凶狠和险恶?

果然被考珀说准了。可怜的露茜不知由于父亲的惨死,还是被迫成婚,她一直怀恨在心,从此一蹶不振,日见消瘦,不到一个月就香消玉殒了。她丈夫是个酒鬼,娶她纯粹是看中杰弗逊·费利厄那份偌大的财产,全无丧妻之痛。倒是他的妻妾为露茜之死痛悼一番,并按摩门教习俗在她下葬前为她守了一夜灵。第二天早晨,她们正围在棺木四周,门突然打开,闯进一条汉子,面目凶狠,衣衫破烂,众妇女见了这样的不速之客无不吓得战战兢兢,魂不附体。来人二话没说,也不理会这班吓成一团的女人,直奔那默不作声、具有纯洁灵魂的露茜·费利厄的白色躯体而去。他在遗体前弯下身子,虔诚地吻了吻冰冷的前额,抬起她的手,从手指上摘下结婚戒指。"她绝不能戴这东西下葬。"他咆哮道。人们因慌乱顾不上声张,他早已跑下楼走了。这一意外事件是多么离奇突兀,要不是新娘手上的戒指已不翼而飞,守灵的人说什么也不会信以为真,也难以使别人相信这是不可置疑的事实。

杰弗逊·霍普在大山中闯了几个月,过着原始的野蛮生活。他始终不忘奇耻大辱,时刻要报仇雪恨。城里传说纷纷。有人说曾见过这个幽灵般的人在近郊露过面,也有人说他曾在山谷出没。有一次一颗子弹穿过斯坦格森卧房的窗户,打在离他一英尺的墙上。又有一次德莱伯从一块悬崖下经过,一块大石头滚下来,幸亏他避得及时,卧倒在地,不然早已一命呜呼了。这两个年轻的摩门教徒企图查明谋害自己的元凶,几次带领人马深入大山捉拿宿敌,但一无所获。从此他们采取了防范措施,不再单人匹马外出,天黑之后更是足不出户,房子周围加强了警卫。过了一段时间,他们认为可以放松这些措施了,因为一直来已听不到仇人的消息,也没人见到他的踪影。他们希望斗转星移,对方的复仇心随之慢慢冷下去。

事实恰恰相反。日子越久,对方的复仇心越是有增无减。这位猎人本来就是个倔强的人,他铭记在心的唯有"复仇"两字。任什么也不能令他回心转意。然而他又是个十分讲求现实的人。他很快意识到,长此以往即使自己长就一副钢筋铁骨,也支撑不了连续不断长期的紧张生活。风餐露宿,日晒雨淋,又吃不到像样的食物,已把他摧垮了，要是像野狗死在大山之中，还有什么复仇可言？况且，再继续这样生活下去最终难逃惨死下场，这岂不是正合敌人的心意？于是他只好先回内华达原先的矿山去，养精蓄锐，有了足够的资本再去追杀仇家。

他原打算一年后回来。但由于种种意外而复杂的原因，害得他迟迟不能脱身。在矿上一待差不多就是五年之久。五年过去了，他对自己所经历的苦难仍然切齿不忘，复仇心始终如一，与当年立在费利厄坟头时一样深切。他乔装打扮，改名换姓，又回到盐湖城。他已把生死置之度外，只求一伸正义。但是一到盐湖城他才发现事与愿违。几个月前自称上帝选民的摩门教发生了内讧。教会中年轻的一派起来造反，他们反对长老的权威。结果不少人退出教门，纷纷离开犹他州，成为异教分子。其中就有德莱伯和斯坦格森。谁也不知道他俩的下落。据说德莱伯变卖了大部分家产，得了一大笔钱，成了个大富翁，而他的同伙斯坦格森则比他穷得多。然而他们到底在哪里，不得而知。

许多人尽管复仇心切，一旦遇到如此困难挫折便灰心丧气。但是杰弗逊·霍普的决心丝毫没有动摇。他带着一笔为数不多的钱出访了。他省吃俭用，有什么活干什么活。他走遍美国大小市镇寻找仇人。年复一年，日复一日，他一头黑发染上白霜，但他不停闯荡。他是人间猎犬般凶猛的追踪者。他毕生所追求的目标就是复仇。他的顽强不屈的追求终于有了结果。有一天，他从窗口偶然看到一张脸，匆匆一瞥提醒他，他所追踪的两个人之一就在俄亥俄州的克利夫兰城。他回到破破烂烂的住处，把全盘的复仇计划安排停当。然而凑巧的是，德莱伯从窗口认出街上这个流浪汉，从他的眼中看出杀机。他在斯坦格森（这时已成了他的私人秘书）陪同下匆匆找到当地治安官，向他告发一位旧日情敌出于忌妒和仇恨使他俩的生命受到威胁。当天晚上杰弗逊·霍普被抓了起来，由于找不到保人，他在牢里蹲了几星期。释放后再去找德莱伯，早已人去楼空：他和秘书斯坦格森一起去了欧洲。

这位复仇者再次受到挫折。但是他怀着深仇大恨再次继续跟踪下去。钱不够，有时不得不去打工。为了去欧洲，他省下每分钱。最终积下足够的生活费用启程去欧洲。又是一个城市一个城市跟踪追迹。一路上什么低下的活都干。但始终追不上那两位亡命之徒。他到俄国的圣彼得堡，他们已离开该城去巴黎了。等到追到巴黎，他们已去丹麦的哥本哈根。结果等他追到丹麦的首都，又晚了几天，他们已去伦敦了。最后他终于在伦敦迫使仇人就范。至于以后发生的事，直接引用华生大夫的日记中记录这位老猎人的口述最适合不过了，况且本书的第一部就是这样做的，好处多多。

六　约翰·华生大夫回忆录（续）

却说犯人拼命挣扎，不过倒也没什么恶意。当他发现再抵抗下去也是枉然，便和颜悦色地笑起来，说是但愿在搏斗中没伤着我们。"我琢磨着你要带我上警察局吧，"他对夏洛克·福尔摩斯说，"我的马车就在楼下，要是松开我的双脚，我就自己走，自己上车。我可不像原先那样容易抬起来的。"

葛莱森和莱斯特雷德交换了眼色，看样子他俩认为这要求太过分了。但福尔摩斯一口答应下来，松开绑在他脚腕上的毛巾。他站起来，舒展双腿，像是试试两条腿是不是可以自由行动。我记得，看了他一眼，暗自思量：像他这样的彪形大汉实在罕见。他那饱经风霜酱紫色的脸膛那么刚毅，充满了活力。这种神态恰如他的体魄令人望而生畏。

"要是警察局长的位子还空缺，我看让你坐最合适。"他眼盯我的同伴，毫不掩饰地流露出钦佩之意，"我到底给你盯上了。手段可真叫绝。"

"你们两位最好跟我一起去。"福尔摩斯对两名侦探说。

"我可以给你们驾车。"莱斯特雷德说。

"好哇！葛莱森跟我坐在车厢内。大夫，你也去。你对这案件已发生兴趣，那就一陪到底吧。"

我很乐意地答应同去。于是我们几个人一起下了楼。犯人并无逃跑的意思。他从容地上了原本属于他的马车，我们随后跟了上去。莱斯特雷德爬上车夫的位置，挥动鞭子，赶着车把我们送到了目的地。我们被请进一间小房间。一位警官记下了犯人和被害者的姓名。这位警官肤色白净，神情冷漠，办起事来慢条斯理，动作机械。

"犯人一周内提交法庭审判。"那警官说，"杰弗逊·霍普先生，现在你有什么要说的吗？我必须提醒你，你讲的每句话都记录在案，可能作为定罪的依据。"

"我要说的话有一大堆，"犯人慢吞吞地说，"我要把一切全说给你们这些先生听。"

"你不如到审判时再说，不是更好吗？"警官道。

"我也许不会受到审判了，"他答，"你们别担心，我不想自杀。你是大夫吧？"他那凶狠的黑眼珠转到我身上，问道。

"不错，我是医生。"我说。

"那请你把手放到这儿。"他脸带微笑，戴手铐的手指了指自己的胸口。

我按照他的话，把手放在他的胸口，立刻感到他的体内有一种异常的搏动和骚乱。他的胸膛在颤抖震荡，恰如一座摇摇欲坠的建筑物内一架大功率的机器开动起来，在静悄悄的房间内，我听到从他胸膛发出的一声声嘈杂而模糊的嗡嗡声。

"怎么，你得了动脉血瘤症？"我失声喊了起来。

"他们都这样说，"他平静地答道，"上星期我去看过医生，他说过不了几天血瘤就要破裂。我得这病已有多年。眼看一年年坏下去。这病是我在盐湖城大山中得的。多少年风吹雨淋，过度疲劳、吃不饱引起的。现在我已了却心愿，早死迟死不在乎了。只是死前还有几件事得说个明白。我不想死后让人说我是杀人狂。"

警官和两名侦探匆匆商量了一会：让他谈自己的经历恰不恰当。

"大夫，你认为他马上有危险吗？"警官问。

"很可能。"我答。

"显而易见，我的职责是要取得他的口供，以维护司法的公正。"警官说，"既然是这种情况，可以满足他的愿望。说吧。不过再次提醒你，你讲的话要记录在案。"

"请允许我坐下，"犯人说罢径自坐了下来，"犯了血瘤症容易疲劳。半小时前刚斗了一场。这对病情不会有好处。我可是一只脚踏进棺材的人了，不想对诸位说谎。我说的话句句绝对真实。要说你们怎样处置我，我才不放在心里。"

杰弗逊·霍普背靠椅子，开始讲了以下一段离奇的经历。他说时口气平和，有条有理，仿佛在谈论一些平淡无奇的事。但我可以保证，这些补充说明完全属实，因为我有机会看过莱斯特雷德的记事本，上面记的全是犯人的原话。

"我为什么恨死这两个人你们可以不管，"他说，"反正他们是有罪的，因为害死了两条人命——父女俩的命，所以我才要了他们的命。只要你们明白这点就够了。他们所犯的罪是好多年前的事，我不可能提出罪证到法院告他，但是我知道他们有罪，所以决定自己充当法官，审判员和行刑人全由自己一人充当。如果你们是有血性的男儿，换了你们，也会这样做的。

"我提到的那位姑娘二十年前准备与我成亲。她是被迫嫁给这个德莱伯才伤心死的。我在她死后从她手上摘下这枚结婚戒指，当时我发誓一定要德莱伯看着这枚戒指死去，要他临死时想到自己犯下的罪孽，因此是罪有应得。我一直把戒指带在身边，追踪他和他的同谋，跑遍两大洲，终于逮住了他俩。他们想拖垮我，但是办不到。要是我明天就死——可能会死，那我死前知道自己生前的使命完成了，完成得圆满。他俩完蛋了，是我亲手干掉的。我已经没有什么可留恋的，也没有别的愿望了。

"他们很有钱，可我是个穷光蛋，所以跟踪他们，你们说有多难。我两手空空到了伦敦，口袋里没一个子儿，我得设法找活干糊口。骑马、驾车对我来说像走路一样平常。我到车行里揽活，一试就成功了。每星期我得交老板一笔钱，余下的归自己。可剩下的不多。不过我还是对付着活下去。最难的是认路。按我的想法，任凭哪个城市的路有多复杂，始终没有伦敦复杂。我带张地图，后来把旅馆、车站的路线摸熟，干起活来就顺当了。

"过了些日子，我才找到我要找的两位先生的住处。我东打听，西打听，后来一个偶然的机会我碰上了他们。他们住在泰晤士河对岸坎伯维尔地方的一家公寓里。我知道他们再也逃不出我的掌心了。我留起胡子，这样他们就无法认出我来。我要盯着他们不放，一有机会就下手。我打定主意，这次无论如何不能让他们溜掉。

"说来差点又让他们溜掉了。在伦敦，不论他们去哪里，我就紧跟到哪里。有时候我赶着马车追，有时候走路，不过赶车跟人最方便，他们没法逃掉。我只能在大清早或半夜三更挣点钱。老板的租金只好欠着。可我不怕。只要干掉他们，别的都不管。

"他们也很刁。他们一定也想到可能让我跟上了。这不，他们从来不单独出门。天一黑就躲在家里。两个星期来我天天跟着他们，可就是没有见到他们分开。德莱伯倒有一半时间喝得醉醺醺的，可斯坦格森丝毫不敢怠慢。我早晚都盯着。可压根找不到下手的机会。我不泄气。总觉得机会就要来的。只有一件事叫我担心，那就是我这胸病，要是提早发作，那我的大事就完了。

"终于到了一天傍晚，我正赶着车在托夸里地段转悠——他们两个人就住在那里——我看见一辆马车驶到他家门口。转眼，有人把行李搬了出来。过后，德莱伯和斯坦格森跟着走出来，坐上车走了。我赶紧催马跟着，心里感到老大不自在，担心他们又搬到另一处住了。他们到了尤斯顿火车站，下了车，我让一个小孩看着车，自己到了月台。我听到他们问去利物浦的火车。管事的人回说，一班已经开了，几个小时内不再有车。斯坦格森听了沉不住气，可德莱伯反而很高兴。我夹在人群中走来走去，离他们很近，好听清他们说些什么。德莱伯说他有件私人小事要办。要是另一位肯等他，他很快就回来跟他一起走。他的伙伴要拦他不让走，提醒他，他们说好始终待在一起不分开。德莱伯回答说，他要办的是件微妙的事，必须一个人去办。斯坦格森怎么回答我没听清，倒是听见德莱伯破口大骂起来，提醒他别忘了自己是人家雇用的跟班，别忘了自己的身份反而指责起主子来了。当秘书的碰了一鼻子灰只好不多嘴。不过还是以商量的口气跟他说，要是他误了末班火车，那就到赫力岱旅馆找他。德莱伯听了回答说，十一点前他一准回月台。说完就出了车站。

"我日思夜想的机会终于等到了。我的仇人已落到我的掌心。要是他俩在一起，可以互相帮着；一旦分开，对付起来就容易多了。但是我没有草率动手。我早有打算。要是罪人连谁杀了自己，为什么要受到惩罚也不知道就死去，那多没意思，即使报了仇也不痛快。我已做好安排，我要他有机会明白：他害得我好苦，过去犯下的罪孽该清算了。巧的是几天前一位先生在布利克斯顿路查看几座房子，在我的车里掉了一座房子的门钥匙。虽说当天晚上就把钥匙认领走了，但这中间我已弄下模子，配了一把。这下在这个大城市我至少有个地方可以自由干事，不受打扰了。可怎么把德莱伯弄到手呢，倒是件难办的事儿。

"我看他一路走过去，顺路拐进几家酒店。在最后一家酒店差不多待了半个钟点，出来时跌跌撞撞，分明喝足了。面前正好有辆双轮马车。他招呼着坐上车走了。我的马头跟坐在后座的车夫只隔一码远。两辆车过了滑铁卢大桥，在街上跑了好几英里。奇怪的是最后他还是回到原先住的那条街。我捉摸不出他回到那里要干什么。我还是跟下去。到了那座房子约摸一百码的地方我停下车。他进了房子，双轮马车走了。请给我一杯水，我说得嘴干了。"

我递给他一杯水，他一咕噜全喝干了。接着说：

"这下好了。"他说，"我就这样在外面等了一刻来钟，也许还久一点。突然屋里吵了起来，好像在打架。接着大门打开，出来两个男人，一个是德莱伯，另一个是年轻的小伙子。这个人我以前没见过。小伙子揪住德莱伯的衣领。他们扭着到了台阶边，小伙子用力一推，接着又飞去一脚，把德莱伯踢到街中央。'你这条狗，'小伙子嚷嚷着，朝他挥棍子，'看我不教训你，好叫你去欺侮良家女子。'他的火气真叫大。我以为他会用棍子狠揍德莱伯的，可是那畜生跌跌撞撞拼着命跑了。一直跑到街角，看见我的马车，一声招呼就坐了上去。'赫力岱旅馆！'他吩咐说。

"我安顿他进了车，高兴得连心脏都要蹦出来了。我怕在这节骨眼上血瘤要破裂。我慢慢赶着车，盘算着如何收拾他。我可以把他拉到乡间，拉到见不到人影的小路上，跟他算清这笔账，我差不多要这么做了，他忽然替我解决了这个难题。原来他的酒瘾又来劲了，叫我在一家大酒店门前停下来。他走了进去，留下话，要我等他。他在那儿一直待到酒店关门，出来时已醉成一摊烂泥。我知道这下我的计划十拿九稳了。

"别以为我会冷不防给他一刀的。要这么干，正义是伸张了，可太没意思。我早已打定主意，得给他一个机会。要是他能抓住这机会，他可以留下一条命。我在美国流浪的那些日子干过各种各样的活。我在约克学院实验室里看过门，扫过地。有一次教授讲有关毒药的问题，他给学生看一种生物碱，说这玩意儿是从南美洲箭毒中提炼出来的。毒性极强，只要沾上一点点就送命。我记住了那瓶毒药存放的地方。等他们一走，就倒了点出来。我是个不错的配药手。我把这种生物碱做成了溶于水的小药丸，放在两个盒子里。我在每个盒子里放进一粒毒药，另外放进一粒样子完全一样，但无毒的药丸。当时我打定主意，把两位先生弄到手后，两个人都分到一盒，从自己的盒子里挑出一粒吞下，我自己吞剩下的另一粒。这样做就像在枪口蒙上手绢，可以送命，又闹不出声响来。从那以后我一直带着药丸。现在机会来了，可以拿出来用了。

"当时正是十二点过后，还不到一点钟。那一夜老天爷大发脾气，又是风，又是雨的，真叫凄凉，可我内心乐不可支——乐得忍不住要高声喊起来。诸位先生，要是哪一位为某件事日思夜想过，盼呀盼，盼了二十年，突然发现已经落到了手掌心，他准能理解我当时的心情。我点上一支雪茄烟，喷着定定神儿，可激动得双手哆嗦个不停，太阳穴突突直跳。我一面赶车，眼前出现老约翰·费利厄和可爱的露茜，他俩在黑暗中看着我，冲我笑，清清楚楚，就像这会儿在房间里看见你们一样。一路上爷俩总走在我前头，左一个，右一个，走在马头两旁，一直跟着我到了劳列斯顿的那座空房子。

"一路上见不到人影儿。除了淅淅沥沥的雨声，什么声音也听不到。我从车窗朝车内一看，德莱伯缩成一团睡着了。我摇他的胳膊。

"'下车。'我冲他喊。

"'行，赶车的。'他答。

"我看，他以为我们已到了刚才他提过的那个旅馆。这不，他二话没说就下了车。跟着我进了小花园。我搀着他，要不他就跌倒了。他头重脚轻地到了门口。我开了门，让他进了前室。我敢打赌，这一路上那父女俩一直在我们前头走着。

"'黑得像进了地狱。'他说着，直跺脚。

"'这就点上灯来。'我划上火柴，把随身带来的蜡烛点上，'伊诺克·德莱伯，'我转身对着他，把蜡烛移到自己的脸旁，说，'你看看我是哪一个？'

"他醉眼蒙眬，看了我好一会儿。我见他吓得要命，浑身哆嗦起来。他认出我来了。他面如死灰，身子趔趔趄趄往后退，额头上冒出冷汗，汗珠直往下滚，牙齿捉对儿磕碰，咯咯作响。我背靠门上，放声大笑。我早知道，报仇是件痛快的事，可没料到此刻浑身上下会那样痛快。

"'你这条狗，'我说，'我从盐湖城一直追到圣彼得堡，还是被你溜掉了。这下你的流浪日子可到头了。你或我，其中有一个再也见不到明天的太阳升起了。'我说着说着，他缩着身子直往后退。从他的脸色可以看出，他以为我疯了。当时我确实疯了。太阳穴的血管像铁匠手中的锤子咚咚跳个不停。我相信，要不是血从我的鼻子喷出来，减轻了病情，我的血瘤也许破裂了。

"'现在你对露茜·费利厄的事儿有什么可说的?'我说着，锁上门，拿着钥匙在他脸前晃了晃，'惩罚的日子来得太迟了点，但到底到时候了。'我说话时，这胆小鬼两片嘴唇直哆嗦。他大概想求我饶他一命，但知道没用。

"'你要谋杀我?'他结结巴巴地说。

"'谈不上谋杀，'我说，'宰一条疯狗谁说是谋杀？当年你把我的心上人从她惨死的爹身边拉走时，把她抢到那该死下流的后宫时，你可怜过她吗?'

"'她爹不是我杀的。'他嚷道。

"'正是你使她那颗纯洁的心碎了。'我尖声叫道，同时把药盒子放到他面前，'让上帝来当你的法官吧。拣一粒吞下。一粒可以送命，另一粒能使你活下去。我也吞，吞你剩下的那一粒。咱们瞧瞧，世上有没有公道。也可以说，到底哪个碰上好运。

"他吓得大喊大叫起来，连连求饶。可我抽出刀子，直逼他的喉咙。他最后照我的话做了。我也吞下另一粒。我和他谁也不吭一声，面对面站了一分钟，等着谁死谁活。他刚感到一阵剧痛，知道自己吞下的是毒药，脸色大变。那神情我忘得了吗？我一见大笑起来，并把露茜的结婚戒指送到他眼前。这一切只有一会儿工夫，生物碱很快起作用了。他的脸因为痛苦痉挛都扭曲变形了，伸出双手，摇晃着，接着嘶哑地喊了一声，砰的一声倒在地板。我用脚把他翻过来，摸了摸胸口。心不跳。断气了。

"血是从我的鼻子流出来的。可我不理会。不知怎么心血来潮在墙上写上一个字，也许是恶作剧，想糊弄警察，让他们找不到线索。

这时候我通体畅快，高兴极了。我想起在纽约的一个德国人被人杀了，他身上就写着 Rache（复仇）这个词，引得当时报纸争论不休。说准是哪个秘密组织干的。我猜想，这个词既然可以让纽约人捉摸不透，准会使伦敦人摸不着头脑，所以我用手蘸上自己的血，在墙上找个合适的地方写上这个词。然后回到马车。一看周围没个人影，还是风呀雨呀的。我驾着车走了一段路，伸手摸了摸平日放露茜戒指的上衣口袋，发现戒指没了。这下可把我惊呆了。这戒指是她留下的唯一纪念品。心想，一定是蹲下去看德莱伯尸体时丢的，便壮着胆赶回房子。为这枚戒指我什么险都敢冒，只是别丢了。我一到就撞上一个警官，他正从屋里出来。我只好装成醉鬼，才没引起他的怀疑。

"伊诺克·德莱伯的命就是这样送了的。接着我要办的事就是用同样的办法干掉斯坦格森，为约翰·费利厄还债。我知道他待在赫力岱旅馆。我在旅馆四周转了一整天，可就是不见他出来。我猜想，他见德莱伯没来，犯疑了。斯坦格森这人很狡猾。他一直提防着。他以为躲在旅馆里就可以逃过我，那他打错了算盘。我很快查清了他住的房间。第二天我利用放在旅馆后面小巷子里的梯子，趁天未大亮爬进他的房间。我叫醒了他，告诉他时候到了，该为很久前杀过的人偿命了。我把德莱伯的死告诉了他，同样让他选一颗药丸。他不接受我给他活命的机会。他从床上跳起来，直向我的喉咙扑过来。我为了自卫在他的心窝捅了一刀。这样死，那样死反正都一样。到头来老天爷只会让他罪恶的手选中毒药的。

"我还得说几句。说完了就没事了，因为我这人没指望了。后来我又赶了一两天车，想挣足钱好回美国。有一回我在车场，来了个穿得破破烂烂的小子，他问有没有一个叫杰弗逊·霍普的车夫。他说贝克街 221B 号一位先生要雇他的车。我压根没想到会坏事。后来这位年轻人用手铐把我的手腕铐上了。干得干净利落，我这辈子没见过。诸位先生，我要说的全说了。你们可以把我当作杀人犯，可我始终认为自己跟你们一样，同样是执法官员。"

这个人的一席话令人惊心动魄，他的神态给我留下不可磨灭的印象。我们静静地坐着，听得入迷，就连对犯罪司空见惯的职业侦探也听得津津有味。他讲完了，我们坐了好几分钟，一言不发，只有莱斯特雷德在速记最后的供词时铅笔发出的沙沙声打破了沉默。

"还有一点我想知道,"夏洛克·福尔摩斯开了口,"那个见了启事来认领戒指的同党是哪个?"

犯人调皮地对我的朋友挤了挤眼睛,"我可以透露自己的秘密,"他说,"可不该让人家受到牵连。我看了你的启事,便想到那可能是个圈套,也可能真的是我要的戒指。我的朋友自告奋勇要帮我去看个究竟。我想你一准认为他干得挺出色吧?"

"那还用说!"福尔摩斯老实承认。

"先生们,"警官一本正经地说,"法律程序必须遵守。星期四犯人必须送交法庭,也请诸位先生出席。此前犯人由我负责看管。"他说着摇了一下铃,进来两名看守,把杰弗逊·霍普带走。我和自己的朋友出了警察局,雇了辆马车回贝克街。

七　案情盘点

我们得到通知,要我们在星期四出庭。可是到了星期四我们没有必要去了,因为一位更高级的法官受理了这一桩公案。杰弗逊·霍普被送上一个特殊的法庭,受到极公正的判决。原来在他被捕的当天晚上,他的血管瘤破裂,第二天早晨,发现他死在狱中地板上。他脸带安详的微笑,仿佛撒手归天之时在回顾那并非虚度的年华,终于圆满完成了自己的使命。

"葛莱森和莱斯特雷德听到他的死讯非气疯不可。"第二天早晨当我们谈及此事时,福尔摩斯说,"如今他俩已失去自吹自擂的资本。"

"据我看,他俩在捉拿凶手中没出过大力。"我说。

"如今这世道你做了什么倒也无关紧要,"我的同伴尖刻地说,"重要的是如何设法让人家相信自己做了什么。这事你就别放在心上了。"他停了一会儿,又轻松地说道,"只要有案子办,我一向就不肯轻易放过。在我的记忆中就数这件案子办得最出色。虽然简单,其中倒有几点值得借鉴。"

"简单?"我不禁嚷起来。

"可不是,简单。没法说它不简单。"夏洛克·福尔摩斯见我疑惑不解,笑了起来,"就本质来说是简单。我的依据是:不用别人帮助,只用了通常的推理方法,三天内就把罪犯捉拿归案。"

"这倒不假。"我说。

"我不是说过吗,但凡异乎寻常的现象,通常不是破案的障碍,倒反成了线索。要解决这类难题主要采取逆向推理,这是一种很有用的技巧,而且简单易行。但是人们在实际工作中不常用它。在日常生活中正向推理用场大些,所以逆向推理往往被人忽视。如果说会作综合推理的人有五十个之多,那么善于分析推理的人只有一个。"

"坦率地说,"我道,"你这话我不大明白。"

"我并不指望你一下就明白。让我想想,能不能说得更明白些。如果你把一系列事件对人讲,大多数人听了都会由此得出结论来。他们会把这些事件通过思索联系起来,并据此得出可能产生的结果。但是如果你把结论告诉他们,很少有人能通过内在意识推论得出结果的具体环节。我说的逆向推理,即分析推理,指的就是这种能力。"

"明白了。"

"这起案件就是个例子。你首先得到的是结果,其他的一切必须由你自己去挖掘,现在让我尽量清楚地向你说明,我在推理过程中所采取的各个不同环节。还是从头说起吧。你是知道的,我是步行到那房子去的。当时我的思想中丝毫没有先入为主的成见。开始时我自然先观察街道。我已说过,我在街道上发现了马车留下清晰的痕迹。经我研究,确定这些痕迹是当天夜里留下的。我根据车轮之间距离短窄,断定是四轮马车,而不是自备马车。伦敦常见的四轮马车没有那些有身份的人家自用马车宽。

"这是我得到的第一个结论。然后我慢慢走上花园小径。巧的是,这是条黏土路,特别容易留下痕迹。毫无疑问,在你的眼中这是条被人踩烂的泥路而已。但我这双有经验的眼睛看起来,留在上面的每一个痕迹都有其意义。在侦查学中就数足迹学这一门学问作用最大,却往往被人忽视。幸而我始终特别重视研究足迹。通过多次实践已成了我的第二天性。我注意到几个警察留下的很深的脚印，但我也发现最初经过花园的两个男人的脚印，这一点很容易解释，因为有的地方他们的脚印已被后来人踏过，踩掉了。这样就成了我的第二个环节。提醒我夜里来客共有两个人，一个个子非常高，这是我根据他跨出的步距推算出来的。第二个人穿着入时，从他留下小巧而精致的鞋印就可判断出来。

"进了屋子，这后一个推理立即得到证实。躺在我面前的那位先生就穿着一双漂亮的靴子。如果说这是件凶杀案，那么高个子便是杀人犯。死者身上没有发现任何伤痕，但他脸上留下紧张不安的表情使我相信，他在死前已料到在劫难逃。凡是心脏病或其他疾病发作而自然猝死的人，无论如何脸上不会有这样紧张不安的表情。我嗅了嗅死者的嘴巴，发觉有轻微的酸味，于是我得出结论：他是被迫服毒死的。而且从他脸上那仇恨和恐惧的表情可以判断毒药是被迫服下的。我就是采取这排除法得出上述结论。因为除此，其他任何假设都不符合事实。别以为这是闻所未闻的奇谈怪论。被迫服毒案件在犯罪年鉴中绝非前所未有。任何毒物学家会轻而易举地指出奥德萨①的多尔斯案和蒙彼利埃的雷多利埃等案例。

"现在我谈谈'为什么'这个重大的问题了。抢劫不是谋杀的目的，因为死者身上的东西一点也没少。那么是不是政治性案件呢？或者是情杀？这是我要考虑的两个问题。我当时以为后者的可能性大。政治性杀人犯一旦谋杀成功必然立即逃匿。反之，这个杀人犯不慌不忙了案，而且还在房间留下痕迹，说明他在现场逗留很久。这可能是件私人仇杀案，而不是政治案件。只有仇杀案才采取这些处心积虑的手段。发现墙上的字迹更使我坚信自己的观点。凶手做得太明显，反而弄巧成拙。一发现戒指，难题就迎刃而解了。显而易见，凶手借戒指让被害人想起某位已死或不在现场的妇女。关于这点我问过葛莱森，他在打给克利夫兰的电报中有没有问及德莱伯先生过去经历中有什么特殊的问题，你还记得吧，回答说：没有。

"后来我仔细检查了房间，结果证实了凶手的身高，并得到印度雪茄烟灰及凶手留着长指甲等一些其他细节。由于现场没有搏斗迹

---

① 奥德萨：乌克兰南部港市。

象，所以我得出这样结论：地板上的血迹是凶手激动时流出的鼻血。我发现血迹与足迹往往同时出现。除非血气方刚的人，很少人会在冲动时流那么多的血。所以我大胆认为罪犯可能是个身强力壮的人，脸色红通通的。事实证明我的判断是正确的。

"离开房子以后我就着手补做葛莱森忽略了的一些事。我给克利夫兰警察局拍了封电报，只问及伊诺克·德莱伯婚姻状况。回电说得很明确，说德莱伯早已指控一个叫杰弗逊·霍普的旧情敌，要求得到法律保护。并说霍普现在欧洲。这时候我已胸有成竹，侦破奇案的线索已全部掌握在手，剩下的就是设法捉拿凶手归案了。

"当时我已认定，与德莱伯一起进屋的就是那个赶车的。路上的一些迹象表明，马曾随意地走来走去。如果马有人管着是不可能出现这种情况的。赶车人不到屋里去会到哪里去呢？此外，任何神经健全的人不会在第三者面前干一件蓄谋已久的罪行，因为这肯定会泄露自己的秘密。否则也太荒谬了。最后，假定有人想在伦敦到处跟踪另一个人，除了马车夫，还有更合适的人吗？上述种种想法必然使我得出结论：可以在首都出租马车夫中找到杰弗逊·霍普。

"如果他是马车夫，那就没有理由叫人相信他从此就不赶马车了。反之，在他看来，突然改行很容易引起人注意。至少，在一段时间内他还在继续干这行当。如果认为他现在用的不是真名实姓，这说法也站不住脚。在一个没有人知道他姓甚名谁的国家里他为什么要改名换姓呢？所以我把一班流浪儿组织起来做我的侦察兵，有计划地派他们到伦敦各车行打听，找我要找的人。他们干得很出色。我又是如何迅速调动这支队伍，这些你都一清二楚吧。至于斯坦格森一节，我确实没有料到。但是这类意外任何情况下都在所难免。你知道，出了这件事后我拿到了药丸。我早就设想过，会有这类东西存在的。可见整个案件就像一条链条，逻辑上前后贯穿，不会有脱节，也可以说没有任何漏洞。"

"妙，"我大声说道，"你的这一套手法应当公诸世。你应该把这案件写成文章发表出去。要是你不愿意，我可以代劳。"

"悉听尊便，大夫。"他说，"你瞧。"他递给我一张报纸，"你看看这个。"

这是一份当天的《回声》报。他所指的那一段正涉及我们在谈论的那个案件。报上写道：

> 霍普涉嫌谋杀伊诺克·德莱伯和约瑟夫·斯坦格森两先生。由于此人猝死，从此公众错过了得以了解一起轰动性事件的机会。不过我们从有关当局获得可靠消息，说这是一起由来已久的桃色事件，涉及情场纠纷和摩门教内幕。但内中详情细节恐怕再也不能披露于世。据悉，两位被害者年轻时系摩门教徒。已死罪犯霍普也来自盐湖城。如果说这一案件并无其他意义，至少可以明显看出我们的警察破案效力之高。同时也可使外籍人士引以为戒：他们还是在自己的国家解决争端，切莫带到不列颠国土来为好。巧擒凶手之功当属大名鼎鼎的苏格兰场的官员莱斯特雷德和葛莱森两位先生。这已是公开的秘密。据了解，罪犯在夏洛克·福尔摩斯先生府中擒获。夏洛克·福尔摩斯先生是一名私家侦探。他在侦办案件方面也表现出一定才干。他有这两位师长的教导日后可望有所得益。可以估计，这两位警官将获得某种奖赏，以表彰其业绩。

"我开始时不就说过吗，"夏洛克·福尔摩斯放声大笑道，"咱们的血字研究的收获便是为他俩挣得奖赏。"

"不妨，"我说，"我的记事本记着全部事实。公众会知道真相的。况且这案子已办成，你也心安理得了。就像那位罗马守财奴说的：'笑骂听便，我行我素，万贯钱财，我自享受。'"

四 签 名

一 演绎法研究

夏洛克·福尔摩斯从壁炉台的一角拿下瓶子，又从平滑的山羊鞣皮盒里取出一个皮下注射器。接着他用修长、白皙而有力的手指装好细小的针头，卷起左手衬衫袖口，双眼注视着自己那强壮有力、针孔累累的前臂和手腕，沉思了片刻。最后，还是插入针尖，推下细小的针心，然后一屁股坐进了绒面扶手椅里，心满意足地长吁了一口气。

几个月来，我亲眼看见他每天都有三次这样的举动，但我还是有想法的。见此情景，我日渐焦虑不安起来。每到夜里，想到自己没有勇气劝阻他，我的良心就感到不安。我一次又一次发誓要对自己的朋友好好谈谈这件事，然而一见他那冷漠而毫不在乎的神情，我的话到嘴边又咽了下去。他卓越的能力，自以为是的神态以及我多次领教过他超凡的品质，害得我在想劝阻他时，欲言又止，怕惹他生气。

可是，那天下午，不知是午餐时我多喝了酒，还是他那无所谓的神态激怒了我，我突然感到再也忍无可忍了。

"今天你用的是什么？"我问，"吗啡还是可卡因？"

他正在看一本黑字体印的老书，听了我的话，懒洋洋地抬起头来。

"可卡因，"他说，"百分之七浓度的溶液。你想试试吗？"

"我才不试呢。"我粗暴地回答说，"我的体质还没有从阿富汗战争中恢复过来，再也经不起瞎折腾了。"

听了我激烈的言辞，他报之一笑。"你也许是对的，华生，"他说，"我想，这些玩意儿对身体有害。不过，我发现它对大脑能起极强的刺激和清醒作用，所以，其副作用就算不了什么了。"

"可是你要想想！"我热切地说，"想想要付出的代价！像你说的那样，你的大脑可能会受到刺激和兴奋，但这正是致病的过程，它会加剧器官组织病变，至少会导致永久性衰弱。你也知道它的副作用有多么可怕，这肯定得不偿失。为什么要为一时的痛快而拿你那超凡的才能开玩笑呢？我不仅作为一名医生，要对你的身体负责，而且还是你的朋友，才会苦口婆心地劝你。"

看来，他并没有生气，反而把十指尖顶在一起，胳膊肘靠在椅子的扶手上，像个爱交谈的人。

"我的大脑不能停止思考。"他说，"给我难题，给我工作，给我最深奥的密码，或是分析最复杂的问题，才能让我回复到常态中，也才不需要人为的刺激。我讨厌枯燥乏味的生活，渴求精神上的兴奋，所以我才选择这种特殊的职业，确切地说，是我创造了这种职业，因为我是世界上唯一从事这一职业的人。"

"唯一的私家侦探吗？"我抬起头来，问道。

"唯一的私家咨询侦探，"他回答说，"我可是侦探界最有权威的法官。当葛莱森、莱斯特雷德、埃瑟尔尼·琼斯遇到难题时——他们常遇到这种情况——就来找我，我以专家的身份审查材料，提出自己的见解。我这样做并非图名，我的名字也不会见诸报端。工作本身为我的特殊才能找到用武之地，它所带来的乐趣，就是对我的最大奖赏。你不是也从我在杰弗逊·霍普案中所采用的工作方法中获得一些经验吗？"

"不错，的确如此，"我诚恳地说，"那案件给我留下极深刻的印象，令我毕生难忘。我已把它写成一本小册子，取了个有点儿怪异的标题：《血字研究》。"

他不满地摇摇头。

"我粗粗看了看，"他说，"说实在的，不敢恭维。侦探是一门，或者说应该是，一门精密的科学，应该用同样冷静方法来论述，而不能带任何主观的感情色彩。你试图给它添加上浪漫的色彩，无异于在欧几里得①的几何学里掺杂进谈情说爱的内容或私奔事件。"

"可是确有那么浪漫，"我反驳道，"我不能篡改事实！"

"有些事可以不提，至少在选材时应当有所取舍。此案中唯一值得一提的，是运用奇妙的分析推理，从结果中找出原因。我就是运用这一方法，成功地破获此案的。"

我的作品是专为讨得他的欢心而写的，听了他这番批评，我感到非常不高兴。我得承认，要求书中的字字句句都专门描写他个人活动，这种利己主义的主张使我十分生气。我和他合住在贝克街的这些年里，我不止一次发现，我朋友那冷静和说教式的态度里，隐藏着小小的虚荣心。我不再开口，只是坐着抚摸我那受伤的腿。我的腿曾被子弹打穿过，虽不妨碍走路，但每到天气变化，就感到疼痛难受。

"最近我的业务已扩展到欧洲大陆了，"过了一会儿，福尔摩斯装满了他那支欧石楠根做的旧烟斗，说，"上星期弗朗索瓦·勒·维拉德向我求教，这个人，你也许知道，近来在法国侦探界声誉日隆。他具有凯尔特民族敏感的直觉力，但缺乏进一步提高技术水平所必备的广博知识。案件涉及一份遗嘱，有点意思。我教他去查看两个类似的案例，一个1857年发生在里加市②，另一个1871年发生在圣路易市③。这两个案例为他提供了破案的方法。这儿有一封他写的感谢信，是我今天早上收到的。"

他说着，递过一张皱巴巴的外国信纸。我看了一眼，发现信中尽是溢美之词，什么"伟大"啊，"高超的技艺"啊，"果断的行动"啊，足以证明这位法国人充满了热切的敬仰之情。

"他像是个跟老师说话的小学生。"我说。

"噢，他过高地评价了我给他的帮助，"福尔摩斯轻声说道，"其实，他自己天赋极高，具备一个理想的侦探家应具备的大部分素质，那就是观察力和推理能力。他只缺少学识，但迟早会获得的。他正

---

① 欧几里得：约公元前三世纪的希腊数学家，著有《几何原理》13卷，一直流传至今。

② 里加市：拉脱维亚的首都。

③ 圣路易斯市：美国密苏里州东部港口城市。

在把我的几篇作品译成法文。"

"你的作品?"

"哦,你还不知道吧?"他笑了,大声说道,"很惭愧。我写了几篇专论,都是技术方面的。比方说,有一篇叫《论各种烟灰的辨别》。文中我列举了一百四十种不同形状的雪茄烟、卷烟、烟斗烟丝的烟灰,并附有彩色插图,以说明各种烟灰的区别。这是刑事审判中常常出现的重要证据,有时还是案件的重要线索。举例说,如果你断定某一谋杀案系一个抽印度雪茄烟的人所为,显然侦查范围便大为缩小,在训练有素的人看来,印度雪茄的黑灰与'鸟眼'牌的白灰区别之大,不亚于白菜和土豆的区别。"

"你具有区别细节的非凡才智。"我说。

"我十分注重细节。我写了一篇关于脚印跟踪的专论,里面谈及用熟石膏保存脚印的方法。这里还有一篇新奇的小论文,谈到了一个人的职业会影响到他双手的形状,文中还配有石匠、水手、木刻工、排字工、纺织工和磨钻石工匠的手形插图。这对于科学的侦查有很大的实用价值——特别是在碰到无名尸体的案件,或在验明罪犯身份时很有帮助。我一个劲地谈自己的爱好让你感到乏味了吧?"

"哪能呢,"我真诚地说,"你说的我非常感兴趣,特别是能有机会亲眼见到你把自己所说的方法应用到实际中去。你刚才说到观察与推理。在某种程度上,两者确实有一定关联。"

"啊,没有多少关联,"他回答说,身子舒舒服服地往扶手椅里一靠,烟斗里吐出几个浓浓的蓝色烟圈,"举个例子来说吧,根据观察,我知道你今天早上去了韦格摩尔街邮局,但根据推断,我才知道你在那里发了一份电报。"

"说对了,"我道,"全被你说中了。只是我不明白,你是怎么知道的。那不过是我一时的心血来潮的举动,况且我也没向任何人提起过。"

"太简单了,"他说道,看着我显出惊奇来,他暗自一笑,"简单得没必要作解释,不过解释一下倒能使你明白观察和推理的界限。我观察到你的鞋面上沾有一些红色的泥土。韦格摩尔街邮局对面的人行道在开挖,挖出的泥土就堆在路上,进邮局免不了踩进泥里。那个地方的泥土有一种特殊的红色,据我所知,附近其他任何地方的泥土都不是这种红色。这就是观察，其余的是推理出来的。"

"那么，那份电报你是怎样推断出来的?"

"整个上午我就坐在你对面，知道你没写过信。我还看到你桌子上有一整张邮票和厚厚一摞明信片。那么你去邮局不是发电报又是干什么呢? 排除所有其他因素，剩下的就是真相了。"

"事实的确是这样，"我想了想后，回答说，"这件事，如你所说，确实太简单了。如果我让你这套理论接受一个更为严峻的考验，你会不会认为我太不近人情呢?"

"恰恰相反，"他回答说，"那样我就用不着再来一针可卡因了。不论你提出什么难题，我都乐于应对。"

"我听你说过，一个人用过的日用品很难不留下他个人的印记。训练有素的人都能看得出来。这里有一只我新近得到的手表。你能不能告诉我这表原来的主人性格和习惯?"

我递过表去，心中暗自高兴，因为我知道他是通不过这种考验的。算是给他平时那种武断腔调的一个教训吧。他把表放到手心上，细细看了看表面，又打开后盖，先是用肉眼，继而又用高倍放大镜查看机件。最后，他合上后盖，把表递给了我，看到他那张沮丧的脸，我差点笑出声来。

"几乎找不出一丝线索，"他说，"这表刚清洗过，把最有启发性的痕迹都擦洗掉了。"

"不错，"我答道，"我拿到之前就清洗过了。"

我暗自责备我的朋友竟用这种站不住脚的借口来为自己的失败开脱。即便是一只没有清洗过的手表，他又能找得出什么蛛丝马迹呢?

"尽管不令人满意，但我的观察还是有所收获。"他说道，一双茫然若失的眼睛盯着天花板。"如有不对，请你指正。我断定这只表是你哥哥的，是你父亲传给他的。"

"你无疑是从表面上的两个字母 H 和 W 猜出来的吧?"

"的确如此。字母 W 代表你的姓。这表大约有五十年的历史了。两个字母和表一样古旧，因此是上一辈人的物品。珠宝通常都传给长子，长子很可能袭用父亲的名字。我没记错的话，你父亲去世多年，所以这表一直在你哥哥手里。"

"说的都对，"我说，"还有别的吗?"

"他有个习惯，不爱整洁而且粗心大意。他曾有过美好的前程，但他白白地把所有的机会都错过去了，有段时间生活潦倒，偶尔也有过短暂的好时光，最后因嗜酒而死。我所能推断出来的就这些。"

我从椅子里跳了起来，心烦意乱地在屋子里转来转去，心里很不是滋味。

"你这就不对了，福尔摩斯，"我说，"我真不敢相信你竟会说出这些话来。你已调查过我不幸的长兄的历史，现在假装用玄妙的方法推断出这些事实。你别想让我相信，这些事实是你从这块旧表上发现出来的！你太不地道了，说穿了，你玩的是骗术。"

"我亲爱的大夫，"他温和地说，"请接受我的道歉！我把这件事当成了一个纯理论问题来对待，没想到它会触痛你的隐私。但我保证，在你把表递给我之前，我绝不知道你还有一个哥哥。"

"那你究竟是怎样推断出这些事实的呢？每个细节都绝对正确。"

"啊，那不过是侥幸碰上的。我只是说出某些可能性，确实没想到会如此准确。"

"那就是说不是单凭猜测出来的了？"

"不，不，我从不猜测。那是个坏习惯，有损于逻辑推理。你感到奇怪，只因为你没跟上我的思路，也没注意到重大事件是靠某些细小的事实推断出来的。比方说吧，我一开始说你哥哥很粗心。看看这表，不仅表盖下面边缘上有两处凹痕，整个表面尽是划痕和擦痕，这是因为他习惯把硬币、钥匙之类的硬物和表一起放在一个口袋里。这么随随便便地对待价值五十金镑的手表，说他是个粗心的人，不值得大惊小怪。一个继承了如此贵重之物的人，说他还有其他的好东西，不算是牵强附会吧。"

我点点头，表示已领会他的推断了。

"在英国，当铺老板的惯常做法是，每收到一只表，都用针尖在表壳内刻上当铺的号码。这比贴标签更为方便，能避免号码丢失或混淆的危险。我用放大镜看过，表壳内这类号码不少于四个。结论是：你哥哥时常穷困潦倒。另一个结论是：他有时境况不错，否则就不会赎回自己的典当品。最后，请你看看这个有钥匙孔的表盘。钥匙孔四周有无数印痕，那些都是被钥匙划伤的。头脑清醒的人怎么会留下这些痕迹呢？而醉汉的表没有不留下这种痕迹的。他夜间上发条，手腕又颤抖，所以才划伤了表。这有什么奥妙可言？"

"经你一说，这道理确实是一清二楚的了。"我答道，"悔不该刚才对你无礼了，我应该对你的聪明才智有更大信任才是。请问现在你有没有在调查某项案件？"

"没有，所以才离不开可卡因。要是不让我动脑子，就活不下去。脑子不动，活着有什么意义？请站到窗前来。你看这世界有多凄凉，毫无生趣。看吧，大街上黄尘滚滚，漂过一幢幢灰暗的房屋。难道还有比这更无望、更卑俗的吗？大夫，当英雄无用武之地时，他的才智又有何用？犯罪是平常事，生活平庸，这个世界除了平庸，还是平庸。"

我正开口要回答他那偏激的言论，突然传来响亮的敲门声，我们的女房东进来了，手托着铜盘，上面放着一张名片。

"先生，有位年轻的女士求见。"她对我的朋友说。

"玛丽·摩斯坦小姐，"他念道，"嗯，这名字很生疏。哈德森太太，请她上来。别走，大夫，你还是留下来的好。"

二　案情陈述

摩斯坦小姐走屋来，步履稳健，举止沉着镇定。这是位年轻的金发女郎，身材矮小而秀丽，戴着手套，穿着十分得体。但她那朴素的装束表明她的生活并不优裕。她的外套是暗灰色的斜纹呢料，没有装饰，没有镶边，头上的小帽也同样是暗灰色的，只在帽缘上插了一根白色的羽毛，多少增加些许明亮的色调。她相貌并不出众，也算不上美丽，却非常甜美可人，一双蓝色的大眼睛神采飞扬，含情脉脉。我到过三大洲，见过许多国家的女人，还不曾见过如此优雅聪慧的容貌。福尔摩斯请她坐下时，我看见她嘴唇微微颤动，手轻轻发抖，表明她的内心紧张与不安。

"福尔摩斯先生，"她说，"我来见你，是因为你帮助过我的主人赛西尔·弗里斯特夫人解决过一桩小小的家庭纠纷。你的仁慈和才干给她留下了很深的印象。"

"赛西尔·弗里斯特夫人，"他若有所思地念着这个名字，"我好像是帮过她一个小忙。但我记得那个案子非常简单。"

"她可不这样认为，至少你不能说我的案子同样简单。我几乎想象不出还有什么情况比我现在的处境更奇异、更令人费解的了。"

福尔摩斯搓着手，双眼炯炯发亮。他坐在椅子里，倾身向前，轮廓分明的、鹰一般的脸上露出全神贯注的神情。

"请说说案子。"他语气轻快，而又郑重其事地说。

我感到我在场有些不方便。

"请原谅，失陪了。"我说着站起身来。

想不到这位年轻的女士伸出戴着手套的手，挽留我。

"如果你的朋友愿意留下，他也许也会给我很大帮助。"

我又坐回到椅子上。

"简单地说吧，"她接着说，"事情是这样的：我父亲是驻印度的军官，我很小的时候就被送回英国。我母亲去世后，我在国内举目无亲，我被送到爱丁堡一所条件很好的寄宿学校，一直待到十七岁才离开。1878 年，我父亲——他是兵团资深的上尉——请了一年的假，回到国内。他从伦敦给我发来电报，说是他已平安到达，住在朗汉姆旅馆，要我立刻去见他。我记得他的电文里充满了关切和慈爱。我一到伦敦就坐车赶到朗汉姆旅馆。旅馆里的人告诉我，摩斯坦上尉确实住在那里，但头一天夜里外出后尚未回来。我等了整整一天，消息全无。那天夜里，按旅馆老板的建议，我与警方取得了联系。第二天早上，各家报纸都刊登了寻人启事。寻找毫无结果。自那以后，至今没有得到我不幸的父亲丝毫消息。他满怀希望，回家想过个安宁与舒适的生活，可是……"

她手按住喉咙，泣不成声。

"哪一天？"福尔摩斯打开记事本，问。

"他是 1878 年 12 月 3 日失踪的——差不多已有十年了。"

"他的行李呢？"

"留在旅馆，里面没有可提供线索的东西——只是一些衣服和书，还有大量安达曼群岛①的古玩。他曾是那里监管囚犯的军官。"

———————

① 安达曼群岛（印度）：在孟加拉湾和安达曼海之间。

"他在伦敦有朋友吗?"

"我们只知道一个——舒尔托少校,曾和他同在一个兵团,驻孟买的 34 步兵团。少校在我父亲回来前不久退伍,住在诺伍德。我们当然与他联系过,但他甚至不知道我父亲已经回英国了。"

"果真是件奇特的案子!"福尔摩斯说。

"更奇特的我还没讲呢。大约 6 年前,确切地说,是 1882 年 5 月 4 日,《泰晤士时报》刊出征询玛丽·摩斯坦小姐住址的广告。广告上说,如果她回应,对她有好处。没有署名,也没有留地址。当时我刚到赛西尔·弗里斯特家当家庭教师。按照赛西尔·弗里斯特太太的建议,我在报纸广告栏里登出了我的住址。就在当天,我收到通过邮局寄给我的一个小纸盒,里面装着一颗很大的、光彩照人的珠子。盒子里没有只字片语。从那以后,每年的同一天,我都收到一个同样的盒子和同样的珠子,可就是没有寄件人的任何线索。据专家鉴定,这些珠子是稀世珍宝,很值钱。你们自己看看吧,珠子确实很美。"

她说着,打开一个扁平的盒子,我看到六颗平生从未见过的最美的珍珠。

"你所说的有趣极了。"福尔摩斯说,"还发生了别的事吗?"

"是的,就在今天,所以我来找你。今天早上,我收到这封信,你自己看看吧。"

"谢谢,"福尔摩斯说,"信封也给我吧。邮戳:伦敦西南区,7 月 7 日。啊,信封角上有一个人的大拇指印——也许是邮差的。纸质上乘。六便士一扎的信封。这个人使用的文具用品倒是非常讲究。没留地址。

> 今晚七时请到莱西姆剧院外左侧的第三根柱子处等候。如不放心,可带两位朋友前来。你是受屈的女子,可获得公道。切勿带警察,否则作罢。你陌生的朋友。

"啊,这可真是一桩小小的神秘事件!摩斯坦小姐,你打算怎么办?"

"这正是我要问你的。"

"咱们一定得去。你和我——噢，还有华生大夫。信中不是说'可带两位朋友前来'吗？他给我做个搭档。"

"他肯去吗？"她恳切地问道。

"如能为你效劳，我将无上荣幸。"我热切地说。

"你们俩真好，"她答道，"我一向不与人来往，没有可求助的朋友。我六点到这儿，行吗？"

"不能再晚了，"福尔摩斯说，"还有一点，这封信的笔迹与珍珠盒上的笔迹相同吗？"

"我全带来了。"她说着拿出六张纸。

"你是位模范的当事人。考虑周全。好，咱们来看看。"他把纸全摊在桌子上，一张接一张飞快地扫视了一番。"除信之外，全做过手脚。"他说，"但必须承认，是同一个人的笔迹。请看这个希腊字母 e 显得多显眼，再来看最后那个 s 的弯法。毫无疑问，全出自一人之手。摩斯坦小姐，我无意让你产生不切实际的希望，请问这手迹与你父亲的手迹无任何相似之处吗？"

"绝无相似之处。"

"我料到会这么说的。我们等着你，六点。请允许我留下这张纸，我想去之前再好好看看。现在才三点半，好吧，再见。"

"再见！"我们的客人答道。她那善良明亮的眼睛先后看了我们一眼，把珠宝盒塞进怀里，匆匆走了。

我立在窗口，看着她轻快地朝街那边走去，最后她那暗灰色的帽子和白色的羽毛落在模糊的人群中，成了一个黑点。

"多么迷人的女子！"我转身对朋友说。

他又点燃了烟斗，耷拉下眼皮，背靠椅子，懒洋洋地说："是吗，我没注意。"

"你真是一台机器——一台计算机。"我嚷道，"有时简直没点儿人性。"

他微微一笑。

"最重要的是，"他大声说道，"不要让你的判断力受到个人特质的影响。对我来说，当事人仅仅是一个个体，问题里的一个因素，仅此而已。情感有损于清醒的理智。告诉你吧，我认识一个最迷人的女人，为了得到一笔保险金，竟毒死了三个小孩，最后落到被绞死的下场。我还认识一个最不讨人喜欢的男人，却是个慈善家，他捐了近二十五万镑给伦敦贫民。"

"可是这一次……"

"我从不把任何事当作例外。例外会破坏规则。你有没有研究过通过笔迹来看人的特征？对这个人的笔迹，你有什么看法？"

"字迹清晰、规整。"我答道，"是一个有商人习惯且性格坚强的人写的。"

福尔摩斯摇头。

"看看他写的长字母，"他说，"它们差不多都没有超过一般的字母。d 字像个 a，l 像个 e，有个性的人无论字迹写得多么潦草，字母的长短是分明的。他写的 k 大小不一，而大写字母时着笔充满自信。我要走了，去了解一些情况。我给你介绍一本书——一本非常出色的著作，是温伍德·瑞德写的《人的殉难》。我一小时后回来。"

我捧着书坐在窗前，但思想全不在作者大胆的推测上。我满脑子全是刚来过的客人——她的音容笑貌，她深沉圆润的嗓音，还有她生活中奇异的怪事。如果说，她父亲失踪时她只有十七岁，那她现在是二十七岁了——这是个大好年华，这个年龄的人稚气已脱，经历已使她变得成熟。我坐在那儿浮想联翩，想着，想着，脑子里出现一个危险的念头，于是赶紧坐到桌前，仔细研究一篇最新的有关病理学的论文。我是什么人，一个军医，伤了一条腿，银行里没存几个钱。怎敢存有这等痴心妄想呢？她只是案件中的一个单位，一个因素，仅此而已。即使说我的前景充满了黑暗，我也得像个男子汉勇敢面对，而不该凭缥缈的想象使它变得光明起来。

三　寻求答案

福尔摩斯五点半才回来。一办起案子来，他便显得兴奋，热切，心情极好，不再心灰意冷，沮丧无聊了。

"这案子没什么神秘的，"他说着，端起我为他泡好的茶，"事实表明只有一种解释。"

"什么！你已经弄清楚了？"

"眼下还不能这么说。我找到了一个有启发性的事实，极富启发性，但还需要增加一些细节。在查阅旧《泰晤士时报》的合订本时，我发现孟买 34 步兵团的舒尔托少校的一些资料。他的家在诺伍德，他死于 1882 年 4 月 28 日。"

"我可能太迟钝了，福尔摩斯，可我看不出这能说明什么？"

"还看不出？太令人吃惊了。我说，这案子应该这样来看。摩斯坦上尉失踪了。他在伦敦可能拜访过的人只有舒尔托少校，而舒尔托少校却说他不知道摩斯坦上尉来过伦敦的事。四年后舒尔托死了。死后一周，摩斯坦上尉的女儿收到一份贵重的礼物，以后年年如此。现在又收到一封信，说她是个受了委屈的女子。除了失去父亲外，她还有什么委屈呢？为什么舒尔托一死，她就收到礼物？莫非是舒尔托的继承人知道其中的秘密，以此弥补罪过吗？对这些事实你觉得还有别的解释吗？"

"这样的补过法说来也太不可思议了！再说，他为什么六年前不写信，到现在才写呢？还有，信中说要给她公道。她能得到什么样的公道？如果说她父亲还活着，那也太离奇了。你是不是觉得，此外，她不会有别的委屈吧。"

"令人费解，确实令人费解，"福尔摩斯若有所思地说，"不过去了今天晚上的约会，真相就要大白了。瞧，来了一辆四轮马车，摩斯坦小姐在里面。你准备好了吗？咱们下楼吧，时间已经不早了。"

我拿起帽子和那笨重的手杖。只见福尔摩斯从抽屉里取出手枪，塞进口袋里。显然，在他看来，今晚的事情极为严重。

摩斯坦小姐披着黑色的斗篷，她那张敏感的脸上保持着镇定，但显得苍白。如果她对我们今晚要进行的冒险行动没感到任何不安，那她一定是个非同寻常的女子。她的自制力极强，很快回答了福尔摩斯提出的几个新问题。

"舒尔托少校是爸爸一个特别要好的朋友。"她说，"他的来信中总要提到这位少校。他俩都是安达曼群岛驻军的指挥官，所以常在一起。还有，在我爸爸的抽屉里发现了一张神秘的纸条，不明白是什么意思。我想这东西也许并不重要，但你可能想看看，所以带来了。就是这张。"

福尔摩斯小心翼翼地摊开纸条，平铺在膝盖上。然后用双层放大镜仔仔细细地检查了一番。

"纸是印度当地出产的，"他说，"在木板上钉过。纸上的图案好像是一所大建筑物设计图的一部分，有许多大厅、走廊和甬道。有个地方用红墨水画了十字，十字上方用铅笔模糊地写着'左，3，37'。左角处有一个神秘的符号，像左右相连的四个十字。符号旁潦潦草草地写着'四人签名——乔纳森·斯茂、默哈米特·辛格、阿巴杜拉·克汉、多斯特·阿克巴'，我实在看不出这张图与本案有什么关联，但它确实是一份很重要的文件。这张图一直小心地保存在皮夹里，因而两面都同样干净。"

"我们是在他的皮夹里找到的。"

"请好好保存，摩斯坦小姐，我们也许用得着它。我觉得，我渐渐觉得这案子比我当初想象的更神秘，更令人费解了。我得再好好想一想了。"

他靠在车座里，从他那绷紧的眉毛间和凝注的目光中，我看出他陷入了沉思。摩斯坦小姐和我低声交谈着我们眼下的行动和可能的后果。但我们的朋友始终保持着捉摸不透的沉默。这种状态一直保持到我们到达目的地。

九月的夜晚，还不到七点，天已变得阴沉沉的，迷迷蒙蒙的浓雾笼罩着这座大都会。泥泞的街道上空低垂着灰暗、阴郁的云团。河岸上的路灯朦朦胧胧，成了一个个小点点，淡淡的微光洒在泥泞的人行道上。黯淡的黄光透过商店的橱窗，穿过空中迷茫的雾气，照在人来人往的拥挤大街上。在我看来，朦胧黯淡的灯光照在络绎不绝人群的脸上，显得荒诞和怪异——有人忧郁，有人欢喜，有人憔悴，有人快乐。他们从黑暗走向光明，又从光明走向黑暗，世间人人无不如此。我并非是多愁善感的人，但在这样一个阴郁、沉闷的夜晚，再加上我们即将卷入奇特的事件，我也变得紧张不安起来。从摩斯坦小姐的表情中，可以看出她和我有同样的感受。只有福尔摩斯没有受到丝毫影响。他把笔记本摊在膝盖上，借着随身携带的电筒的光，不停地记着数据和其他材料。

莱西姆剧院的侧门入口已人头攒动。剧院前双轮马车和四轮马车如流水般汇聚而来，卸下穿着礼服的男人和披着围巾、珠光宝气的女人。我们刚走近约定的第三根柱子边，一个黝黑矮小、精明的男子，一身马车夫打扮，走上前来，向我们打招呼。

"你们是摩斯坦小姐同来的朋友吧?"他问。

"我是摩斯坦小姐，这二位先生是我的朋友。"她说。

他用锐利而疑惑的目光逼视着我们。

"请原谅，小姐，"他说，态度强硬固执，"你得保证，你的同伴中没有警官。"

"我保证。"她答道。

他吹了一声刺耳的口哨，一个街头流浪汉随之引来一辆四轮马车，打开车门，我们坐进车厢里，和我们搭话的男子跳上车夫座位。没等我们坐稳，车夫就挥动鞭子，马车跟着冲过雾蒙蒙的街道，飞奔起来。

处境真叫奇特。我们既不知道去哪里，也不知道去干什么。我们受到的这次邀请要么是场彻头彻尾的骗局——这样的假设令人难以置信——要么我们有理由相信：此行真的会给我们带来意义重大的结果。摩斯坦小姐的神态仍然像以前一样坚决而镇定。我给她讲些我在阿富汗经历过的冒险故事，极力鼓励她，让她高兴一点；说实在的，我自己对我们的处境感到惴惴不安，对我们的命运感到前景未卜，所以讲起故事来也是前言不搭后语。至今她还拿我讲的一个故事取笑我：说什么深夜一头滑膛枪钻进我们的帐篷，我拿起双筒小老虎开火。起初，我还能辨别经过的路线和方向，但没过多久，由于车速加快，大雾弥漫，更加上我对伦敦道路不够熟悉，我便分不清东西南北了，只知道已跑了很长路程，其他一概不知。但福尔摩斯没有迷失方向。马车穿过广场，或行驶在弯弯曲曲的小道时，他能低声一一说出了所经过的地方。

"罗切斯特街，"他说，"现在是文森特广场。这会儿我们到了沃克斯霍尔大桥路。显而易见，我们正前往萨里坡。是的，没错，我们上桥了。我们可看到河了。"

我们果然看到了泰晤士河，灯光映照在宽阔、平静的水面上，但眼前的景象一闪而过，马车继续向前奔驰。不久就驶入了河对岸弯弯曲曲的街道中。

"沃兹沃斯路，"我的朋友说，"修道院路，拉克霍尔小巷，斯托克威尔广场，冷港巷。马车似乎没有带我们到上流社会居住的地方去。"

我们的确到了一个可疑又可怕的地方。只有拐角处酒吧里粗俗刺眼的灯光，映照着长排长排灰暗的砖房。接着是几排两层楼的住宅，每幢楼都有一个小花园。随后是一片望不到尽头的新砖房——这里是这座大都会延伸到郊区的建筑群。最后，我们的车子停在一条新街的第三栋房屋前。其他的房屋都没住人，我们车子停下来的那栋房子和周围的房屋一样，也是黑洞洞的，只有厨房窗子里射出一线微弱的光。我们一敲门，立刻就有一个印度仆人来开了门。他围着黄头巾，穿着宽大的白褂，系着一条黄腰带。在郊外一幢三等住宅的门前出现一个东方仆人，显得很不协调。

"主人一直在等候你们。"他刚说到这里，就听到里屋就有人高声喊道："吉特穆特迦，带他们来我这里，直接来我这里。"

四　秃头的故事

我们跟着印度人穿过一条肮脏的普通过道，过道里光线暗淡，陈设简陋，走到右边的一道门前，他推开门，屋里透出昏黄的灯光照射到我们身上，只见灯光下立着一个男人，他个子矮小，高而尖的脑袋上有一圈红发，秃顶油光发亮，就像枞树林里耸起的一座山峰。他站在那里，搓着双手，脸上的肌肉不停地抽搐——时而微笑，时而皱眉，一刻也不能平静。他生就下凹的嘴唇，露出一排不整齐的黄牙。他不停地用手遮掩下半张脸，但还是遮不了丑。他虽然秃了顶，但看上去还年轻，实际上才三十岁出头。

"摩斯坦小姐，愿为你效劳，"他不断高声重复道，"先生们，愿为你们效劳。请进我的陋室。小姐，这房间很小，却是按照我的喜好布置的。可算是伦敦南郊荒凉沙漠中一片小小的艺术绿洲。"

我们被请进房里，里面的陈设使我们大吃一惊。陈旧的房屋与里面的陈设极不协调，就像一颗上等的钻石镶在一铜片上。墙壁上挂着极华丽精美的窗帘和花毯。花毯结着环，露出裱贴精致的油画和东方花瓶。琥珀色和黑色的地毯又柔软又厚实，踩在上面就像踏在一层青苔上，舒服极了。两张大虎皮横铺在地上，屋角处的席子上立着一个高大的水烟筒，更显出一种极具富丽堂皇的东方韵味。房间中央一根隐约可见的金线悬挂着一盏银灰色的鸽式吊灯。灯火燃烧时，散发出若有若无的淡淡清香。

"我叫塞笛厄斯·舒尔托，"说话的是个矮个子，他脸上肌肉抽搐着，却又带着笑容，"你自然是摩斯坦小姐，二位先生是——"

"这位是夏洛克·福尔摩斯，这位是华生大夫。"

"哦，大夫？"他兴奋地叫了起来，"你带了听诊器吗？我能不能请你——愿不愿意？我担心我心脏的二尖瓣有毛病，请帮个忙。我的大动脉还不错，但我想请教，你觉得我的二尖瓣到底怎么样。"

按他的请求，我听了他的心脏，除了因极度紧张而全身发抖外，没有发现任何不正常现象。

"心脏正常，不必担心。"我说。

"请原谅我的焦虑，摩斯坦小姐，"他轻快地说，"我好担心，一直疑心心脏不好。听说正常，我很高兴。摩斯坦小姐，如果你的父亲能保持心态平和，没损害到心脏，他或许还健在呢。"

听他说出这番话，我大为光火，真想给他一记耳光，这种微妙敏感的事情，他竟若无其事，轻轻松松地说了出来。摩斯坦小姐坐了下来，面色苍白。

"我的心里早已明白父亲已经去世。"她说。

"我会把一切都告诉你的，"他说，"并且，我会替你主持公道。无论我哥哥巴索洛缪会说什么，我也会替你主持公道。我很高兴，你带来两位朋友，他们不仅护送你，还能为我所做的、所说的做个证。我们三个人可以大胆地对付巴索洛缪，而不需要外人参与——不能有警官和官员。无须外人干预，就能圆满地解决所有的问题。我哥哥巴索洛缪最讨厌将事情公诸众。"

他坐到一把矮靠椅上，眨巴着那无神、噙着泪花的蓝眼睛，期待地望着我们。

"我吗，"福尔摩斯说，"不管你说什么，我都不会说出去的。"

我也点头表示同意。

"好极啦！好极啦！"他说，"摩斯坦小姐，可以敬你一杯意大利勤安地酒吗？要么托凯酒，怎么样？我没有别的酒。开一瓶，怎么样？不要？那好吧。我相信你不会反对我抽烟的，不会反对这种东方烟草香气的。我有点紧张，我发现，我这水烟是一种无价的镇静剂。"

他用细蜡烛点燃了大烟斗，烟从烟斗里的玫瑰香水中轻轻飘出。我们三人围坐成一个半圆，伸着头，双手支着下巴。矮个子神情怪异，面部肌肉痉挛，将他那尖而发亮的头凑在我们中间，局促不安地喷出一团团烟雾。

"当初决定和你取得联系时，"他说，"本当把我的地址告诉你，但担心你不把我的话当回事，把不相干的人带来。所以，我冒昧作出这种安排，让我的仆人威廉姆斯先生和你见面。他是个办事谨慎的人，我完全信得过他。我嘱咐他，如果情况不对，就不要带他们来。我预先采取了这些防范措施还请见谅，因为我平素不爱与人来往，甚至可说是个孤芳自赏的人，我最讨厌的是警察。我天生厌恶粗俗的追求物质之徒，极少与粗鄙之辈来往。你们也看到了吧，我生活在优雅的情调之中。我自命为文人雅士，这算是我身上的一大弱点。这幅风景画是柯罗①的真迹，不过有的鉴赏家可能不相信那幅是萨尔瓦多·罗萨②的画作，但这一幅无疑出自布盖洛③之手。我对法国现代派情有独钟。"

"请原谅，舒尔托先生，"摩斯坦小姐说，"我们被你请到这里，是因为有事见教，时间不早了，我想，我们的谈话愈短愈好。"

"最好先别忙，"他答道，"因为我们一定得去诺伍德与我哥哥巴索洛缪会面。我们大家都得去，设法说服他。他对我所采取的合乎情理的措施很生气。昨晚我们吵了一架，你们简直想象不出他发起火来样子有多可怕。"

"如果要去诺伍德，最好这就走。"我冒昧地说。

他笑得涨红了脸。

---

① 柯罗（1796—1875）：法国画家。法国风景画从传统的历史风景画过渡到现实主义风景画的代表人物。

② 罗萨（1615—1673）：意大利风景画家，铜版画家。

③ 布盖洛（1825—1905）：法国画家。

"这样太冒失了,"他说,"如果突然带你去,我不知道他会说些什么。不,我必须告诉你们这里的实际情况,好让你们心里有个底。首先要说明的是:这故事里有几点连我自己也没有弄明白,我跟你们说的只能是我所知道的。

"我的父亲,也许你们已经猜到,就是前印度兵团里的约翰·舒尔托少校,大约十一年前退的役,回国后住在诺伍德的樱池小筑。他在印度发了财,带回一大笔钱和许多贵重的古玩,还有几名印度仆人。他有了钱,便给自己买了别墅,过着舒适的生活。他只有两个孩子,巴索洛缪和我。我们是孪生兄弟。

"我清楚记得摩斯坦上尉失踪所引起的轰动。详情细节是从报纸上看到的。由于我们知道他曾是我们父亲的一个朋友,所以在父亲面前无所顾忌地谈论此事。他常常和我们一道推测事情究竟是怎样发生的。我们丝毫没有怀疑过,他会把整个秘密埋藏在自己的心里——只有他一人知道阿瑟·摩斯坦的命运。

"但我们也知道,父亲心里藏着秘密,他担惊受怕,处于某种危险之中。他不敢独自出门,还雇了两名职业拳击手在樱池小筑当保镖。今晚给你们驾车的威廉姆斯就是其中一个。他曾获得英国轻量级冠军。父亲只字不提他究竟害怕什么,但凡装有木腿的人都引起他的反感。有一次,他朝一个木腿人开枪,后来发现那人只是一个招徕生意的小商贩,并无恶意。我们只得赔了一大笔钱了事。哥哥和我以为这只不过是父亲一时的冲动,但后来所发生的事情使我们改变了看法。

"1882年春,父亲收到一封来自印度的信,这信如同晴天霹雳。他打开信后差点昏倒在早餐桌旁,从此一病不起。信的内容我们一无所知,但他拿着信时,我看到上面只有潦潦草草的几行字。他多年来一直患有脾肿大,这样一来,病情急剧恶化,四月底我们得知他已毫无希望了,想最后见我们一面。

"我们进了他的房间,只见他靠在枕上,呼吸急促。他要我们锁上门,站到他床边。然后,他拉紧我们的手,说出了一番惊人的事来。由于极度激动和痛苦,他的声音断断续续。我尽量用他的原话给你们说说。他说:'在我临终的时候,只有一件事仍压在心头。那就是我亏待了摩斯坦那可怜的孤女。我一生的罪孽都来自万恶的贪婪，使我独吞了她的财宝，这些财宝至少有一半应属于她。现在这些财宝对我来说，已毫无意义——贪婪真是既盲目又愚蠢！就因为强烈的贪心，害得我舍不得与他人分享宝物。瞧，奎宁瓶旁边那个珍珠项圈，连它我也忍不得割舍，尽管我是特意挑选出来送给她的。你俩，我的儿子，一定要公平地把阿格拉①财宝属于她的那一份分给她。但在我死之前——不要给她——任何东西——包括——那项圈。说不定，病成我这样的人，还会好起来的。'

"他接着说道：'告诉你们摩斯坦是怎样死的。他有多年心脏病，但他瞒着其他人。只有我知道。在印度时，他和我，由于机缘凑巧，获得大批财宝。我把财宝带回英国，摩斯坦回到英国的当天晚上，就直接来到我这儿，索取他的那份。他从车站步行来到这里，给他开门的是已故的忠实老仆人拉尔·乔达。摩斯坦和我对财宝的分配有分歧，我们吵了起来。摩斯坦一怒之下从椅子里跳了起来，突然手按胸口，面色苍白，身子向后一仰，头撞在财宝箱角上。我弯下腰一看，天啊，发现他死了！

"'我坐了很久，心烦意乱，不知如何是好。我第一个反应自然是求人帮助。但我意识到，肯定会被指控我谋杀了他。他是争吵时死去的，头部有伤口，都对我不利。再说，警方调查时定会引发出财宝的事，这是我特别要保守的秘密。他已告诉我，他是悄悄来的，没人知晓。所以，似乎没有必要让任何人知道这件事。

"'我正在不知如何是好，抬头忽然看见仆人拉尔·乔达站在门口。他悄悄走进来，随手闩好门。'别害怕，东家，'他说，'没人知道你杀了他。把他藏起来，还会有谁知道呢？'我说：'我没有杀他。'拉尔·乔达摇摇头，笑了笑。他说：'我全听见了，东家。我听见你们在争吵，还听见了打斗声，但我会守口如瓶的。屋里的人全睡了，咱们一起把他弄走吧。'他的话让我下了决心。如果我自己的仆人都不相信我是无辜的，又怎能指望在陪审团十二位愚蠢的商人面前说得清真相呢？拉尔·乔达和我当夜处理了他的尸体。几天后，伦敦各家报纸就登出了摩斯坦上尉神秘失踪的消息。从我的话中你们可以看

---

① 阿格拉：印度北部城市，也译作泽亚格拉。泰吉·马哈尔陵，即泰姬陵所在地。

出，此事很难说是我的过错。我错就错在，不该埋藏了尸体，还隐藏了财宝，我得了自己的一份，还霸占了摩斯坦的一份。所以，我希望你们物归原主。把耳朵凑到我耳边来，财宝就藏在——'

"就在这时，他的脸色突然变得极其恐怖。他双眼直瞪，下颚下坠，用一种我永远也忘不了的声音喊道：'赶走他！看在上帝的分上，赶走他！'我们俩一齐回头朝他双眼紧盯着的窗子望去，黑暗中一张脸正朝屋里注视着我们。我们能看清他那在玻璃上压得发白的鼻子。满脸的胡子，凶狠的眼睛，凶神恶煞般的表情。哥哥和我奔向窗口，但那人跑了。当我们回到父亲身边时，他已垂下了头，心跳停止了。

"我们当晚搜遍了花园，除窗下花圃上有一个明显的脚印外，没发现任何不速之客的痕迹。但是，要不是有这只脚印，我们或许还以为那张凶狠的脸是我们胡思乱想出来的。然而，不久我们就得到了更震惊的证明，我们周围有神秘人物在活动。第二天早晨我们发现，父亲房里的窗子被人打开了，橱柜和箱子全被翻得乱七八糟，他的胸前别着一张破纸，上面潦草地写着'四签名'几个字。这几个字是什么意思，神秘来客是谁，我们从没弄明白。我们所能断定的是：尽管所有的东西都被翻动过，父亲的财物却完好无损。哥哥和我自然把这桩怪事与他平日的恐惧联系起来，但到底是怎么回事，至今仍是个谜。"

说到这里，矮个子停了下来，重新点燃水烟筒，沉默地吸了一会儿。我们坐在那里，全神贯注地听他讲述这个离奇的故事。讲到她父亲死时，摩斯坦小姐的脸一下子变得苍白起来，我担心她会晕倒。我悄悄地从旁边桌子上的威尼斯式的水瓶里给她倒了一杯水，她喝了后才回过了神。夏洛克·福尔摩斯靠回椅子里，一副心不在焉的样子，半闭上那双原本闪亮的眼睛。看着他，我不由得想起，就在今天他还抱怨过人生平淡无味，至少此时此刻的问题是对他智慧的最严峻的考验。塞笛厄斯·舒尔托把我们一一打量了一番，显然他对自己讲述的故事所产生的效果感到甚是得意。接着他吸了几口水烟后，又讲了起来。

"哥哥和我，"他说，"你们可以想象，我们听到父亲提起财宝，都兴奋不已。一连几周，几个月，我们挖遍了花园的角角落落，就是找不到藏财宝的地方。想到他刚要把藏宝的地方说出来的节骨眼咽了气，我们简直发疯了。从他拿出的那个项链我们便可断定，那笔失去的财富有多大。哥哥巴索洛缪和我就议论过那串项链。项链上的珠子无疑很值钱，他舍不得送给别人，在对待友人上，他和父亲都有相同的缺点。他认为，要是我们把项链送了人，可能会引起闲话，最终将招惹麻烦。我所能做的是劝哥哥，让我找到摩斯坦小姐的住址，然后定期从项链上拆下一颗珠子寄给她，这样至少可保她生活无忧。"

"你想得真周全，"我的朋友说，"你的心肠真好！"

矮个子摇摇手，表示不能接受。

"我们只是你财产的受托人，"他说，"这只是我的想法，哥哥巴索洛缪可不这样看。我们自己有足够多的钱，再多的钱我不需要。再说，如此卑劣地对待一位年轻的女子，情理难容。法国人说：'卑劣为万恶之首'，你看这话说得多精辟。我们的观点分歧太大了，所以觉得还是与他分开的好，于是我就搬离了樱池小筑，带了一名印度仆人和威廉姆斯单独住下来。昨天，我得知发生了一件极为重要的事。财宝找到了，我立刻与摩斯坦小姐取得了联系。现在我们就是前往诺伍德，把我们的那份财宝拿回来。昨晚我对巴索洛缪说过我的想法。即使他不欢迎我们，可还是会接见我们的。"

塞笛厄斯·舒尔托先生没有再说下去，只是坐在舒适的矮椅上不停地颤抖。我们都沉默不语，都在想着这桩怪事会发展到什么地步，福尔摩斯第一个站起来。

"先生，你自始至终做得很对。"他说，"我们原可以告诉你一些你还不知道的事情，以作为对你小小的回报。但正如摩斯坦小姐所说，时间不早了，要紧的是尽快赶到那儿。"

我们的新朋友小心翼翼地盘好水烟筒管，从帘子后取下一件有盘花扣的大衣，领口和袖子是羊羔皮做的。尽管夜里天气闷热，他还是严严实实地扣上了外衣，最后戴上一顶兔皮帽，并用帽檐盖住耳朵。这样除了那张表情多变而又清瘦的脸露在外面，全身上上下下都裹得严严实实。

"我身体有些虚弱，"他带我们走出过道时，说，"没法子，我只能是个体弱的人。"

马车正等着我们，这一切显然是预先安排好的。我们一上车，车子立刻飞快地跑了起来。塞笛厄斯·舒尔托又嘴不停地说起来，说话声比轧吱轧吱的车轮声还要响。

"巴索洛缪是个精明人，"他说，"你们猜猜他是怎样找到财宝的？他最后断定财宝在屋内的某个地方，于是计算了整座房屋的体积，量过了每个地方，一英寸也没漏过。他算出整幢房屋高74英尺。他把各个房间的高度和通过钻探测得的房间之间楼板的厚度相加，发现只有70英尺，还差4英尺，那显然是楼顶了。于是他在顶层的用板条和熟石膏做的天花板上打了个洞，在那儿，就在那儿，他发现了一个封闭的、无人知晓的小阁楼，财宝箱就放在正中的两根椽子上。他把箱子从洞口拿下来。他估计珠宝的价值不少于50万英镑。"

听到这笔巨大的数目，我们全都惊得目瞪口呆。如果我们确保摩斯坦小姐得到应有的那一份，她将由一个贫穷的家庭教师变成英国最富有的继承人。当然，作为她的一个忠实的朋友会为这种消息感到欢欣鼓舞，但惭愧地说，我的内心充满自私的想法，我的心情变得像铅一般沉重。我吞吞吐吐地说了几句祝贺的话，然后垂头丧气地坐在那儿，耷拉着脑袋，连我们的新朋友后来说了些什么也没听见。他显然是个忧郁症患者。我朦朦胧胧听见他没完没了地说出一大串病症，并恳求我告诉他无数江湖秘方的配方及作用，有些秘方他还随身带在口袋的皮夹里。我相信，他可能已记不起那天晚上我给他作出什么回答了。后来福尔摩斯说他听见我告诫矮个子服用蓖麻油不要超过两滴，并建议用大量的剧毒番木鳖碱作镇静剂。不管怎样，到了马车停下来，车夫跳下车打开车门，我才松了口气。

"摩斯坦小姐，樱池小筑到了。"塞笛厄斯伸手扶着她下车的时候，说道。

五　樱池小筑惨案

我们到达当晚冒险行动的最后一站时，已快十一点了。这个大都会潮湿的雾气已抛在身后，夜色宜人。阵阵暖风从西边吹来，厚厚的云层缓缓消散，半圆的月亮不时窥破云层。已经能够看清较远的地方了，但塞笛厄斯·舒尔托还是从马车上取下一盏边灯，好让我们一路上看得清楚。

樱池小筑独自耸立在一大片庭院里，房子的四周围有高高的石墙。墙头插着碎玻璃。一扇狭小的铁门是唯一的出入口，我们的领路人像邮递员那样在门上连敲了两下。

"哪个？"里边的人粗暴地问道。

"我，麦克默多，这种时候来敲门除了我还有谁呢？"

传来一阵抱怨声，接着是窸窸窣窣的钥匙声。门沉重地打开，出来一个个头矮小、胸脯厚实的男人，昏黄的灯光照着他向外窥探的脸和两只不停眨巴着的多疑的眼睛。

"塞笛厄斯先生，是你吗？另外几个是谁？我没听东家说还有别人要来。"

"没听说？麦克默多，你真让我吃惊！我昨晚告诉了哥哥，我会带几个朋友来。"

"塞笛厄斯先生，东家今天还没出过房间呢，我没接到吩咐。你知道我得守规矩，我可以让你进来，但你的朋友必须等在外面。"

这是我们没有料到的。塞笛厄斯看着他，一时不知如何是好。

"麦克默多，你太不像话了！"他说，"我为他们担保，够了吧！还有一位小姐，这个时候，总不能让她待在外面吧。"

"非常抱歉，塞笛厄斯先生，"看门的毫不容情地说，"这帮人可能是你的朋友，但不一定是东家的朋友。主人待我不薄，我得恪尽职守。你的朋友我一个也不认识。"

"噢，麦克默多，你认得的，"福尔摩斯和蔼地说，"我想你是忘不了我的。四年前的那个晚上在爱里森场子里为你举行拳击赛，一个业余拳击手和你拼了三个回合，还记得吗？"

"这不是夏洛克·福尔摩斯先生吗？"这位拳击手高声说道，"我的天哪！我怎么没认出来？你站在那儿一声不吭，干吗？上来在我的下巴下来几下你的勾手拳，不早就认出你来了吗？啊，你的天赋白糟蹋了，白糟蹋了！要是你干起拳击这一行，那准干得很出色。"

"华生，你瞧，如果我一事无成，还有一种挺不错的职业等着我呢，"福尔摩斯笑着说，"我想，我们的朋友不会让我们站在外面挨冻的。"

"请进，先生，请进！你和你的朋友都进来吧，"他答道，"很抱歉，塞笛厄斯先生，东家的命令很严，要不弄清他们是你的朋友，我是不敢让他们进来的。"

进了门，只见一条砾石铺成的小径穿过一片荒芜的空地，弯弯曲曲通向一所四方形的普通的大房子。整座房屋隐现在暗影中，唯有房子的一角映照在月光下，显现出顶楼上的一扇大窗。这么大的房屋朦朦胧胧，死一般寂静，阴森恐怖，让人不寒而栗。就连塞笛厄斯·舒尔托也显得不安，手中的提灯不住地抖动，嘎嘎作响。

"我实在不明白，"他说，"一定出了什么事。我明明告诉过巴索洛缪我们要来，可他的窗子里没一丝灯光。倒是怎么回事？"

"他总是戒备森严吗？"福尔摩斯问。

"是的，他这是继承了我父亲的习惯。你知道，我父亲最喜欢的就是他这个儿子了。我时常纳闷，父亲是不是告诉他的事要比告诉我的多？月亮照着的那扇窗就是巴索洛缪的。很明亮，但里面没有灯光，我想。"

"是没有，"福尔摩斯说，"可我看见门旁边那扇小窗里闪着灯光。"

"哦，那是女管家的房间，博恩斯通太太住在那里。到底怎么回事，她全会告诉我们的。不过，先请你们在这里略等片刻，因为她没听说我们要来，如果我们都去，会吓着她的。可是，嘘！什么声音？"

他举起提灯，手哆哆嗦嗦，灯光在我们四周摇晃。摩斯坦小姐抓紧我的手腕，我们站住了，心怦怦直跳，竖起了耳朵。在这夜深人静的夜晚，从那所漆黑的大房子传来极悲惨恐怖的尖叫声——是一个受惊吓的女人发出的凄惨的哭声。

"是博恩斯通太太！"舒尔托说，"屋里只有她一个人。等着，我马上回来。"

他说罢奔到门口，以他特有的方式敲开门。一个高大的老太太一看到他，现出惊喜的神情，忙请他进屋。

"哦，塞笛厄斯先生，你来了就好！来了就好，塞笛厄斯先生！"

我们听到她高兴得不断重复这些话，门关上后，才听不见。

领我们来的塞笛厄斯把提灯留给了我们。福尔摩斯慢慢地转动提灯，仔细地查看四周的房子和堆在空地上的大堆泥土。摩斯坦小姐和我手拉着手站在一起。爱情真是奇妙，我们俩站在一起，在这之前不曾见过一面，不曾交谈过一言半语，更不曾互通款曲。然而，在这危难时刻，我们的手本能地握在一起。事后回想起来令我惊奇不已，但在当时我走向她是那么自然；她也常说，当时她是本能地转向我，寻求我的安慰与保护。于是，我们像两个孩子手拉着手站在那儿，尽管周围险象环生，但我们的内心却平静镇定。

"多么奇怪的地方！"她环顾四周，说。

"好像全英格兰的田鼠都放到这儿来了。我曾在巴拉莱特附近的山边见过类似的情景，当时探矿工正在那里干活。"

"完全是相同的原因，"福尔摩斯说，"这些都是探宝者留下的痕迹。别忘了，他们已挖了六年。怪不得这地方像个乱土堆。"

说话间，门猛地打开。塞笛厄斯·舒尔托奔出门外，双手朝前伸出，眼睛里充满恐惧。

"巴索洛缪出事了！"他大声叫喊，"吓死我了！我受不了啦！"

他惊恐万状，那张从羔皮领子里探出来的虚弱脸孔不住地痉挛，苍白无血，就像一个惊慌失措的孩子，露出无助求救的神态。

"进屋去！"福尔摩斯斩钉截铁地说。

"好，进去！"塞笛厄斯·舒尔托恳求道，"我真的不知道该说些什么了。"

我们跟着他一同走进了女管家的房间，房间就在过道的左边。老妇人搓着双手，惊恐不安地在屋子里来回转着身子。但一见摩斯坦小姐，立刻镇定了不少。

"老天爷，瞧她那脸蛋多甜美，多文静！"她歇斯底里地哭诉道，"见到这样的脸蛋，我就放心了，哦，今天可让我够受的！"

我们的朋友轻轻拍她那双粗糙干瘦的手，低声说了几句温柔、安慰的话，才使老妇人苍白的脸现出了血色。

"东家把自己锁在屋子里，也不和我搭话，"她解释道，"我整天都在等他的吩咐，因为他常常喜欢一个人待着。一个时辰前，我担心出了什么事，便上楼从钥匙孔里偷偷地看了看。塞笛厄斯先生，你必须上去，必须上去亲自看看。十年来，我见过巴索洛缪·舒尔托先生高兴的样子，也见过他悲伤的样子，但从未见过他现在这副面孔。"

福尔摩斯提着灯，在前面引路，因为塞笛厄斯·舒尔托已吓得牙齿咯咯地响，两条腿直哆嗦，上楼时我不得不伸手搀他一把。上楼的时候，我们看到福尔摩斯两次从口袋里拿出放大镜，仔细查看楼梯上棕毛垫上的痕迹。在我看来，那只不过是一点点看也看不清的灰斑。他慢慢地一级一级往上走，低低地提着灯，从左到右细细观察。摩斯坦小姐留在楼下陪伴受惊的女管家。

上了第三节楼梯，前面是一段较长的过道，过道右边有一幅很大的印度挂毯，左边有三扇门。福尔摩斯沿着过道走得很慢，边走边检查，我们紧紧跟在后面，身后的过道上留下长长的黑影。我们要去的是第三扇门。福尔摩斯敲敲门，没有回应，接着转动门把手，想用力推开它。但当我们把灯贴近门缝时，才发现，门是从里面用一根粗大结实的门闩闩上了。钥匙已经扭转，但钥匙孔还没全被堵上。福尔摩斯弯腰朝里面看去，但立刻直起身来，倒吸了一大口气。

"里面情况异常，华生，"他说，我从未见过他如此激动，"你看怎么办？"

我弯腰朝钥匙孔看去，吓得缩了回来。一缕月色透进来，里面显得朦朦胧胧，闪闪烁烁。像是悬空挂着的一张脸注视着我。脸部以下全淹没在黑影里——那是张与我们的朋友塞笛厄斯相似的脸，同样尖而发亮的头，同样一圈红发，同样苍白的脸，然而露出恐怖的狞笑，龇牙咧嘴，却毫无生趣。在寂静的、洒满月色的屋子里的狞笑，比任何凄惨痛苦的脸或扭曲变形的脸更令人毛骨悚然。这张脸和我们矮个子朋友的脸如此相像，我不由回头看看他是不是还在我们身旁。我又回想起他说过的话，这两兄弟是双胞胎。

"太可怕了！"我对福尔摩斯说，"该怎么办？"

"非打开门不可。"他说罢，朝门猛撞，将全身的重量压在锁上。

门嘎嘎作响，但没被打开。我们一齐朝门猛撞，最后门砰的一声打开了，我们进了巴索洛缪的卧室。

房子布置得像个化学实验室。门对面的墙上摆着双排带玻璃塞的玻璃瓶，桌上杂乱地摆满了本生灯、试管和曲颈瓶。墙角处是一些装满酸的大瓶子，放在柳条编的篮子里。其中一个好像有点漏，也许已被打破，流出一股黑色的液体，空中散发着一股刺鼻的焦油气味。屋子的一边，在杂乱的板条和灰泥上，立着一架梯子，梯子上的天花板有一个大得可以穿过一人的洞，梯子下零乱地放着一卷很长的绳子。

在桌子旁边的扶手椅上，坐着房间的主人，头歪在左肩上，脸上露出恐怖的、令人费解的笑。他已变得僵硬冰冷，显然已死去数小时了。在我看来，他的脸孔和四肢都蜷曲成了十分怪异的模样。扶在桌上的那只手旁，摆着一件奇怪的东西——一根木纹细密的棕色木棒，上面用粗麻线捆着一块像锤子的石头。旁边放着一张纸，上面潦草地写着几个字。福尔摩斯扫了一眼便递给了我。

"你来看看。"他对我使了个眼色，说。

在提灯的灯光下，我惊恐地看见上面写着："四签名"。

"天哪，这是怎么回事？"我问道。

"说明是谋杀！"他说着弯腰察看尸体，"啊！果然被我猜中了。你看！"

他指着扎在耳朵上方头皮里的一根长长的黑刺。

"像是根刺。"我说。

"正是一根刺。你拔它出来。当心，有毒。"

我用拇指和食指拔出长刺。刺拔出后头皮上几乎没留下任何痕迹，只有一个小血点。

"不可思议的难解之谜，"我说，"不仅没弄明白，反而更糊涂了。"

"恰恰相反，"他答道，"很快就会水落石出的。只需弄清几个遗漏的环节，案情就会真相大白。"

进屋后我几乎忘记了我们的同伴，他仍站在门口，神情恐惧，绞着双手，独自悲伤。可突然间，他绝望地尖叫起来。

"财宝不见了！"他说，"他们抢走了财宝！我们就是从那个洞口取下财宝的。是我帮他取下的！我是最后一个见到他的人！昨晚离开他下楼时还听见他锁了门。"

"什么时候？"

"十点。可现在他死了。警察会来的。他们肯定会怀疑是我干

的。哦，会的，我会被怀疑的。先生们，你们不这样想吧？你们肯
定不会认为是我干的吧？如果是我害了他，怎么还会带你们来呢？
哦，天哪！我会发疯的!"

他的手狂挥乱舞起来，还不停地跺脚。

"舒尔托先生，你没有必要害怕。"福尔摩斯拍着他的肩膀温和
地说，"听我的话，驾车去警察局报案。你要答应全力协助他们。我
们在这里等你回来。"

矮个子茫然地听从了福尔摩斯的话，我们听到他摸着黑，跌跌
撞撞地下了楼梯。

六　福尔摩斯的推断

"我说，华生，"福尔摩斯搓着手说道，"现在我们还有半个小
时，咱们要好好利用起来。我对你说过，这个案子差不多快要了结
了，但不能因过分的自信而出差错。案情看来似乎很简单，但其中
可能隐藏着更深奥的东西。"

"简单?"我不由得问道。

"当然简单，"听他说话的口气，像是临床教授在给学生讲课，
"请你坐在那个角落里，别让你的脚印把案情弄复杂了。开始工作
吧！首先，这帮人是怎样进来的，又是怎样离开的？房门自昨晚起
就没打开过。窗子呢?"他提着灯走到窗边，大声说着他观察到的情
况，好像不是在对我说话，"窗子是从里面关好的，窗框很牢实，旁
边没有铰链。打开看看，附近没有水管，屋顶也离得很远，但有人
爬上了窗子。昨晚下过雨，窗台上有个脚印，这儿有个圆形的泥印，
地板上也有一个，桌旁又有一个。华生，看这儿，这真是个绝妙的
证据。"

我看了看那些清晰的圆形泥印。

"这不是脚印。"我说。

"这对我们更有价值。这是木桩的印迹。你看窗台上，有个带宽
大金属鞋后跟的大靴印，旁边则是木桩印。"

"是木腿人!"

"一点没错!但还有一个人——一个精明能干的同伙。大夫,你能爬上那面墙吗?"

我朝窗外看了看。月光仍然明亮地照在屋角上,我们离地面足有六十英尺高。从我这儿看,墙上没有任何立足之处,连个裂缝也没有。

"绝对爬不上来。"我答道。

"没人帮忙,是爬不上来。试想想,要是这上面有个朋友,他将角落里那根粗绳朝你扔下来,再将绳子的一端牢牢地拴在墙上的大挂钩上。我想,只要你是个有力气的人,即便装着一条木腿,也能爬上来。当然,你可以用同样的方式下去,你的同伙再将绳子收回去,从大挂钩上解下,关上窗子,从里面闩上,从来的地方逃走。还有一个值得注意的细节,"他指着绳子继续说,"我们那位装有木腿的朋友虽然爬墙功夫不错,但不是职业水手。他的手一点也不粗硬。我用放大镜看出不止一处有血迹,特别是在绳子的末端。我猜想,他下滑得很快,竟把手掌上的皮磨破了。"

"你说的都不错,但案情变得更加扑朔迷离了。神秘的同伙是谁呢?他是怎样进的屋呢?"

"对,那个同伙!"福尔摩斯沉思着重复道,"要说同伙,确实有些有意思的地方。他把这案子搅得更复杂了。我想,这个同伙在我国犯罪史上开辟了一条先河——类似的案子在印度发生过,如果我没记错的话,在塞内冈比亚①也发生过。"

"那他是怎样进来的?"我又问了一遍,"门锁上了,窗子太高又够不着,是从烟囱里进来的吗?"

"烟囱太小了,"他回答,"我已考虑过这种可能性。"

"那到底是怎样进来的呢?"我追问道。

"你总是学不会我教给你的那一套方法,"他摇头说,"我多次给你讲过,当你排除了不可能的因素,那么余下的事实——不管多么不可能——就是必然的事实。我们知道,他不是从门进来的,也不

---

① 塞内冈比亚:当时由非洲西部的塞内加尔和冈比亚两国组成的联邦,或塞内加尔河和冈比亚河之间的地区的旧称。

是从窗口进来的，更不是从烟囱进来的；我们也知道，他不可能预先藏在屋子里，因为屋里没有藏身的地方。那么，他是从哪儿进来的呢？"

"他是从屋顶上那个洞口进来的。"我说。

"当然是从那里进来的，我敢肯定。如果你乐意给我提下灯，我们且把搜索范围扩大到房顶上那个找到财宝的密室。"

他爬上梯子，一手抓住一根椽木，翻身上了阁楼。接着探出头来伸手接过灯，我也跟着上了阁楼。

阁楼长约十英尺、宽六英尺。地板是用椽木架成的，椽木之间铺了一层薄薄的条板和灰泥。这样，走路时必须踩在一根根椽木上。屋顶呈人字形，这就是这座房子的真正屋顶了。阁楼里没有任何家具，多年来，地板上积了一层厚厚的灰尘。

"你看，"福尔摩斯把手扶在人字形屋顶上，说，"这儿有一道暗门通往屋顶外面，我能推开。这就是坡度不大的屋顶。那么，那个同伙就是从这道暗门进来的。咱们再来看看能不能找到其他有关他个人特征的痕迹。"

他拿灯照着地板，这时我又看到他那天晚上再一次露出的惊异的表情。我朝他注视的地方看去，吓得浑身发冷。地板上到处都是赤足的脚印：清晰、明显，十分完整，但不到常人脚印的一半大！

"福尔摩斯，"我嗫嚅道，"这样恐怖的事竟是一个孩子干的。"

他立刻镇定下来。

"我开始也吃了一惊，"他说，"不过说来也不足为怪。要不是一时的疏忽，我本该料想到的。这儿没有什么可查的了，下楼去吧。"

"说说你对那些脚印的看法，好吗？"回到下面的屋子后我迫不及待地问。

"亲爱的华生，你也该动点脑子，"他不耐烦地说，"你知道我的方法，可你得用啊，这样就会得出更有启发性的结论来。"

"凭这些事实我可分析不出什么结论来。"

"你很快就会明白，"他不假思索地说，"我想这地方没什么重要的线索了，但我还是要查查。"

他拿出放大镜和卷尺，跪在地板上，又是测量，又是比较，又是检查。他那细长的鼻子离地板只有几英寸，深陷的眼睛闪闪发亮，滴溜溜直转，如同鸟的眼睛。他动作敏捷、无声、诡秘，就像训练有素的猎犬在寻找气味。我不禁想到：如果他用自己的精力和才智来犯罪，而不是维护法律，那他会是一个多么可怕的罪犯啊。他一面检查，一面不停地嘀咕着，最后惊喜地呼叫起来。

"咱们真走运，"他说，"现在问题不大了。第一个人不巧踩在木馏油里。你看，在这种刺鼻的东西旁边还留下了小脚印。你看，这只瓶子被踩破了，里面的东西流出来了。"

"那又怎么样？"我问道。

"这就是说他已落到咱们的手掌心了。"他说。

"我知道狗能顺着这样的气味追踪到天涯海角。如果说狼群能顺着鲱鱼臭迹追过一个郡，难道一条受过特殊训练的猎犬不能顺着这种刺鼻的气味这样做吗？这如同一道比例计算题：内项的积等于外项的积，结果必然是——啊，警察到了。"

楼下传来沉重的脚步声和叫嚷声，大厅的门砰的一声关上了。

"在他们上来之前，"福尔摩斯说，"摸摸这可怜家伙的胳膊，还有他的腿。你倒是有什么样的感觉？"

"肌肉就像木头，硬邦邦的。"我答道。

"确实如此。是极度收缩的结果，比正常的尸体要硬得多。再看看这张扭曲的脸，这种希波克拉底①的笑，也就是老作家们所说的'惨笑'。你能从中得出什么结论？"

"死于某种毒性极强的植物性生物碱，"我回答道，"某种导致破伤风的马钱子碱类的东西。"

"我一看到他面部收缩的肌肉就想到了这一点。一进屋我就想立刻弄清这种剧毒是怎样进入他体内的。你已看到了，我发现了一根毫不费力就能扎进，或射进他头皮的刺。你看，如果当时死者正直坐在椅子里，被刺扎中的部位正好对着天花板上那个洞。再检查一下这根刺。"

我小心翼翼地取出那根刺放到灯光下，发现是一根又长又尖的黑刺，刺尖发亮，涂有胶质物，但已经干了，较钝的那一端用刀削圆了。

---

① 希波克拉底：古希腊医生，被称为"医学之父"。生平不详。

"是生长在英国的刺吗？"他问。

"不，绝对不是。"

"有了这些证据，你应该能够推出合理的结论了。但正规军已到，咱们这些辅助部队可以撤退了。"

说话间，过道上的脚步声越来越近，一个身材矮胖、结实健壮、穿着灰色制服的男人大步走进屋来。他面色红润，身强力壮，是个多血质的人，浮肿的眼袋下露出一对闪亮的小眼睛。他身后紧跟着一个身穿制服的巡官和还在瑟瑟发抖的塞笛厄斯·舒尔托。

"糟糕！糟糕透了！"他用沙哑的声音嚷道，"这是些什么人？屋子里闹哄哄的，活像个养兔场！"

"埃瑟尔尼·琼斯先生，我想你一定还记得我吧！"福尔摩斯轻声说道。

"哦，当然记得。"他说，喘着粗气，"你不就是大理论家夏洛克·福尔摩斯先生吗？记得！我永远忘不了你在有关主教门珠宝案中的一番宏论，又是起因，又是推理和结论什么的。你的确启发了我们，找到了破案的正确方向，但你也得承认，那一次主要是你撞上了好运，而不是靠正确的指导。"

"那不过是一个非常简单的推理。"

"得了，得了！别不好意思承认嘛。这里倒是怎么回事？糟糕透了！糟糕透了！这里只有严酷的事实，没有理论的余地。说来也巧，我正好因为办另一个案子来到诺伍德！报案时我正在警察局。你认为这个人是怎么死的？"

"啊，这样案子似乎用不着我的理论。"福尔摩斯冷冷地说。

"不，不，有时还真能被你说中。天哪，我听说门是锁着的，可价值五十万英镑的珠宝怎么会不翼而飞呢？窗子怎么样？"

"关得严严实实，不过窗台上留有脚印。"

"得，得，如果窗子关严实了，那脚印就与本案无关了。这是常识。人也许会猝死，但珠宝怎么会不翼而飞呢？哈！我有一个想法。我有时也有一些灵感。——巡官，请先出去，还有你，舒尔托先生。你的朋友可以留下，——福尔摩斯先生，你认为这是怎么回事？舒尔托自己也承认他昨晚与哥哥在一起。他哥哥猝死了，于是舒尔托带走了财宝，是不是这样？"

"后来这死人还细心地起身从里面锁上了门。"

"可不，是有些说不通。那我们就凭常识来判断吧。这个塞笛厄斯·舒尔托确实和他哥哥在一起，也确实发生过争执，这些就是眼下我们所知道的。塞笛厄斯走后，就没人再见过他哥哥了。他的床又没人睡过。塞笛厄斯显然心神不安。他的外表——哈，并不出众。你看，我在塞笛厄斯周围已撒下大网，而且大网在向他收拢。"

"有些事实你还没有掌握，"福尔摩斯说，"我有充分的理由相信这根木刺是有毒的，曾扎在死者的头皮里，伤痕还在。这张纸，你看看，在桌子上，旁边放着这根相当奇怪的木棒，上面还绑着石头。用你的说法怎样解释这些事实呢？"

"方方面面都证实了我的推测，"肥胖的警官自负地说，"屋子里满是印度古玩。刺是塞笛厄斯带来的。如果这刺有毒，塞笛厄斯也可以像别人那样用它来杀人。这张纸不过是变戏法中惯用的障眼法，没有任何意义。唯一的问题是：他是怎样出去的？哈，有了，屋顶上有个洞。"

由于身体肥胖，他费了九牛二虎之力才爬上梯子，从洞口挤进阁楼。不一会儿，我们就听见他得意地喊道：他找到了暗门。

"亏他也能发现点什么，"福尔摩斯耸了耸肩，说道，"有时也有点模模糊糊的理性。法国有句谚语说得好：'最难与之相处的笨蛋莫过于有思想的笨蛋'。"

"你瞧，"埃瑟尔尼·琼斯下梯子时说，"到底是事实胜于雄辩吧。我对此案的判断已被证实了。有一个暗门通往屋顶，门还半开着呢。"

"是我打开的。"

"哦，那好，你也看到暗门了？"他显得有些沮丧，说，"好吧，不管是哪个发现的，反正无不说明了凶手是怎么逃走的。巡官！"

"是，先生。"过道里有人答道。

"叫舒尔托先生过来。——舒尔托先生，我有责任告诉你，无论你说什么都可能作为对你不利的证言。因为你涉嫌你哥哥的死，所以我以女王的名义逮捕你。"

"啊，你们看，我不是跟你们说了吗？"可怜的矮个子伸出双手，眼望着我们，大声嚷道。

"舒尔托先生，别担心，"福尔摩斯说，"我想我会为你洗脱罪名的。"

"不要轻易许下诺言，理论家先生，不要轻易许下诺言！事情也许不像你想的那么简单。"侦探插嘴道。

"琼斯先生，我不仅要洗清他的罪名，而且不收你的钱，无偿地告诉你昨晚来这房间的两名凶手中的一个的姓名和模样。他的姓名——我有充分的理由断定——是乔纳森·斯茂。他文化程度低，个子矮小，精力充沛，右腿断了，装有一条木腿，但木腿内侧已磨损了。左脚靴子的底呈方形而且粗糙，鞋跟钉有铁掌。他是个中年人，皮肤晒得黝黑，曾经是名囚犯。这些特征，加上他手掌脱落了很多皮，这些事实可能对你有用。另一人嘛——"

"啊，另一人呢？"埃瑟尔尼·琼斯冷冷地笑道。不过我看得出，听了福尔摩斯对另一名凶手的特征判断的一番描述，使他感到十分震惊。

"是个非常古怪的人，"福尔摩斯转过身来，说，"我想不久就能把这两个人介绍给你。华生，跟你说句话。"

他把我带到楼梯口。

"这一意外的插曲，"他说，"竟使我们忘记来这里的目的了。"

"我也这么想，"我答道，"摩斯坦小姐不宜留在这所凶宅里。"

"对，你得送她回去。她住在下坎伯韦尔的塞西尔·弗里斯特夫人家，离这儿不远。如果你愿意再来，我在这儿等你。你太累了吧！"

"一点不累，不把这桩怪事弄个水落石出，我是睡不上安稳觉的。我也经历过危难，但老实说，今晚发生的一连串怪事把我的神经全搅乱了。既然已经走到这一步了，我愿意和你一道了结这宗案子。"

"你在这里对我帮助很大，"他答道，"我们应该单独行动，琼斯那家伙想怎么干就让他怎么干好了。把摩斯坦小姐送回家后，请去河边莱姆贝斯品庆巷三号，右边第三幢楼住着一个做鸟类标本的人，他叫谢尔曼。你会看到窗户上画着一只黄鼠狼抓了一只野兔。敲门叫醒那老头，替我向他问声好，告诉他我急着要借他的托比，把托比随车带来。"

"我猜托比是条狗吧。"

"对，是条奇特的混血狗，嗅觉极灵敏。我想得到托比的帮助，而不愿意得到伦敦所有警察力量的帮助。"

"一定带它来，"我说，"现在一点了，如果能换匹马，三点前一准返回。"

"我呢，"福尔摩斯说，"我要找博恩斯通太太和那位印度仆人了解些情况。塞笛厄斯先生说，那个仆人睡在隔壁顶楼。然后，我要好好研究一下这位伟大的琼斯先生的方法，再听听他的挖苦话。"

"'某些人总要对他们所不了解的事情挖苦讽刺，对此我们已经习以为常了。'——歌德这话说得真叫精辟。"

七　木桶的插曲

琼斯是坐马车来的，我便驾着他坐的马车送摩斯坦小姐回家。她是天使一般的女子，此前表现得很平静，因为只要还有比她更弱小的人需要帮助，她都能镇定自若地承受危难。我看到她坐在惊恐万状的女管家身旁时，表现得甚是安详而从容，然而上了马车她便晕了过去，醒过来后就抽噎起来——这一晚的经历她是非常痛苦地忍受过来的。事后她对我说，那天晚上一路上我对她太冷淡、太疏远了。可她哪里知道我内心的斗争和强自抑制情感的痛苦呢。早在花园里，我俩握手的时候，我已向她表露过同情和爱意。我发现，即使是多年的普通岁月，我对她的了解也没有经历这一天的奇特的遭遇后所了解的多。只是短短的一天，使我认识到她的温柔和勇敢的天性。然而我思想斗争很激烈，倾慕的话语虽到嘴边，又咽了下去。她弱小无助，精神和神经都受到了刺激，此时向她求爱，未免有乘人危难之虞。更令我为难的是：如果福尔摩斯的努力成功了，她将成为很富有的继承人。像我这样一个收入菲薄的医生乘机与她亲近，公平吗？体面吗？她难道不会认为我不过是个庸俗之徒，无非看上她的财富吗？我不敢冒险让她产生这种想法，这批阿格拉财宝成了一条不可逾越的鸿沟，把我俩分隔开来。

到达赛西尔·弗里斯特夫人家时，差不多两点钟了。仆人们早已休息，但显而易见，弗里斯特夫人对摩斯坦小姐收到那封奇特的信放心不下，仍坐在那儿盼她回来。她亲自打开门。她是位举止优雅的中年妇女，看到她温柔地搂着摩斯坦小姐的腰并以慈母般的声音问候她，我万分宽慰。显然，摩斯坦小姐在这里不只是一位受雇而来的家庭教师，而且是位受尊重的朋友。经介绍后，弗里斯特夫人诚恳地请我进屋，要我给她讲讲今晚的奇遇。我只得向她解释说，我有要事在身，并真诚地答应她以后我会前来向她报告案情的任何进展。我上了马车，回头看了一眼，仿佛看见楼梯上两个优雅的女人正手拉着手依偎在一起；我也看见，门半掩着，大厅里的灯光透过彩色玻璃照射出来，还有晴雨表和光洁的扶梯。在这纷纷扰扰而悲惨的案件中，看到这样一个安静而祥和的英国家庭，令人倍感欣慰。

对今晚发生的事想得越多，越感离奇纷乱。马车穿过被煤气灯照亮的寥寂街道上，我又把这一连串奇特事件细细回想了一番。原来的疑问现在已经解开：摩斯坦上尉的死、寄来的珠宝、刊出的广告，还有那封信——这些都已水落石出。但此后的种种事件又使我们陷入了一个更玄奥、更悲惨的谜之中。印度财宝、摩斯坦行李中发现的奇特图案、舒尔托少校临死时的奇怪场景、财宝的重新发现和随之而来的财宝发现者的被害、与谋杀有关的种种怪相、那些脚印、怪异的凶器、写着和摩斯坦上尉的图案上的字相同的字的破纸——面对这样一座迷宫，除非是福尔摩斯那样有天赋的人，别的人是无法找到任何线索的。

品庆巷是莱姆贝斯区尽头的一排破旧的两层楼的砖房，我在三号门上敲了很久才听到响动。终于，百叶窗里露出了一丝烛光，上方的窗子里露出一个人头。

"滚开，你这醉鬼！"探出来的头说，"再嚷嚷，看我不打开狗窝，放出四十三条狗来咬你。"

"放一条就够了，我正是为这个来的。"我说。

"滚开！"那人吼道，"我袋子里有个轮子，你再不躲开我就要拿它来砸你的脑袋了！"

"可我要的是狗。"我大声道。

"少废话!"谢尔曼喊道,"站开点,我数到三就扔轮子了。"

"夏洛克·福尔摩斯先生——"我这才说,但这几个字有神奇的功效,窗子立刻关上,不到一分钟门打开了。谢尔曼先生是个瘦长的老头儿,背有点驼,脖上青筋毕露,戴一副蓝色的眼镜。

"既然是福尔摩斯先生的朋友,随时欢迎光临,"他说,"先生,请进。小心那只獾,它会咬人的。嘘!淘气鬼,淘气鬼。别咬这位先生。"他对那只从笼子里钻出可怕的头来、有一对红眼睛的鼬鼠喊道,"淘气,淘气。你怎么能咬这位先生呢?先生,别害怕,是条蛇蜥,还没长毒牙,我把它放出来吃甲虫。请原谅我刚才的失礼,因为孩子们常来这儿捣乱,吵得我睡不安生。先生,福尔摩斯先生要什么来着?"

"他要你的一条狗。"

"可不,那准是托比。

"对,正是托比。

"托比在左手第七只笼子里。"

他举着蜡烛,在他收养的奇禽异兽之间慢慢地穿行。在微光中,我隐约看见每个角落里都有闪亮的眼睛冲着着我们龇牙咧嘴。就连我们的头顶上的椽子上也栖着一排一本正经的野鸟,它们被我们的声响吵醒了,懒洋洋地将重心从一条腿移到另一条腿。

托比是一条丑陋的长毛垂耳狗,是长毛垂耳狗与猎狗的混血种,毛色黄白相杂,走起路来摇摇摆摆。迟疑片刻后,它吃掉了谢尔曼先生让我喂给它的那块糖。就这样我们之间建立了友谊。托比跟我上了车,一路上很听话。我再次回到樱池小筑时,皇宫的钟刚敲响三点。我发现那位做过职业拳击手的麦克默多被当作同伙逮捕了。他和舒尔托先生已被带往警察局。两名警察把守着那张狭窄的大门,当我说出福尔摩斯的名字后,他们就让我带着狗进去了。

福尔摩斯站在台阶上,双手插在口袋里,嘴里叼着烟斗。

"啊,你把它带来了!"他说,"好狗!埃瑟尔尼·琼斯已走了。你走后我们大吵了一场。他不仅逮捕了我们的朋友塞笛厄斯,还带走了看门人、女管家和那位印度仆人。除楼上的巡官,这地方就归我们了。把狗留在这儿,我们上楼去。"

我们把狗拴在厅内的桌腿上,再次上楼。房间还是老样子,只是死者身上盖了一张床单，那巡官满脸倦意，靠在墙角落里。

"巡官，借用一下你的灯，"我朋友说，"把这块纸板系在我的脖子上，以便把灯挂在胸前。谢谢。现在我得脱掉靴子和袜子。华生，请把靴、袜带下楼去。我要露露自己的攀爬功夫了。拿这块手绢在木馏油里蘸一蘸。好了，好了，跟我到阁楼上来一会儿。"

我们从洞口爬上去，福尔摩斯再一次用灯照了照灰尘上的脚印。

"我希望你特别注意这些脚印，"他说，"有没有发现什么值得注意的东西？"

"还不是小孩或小妇人的脚印。"我答道。

"除脚印的大小外，没别的吗？"

"好像跟别的脚印没什么两样。"

"才不呢！看这儿。这是灰尘上一只右脚印，我在这脚印旁再踩上一个。主要区别在哪儿？"

"你的脚趾是并拢的，那只脚印上的脚趾是分开的。"

"不错，问题就在这里。记住，请到那个吊窗前闻一闻木框。我站在这边，因为我手里还拿着手绢，过不去。"

我照他说的做了，立即闻到一股强烈的焦油气味。

"那家伙就是踩在这里逃走的。连你也能闻得到，我想托比肯定不成问题。好啦，下楼去，放开托比，多加小心。"

我下楼回到院子时，福尔摩斯已上了屋顶。我看到他像只大萤火虫在屋脊上缓缓爬行。他消失在烟囱后面，不一会儿又出现了，接着又消失在屋脊对面。我绕到那边时，他已坐在屋檐的一角。

"是华生吗？"他喊道。

"是我。"

"就在这儿，下面那黑东西是什么？"

"是个木桶。"

"有盖吗？"

"有。"

"有没有看见梯子？"

"没有。"

"混账东西！这是可个要命的地方。他能从这儿爬上来，我就能从这儿爬下去。水管好像很结实。我下来啦！"

一阵沙沙的脚声，提灯沿着墙边稳稳下降。然后轻轻一跳，落在木桶上，随后跳到了地上。

"跟踪他并不难，"他边穿靴袜边说，"他经过的地方瓦都被踩松了，匆忙中还丢下了这玩意儿。按你们医生的话说，它证实了我的诊断。"

他拿给我看的东西是个小袋子，确切地说，一只用彩色草编成的烟袋，外面装饰着几颗俗气的珠子，形状大小很像烟盒。里面装着六根黑色的木刺，一头尖，一头圆，和刺到巴索洛缪·舒尔托头上的那根一模一样。

"这是危险的凶器，"他说，"当心别伤着你自己。得到它我高兴极了，因为他所有的凶器全在这里了。再也用不着担心拿它来对付咱们了。我宁愿挨枪子也不愿中毒刺。华生，你还能跑六英里的路吗？"

"没问题。"我答道。

"腿受得了吗？"

"受得了。"

"喂，狗儿！好托比，闻闻这，托比，闻闻这！"他把蘸有木馏油的手帕放在狗鼻子下，托比叉着多毛的双腿立起来，滑稽地抬起头，就像一位品酒家在闻美酒的芳香。接着福尔摩斯远远地丢开手绢，在狗脖子上系了一根结实的绳子，把它牵到木桶边。这时狗发出一连串尖而颤抖的吠声，鼻尖贴地，尾巴指天，循着气味向前奔去，我们拉着绳子，以最快的速度随后跟着。

东方渐白，在灰蒙蒙的寒光中我们能看到较远的地方。方正的大房子，和那灰暗、空寂的窗户，光秃秃的高墙，已一一凄然地落在我们身后。我们穿过院子朝右拐去，院内被弄得到处坑坑洼洼。散乱的土堆和长势不良的灌木使得这块地方看上去如同昨夜笼罩在这里的惨案一样凄凉惨淡。

到达界墙时，托比跑上去，在高墙的阴影下焦躁不安地汪汪直叫，最后在长着一棵山毛榉的角落里停了下来。那里是两墙相连的地方，有几块砖已经松动，其余的砖缝亦已磨损，矮处的砖缝已被磨圆，似平常被当作梯子使用。福尔摩斯爬上墙，从我手中接过狗，放到墙的另一边。

"这儿有木腿人的手印,"我爬到他身边时,他说道,"你看,白灰上留有血迹。幸好昨晚没下大雨!尽管时隔二十八小时,气味还留在路上。"

我承认,我曾担心伦敦大街上川流不息的马车会破坏木馏油的臭迹。但我的担心很快就消除了。托比嗅着地面,摇摇摆摆,毫不犹疑地朝前奔跑。显然,木馏油的气味比路上其他的气味更强烈。

福尔摩斯说:"不要以为,我能破这个案子全靠有人不小心踩上化学药品这一点。我知道有多种不同的方法可以帮助我找到凶手。但既然命运让这一方法落到咱们手中,咱们就得把这一最便捷的方法用起来,要是弃而不用,那可就罪过了。不过这样一来,这个案子就显得太平淡无奇了,不像咱们认为的那样非得动脑子不可的了。要是缺了这一明显的线索,我破了案,倒是从中大有收获哩。"

"还是有收获的,收获还不少哩。"我说,"福尔摩斯,我觉得你破获此案的方法比破获杰弗逊·霍普一案的方法更令我感到神奇。我以为这件案子更复杂,更令人费解。比方说,你怎么那么自信地说得出木腿人的特征呢?"

"咳,老弟!那太简单了,我不想夸张。案情明明白白摆到了桌上。两个负责监管囚犯的官员听说了一个藏宝的重大秘密,一个叫乔纳森·斯茂的英国人给他们画了一张图。还记得我们在摩斯坦上尉的纸条上见过的名字吧。他自己签了名,还替他的同伙签了名——这就是他所谓的'四签名'。凭借这张图,这两位官员——或其中的一位——找到了财宝并将财宝带回了英国。我们可以设想,他已接受过的条件并没有兑现。那么,乔纳森·斯茂为什么没有亲自去取财宝呢?答案很明显,图上的日期正是摩斯坦和囚犯们接触频繁的时候。乔纳森·斯茂没有亲自取财宝,是因为他和他的同伙都是囚犯,脱不了身。"

"这只不过是推测罢了。"我说。

"不只是推测,因为只有这一假设才解释得了事实。看看它是如何解释随后发生的事吧。舒尔托上校得了财宝后过了几年安稳的日子。后来收到一封来自印度的信,这信吓得他丧魂落魄。为什么呢?"

"信里说被他欺骗过的人出狱了。"

"或是越狱逃跑了。那就更不得了啦，因为他肯定知道他们的刑期，否则他不会这样惊慌失措的。然后他会怎么做呢？他处处提防木腿人——请注意，是一个白种人，他不是曾误把一个白种商人打伤了吗？而图纸上只有一个白种人的姓名，其他几个全是印度人或回教徒的名字。因此我们满有把握地说木腿人就是乔纳森·斯茂。你认为这样推理有什么漏洞？"

"没有，很清楚，很精辟。"

"那么，设身处地设想一下乔纳森·斯茂的处境，从他的立场来分析一下事实吧。他抱着两个目的回到英国，一是要拿回他认为属于他的东西，二是要报复欺骗过他的人。他找到了舒尔托先生的住所，很可能还串通了他家里的某个人。有一个叫拉尔·拉奥的男管家，我们还没见过，博恩斯通太太说他品行不端。斯茂并不知道财宝藏在什么地方，除了少校和他死去的忠实仆人外，没有人知道。斯茂突然听到少校病危，担心财宝的秘密会同少校一起消失，冲动之下，他冒着被守门人抓住的危险，来到了垂死的少校卧室的窗前。想不到少校的两个儿子在跟前，才没有进屋。他对死者恨之入骨，当夜又潜入屋里，翻遍了少校的私人文件，希望找到财宝的线索，临走时留下一张写有简短留言的纸条，表示他来过。无疑早有打算，准备杀死少校后在尸体旁留下'四签名'的纸条。说明这不是件普通的谋杀案，而是从四个同道的立场出发的伸张正义的行为。这种怪诞离奇的想法在犯罪史上是常见的，通常可提供与罪犯有关的某些有价值的线索。明白了吗？"

"完全明白。"

"那么乔纳森·斯茂如何采取进一步的行动呢？他只能继续暗地里留心别人搜寻财宝的动静。也许他离开了英国，有时回来探听情况。后来阁楼被发现了，他立刻得到了消息。这又证明他是有内线的。乔纳森装有木腿，绝不可能爬上巴索洛缪·舒尔托家的顶楼。但他带来了一个相当古怪的同伙。此人爬上屋顶，却把赤脚踩进了木馏油里，所以我找来了托比，还让一个脚筋受伤的领半薪的军官跛着脚跑了六英里路。"

"如此说来杀人的是那个同伙，而不是乔纳森了。"

"是的。从乔纳森进屋后顿脚的情形来看，他反对这样做。他与巴索洛缪·舒尔托无冤无仇，他只想将他捆起来，堵住他的嘴。杀人抵命，他不想把自己的头伸进绞索。然而，他的同伙蛮性大发，使用了毒刺。在这种情况下，乔纳森·斯茂无可奈何，只好留下纸条，带着财宝跑了。这就是我对事件经过的解释。至于他的相貌，既然他在如同火炉的安达曼服刑多年，自然是个皮肤黝黑的中年人。他的身高很容易从他的步幅的长短推算出来。我们还知道他留有络腮胡子，这是塞笛厄斯·舒尔托从窗口亲眼看到的。我知道的就这些。"

"同伙呢?"

"啊，这没有什么神秘的，不久就会真相大白。早晨的空气多么新鲜!瞧那小云朵，活像巨大的火烈鸟身上一片粉红色的羽毛在空中飘动，红红的太阳穿破伦敦上空的云层，洒落在许多人的身上，但像你我这样负有独特使命的人就享受不到了。在大自然的威力面前，我们这点儿雄心和斗志显得多么渺小啊!你熟悉约翰·保罗①的著作吗?"

"略知一二。我是读过卡莱尔②的作品后再读他的著作的。"

"这如同顺着小溪找到了湖泊。他说过一句奇特而意味深长的话:'人的真正伟大在于他能意识到自己的渺小。'此话论及了比较和鉴别的力量，这种力量本身就是崇高的证明。瑞奇特的作品中含有丰富的精神营养。你带手枪了吗?"

"我有手杖。"

"要打入他们的巢穴，用得着这类东西。我把乔纳森交给你，他的同伙如果不听话，我就一枪毙了他。"

说着，他掏出左轮手枪，装上两颗子弹，然后放回右边的口袋。

我们跟着托比上了通往伦敦的大道，路旁是半乡村式的别墅，接着进入了向远方伸展的大街。街上做工的和码头工人都已起床，女人慵懒地打开门窗，出来清扫台阶。街角边四方屋顶的酒吧刚开始营业，粗野的男人走出酒吧，用袖子擦拭沾在胡须上的酒沫。野

---

① 约翰·保罗 (1763—1825):德国作家，瑞奇特是他的笔名。

② 卡莱尔 (1795—1881):英国历史学家和作家，著有《法国革命史》《英雄与英雄崇拜》等。

狗在街上闲游，好奇地盯着我们，但举世无双的托比从不左顾右盼，鼻子嗅着地，直往前奔，偶尔在气味更浓的地方发出急切的吠叫。

我们经过斯特汉姆、布里克斯顿、坎伯韦尔、穿过奥弗尔东面的小街，来到肯宁顿巷。我们的跟踪对象选择了"之"字形的道路，可能是掩人耳目。只要能拐进平行的小巷，他们就不走大路。到达肯宁顿巷的尽头后，他们向右拐，穿过证券街和麦尔斯街。托比停了下来，不再往前跑，只是来回乱跑，一只耳朵竖着，另一只垂着，一副不知如何是好的样子。它摇摇摆摆兜了几圈，不时抬头望着我们，似乎在请求我们同情它的尴尬处境。

"托比究竟怎么啦？"福尔摩斯大声道，"他们肯定不会乘车也不会乘气球逃跑的。"

"他们可能在这儿停留了一会儿。"我提出自己的看法。

"啊，行了，它又开跑了。"我朋友松了一口气，说道。

托比的确又上路了，它四处嗅了嗅，突然下定决心，以前所未有的力气和决心飞奔起来。气味似乎比以前更浓了，你看它不再用鼻子嗅地，而是使劲地拖着绳子往前跑。从福尔摩斯的眼神看，我们就要到达他们的老巢了。

穿过"九榆树"，我们来到白鹰饭店附近的布罗德里克和纳尔逊大储木场。托比兴奋得发狂似的，从侧门跑进了储木场，那里的锯木工已经上班。它穿过锯屑和刨花，向前奔去，然后绕着两堆木头之间的过道跑到一条小路上，最后得意地叫了一声，跳到了放在手推车上的一只大木桶上。托比伸着舌头，眨巴着眼睛站在木桶上，想从我们这儿得到嘉奖。桶板和车轮上沾满了黑色的液体，空气中散发着浓厚的木馏油的气味。

福尔摩斯和我面面相觑，禁不住同时哈哈大笑起来。

八　贝克街小分队

"现在该怎么办？"我问，"托比已靠不住了。"

"它是按自己的想法行事的，"福尔摩斯把它从木桶上抱下来，带它走出了木场，"你只要想一想伦敦市内每天的木馏油运输量，就不会对我们跟错了目标感到奇怪了。现在木馏油的用途很广，特别是树木采伐的旺季。所以不能怪罪可怜的托比。"

"我们最好回到气味混杂的地方去。"我建议。

"对，幸好路程不远。托比在骑士街路口犹豫不决，显然那里有两条方向相反的小道。我们走错了路，现在只剩下另一条路可走了。"

事情并不难。我们把托比带回到它原来走错的地方，它兜了个大圈，最后朝一个新的方向跑去。

"咱们要当心，别让它把我们带到木馏油运出的地方去。"我说。

"我知道。你瞧，它在人行道上跑，运木桶的车走的应该是马路，所以看来这回是走对路了。"

穿过贝尔蒙特路和太子街，它朝河边跑去。到了布罗特街的尽头，它径直朝水边跑，那儿有个很小的木码头。托比把我们带到码头的边缘，站在那儿望着肮脏的河水直哼哼。

"这回咱们不走运了，"福尔摩斯说，"他们已经从这儿上船走了。"

水中和码头边有几条平底船和小艇。我们把托比带到每条船上，虽然它很认真地嗅了一遍，但没做出任何表示。

靠近简陋的浮码头有一所小砖房，第二个窗口挂着一块木牌，木牌上写着几个大字：莫迪凯·史密斯。下面写着：计时、计日出租船只。门上还写着：备有小汽船——码头上那一大堆煤就是个明证。福尔摩斯慢慢地四下张望，显得很不痛快。

"情况不妙，"他说，"这帮家伙比我想象的要狡猾。看来他们早已隐藏了行踪，想来他们事先已作了周密安排。"

他刚朝门口走去，门打了开来，冲出一个六岁光景的鬈发男孩，后面一个结实的红脸女人，拿着一块海绵追过来。

"杰克，回来洗澡，"她叫道，"回来，小冤家，你老子回来了看到你这副模样，有你好瞧的。"

"小朋友！"福尔摩斯乘机说道，"瞧你那红红的脸蛋多可爱！杰克，你想要什么？"

小家伙想了想。

"我要一个先令。"他说。

"不想要更好的东西吗?"

"给我两个先令更好。"这小天才想了想,又说。

"好吧,拿着!史密斯太太,这孩子真乖。"

"先生,他就是这样,有时还要淘气哩。我男人一出去就是几天,我真管不住这小东西。"

"他出去了?"福尔摩斯失望地说,"真不凑巧,我还想找他说个事呢。"

"先生,他昨天早上就出去了,真急死人。不过,你要租船,找我就是。"

"我想租他的汽船。"

"噢,先生,他就是坐汽船出去的。我急就急这个,我也知道船上的煤不够去伍尔维奇打个来回。要是他坐平底船去,我就不急了,因为他常有事还要去格雷夫圣德。事儿多的话,可能会耽搁的。可是汽船没有煤怎么办?"

"他可能已经在下河哪个码头买了煤。"

"可能吧,先生,但他从不这样做。我老听他念叨零售的煤太贵了。再说,我不喜欢那个装了木腿的人,模样丑陋,说起话来一口外国腔。他常往这儿跑,闹不清有什么鬼事。"

"木腿人?"福尔摩斯惊讶地问。

"是的,先生,那个猴毛黑脸的家伙常来找我男人。昨天晚上就是他把我男人叫起来的。更怪的是,我男人知道他会来,早把汽船发动了。说真的,先生,我就是放心不下。"

"可是,史密斯太太,"福尔摩斯耸耸肩说,"你用不着担心。你怎么知道昨晚来的就是那个木腿人呢?我不明白你怎么这么肯定。"

"他的声音,先生,我听得出是他的声音,粗声粗气,含含糊糊。他在窗子上拍了几下——好像是拍了三下。他说:'起来,伙计,该走了。'我男人叫醒我的大儿子吉姆,他们没跟我说半句话就走了,我还听到那条木腿戳在石头上咚咚响。"

"木腿人是一个人来的吗?"

"说不准,先生,可我肯定没听到还有别的人。"

"史密斯太太,真不巧,我想租那条汽船,因为我早听说过——

让我想想，它叫什么来着?"

"'曙光'，先生。"

"哦，是不是条绿色的，船梁上画有宽宽的黄线的旧船?"

"不，不是。它跟河上其他小船没什么两样。刚刚油漆过，齐齐整整，黑色的船身上有两道红线。"

"谢谢，我想你不久就会有史密斯先生的消息的。我现在就往下游去。如果碰到'曙光'，会告诉他你很着急。你刚才说船的烟囱是黑色的吗?"

"不，先生，黑色的烟囱上有条白道道。"

"哦，对了，船身是黑色的。史密斯太太，再见。华生，这儿有条小舢板，叫划船的把咱们送到河对岸去。"

"和那种人打交道，"上了船后，福尔摩斯说，"绝不能让他们觉得所提供的情况对你非常有用处，否则他们会装聋作哑的。你若是装作不很乐意听他们的话，你就很可能得到想要了解的一切。"

"我们要做的事似乎很清楚了。"

"那你说，下一步该怎么办?"

"雇一条汽船往下游追踪'曙光'号。"

"我亲爱的朋友，那太费事了。'曙光'号可能早已停靠在从这儿到格林威治两岸的某个码头上。桥那边数英里内都是停船的好地方。如果你挨个挨个地去找，那要花许多天的时间。"

"那就请警察帮忙。"

"不。到最后关头我也许把埃瑟尔尼·琼斯叫来。那家伙并不坏，我不愿干有损于他职业的事情。既然干到了这一步，我很想单独干下去。"

"登广告请码头老板提供情报怎么样?"

"那更糟!那帮人会知道我们在跟踪，会逃到国外去的。他们很可能已逃到国外去了。但只要他们认为安全，就不会急着走。在这方面，琼斯对我们有利，因为他对本案的观点每天都刊登在报纸上，那帮逃犯会认为大家都在朝错误的方向追踪他们。"

"那我们该怎么办?"在密尔班克教养所附近下船时，我问道。

"坐马车回去，吃点早餐，睡上一个钟头。说不定今晚还得赶路呢。车夫，请在电报局停一下!我们得留着托比，它还用得着。"

我们在彼得大街电报局停了下来，福尔摩斯发了份电报。

"你可知道，我的电报发给谁？"回家的路上，他问。

"不知道。"

"还记得在杰弗逊·霍普案子里我们雇的贝克街侦探小分队吗？"

"记得。"我笑着道。

"现在他们可派上大用场了。如果他们失败了，我另有办法。但我要先试试他们。电报就是发给小队长、邋里邋遢的维金斯的。我想，不等我们用完早餐，他和他的伙伴就会赶来了。"

早晨八九点钟，一夜的奔波之后，我早已精疲力竭，走起路来一瘸一拐的。我缺少我朋友所具有的那种对职业的热情，也没有把这案件看成是一道深奥的智力难题。至于那个惨死的巴索洛缪·舒尔托，我很少听人说他的好话，所以我对谋害他的凶手也没有很深的厌恶感，但财宝另当别论。全部的财宝，或其中的一部分理应归摩斯坦小姐。只要有机会找到财宝，我愿为之赴汤蹈火。不错，假如我找到了财宝，也许对我来说她是可望而不可及了。然而，由此而受影响的爱情是渺小的，自私的。如果福尔摩斯能去找到凶手，我就能付出强于他十倍的努力去找到财宝。

我在贝克街洗了个澡，里里外外干干净净，精神复又振奋起来。下楼回到房间，早餐已经摆好，福尔摩斯正在倒咖啡。

"哈哈哈哈！"他指着摊开的报纸对我说，"看这儿，看这儿，这位精力旺盛的琼斯和一位平庸的记者已给这案子定案了。可你还在为这宗案子受罪。还是吃点火腿和鸡蛋吧。"

我从他手里拿过报纸，读了那条简讯，标题是《诺伍德的奇案》。

[旗帜报消息]昨晚十二时许，诺伍德樱池小筑主人巴索洛缪·舒尔托先生惨死于自己的卧室，显然这是桩谋杀案。据悉，死者身上并无暴力痕迹，但死者从其父所继承的大宗价值连城的财宝被窃。首先发现尸体的是死者之弟塞笛厄斯·舒尔托先生及应邀登门拜访的夏洛克·福尔摩斯先生和华生大夫。值得庆幸的是，警局著名的侦探埃瑟尔尼·琼斯当时在诺伍德警察分局，接到报警后半小时内赶至现场。他训练有素，经验丰富，

一到现场就找对了侦查的方向，结果死者之弟塞笛厄斯·舒尔托因重大嫌疑被捕，同时被捕的还有女管家博恩斯通太太、印度仆人拉尔·拉奥及守门人麦克默多。现已确证，凶手对房屋十分熟悉，琼斯先生运用他那娴熟的技术并经敏锐的观察后确信：凶手绝无可能经由门窗进入室内，必定是穿过屋顶一暗门潜至与死者卧室相通的某个房间里。事实清楚表明：此案并非普通窃案。警方此种及时得力之举显示了他们在现场应对此等案件的能力和机敏的头脑。此案的破获表明，把全市侦探力量分散开来，以便案发后及时赶至现场调查的建议，是值得考虑的。

"太棒了，"福尔摩斯说，边喝咖啡，边咯咯发笑，"你有何见教？"

"好险哪，连咱们自己也差点成了阶下囚。"

"我也这么想，如果他什么时候再有劲没处使，连咱们也自身难保了。"

正在这时，门铃大作，我听见房东哈德森太太扯起嗓门和人争吵。

"我的天哪！福尔摩斯先生，他们真的来抓我们了。"我欠起身来说道。

"不，没那么糟。来的是非官方的部队——贝克街小分队。"

说话间，便传来了赤脚踩在楼梯上的急速的脚步声和叫嚷声，十几个衣衫褴褛的街头流浪儿闯了进来，尽管进屋时吵吵嚷嚷，但他们还有点规矩，立刻站成了一排，用期待的目光望着我们，其中一位个头较高、年岁稍长的站在前面，一副神气十足的样子，在这群肮脏的、衣衫褴褛的人中显得滑稽可笑。

"先生，接到你的命令后我马上带他们来了"，他说，"车费是三先令六便士。"

"拿着，"福尔摩斯拿出一枚银币给他，"以后他们向你报告，维金斯，你一人来找我得了。这么闹哄哄地来了一大帮人，我的房屋可装不下。不过，来了也好，都好生听听我的命令吧。我要找一条叫'曙光'号的汽船，船主叫莫迪凯·史密斯。船身黑色，有两道红线，黑色的烟囱上有条白道道。这条船在下游的某个地方。我要一个男孩守在密尔班克教养所对面的莫迪凯·史密斯码头，船一回来立即报告。你们必须分组守在两岸搜寻，一有情况立即报告。都听明白了吗？"

"听明白了，长官。"维金斯说。

"报酬按老规矩，找到船的多得二十一先令。先预付你们一天的脚力钱。好了，去吧！"

他分发给每人一个先令，个个欢天喜地地纷纷下了楼，不一会儿便消失在大街上。

"只要汽船还在水面上，不愁他们找不到。"福尔摩斯从桌边站起身来，点燃烟斗，说道，"他们可以到处跑，可以看到各色各样的事情，可以偷听到任何人的谈话。我希望天黑前有人来报告找到了船。现在咱们除了等待，什么也做不了。找到'曙光'号或莫迪凯·史密斯后，我们才能重新找到中断了的线索。"

"托比吃我们剩下的饭菜就行。福尔摩斯，你睡会儿吗？"

"不，我不累。我的体质很特别，工作起来不觉得累，一旦闲下来便觉得累得不行。我想抽抽烟，仔细想想我的女当事人交给我们办的这件怪事。我们手头的这件案子似乎并不难办，装木腿的人并不多见，我看另外一个绝对是个极非同寻常的家伙。"

"你又提到那另外一个了！"

"我并不想把他神秘化，但你该有自己的见解。好吧，好好想想这些线索：小脚印、从不穿鞋子的脚趾、赤脚、绑着石头的木棒、敏捷的动作、有毒的小刺。对此你有何高见？"

"是个蛮子！"我喊道，"或许是乔纳森·斯茂的同伙中的一个印度人。"

"不太像，"他说，"最初见到这种稀奇古怪的武器时我也这么想过。但那些奇特的脚印使我改变了自己的看法。印度半岛有矮小的土著，但都不会留下这类脚印。印度土著的脚长而瘦。穿凉鞋的回教徒的拇指与其他脚趾是分开的，因为鞋绳正好在拇指与其他脚趾之间穿过。还有那些木刺，只能用一种方式发射，那就是从吹管里发射。那么，我们上哪儿去找蛮子呢？"

"南美洲。"我壮着胆说道。

他伸手从书架上取下一本厚书。

"这是刚出版的地名词典的第一卷，可以说是最新的权威著作。看看里面怎么写的。

安达曼群岛位于孟加拉湾的苏门答腊以北三百四十英里处。

"啊，啊，看看这些，气候潮湿、珊瑚礁、鲨鱼、布勒尔港、囚犯营、罗特兰德岛、杨树林……啊，找到了！

安达曼群岛的土著以世界上最矮小的人种著称，尽管某些人类学家认为非洲的布什人、美洲的迪格印第安人和火地人是最矮小的人种。普通人的平均身高不足四英尺，许多成年人比这还要矮。他们生性凶狠、倔强，但一旦取得信任，就能和他们建立起最忠诚的友谊。

"注意这一点，华生。好，接着听：

他们天生丑陋，长着畸形的大头，凶狠的小眼睛，扭曲的脸面。他们的脚和手都特别小。他们凶蛮至极，英国官吏竭尽全力也未能争取到他们的信任。他们是遇难船只上水手的最大祸害，他们会用镶着石块的木棒击碎幸存者的头颅，或用毒箭将其射死。屠杀之后，最后是一场人肉宴。

"好极啦，真是一群可敬可亲的人！华生，如果让这家伙逍遥自在，这件事会极其恐怖。我想，既然如此，乔纳森·斯茂雇用他恐怕也是迫不得已。"

"但他怎么会找到这位奇特的同伙的呢？"

"啊，这我就说不上了。但既然我们已认定斯茂来自安达曼，那么这个人和他在一起也就不足为怪了。毫无疑问，我们很快就会知道一切的。华生，你看起来很疲倦，躺在那张沙发上，我来催你入睡吧。"

他从屋角处拿起小提琴，我伸伸懒腰，他开始奏起低沉的、梦幻般的抒情曲——无疑是自编的，他有即兴作曲的天赋。时至今日，我还朦胧地记得他那瘦削的手、真诚的脸以及弓弦上下拉动的姿态。那时我仿佛飘荡在柔和的海涛声中，进入梦乡，梦见玛丽·摩斯坦甜甜的脸蛋对我微笑。

九　线索中断

一觉醒来，已是傍晚时分，我感到自己精力充沛，精神焕发。福尔摩斯还在原来的地方坐着，但已放下了小提琴，在埋头看书。他见我起身，看了我一眼。我发现他脸色阴沉沉的，一副迷惑不解的样子。

"瞧你睡得可真香哪，"他说，"我还担心我们的说话声把你给吵醒了呢。"

"我可什么也没听到，"我答道，"有新情况？"

"不幸得很，还没有。我感到惊讶而又失望。我预计到这个时候肯定会有消息的。维金斯刚才报告，没找到汽船的任何踪影。真让人着急，因为每时每刻都很重要。"

"我能干点什么？我的精力完全恢复过来了，外出再干一整晚完全没有问题。"

"不，我们什么也做不了，只能等待。如果我们出去了，消息来了人却不在，会误事的。你有事请便，但我必须在这里等候。"

"那，我想去坎伯韦尔拜访赛西尔·弗里斯特太太。她昨天邀请了我。"

"拜访赛西尔·弗里斯特太太吗？"福尔摩斯问，眼睛里闪动着笑意。

"当然还有摩斯坦小姐。她们都急于知道案件的进展。"

"要是我就不会告诉她们太多，"福尔摩斯说，"女人是不能完全信任的——即便像她俩这样最好的女人。"

他这话也过于偏激了，可我没和他争辩。

"我一两个小时内回来。"我道。

"好吧，祝你好运！我说，如果过河的话，你最好把托比送回去，我们暂时用不着它了。"

我依照他的吩咐把托比送还给品庆巷的主人，并给了他半个英镑。到达坎伯韦尔后，我发现摩斯坦小姐经过那一夜的惊险遭遇后显得有些疲惫，但急切地想听到消息。弗里斯特太太更是好奇。我给她们讲了我们所经历的一切，但那些最可怕的事情没有说。我提到了舒尔托先生的死，但现场的惨状和凶手采用的手段只字未提。尽管许多细节避而不谈，还是够让她们惊恐的了。

"好一个传奇故事！"弗里斯特太太大声嚷道，"一个受害的女郎，价值五十万英镑的财宝，一个黑脸的吃人生番，还有一个装木腿的暴徒。只是传奇中充当主角的换了他们，而不是原来的旧式龙骑兵和邪恶的伯爵。"

"还有两位前来相救的骑士。"摩斯坦小姐欢快地看着我，说。

"摩斯坦小姐，这次搜寻对你的命运起了决定性的作用，可我觉得你并不那么激动。试想想，一旦拥有了这么多的财富，世界任你逍遥，那该是多么美妙啊！"令我欣慰的是，她并没有对此表现得欣喜若狂。相反，她摇摇头，对此事表现得很淡漠。

"我最担心的是塞笛厄斯·舒尔托先生，其他的东西并不重要。我觉得他在整个事件中表现得可亲可敬。我们有责任帮助他洗刷掉这可怕的莫须有罪名。"

到了傍晚我才离开坎伯韦尔，回到家中天已经很黑了。我朋友的书和烟斗还放在椅子旁，但是不见他本人的踪影。我四处寻找，希望找到他的留言条，但一无所获。

哈德森太太上楼来放窗帘时，我说："我想，夏洛克·福尔摩斯先生已经外出了吧。"

"没有，先生，他回到自己的房间了。"她压低嗓门，轻声说，"先生，你知道吗？我真担心他的身体。"

"哈德森太太，为什么呢？"

"嗯，先生，他真是个怪人。你走后他在屋子里这么走过来，转过去，转过去，走过来，来来回回的，那脚步声都让我感到厌烦了。后来还听见他自言自语。每次门铃一响，他就冲到楼梯口喊道：'哈德森太太，是哪个？'现在他把自己关在屋子里，但还能听到他来回走动的声音。先生，但愿他别病了。刚才我冒昧地向他提到镇静药，可他转过头来瞪了我一眼，吓得我跌跌撞撞从他的房间里跑回来。"

"我想你用不着担心，哈德森太太，"我说，"我以前见过他的这模样。他心里有事，所以心神不宁。"

我尽量以轻快的口气和我们忠实的房东太太交谈，但当我在这个漫漫长夜不断听到他沉重的脚步声时，自己也跟着不安起来。我知道，他那急切的心情因暂时无所作为而越发变得焦躁不安。

早餐时，他显得疲倦憔悴，面颊微微泛红。

"你会把自己累垮的，老兄，"我说，"我听到你整夜不消停。"

"我睡不着，"他答道，"这该死的案子把我拖垮了。所有的问题都解决了，倒被一个小小的障碍难住了。真想不通。我已知道凶手、汽船，什么都知道了，可就是得不到汽船下落的消息。我已发动了其他的力量，用尽了所有的办法。整条河的两岸都搜寻过了，可就是没有消息。史密斯太太那边也没有她丈夫的音信。我差点断定：他们把船沉到了河底。但这也讲不通。"

"或许史密斯太太压根就骗了咱们。"

"不会的。这种顾虑可以消除。我已叫人调查过，是有那样一条汽船。"

"是不是朝上游去了呢？"

"这一可能性我也考虑过了，有一支搜查队会往上游一直搜寻至瑞奇蒙德。如果今天还没有消息，我明天将亲自出马寻找凶手，不再去找汽船了。可以肯定，准会有消息的。"

可是，我们还是没有得到任何消息。维金斯和其他方面都没有送来消息。多家报纸报道了诺伍德惨案。他们对那位不幸的塞笛厄斯·舒尔托无不群起攻之。除了说第二天要进行验尸外，各家报纸都没有增加新的内容。晚上，我步行来到坎伯韦尔告诉两位女士，案子毫无进展，回来时发现福尔摩斯情绪低落，愁眉不展。他顾不得回答我的问题，整夜埋头做一个玄妙的化学分析，闻到蒸馏器加热后散发的气味，我待不下去，逃离了那房间。直到第二天清早，我还听到试管的撞击声，我知道他还在做那个臭气熏天的实验。

拂晓时分，我惊醒了，惊奇地发现他就站在我床边，身穿粗糙的水手服装，外面套着一件粗呢大衣，脖子上围着一条红围巾。

“华生，我要去一趟上游，”他说，“我考虑再三，觉得只有这条路可走，无论如何值得一试。”

“那我和你一起去，好吗?”我问。

“不行，你留在这儿做我的代表更有用处。我也不愿意离开，因为今天白天肯定会有消息，尽管昨晚维金斯很泄气。所有的来信和电报希望你都拆开来看看，如有消息，按你自己的判断处理，好吗?”

“当然可以。”

“我行踪不定，你恐怕无法给我发电报。但如果运气好，我不会耽搁很久，回来时一定有消息带来。”

早餐时还没有他的消息，但翻开《旗帜报》，我发现案情有了新的说法：

> 诺伍德惨案的案情比预料的更复杂、更离奇。新证据表明塞笛厄斯·舒尔托与本案无涉。他和管家博恩斯通太太已于昨晚获释。据信，警方已找到真凶的线索。此案由苏格兰场精明强干的埃瑟尔尼·琼斯负责办理，预计缉获凶手之期指日可待。

“这还说得过去，”我想，“我们的朋友舒尔托总算自由了，但我不明白，新的线索指什么，警方出了错时，总来这一套。”

我把报纸扔在桌子上，但忽然看见寻人启事栏里的一则广告。内容如下：

> 寻人：船工莫迪凯·史密斯及其长子吉姆于星期二清晨三时许乘汽船“曙光”号离开史密斯码头，该船为黑色船身，并有两道红线，烟囱为黑色并涂有白道道。知道莫迪凯·史密斯及其“曙光”号汽船下落者请与史密斯码头史密斯太太，或贝克街221B号联系，酬金五英镑。

这则启事显然是福尔摩斯刊登出去的，贝克街的地址足以证明这一点。这种聪明的举措令我惊叹，因为逃犯们看到启事后会认为，这不过是妻子出于对丈夫的担心之举，而不会看出其中的真正意图。

这一天过得特别漫长，每听到敲门声或穿过街道的急促的脚步声，我都以为是福尔摩斯回来了，或者是见到启事的人来报信了。我试着看书，但脑子里尽是奇异的追踪和我们所追踪的那两个极不相配的可恶的逃犯形象。我怀疑我朋友的推理是否发生了根本性的错误。他莫非是在自欺欺人？莫非他聪明的头脑，长于思索，却让胡思乱想出来的推论误导出错误的判断？我从没见他做出过错误的判断，然而智者千虑必有一失。我想他可能是因为推理过于精妙反而出了错误——一个极简单、极平常的案子落到他的手中，他总是喜欢做出精妙的、非同凡响的解释。但话得说回来，我也亲眼看到了证据，亲耳听他说了推理的理由。当我回想起所发生的一连串怪事时，我发现其中有些事情无关紧要，但都指向同一个方向。我不得不承认，即便福尔摩斯的推理错了，那么正确的推理也一定十分离奇并令人吃惊。

下午三点，门铃大作，大厅里传来威风十足的说话声，没想到上来的不是别人，而是埃瑟尔尼·琼斯先生。但他的态度变了，在诺伍德接管本案时，他粗暴而又专横。现在他垂头丧气，举止谦和自惭。

"你好，先生。你好。"他说，"听说夏洛克·福尔摩斯先生外出了。"

"是的，我不知道他什么时候回来。请你等一等。请坐，抽支烟吧。"

"好吧。谢谢！"他说，用红绸巾擦了擦脸。

"再来一杯威士忌加苏打，怎么样？"

"好吧，就来半杯。到这时候天气还这么热，我的心情又这么烦闷。你还记得我对诺伍德案的理解吗？"

"记得你做出了一种推断。"

"嘿，这个案子现在我得重新考虑了。原先我已经把舒尔托先生紧紧地兜在网里了。可是，先生，半道上突然又让他从网眼里溜走了。他能证明一个不可推翻的证据，他离开他哥哥房间后，始终和别人在一起，所以不可能爬上屋顶从暗门进入房间。这案子很离奇，我的职业威望怕是保不住了。我很希望能得到些帮助。"

"谁都有需要帮助的时候。"我说。

"先生，你的朋友福尔摩斯是个了不起的人，"他很肯定地说，"谁也斗不过他。我知道他办过许多案子，而且每个案子都被他搞得一清二楚。他的手法变化多端，只是有点急于钻理论圈子，但总的来说，他会成为一名优秀的警官。我说这话不怕被人听到。今天早上我收到他的电报，我知道他对舒尔托的案子有了新的线索，这就是他的电报。"

他从口袋里掏出电报递给我。电报是十二点从波普拉发出的。电文是：

> 速去贝克街。我若未归，请等。我即将找到舒尔托案的凶手。如想看到本案的结局，今晚与我们同行。

"太妙了，"我说，"他显然重新找到了线索。"

"啊，他也会出差错？"琼斯得意地说，"就连我们最好的侦探也会出错呢。当然，这也许是空欢喜一场，但作为警官，我有责任抓住每一个机会。门口有人，可能是他来了。"

我们听到沉重的脚步朝楼上来，还伴随着一个人因呼吸困难而发出的喘息声。来人中途停了两次，好像是爬楼梯太吃力，但终于走进屋来。凭他的外表与我们刚才所听到的声音看，他果然是位老者，穿一身水手服，外面套着破旧的粗呢上衣，纽扣一直扣到喉部。他弓着背，双膝哆哆嗦嗦，不停地喘着粗气。他拄着一根粗大的橡木拐杖，耸着双肩，像是努力要把气吸进肺里。一条花围巾围住了他的下巴，除那双锐利的眼睛显露在外，脸上的其他地方全被白色的眉毛和长长的络腮胡子遮住了。给我的总印象是：他是个年岁已高、经验丰富、穷困潦倒但令人尊敬的航海家。

"老人家，有事吗？"我问。

他以老者那种慢条斯理的方式环顾四周。

"夏洛克·福尔摩斯先生在家吗？"他问道。

"不在，但我能代表他。你有话可以跟我说。"

"我要对他本人说。"他道。

"可我说过，我能代表他。是有关莫迪凯·史密斯汽船的事吗？"

"是的。我知道船在哪里，我也知道他要找的人在哪里，还知道财宝在哪里。我什么都知道。"

"那你告诉我吧，我会转告他的。"

"我只跟他本人说。"他以老者那种固执而任性的口吻又重复了一句。

"那你只得等他了。"

"不行，不行，我不能这样白白浪费一天时间。如果福尔摩斯先生不在，那他自己去调查这些事情得了。我和你们素不相识，一个字也不会说的。"

说着他便朝门口走去，但埃瑟尔尼·琼斯拦住了他。

"请等一等，朋友，"他说，"你带来了重要的消息，你不能走，不管你愿不愿意，我们得留住你，直到我们的朋友回来。"

老人想夺门而逃，但埃瑟尔尼·琼斯用他那宽大的背挡住了门。老人知道走是走不了啦。

"岂有此理！"他嚷着，用拐杖戳着地板，"我来这里是要见一位君子，可你们两个素不相识的人，竟抓住我不放，还这般无礼地对待我！"

"你还是留下吧，"我说，"你等待的时间我们会补偿你的。请在这边沙发上坐坐，不会让你久等的。"

他老大不情愿地走过来坐到沙发上，双手撑着脸。琼斯和我开始吸烟闲聊，但突然传来福尔摩斯的说话声。

"我想你们也应该给我一支烟吧。"他说。

我俩一听，坐在椅子里，只有瞠目结舌的份。福尔摩斯坐在我们身边，若无其事，甚是得意。

"福尔摩斯！"我惊愕道，"你在这儿，老人哪里去了？"

"老人在此，"他拿出一把白发说，"他在这儿——假发、络腮胡子、眉毛，全在这儿。我想我的伪装不赖吧，真没想到还经受住了考验。"

"好啊，你这坏蛋！"琼斯高兴地喊道，"你应该去当演员——一个罕见的演员。凭你模仿贫民的咳嗽，还有那颤巍巍的双腿的能耐，每星期准能赚上十英镑。我想你的眼神还是瞒不过我。瞧，你轻易骗不了我们。"

"我今天一整天都打扮成这模样。"他说着点燃了雪茄烟，"要知道，很多罪犯团伙渐渐认识了我——特别是在我们这位朋友公开披露了我的一些行动后。所以我只能乔装打扮去侦查。收到我的电报了吗？"

"收到了，所以才到这里来。"

"案子有什么进展？"

"毫无进展。我不得不释放了两个人，其他两个也证据不足。"

"没关系，我们会另外送给你两个，替代他们。但你必须听我的安排。所有官方的荣誉归你，但必须按我说的去做。同意吗？"

"完全同意，只要你帮我抓到凶手。"

"那好吧，首先，我需要一艘快速警船——一艘汽船——今晚七时在威斯敏斯特码头等候。"

"好办，好办，那儿常备有一艘，但我得去对面打个电话落实一下。"

"我还要两名健壮的警员，以防凶手反抗。"

"船里有两三个。还要什么？"

"捉到凶手后我们即可获得财宝，我想这位朋友肯定乐意将财宝箱先送到那位年轻小姐手里——财宝的一半归她。让她第一个打开箱子。嘿，华生，怎么样？"

"我十分乐意。"

"这很不符合章程，"琼斯摇摇头，说，"不过整个案子就不合常规，我们还是来个装糊涂吧。但其后必须把财宝交给政府以待官方查验。"

"没问题，这好办。还有一点，我想听乔纳森·斯茂亲口说出此案的详情。你知道我喜欢把自己经手的案子的详情细节搞个一清二楚。在他被严密看守的情况下，我要和他在我房间里或别的地方进行一次非官方的审讯，你不反对吧？"

"你是掌握全部案情的人，虽然我还不能证明有这样一个叫乔纳森·斯茂的人，但只要你能抓住他，我没有理由拒绝你审讯他。"

"那么，这也同意了？"

"完全同意。还有别的要求吗？"

"最后一个要求：和我们共进晚餐。晚餐半小时内可以准备好。我这儿有牡蛎和一对松鸡，还有上等的白酒。华生，我有一手理家的才干，可你还没发现哩。"

十　凶手的下场

我们这顿饭吃得很快活。福尔摩斯心情愉快时话就多。今天晚上他自然格外愉快，谈起话来滔滔不绝。我从未见过他这般健谈。他天南地北地谈到了许多问题——从神话剧到中世纪的陶器，从意大利的斯特拉迪瓦里①的小提琴到锡兰的佛教和未来的战舰——他好像方方面面都进行过专门的研究。他神采飞扬，几天来的消沉郁闷都一扫而空。埃瑟尔尼·琼斯在休闲时是个随和的人，兴致勃勃地饱餐了一顿。我自己一想到全案就要了结，也感到欢欣鼓舞，我也明白福尔摩斯兴奋的原因。宾主三人只顾开怀畅饮，其间，谁也没提起我们聚在这里为的是哪般。

饭桌收拾干净后，福尔摩斯看了看表，又斟满三杯葡萄酒。

"为今晚小小的冒险活动干杯！"他说，"好，我们该动身了。华生，带上手枪了吗？"

"抽屉里有一支军用左轮手枪。"

"最好带上，有备无患嘛。马车已到门口，我是订好六点半来接我们的。"

刚过七点，我们到了威斯敏斯特码头，汽船正在等着我们。福尔摩斯警觉地查看了汽船。

"上面有警船标志吗？"

"有，旁边那盏绿灯就是。"

"取下来。"

摘下了绿灯，我们上了船。船缆解开了。琼斯、福尔摩斯和我坐在船尾。一人掌舵，一人管发动机，两位精壮的警官坐在船头。

"去哪儿？"琼斯问。

---

①　斯特拉迪瓦里（1644？—1737）：意大利提琴制造家，其小提琴制造法成为后世的楷模，其制造的提琴专称"斯特拉迪瓦里斯"。

"去伦敦塔，叫他们把船停在杰克伯森船坞的对面。"

我们的船跑得确实很快。我们轻轻松松就能超过一艘艘装满货物的平底船，仿佛它们都停着不走似的。福尔摩斯看到我们把一艘汽船甩在身后，满意地笑了。

"我们应该赶上河里所有的船。"他说。

"嗯，那很难办到。但能胜过我们的船的的确不多。"

"我们一定要追上'曙光'号，它有快艇之称。华生，现在我给你讲讲案情吧。你还记得我曾因一件小事而烦恼吗?"

"记得。"

"我一门心思做化学分析，从而使头脑得到了彻底的休息。一位大政治家曾说过，变换工作是最好的休息。确实如此。当我成功地做完了碳氢化合物溶解实验后，又回到了舒尔托的案子上，把整个案情重新思考了一遍。我派出去的孩子把上游、下游找了个遍，但毫无结果。那条船既没有停靠在哪个码头，也没有返回。我想也不可能为了掩盖踪迹而把船沉入水底，如果什么地方也找不到，凿船也不是不可能。我知道，这个叫斯茂的人有些狡猾，但我想他还不至于有如此周密的安排。受过高等教育的人办事才这么缜密。我又想，既然他在伦敦住过一段时间——我们有证据表明他对樱池小筑窥视已久——不可能匆匆看了一眼就急着离去，他总需要一些时间，哪怕是一天，来安排好他的事情。无论如何，有这可能性。"

"我倒觉得不太可能，"我说，"行动前他肯定安排好了一切。"

"不，我不这么认为。他确信这个老巢对他很有用，非到万不得已是不会轻易放弃的。我还考虑到了这一层，乔纳森·斯茂肯定已意识到他的同伙相貌古怪——不管如何乔装打扮——会招致别人议论，可能会让别人联想到诺伍德惨案。他肯定警觉地看到了这一层。他们趁着天黑离开，天明前返回。现在就是三点钟，据史密斯太太说，他们就是三点上的船。一两个小时后天就会亮，行人就会多起来。所以，我想他们没走多远。他们付了史密斯一大笔钱，让他不要声张，并预订了他的汽船供最后出逃时用，然后带着财宝箱回到了老巢。他们用了一两天看报纸上的报道，听听风声，再选一个黑夜赶到葛雷伍圣德或道斯坐船，无疑他们已在那里订好了去美国或殖民地的船。"

"可汽船呢？他们不可能把汽船也带回住处吧。"

"当然不能。我想尽管还没能找到汽船，但它不会离得太远。然后，我又把自己置于斯茂的位置上，以他的能力设想此事。他可能会想，如果确有警察在追踪他，那么把汽船送回去或将它停靠在某个码头都会轻易被警察发现。那么怎样才能把船藏起来，在需要时用起来又方便呢？如果我换了他，我会怎么办呢？我只能想出一个办法。我会把船送到某个船坞或修理站，来个小修小理。这样既可把船隐藏起来，又可以在提前几小时通知他们，很快得到汽船。"

"听来倒很简单。"

"正因为很简单才极容易被忽视。于是我决定按这种想法去办。我马上换上这身水手服到下游所有船坞，一一做了调查。头十五家一无所获，问到第十六家，即杰克伯森船坞，我得知两天前一个木腿人把'曙光'号送到他们那里修理船舵。工头说：'那条带红线的汽船就在那儿，船舵没啥毛病。'说话间，失踪的船主莫迪凯·史密斯过来了。他喝得醉醺醺的，我当然不认识他，是他喊出了自己的姓名和他的汽船的名字。他说：'今晚八点我来提船，准八点，记住了，我有两位朋友等着要用。'他们自然付给他丰厚的报酬，因为他的袋子里胀鼓鼓的。他朝那里的工人拍着口袋里的先令叮当响。我跟踪他走了一会儿，见他进了一家啤酒店。于是我回到船坞。路上正好碰见我派出去的一个小孩。我叫他盯住汽船，一见他们的船出船坞，就站在水边向我们挥动手帕。我们在河边等着，这下抓不到他们，拿不回财宝才怪呢。"

"不管他们是不是真凶，你安排得很周密，"琼斯说，"但如果这事落到我手里，就派几名警察守候在杰克伯森船坞，等他们一露面，就把他们全逮住。"

"绝不能这么办。斯茂是个非常狡猾的家伙。他肯定会派人在前面探路，一有风吹草动，又去躲上一个星期。"

"但你应该盯住莫迪凯·史密斯，这样就能找到他们的窝了。"

"那样我会白白浪费了一整天。我想史密斯十之八九不知道他们待在哪儿。他只要有了酒喝，有了钱拿，别的事情不会过问，只听他们的调遣。各方面的可能性我都考虑过了，这是最好的办法了。"

谈话间，我们已穿过泰晤士河上的几座桥。出伦敦市区的时候，落日的余晖在圣保罗教堂的十字架上闪动着金光。还未到伦敦塔，已是日暮时分。

"那就是杰克伯森船坞，"福尔摩斯指着萨利区河岸船桅林立的地方说，"我们的船在这些往来穿梭的驳船的掩护下慢慢地来回游弋吧，"他从口袋里拿出一副夜视望远镜观察了一会儿后，说，"我看到了守候汽船的小哨兵，但他还没有挥动手帕。"

"我们还是往下游走一段，在那儿等他们吧。"琼斯急切地说。

这时候，我们的心情急切起来，就连对将要发生的事情知之甚少的警察和船工也显得很不耐烦。

"我们不能想当然，"福尔摩斯回答说，"他们十之八九是往下游走，但不能绝对肯定。守在这里可以看到船坞的入口，但他们几乎看不到我们。今晚没有雾，月光明明亮亮。我们必须守在该守的地方。你看那边煤气灯下满是人。"

"都是船坞下班的工人。"

"他们看上去肮脏粗俗，但每个人的内心里都闪烁着一丝永不泯灭的火花。单从外表是看不到这一点的。人都是不解的谜！"

"有人说，人是有灵性的动物。"我说。

"温伍德·瑞德对此有精辟的见解，"福尔摩斯说，"他说：虽然每个人是一个难解之谜，但在总体中他就成了数学上的必然。例如，你不可预知某个人将干什么，但能准确地说出平均数的总和。个性变化多端，但统计所得的共性却是不变的。统计学家也这么说。我好像看到手帕了，没错！那边有白色的东西在挥动。"

"对，是你指派的男孩，"我喊道，"我看得一清二楚。"

"'曙光'号像魔鬼，出动了！"福尔摩斯喊道，"全速前进，轮机员！赶上那条亮黄灯的汽船。老天在上，如果追不上它，我绝不会原谅自己！"

汽船开出船坞，穿过两三条小船后消失了。再看到它时，它已全速行驶。它紧贴河岸，急速朝下游驶去。琼斯望着那条船急得直摇头。

"它跑得太快了，我们恐怕赶不上。"他说。

"非追上不可！"福尔摩斯咬着牙说，"船工，加煤！拼尽老命也要赶上去！即便把船烧了，也要抓住他们！"

我们紧随其后。锅炉火势凶猛，马力极强的引擎轰隆隆作响，如同一个巨大的金属心脏。锋利的船头划破平静的河水，在我们的左右两侧激起滚滚浪花。随着引擎的每一次悸动，我们如同一个生命体一齐跃进、震颤。船舷上那盏黄色的大灯向前方投下长长的、闪烁的光束。前方远处的那个黑点就是"曙光"号，船后那一道白色的浪花说明船前进的速度有多快。驳船、汽船、商船，一条接一条被我们抛在身后。我们的船一会儿冲入众船之中，一会儿又冲了出去；一会儿赶上了一条船，一会儿又绕过了另一条船冲到了前面。隆隆的机器声划破黑暗为我们欢呼，但"曙光"号还在发出震耳欲聋的巨响。我们已紧紧地钉在它后面。

"加煤，伙计，加煤！"福尔摩斯对着机舱喊道，"最大限度地多烧出蒸汽。"锅炉里熊熊的烈火照着他那一张焦急的鹰一般的脸孔。

"我想我们已赶上一些了。"琼斯盯着"曙光"号说。

"当然，"我说，"再过几分钟就赶上了。"

就在这时候，发生了不幸的意外。一条拖着三条驳船的拖船横在我们面前。我们急转船舵，才避免了相撞事故。等我们绕过它们，重新回到航道，"曙光"号离我们的船已足足二百码的距离了，但还看得见。朦胧的暮色已在星光闪耀的夜空中隐去，万里无云，星光满天。我们的锅炉烧到了最大火力，推动船前进的动力非常强大，以致脆弱的船壳发出嘎吱嘎吱的声响。我们穿过深潭、西印度船厂，往下穿过狭长的德普特弗德河段，又往上绕过了多格斯岛。前方的黑点正是"曙光"号，它已清晰地出现在我们面前了。琼斯用探照灯照着它，我们看清了船上的人影。船尾坐着一个人，膝间有个黑乎乎的东西，他的身子俯在那黑东西上，旁边蹲伏的黑影像是一条纽芬兰狗。一个男孩在掌舵，在炉火的红光下我看到了史密斯，光着上身在拼命加煤。起初他们也许还不肯定我们是否在追赶他们，可现在我们紧随其后绕过一道道弯，他们不再怀疑了。到达格林威治，我们离他们大约只有三百步远了。到达布莱克沃尔时，两船相距最多不过二百五十步。我这辈子在许多国家追逐过猎物，但都没有今晚在泰晤士河上追人这样惊险刺激。我们的船尾随其后，步步紧逼。在这寂静的夜晚，我们能听到前面汽船上的机器轰鸣声。坐在船尾的人仍蹲伏在那儿，双手忙个不停，不时抬头估量与我们之间的距离。两船的距离愈来愈近，琼斯喝令他们停船。两船不过四船之隔了，仍在疾速行驶。已临近河口了，一边是巴肯开阔地，一边是阴沉沉的普拉姆斯第德沼泽地。经我们一喊，坐在船尾的人暴跳起来，向我们挥动双拳，高声大骂。他身材魁梧，体格健壮，叉着双腿立于船尾，我们看到他右边的大腿下支着一根木柱。听到他尖利刺耳的怒骂声，蜷曲在他身边的黑影动了动，站了起来，原来是个矮种人——我见过的最矮小的人——长着一个畸形的大脑袋，满头乱蓬蓬的毛发。一看到这个野蛮怪异的蛮子，福尔摩斯早已掏出了手枪，我也跟着掏出手枪。他裹着一件黑色的像是外套又像是毯子的东西，只露出半张脸，我从未见过如此狰狞的模样。他那两只小眼睛凶光毕露，厚厚的嘴唇从牙根翻出，半人半兽似的朝我们龇牙咧嘴，狂呼乱叫。

"他一招手就开枪。"福尔摩斯轻声说道。

这时，我们仅有一船之隔了，对面的船几乎伸手可及。我看见那两个人站在那里，白人撇着双腿不停地谩骂。满脸邪恶的矮人在灯光下咬牙切齿，露出一口大黄牙。

幸好我们清楚地看到他。只见那矮人从毯子里掏出一根像木尺的短而圆的木棒，搁在唇边。我们同时开枪。他打了个趔趄，高举双臂，"啊"的一声跌入河中，那一双狠毒的眼睛随之消失在白色的漩涡中。这时，木腿人冲向船舵，猛力扳动舵柄，汽船径直冲向南岸，我们险些撞上对方的船尾，两船相距仅有几英尺。我们立刻绕个弯来追赶它，对方的船接近河岸。岸上是荒凉的旷野，月光照着空旷的沼泽地，地上是一片片死水和一堆堆腐败的植物。噗的一声，汽船在泥滩上搁浅了，船头耸向天空，船尾没于河水中。凶手跳出汽船，但木腿立即整个儿陷入了泥沼中。他拼命挣扎，但丝毫动弹不得。他狂呼乱叫地在泥中猛蹬左脚，但这只能使他的木腿在泥泞的河岸上越陷越深。我们将船开到岸边时，他已被死死地钉在那里。

最后，我们扔过去一根绳子，套住他的肩膀，才像拖条恶鱼似的，把他拖上了船。史密斯父子绷着脸坐在船里，听到我们的命令才老老实实地上了我们的船。我们将"曙光"号拖过来，靠在船尾上。汽船甲板上放着一只印度造的结实的铁箱。无疑，那就是给舒尔托带来噩运的财宝箱。箱子很沉，没有钥匙，我们小心地将它搬进我们的船舱。我们慢慢地往上游驶去，探照灯四下探照，再不见到那蛮子的踪影。那个奇异的矮人已葬身于泰晤士河底的淤泥中。

"看这，"福尔摩斯指着舱口说，"幸好我们抢先开了枪。"就在我们先前站立的地方插着一根毒刺，肯定是在我们开枪的刹那间朝我们射过来的。福尔摩斯轻轻地耸肩一笑，但此后每每想到那差点要了我们命的夜晚，我仍然心有余悸。

十一　了不得的阿格拉财宝

犯人坐在船舱里，面前摆着的是他为之历尽千辛万苦、等待多年才得到的铁箱子。他的皮肤被烈日晒得黝黑，眼睛里露出凶狠蛮横的光芒。脸上皱纹纵横，如同布着一张破网，这一切表明他饱尝了野外生活的艰难困苦。他那胡子拉碴的下巴向外高高突出，表明他是那种不达目的决不罢休的人。他黑色的鬓发已近灰白，看上去约摸五十来岁。尽管我刚才见他发怒时浓黑的眉毛和凶狠的下巴狰狞可怕，但在他心平气和的时候那张脸却并不让人生厌。他坐在那儿，被铐住的双手搁在膝上，头低到胸前，一双锐利的眼睛仍盯着那只把他引入邪路的铁箱子。在我看来，他那倔强的表情里悲痛多于愤恨。他抬头望了我一眼，眼神里带着一丝幽默。

"好了，乔纳森·斯茂，"福尔摩斯点了一根烟，说，"我很遗憾看到是这样的结局。"

"我也不愿意啊，先生。"他坦率地答道，"我想我也活不成了。我向你发誓，我可没有动手杀害舒尔托先生，都是那个小恶魔唐加用毒刺刺死了他。先生，这根本不关我的事。舒尔托先生的死，我像死了亲人，伤心透了，我把那个小恶魔用绳子抽了一顿，事已至此，我能把他怎么样呢？"

"抽根烟吧，最好喝口我瓶子里的酒暖和暖和身子，看你全身都湿透了。你爬绳索的时候，怎么知道那么瘦小而孱弱的黑人能对付得了舒尔托先生呢？"福尔摩斯问。

"先生，你全知道，像是当时就在现场似的。事实是我想看清楚那间房间。我知道舒尔托先生的生活习惯，那时正是他下楼吃饭的时间。我说的都是大实话。我知道坦白是我最好的辩护。如果当时屋里待着的是老舒尔托少校，我会毫不犹豫掐死他，轻松得就像吸这根烟。但我没料到害死的是小舒尔托而被你们逮住了。我和他可是无冤无仇的呀。"

"现在你是在苏格兰场的埃瑟尔尼·琼斯警官押解下，过一会儿，他会把你带到我的房间。我先了解一下案件的真相。你必须老实交代，如果你这么办了，或许我还能帮助你。我想我能证明那毒刺上的毒性发作得很快，没等你爬进屋里，舒尔托先生就死了。"

"是这么回事，先生，我爬进窗子，看见他耷拉着脑袋，冲着我狞笑，把我吓坏了，我这辈子还没这样被吓过。要不是唐加跑得快，我差点就要了他的命。所以他慌乱中掉了木棒和一些毒刺。我敢说你就是凭着这些东西找到了我们。可我不明白，你倒是怎么把这些东西与这个案子联系起来的。我并不记恨你。可事儿说来也太玄乎了。"他苦苦一笑，接着说，"说来我完全有权得到五十万英镑，可前半生竟在安达曼群岛修筑防波堤，后半生可能还要去达特穆尔挖水渠。自从见到那商人阿奇麦特，与阿格拉财宝沾上了关系，从那一天起，我就倒了大霉。拥有这份财宝的人除了遭人唾骂外，捞不到一星半点好处。阿奇麦特因此丢了一条小命，舒尔托少校因此而整天提心吊胆，感到罪孽深重，而我因此将终身服苦役。"

这时，船舱里伸进了埃瑟尔尼·琼斯那张宽大的脸和粗壮的双肩。

"这可真像是在办家庭聚会哩，"他说，"福尔摩斯，我也来一杯。我们应该互致祝贺。可惜另一个没生擒活捉，但那也是没办法的办法。福尔摩斯，亏你下手快，否则我们都要遭他的毒手了。"

"总算有个圆满的结局，"福尔摩斯说，"但我真没料到'曙光'号的速度有那么快。"

"史密斯说它是河面上最快的汽船之一，如果他再多一名帮手，你们怕是追不上它。他发誓说他压根就不知道什么诺伍德惨案。"

"他的确不知道，"犯人大声道，"一丝半点都不知道。我选中了这条汽船是因为我听说他有快艇之称。我对他没透露过半点风声，只是付给了他一大笔钱。要是他把我们送到葛雷夫圣德的开往巴西的'翡翠'号轮船时，会再给他一大笔钱。"

"好了，如果他没干坏事，就不会有罪。如果说我们追捕犯人的速度很快，但定起罪来速度就不会有这么快。"说来好笑，琼斯在捉拿罪犯中，出了力，因而又摆出那自以为了不起的架势来。只见福尔摩斯的脸上跟着露出一丝笑意，足以说明，他对琼斯说的这番话已注意到了。

"马上就到沃克斯豪大桥了，"琼斯说，"华生大夫，你带上财宝箱下船吧。要知道我这样做极不合规矩，我可是担当重大责任的。不过，当然啰，我得守信用。我有责任派一名警察与你同行，因为财宝很贵重。你肯定坐马车去吗？"

"是坐马车去。"

"可惜没有钥匙，否则我们可以清点一下。你只得把箱子砸开了。伙计，钥匙在哪儿？"

"河底下。"斯茂简短地答了一句。

"哼！你实在不应该给我们添这种不必要的麻烦。我们费了九牛二虎之力才找到你。大夫，用不着我来提醒你吧，你可得小心哪。回来时把财宝箱带回贝克街。我们在那里等你，然后去警局。"

我带着分量不轻的铁箱，由一名和善、直率的警官陪着，在沃克斯豪尔桥下了船。一刻钟后我们便到了赛西尔·弗里斯特夫人家。这么晚了，还有人来访，仆人很是吃惊。她说，赛西尔·弗里斯特夫人整晚一直没在家，可能很迟才回来。但摩斯坦小姐在客厅里，所以我拿着铁箱进了客厅。那警官善解人意，便留守在马车里。

她坐在敞开的窗前，身穿一件白色透明的衣服，颈间和腰际轻束红丝带。她倚靠在藤椅上，灯罩里透出来的柔和灯光照在她的身上，照着她那甜美端庄的脸，给她蓬松的秀发染上一层亮丽的色泽。一只洁白的胳膊搭在扶手上，她的神色和姿态透出深沉的忧伤。然而，听到我的脚步声，她站了起来，苍白的双颊因惊喜而泛起红云。

"我听到马车开过来，"她说，"以为是弗里斯特夫人提早回来了，做梦也没想到是你。你给我带来了什么消息？"

"我带来了比消息还要好的东西。"我把箱子放到桌子上，压下沉重心情，兴奋地说，"我给你带来了比世界上任何消息更有价值的东西。我给你送来的是财富。"

"那就是财宝吗？"她瞥了一眼铁箱子，问，口气相当冷淡。

"是的，这就是那大宗阿格拉财宝。一半属于你，另一半属于塞笛厄斯·舒尔托。你们各得二十五万英镑。你想一想，每年的利息就是一万英镑啊！在英国比你更富有的女人可不多啊！这难道还不令人高兴吗？"

我的高兴劲想必表演得太过火了，她察觉出我的祝贺中诚意不足，略抬起眉眼，好奇地打量了我一眼。

"如果我获得了财宝，全亏了你。"她说。

"不，不。"我答道，"不是我的功劳，应该归功于我的朋友夏洛克·福尔摩斯。他竭尽了所有的分析才能才找到线索。要是换了我，说什么也无能为力。即便如此，到了最后一刻，我仍还差点功亏一篑。"

"华生大夫，请坐下来，到底发生什么事，全跟我说说吧。"她说。

我简单地介绍了我和她上次见面后所发生的事情：福尔摩斯使出搜索的新招；"曙光"号的发现；埃瑟尔尼·琼斯再度涉足本案；夜间历险；泰晤士河上惊心动魄的追踪。她张着嘴巴，瞪着大眼睛听着我的讲述。当我讲到毒刺差点要了我们的命时，她脸色惨白，几乎晕倒。

我急忙给她倒了一杯水。她说："不要紧，我没事。我竟让我的朋友遭遇这种可怕的危险，实在过意不去。"

"一切都过去了，"我说，"算不了什么。不讲这些令人丧气的事了，我们还是谈点高兴的事吧。财宝在这儿，还有比这更令人高兴的吗？我获准特意给你带来，让你先睹为快。"

"我再乐意不过了。"她说。然而听她说话口气，丝毫没有流露出急不可耐的心情。她无疑很受感动，如果她对这件来之不易的财宝漠不关心，未免太不近人情了。

"多漂亮的箱子，"她俯身看着箱子，说，"我想是印度制造的吧？"

"对，是本拉瑞斯金属制品。"

"好重啊！"她试着抬抬箱子，说，"这箱子本身就很值钱。钥匙呢？"

"被斯茂丢到泰晤士河里了。我得借用一下弗里斯特夫人家的火钳。"

箱子前面有个粗大的搭扣，搭扣上铸着一尊佛像。我把火钳插入搭扣的下方，用力一撬，搭扣砰的一声打开了。我用颤抖的手指抬起盖子，我们俩站在那儿惊呆了。箱子是空的！

难怪箱子这么重，四周的铁皮足有三分之二英寸厚，非常结实，非常精致，像个专用于装财宝的箱子，可里面什么也没有，空空如也。

"财宝不见了。"摩斯坦小姐平静地说。

我听出了她话中的含义，一个巨大的阴影从我心中消失了。想当初，压在我心头的阿格拉财宝有说不出的沉重，如今终于挪开了。不错，我是自私的，不诚实的，也是错误的，但此刻我想到的只有我俩之间金钱的障碍终于消除了。

"谢天谢地！"我情不自禁地喊道。

她飞快地看了我一眼，疑惑地一笑。

"你这话什么意思？"她问道。

"因为你不再可望而不可及了。"我拉住她的手说。她并没有缩回去，"玛丽，我爱你，就像任何一个男人爱一个女人那样真诚。是财宝、财富让我难以启齿。现在财宝不见了，我可以告诉你我有多爱你了。所以我才说'谢天谢地'。"

我把她揽在身边，她轻声说道："我也要说：'谢天谢地。'"

不管谁丢失了财宝，那天晚上反正我得到了一件宝物。

十二　乔纳森·斯茂传奇

那位警官非常有耐性，他等了很久，我才出来，回到车上。我把箱子拿给他看时,他的脸色阴沉下来。

"奖金全完了!"他伤心地说,"财宝不见了,报酬也落了空。要不,山姆·布朗和我今晚每人可得到十英镑呢!"

"塞笛厄斯·舒尔托是个有钱的人,"我说,"无论财宝在不在,他都会酬谢你们的。"

但警官泄气地直摇头。

"糟透了!"他重复道,"埃瑟尔尼·琼斯也会这么想的。"

事后证明,果然被那位警官说对了。我回到贝克街,把空箱子送到琼斯面前时,这位侦探显出一副茫然若失的样子。福尔摩斯、犯人和琼斯刚刚到家,因为他们在路上改变了原来的计划,先去警察局报告了案情。我朋友和往常一样懒洋洋地躺在扶手椅里,斯茂呆呆地坐在对面,木腿搭在那条好腿上。当我把空箱子拿给大家看时,他靠在椅子上放声大笑起来。

"这都是你干的好事,斯茂!"埃瑟尔尼·琼斯气急败坏地说。

"不错,我把财宝藏在你们谁也找不到的地方了。财宝是我的,我得不到,别的人也休想得到。告诉你们,除了安达曼囚犯营里那三个人和我外,谁也没有权利得到财宝。我知道我现在用不着这些财宝了。他们也用不着,所以我把它处理掉,为了他们,也为我自己。一向都是我们四个人签的字。他们会同意我这样做的。宁可将财宝沉到泰晤士河底,也比让舒尔托或是摩斯坦的亲属得到财宝强。我们干掉阿奇麦特并不是让这些人发财。财宝的钥匙和唐加葬在一起了。看到你们的船要追上我时,我就把财宝藏到了安全的地方。你们这一回是一个子儿也别想得到了。"

"你在骗人,斯茂!"埃瑟尔尼·琼斯厉声道,"如果你想把财宝扔进泰晤士河,连箱子一块扔不是更省事吗?"

"我是扔得省事,那你们捞起来不是也更省事了吗?"他狡黠地斜睨着双眼,道,"你们有能耐抓住我,就有能耐从河底找到铁箱子。我把财宝撒到了五英里的河道里,找起来就难了。我这是不得已的法子。想当初你们就要追上我时,我急得快要发疯了。不过,光悲伤有什么用?我这一生起起落落,但我明白了一个道理:不吃后悔药。"

"这是一起严重的事件,斯茂,"侦探说,"如果你维护正义,而不是阻挠，说不定审判时还能得到从轻发落。"

"正义！"犯人咆哮道，"多动听的正义！财宝不是我们的，又是哪个的？财宝不是他们赚来的，却要让给他们，这叫正义？看看我是如何得到财宝的吧！我在热病肆虐的沼泽中苦煎苦熬了漫长的二十年，白天在红树丛中服苦役，夜里被锁在臭气熏天的囚牢里，蚊叮虫咬，受疟疾折磨，那些喜欢拿白人开心的该死黑人警察个个都来欺负我们。我就是这样为得到阿格拉财宝付出的代价，就因为我不愿把付出如此惨重代价才获得的财宝让给别人去享用，你就来和我大谈正义吗？我宁肯上绞架，被唐加的毒刺毒死，也不愿活在监牢里眼睁睁地看着别人拿着属于我的钱去逍遥快活。"

斯茂不再满不在乎了，激烈的言辞奔涌而出，他双眼闪闪发亮，手铐随着激动的双手铿铿作响。看到他如此愤怒和激动，我明白了为什么舒尔托少校一听说上了他的当的犯人在追踪他时，就吓得魂飞魄散，看来是情理中的事，也是很自然的事。

"别忘了，我们对这一切原本是一无所知的。"福尔摩斯轻声说道，"你没跟我们讲过自己的身世，也就不明白你所说的那份本应属于你的是什么样的公正了。"

"啊，先生，你对我说的话还算公道，虽然多亏了你，我才有幸戴上这副手铐，但我不会记恨你的。这很公正，也算光明正大。你如果想听我的身世，我就给你说说。老天在上，我说的字字句句都是实话。劳驾你把杯子放在我身旁，好在口干时把嘴唇凑过去。

"我是伍斯特郡①人，出生在珀肖尔附近，住在那里的斯茂族人很多，你去看看便知道。我常想回去看看，但我对不起自己的族人，他们不会欢迎我的。他们都是规规矩矩的教徒，受四乡邻里敬重的小农，而我一直是个流浪汉。不过，到了十八岁就没有给他们添麻烦。因为我为了一个姑娘惹上了麻烦，为此，我就去吃皇粮，加入了正开往印度的第三步兵团。

"可是，我命中注定在军营待不长久。我刚学会走正步和使用步枪，就傻里傻气地跳到恒河里去游泳。幸好连队军士约翰·侯德也在河里，他是部队里最好的游泳能手之一。我游到半路时，一条鳄

---

① 伍斯特郡：英格兰郡名。

鱼拖住了我，齐膝盖咬掉了我的右腿，像做外科手术一样干净。由于惊吓和失血过多，我昏了过去，要不是侯德抓住了我，把我拖上岸，我早就淹死了。我在医院里待了五个月，最后装上这条木腿，一瘸一拐地出了院。我因伤残退了伍，再也没找到合适的工作。

"可想而知，我当时有多倒运，还不到二十岁就成了一个无用的瘸子。但不久我交上了好运。一个叫阿伯尔·怀特的人到那里经营靛青园。他想雇个监工，监管苦力干活。他碰巧是我们团长的朋友，因那次事故，团长对我特别关照。简单地说吧，团长极力推荐了我。干这种活主要是骑在马上，虽说我瘸腿，但不太碍事，因为我的左腿还能控制得了马鞍。我的工作就是骑着马在庄园里巡视，监管苦力干活，哪个偷懒就报告主人。工钱不错，住得也舒适。总之，我愿意在靛青种植园里度过后半辈子。阿伯尔·怀特先生心地善良，常来我的小屋和我一起抽抽烟，谈天说地。那儿的白人彼此都很友好，而在这儿却不一样。

"唉，哪知好景不长。突然间，预先没有任何迹象就发生了大暴乱。一个月前，表面看起来，全印度还是像萨里和肯特①一样太平无事，可过了一个月二十万黑鬼子失去了约束，闹得印度成了不折不扣的地狱。当然，先生，你们比我都知道得多，你们看书读报，见多识广，可我不会这一套，我只知道我亲眼见到的一切。我们的庄园在一个叫穆塔的地方，近邻西北几个省的边界。一连好几个晚上，天空被燃烧房屋的冲天火光照得通亮。一连好几天，一小股一小股的欧洲士兵带着妻儿老小经过我们的庄园，逃往远处的军营阿格拉避难。阿伯尔·怀特是个固执的人，他那个脑袋总认为事情被夸大了，暴乱来得迅猛，平息得也快。他依旧坐在凉台上喝酒抽烟，而他周围的乡村早已狼烟四起。当然，我和管账理财的道森夫妇没有丢下他。可是，好好的一天却发生了变故。那天，我去了远处的一个庄园，黄昏时慢悠悠地骑着马回家，突然看见陡峭的峡谷深处有什么东西蜷伏在那里。我骑着马下去想看个究竟。一看那情景，吓得我浑身发冷，原来是道森的妻子被撕成碎块，已被豺狼和野狗吃去了一半。道森本人趴在不远的地方，已经死去，手里还握着没了

---

① 萨里和肯特都是英格兰的郡名。

子弹的空枪。前面躺着四个印度兵尸体，全都摞在一起。我调转马头，却不知道何去何从，就在这时，我看见阿伯尔·怀特家的房屋浓烟滚滚，火苗已蹿到屋顶。我知道救不了主人，再去过问只会白白丢掉自己的一条命。从我站立的地方我看见几百名黑鬼子披着红色的斗篷，正围着燃烧的房屋乱跳乱叫。他们中有几个人已瞄准了我，两发子弹从我的耳边呼啸而过。于是我穿过稻田一路狂奔，深夜才安全抵达阿格拉城。

"然而，阿格拉也不是个安全的地方。整个国家就像捅烂了的马蜂窝。能聚集一些英国人的地方，也不过保住了枪炮射程之内的那块地方，其他地方的英国人都无依无靠，只得四处逃亡。这是一场几百万人对几百人的战争，令人痛心的是，与我们对抗的，无论是步兵、骑兵还是炮兵，都是由我们自己教育训练出来的精兵，他们用的是我们的武器，军号的调子也和我们一样。阿格拉城内驻有孟加拉第三火枪团、一些锡克兵、两支马队，还有一个炮兵连。另外还成立了一个由政府职员和商人组成的志愿团，我就带着这条木腿参加了志愿团。七月初我们开赴沙岗吉迎击叛军，我们也一度打败过他们，到头来还是因为弹药不足，只得退回城内。

"四面八方传来的都是糟糕透了的消息——这并不奇怪——因为你只需看看地图就知道，我们正处于叛乱的中心地区。拉克劳就在东边一百英里，南边一百里处是康坡，到处都是痛苦、残杀和暴行。

"阿格拉城地方大，聚集着各种各样的盲流和残忍的魔鬼信徒。我们英国人人数少，散落在狭窄弯曲的街道旁，我们的头儿带领我们渡过河，把阵地设在阿格拉古堡里。不知你们中是否有读到过或听说过那个古堡。那是个非常奇特的地方。首先，那地方大得惊人，我估计肯定占地数英亩。古堡里有一部分造得挺现代的，容纳得下所有的驻军、女人、孩子和辎重还绰绰有余。但这一现代部分的面积远不及那块古老的部分大，因为那儿从没人去过，满是蝎子和蜈蚣。那里到处是废弃的大厅、盘曲的过道和长廊，所以进去的人很容易迷路。因此很少有人进去，但偶尔也有人打着火把去探险。

"一条河流经古堡前，成了天然的护城河，但古堡的两翼和后方有许多门，都需要派人去把守。当然那块古老的地方和我们驻军的地方更需要守卫。我们人手不够，没有足够的人把守全堡的每个角落和看管好武器。所以不可能在数不清的堡门处都有重兵把守。我们只能在古堡中央建起一个中央守备所，每个堡门让一个白人带着两三个当地人看守。我被指派在夜间的某一时间把守西南面一个孤立的小门，两个锡克兵归我指挥，如有情况，我可以开枪，立即可得到中央守备所的增援。然而守备所离我们有两百步远，而且隔着许多迷宫似的甬道和走廊。因此我怀疑遇到突然袭击，援兵是否能及时赶到。

"我是个新兵，还跛着腿，当了个小头目，感到很得意。头两天晚上，我和两个旁遮普邦的人看守堡门。一个叫默哈米特·辛格，另一个叫阿巴杜拉·克汉，他们都长得魁梧凶狠，久经沙场，在齐连瓦拉战争中和我们交过手。他们的英语说得很好，但我能听懂的却不多。他们总喜欢站在一起用叽里咕噜的锡克话交谈，我总是独自一人站在堡门外，眼盯着宽阔弯曲的河流和大城市里闪烁的灯火。咚咚的鼓声，当当的锣声，以及吸了鸦片烟和麻醉品的叛军在狂呼乱叫，整夜都在提醒我们对岸就有危险的敌人。每隔两小时，巡夜的军官到各个卡哨巡视，以确保平安无事。

"当班的第三天，天空阴沉沉的，下着小雨。在这种天气里站上几小时真让人难受。我几次试图和那两个锡克人搭话，但这两个家伙不搭理我。凌晨两点钟，巡夜的来了，这才稍稍消除了一夜的劳累。既然两个同伴没有话好说，我放下枪，掏出烟斗，划着了火柴。两个锡克兵突然冲上来，一个抢过枪对准我的脑袋，一个拿起刀子搁在我的喉管上，咬牙切齿地说，我一动就刺穿我的喉咙。

"我第一个念头是，这两个家伙和叛军是一伙的，这是突然袭击。如果堡门落入他们手中，整座城堡全完了，妇女和孩子会受到康坡城相同的残杀。先生们，你们也许会认为我在为自己辩解，但我敢发誓，一想到此事，就感到刀尖刺在喉咙上，我张嘴想喊，哪怕是最后一声，也可向中央守备所报警。抓住我的人似乎看出了我的心思，因为我刚想喊时他低声说道：'别出声，城堡很安全，河边没有叛军'。他并有撒谎，我知道我一出声这条命就保不住了。从他那双棕色的眼睛里可看出这一点。于是我静静地等着，看他们究竟要我干什么。

"那个凶狠高大、叫阿巴杜拉·克汉的人说：'先生，听我说，你要么跟我们一起干，要么永远发不出声来。事情重大，犹豫不得。要么向上帝起誓你保证真心实意和我们合作到底，要么我们今晚就把你的尸体扔进沟里，然后加入叛军兄弟中，没有其他的路。是生是死，你自己拿定主意！给你三分钟考虑，时间紧迫，在下轮巡查前得了结。'

"我说：'你们没说叫我干什么，我怎么能拿定主意？但我告诉你们，不利于城堡安全的事，我绝不合作，你们干脆给我一刀得了。'

"他说：'与城堡不相干，我们叫你做的事就是你们英国佬来这里想做的事。我们叫你发财。如果今晚跟我们一起干，我们就对这把出鞘的刀起誓——锡克教徒从不违背誓言，得来的财宝你可以公平地分得一份。财宝的四分之一归你，没有比这更公平的了。'

"我问：'到底是什么财宝？如果告诉我怎么做，我愿和你们一道发财。'

"他说：'你能以父亲的身体、母亲的名誉和你的信仰起誓，无论现在还是将来，永远不背叛我们吗？'

"我说：'我起誓，只要城堡不受到威胁。'

"'我的同伴和我一同起誓分给你四分之一的财宝，我们四人平分。'

"我说：'我们只有三个人。'

"'不，多斯特·阿克巴必须得一份。等候他们的这段时间我会告诉你，到底是怎么回事。默哈米特·辛格，你去门口望风，他们来了通知我们。先生，事情是这样的，我知道欧洲人是守信用的，所以我信得过你，把事情告诉你。如果你是个说谎的印度人，哪怕你对虚假的庙里所有的神都起过誓，我们也会宰了你，把尸体扔进河里。但锡克人了解英国人，英国人也了解锡克人，那好，听我说吧。

"'北方省有个王公，他的领地虽然不多，但很富有。他从父亲那里继承了大笔财产，但更多的是他自己搜刮来的。他生性卑劣，嗜财如命又非常吝啬。暴乱开始时，他既是狮子的朋友，又是老虎的朋友——既与印度兵联手，又与联军结盟。可是，不久他便觉察到白人的末日到了，因为到处传来他们遭屠杀、溃不成军的消息。

他是个很有心计的人，于是作出了这样的安排：无论发生什么事情，他至少能保住一半财宝。他将金银财产藏于王宫的地下室，而把贵重的宝石和最好的珠宝放在一个铁箱子里，派一个亲信打扮成商人，将它带到阿格拉城堡藏起来，直到叛乱平息。这样，如果叛军获胜，他可保住自己的金银财产，如果白人获胜，他又能保住自己的珠宝。这样分好了财宝后他便投向了印度兵，因为他们在边境地区的实力很强。先生，你倒是说说，这样的财产，是不是应归属始终效忠于一方的人手里？

"'这个乔装成商人、化名为阿奇麦特的人此时正在阿格拉城内，准备潜入城堡。他的旅伴是我的堂兄多斯特·阿克巴。他知道这个秘密。阿克巴答应今晚带他从边门进入城堡。他选定了我们把守的这个地方。等一会儿他就会到，知道默哈米特·辛格和我在这里等候。这地方很偏僻，没人知道他会来。从此再没人知道阿奇麦特这个商人了，而王公的巨额财宝就归我们平分了，你看怎么样？'

"在伍斯特郡，人的生命是伟大而神圣的，可当你出入于火和血之中，情况就大不一样了，随时都面临死亡。商人阿奇麦特是生是死，在我看来如同空气一样轻，可说起财宝，我就动心了，设想回到老家后放手花钱，乡亲们看到我这个从不干好事的浪荡子回来时袋子里是胀鼓鼓的金子，眼睛会圆鼓鼓地看着我。于是我横下了一条心。然而，阿巴杜拉·克汉以为我还在犹豫不定，又紧逼了一句。

"他说：'先生，试想想，要是这个人被指挥官抓住，他肯定会被绞死或枪毙，财产充公，谁也别想捞到一个子儿。既然现在他落到了我们手里，干吗不干掉他呢？珠宝落入白人官员手中还不如归我们。这些珠宝足以使我们每个人变成大富大贵的人了。没人会知道，我们这地方离别人很远。还有比这更美妙的事吗？先生，挑明了吧，和我们合作，还是叫我们把你当作敌人。'

"我说：'我的心和灵魂都和你们在一起。'

"'太好啦，'他说着把枪还给了我。'你知道我们是信得过你的，你和我们一样，一定会永远信守誓言。现在就等我兄弟和商人来！'

"'你兄弟知道你要干什么吗？'我问。

"'这是他的主意，全是他一手策划的。我们到门边去和默哈米特·辛格一起守门吧。'

"雨还在一个劲地下，雨季才开始呢。天空中满是棕色的乌云，咫尺之遥不见一物。堡门前是一条深壕，某些地段几乎没有积水，很容易进来。我心中直打鼓，我怎么会与两个粗野的旁遮普邦人站在一起，等待一个商人前来送死呢。

"突然，我看到深壕对面出现了被蒙住的提灯发出的微光。灯光消失在壕墙的那边，接着又出现了，并慢慢朝我们靠近。

"'他们来啦！'我喊道。

"'先生，你像往常一样盘问他。'阿巴杜拉低声说，'别吓着他。让我们带他进门，你守候在这里，我们去干掉他。准备好灯，免得弄错人。'

"灯光闪闪烁烁，向前移动，时停时进，最后我看清了壕沟对岸的两个人影。等他们下了斜坡，穿过淤泥，快到堡门，我才低声问道：'哪个？'

"'朋友。'来人答话。我打开灯照了照他们，走在前面的是个高大的锡克人，漆黑的长须几乎齐腰带了。我只在舞台上见过如此高大的人。另一个则又矮又胖，系着很长的黄头巾，手里拿着一个用围巾包好的包裹。他被吓得全身发抖，双手哆嗦个不停，像是患了疟疾，两只小眼睛闪闪发亮，贼溜溜地左顾右盼，像是钻出洞的老鼠。一想到要干掉他，我心惊肉跳，但一想到财宝我心就硬了。他看到我是白人便高兴地朝我跑过来。

"'先生，求你保护，'他喘着粗气，道，'保护我这可怜的商人阿奇麦特。我从拉吉普塔诺来，来阿格拉城堡避难。他们认为我是白人军队的朋友，便抢我的东西，用鞭子抽我，还侮辱我，谢天谢地，今晚我又安全了，我和我的东西都安全了！'

"'包裹里是什么？'我问。

"'是个铁箱子，'他答道，'里面有一两件祖传的玩意儿。别人拿着不值钱，但我舍不得丢掉。我不是穷叫化子，年轻的先生，我会报答你和你的长官，只要他同意我避难。'

"我没勇气再和他说下去。越看着他那张担惊受怕的胖脸，越不忍心加害他。不如放他过去。

"'带他到总部去，'我说。两个锡克人一左一右，高个子跟在后头，带着他进了黑洞洞的门道。从来没有人像他这样离死神这么近。

我提着灯留在门口。

"我听到咔嚓咔嚓的脚步声响过死一般寂静的长廊。突然，脚步声停了，只听得一阵拳脚相加的扭打声。不一会儿，跑过来一个人，上气不接下气。我心头一惊。我低举提灯朝又长又直的长廊照去，原来来的是那个胖子，满脸鲜血，疯也似的奔跑，黑胡子大汉紧随其后，手里拿着明晃晃的刀，像头老虎。我从没见过跑得像小商人那么快的人。眼看锡克人追不上他了，我想他只要越过我逃出门外，就能保住一条命。我顿时对他动了恻隐之心，但一想到他的财宝，我的心肠又变硬了。就在他要从我身边跑过时，我把枪往他的双腿间一插，他像是被击中的野兔，连跌两跤。没等他爬起来，锡克人扑上去，在他的肋旁连刺两刀。他躺在原地没了声息，也不再动弹。我想他跌倒时可能已经死了。三位先生，我是说到做到的。不管对我有利的，还是不利的，我全都照实说了。"

他停了下来，伸出戴铐的手去拿福尔摩斯为他倒好的威士忌和水。这个人的所作所为令我毛骨悚然，这不仅因为他是这桩血腥事件的参与者，更因为他说起这桩事来如数家珍，满不在乎。无论今后他受到什么样的惩罚，他都别想从我这儿得到丝毫的怜悯。夏洛克·福尔摩斯和琼斯坐在那儿，双手搁在膝上，对他的故事饶有兴趣，但脸上显露出同样厌恶的表情。他或许觉察到了，因为他接着说时声音和神态都带有几分挑衅性。

"毫无疑问，一切糟糕透了，"他说，"我倒想知道有多少人到了这个份上，宁肯自己的喉管被人割断，而不愿得到一份财宝！而且，一旦他进了城堡，不是我死就是他死。如果他活着出了城外，整个事情败露，我肯定会受到军纪处罚吃枪子儿，那种时候别人不会发慈悲的。"

"你接着讲。"福尔摩斯简短地说。

"阿巴杜拉，阿克巴和我把他抬进来。他虽然矮小，却重得很。默哈米特·辛格留在那儿看门，我们把他抬到锡克人已经准备好的地方。离堡门较远，一条弯曲的甬道通向空荡荡的大厅，大厅的砖墙早已破损。地上有一凹坑，是个天然的墓穴。我们就把阿奇麦特埋在那里，用些碎砖将他盖好。处理好后，我们就去看财宝了。

"财宝就在他被击倒的地方。那箱子就是现在摆在桌子上这只开着的箱子，钥匙是用丝带系在雕花的提柄上。我们打开箱子，灯光照着珠宝。那和我小时候在珀肖尔时从书本中读到的和想象的一模一样，闪闪发亮，令人眼花缭乱。大饱眼福后，我们拿出所有的珠宝并开了张清单。共有一百四十三颗上等钻石，其中一颗叫'莫卧儿大帝'① 的，据说是现存第二大宝石。还有九十七块非常美丽的翡翠，一百七十块红宝石（有些并不大）、缟玛瑙、猫眼石、土耳其玉，和一些我当时叫不出名的宝石，但后来我就认得了。此外，还有三百颗上等珍珠，其中十二颗镶在一个金项链上。顺便说一句，这次我找回箱子后清点了一次，除那个项圈外，其他的都在。

"清点完毕，我们把财宝放回箱子，拿到堡门处给默哈米特·辛格看。接着我们庄严重新起誓：永守秘密。我们约定把箱子藏在安全的地方，战争结束后再平分财宝。当时分是不行的，因为如果发现我们有如此贵重的宝石，会引起怀疑，城堡内没有私人住处，也就是没有藏宝的地方，于是，我们带着箱子来到掩埋商人尸体的大厅，在保存尚好的墙上挖了个洞，将财宝藏在洞内。我们谨慎地记住了藏宝处，第二天我画了四张图，每人一张，并签下了四人的名字，因为我们发誓每个人都代表四个人行事，谁也不得占便宜。我手按胸口起誓，我从未违背过誓言。

"好啦，诸位先生，用不着我告诉你们印度兵变的结果了。威尔逊占领了德里，柯林爵士收复勒克瑙② ，叛乱便土崩瓦解。新的军队纷纷开到，纳纳·萨希克本人从边境逃走了。葛雷什德上校带着一支快速突击队来到阿格拉，赶走了叛军。国内似乎又恢复了和平，我们四人则盼着平分赃物，远走高飞。但我们的希望眨眼间就化为泡影，因谋杀阿奇麦特事发，我们四人同时被捕。

"事情是这样发生的。王公把财宝交给阿奇麦特是因为认为他这人可靠，但东方人生性多疑，于是他又派了一个更可靠的心腹暗察阿奇麦特的行踪，并命令他紧紧盯住阿奇麦特，于是他像影子一样跟着他，那天夜里他跟在阿奇麦特身后，看着他进了城堡。当然，

---

① 莫卧儿大帝：1526 年由 Baber 创建的、首府设在德里的莫卧儿帝国的皇帝。

② 勒克瑙：印度北部城市，北方邦首府。

他认为阿奇麦特在城堡里安顿好了，所以第二天就请求进入城堡，但再也找不到阿奇麦特的下落，他觉得此事蹊跷，就和守卫班长说了，班长通报指挥官，结果对全堡作了一次彻底的搜查，发现了尸体。就在我们自以为很安全的时候，我们四人被捕了，以谋杀罪受到指控，因为当晚把守那个城堡门的正是我们三个人。另一个被认为是和被害者同来的。审判时谁也没说出财宝，而那个王公被罢黜并被驱逐出印度，所以从此再也没人提起珠宝的事了。但谋杀的证据确凿，我们四个人都牵扯进去了。三个锡克人被判终身监禁，我被判处死刑，但后来减了刑，和他们一样。

"我们当时的处境很奇特，四个人都上了脚镣，几乎没有出逃的机会，但我们共守一个秘密：只要得到财宝，就有享不尽的荣华富贵。忍受狱卒的拳打脚踢，吃粗米饭，喝生水，而巨额的财宝在狱外等着我们去取，想起来叫人实在受不了。我都快急疯了，但我生性倔强，忍受下一切，等待时机。

"后来，好像时机已到。我从阿格拉被转押到马德拉斯，又从那里转到安达曼群岛的布莱尔岛。那里的白人囚犯很少，我一开始就表现良好，不久就得到了优待。我在候普镇的哈里特山坡上有了自己的小茅屋，过得挺自在。那是个可怕的热病流行区，我们周围住着野蛮的吃人部落，一有机会他们就朝我们射毒刺。我们整天挖沟修渠、种山药，此外还有其他的杂七杂八的劳役，整天忙个不停，只有晚上有点时间自由安排。另外，我学会了为外科医生配药，从他那儿学了点粗浅的外科医术。我时时刻刻都在寻找出逃的机会，但此地离陆地足有数百英里，而且这一带的海域几乎没有风，逃跑非常困难。

"萨莫顿大夫是个爱玩的年轻人，其他年轻官员常去他屋里整夜玩牌。我配药的外科手术室就在他起居室的隔壁，两房隔着一个小窗。我孤独时，就吹熄手术室的灯，站在窗下听他们聊天，看他们玩牌。我自己也喜欢玩牌，看他们玩也不错。经常来玩牌的有舒尔托少校、摩斯坦上尉、布朗尼·布朗中尉，他们是当地驻军的头目，还有医生本人和两三个狱吏。这些人是精明的老手，玩得巧妙而稳重，所以凑在一起很开心。

"但不久，有一件事情引起了我的注意：当兵的总是输，当官的总是赢。我并不是说这不公平，但事实就是这样。狱吏们来到安达曼群岛后，除了玩牌，无所事事，他们清楚各自的牌技，而其他人玩牌只是为了消磨时间，打牌上不费心思。一夜又一夜，当兵的越输越多，越输越来劲。舒尔托少校输得最惨，起初他用钞票和金币，可不久就开始用期票，而且赌注下得更大。有时也赢点儿小钱，这样胆子更大了，接着又是输，越输越多。他整天没精打采，借酒浇愁。

"有天晚上，他输得比以往更惨。他和摩斯坦上尉跌跌绊绊回营房时，我正坐在我的小茅屋里。他们两人是知心密友，形影不离。这时少校正抱怨自己输得太多。

"'摩斯坦，我全完了。'路过茅屋时他说，'我得辞职，完蛋了。'

"'别瞎说，老兄！'上尉拍着他的肩膀，说，'更糟的事情我也见过，但是……'我就听到这些，但足以引起我的思考。

"几天后舒尔托少校在海滩上散步，我乘机和他攀谈起来。

"'少校，我有事请教。'我说。

"'什么事，斯茂？'他从嘴上拿下雪茄，问道。

"我说：'先生，请问上缴埋藏的财宝交给哪一位合适？我知道一宗价值五十万英镑的财宝埋藏在哪里，我自己用不着它，我想最好还是交给合适的长官，这样他们也许会给我减刑呢。'

"'斯茂，五十万英镑？'他急促地问，死死盯着我，看我说的是不是真话。

"'是的，先生，是珠宝，藏在一个举手可得的地方。稀奇的是物主已被驱逐出国，不可能得到财宝了。因此谁先拿到手就归谁了。'

"'斯茂，应交给政府。'他吞吞吐吐地说。我心里明白，他上了我的圈套。

"'先生，你认为我应该把这事报告给总督吗？'我轻声问。

"'得，得，你先别忙，否则你会后悔的。斯茂，讲来听听，要说实话。'

"我把全部经过都告诉了他，只作了小小的改变，好让他找不到藏宝的地方。我说完了，他呆呆地站在那儿沉思。从他颤抖的嘴唇可以看出，他内心里正经历着激烈的斗争。

"'斯茂，事关重大，'他终于开了口，'千万别对任何人说，不久我会来找你。'

"两天后，他和他的朋友摩斯坦深夜提着灯到我的茅屋来了。

"'斯茂，我想请你亲口给摩斯坦上尉说说你的故事。'他说。

"我把以前说过的话又说了一遍。

"'听起来是真的，对吗?'他说，'倒值得一干，是吗?'他说。

"摩斯坦上尉点了点头。

"'听我说，斯茂，'少校道，'我和我这位朋友研究过了。我们认为，你的这个秘密与政府无关，完全是你个人的私事，该怎么处理，你自己有权决定。现在的问题是，你要求什么样的回报? 如果能达成协议，这件事我们愿意代你去办，至少可以去调查一下。'他说话时极力保持镇定，一副满不在乎的样子，可他的眼神里流露出兴奋和贪婪的神态。

"'先生，说到回报，'我也极力冷静地说，但内心里和他一样兴奋，'我这种处境的人只能提一个条件，我想请你们帮助我和我的三个同伙获得自由。然后让你们也得到一份，分给你俩五分之一。'

"'哼，只五分之一，没什么吸引力!'他说。

"'每人可得五万啊!'我说。

"'可我们怎样才能让你们获得自由呢? 你清楚得很，这种要求是不可能的事。'

"'没有什么难的，'我答道，'我已有周全的考虑。我们逃跑的唯一困难是没有船和干粮能维持长时间的海上航行。加尔各答①或马德拉斯②有许多小快艇和双桅快艇。我们只需要一艘，请弄只过来，我们设法在夜间上船，把我们送到印度的任何一个地方，你们就算尽到义务了。'

"'要是只你一个人就好办了。'他说。

"我答道:'要么一个也不走，要么都走。我们发过誓，四个人必须捆在一起。'

---

① 加尔各答:印度东北部港口城市，西孟加拉邦首府。

② 马德拉斯:印度东南部港口城市，泰米尔纳德邦首府。

　　"'摩斯坦，你看，'他说，'斯茂是个守信用的人。他不肯背弃朋友，我想，我们可以信任他。'

　　"'说来这是件不光彩的买卖，'摩斯坦道，'不过，正如你所说，咱们有了这笔钱可以体面地保住我们的军衔了。'

　　"'斯茂，我想我们只好答应你了。'少校说，'当然，我们先得证实你说的是不是事实。告诉我们箱子藏在哪儿？我好请假乘每月一趟的轮船回印度调查一下。'

　　"'别着急，'他越着急我越冷静。我说，'我得先问问另外三个朋友，看他们同不同意。跟你说吧，我一个人说了不算数，只有我们四个人全同意了才行。'

　　"'胡说，'他打断了我的话，抢着说道，'我们的协议管那三个黑鬼什么事？'

　　"'黑也好，蓝也好，'我说，'反正他们和我发过誓，必须一起行动。'

　　"第二次见面时，默哈米特·辛格、阿巴杜拉·克汉、多斯特·阿克巴都到场了，我们一起了结了这件事。经再三商量，终于达成了协议：我们给两位官员提供阿格拉城堡的藏宝图，在藏宝的那面墙上作了标记。舒尔托少校去印度调查财宝的事，如果找到箱子，不能拿走，必须给我们派出一艘快艇，到罗特兰岛接我们出逃，最后他回营上班。然后摩斯坦上尉告假到阿格拉和我们会合，在那里均分财宝，他拿回少校和他自己所得的那份。我们经过深思熟虑之后起了誓，誓言庄严而周全。我连夜画出图纸，第二天早上画好了两张，并签下了我们四个人的名字：阿巴杜拉、阿克巴、默哈米特和我自己。

　　"诸位先生，我的故事让你们厌烦了吧。我知道，琼斯先生肯定不耐烦了，他急不可待地想把我送进监狱。我简单地说吧，舒尔托那条恶棍到了印度后就没了踪影。不久，摩斯坦上尉给我看了一张一艘邮船的旅客名单，上面有舒尔托的名字。他叔叔死了，留给他一笔钱，于是他退了役，他不仅欺骗了我们四人，还欺骗了第五个人。不久，摩斯坦到阿格拉，如我们所料，他发现财宝不见了。我们提出的出卖财宝秘密的条件，那恶棍丝毫没履行，就将财宝全部盗走了。从此之后，我活着就是为了报仇。我日日夜夜想着报仇。

我不顾一切，管不了什么法律，也不怕被绞死。一心想着逃跑，抓到舒尔托，亲手掐死他——这就是我唯一的心愿。相比之下，阿格拉财宝在我的心目中已无足轻重，重要的是杀掉舒尔托。

"我这一生，下过不少的决心，立志要办些事，而且没有一件是办不成的。然而，历尽艰难困苦之后，才捞到机会。我跟你们说过，我学过一点医学知识。有一天，萨莫顿大夫因高烧卧床不起，安达曼群岛上一小生番病得快要死了，他找个僻静的地方等死，一个因犯发现了他，把他搞了回来。尽管这小生番像条蛇，非常凶狠，我还是收留下他。两个月后我治好了他的病，他能走路了，就这样他恋上我了，说什么也不肯回林子里去，老守在我茅屋的周围。我从他那儿学了几句土话，这样一来他更是喜欢跟我在一起了。

"他叫唐加，是一名出色的划船手，他有一条很大的独木舟。当我发现他忠于我并愿为我做任何事。我知道，出逃的机会到了。我把自己的心思全跟他说了。他准备找个晚上把独木舟带过来，停在一个无人看守的旧码头，接我上船。我叫他准备了几葫芦水和一些山药、椰子和甘薯。

"小唐加忠诚可靠，再没有比他更忠诚的人了。在约定的晚上，他把独木舟划到了码头边。事也凑巧，一个看管囚犯的人走过来。那人正是一有机会就侮辱我、伤害我的可恶的帕坦人①。我曾发誓要报复他，现在机会来了。似乎是命运把他摆在了我们的面前，让我在离开群岛之前还有机会报仇雪恨。他背朝我站在岸边，肩上扛着枪。我想找块石头砸碎他的脑袋，但一块也没找到。

"我忽然想到了一个办法：我不是可以使用一件怪武器吗？我在暗处坐下来解开木腿，猛跳了三下，来到他跟前。他的枪扛在肩上，我狠命朝他打过去，打破了他的脑门。你们看，这木腿上还有裂痕，就是打他时留下的。由于失去平衡，我们两个人都摔在一起。我爬起来一看，他还这么躺着。我朝独木舟走去，不到一个钟头我们就出海了。唐加带上他所有的家当，还有武器和神像。他还带来了一根竹子做的长矛和一块安达曼椰树叶编成的席子，我用这些东西做了一面船帆。我们听天由命，在海上漂了十天。到了第十一天，一

---

① 帕坦人：分布在阿富汗东南部和巴基斯坦西北部的民族。

艘载着马来亚朝圣者的商船正从新加坡开往吉达港①，他们救我们上了船。船上的人都很古怪。不久，唐加和我与他们混熟了。他们有一个好的品质，让我们独自待着，从不问这问那。

"如果我把我和唐加所有的冒险经历都告诉你们，你们会不愿听的，因为那得听到天大亮。我们在世界各地到处流浪，就是回不了伦敦。但复仇的事始终记在心头。到了夜里，我总是梦见舒尔托。我在梦中杀了他一百次。三四年前，我终于回到了英国。我轻而易举地找到了舒尔托的住处。我要想方设法弄清他有没有拿走财宝，财宝是不是还在他手里？我和那些肯帮助我的人交上了朋友——我不想说出任何人的名字，因为我不想让其他人牵连进来——不久我就发现珠宝还在他那里。然后我千方百计报仇雪恨。但这个人很狡猾，除他的两个儿子和一个印度仆人外，他身边总有两个拳手保护他。

"有一天听说他死到临头了，我急急忙忙赶到他的花园，怕他就这么溜出了我的手心。我透过窗子朝里望，只见他躺在床上，两个儿子一左一右守候在床边。我恨不得冲进去和他父子三人拼个你死我活。可就在这时候，他的脑袋耷拉下来，已经咽气了。当天晚上我潜入他的房间，翻看了所有的文件，想找到藏宝的地方，可一点线索也没找到。我气恼得不行，发疯似的走了，临走前想起如果能再见到我的锡克朋友，他们知道我已留下表达我们仇恨的标记，会很高兴的。于是我潦草地写下了我们四人的名字——和图纸上的一样——将纸别在他胸前。被他抢劫和欺骗过的人不在他进入坟墓前给他留下点标记太便宜了他。

"那时，我们靠在集市和其他地方把可怜的唐加当作吃人生番展览给公众看来维持生活。他吃生肉，跳土人的战舞，一天下来可得满满一帽子铜板。我还能听到来自樱池小筑的所有消息。几年来，除了听说他们仍在寻找财宝外，什么消息也没有。终于，传来了我们等待已久的消息。财宝找到了，财宝藏在巴索洛缪·舒尔托的化学实验室的屋顶上。我立刻前去查看，但由于木腿碍事，我想不出爬上屋顶的办法。后来打听到屋顶上有暗门，也了解到了舒尔托先

---

① 吉达港：沙特阿拉伯西部港口城市。

生吃晚饭的时间。我想，有唐加在，办成这件事并不难。我带上他，在他腰间系了一根长绳。他像猫一样爬了上去，不一会儿就进了房间。但不幸的是巴索洛缪·舒尔托还在屋里，所以遇害了。唐加杀了舒尔托，还以为干得很聪明，我沿着绳子爬上去后他像是骄傲的孔雀在踱来踱去。直到我拿起绳子的末端抽打他，骂他是吸血鬼时，他才大吃一惊。我拿到了箱子，递下去，接着自己也溜下去了，在桌子上留下了四签名的纸条，以示财宝终于物归原主了。接着唐加收回绳子，关好窗，从原路逃走。

"我不知道还有什么没讲的。听一个船工说起过史密斯的'曙光'号有快艇之称，于是我想这条汽船将是我们出逃的有利工具。我与史密斯取得了联系，并答应只要他能送我们安全抵达大船，送给他一大笔钱。无疑，他知道此事有点儿不对劲，但他并不知道其中的秘密。我所说的都是实话，先生们，我说这些并不是想讨你们的好——你们也没帮过我什么忙——仅仅因为我相信我所能做的最好的辩护就是实话实说，让所有的人都知道舒尔托少校是怎样背信弃义的，对他儿子的死，我是无辜的。"

"极精彩的陈述，"福尔摩斯说，"这极有趣的案子有了恰当的结局。除了不知道绳子是你自己带上来的这一节外，你所陈述的后半部分无不出我所料。顺便问一句，我原以为唐加的毒刺全丢了，怎么他还在船上朝我们射了一刺呢。"

"先生，是全丢了，但吹管里还剩一根。"

"噢，对了，"福尔摩斯说，"真没想到。"

"还有什么要问的吗？"因犯殷勤地问道。

"没有了，谢谢！"我的搭档答道。

埃瑟尔尼·琼斯说："嘿，福尔摩斯，你的脾气真好，而且我们都知道你是鉴定罪行的行家，但公事得公办。今天我对你和你的朋友够通融的了。现在得把这位故事家安全地锁进监狱，我才会安心。马车还等在那儿，楼下有两位巡官。非常感激二位鼎力相助。当然，开庭时还请二位出庭做证。晚安。"

"二位先生晚安。"乔纳森·斯茂说。

"走在前面，斯茂！"出门时，谨慎的琼斯说道，"我得当心，免得你又像在安达曼群岛对付那位先生那样，用你的木腿打我。"

"唉，我们这场戏剧终于结束了，"我们抽着烟，静坐了一会儿后，我说，"恐怕这是最后一次机会学习你破案的方法了。摩斯坦小姐已经接受了我盼望已久的求婚了。"

"我料到了，恕我不能向你道喜。"他凄凉地嘟哝道。

他的话使我感到不快。

"我的选择你不满意吗？"我问道。

"不，不。我想她是我见过的最迷人的女子，而且对我们从事这种工作十分有好处。这方面她很有天分。你瞧，她从她父亲的所有文件中挑选了阿格拉图纸保存起来。但爱情属于感情之类的东西，情感与真实冷静的推理相抵触，而我把推理置于其他一切的东西之上。我本人绝不结婚，以免影响我的判断力。"

"我相信，我的判断力能经得起这次考验。你有些累了。"我笑道。

"是的，"他答道，"我是觉得有点累，我得花一星期的时间才能恢复过来。"

"奇怪，"我说，"你这个样子，换了别人我会认为这个人准是个懒散的人，怎么你又表现出极为充沛的精力呢？"

"是的，"他答道，"我生来就是个懒散的人，但同时又是个精力充沛的人。我常想到歌德的一句话：

　　　　上帝只造了你的躯壳，金玉其外，败絮其中。

"顺便说一句，在诺伍德案中，我曾怀疑他们有内线，此人不是别人，正是仆人拉尔·拉奥。琼斯撒了一网，确也网获了一条大鱼，这里确实也有他的一份功劳。"

"分配似乎极不公平，"我说，"你办理了全案，我从中得到了妻子，琼斯得到了荣誉，留给你自己的是什么呢？"

"我吗，"夏洛克·福尔摩斯说，"留给我的是那只装可卡因的瓶子。"说着，他伸出白皙修长的手去拿瓶子。

波希米亚丑闻

一

夏洛克·福尔摩斯始终把她称作"那位女士"，我很少听见他用过别的称呼。在他的心目中，她国色天姿，美压群芳。这倒并不是说他对艾琳·艾德勒有什么近乎爱情的感情。他生性冷静，头脑严谨而臻密，令人钦佩。而一切情感，特别是爱情，都与他格格不入。在我看来，他不啻是世界上一架专用来推理和观察的机器。若是让他做情人，却找错了对象。他从不温情脉脉，讲起话来往往带着讥讽和嘲笑的口吻。观察家对此却是赞赏有加——因为它有利于揭示人们的动机和行为。但是对于一个训练有素的理论家来说，容许这种情感侵扰他自己那种细致严谨的性格，就会使他分散精力，使他所取得的全部智力成果受到怀疑。即使在精密仪器中落入砂粒，或者他的高倍放大镜镜头出现裂纹，也没有比在他的性格中掺入一种强烈的感情起干扰作用更大的了。然而只有一个女人，而这个女人就是已故的艾琳·艾德勒，还存在于他那模糊而可疑的记忆之中。

最近我很少和福尔摩斯见面。我婚后与他不太来往。我的全部注意力几乎全集中放在幸福家庭所带来的乐趣上。可是福尔摩斯，他却豪放不羁，厌恶社会上一切繁文缛节。他依然住在我们那所贝克街的房子里，埋头于旧书堆中。他时而服用可卡因，显得劲头十足，时而又瞌睡蒙眬，时而又处于他那种热烈性格焕发出的旺盛精力状态中，周而复始轮番出现。他一如既往，仍醉心于研究犯罪行为，并用他那卓越的才能和非凡的观察力去寻找线索，破解那些难解之谜，而这些谜团是官方警察认为解答无望而被放弃了的。我不时模模糊糊地听到一些关于他活动的情况：比如说他被派往敖德萨去处理特雷波夫暗杀案；侦破亭可马里非常奇怪的阿特金森兄弟惨案；最后他为荷兰皇家完成得那么微妙和出色的使命等。我和其他读者一样，这些情况只通过报纸上得到的。除此之外，有关我的老友和搭档的其他情况我就知之不多了。

有一天晚上——一八八八年三月二十日的晚上，我在出诊回来的途中（此时我又开业行医），路过贝克街那所我熟悉的房子大门。这扇大门，在我的心目中，始终与我所追求的目标和在《血字研究》一案中的神秘事件联系在一起。这时候，我突然产生了与福尔摩斯叙谈一番的强烈愿望，想了解他那非凡的才智目前在关注什么问题。他的几间屋子，灯火通明。我抬头一看，只见他那瘦高的黑色侧影两次在百叶窗后掠过。他低垂着头，背着手，急促而热切地在房里转来转去。我熟悉他的各种情绪和生活习惯，所以对我来说，一看他的这种举动就知道他又在工作了。他一定服过药，刚从梦幻中清醒过来，正热衷于探索某些新案件的线索。我摁了摁门铃，然后被领到原先部分属于我的那个房间里。

他不很热情，这种情况是少见的，但是我认为他看到我时还是高兴的。他几乎一言不发，可是目光亲切，指着一张扶手椅让我坐下，然后把雪茄烟盒扔过来，指了指放在角落里的酒精瓶和小型煤气炉。他站在壁炉前，用他那独特的内省神态打量我。

"结婚很适合你，"他说，"华生，我想自从我们上次见面以来，你体重增加了七磅半。"

"七磅。"我回答说。

"当真！我想是七磅多。华生，无非是多了那么一点点而已。据我观察，你又开业给人看起病了吧。可是你没告诉我你打算重操旧业的事。"

"你是怎么知道的？"

"看出来的，是我推断出来的。要么我怎么知道你最近一直挨雨淋，而且有一位笨手笨脚、粗心大意至极的女仆呢？"

"我亲爱的福尔摩斯，"我说，"你太厉害了。你要是活在几世纪以前，准会被处以火刑。可不是，星期四我去过一趟乡下，回家时被雨淋得好惨。我可是换过了衣服，想不到竟被你推断出来了。要说玛丽·简，她简直是不可救药，我的妻子已经让她走人了。可我看不出这事你是怎样推断出来的。"

他听罢嘿嘿一笑，搓着他那双细长的神经质的手。

"说来也简单不过，"他说，"是我看出来的。你左脚那只鞋的内侧，也就是炉火刚好烤到的地方，有六道几乎平行的裂痕。很明显，这些裂痕是由于有人为了去掉沾在鞋跟的泥巴，顺着鞋跟刮泥时不小心造成的。因此，你瞧，我就得出这样的双重推断：你在风雨天中出去过，以及你穿的皮靴上那些特别难看的裂痕是伦敦年轻而没有经验的女佣人干的。要说你开业行医，那是因为如果一位先生走进我的屋子，身上散发着碘酒味，他的右手食指上有硝酸银的黑色斑点，他的大礼帽右侧面鼓起一块，表明他曾藏过听诊器，我要不说他是医药界的一位活跃分子，那我就真够愚蠢的了。"

他解释推理的过程是那么毫不费力，我不禁笑了起来。"你讲的这番推理，"我说，"事情仿佛总是显得简单透顶，简直非常荒唐，连我自己也能推理出来，只是在你解释推理过程之前，我对你的每一步推理往往迷惑不解。但我还是觉得我的眼力不比你的差。"

"的确如此，"他点燃了一支烟，一屁股坐进了扶手椅上，说，"你只是在看，而不是在观察。这二者之间有明显的区别。比如说，从下面大厅到这间屋子的梯级你看到过吧？"

"经常看到。"

"看到多少次了？"

"嗯，不下几百次吧。"

"那么，有多少梯级？"

"多少梯级？说不上。"

"这就对啦！因为你没有观察，而只是看嘛。这就是关键所在。你瞧，我知道共有十七个梯级。因为我不但看，而且观察了。顺便说说，既然你对这些小问题有兴趣，又由于你善于把我的一两个小经历记录下来，你对这件事也许会感兴趣的。"他把一直放在他桌子上的一张粉红色的厚厚便条纸扔了过来，"这是最近一班邮差送来的，"他说，"你大声念念看。"

这张便条没有日期，也没有签名和地址。

〔便条里写道：〕"今晚七时三刻将有人登门拜访，他有至关重要的事与阁下相商。阁下最近为欧洲一王室办案表明，足可委托阁下承办一桩关系极重大之事。阁下声名远播，我等早有所闻。届时望勿外出。来人如戴面具，请勿介意。"

"这的确是件很神秘的事，"我说，"你认为这该是怎么回事？"

"我还没有事实可作论据。在我们还没有得到事实之前就妄加推测，那就大错特错了。有人不自觉地扭曲事实以适应推断，而不是以推断来适应事实。现在单凭这么一张便条，你能从中推断出些什么来呢？"

我仔细地检查笔迹和这张写着字的纸。

"写条子的人大概相当有钱，"我尽力模仿我搭档的推理方法，说，"这种纸一沓要半个克朗以上。纸质特别硬实和挺括。"

"特别——说得好，"福尔摩斯说，"这根本不是一张英国造的纸。你举起来对着亮处照照看。"

我对着亮光照了照。只见纸质纹理中有一个大写的"E"和一个小写的"g"、一个"P"以及一个"G"和一个小"t"交织在一起。

"你知道这是什么意思吗？"福尔摩斯问。

"肯定是制造商的名字，更确切地说，是他名字的交织字母。"

"错定了。'G'和小't'代表的是'Gesellachaft'也就是德文'公司'这个词。就像英文的'Co.'这个惯用的缩写词一样。当然，'P'代表的是'Papier'——'纸'。再说说'Eg'。让我们翻一下《大陆地名词典》。"他说着从书架上拿下一本很厚的棕色书皮的书。《Eglow Eglonitz》——有了，Egria。那是在说德语的国家里——也就在波希米亚①，离卡尔斯巴德不远。这地方因华伦斯坦就死在这里而闻名于世，同时也以其玻璃工厂和造纸厂林立而著称。"哈，哈，老弟，你知道这是什么意思吗？"他的眼睛大放异彩，得意地喷出一大口蓝色香烟的烟雾。

"这是种波希米亚制造的纸。"我说。

"完全正确。写这张纸条的是德国人。你是否注意到'阁下声名远播，我等早有所闻'这种句子结构很特殊吗？法国人和俄国人是

---

① 波希米亚，即今之捷克。第一次世界大战前受奥地利统治。

不会这样写的。只有德国人才这样乱用动词。因此，现在有待查明的是这位用波希米亚纸写字、宁愿戴面具以掩盖他的庐山真面目的德国人到底想干些什么。——瞧，要是我没有搞错的话，他来了，到时候我们的一切疑团就大白了。"

说话间，传来一阵清脆的马蹄声和马车轮子摩擦路边镶边石的轧轧声，接着有人猛拉门铃。福尔摩斯吹了一下口哨。

"听声音来了一对马，"他说。"不错，"他瞧了一眼窗外，接着说，"一对漂亮的马，拉着一辆可爱的小马车，这样的马每匹值一百五十畿尼①。华生，要是没有什么别的话，这个案子能赚钱。"

"我想我该走了，福尔摩斯。"

"别走，大夫，你就在这里待着。要是没有我自己的包斯威尔②，叫我如何是好。这个案子看来很有趣，错过它那就太遗憾了。"

"可是你的当事人……"

"别管他。我可能需要你的帮助，他也许也一样。他来啦。你就坐在那张扶手椅里，大夫，请注意我们的一举一动。"

我们听到一阵缓慢而沉重的脚步声，先是在楼梯上，然后在过道上，到了门口停了下来。接着是响亮而威严的叩门声。

"请进!"福尔摩斯说。

进来一个人，身高不下于六英尺六英寸，虎背熊腰，四肢发达。他的衣着华丽。但在英国这身装束显得很没有品位。他的袖子和双排纽扣的上衣前襟的开叉处都镶着一大片羔皮镶边，肩上披着深蓝色大氅，衬里是猩红色的丝绸，领口的饰针镶嵌着一颗火焰形的绿宝石。加上一双高到小腿肚的皮靴，靴口上镶着深棕色毛皮，凡此种种，他的外表给人留下深刻的粗俗而奢华的印象。他手里拿着一顶大檐帽，脸的上半部戴着一只黑色面具，一直盖过颧骨。显然他刚刚整理过面具，因为进屋时，他的手还停留在面具上。由脸的下半部看，他像是个性格坚强的人，嘴唇厚而下垂，下巴又长又直，显得固执而果断。

---

① 畿尼：英国1663年发行的金币，等于21先令，1813年停止流通，后仅指等于1.05英镑的货币单位。

② 包斯威尔是英国著名文学家约翰生的一名得力助手。

"你收到我的电报吗?"他问道,声音深沉、沙哑,带着浓重的德国口音,"我告诉过你,我要来拜访你。"他把我们两个人轮番打量了一遍,好像拿不准该跟谁说话似的。

"你请坐,"福尔摩斯说,"这位是我的朋友和同事——华生大夫。他经常大力帮助我办案子。请问阁下的尊姓大名?"

"你可以称呼我冯·克拉姆伯爵。我是波希米亚贵族。我想这位先生——你的朋友,是位值得尊敬和十分审慎的人,我也可以把极为重要的事托付给他。不然,我还是跟你单独谈为好。"

我站起身来要走,可是福尔摩斯抓住我的手腕,把我推回到原来的扶手椅里。"要么两个人一起谈,否则免谈,"他对来客说,"面对这位先生,凡是可以跟我谈的你不妨直言。"

伯爵耸了耸他那宽阔的肩膀,说道,"首先我要求两位,在两年内绝对保密,两年后这事就无关紧要了。目前其重要性也许可以影响整个欧洲的历史进程。"

"我答应。"福尔摩斯答道。

"我也是。"

"我戴着面具两位不介意吧,"陌生的不速之客接着说,"派我来的贵人不愿意让你们知道他派来的人是谁,因此现在我可以承认我刚才所说的并不是我自己真正的称号。"

"这我知道。"福尔摩斯神情冷漠地答道。

"情况十分微妙。我们必须采取一切预防措施,尽力防止使事情发展成大丑闻,以免害得一个欧洲王族遭到严重损害。坦率地说,这件事会使伟大的奥姆斯坦家族——波希米亚世袭国王受到牵连。"

"这我也知道。"福尔摩斯嘀咕道,随即坐到扶手椅里,合上了眼睛。

在来客的心目中,福尔摩斯无疑是被描划成全欧洲分析问题最透彻的推理者和精力最充沛的侦探。这时我们的来客看到眼前这个人倦怠的、懒洋洋的神态,明显流露出惊讶的神情。福尔摩斯慢吞吞地又张开双眼,不耐烦地瞧着眼前这位身躯魁伟的当事人。

"要是陛下肯屈尊细告案情,"他说,"我就能更好地为你效力。"

来人从椅子里猛地站了起来,无法控制自己的情绪,激动得在屋子里踱来踱去。接着,他绝望地把脸上的面具扯下来,扔到地上。

"你说对了，"他高声道，"我就是国王，我何必要隐瞒呢？"

"嗯，当真？"福尔摩斯喃喃道，"陛下还没开口，我就知道我是要跟卡斯尔-费尔施泰因大公、波希米亚的世袭国王、威廉·戈特赖希·西吉斯蒙德·冯·奥姆施泰因交谈。"

"但是你能理解，"我们这位异国来客重新坐下来，用手摸了一下他那又高又白的前额说道，"你能理解我不惯于亲自处理这种事。可是这件事又是如此之微妙，如果我把它委托侦探来办，我自己不得不听人摆布。我是为了向你征询意见才微服出行，从布拉格赶来的。"

"请谈吧。"福尔摩斯说罢，又合上了眼睛。

"简单地说，事情是这样的：大约五年前，在我到华沙长期访问期间，结识了大名鼎鼎的女冒险家艾琳·艾德勒。这名字你无疑很熟悉。"

"大大，请你在我的资料索引中查查艾琳·艾德勒这个人。"福尔摩斯低声说，眼睛照样闭着。他多年来把有关许多人和事的一些材料收集起来，贴上标签。一旦他不能马上想起某人或某事，就可以查找。我找到了有关她的个人经历的材料。这些材料就夹在一个犹太法学博士和写过一起关于深海鱼类专题论文的参谋官这两份历史材料中间。

"拿过来看看，"福尔摩斯说，"嗯！一八五八年生于新泽西州。女低音——嗯！意大利歌剧院——嗯！华沙帝国歌剧院首席女歌手——对了！退出了歌剧舞台——哈！住在伦敦——对了！据我理解，陛下和这位年轻女子有牵连。你给她写过几封信，生怕自己受连累，现在急于把那些信弄回来。"

"正是。但是，怎么才能……"

"你和她秘密结过婚吗？"

"没有。"

"有没有法律文件或证明？"

"没有。"

"那我就不明白了，陛下。如果这位年轻女人想用信来达到讹诈或其他目的时，她怎么能够证明这些信是真的呢？"

"有我亲笔写的信。"

"呸！呸！可以说它是伪造的。"

"用的都是我私人的信笺。"

"说是偷去的。"

"有我自己的印鉴。"

"仿造的。"

"我的照片。"

"买来的。"

"有我们两人的合照。"

"噢，天哪！那就糟了。陛下的生活的确是太不检点了。"

"我当时真是疯了——神经错乱了。"

"这对你已经造成了严重的损害。"

"当时我只不过是个王储，还很年轻。现在我也不过三十岁。"

"那就必须把那张照片搞回来。"

"我们已经试过，但是都失败了。"

"陛下必须出钱，把照片买回来。"

"她绝不肯卖。"

"那就去偷。"

"我们已经试过五次了。有两次我出钱雇小偷搜遍了她的房子。一次她在旅行时我们调换了她的行李。还有两次我们对她进行了抢劫。可都没有结果。"

"那张照片一点影子都没有找着？"

"丝毫没有。"

福尔摩斯听罢哈哈一笑，说道："小事一桩。"

"但是对我来说，事关重大。"国王用责备的口气回了一句。

"事关重大。的确如此。那她打算拿这照片怎么办呢？"

"毁掉我。"

"怎么个毁法？"

"我就要成婚了。"

"我听说了。"

"我将和斯堪的纳维亚国王的二公主克洛蒂尔德·洛特曼·冯·札克斯迈宁根结婚。你可能听说过他们的严格家规吧。她自己就是一个极为敏感的人。只要对我的行为留下丝毫让人怀疑的地方，这桩婚事就要告吹。"

"那么艾琳·艾德勒怎么说?"

"她威胁说要把照片送给他们。她会说到做到的。我知道她会说到做到的。你不了解她,她的个性强硬如钢。她生成一副最美丽的女人容颜,却有一颗最刚毅的男人的心。只要我和另一个女人结婚,她是什么事都做得出来的。"

"你敢肯定她还没有把照片送出去吗?"

"我敢肯定。"

"凭什么?"

"因为她说过,她要在婚约公开宣布的那一天把照片送出去。也就是下星期一。"

"噢,那咱们还有三天时间,"福尔摩斯说着,打了一个呵欠。"太走运了,因为目前我还有一两桩重要的事情要调查。陛下,你一时还不会离开伦敦吧?"

"不会。你可以在兰厄姆旅馆找到我。用的是冯·克拉姆伯爵的名字。"

"事情一旦有进展,我们会写信让你知道的。"

"太好了。我盼着你的来信。"

"报酬的事怎么说?"

"你说了算数。"

"完全听我的?"

"我可以告诉你,为了得到那张照片,拿我领土中的一个省来交换也在所不惜。"

"那么眼前的费用呢?"

国王从他的大氅下面拿出一个很重的羚羊提袋,放到桌上。

"里面有三百镑金币和七百镑钞票。"他说。

福尔摩斯从记事本上撕下一张纸,潦潦草草地写了收条,递给他。

"那位小姐的地址呢?"他问道。

"圣约翰伍德,塞彭泰恩大街,布里翁尼府第。"

福尔摩斯记了下来。"还有一个问题,"他说道,"照片是六英寸的吗?"

"是的。"

"那么，再见，陛下，我相信我们不久就会给你带来好消息。华生，再见，"他接着对我说，这时皇家四轮马车正向街心驶去，"我想请你明天下午三点钟来，一起聊聊这件小事情。"

二

三点整，我到了贝克街，福尔摩斯还没有回来。据女房东说，早晨刚过八点钟他就出去了。不过我还是在壁炉旁坐下，打算不管等多久我还是要等下去，因为我已经对他的调查深感兴趣。虽然这案子没有我记录过的那两件罪案具有的那种种令人惊心动魄和稀奇古怪的特征，可是，这案子的性质及其当事人的高贵地位，却使它具有独特之处。的确，除此以外，我朋友那种巧妙地掌握情况和敏锐而又透彻地推理的工作方式，以及那种快捷而精妙地解决最为奥秘难题的方法，很值得我去研究和学习，并且从中得到很大乐趣。他一贯胜券在握，已是司空见惯。所以，我从来没有想到过他会有失败的时候。

四点钟左右，房门打开，走进来一名醉醺醺的马夫。他样子肮脏邋遢，留着络腮胡子，面孔通红，衣衫褴褛。尽管我对我朋友惊人的化装术已习以为常，细看之后才认出来者果然是他。他向我点了点头，招呼之后进了卧室。不消五分钟，他身穿日常穿的花呢衣服，体面地来到我面前。他的手插在衣袋里，在壁炉前舒展开双腿，尽情地笑了一阵子。

"哦，真是的！"他喊道，忽然呛住了喉咙，接着又笑了起来，笑得前仰后合，身子躺倒在椅子上。

"怎么回事？"

"太有意思了。我敢说你怎么也猜不出我上午在忙什么，得到的又是什么结果。"

"我是想象不出来。也许你一直在观察艾琳·艾德勒小姐的生活习惯，也许还研究了她的房子。"

"正是，但是结局却相当不寻常。不过我愿意把情况告诉你。我今天早晨八点稍过离开这里，扮成一个失业的马夫。马夫之间都存在互相同情的美好情感，他们无不意气相投。只要你成为他们的一员，就可以了解到你要想知道的一切。我很快就找到了布里翁尼府第。那是一幢小巧雅致的别墅，后面有座花园。这是一幢两层楼房，面对着马路。门上挂着丘伯保险锁①。右边是宽敞的起居室，内部装饰华丽，长长的窗户几乎直抵地面，然而那些可笑的英国窗闩连小孩都能打开。除了从马车房的房顶可以够得着过道的窗户以外，其他的就没有什么值得注意的了。我围绕别墅细细看了一遍，从各个角度仔细侦察，但并未发现任何令人感兴趣的情况。

"接着我顺着街道走了走，果不出所料，我发现在靠花园墙的小巷里，有一排马房。我过去帮那些马夫梳洗马匹。他们给了我两个便士，外加一杯混合酒、两烟斗装得满满的板烟丝，并且告诉我许多我感兴趣的有关艾德勒小姐的情况。除她之外，他们还提到住在附近的其他六七个人的情况，可我对这些人丝毫不感兴趣，但还是硬着肚皮听下去。"

"倒是说说艾琳·艾德勒的情况吧！"我道。

"噢，她害得那一带所有的男人都为之神魂颠倒。她可算是绝代佳人了。在塞彭泰恩大街马房，人人都是这么说。她过着宁静的生活，在音乐会上演唱。每天五点钟出去，七点钟回家吃晚餐。她除了演唱外，其余时间则足不出户。她只与一个男人交往，而且过从甚密。那男的肤色黝黑，英俊健美，精力充沛。他每天至少来看她一回，经常是两回。他就是戈弗雷·诺顿先生，家住坦普尔。这下你知道交上一个车夫做朋友有多大好处吧？这些马车夫为他赶车不下十几次，从塞彭泰恩大街马房送他回家，对他的事无所不知。我听了他们谈了之后，便开始再一次在布里翁尼府第附近转了转，琢磨着行动方案。

"这个戈弗雷·诺顿显然是这案件中的关键性人物。他是律师。这听起来不大妙。他与她之间是什么关系呢？他不断地来看她有什

---

① 丘伯保险锁：商标名，丘伯为 19 世纪伦敦一锁匠，此种锁的发明人。

么目的？她是他的当事人，他的朋友，或者是他的情妇？如果是他的当事人，她很可能把照片交给他保存了。如果是情妇，那就不大会那么做。这个问题的答案将决定我继续对布里翁尼府第的调查工作呢，还是把我的注意力转到那位先生在坦普尔的住宅方面。这是必须加以小心从事的关键所在，这样一来我调查的范围就相应扩大了。我担心说这些繁琐的细节会使你感觉厌烦，但是如果你对这些情况感兴趣的话，我必须让你看到我的这些小麻烦。"

"我正在仔细地听呢。"我回答道。

"我正在权衡着从何处入手的时候，忽然看见一辆双轮马车赶到布里翁尼府第门前，车里跳出一位先生。他长得英俊，黑黑的，鹰钩鼻子，蓄着小胡子——显然就是我听说的那个人。他显得心急火燎的，大声吆喝要车夫等着他。他从替他开门的女仆面前擦身而过，显得很随便的样子。

"他在屋里待了约摸半个小时。透过起居室的窗户可以隐隐约约地看见他踱来踱去，挥舞双臂激动地说些什么。她呢，我什么也没看到。他很快就出来了，好像比刚才还要急忙的样子。他在登上马车时，从口袋里掏出一块金表，焦急地看了看，嚷嚷道，'尽量快，先到摄政街格罗斯·汉基旅馆，然后到埃破丰尔路圣莫尼卡教堂。你要是能在二十分钟之内赶到，我就赏给你半畿尼。'

"车子转眼就走了。我正在拿不定主意要不要紧紧跟上去，就在这当口，忽地从小巷里来了一辆小巧雅致的四轮马车。那马车夫的上衣扣子只扣了一半，领带歪在耳边，马挽具上所有金属箍头都从带扣中突出来。没等车停稳，她就从大门飞奔出来，一头钻进车厢。在这刹那间，我只瞥了她一眼，但已可看出她是个美艳的女人，足令男人倾倒。

"'约翰，去圣莫尼卡教堂，'她大声道，'要是你能在二十分钟之内赶到那里，我就赏给你半镑金币。'

"华生，这机会万万不可错过。我正盘算该雇车子赶上去呢，还是爬上她的车躲在车后，恰好过来一辆出租马车。赶车人对我递过去那么一点点车费瞧了又瞧。但我没等他说出不愿干，就跳进车里。'圣莫尼卡教堂，'我说，'要是你在二十分钟之内赶到那里，就给你半镑金币。'那时是十一点三十五分，会发生什么事情，那当然是不言自明的。

"我的马车夫赶得飞快。我觉得我从未坐过这么快的车，可是那两辆马车已经抢先到达了。在我赶到的时候，那辆出租马车和那辆四轮马车早已停在门前，两匹马正气喘吁吁，身上直冒热气。我付了车钱，急忙冲进教堂。教堂里除了我所追踪的两个人和一个身穿白色法衣牧师外，没有别的人。那牧师像是在劝告他们什么。他们三个人一起围在圣坛前。我就像偶尔闯到教堂里来的闲人，顺着两旁的通道信步往前走去。使我感到惊异的是，忽然间圣坛前的那三个人的脸都转过来朝着我。戈弗雷·诺顿拼命向我跑来。

"'谢天谢地！'他喊道，'你来得正好。来！来！来！'

"'怎么回事？'我问道。

"'来，老兄，来，只费你三分钟，要不就不合法了。'

"我被半拖半拉带上圣坛。在我还没弄清楚到底是怎么回事，我已糊里糊涂对我耳边低低的话语作出答复，为我一无所知的事做证。总的来说是帮助把未婚女子艾琳·艾德勒和单身汉戈弗雷·诺顿紧密地缔结了良缘。这一切是在很短的时间内完成的。接着男方在我这一边对我表示感谢，女方在我另一边对我表示感谢，而牧师则在我对面冲我微笑。这是我有生以来从未碰到过的最荒谬绝伦的尴尬场面。刚才我就是想到这件事禁不住笑出声来的。看来他们的结婚证明有点不够合法，牧师在没有证人的情况下，坚决不给他们证婚，幸而有我出现，新郎才不至于必须跑到大街上去拉一位傧相。新娘赏给我一镑金币。我打算把它拴在表链上戴着，以纪念这次奇遇。"

"这真是一件完全出乎意料的事，"我说道，"后来呢？"

"咳，我觉得自己的计划受到严重的威胁。看来他俩可能立刻就要离开，我得马上采取有力的措施。他们在教堂门口分手。男的坐车回坦普尔，女的则回到自己的住处。'我还像往常一样，五点钟坐车去公园。'临分手时她对他道。我听到的就这些。就这样两个人各自向不同方向坐车走了，我也离开那里为自己作些安排。"

"什么安排？"

"一些卤牛肉和一杯啤酒，"他摁了一下电铃，答道，"我一直忙得不可开交，没顾得上吃东西，今晚很可能还要忙。顺便说一句，大夫，我需要你合作。"

"乐意奉陪。"

"你不怕犯法吗?"

"丝毫不怕。"

"也不怕万一被捕吗?"

"为了高尚的目标,我不怕。"

"噢,这目标再高尚不过了。"

"那么,这事儿用得上我了。"

"我算定可以依仗你的。"

"那你打算怎么办?"

"特纳太太端来盘子后,我就告诉你。"女房东拿来的简单食品,他狼吞虎咽地吃了起来,说道,"我不得不边吃边谈这件事,因为没多少时间了。现在快五点钟了。咱俩必须在两个钟头内赶到行动地点。艾琳小姐,不,该叫艾琳夫人,将在七点钟坐车回来。我们必须在布里翁尼府第与她相遇。"

"然后怎么办?"

"以后的事得让我来办。我对以后的事已有安排。有一点我必须强调一下,那就是不管发生什么情况,你都一定不要插手。听明白吗?"

"难道我就袖手旁观吗?"

"什么事都别管。也许会出现一些小小的不愉快事件。你可不要插手。在我被送进屋子后,就没事了。四五分钟以后,起居室的窗户会打开。你就在紧挨打开窗子的地方候着。"

"好。"

"你一定要密切注意我的动向,我会待在让你看得见的地方。"

"好。"

"我一举手——就像这样——你就把我让你扔的东西扔进屋子里去,同时,提高嗓门喊'着火了'。听明白我的话了吗?"

"听明白了。"

"没有什么大不了的事,"他从口袋里掏出一支长长的、雪茄烟模样的卷筒,说道,"这是一支管子工用的普通烟火筒,两头都有盖子,可以自燃。你就是专管这东西。你一喊'着火了',准有许多人赶来救火。然后就跑到街的尽头去。我在十分钟之内和你重新会合。

希望你已经听明白我说的话了，是不是？"

"我应该保持不介入的态度，人靠近窗户，注意你的动向，一看到信号，就把这东西扔进去，然后喊'着火了'，并且跑到街的拐角处等你。"

"完全正确。"

"那你就等着瞧我的吧。"

"太好了。我想，也许我该为扮演新角色作准备了。"

他进了卧室。几分钟后出来时，他已乔装打扮成新教牧师，一副和蔼可亲、单纯厚道的模样。你看他戴着宽大的黑帽，穿着宽松下垂的裤子，系着白色的领带，面带富有同情心的微笑，加上那种专注、仁慈而好奇的神态，那架势活像约翰·里尔先生①第二了。福尔摩斯不仅仅是换了装束，连他的表情、举止，甚至他的灵魂似乎都随着他所装扮的新角色而起了变化。可惜的是，他成为一位研究犯罪的专家，而舞台上就少了一位出色的演员，甚至使科学界少了一位敏锐的推理家。

六点十五分钟，我们离开贝克街，提前十分钟到达塞彭泰恩大街。已是黄昏时分，我们在布里翁尼府第外面踱来踱去等屋主回来，正是万家灯火的时候。这所房子与我根据福尔摩斯的简单描述所想象的一模一样。但是地方不像我预期的那么平静，恰恰相反，附近地区都很安静，相比之下，这条小街就显得十分喧闹了。街头拐角有一群人，穿得破破烂烂，抽着烟，说说笑笑。一个磨剪子的人，待在脚踏磨轮旁，两个警卫正在同保姆调情，此外还有几个年轻人，衣着讲究，嘴里叼着雪茄，在闲逛。"瞧，"我们在房子前面踱来踱去的时候，福尔摩斯说道，"他们结了婚，事儿倒变得简单了。那张照片现在变成了双刃剑，我们的当事人怕照片落到公主手里，很可能她也怕它被戈弗雷·诺顿看见。当前的问题是，哪里才找到那张照片？"

"可不是，上哪儿找呢？"

"她最不可能随身带着。因为那是张六英寸照片，要藏在女人的衣服里，未免嫌太大了些。而且她知道国王是会拦劫和搜查她的。

---

① 约翰·里尔：十九世纪中叶到本世纪初英国著名喜剧演员。

这类事已经发生过两次了。因此，我们可以推断她是不会随身带着的。"

"那么，会在哪儿呢？"

"在她的银行家或者律师的手里。这两种情况都有可能。但是我觉得哪种情况都不现实。女人天生好保密，她们就喜欢自己隐藏东西。她为什么要把照片交给别人呢？她对自己的保藏能力是有把握的。而且她也拿不准，像律师这样的实务家是不是会受到间接的或政治方面的影响。此外，你可别忘了她是决意要在几天之内利用这张照片。因此照片一定存在她随手可以拿到的地方，一定在她自己的屋子里。"

"可屋子已经两次被盗了。"

"哼！人家不知道上哪儿去找。"

"可你又怎么找呢？"

"我压根就不去找。"

"那怎么办？"

"我要她把照片指给我看。"

"她才不干哩。"

"她不能不干。我听见车轮声了。那是她坐的马车。你可要严格按照我吩咐的去办。"

说话间，马车两侧车灯发出的微弱灯光从街道拐角处照了过来。那是一辆漂亮的四轮小马车，嘎哒嘎哒地驶到布里翁尼府第门前。马车刚停下，一个流浪汉从角落里冲上前去开车门，希望赚个铜子儿，但是被抱着同样想法蹲在前头的另一个流浪汉挤开。于是一场激烈的争吵爆发了，两个警卫替一个流浪汉说话，而磨剪刀的则同样起劲地为另一个流浪汉帮腔。争吵得越来越厉害。接着不知是谁先动手，双方就出手开打起来，这时这位夫人刚好下车，立刻就被困在闹得不可开交的人群中，脱不了身。这些人个个面红耳赤，厮打在一起，拳打棒击，野蛮地混战一场。福尔摩斯见状冲入人群去保卫夫人。但是，刚挤到她的身边，就大喊一声，倒了下去，脸上鲜血直流。众人见他倒地，两个警卫拔脚溜走，那些流浪汉则朝相反的方向逃之夭夭。此时，有些衣着比较整齐、只看热闹而没有动手的人挤了进来，为夫人解了围，并查问这位先生的伤势。艾琳·

艾德勒——我还愿意这么称呼她——急忙跑上台阶。但是上了最高
一层台阶，她站住了，门厅里的灯光勾画出了她的极其优美身段的
轮廓。她回头朝街道问道：

"那位可怜的先生伤得重吗？"

"他已经死啦。"几个声音一起喊道。

"不，不，还活着呢，"另一声音高叫着，"但是等不到你们把他
送进医院，他就没命了。"

"他挺勇敢，"一个女人说道，"要不是他的话，那些流浪汉早就
把夫人的钱包和表抢走了。他们都是一伙的，是一帮不要命的家伙。
啊，他现在能喘气了。"

"不能让他躺在街上。我们可以把他抬进屋子里去吗，夫人？"

"当然可以。把他抬到起居室里去。那儿有一张舒服的沙发。请
到这边来。"大家缓慢而小心地把他抬进布里翁尼府第，安置在正房
里。这时我站在靠近窗口的地方，一直在看着整个事情的经过。灯
都点上了。可是窗帘没有拉上，所以我可以看到福尔摩斯是如何被
安置在沙发上的。当时他对他扮演的角色是否感到有些内疚我不知
道，但是知道，当我看到自己谋划要算计的这位美人，在她服侍伤
者的那种优雅和亲切的仪态时，不禁感到有生以来从未有的由衷羞
愧。可是若是对福尔摩斯委托我扮演的角色半途甩手不干，那就是
对他最卑鄙的背叛。我硬下心来，从我的长外套里取出烟火筒。我
想，不管怎样，反正我们不是伤害这位美人，我们不过是不让她伤
害别人罢了。

福尔摩斯靠在那张长沙发上。我看到他很像一个需要空气的那
种人的样子。一个女仆匆匆走过去把窗户猛地推开。就在这一刹那
我看到他举起手来。根据这个信号，我把烟火筒扔进屋里去，高声
喊道："着火啦！着火啦！"我的喊声刚落，全部看热闹的人，有的
穿戴得很体面，有的穿着不齐整，有绅士，也有马夫和女仆们，大
家齐声尖叫起来："着火啦！着火啦！"这时但见浓烟滚滚，笼罩全
室，并且从打开的窗户冒了出去。我看见争先恐后匆匆跑动的人影。
稍过片刻，我还听到从房里传出福尔摩斯的声音，他要大家放心，
说那是一场虚惊。我急速穿过惊呼的人群，跑到街道的拐角。不到
十分钟，我高兴地看到我的朋友来了，他挽住我的胳膊，我俩一起

逃离了闹哄哄的现场。好几分钟我们默默地急速向前，都没有说话，直到转到埃杰韦尔路的一条僻静街道，他才开了口。

"大夫，你干得真漂亮，"他说道，"不可能比这更漂亮了。一切顺利。"

"照片到手了？"

"我知道它存在哪儿。"

"怎样发现的？"

"我不是说过吗，她把照片指给我看了。"

"怎么回事？"

"我可不想故弄玄虚，"他说着笑了起来，"说来也很简单。你当然看得出来，街上的每一个人都是和咱们一伙的。今天晚上他们统统是我雇来的。"

"我也猜到了。"

"当两边争吵的时候，我手掌里有一小块湿的红颜料。我冲上前去，跌倒在地，手赶紧捂在脸上，这就成为一副可怜巴巴的模样。这一招都老掉牙了。"

"这个我也猜到了。"

"后来他们把我抬进去。她只好让我进去。要不然你叫她怎么办？她把我安置在起居室里，这正是我预料的那间屋子。照片要么就藏在这间屋子，要么就在她的卧室，我决定要看看到底是在哪间屋子。他们把我放在长沙发上，我作出需要空气的动作，他们便打开窗户，这样你的机会就来了。"

"你干吗要这么做呢？"

"这太重要了。一个女人一想到房子着火时，她就会本能地立刻抢救她最珍贵的东西。这是一种完全不可抗拒的冲动，我已经不止一次地利用过了。在达林顿顶替丑闻一案中，我用过；在阿恩沃思城堡案中我也用过。结了婚的女人会赶紧抱起她的婴孩；没结过婚的女人抢先要拿的是珠宝盒。现在我已经清楚，在这房子里，对于我们这位夫人来说，没有比我们去追寻的那件东西更为宝贵的了。她一定会冲上前去把它抢到身边。着火的警报发得巧妙极了。哪怕有钢铁般坚强神经的人，面对滚滚浓烟和惊叫声也会乱了方寸。她的反应真叫棒。那张照片收藏在壁龛里，这个壁龛前面是能挪动的嵌板，就在右边铃的拉索上面。她在那地方只待了片刻。当她把那张照片抽出一半的时候，我一眼看到了它。当我高喊那是一场虚惊时，她又把它放回去了。她看了一下烟火筒，就奔出了屋子，此后我就没再看到她了。我站了起来，找个借口偷偷溜出房子。我曾犹豫是否应该试着把那张照片马上弄到手，但是马车夫进来了。他注意地盯着我，因此要等待时机，这样似乎安全些。否则，只要有一点鲁莽举动，整个事情就会搞砸。"

"现在怎么办？"我问道。

"我们的调查实际上已经完成了。明天我将同国王一块去拜访她。如果你愿意跟我们一起去，你也去。我们会被领进起居室等候那夫人。但是恐怕她出来会客时，她既找不到我们，也找不到那照片了。陛下能够亲手重新得到那张照片，一定会心满意足的。"

"你们什么时候去拜访她？"

"早晨八点钟。趁她还没起床的时候，我们就可以放手干。此外，我们必须立即行动起来，因为结婚以后她的生活习惯可能完全变了。我必须立即给国王发个电报。"

这时我们已经走到贝克街，在门口停了下来。就在他从口袋里掏钥匙的时候，有人路过这里，并打了个招呼：

"晚安，福尔摩斯先生。"

这时在人行道上有好几个人。可是这句问候话好像是一个个子细长、身穿长外套的年轻人匆匆走过时说的。

"那声音挺耳熟，"福尔摩斯惊讶地凝视着昏暗的街道说，"可是我不知道和我打招呼的到底是哪个。"

三

那天晚上，我就待在贝克街。早晨起来正吃烤面包、喝咖啡的时候，波希米亚国王急匆匆地闯了进来。

"你真的拿到那张照片了？"他双手抓住夏洛克·福尔摩斯的双肩，热切地看着他，高声问道。

"还没有。"

"可你很有把握了，是吗？"

"有点把握。"

"那就去吧。我恨不得赶快去。"

"我们得雇辆马车。"

"不必了，我的马车在外面等着呢。"

"这样倒也省事。"我们走下台阶，再次动身到布里翁尼府第去。

"艾琳·艾德勒已经结婚了。"福尔摩斯说道。

"结婚了！什么时候？"

"昨天。"

"跟谁？"

"跟一个叫作诺顿的英国律师。"

"但是她不可能爱他。"

"我倒希望她爱他。"

"为什么？"

"因为这样陛下就不用担心将来有麻烦事发生了。如果这位女士爱她的丈夫，她就不会爱陛下。如果她不爱陛下，她就没有理由阻挠陛下的计划了。"

"说得也是。可是……啊，如果她和我一样的身份地位，她会是一位多了不起的王后！"他说罢重又忧伤地陷于沉默中，一直到我们在塞彭泰恩大街停下来时，他始终不发一言。

布里翁尼府第的大门敞开着。门前台阶上站着一位上了年纪的妇人。她用一种蔑视的眼光瞧着我们从四轮马车里下来。

"我想你是夏洛克·福尔摩斯先生吧？"她问。

"正是。"我的搭档答道，显得多少有些诧异，并惊愕地注视着她。

"果不出所料！我的女主人告诉我你多半会来的。今天早晨她跟她的先生一起到欧洲大陆去了，他们乘的是蔡林克罗斯五点十五分的火车。"

"什么！"夏洛克·福尔摩斯向后打了个趔趄，懊恼和惊异得脸色发白。

"你是说她已经离开英国了？"

"再也不回来了。"

"那照片呢?"国王问道,声音沙哑,"全完了!"

"我们要看一下。"福尔摩斯推开仆人,直奔客厅,国王和我紧跟其后。客厅里到处散落着翻得乱七八糟的家具,架子拆下,抽屉也拉开来,就好像这位女士在她出走前匆匆忙忙地翻箱倒柜搜查过一番似的。福尔摩斯冲到铃拉索地方,拉开一扇小拉门,伸进手去,掏出一张照片和一封信。照片只有艾琳·艾德勒一个人,穿着晚礼服。信封上写着:"致夏洛克·福尔摩斯先生,留交本人亲收。"我的朋友把信拆开,我们三个人围着一起读这封信。信是今天凌晨写的。信中写道:

亲爱的夏洛克·福尔摩斯先生:

你的确干得非常漂亮。你完全把我给骗过去了。发出火警以前,我一直蒙在鼓里。但是随后我发觉自己已泄露了秘密,我便开始思索了。数月之前,人家就警告我要提防你。说是:要是国王雇侦探的话,那一定是你。我已知道了你的地址。可是尽管如此,你还是使我泄露了你所想要知道的秘密。甚至在我开始怀疑以后,我还很难相信那么一位上了年纪、和蔼可亲的牧师会心怀恶意。但是,你知道,我自己是个训练有素的女演员。装扮男性对我并不生疏。我自己就常常女扮男装,来去自由、行动方便。我派约翰——马车夫——监视你,然后跑上楼,穿上我的散步便服,我下楼来的时候,你正好离开。

后来,我跟着你来到你家门口,这样,我肯定我真的是成了你这位著名的夏洛克·福尔摩斯先生感兴趣的对象了。于是,我相当冒失地向你道了声"晚安",然后到坦普尔去看望我的丈夫。

我俩都认为既然已被这么一位可怕的对手盯着,三十六计走为上策,因此在你明天来时将发现这个窝是空的。至于那张照片,你的当事人可以放心好了。我已爱上一位比他更好的人,而这个人也爱我。国王可以做他愿意做的事,而不必顾虑他所无情亏待过的人会对他有什么妨碍。我保留那张照片,只是为了保护自己,权且把它看作是件有效的武器,能永远保护我,使我不受他将来可能采取的任何手段的损害。我现在留给他一张照片，他可能愿意收下。谨此向您——亲爱的夏洛克·福尔摩斯先生致意。

艾琳·艾德勒·诺顿敬上

"多了不起的女人——啊，一位多了不起的女人！"在我们三个人一起念这封信时，波希米亚国王高声道，"我不是说过吗，她是位头脑机智、办事果断的女子！假如她能当王后，那她不就是一个令人钦佩的王后吗？遗憾的是她和我的地位不一样！"

"我从这位女士身上看到，陛下和她确实相差甚远，"福尔摩斯冷淡地说道，"令人遗憾的是，没能使陛下的事情得到一个更为圆满的结局。"

"亲爱的先生，恰恰相反，"国王说道，"再没有比现在这样的结局更圆满的了。我知道她是说话算数的。那张照片完全看作已经被付之一炬了，我再也用不着担心了。"

"我很高兴听陛下这么说。"

"我对你感恩不尽。请告诉我怎样酬答你才好。这枚戒指……"他从手指上脱下一只蛇形的绿宝石戒指，托在手掌上递给福尔摩斯。

"陛下有一件我认为比这戒指甚至更有价值的东西。"福尔摩斯说道。

"什么东西，你尽管说出来。"

"这张照片！"

国王睁大眼睛惊讶地打量着他。

"艾琳的相片！"他大声道，"你要是想要的话，当然可以。"

"谢谢陛下。那么这件事就算了结了。我祝你早安。"他鞠了个躬，转身而走，对国王向他伸出的手福尔摩斯看也不看一眼。他和我一起返回他的住处去。

以上就是波希米亚王国怎样受到一桩大丑闻的威胁，而福尔摩斯先生的出色计划又是怎样为一个女人的聪明才智所挫败的经过。他过去对女人的聪明才智常常加以嘲笑，近来我很少听到他说这类话了。当他说到艾琳·艾德勒或提到她那张照片时，他总是用"那位女子"这一充满敬意的称呼。

红 发 会

　　去年秋天，一天我去拜访我的朋友夏洛克·福尔摩斯。当时他正在和一位身材矮胖、面色红润、头发火红的老先生深谈。我为自己的唐突表示歉意。我正要退出来，福尔摩斯出其不意一把将我拽住，把我拉进了房间里，随手关上了门。

　　"我亲爱的华生，你来得正是时候。"他亲切地说道。

　　"我怕你正忙着。"

　　"我是忙着，非常的忙。"

　　"那我就到隔壁房间等着。"

　　"不必了。威尔逊先生，这位先生是我的搭档和助手，他协助我卓有成效地处理过许多案件。毫无疑问，在处理你的案件中，他将同样给予我最大的帮助。"

　　那位身材矮胖的先生从他椅子上欠起身来，向我点头致意，他那厚厚的眼皮下的小眼睛里迅速地掠过一丝怀疑的神色。

　　"你且在长靠背椅上坐下吧。"福尔摩斯说罢，又回到他那张扶手椅坐下，两手的手指尖合拢着。这是他在思考问题时的习惯。"亲爱的华生，我知道，你和我一样，并不喜欢那些平凡而单调乏味的生活，感兴趣的是稀奇古怪的事。你那么热情地把这些东西都记录下来，可见一斑了。要是你不介意，我要说，你这样做确实为我许多小小的冒险事业增光添彩。"

　　"我对你经办的案件确实深感兴趣。"我说。

　　"你当然会记得那天我们谈到玛丽·萨瑟兰小姐所提的那个十分简单的问题之前所说的那段话吧：为了获得新奇的效果和异乎寻常的配合，我们必须深入生活，而生活本身总是比任何大胆想象更富有冒险性。"

　　"我倒要冒昧地说，对你的这个说法我表示过怀疑。"

"是吗，大夫？但是，最终你必然会同意我的看法。否则，我将继续列举一系列事实，这些事实将使你举出的理由不攻自破，然后你会承认我的观点是对的。好啦，这位杰贝兹·威尔逊先生真好，他今天上午专程来看我，他开始对我讲了一件我闻所未闻的离奇事件。我说过，最离奇、最独特的事物往往不是和大的罪行，而是和较小的罪行有联系，甚至有时确实很可以怀疑那算不算是犯罪哩。威尔逊先生刚才说的事，就当前的情形来看，我还不能断定是不是一起犯罪案例，但是，事情的经过肯定是我所听到过的最离奇不过的。威尔逊先生，可不可以请费心再讲一遍事情的经过？我请你从头讲，这不仅因为我的朋友华生大夫没有听到开头那部分，而且还因为这件事很奇特，所以我很想从你嘴里听到其中所有尽可能详细的情节。一般说来，当我听到一些稍微能够说明事情经过的情节时，总会启发我想起成千上百个其他类似的案件来。可是这一次我不得不承认，我的确深信这些事实是独特的。"

矮胖的当事人挺起胸膛，显得很是得意。他从大衣里面的口袋里掏出一张又脏又皱的报纸平放在膝盖上，低头看着上面的广告栏。这时我仔细地打量这个人，力图按照我搭档的方法，从他的服装或外表上看出点他的来历来。

但是，我细看一番之后，却看不出多少名目来。从来客的外表看，他是一个再普通不过的英国商人，肥胖、自负，动作迟钝。他穿着一条松松垮垮的灰格裤子，一件并不干净的燕尾服，外衣的扣子没有扣上，能看到里面一件土褐色背心，背心上面系有一条粗铜艾伯特表链[①]，中间露出一个四方窟窿的金属片儿作为装饰品，来回晃动着。在他旁边的椅子上放着一顶磨损了的礼帽和一件褪了色的棕色大衣，大衣的绒线领子有点皱褶。总的来说，这个人除了长着一头火红色的头发、面露非常恼怒和不满的表情外，没有什么特别之处。

夏洛克·福尔摩斯锐利的眼睛看出了我的举动，注意到我疑问的目光，便面带笑容，摇了摇头。"他干过一段时间的体力活，爱吸鼻烟，是共济会会员，到过中国，最近写过不少东西。除了这些显

---

① 艾伯特表链：一种带有横扣的怀表表链。

而易见的情况以外，我推断不出别的什么。"

杰贝兹·威尔逊先生突然挺直身子，他的食指仍然压着报纸，但眼睛已转过来看着我的搭档。

"老天爷！福尔摩斯先生，这一切你是怎么知道的?"他问道，"比如，你怎么知道我干过体力活? 那可是像福音一样千真万确，我最初就是在船上当一阵子木匠。"

"我亲爱的先生，你看你这双手，你的右手比左手大多了。你用右手干活，所以右手的肌肉比左手发达。"

"唔，那么吸鼻烟和共济会会员又是怎么知道的?"

"我不会告诉你我是怎么看出来的，因为我不愿把你的理解力看低了，何况你还不顾你们团体的严格规定，带了一个弓形指南针模样的别针呢。"

"可不是，我忘了这个。可是写作呢?"

"这有什么难的? 你瞧，你右手袖子上足有五寸长的地方闪闪发亮，而左袖子靠近手腕，经常贴在桌面上的地方打了个整洁的补丁。"

"那么，怎么知道我去过中国呢?"

"看你的右手腕上边有纹身，这样的鱼的图案只能是在中国才刺得出来。我对纹身作过点研究，甚至还写过这种题材的文章。利用皮肤细腻的粉红色给大小不等的鱼着色这种绝技，只有在中国才有。此外，我看见你的表链上还挂着一块中国钱币，那岂不是更加明显了吗?"

杰贝兹·威尔逊听罢哈哈大笑起来。他说："好，这个我怎么就没想到! 乍一看，你简直神机妙算，不过说穿了也不过如此。"

"华生，"福尔摩斯说，"想来我真不应该这么快就把牌给他摊开来。要做到'大智若愚'才对。你知道，我的名声本来就不怎么样，心眼太实可就吃大亏了。威尔逊先生，广告找到了吗?"

"瞧，就在这里。"他说着，又粗又红的手指正指在那栏广告的中间，"就在这里，事情就是这个引起的。先生，你们自己读吧。"

我从他手里拿过报纸，念了起来：

红发会：

原住美国宾夕法尼亚州已故黎巴嫩人伊齐基亚·霍普金斯，遗赠有一空缺职位，凡属红发会会员皆有申请资格。薪酬为每周四英镑，工作实际上只挂名而已。凡蓄有红发之男性，年满二十一岁，身体健康，智力健全者即符合条件。应聘者请于星期一上午十一时亲至舰队街、教皇院七号红发会办公室邓肯·罗斯处提出申请。

"究竟是怎么回事?"我读了两遍这个不同寻常的广告，不禁高声道。

福尔摩斯坐在椅子上咯咯地笑得前仰后合，他高兴的时候总是这个样子。"这个广告挺不寻常，是不是?"他说，"好啦，威尔逊先生，你现在就把自己，以及和你同住在一起人的一切情况原原本本告诉我们。这个广告给了你多大的好处，统统讲出来吧。大夫，你且记下报纸的名称和日期。"

"这是一八九○年四月二十七日的《纪事年报》，正好是两个月以前的事。"

"很好。威尔逊先生，请讲。"

"唔，夏洛克·福尔摩斯先生，我刚才说过，"杰贝兹用手擦了擦前额，说道，"我在市区附近的萨克斯-科伯格广场开了家小当铺。买卖不大，近年来我靠它只能勉强维持生活。过去还有能力雇两个伙计，现在只雇一个了。要不是他为学生意，自愿只拿一半工资，就这一伙计我也雇不起。"

"是吗，这位乐于助人的青年叫什么名字?"夏洛克·福尔摩斯问。

"他名叫文森特·斯波尔丁。其实他的年纪也不小了，只是到底多大我说不上。福尔摩斯先生，我这个伙计真叫精明强干。我很清楚，他本来可以赚比我付给他多一倍的工资，日子要好得多。可是，不管怎么讲，既然他很满意，我又何必要劝他多长几个心眼呢?"

"噢，是吗? 你能以低于市价的工钱雇到这么好的伙计，算是走大运了。当今这世道能雇到这样的人，可不是寻常的事。我不知道你的伙计是不是和你的广告一样很不寻常。"

"啊，他也有毛病。"威尔逊先生说，"他比谁都爱照相。他拿着照相机到处拍照，就缺一份上进心。他一照完相就急急忙忙地跑到地下室去冲洗，快得像兔子钻洞。这是他最大的毛病。不过，总的说来，他是个好伙计，心眼挺不错。"

"我猜想，他现在还是和你在一起吧。"

"是的，先生。除他以外，还有一个十四岁的小女孩。她管做饭、打扫房子。我家就这些人。我是个光棍，没有成过家。先生，我们三个人一起过着清静的日子。我们住在一起，欠了债一起还，也没遇到更多的烦心事。

"可后来出了这么一个广告，我们的日子就乱套了。就在八个星期以前的这天，斯波尔丁进了办公室，手里拿着这张报纸，说：

"'威尔逊先生，我向上帝祷告，要是我长着一头红发那该多好。'

"我问：'为什么？'

"他说：'为什么？红发会现在又有了个空缺。谁要是得到这个职位，那就发大财了。据我了解，空缺有的是，可来求职的人不多，管理那笔资金的理事们简直不知如何是好了。要是我头发的颜色能变变，就好了，这个舒心的安乐窝不就等着我去了吗。'

"我问：'那又是怎么回事呢'福尔摩斯先生，你可知道，我的生活圈子一向很小，我的买卖是送上门来的，用不着我到外面奔走兜生意，我往往一连几个星期不出大门一步。所以，我对外界孤陋寡闻，我就爱听点外面的新闻。

"斯波尔丁两只眼睛瞪得老大老大，反问我：'你从来没有听过红发会的事？'

"'从来没有听说过。'

"'那就怪了，你这么有资格去申请那个空缺的人居然不知道红发会？'

"'那些空缺值得申请吗？'我问他。

"'虽说一年只给二百英镑，但这个工作很轻松，再说也不耽误你现在的生意。'

"得，你们不难想象，这下可把我的兴趣勾起来了，因为好些年来，我的生意并不怎么好，想不到天上掉下这二百英镑的钱，轻轻松松拿到手，谁个不乐意？

"'说来听听，到底是怎么回事。'我问他。

"他把广告指给我看，说，'得，你自己看吧，红发会有个空缺，广告上有地址，到那里就可以办理申请手续。据我了解，红发会是一个名叫伊齐基亚·霍普金斯的美国百万富翁创办的。这个人很古怪。他自己长了一头红发，便对所有红头发的人怀有深厚的感情。他死后大家才知道，原来他把他巨大的财产留交给财产受托人处理，他留下遗嘱要用他的遗产的利息让红头发的男子有个舒适的差事。我听说，待遇很高，要干的活倒很少。'

"我说：'可是，那一定有数以百万计红头发的男子抢着去申请。'

"他回答说：'哪有你所想的那么多？你想想看，那实际上提供给伦敦人，而且必须是成年男子。这个美国人青年时代是在伦敦发迹的，他想为这个古老的城市做点好事。而且我还听说，如果你的头发是浅红色或深红色，而不是名副其实闪闪发亮的火红色，那你去申请也没辙。好啦，威尔逊先生，如果你想申请的话，不妨去试试。不过话得说回来，为了几百英镑的钱，让你受到麻烦，也许是不值得的吧。'

"先生们，你们都看到了，我满头的浓发，果真是鲜红血亮的，这不假吧。因此，在我看来，如果为了得到这个职位需要竞争一下的话，比起任何同我竞争的人，我的希望最大。文森特·斯波尔丁似乎对这事了解得一清二楚，所以我想他也许能帮上忙。于是，我就叫他把百叶窗关上，马上跟我一起走。他非常高兴捞到一个休假日，我们就这样停了业，向广告上登的那个地方去了。

"福尔摩斯先生，那场面可乱哪，我永远不希望再见到那样的情景了。按那个广告涌到伦敦来求职的人形形色色，地不分东西南北，发色有深有浅。挤得舰队街满是红头发的人群，教皇院看上去就像叫卖水果的小贩的手推车上堆满的柑橘，红红的一堆堆。想不到一个小小广告居然引来全国那么多的人。他们头发的颜色什么都有——稻草黄色、柠檬色、橙色、砖红色、爱尔兰长毛猎狗那种颜色、肝色、土黄色等，不一而足。但是，正如斯波尔丁所说的那样，真正很鲜艳的火红色的倒不多。当我看到那么多的人在等着，我感到很失望，真想一走了事。可斯波尔丁说什么也不答应。我真不能想象他当时是怎样连推带搡，带我从人群中挤过去，一直到了办公室的台阶前面。楼梯上有两股人潮，一些人满怀希望往上走，一些人垂头丧气往下走；我们使尽吃奶的力气挤进人群。不久，我们终于进了办公室。"

"你的这段经历真够有趣的了。"当事人停了一下，福尔摩斯使劲地吸了一下鼻烟，稍加思索后，说，"请接着讲你这段奇遇。"

"办公室里空荡荡的，只有几把木椅和一张办公桌。办公桌后面坐着一个头发颜色比我的还要红的小个子男人；每一个来应聘的人走到他跟前，他都说几句后，便生着法子在对方身上挑毛病，说他们不合格。看来，要得到一个职位并不那么容易。不管怎么样，轮到我们的时候，这个小个子男人对我比对任何其他人客气多了。我们走进去后，他把门关上，好让我们单独谈。

"我的伙计说：'这位是杰贝兹·威尔逊先生，他愿意补红发会的空缺。'

"对方回答说：'他非常适合担当这个职务。他符合了我们的一切条件。在我的记忆中，还没有哪个人的头发颜色比他的更好的了。'他后退了一步，歪着脑袋，审视起我的头发来，直看得我不好意思起来。随即他一个箭步向前拉住我的手，热烈祝贺我求职成功。

"他说：'你还有什么好犹豫的呢。不过，对不起，我得谨慎小心，我相信你是不会介意的。'他说着手伸进我的头发，使劲一拉，痛得我喊出声来，他这才松手，说，'瞧你眼泪都流出来啦，我觉得，一切都很理想。可是我必须小心谨慎，因为我们被两个家伙骗过，一个戴着假发，一个是染了发的，而且是用鞋蜡染的，你听了准会恶心。'他走到窗户那里声嘶力竭地高喊，'已经有人填补空缺了。'窗户下面传来一阵大失所望的叹息声，人们便成群结队地四散开去。他们走后，除我自己和那个管事的外，再见不到一个红头发的人了。

"他说，'我是邓肯·罗斯先生。我自己就是一个我们高贵的施主遗产基金会的养老金领取者。威尔逊先生，你是不是已经结婚了？你有家吗？'

"我回答说：'没有。'

"他立即把脸一沉。

"他严肃地说：'哎哟哟！这可是非同小可的事啊！你的话让我遗憾。当然啰，设立这笔基金的目的为了维护，也为了生育更多红头发的人。你竟然是个未婚的单身汉，那真是太不幸了。'

"福尔摩斯先生，我听到这些话感到很失望，心想：完了，这个职位算是没指望了。但是他考虑了一会以后又说：那没有关系。

"他说：'换了别人，这可成了天大的不足了。好在你的头发这么漂亮，对你我们就网开一面了。你什么时候可以来上班？'

"我说：'唔，事情有点不好办，因为我开了一个铺子。'

"文森特·斯波尔丁说：'那不碍事，你的生意我来替你照管。'

"我问：'上班时间是几点到几点？'

"'上午十点到下午两点。'

"福尔摩斯先生，当铺的生意多半在晚上，特别是在星期四和星期五的晚上，这正是发薪前两天，所以上午多赚几个钱影响不了我的生意。而且我知道我的伙计人挺不错，要有什么事他是会照料好的。

"我说：'这对我很合适。酬金多少？'

"'每周四英镑。'

"'什么工作？'

"'只是挂个名。'

"'你说挂个名是什么意思？'

"'唔，办公时间必须始终待在办公室里，至少在那楼里待着。要是擅离职守，那就永远丢了这个职位。这一点在遗嘱上写得一清二楚。如果在办公时间里稍一离开办公室，那就是违约。'

"我说：'反正只有四个小时，我说什么也不会离开一步的。'

"邓肯·罗斯先生说：'不得以任何理由为借口，不管是有病、有事或其他理由都不行。你必须老老实实待在那里，否则你就会丢掉饭碗。'

"'具体干什么工作？'

"'抄写《大英百科全书》，这里有这个版本的第一卷。你要自备墨水、笔和吸墨纸。我们只提供给你这张桌子和这把椅子。你明天能来上班吗？'

"我回答说：'当然可以。'

"'那么，杰贝兹·威尔逊先生，让我再一次祝贺你这么幸运地得到这个重要职位，再见。'他向我鞠了个躬。我随即离开了那个房间，和我伙计一起回家去。碰到这么好的运气可把我乐坏了，一时不知该说什么好。

"唔，我整天都在思量这件事，可到了晚上，我的情绪又低落下来了，我总觉得这件事有点蹊跷，别是人家设下大骗局或大阴谋，虽然我猜想不出它有什么目的。说什么有人立下这样的遗嘱，花大钱让人抄写《大英百科全书》这种简单的工作，太不可思议了。文森特·斯波尔丁生着法子宽慰我。不过到上床睡觉时，我已想通了。不管怎样，我决定第二天早晨去看个究竟。我花了一便士买了一瓶墨水、一根羽毛笔、七张大页书写纸，然后动身到教皇院去。

"唔，使我又惊又喜的是，一切都很顺利。桌子已给我摆好了，邓肯·罗斯先生在那里照料，好让我顺利地开始工作。他交代我从字母 A 开始抄，然后走了，但他不时走进来看看我工作情况。下午两点钟他和我告别时，夸了我一番，说我抄写得真不少。我离开办公室后，他就把门锁上。

"福尔摩斯先生，事情就这样一天天地继续下去。到了星期六，那管事的进来，付给我四个英镑的金币作为我一周工作的报酬。下星期是这样，又过了一星期还是这样。我每天上午十点到那里上班，下午两点下班。以后邓肯·罗斯先生就逐渐地不怎么常来了，有时候一个上午只来一次，再过一段时间，他就根本不来了。当然，我还是一会儿也不敢离开办公室，因为我不敢肯定他什么时候可能会来，而这可是个美差，很合适我，我不愿冒这个险丢掉它。

"就这样，过了八个星期。我抄写了'男修道院院长''射箭运动''盔甲''建筑学'和'雅典人'等词条；并且希望由于我的勤奋努力，不久就可以开始抄写以字母 B 为首的词条。我花了不少钱买大页书写纸，我抄写的东西几乎堆满了一个架子。接着，这整个事情突然宣告结束了。"

"结束了?"

"是的，先生。今天上午结束的。我照常十点钟去上班，但是门关着，而且上了锁，门板中间用图钉钉着一张方形小卡片。卡片我带来了，你们可以看看。"

他举着一张约有便条纸大小的白色卡片，上面写着：

红发会业已解散，特此声明

一八九〇年十月九日

我和夏洛克·福尔摩斯看了这张简短的通告及站在后面满脸愁容的那个人。这件事太滑稽可笑了，我们两个人不顾一切，禁不住哈哈大笑起来。

我们的当事人满面通红，气急败坏地嚷道："这有什么可笑的？如果你们只会取笑我，我可以另请高明。"

威尔逊说罢要从椅子上站起来，福尔摩斯忙把他按住，大声说："不，不，这个案件我说什么也不会放过，它太不寻常了，实在使人耳目一新。你不见怪的话，我还是要说，这件事确实有点可笑。请问，当你发现门上的卡片，你采取了什么行动？"

"先生，我感到很震惊，我不知道如何是好。我向办公室周围的街坊打听，但是，谁也不知道是怎么回事。最后，我去找房东，他住在楼下，是当会计的。我问他能否告诉我红发会出了什么事。他说，他从来没有听说过有这样一个团体。然后，我问他邓肯·罗斯先生是什么人。他回答说：没听说过。

"我说：'就是住在七号的那位先生。'

"'你是说那个红头发的？'

"'是的。'

"他说：'他吗，他叫威廉·莫里斯。是个律师，他暂住我的屋子，因为他的新居还没有准备好。他是昨天搬走的。'

"'我在哪儿能找到他？'

"'在他的新办公室。他确实把他的地址告诉我了。不错，爱德华王街十七号，就在圣保罗教堂附近。'

"福尔摩斯先生，我马上动身到那里去了，但是，我找到那个地方，可发现它是个护膝制造厂，这个厂子里谁也没有听说有个叫威廉·莫里斯或叫邓肯·罗斯的人。"

"那你怎么办？"福尔摩斯问。

"我回家了。我的家在萨克斯-科伯格广场。我向我的伙计讨教该怎么办。可他压根帮不了我什么忙。他只是说，如果我耐心等待，也许能收到来信，知道到底是怎么回事。但是，福尔摩斯先生，这些话并不是那么中听。这么一个美差就这样白白丢了，我不甘心。我听说你肯给走投无路的穷苦人出主意，我就立马上你这里来了。"

"你这样做很明智。"福尔摩斯说，"你的案件是桩很不简单的案件，我很乐意接手。从你所说的经过看，可能牵连的问题要比乍看起来更严重。"

"能不严重!"杰贝兹·威尔逊先生说，"你想想，我每周就损失四英镑之多。"

"就你本人来说，"福尔摩斯又说，"我认为你不该抱怨这个不同寻常的团体。正相反，据我所知，你白白赚了三十多个英镑，且不说你抄了那么多以字母 A 为词头的词，还增长了不少知识。你干这些事没有吃什么亏。"

"我是不吃亏。但是，先生，我想知道那到底是怎么回事，那都是些什么人? 他们捉弄我居心何在——如果确实是开玩笑的话。他们开这个玩笑可是花了不少钱啊，他们足足花了三十二英镑。"

"我们会努力替你弄清楚。但是，威尔逊先生，你要先回答我一两个问题。叫你注意看广告的那位伙计，他在你那里有多久了?"

"在发生这件事以前大约一个月。"

"他是怎么来的?"

"他是看了广告应征来的。"

"只有他一个人申请吗?"

"不，有十来个人。"

"你为什么选中他?"

"因为他机灵，工钱要的不高。"

"实际上他只领一半工资?"

"对。"

"这个文森特·斯波尔丁长什么模样?"

"小个子，挺壮实，行动麻利。虽然年龄约在三十开外，脸上没一根胡子。他的前额有一块被硫酸烧伤的白色伤疤。"

福尔摩斯听罢异常兴奋地在椅子上挺直了身子。"不出我所料。"他说，"你有没有注意到他的两只耳朵穿了戴耳环的孔?"

"有的，先生。他对我说，是他年轻的时候一个吉卜赛人给他扎的孔。"

"唔，"福尔摩斯思忖了一会，说道，"他还在你那里吗？"

"哦，还在。我刚才就是从他那里来的。"

"你不在的时候生意一直由他照料吗？"

"先生，他的工作没有什么可抱怨的，上午本来就没有多少生意。"

"行啦，威尔逊先生，一两天内我将愉快地把这件事的处理意见告诉你。今天是星期六，我希望到星期一我们就可以有结论了。"

"我说，华生，"客人走了以后，福尔摩斯对我说，"依你看，这到底是怎么回事？"

"我丝毫看不出有什么问题。"我坦率地回答说，"这件事太稀奇古怪了。"

"一般地说，"福尔摩斯说，"愈是稀奇古怪的事，真相大白后，就可以看出并不是那么高深莫测。那些普普通通、毫无特色的罪行才真正令人迷惑。就像一个人的平凡而无特色的面孔最难辨认。现在我必须立即采取行动去处理这件事了。"

"那你准备怎么办？"我问。

"抽烟，"他答道，"要解决这个问题非抽足三斗烟不可。同时我请你在五十分钟之内不要跟我说话。"他蜷缩在椅子里，瘦削的膝盖几乎碰着他那鹰钩鼻子。他闭上眼睛，一动不动地坐着，嘴里叼着的那支黑色陶制烟斗，很像某种珍禽异鸟又尖又长的嘴。我当时认为，他一定睡着了，我也打起瞌睡来。就在这个时候，他忽然从椅子里一跃而起，一副胸有成竹的神态，随即把烟斗放在壁炉台上。

"萨拉沙特今天下午在圣詹姆士会堂演出。"他说，"华生，你看怎么样？你能离开你的病人几个小时吗？"

"我今天没什么事。我的工作从来不是那么离不开的。"

"那就戴上帽子，咱们走吧。我们先去市区，顺路可以吃点午饭。我注意到节目单上德国音乐很不少。我觉得德国音乐比意大利或法国音乐更优美动听。德国音乐听了发人深省。我正要一番内省呢。走吧。"

我们坐地铁一直到奥尔德斯盖特，再走一小段路，便到了萨克斯-科伯格广场，上午听到的那奇特的故事就发生在这个地方。这是一些狭窄破落的穷街陋巷，但门面还算讲究。四排灰暗的两层砖房前是一个不大的院子，周围有铁栏杆。院子里是一片杂草丛生的草坪，几簇凋零的月桂小树丛在烟雾弥漫和杂乱的环境里顽强地生长着。街道拐角的一所房子上方，有一块棕色木板和三个镀金的圆球，上面刻有"杰贝兹·威尔逊"这几个白色大字，说明这就是我们红头发当事人做买卖的场所。夏洛克·福尔摩斯在那房子前面停了下来，歪着脑袋，眯起皱纹密布的眼皮，目光炯炯细细查看了一遍房子。他随即漫步走到街上，然后再返回那个拐角，目不转睛地又细看一番那些房子。最后他回到那家当铺坐落的地方，用手杖使劲地敲打了两三下人行道，之后便走到当铺门口敲起门来。一个看上去很精明能干、胡子刮得光光的年轻小伙子立即给他开了门，请他进去。

"劳驾，"福尔摩斯说，"我只想问一下，从这里到斯特兰德怎么走。"

"到第三个路口往右拐，到第四个路口再往左拐。"那个伙计立即说罢，随即关上了门。

"看来他真是个精明能干的家伙。"我们离开的时候，福尔摩斯说，"据我的判断，他在伦敦可以算得上是第四个最精明能干的人了。至于在胆略方面，我不敢肯定说他是不是居第三。我以前对他就有所了解了。"

"显而易见，"我道，"威尔逊先生的伙计在这个红发会的神秘事件中起了很大的作用。我相信你去问路只是想看一看他。"

"不是为了看他这个人。"

"那又是为什么？"

"看看他裤子膝盖那个地方。"

"看到了什么？"

"看到了我想看的东西。"

"你为什么要敲打人行道？"

"我亲爱的大夫，现在是留心观察的时候，而不是聊天的时候。咱们是在敌人的地盘里进行侦查活动。咱们了解到有关萨克斯－科伯格广场的一些情况。现在再到广场后面那些地方去侦查一番。"

我们离开那偏僻的萨克斯一科伯格广场，转过街的拐角，出现在我们面前的道路是一种截然不同的景象，那种反差就像一幅画的正面和背面那样大。那是市区通向西北的一条交通大动脉。街道上来来往往熙熙攘攘的生意人。人行道则被熙来攘往的行人踩得污黑污黑。我们一看那一排华丽的商店和富丽堂皇的商业楼宇，简直难以置信，这些楼宇和我们离开的死气沉沉的广场那一边竟紧相毗邻。

"让我看看，"福尔摩斯站在街的拐角处，顺着那一排房子看过去，说，"我很想记住这里房子的顺序。准确了解伦敦是我的一大癖好。这里有一家叫莫蒂然的烟草店，那边是一家卖报纸的小店！再过去是城乡银行的科伯格分行、素食餐馆、麦克法兰马车铺，接下去就是另一个街区了。好啦，大夫，该做的我们都已做了，现在该去消遣一会了。先来份三明治和一杯咖啡，然后去提琴演奏厅坐坐，那里一切都是那么悦耳、优雅、和谐，在那里没有红头发当事人出难题给咱们添烦恼。"

我的朋友是个热情奔放的音乐家，他本人不但是个演技精湛的提琴家，而且还是一个才艺超群的作曲家。整个下午他坐在观众席里，显得喜气洋洋，随着音乐的节拍轻轻地挥动他瘦长的手指；他面带微笑，而眼睛却略带伤感，如梦似幻。这时的福尔摩斯与战而不胜的侦探，那个铁面无私、多谋善断、果敢敏捷的刑事案件侦探福尔摩斯几乎判若两人。在他那古怪的双重性格交替地显露出来时，正如我常常想的那样，他的极其细致、敏锐可以说和有时在他身上占主导地位的富有诗意的沉思神态，形成了鲜明的对照。他的性格就是这样使他从一个极端走到另一个极端，时而非常憔悴，时而精力充沛。我很清楚，他最令人畏惧的时候，就是接连几天坐在扶手椅中苦思冥想准备出击之时。这时他油然而生一种强烈的追捕欲望，也正是这个时候他的推理能力就会高超到成为一种直觉，不了解他的人会投以疑问的眼光，把他看作是一个无所不知的超人。那天下午，我看着他在圣詹姆士会堂完全沉醉在音乐声之中，我知道他决意要追捕的人该大难临头了。

"大夫，你准想要回家了吧。"我们听完音乐走了出来，他说。

"是该回家了。"

"我还有点事要办，得费几个小时。发生在科伯格广场的是桩重大案件。"

"为什么是重大案件?"

"有人正在密谋一桩重大罪案。我有充分理由相信,我们可以及时加以制止。但是,今天是星期六,事情变得复杂起来了。今晚我需要你的帮忙。"

"什么时候?"

"今晚十点钟,不迟吧。"

"我十点准赶到贝克街。"

"很好。不过,大夫,可能有点儿危险,请你把你在军队里使用过的那把手枪随身带来。"他向我挥手告别后,转过身去,立即消失在人群中。

我敢说,我这个人并不比我周围的人迟钝,但是,在我和夏洛克·福尔摩斯的交往中,我总觉得自己太笨了。就拿这件事来说吧,他听到的我都听到了,他见到的我都见到了,但从他的谈话中可以明显地看出,他不但清楚地了解到已经发生的事情,而且还预见到将要发生的事情;而在我看来,这件事仍然一团乱麻,显得荒唐可笑。当我乘车回到我在肯辛顿的住家时,我又把事情自始至终思索了一遍,从抄写《大英百科全书》的那个红头发人的异乎寻常的遭遇,到去访问萨克斯-科伯格广场,到福尔摩斯和我分手时所说的不祥的预示。要在夜间出行,到底是怎么回事?为什么要我带武器去?我们准备去哪里?干什么?我从福尔摩斯那里得到暗示,当铺老板的那个脸庞光滑的伙计是难对付的家伙,他可能会耍狡猾的花招。凡此种种我总想理出个头绪来,结果总在失望中作罢,反正到晚上就会水落石出,还是不去想的好。

九点一刻,我从家里动身,穿过公园,再过牛津街,最后到了贝克街。两辆双轮双座马车停在门口。我走进过道,听到从楼上传来说话声。我走进福尔摩斯的房间,看见他正和两个人谈得很热烈。我认出其中一个人是警察局的官方侦探彼得·琼斯;另一个面黄肌瘦的高个子男人,头戴一顶光闪闪的帽子,身穿一件厚厚的、非常讲究的礼服大衣。

"哈,我们的人都到齐了。"福尔摩斯说着,把粗呢上衣的扣子扣上,并从架上取下那根笨重的猎鞭子。他转而对我说:"华生,我想你认识苏格兰场的琼斯先生吧？让我介绍你认识梅里韦瑟先生，他就要成为我们今晚冒险行动的搭档。"

"大夫，你瞧，我们又一次合伙追捕猎物了。"琼斯以他那一贯的傲慢口吻说道，"我们这位朋友是追捕能手。他只需要一条老狗帮助就能把猎物捕获到手。"

"我希望这次追捕不要落得两手空空，一无所获。"梅里韦瑟悲观地说。

"先生，你应该充分信任福尔摩斯先生，"警探却趾高气扬地说，"他有自己的一套办法。这套办法，恕我直言，就是有点太理论化和异想天开，但他具有成为一名侦探所需要的素质。有一两次，比如肖尔托凶杀案和阿格拉珍宝大盗窃案，他都比官方侦探判断得更加正确。我这话并非夸大之词。"

"琼斯先生，要是如你说的那样，那就太好了。"那个陌生人来个顺水推舟，说，"不过，坦率地说，这下我可打不成桥牌了，二十七年来，星期六晚上不打桥牌，这还是第一次。"

"我想你会发现，"夏洛克·福尔摩斯说，"今天晚上你下的赌注比你以往下的都大，而且场面更加激动人心。梅里韦瑟先生，对你来说，赌注约值三万英镑；而琼斯先生，对你来说，赌注是你想要逮捕的人。"

"约翰·克莱这个杀人犯、盗窃犯、抢劫犯、诈骗犯，梅里韦瑟先生，他虽说年纪轻轻，却是这伙罪犯的头头。我认为逮捕他比逮捕伦敦的任何其他罪犯都要紧，他是个值得注意的人物。这个年轻的约翰·克莱，他的祖父是王室公爵，他本人在伊顿公学和牛津大学读过书。他的脑子灵，手也巧。虽然到处都留下他的踪迹，但是，我们始终找不到他这个人。他这个星期在苏格兰盗窃儿童用品，下个星期却在康沃尔筹款兴建孤儿院。我跟踪他多年了，就是一直未能见他一面。"

"但愿我今晚能有幸为你介绍一番。我也和这个约翰·克莱交过一两次手。我同意你刚才说的，他是个盗窃集团的头子。好啦，现在已经十点多，该出发了。你们二位坐第一辆马车，我和华生坐第二辆马车，跟着。"

车子行驶了很长一段路，其间，夏洛克·福尔摩斯很少讲话。

他背靠车厢的座位，口里哼着当天下午听过的乐曲。马车在没有尽头似的马路上行驶，在一盏盏煤汽灯点缀下像座迷宫似的，最后到了法林顿街。

"现在离那里不远了。"我的朋友说，"梅里韦瑟是银行董事，他本人对这个案子很感兴趣。我想让琼斯也和我们一块来有好处。这个人人品不错，虽然他搞本行是个大笨蛋。他有一个值得肯定的优点，一旦认准了罪犯，他勇猛得像条獒犬，顽强得像只龙虾。好，我们到了，他们正在等我们哩。"

我们到达的地方正是上午去过的那条平常人来人往拥挤不堪的大马路。打发走马车后，在梅里韦瑟先生的带领下，走过一条狭窄的通道，他给我们打开了侧门，大家走了进去。里面有条小走廊，走廊尽头是扇巨大的铁门。梅里韦瑟先生把那扇铁门打开，进门后是盘旋式石板台阶，通向另一扇令人望而生畏的大门。梅里韦瑟先生停下来，点上提灯，领我们往下沿着一条有一股泥土气息的通道走下去，然后打开第三道门，便进入了一个庞大的拱顶的地下室。地下室周围堆满了板条箱和又宽又高的箱子。

"要从上面突破你们这个地下室可不容易。"福尔摩斯举起提灯，四下查看一番后，说。

"从地下突破也不容易。"梅里韦瑟先生用手杖敲打着平地的石板，说。可是话音刚落，只见他抬起头来，惊讶地说，"哎哟！听声音底下是空的。"

"我真的必须要求你们保持安静！"福尔摩斯严厉地说，"我们这次行动要大获全胜，可已经受到你损害了。我请求你找个箱子坐下，切莫乱插嘴，好不好？"

庄重的梅里韦瑟先生只好坐到一只板条箱上，满脸受委屈的表情。这时，福尔摩斯跪在石板地上，一手拿着提灯，一手拿着放大镜，仔细地检查石板之间的缝隙。片刻后检查完毕，他身子一挺，站了起来，把放大镜放回口袋里。

"我们起码还得等一个小时，"他说，"因为在那个好心肠的当铺老板睡安稳之后，他们才有所动作。到时候他们就会争分夺秒地抓紧时间干起来，因为动作越快，逃跑的时间就越多。大夫，你无疑已猜到了，我们现在是在伦敦的一家大银行市内分行的地下室里。

梅里韦瑟先生是这家银行的董事长，他会向你解释，为什么伦敦的那些胆子包天的罪犯会盯上这个地下室。"

"为的是我们的法国黄金。"董事长低声说，"我们已接到几次警告，说可能有人在打它主意。"

"你们的法国黄金？"

"是的，几个月前，我们需要增加资金来源，向法兰西银行借了三万个法国金币。我们一直没有工夫开箱取出这些钱，因此仍然放在地下室里。这个情况不少人都知道。我坐着的这个板条箱子里面就有两千个法国金币，是用锡箔一层一层夹着包装的。我们的黄金储备现在比一家分行平常所拥有的数量大得多，董事们对这一情况一直很不放心。"

"他们不放心很有道理。"福尔摩斯说，"现在该安排一下我们小小的计划了。我预料在一小时内就会真相大白。现在，梅里韦瑟先生，我们必须用布把暗光灯蒙上。"

"在黑暗中坐等？"

"恐怕得这样。我带了一副牌放在口袋里。我本来想，我们正好四个人，可以打打桥牌。但是，现在我看敌人已有所准备，我们不能让他们看到亮光。首先，我们必须选好位置。这些人都是胆大妄为的家伙，虽然我们可以给他们来个猝不及防。我们要谨慎小心，免得受到伤害。我就站在这个板条箱后面，你们都藏在那些箱子后面。看到我把灯光照向他们，你们就迅速跑过去。华生，如果他们开枪，你就毫不留情地把他们撂倒。"

我蹲在木箱后，把推上了子弹的左轮手枪放在木箱上面。福尔摩斯飞快地把提灯的滑板拉到灯的面前，于是我们就陷于一片漆黑之中——我以前从来没有在这么一团漆黑的地方待过。提灯的金属板被烤热，散发出一种气息，使我们确信，灯还是亮着的，一得到信号就可以闪出亮光来。我当时静候着，神经紧张，在这阴湿寒冷的地下室，在那突然的黑暗里，令人有压抑和沮丧之感。

"他们只有一条退路，"福尔摩斯低声说，"那就是退到那屋里去，然后再退到萨克斯-科伯格广场。琼斯，我想你已经照我的要求去办了吧？"

"我已派了一个巡官和两个警官守在前门。"

"那么我们已把所有漏洞都堵死了，现在我们必须保持安静，耐心等待。"

时间过得真慢！事后我们对了一下表，其实一共只等了一小时十五分钟，但是我仿佛觉得是通宵达旦，整整守了一夜，似乎曙光就要来临。我不敢变换位置，所以累得手脚发麻。我神经紧张到了极点，但听觉却十分敏锐，不但能听见同伙们轻轻的呼吸声，而且连那大块头琼斯又深又粗的吸气和那银行董事很轻的叹息声我都能分辨出来。从我面前的箱子上望过去，可以看到石板地面那个方向。我忽然看见隐约闪现出亮光。

起先，那闪现在石板地上的灰黄色的亮光只是星星点点，接着联成了一条黄色的光束。忽然间地面无声无息地似乎出现了一条裂缝，里面伸出一只手来，一只几乎像女人的手，又白又嫩，在有亮光的一小块地方的中央摸索着。大概一分钟左右，这手伸出了地面，指头不停蠕动着。然后像刚才伸出来时一样突然，顷刻之间又缩了回去，周围又是一片漆黑，只有石板缝透出一点灰黄色的亮光。

不过，那只手只是消失了一会儿。忽然间随着一阵刺耳的撕裂声响，地板中间的一块宽大的白石板翻了过来，那里立时出现了一个四方形缺口，缺口里射出一线提灯的亮光。缺口的边缘上露出一张清秀的孩子般的脸，这个人敏捷地向四周围察看了一下，然后两只手扒着那缺口的两边向上攀升，接着肩膀和腰部先后都到了缺口上面，最后一个膝盖跪在洞口边缘。一刹那，他已站在洞口一边，并把一个同伙拉了上来。同伙和他一样是个动作轻巧灵活的小个子，面色苍白，有一头蓬乱的火红头发。

他小声地说："一切都很顺当。凿子和袋子都带来了吗？天哪，坏了！阿尔奇，跳，赶紧跳，别的由我来对付！"

夏洛克·福尔摩斯一跃而起，跳过去一把揪住这个偷偷摸摸进来的人的领子。另一个人猛然一下子跳到洞里去了。我听到撕破衣服的声音，琼斯当时一把抓住了他的衣服的下摆。左轮手枪的枪管在亮光中闪现了一下，但福尔摩斯的猎鞭骤然打在那个人的手腕上，手枪"当"的一声掉在石板地上。

"约翰·克莱，别白费劲了，"福尔摩斯不动声色地说，"这一关你是逃不过了。"

"我看是这样。"对方极其冷静地回答说,"我想我的好友会平安无事的,虽然我看见你们揪住了他的衣角。"

"三个人正在那边门口恭候他呢。"福尔摩斯说。

"哦,是吗,你们事儿办得倒很周到。我也应该向你们致敬!"

"彼此,彼此。"福尔摩斯回答道,"你的那个红头发点子很新颖,也很有效。"

"你将会同你的伙伴喜相逢的。"琼斯说,"他钻进洞里的动作比我来得快。伸出手来,让我铐上。"

"我请求你们不要用你们的脏手碰我。"我们俘虏的手腕被铐上手铐扣,他说,"你们也许不知道我是皇族后裔。我还要请你们跟我说话时,别忘了用上'先生'和'请'字。"

"好吧,"琼斯瞪大眼睛,忍住了笑,说,"唔,'先生',请您上台阶,到了上面,我们可以弄辆马车把阁下送到警察局去。可以吗?"

"这么说倒可以。"约翰·克莱平静地说。他向我们三人很快地鞠了个躬,默默无言地在警探的监护下走了出去。

我们跟在他们后面从地下室走了出来,这时梅里韦瑟先生说:"我真不知道我们银行该怎么感谢和酬劳你们才好,福尔摩斯先生。毫无疑问,你们用了最严谨周密的方法一举侦破了这一案件。这个案件可是我经历中前所未见的最精心策划的一起银行盗窃案。"

"我自己就有一两笔账要和约翰·克莱算一算。"福尔摩斯说,"我为这个案子花了点钱,这笔钱我想银行会付给我的。以外,我还得到其他方面的优厚报酬,那就是这次破案的经验在许多方面都是独一无二的。光是听那红发会的很不寻常的故事也就乐趣无穷了。"

"你看,华生,"清晨,我们在贝克街喝加苏打水的威士忌酒的时候,福尔摩斯解释说,"从一开始就十分明显,这个红发会的那个稀奇古怪的广告和抄写《大英百科全书》的唯一可能的目的,就是让这个糊涂透顶的当铺老板每天离开他的店铺几个小时。这种做法很新奇,但确实很难想出比这更巧妙的办法。这个办法无疑说明克莱的别出心裁,他利用和他同谋者的头发颜色。每周四英镑肯定能引他上钩。他们图谋要把成千成万英镑弄到手,花这点小钱算得了什么？他们登了广告，一个流氓搞了个临时办公室，另一个流氓怂恿他去申请那个职位。他们合谋保证他每周每天上午离开他的店铺。从我听到那伙计只拿一半工资的时候起，我就看出，显然他到那当铺当伙计是别有用心的。"

"那么，你倒是怎么猜出他的动机的呢？"

"如果在那店铺里有女人的话，我本来会怀疑无非是搞些伤风败俗的风流艳事。可是，根本不是那么回事。这个当铺老板做的是小本经营的买卖，当铺里没什么值钱的东西，不值得他们如此精心策划，花那么多钱。因此，他们的目标肯定不在当铺。那么可能搞什么鬼呢？我想到这个伙计喜欢照相，想到他经常出没于地下室。地下室！这就找到了这个错综复杂的案件的线索。然后，我调查了这个神出鬼没的伙计的底细。我发现，我的对手是伦敦头脑最冷静、胆子最大的罪犯之一，他在地下室里做了手脚，而且要连续几个月每天干许多小时才行。那么可能搞什么名堂呢？我想除了挖一条通往其他楼房的地道以外，不可能是其他事。

"当我们去查看作案地点时，我心里就明白了。我用手杖敲打人行道使你感到惊讶，我当时是要弄清楚地下室是朝前还是朝后延伸的。它不是朝前延伸。然后我按门铃，正如我所希望的，是那伙计出来开门。我和他有过几次较量。但是，在这以前，彼此从未见过面。我几乎没看他的脸，我想要看的是他的膝盖。你一定也觉察到，他的裤子膝盖那个地方是多么破旧，多么脏，满是皱褶。那是长时间挖地道才弄成那个样子的。这样一来，唯一未解决的问题是，他们挖地道干什么？于是，我在那拐角周围巡视一番，原来那城乡银行和我们的朋友的房子紧挨着。我觉得真相大白了。当你在我们听完音乐坐车回家的时候，我走访了苏格兰场和这家银行的董事长，结果如何，你已经看到了。"

"你怎么能断定他们会在当天晚上作案呢？"我问。

"唔，他们的红发会办公室停业是个信号：杰贝兹·威尔逊先生人在当铺里对他们已无关紧要了。换句话说，他们的地道已经挖通了。但是，最重要的是，由于地道有可能被发现，黄金有可能被运走，所以他们务必尽快利用这条地道。星期六比其他日子对他们更合适，这样他们有两天时间便于逃跑。根据上述种种理由，我预料他们会在今天晚上下手。"

"你这样推理真是太棒了。"我以毫不掩饰的钦佩心情赞叹道，"这一连串的推理过程这么长，但全都环环相扣。"

"这免得我感到无聊。"他打个哈欠，说，"唉，我已觉得生活够无聊的了。我的一生就是力求不要在庸庸碌碌中虚度过去。这些小小的案件对我很有益处。"

我说："你实在是为人类造福啊！"

他耸了耸肩，说道，"唔，总而言之，这也许还有点用处。正如居斯塔夫·福楼拜在给乔治·桑①的信中所说的，'人是渺小的——创作才是一切。'"

---

① 福楼拜（1821—1880）：法国作家，《包法利夫人》是他的代表作；乔治·桑（1804—1876）：法国女作家，《安吉堡的磨工》是她的代表作。

身　份　案

　　在贝克街福尔摩斯的寓所里，我俩在壁炉前对坐聊天。"亲爱的老弟，"他说，"生活远比人们想象的要奇妙千百倍。怎么也想不到那些竟真实存在于日常生活之中。假如你我能手拉手地飞出那个窗户，在这大都会的上空翱翔，轻轻地揭去屋顶，窥视屋内发生的那些不平常的事情——意想不到的巧合、密谋、争吵以及一连串千奇百怪的事件，它们一桩接一桩连续不断发生，造成荒唐古怪的结果——凡此种种，无不使得那些老套乏味、一看开头就知道结局的小说，变得无人问津而失去销路。"

　　我回答说："你的说法我不信。报纸上发表的案件，一般地说，都十分单调，俗不可耐。必须承认，在警察的报告里，实用到了极点，结果既缺乏趣味，也无艺术性可言。"

　　福尔摩斯说道："要产生实际的效果必须有所选择和判断。警察报告里没有这些，他们要突出的也许是长官的陈词滥调，而不是观察者认为是整个事件必不可少的实质性的细节。毫无疑问，没有什么比司空见惯的事物更不可思议的了。"

　　我笑着摇摇头，说："我十分理解你这种想法。鉴于你所处的地位，当然可以对三大洲每一个陷于困境的人提出非官方性质的建议，给予帮助，因为你就有机会接触到一切异乎寻常的人和事。可是在这儿，"——我从地上捡起一份晨报——"咱们作一次实验，你看这儿的第一个标题：《丈夫虐待妻子》。这条新闻占了半栏篇幅，可是我不看就完全明白里边说的是什么。当然啰，其中牵涉另一个女人，说到狂欢滥饮、推推搡搡、拳打脚踢、伤痕累累以及富有同情心的姊妹或者房东太太，等等。这些粗制滥造的玩意，哪怕最拙劣的作者也想得出来。"

　　福尔摩斯拿过报纸，粗略地扫视了一下，开口道："其实，你所举的例子，说明不了你的论点。这是邓达斯夫妇分居的案子，巧的是我整理过同此案有关的一些细节。丈夫是不折不扣的戒酒主义者，没有牵涉别的女人；他被控养成了一种习惯，在每餐结束时，总是取下假牙，朝妻子扔去。你会认为，一般的作者不大可能构思出这样的故事来。大夫，来一点鼻烟吧，你得承认，从你所举的例子来看，我赢了。"

他拿出一只旧的金鼻烟壶，壶盖的中心嵌上了一颗紫色宝石，光彩夺目，同他的朴素作风和简单生活形成鲜明的对照，我禁不住议论了一番。

"呵，"他说，"我忘了，我有几个星期没见你了。这是波希米亚国王为酬谢我在艾琳·艾德勒相片案中帮了他的忙而赠送的小小纪念品。"

"那枚戒指呢？"我看了看他手指上光辉夺目的钻石戒指问道。

"这是荷兰王室送给我的。我给他们破的这起案件非常微妙，即便是对你这么一位一直诚诚恳恳地把我的一两件小事迹都记录下来的朋友，我也不便透露。"

"那么，目前你手头上可有什么案件？"我很感兴趣地问他。

"有那么十一二件，但是没有一件是特别有趣的。你知道，这些案件都很重要，但毫无意思。我发现，通常不怎么重要的案件倒值得观察，值得从中迅速地分析出前因后果来。这样的调查工作做起来就引人入胜。罪行越大，往往越简单，而罪行越大，一般地说，动机就越明显。这些案件中，除了从马赛①送来要我办的那个案件颇为复杂以外，其他就没有一件特别有趣的。不过，也许再过一会儿，就会有更有趣的案件送上门来了，因为如果我没有弄错的话，现在又有位当事人来了。"

他从椅子上起来，到了窗前，窗帘已拉开了，往下看着那灰暗而萧条的伦敦街道。我从他身后望出去，只见对面人行道上站着一个高大的女人，脖子上围着厚厚的毛皮围脖，歪戴着宽边帽子，帽上插着一支又大又卷的羽毛，显出德文郡公爵夫人卖弄风情的姿态。这位身着盛装的女人，身体前后摇晃，神情紧张、手指烦躁不安地

---

① 马赛：法国东南部港口城市。

拨弄着手套的纽扣，迟疑不决地抬头打量着我们的窗户。突然，像游泳的人从岸上一跃入水那样，她急促地穿过马路，随之传来一阵刺耳的门铃声。

福尔摩斯把烟头扔到壁炉里，说："这等现象，我以前看见过。站在人行道上摇摇晃晃经常是意味着发生了桃色事件。她想要征询一下别人的意见，但是又拿不定主意，是不是把这样微妙的事情告诉别人。不过对此我们也得区别对待。一个女人觉得男人做了损害她的事的时候，她是不会站着摇晃身子的，通常是急得恨不得把门铃线都给你拉断。眼下这事且把它可以看作是桩恋爱事件，可这个女人并不怎么气愤，而只是迷惘或忧伤。好在目前她亲自送上门来，真相很快就见分晓了。"

说话间，有人敲起门来，小听差进来通报说玛丽·萨瑟兰小姐来访。话音未落，这位女客就出现在身穿黑色号服的小听差后面，仿佛一艘扬帆而来的商船跟着领航的小船，进得港来。福尔摩斯落落大方而又彬彬有礼地表示了欢迎，他随手关上门，微微鞠躬，请她在扶手椅上坐下。片刻之间，他又以特有的那种心不在焉的神态把她打量了一番。

"你眼睛近视，要打那么多字，不觉得有点费劲吗？"他问。

"开始时确实有点费劲，"她答，"但是现在不用看键盘，就能打字了。"猛地，她意识到他这问话的含义，感到十分震惊，抬起头来，她那宽阔而和善的脸上顿时露出又惊又惧的神色。她大声问道："福尔摩斯先生，你听说过我吧，不然，这一切你怎么知道的呢？"

"别担心，"福尔摩斯笑着说道："我的工作就是要了解各种情况。也许我已锻炼出来，善于发现别人忽略的地方。不然的话，你怎么会来找我呢？"

"先生，埃思里奇太太提起过你，我才来找你的。警察和别的人都认为她的丈夫已经死了，便不再继续去找，而你却毫不费力就把他找到了。哦，福尔摩斯先生，我盼望你也能这样帮助我。我并不富裕，但是除了打字所得的那点钱外，我自己继承的财产，每年还有一百英镑的收入。只要能知道霍斯默·安吉尔先生的消息，我愿意全部给了你。"

"你为什么这样匆匆忙忙地离开家来找我呢？"福尔摩斯手指尖

顶着手指尖，眼望着天花板，问道。

玛丽·萨瑟兰小姐那茫然若失的脸上又一次出现了惊讶的神色。她说："是的，我是突然跑来的。因为看到温迪班克先生——就是我的父亲——对这事漠不关心，我感到非常气愤。他不肯报警，也不肯上你这里来。眼看着他什么都不干，只是一个劲地说，'没事，没事，'使我十分冒火。最后我穿上外衣，就赶来找你了。"

"你的父亲，"福尔摩斯说，"不与你同姓，一定是你的继父吧。"

"不错，是我的继父。我叫他父亲，这听起来很可笑，因为他比我只大五岁零两个月。"

"你母亲还健在吗？"

"是的，我母亲还健在。福尔摩斯先生，我父亲去世不久，她就重新结婚了，而且嫁给一个比她几乎年轻十五岁的人，这使我很不高兴。我父亲是在托特纳姆法院路做管子生意的，身后留下一个相当大的企业，由母亲和工头哈迪先生继续经营。可是，温迪班克先生一来就迫使我母亲出卖了这个企业。他是个推销酒的旅行推销员，地位很优越。凭着这企业良好的信誉和收益，他们卖得了四千七百英镑。假如父亲还活着，他得到的钱会比这个多得多。"

她说得零乱无序，前言不搭后语，我本以为福尔摩斯听了会感到厌烦，不料恰恰相反，他却听得有滋有味。

"你自己只有微薄的收入，"他问，"都是从这个企业里得来的吗？"

"啊，先生，不是。那是另外的收入，是奥克兰的奈德伯父遗留给我的。是新西兰股票，一共二千五百英镑，利率是四分五厘。但是我只能动用股息。"

"我对你说的深感兴趣。"福尔摩斯说，"你既然每年提用一百英镑那样一笔巨款，加上你打字所得的钱，出去旅行是不成问题的，生活过得舒适适了。我相信，一位独身女士大约有六十英镑的收入，就可以生活得很好了。"

"哪怕比这个数目小得多，福尔摩斯先生，我也能过得很好。不过，你知道，只要我住在家里，就不愿意成为他们的负担，所以当我同他们住在一起的时候，他们就用我的钱，当然，这只不过是暂时的。温迪班克先生每季度把我的利息提出来交给母亲，我觉得我单用打字所挣的那点钱就能过得很好。每打一张挣两便士，一天往往能打十五到二十张。"

"你的情况已对我说清楚了。"福尔摩斯说，"这位是我的朋友华生大夫，在他面前说话不必拘束，就像跟我说话一样。现在请你再说说同霍斯默·安吉尔先生的关系吧。"

萨瑟兰小姐的脸上泛起了红晕，两手不安地抚弄短外衣的镶边。她说："我第一次遇见他是在煤气装修工的舞会上。我父亲在世的时候，他们总要送票给他。我父亲去世后，他们还记得我们，便把票送给我母亲。温迪班克先生不愿意我们去舞会。我们去哪里他都不乐意。甚至我想去教堂做礼拜，他也很生气。可是这一次我特别想去，就去了。他有什么权利阻止我呢？他说，父亲的所有朋友都会在那里，我们结识那些人不合适。他还说，我没有合适的衣服穿。而我有件紫色长毛绒衣服，一直放在柜子里，几乎没有取出来穿过。最后，他没有别的办法，为了公司的公事而到法国去了。母亲和我两个人，就随同从前当过我们工头的哈迪先生一起去了。正是在这次舞会上我遇到霍斯默·安吉尔先生。"

"我想，"福尔摩斯说，"温迪班克先生从法国回来后，对你去舞会的事一定很恼火吧。"

"可是他的态度倒很不错。我记得他笑笑，耸耸肩，还说女人想要干什么事，拦也拦不住，她们总是爱干什么就会干什么。"

"我明白了。我想你是在煤气装修工舞会上遇见一位叫霍斯默·安吉尔的先生。"

"是这回事，先生。那天晚上我遇见了他。第二天他来看我，问我们是否都平安无事地回到家里。在此以后，我们碰见过他……福尔摩斯先生，我是说，我同他一起散过两次步，但是此后我父亲回来了，霍斯默·安吉尔先生就不能再到我家来了。"

"不能吗？"

"是的，你知道，我父亲不喜欢那样的事情。要是办得到，他总是极力不让任何人来我们家做客，他总是说，女人家应当安于同自己家里的人在一起。不过我却常常对母亲说，一个女人首先要有她自己的小圈子，而我自己还没有。"

"那么霍斯默·安吉尔先生呢？他没有设法来看你吗？"

"嗳,父亲一星期后又要去法国了,霍斯默来信说,在我父亲走之前最好彼此不要见面,免得惹麻烦。在这期间我们可以通信,而且他总是每天都有信来。我一早就把信收进来了,免得让父亲知道。"

"你那时和那位先生订婚了没有?"

"啊,是订了婚的,福尔摩斯先生。我们在第一次散步后就订了婚。霍斯默·安吉尔先生……是莱登霍尔街一家办事处的出纳员,而且……"

"什么办事处?"

"福尔摩斯先生,问题就出在这里,我不知道。"

"那么,他住在哪里?"

"就住在办事处里。"

"你居然连地址也不知道?"

"不知道……只知道在莱登霍尔街。"

"那么,你的信寄到哪里呢?"

"寄到莱登霍尔街邮局,留待本人领取。他说,如果寄到办事处去,他的同事都会嘲笑他和女人通信。因此,我提出我跟他一样,给他的信也是用打字机打出来的,但是他没有答应。他说,我亲笔写的信就像同我面对面往来,而打字的信,总觉着我俩中间隔着一部机器似的。福尔摩斯先生,这正好表明他多么喜欢我,就连这些小细节他也想得很周到。"

"这很能说明问题。"福尔摩斯说,"长期以来,我一直认为,小细节至关重要。你还记得霍斯默·安吉尔先生的其他小细节吗?"

"福尔摩斯先生,他是一个非常腼腆的人。他同我散步,都挑在晚上,而不愿在白天,因为他说他很不愿意受人注意。他生性羞怯,举止文雅,说起话来也柔声柔气的。他说,他幼年时患过扁桃腺炎和颈腺肿大,以后嗓子一直不大好,说起话来含含糊糊、细声细气。他对衣着总是很讲究,十分整洁素雅,但是他的视力不好,同我一样,也戴浅色眼镜,害怕强光刺激。"

"那么,你继父温迪班克先生再次去了法国,以后怎样呢?"

"霍斯默·安吉尔先生又来我家里,并且提议,我们在父亲回来前就结婚。他非常认真,要我把手放在《圣经》上发誓,不管发生什么事情，我都要永远忠实于他。母亲说，他要我发誓是十分对的，这是他的热情的表示。母亲从一开始就对他很有好感，甚至比我更喜欢他。这样，当他们谈论要在一星期内举行婚礼时，我说要听听父亲意见。可他们两人都说，不用担心父亲，只要事后告诉他一声就可以了。母亲还说，她会把这件事同父亲谈妥的。福尔摩斯先生，我并不喜欢这样安排。虽说父亲不过比我大几岁，却一定要得到他的许可。说来未免可笑，但是我做事向来不愿偷偷摸摸，所以我写封信给父亲，寄往公司驻法国办事处所在地波尔多①，但是就在我结婚那天早晨，信退回来了。"

"如此说来，他没有收到信？"

"是的，先生。信寄到时，他已经动身回英国了。"

"哈哈！太不巧啦。你的婚礼安排在星期五。预定在教堂里举行的吗？"

"是的，先生，婚礼准备悄悄地办，一点也不想张扬。我们决定在皇家十字路口的圣救世主教堂举行婚礼。喜宴在圣潘克拉饭店举行。霍斯默乘了一辆双轮双座马车来接我们。但是我们是两个人，他就让我们两个登上这辆马车，当时街上刚巧有另外一辆四轮马车，他自己就坐上那一辆马车。我们先到教堂，四轮马车随后也到了，我们等待他下车，可就不见他下来。马车夫从座位上下来，看了看车厢里的人已经无影无踪了！车夫说他亲眼看见他坐进车厢的，他就是不明白人怎么就不见了。福尔摩斯先生，那是上星期五，从此以后，我就再没有听到他的消息了，不知道他到底怎么了。"

"看来，他这样对待你，是对你的极大侮辱。"福尔摩斯说。

"啊，不，不，先生。他对我太好了，太体贴了，不会就这样离开我的。你瞧，他一早就对我说，不管发生什么事，我都要忠于他。哪怕发生预料不到的事情害得我们分开，我也要永远记住我对他已经有了誓约，他说，他迟早会有一天要求我实践誓约的。在结婚当天早晨，说这样的话似乎有点不可思议，但是从以后发生的事情来看，这是有用意的。"

"可以十分肯定，这是有用意的。那么，你本人也认为他遇到了

---

① 波尔多：法国西南部港口城市。

飞来横祸？"

"可不是吗，先生。我相信他预见到某些危险，否则他不会讲这样的话。之后，我想他果然遇到所预见的事了。"

"那么，你没有想过可能发生什么事吗？"

"没有。"

"还有一个问题。你母亲对这件事有什么反应？"

"她很生气，并且对我说，永远不要再提这件事了。"

"那么你父亲呢？这件事你告诉他了吗？"

"告诉了，他似乎同我想法一样。他认为是出了什么事，但是我会重新得到霍斯默的消息的。照他的说法，不论是谁，把我带到教堂门口自己就无影无踪了，对他有什么好处？好，如果说他借了我的钱，或者同我结了婚，而我把财产转让给他，他这么做也许还说得通，但是霍斯默在钱这个问题上是完全不依赖他人的，对我的钱，哪怕是一个先令，也从来不屑一顾。既然如此，还会发生什么事呢？为什么连信也不写一封呢？唉，害得我整夜不能合眼，想起来快要把我逼疯了。"她从皮手笼里抽出一块手帕，蒙着脸开始痛哭起来。

"我答应接手这件案子，"福尔摩斯站起来，说道，"一定会搞它个水落石出，这点毫无疑问。这副担子我是挑定了，你用不着操心。尤其重要的是，既然霍斯默先生已从你的生活中消失，那就让他也从你的记忆中消失吧。"

"那么，你认为我不会再见到他了？"

"恐怕见不到了。"

"那么，他出了什么事呢？"

"这个问题你就交给我来处理。我想听听你把这个人再准确地描述一下，还要看看他给你的信件。"

"我在上星期六的《纪事报》上登过寻找他的启事，我带来了，"她说，"此外还有他的四封来信。"

"谢谢你。你的通信地址呢？"

"坎伯韦尔区，里昂街 31 号。"

"我知道你从来不知道安吉尔先生的地址，那么，你父亲的工作地点呢？"

"他是芬丘奇特的法国红葡萄酒大进口商韦斯特豪斯·马班克商

行的旅行推销员。”

“谢谢你。你已经把情况说得很清楚。请你把这些文件留下来，记住我给你的忠告。这整个事件就这样了结了，不要让它影响你的生活。”

“福尔摩斯先生，你对我太好了。可是我做不到。我要忠实于霍斯默。他一回来我就要和他结婚。”

我们的客人，尽管戴着一顶可笑的帽子，显得茫然若失。但是她那纯朴的忠诚之心别具一种高尚的情操，引得我们不禁肃然起敬。她在桌子上放下一小束文件就离开了，答应需要她的时候，当即再来。

福尔摩斯沉默了几分钟，他的手指尖仍然顶着手指尖，两腿向前伸展，眼睛盯着天花板。过了一会儿，他从架子上取下陶制烟斗。这支烟斗用得已有些年月了，看上去满是油腻，这烟斗几乎成了他的顾问。点燃烟丝以后，他背靠在椅子上，那浓浓的蓝色烟雾袅袅萦绕，他的脸上现出无限沉思的神情。

“那个姑娘本身就是一个非常有趣的研究对象。”福尔摩斯说，“我发现她这个人比她小小的问题更有意思。顺便说一下，她的问题其实很寻常。如果翻阅一下我的案例索引，与一八七七年的安多弗很相似，而且去年在海牙也发生过一些类似事件。那都是老一套了，我看其中有一两个情节倒是挺新颖的。不过这位姑娘本人却最发人深省。”

“你似乎能在她身上看出很多东西，而我却看不出来。”我说。

“不是你看不出，华生，而是没有注意。你不知道该看什么，所以忽略了所有重要的东西。我怎么就没有让你认识到袖子的重要性，从大拇指指甲或者在鞋带上发现大问题。那么，你从这个姑娘的外表看到了什么呢？你且说来听听。”

“唔，她头戴一顶蓝灰色的宽边草帽，帽上插着一根砖红色羽毛。她的短外套是灰黑色的，上面缀着黑色珠子，上衣的边缘镶嵌小小的黑玉饰物。她的上衣是褐色的，比咖啡色深，领部和袖子上镶着窄条紫色长毛绒。手套是浅灰色的，右手手套食指已经磨破。她穿的什么鞋我倒没有注意观察。她稍微有点发胖，戴着不大的圆形金耳环，一副相当富有的气派，举止并不出众，倒也令人看了顺眼，为人显得很随和。"

福尔摩斯轻轻地拍着掌，抿嘴微微一笑。

"华生，我不是奉承你，你确实进步很大。你的这番描述确实很好。虽说你把所有重要的细节都忽略了，但是已经掌握了观察的方法。你观察颜色的眼力很敏锐。老弟，依靠一般印象是不行的，重要的是注意细节。我首先着眼的总是女人的袖子。看一个男人，也许要紧的是首先观察他裤子的膝盖部分。你已看到那女人的袖子上有长毛绒，这是透露痕迹的最有用的材料。手腕再往上一点的两条纹路是打字员压着桌子的地方，看来十分明显。手摇式的缝纫机也能留下类似的痕迹，不过是在左袖子上，在袖口的最外侧，而不是像打字痕迹那样，正好横过最阔的部分。我然后看一看她的脸，见鼻梁两边都有夹鼻眼镜留下的凹痕，我大胆说她近视和打字这两种说法，这似乎使她感到惊奇。"

"我听了也感到惊奇。"

"可不是，这都是明显不过的。我接着往下看去，很惊奇又很感兴趣地观察到，尽管她所穿的两只靴子很相像，可并不相同，实际上不配对。一只靴尖上有带花纹的皮包头，另一只却没有。一只靴子的五个扣子中只扣了下面两个，而另一只则扣上第一、第三和第五个扣子。当你看见一位青年妇女，穿戴得很整洁，但出门时却穿着不配对的靴子，靴上扣子只扣上一半，那说明她离家时非常匆忙，这不能算是一个什么了不起的推论吧。"

"还有呢?"我问道。我的朋友透彻的推理，经常引起我强烈的兴趣。

"顺便说一说，我注意到她在离家前写了一张字条，不过是在穿戴好了之后写的。你注意到她右面手套的食指有个地方破了，不过你显然没有看到手套和食指都沾了紫色墨水。她写得很匆忙，蘸墨水时笔插得太深了。事情一定发生在今天上午，否则墨迹不会还清晰地留在手指上，这一切虽然都很简单，但是很有趣。不过我得回到正题上来，华生，给我念一念寻找霍斯默·安吉尔先生的那个启事好吗?"

我把那一小张印刷的字条凑到灯前。启事写道:

十四日晨，一个名叫霍斯默·安吉尔的先生失踪。此人身高五英尺七英寸，体格健壮，肤色淡黄，黑发，头顶略秃，蓄有浓密漆黑的络腮胡子和八字胡，戴浅色墨镜，讲话低声细语。失踪前身穿丝镶边黑色大衣，黑色背心，哈里斯花呢灰裤，褐色绑腿，两边有松紧带的皮靴。背心上挂一条艾伯特式金链。此人曾在莱登霍尔街的一个事务所任职。若有人……

"不用念了，"福尔摩斯说，"至于那些信件，"他看了一眼，继续说，"很一般。除了一次引用过巴尔扎克①的话以外，其中没有任何关系到霍斯默先生的线索。不过有一点很值得注意，它无疑会使你大吃一惊。"

"这些信件是用打字机打的。"我说。

"不仅如此，连签名也是打字的。请看信末打得工工整整的这几个小字：'霍斯默·安吉尔'。有日期，但是地址除了'莱登霍尔街'外，别无其他，这十分含糊。签名很说明问题，事实上，我们可以说它是决定性的。"

"哪方面的？"

"我的好搭档，难道你还没看出这个签名与本案的重要关系吗？"

"我不敢说我已看出来了，也许他想在一旦有人对他的毁约行为提出起诉时，他可以说那不是他自己签的名。"

"不，问题不在这里。不过，我要写两封信，这样就能解决问题了。一封给伦敦的一个商行；另一封给那位年轻小姐的继父温迪班克先生，问他明晚六点钟能否跟我们在此见面。我们不妨跟她的男性亲属打打交道。好吧，大夫，在未收到这两封信的回音之前，我们没有什么事情可做了，我们暂且把这小小的案子放一放。"

我有很充分的理由信得过我朋友办事中那细致入微的推理和过人的精力，所以他对于人家请他侦查这个奇特的疑案过程中所表现出的那种胸有成竹、从容不迫的态度，我想必定是有根有据的。据

_____

① 巴尔扎克（1799—1850）：法国小说家。以《人间喜剧》为总标题的91部小说，反映了法国社会剧烈变革时期的现实生活，描绘了法国的人情风貌。

我所知，他只失败过一次，就是波希米亚国王和艾琳·艾德勒照片案；但是当我回想起《四签名》里的那种怪事以及与《血字研究》相关的一些很不寻常的情况时，我觉得若是这个案子连他都解决不了，那真算得上是十分奥秘的疑案了。

我离开他时，他仍在抽着那支黑色的陶制烟斗，我相信明晚再来时就能发现，他已掌握了所有的线索，最终确证玛丽·萨瑟兰小姐的失踪新郎到底是何许人了。

当时，我正忙于治疗一个病情严重的患者，第二天我在病床边又忙碌了一整天，将近六点钟时我才得空，于是跳上一辆双轮小马车直驶贝克街，一路上有些担心，去晚了会赶不上为这桩奇案的侦破贡献一份力。我见到夏洛克·福尔摩斯时，他独自一人在家，瘦长的身子蜷缩在深陷下去的扶手椅中，处于半睡半醒状态。一排排令人望而生畏的烧瓶和试管散发出浓重刺鼻的盐酸气味，说明他整天埋头于他热衷的化学试验。

"我说，了结了吗？"我一进房间就问。

"了结了，是硫酸氢钡作怪。"

"不，不，我说的是那个疑案！"我大声道。

"呵，你是说那个案子！我以为你在说我一直在做试验的这种盐。我昨天说过，这个案子毫无任何神秘之处，但是有些细节还是饶有趣味。唯一的缺憾是我担心没有哪一条法律可以惩处那个恶棍。"

"他是谁呢？他抛弃萨瑟兰小姐的目的何在？"

我的话音刚落，福尔摩斯还没来得及开口作答，我们就听到楼道里响起一阵沉重的脚步声，接着有人敲起门来。

"是那位姑娘的继父詹姆斯·温迪班克先生。"福尔摩斯说道，"他给我写信说，将于六点钟前来。请进！"

进来的是位身体结实、中等身材、三十来岁的男子，他胡须刮得干干净净、肤色淡黄，一副殷勤而曲意奉承的样子，一双灰色眼睛目光锐利逼人。他疑惑地扫视了我们俩一眼，把那顶有光泽的圆帽子搁在边架上，微微鞠了个躬，侧身坐在就近的椅子上。

"晚安，詹姆斯·温迪班克先生，"福尔摩斯说道，"我想这封打字的信是出自你的手吧，你在信中约定六点钟和我们见面，是吗？"

"是的，先生。我怕是稍微来迟了，不过我身不由己啊。我很抱歉萨瑟兰小姐拿这种微不足道的事情来麻烦你，我觉得家丑还是不要外扬的好。她来找你们，完全违背了我的意愿。你们也已看到了，她是个脾气暴躁、容易冲动的姑娘，她一旦决定干什么，谁都拿她没办法。当然我对你们倒是不太介意，因为你们与官方警察不相干；不过让这种家庭的不幸张扬到社会上去，也不是令人愉快的事。而且，这样做是徒劳无益的，因为你怎么可能找到霍斯默·安吉尔这个人呢？"

"恰恰相反，"福尔摩斯不动声色地说，"我有充分的理由相信，我会找到霍斯默·安吉尔先生。"

温迪班克先生听了身子猛然一震，手套掉落在地。他说道："听你这么一说，我太高兴了。"

"奇怪的是，"福尔摩斯说，"打字也像人手写字一样，反映一个人的个性。除非打字机是新的，否则两台打字机打出来的字是不会一模一样的。有的字母比别的字母磨损得更厉害些，有的字母只磨损了一边。温迪班克先生，请看你自己打的这张短笺，字母'e'总是有点模糊不清，字母'r'的尾巴总有点儿缺损。还有其他十四个更加明显的特征。"

"我们办事处的来往信函都是用这台打字机打的，当然它有点儿磨损了。"来客说着，发亮的小眼睛迅速地瞥了一下福尔摩斯。

"温迪班克先生，现在我要告诉你什么是真正有趣的研究，"福尔摩斯继续说，"我想在这几天再写一篇短小的专题论文，专门阐述打字机以及打字机与犯罪的关系。这是我一直关注的一个题目。我手边有四封信，都来自那个失踪的男人，全是打字的。不仅每封信中字母'e'都是模糊不清的，字母'r'都是缺尾巴的，而且你如果愿意用我的放大镜看一看，那么我提到的那其余十四个特征也是清晰可见的。"

温迪班克先生从椅上跳了起来，捡起帽子，说："福尔摩斯先生，我不想浪费时间听这类无稽之谈。你要是能抓到那个人，请便。抓到他时，请告诉我一声。"

福尔摩斯向前跨上一步，把门锁上，说："那么让我告诉你，我已经抓到他了。"

"什么，人在哪里？"温迪班克先生大声道，吓得嘴唇发白，眨巴着眼睛看着他，活像掉进捕鼠笼里的老鼠。

"啊，何必大声嚷嚷？毫无用处，"福尔摩斯语气温和地说，"温迪班克先生，那是绝对赖不掉的。都是明摆着的事。你说我连这么简单的问题也解决不了，实在是太小看人。问题确实太简单了！你请坐下，咱们好好谈谈。"

来客全身瘫软，倒在椅子上，脸色苍白，额上冷汗淋漓，结结巴巴地说着："这……这还不到起诉的程度。"

"确实，恐怕不到这程度。但是，温迪班克先生，你我还是私下说明白吧。这是我从未见过的最自私、最残酷、最丧心病狂的鬼把戏了。让我先把事情从头到尾叙说一遍，说得不对你可以反驳。"

这个人缩成一团坐在椅子中，脑袋耷拉到胸前，显然，他彻底垮了。福尔摩斯把脚搁在壁炉台的壁角上，手插在口袋里，仰着身子，像是自言自语似的说了起来。

"那个男人为了贪图金钱，跟一个年龄远比他大的女人结了婚，"他说道，"只要女儿跟他们一起生活，他就可以享用她的钱。对他们来说，这是一笔相当可观的钱财，失去了，境况将大不相同，所以值得去拼命保住它。女儿心地善良，好说话，生性温柔多情。显而易见，有她这样人品和收入的姑娘是不会空守闺房的。她一旦嫁了人，这当然意味着每年损失一百英镑的收入，那么她的继父怎样才能防患于未然？他显然想方设法把她圈在家中，不让她和同龄朋友交往。不久，他发现这样做并非长久之计。她变得不那么听话了，坚持自己的权利，最后竟然声称一定要赴舞会了。面对这种局面，她那个诡计多端的继父怎么办呢？他想出了一个绝妙的毒计。在妻子的默许和协助之下，他乔装打扮一番，敏锐的眼睛戴上墨镜，脸上戴起毛蓬蓬的络腮胡和八字胡，原本清晰的说话声装得柔声柔气，悄声细语，更由于女儿近视，他的伪装就更显得万无一失。他以霍斯默·安吉尔先生的面目出场。他向女儿求爱，免得她爱上别的男人。"

"我当初只不过是跟她开个玩笑，"客人嘟嘟哝哝道，"我们根本没有想到她会那么痴情。"

"绝不是玩笑。不过，那位年轻姑娘确实被害得神魂颠倒，一心以为她的继父是在法国，从来不怀疑自己落入圈套。那位先生百般殷勤奉承，搅得她心花怒放。而她母亲的一片赞扬声更使她欣喜若狂。于是安吉尔先生开始来访，这样的安排一旦奏效，事情就要继续进行下去。会过几次面，订了婚，这就最后保证了姑娘不会见异思迁了。但是骗局不能永远玩下去，装着去法国出差也相当麻烦，所以就干脆把事情来一个戏剧性的收场，以便在年轻姑娘的心上留下永不磨灭的印象，同时也可防止她有朝一日可能会看上其他求婚的男子。于是，就出现了手按《圣经》发誓白头偕老的一幕。举行婚礼那天的早晨耍了个花招，暗示可能发生某种不测。詹姆斯·温迪班克希望萨瑟兰小姐对霍斯默·安吉尔忠贞不渝，而对他的生死则难以肯定，总而言之，可使她在此后的十年里不会去听从别的男人的话。霍斯默陪她到了教堂门口，他不能再往前走了，他耍起了老花招，从四轮马车的这扇门钻进去，又从那扇门钻出来，溜之大吉。我认为这就是整个事情的经过，温迪班克先生！"

在福尔摩斯叙说的时候，我们的客人恢复了一点自信，他从椅子上站了起来，苍白的脸露出讥诮的神态。

"你说的也许是真，也许是假，福尔摩斯先生，"他说道，"不过，要是你再聪明一点，那就更好了，你就会看到，侵犯法律的是你，而不是我。我干的事始终不足以构成被起诉，可你呢，你把门锁上，这件事就足够使你因人身攻击和非法拘禁而受到起诉。"

"就算被你说对了，法律奈何不得你，"福尔摩斯说着打开锁，推开门，"可你这人最该受到惩罚。假如这位年轻姑娘有兄弟和朋友，他们应当用鞭子抽你的脊梁！你真该打！"一见那人脸上露出刻薄的冷笑，他气得涨红了脸，接着说，"我对我的当事人虽没有要承担这样的责任，但是我手边正好有条猎鞭，我想我还是好好地抽……"他快步走去取鞭子，但是没等鞭子到手，楼梯上就没命地响起了噼里啪啦的脚步声，大厅那沉重的门嘭地响了一声，我们从窗子里看见詹姆斯·温迪班克先生拼命地在马路上飞跑。

"真是个没有人性的恶棍！"福尔摩斯边说边笑，又一屁股坐回扶手椅，"那家伙作恶多端，迟早会罪大恶极被送上断头台的。从几个方面来看，这个案件并非索然无趣。"

"我现在对你的推理步骤还不十分明了。"我说。

"唔，显而易见，第一步应该想到的是：这个霍斯默·安吉尔先生的奇怪行为必定是有所图的，同样清楚的是，能够从这事件中真正得到好处的人只有这个继父。然后看这个事实：两个男人从来没有在一起过，总是一个人不在时另一个人才出现。同样有启发性的另一个事实是：墨镜、怪异的话声和毛蓬蓬的络腮胡子，说明有人在乔装打扮。从他用打字来签名，可以推断出：她是非常熟悉他的笔迹，哪怕只看到一点小小的笔迹，她也认得出是他写的字。这个奇怪的做法更加深了我的怀疑。你看到，所有这些孤立的事实和许多细节凑在一起，都指向同一个方向。"

"你怎样证实呢？"

"一旦认出了谁在犯罪，就能轻而易举证实。我认识这个人工作的商行。我一接到那份印刷出来的寻人启事，就从那启事描述的外貌特征中去掉可能是伪装出来的那几部分——络腮胡子，眼镜，声音——然后把这份寻人启事寄给商行，请他们告诉我，他们的商行里外出推销的人员中，有没有人的外貌与启事中所描述的人相像——去掉了伪装部分。我已注意到打字机的特点，便写信到他的办事处，请他来这里一趟。不出所料，他的回信是用打字机打的，从回信中可以看出打字机存在种种同样细微、但有特征的毛病。同一个邮局给我送来了一封来自芬丘奇街韦斯特豪斯·马班克商行的信，信中说，外貌描述与他们的雇员詹姆斯·温迪班克的各个方面完全相符。全部情况就是这样。"

"那么，萨瑟兰小姐呢？"

"假如我如实告诉她，她不会相信的。你也许还记得有句波斯谚语：'打消女人心中的痴想，险似虎爪下夺其仔。'哈菲兹和贺拉斯①的著作都通情达理，他们一样懂得人情世故。"

---

① 哈菲兹（1325？—1390？）：波斯诗人，创作了近500首富有哲理并充满浪漫主义精神的诗篇。贺拉斯（前65—前8）：古罗马诗人，作品有《讽刺诗集》《歌集》《书札》等。《书札》中的《诗艺》对西方诗歌有很大影响。

五颗橘核

在我的笔记和有关的记录中，记载了一八八二年至一八九〇年期间，夏洛克·福尔摩斯侦破的各类案件。我在翻阅这些笔记和记录中惊奇地发现，那些稀奇古怪而妙趣横生的案件数量非常之多，令人难以取舍。其中有些案件报纸已经作过报道，广为流传，可说是家喻户晓。可另外一些案件，完全缺乏我朋友施展其出类拔萃才能的天地，而他的这些卓越才能恰恰是报纸争相报道的主要题材。还有些案件，他长于分析的本领却无用武之地，于是就像有的故事那样，落得个虎头蛇尾的结果。再有一些案件，他只弄清了部分案情，对案情的剖析只出于推测或臆断，而不是以纯粹逻辑论证为依据，而逻辑论证正是他所珍视的。然而，上述最后一类案件中，有一个案件案情离奇，结局惊险。虽然与该案有关的一些疑点至今尚未弄清，并且也许永远都不会水落石出，但我还是禁不住拿出来稍作叙述。

一八八七年，我们经手过一系列的案件，其意义大小不一，趣味各有不同，但我仍然保存有关的记录。我在全年十二个月的记录标题里，发现有如下的案件记载：帕拉多尔大厦案；业余乞丐帮案，这个丐帮在一个家具店库房的地下室里拥有一个极其奢侈的俱乐部；英国帆船"索菲·安德森号"失事真相案；格赖思·彼德森斯"乌弗岛"奇案；最后还有坎伯韦尔投毒案。记得，夏洛克·福尔摩斯在坎伯韦尔投毒一案中通过给死者的表上发条，证实了这只表两小时前已经上过发条，从而证实了死者在那段时间已经上床睡觉。这一推断对澄清案情至关重要。有朝一日我也许将这些案件简略地加以叙述，但是其中没有哪个案件能比得上以下我提笔所叙述的案件情节扑朔迷离，怪异离奇。

时值九月下旬，秋风呼号，猛烈异常。一整天，狂风大作，暴雨敲窗，甚至我们这些生活在人类双手建造起来的雄伟的伦敦城内的人，此时此刻也无心日常工作，充分意识到大自然的强大威力。它犹如铁笼中野性十足的猛兽，透过人类文明的栅栏向人类怒吼发威。夜幕降临，狂风暴雨愈加猛烈。风时而大声呼啸，时而低声呜咽，活像从烟囱里传出来的婴儿哭闹声。夏洛克·福尔摩斯坐在壁炉的一端，正在给各种犯罪记录编制索引，心情忧郁。我坐在壁炉的另一端，专心看着克拉克·拉塞尔写的航海生活的精彩故事。屋外狂风怒号，大雨倾盆，雨水像汹涌海浪般撞击着窗子，仿佛与小说的背景遥相呼应，浑然一体。那时我妻子正在她姨妈家，所以我又常常去贝克街的故居。

"嗨，"我抬头望了望我的搭档，说，"你可听见门铃响？这么晚了会有哪个来访呢？也许是你的哪位朋友吧？"

"除了你，我哪有什么朋友。"他回答说，"我一向不愿主动召客人来。"

"那也许是位当事人吧？"

"要是来的是当事人，那案情一定很严重。这种天气，又这么晚了，有谁肯出来？想来很可能是房东太太的老朋友。"

但是，夏洛克·福尔摩斯这次猜错了。过道里传来脚步声，接着响起了敲门声。他伸出长长的手臂，把那盏照亮自己的灯转向一把空椅子。这椅子是专为来客准备的。然后他说了声："进来！"

进来一位年轻男子。看外貌，大约二十二岁，穿着考究，服饰整洁，举止文雅，彬彬有礼。他手中的雨伞还在滴水。身上的长雨衣在灯光的照射下闪闪发亮，说明他是冒着狂风暴雨一路而来的。进来后，借着闪烁的灯光，他焦虑地环顾四周，我发现他脸色苍白，两眼呆滞无神；一看就知道他一定被某种严重忧虑压得喘不过气来，才有这种神情。

"太对不起了，"他说着，把那副金丝夹鼻眼镜往上推了推，"但愿没有过于惊扰你。我一身的泥水想必弄脏了你整洁的房间。"

"你的雨衣和雨伞交给我，"福尔摩斯对他说，"挂到钩子上，过会儿就干了。我看，你是从西南方向来的吧？"

"是的，从豪舍姆来的。"

"我一看你鞋尖上粘着黏土和白垩的混合物，就知道是那儿来的。”

“我是来向你求教的。”

“好说。”

“而且还要请你出手相助。”

“那可就很难说了。”

“福尔摩斯先生，我久闻你的大名。普伦德洛斯特少校向我说起过你。说是多亏了你，才把他从但克维尔俱乐部丑闻一案中拯救出来。”

“啊，没错。有人诬告他牌场做手脚。”

“他说过，没有什么事儿难倒你。”

“这就言过其实了。”

“他还说你百战百胜。”

“可我失手过四次——三次败给了男人，一次败给了女人。”

“可是，这同你无数次的成功相比，这算得了什么？”

“你说得不错。总的来说，我还是成功的。”

“那么，你对我的事也会成功的。”

“请你把椅子挪到这边来，详细说说你这个案子。”

“这可不是个寻常的案子。”

“我接手的案子无不如此。我这里简直成了最高上诉法院了。”

“可是，先生，我想冒昧地问你，在你所有的经历中，你是否听说过比发生在我们家族的那一连串事件，更加神秘莫测、更加令人费解的事儿呢？”

“你这一说倒使我的兴趣大增，”福尔摩斯说道，“请你把有关的主要事实从头细细告诉我们，然后，我会就我认为至关重要的细节向你提出一些问题。”

小伙子往前挪了挪椅子，两只穿着湿鞋子的脚伸向火炉旁边。

“我名叫约翰·欧彭萧，”他说道，“据我看，我本人与这骇人听闻的事件没有多大关系。那是个上一代遗留下来的问题，因此，对这件事我必须从头讲起，好让你对有关的事实有所了解。

“你知道，我祖父有两个儿子——我伯父伊莱亚斯和我父亲约瑟夫。我父亲在康文特里开了一家小工厂。自行车问世期间，他扩大了工厂的规模。他享有欧彭萧耐用轮胎的专利权，生意十分红火，因而，后来他出让了工厂，依靠一笔巨款过上富足的退休生活。

"我伯父伊莱亚斯年轻时侨居美国，在佛罗里达州拥有一个种植园，据说他经营有方。南北战争期间，他在杰克逊麾下英勇作战，后来隶属胡德部下，升任上校。南方军统帅罗伯特·李投降以后，他解甲归田，重返自己的种植园。之后，他在那里生活了三四年。大约在一八六九年，或者一八七〇年，他回到欧洲，在苏塞克斯郡豪舍姆附近购置了一块地产。他在美国发过大财，他之所以离开美国是因为他厌恶黑人，而且痛恨共和党给予黑人选举权的政策。他这个人很怪癖，凶狠而又急躁，生气时满口粗言秽语，性情极为孤僻。自从他在豪舍姆定居以来，这么多年中，他深居简出，我甚至怀疑他是否去过城里。他有一座花园，房子周围有两三块田地，他常去那里锻炼身体，可是他却往往一连几个星期都足不出户。他贪杯中之物，且嗜烟如命，但是他不和人交往，不交朋友，甚至与自己的亲弟弟也不相往来。

"他并不关心我，但实际上还是喜欢我的。他初次见到我时，我还是一个十二岁左右的孩子。那可能是一八七八年的事。他回到英国已经有八九年了。他要我父亲让我和他一起住。他以自己独特的方式疼爱我。他没有喝醉时，喜欢和我一起玩斗双陆，玩象棋，还让我代表他，跟他的用人和生意人打交道。因此，我十六岁的时候，已像模像样地成了一家之主了。钥匙由我掌管，想去哪儿就去哪儿，想干什么就干什么，只要不打扰他隐居生活就行。只是有个特殊的地方是例外。房子顶楼有个房间，老是锁着，那是一个堆放废旧杂物的房间，无论是谁，我也好，其他人也好，他都不允许进去。我怀着一颗男孩儿的好奇心，曾经从钥匙孔向里面窥视过。可是我看到的仅仅是一大堆旧木箱和大大小小的包袱，没发现别的东西，这也是意料中的事。

"一八八三年三月份的一天，餐桌上上校的盘子前摆放着一封贴着外国邮票的信件。他的账单全用现款支付，而且他一个朋友也没有，所以他收到信件确实是一件很不寻常的事。'是从印度来的！'他拿起信，说道，'本地治里①的邮戳！怎么一回事？'他急急忙忙拆

———————

① 本地治里：印度东南部港口城市。

开信封，忽然间从信封里蹦出五颗又干又瘪的橘核，噼里啪啦地掉在盘子上。我正要张嘴发笑，一看他的脸色，我的笑声顿时戛然而止。只见他咧着个嘴，鼓起两只眼睛，面如死灰，拿着信封的手哆哆嗦嗦，两眼直盯着那个信封。'K. K. K.' 他尖叫起来，接着喊道，'天哪，我的天哪，果真是罪孽难逃。'

"我大声问他：'伯父，怎么回事？'

"'死亡。'他说罢，从餐桌旁起来，回到他自己的房间。我听了这话吓得心惊肉跳。我拿起信封，只见信封口的内侧，也就是在封口涂着胶水的那个地方上端，有三个用红墨水潦草写上的字母'K'。除了那五颗干瘪的橘核之外，信封内什么也没有。他被吓得掉了魂似的，倒是什么原因？我离开餐桌上楼时，正好碰见他下楼来。他一手拿着一把锈迹斑斑的钥匙。这把钥匙一定是专门用来打开顶楼那个堆放废旧杂物的房间的，另一只手拿着一个像钱箱似的小黄铜匣。

"'他们爱怎么办就怎么办吧，可还是我的手下败将。'他发誓赌咒似的说道，'叫玛丽今天给我房间的壁炉生上火，再派人到豪舍姆把富特姆律师请来。'

"我听了——照办。律师来了后，我被叫到他的房间。房间里壁炉已生上熊熊炉火，炉栅里有一大堆蓬松的黑灰，好像是纸灰。那个黄铜匣子敞着盖放在一边，里面空无一物。我朝那匣子瞥了一眼，令我大吃一惊，原来匣盖上也印着三个字母'K'，与我早晨在信封上见到的一模一样。

"'约翰，'伯父对我说：'我希望你作为我的遗嘱见证人。我把我的产业，连同它带来的好处和坏处，全都留给我弟弟，也就是你父亲。毫无疑问，这份产业将来会传给你的。如果你能平平安安地享用它，再好不过了。反之，要是你发现情况不利，孩子，我劝你把它留给你的死敌。遗憾的是，给你留下这样一种吉凶未卜的东西，况且我现在说不准事情会朝哪个方向发展。请你按照富特姆先生的指点在遗嘱上签字吧。'

"我按照律师的指点在遗嘱上签了字，律师就把遗嘱带走了。可想而知，这件离奇的事给我留下不可磨灭的印象。我再三思索，反复考虑，但其中的奥秘，始终没有明白。这件事留给我模模糊糊的恐惧之感，但随着时光的流逝而渐渐减缓。而且再也没有发生过影响我们日常生活的事。我发现我伯父好像变了个人似的。他比过去更经常酗酒了，而且更不愿参与社交活动。他大部分时间都待在房间里，并且把门反锁起来，但他有时就像要发酒疯似的，从房子里冲了出去，手握手枪，在花园里狂奔乱跑，尖声怪叫，反反复复地嚷嚷他谁也不怕，不管是人是鬼，谁都休想把他像绵羊似的囚禁起来。他狂暴发作一阵之后，就吵吵闹闹地急忙跑回房间，随手锁上门，插上门闩，好像是一个内心深处充满恐惧的人，再也无颜硬挺下去了。我发现他的脸上在这种时刻，即使在寒冬腊月，总是大汗淋漓，像是刚在脸盆里浸泡过似的。

"唉，福尔摩斯先生，现在我来说一说这件事的结局吧，不能让你久等了。有一天晚上，他又撒了一回酒疯，跑了出去，可再也没有回来。我们出去寻找他时，发现他脸朝下倒在一个泛满绿色浮藻的污水坑里。这个污水坑不太大，位于花园的一角。我们没有发现任何他受过暴力袭击的迹象，而且水坑里面的水不过两英尺。正因为此，又鉴于他平时行为古怪，陪审团裁决为自杀。可是，我素来了解他是一个非常怕死的人，所以很难相信他会一反常态，跑出去自寻短见。尽管这样，这件事就这么不了了之地过去了。我父亲继承了他的地产和他存放在银行里大约一万四千英镑的存款。"

"且慢，"福尔摩斯插言道，"你刚才谈的这个案子，正如我所料，是我所听过的最离奇的一个案件。请告诉我你伯父是哪一天收到那封信的，以及他是哪一天如人们信以为真的那样自杀的。"

"那封信是一八八三年三月十日收到的。他是七个星期后的五月二日晚死的。"

"谢谢，请接着说。"

"我父亲接收豪舍姆房产时，在我的提议下，他仔仔细细地检查了那间长年累月锁着的阁楼。我们发现那只黄铜匣子还在那里，但是匣内的东西已经毁掉了。匣盖的内侧有一张纸签，上面写着K. K. K. 三个大写字母，字母下方还写着'信件、备忘录、收据和花名册'等字样。我们推测，这些说明了欧彭萧上校所销毁的文件的性质。阁楼里有许多散乱的文件和笔记本，这些文件和笔记本反映了我伯父在美国的生活情况，除此之外，阁楼里其余的东西都无关紧要。在这些文件和笔记本中，有一些反映南北战争时期的情况，表明他恪尽职守，并荣获战斗勇士的称号。另一些反映了南方各州战后重建时期的情况，大多数与政治相关。显而易见，他曾积极参加过反对北方派来的投机政客的斗争。

"我父亲搬到豪舍姆居住时，正值一八八四年初，在一八八五年元月之前，一切都称心如意。可是元旦过后的第四天，我们一家人围着餐桌吃早饭的时候，我父亲突然一声惊叫。只见他呆坐在餐桌旁，一手拿着一个刚刚拆开的信封，另一只手五指伸开，掌心上有五颗干瘪的橘核。他平日里对我所讲述的伯父遭遇，嗤之以鼻，认为那是无稽之谈，可是他自己碰到同样的事，便吓得惊慌失措，丧魂落魄。

"'唉，约翰，到底是怎么一回事？'他结结巴巴地问我。

"我的心情铅样沉重。我告诉他说：'这是 K. K. K.。'

"他看了看信封的内侧，'不错，不错，'他喊叫道，'就是这几个字母。这上面写的又是什么？'

"'把文件放在日晷仪上。'我从他背后望着信封念道。

"'什么文件？什么日晷仪？'他问道。

"'花园里的日晷仪，别处可没有，'我对他说，'文件肯定是被伯父销毁的那些。'

"'呸！'他壮着胆子说，'我们这里是文明国度，绝不允许这种蠢事发生！这东西是哪儿来的？'

"'从敦提①来的。'我看了看邮戳，回答说。

"'真是一个荒唐的恶作剧，'他说道，'我与日晷仪和文件这类玩意儿有什么相干？对这种荒唐无聊的事我不屑一顾。'

"'换了我，一定报告警察。'我说。

"'那就让他们嘲笑我，害得我非常痛苦。这可不行。'

"'那让我去报告得了。'

"'不行，你也不许去。我不愿意为这等荒唐无聊的事而自寻烦恼。'

"和他争辩没有用。他这个人顽固透顶。因此，我只好走开，心

---

① 敦提：英国苏格兰东部港口城市，泰赛德区首府。

里十分不安，总感到大祸即将临头。

"收到那封信的第三天，我父亲离开家去看望他的老朋友弗里伯迪少校。他在朴尔次当山的一处堡垒任指挥官。他出去走访朋友，我倒很高兴。在我看来，他不在家似乎还可以避开危险。可是我的想法错了。他出门的第二天，我就收到少校拍来的一封电报，要我立即赶到他那里。原来我父亲跌入一个很深的白垩矿坑里。在附近那一带有很多这种白垩矿坑。他躺在坑里，头颅已经摔碎，早已不省人事。我急急忙忙跑去看他，可是他再也没有醒过来，从此与世长辞了。情况似乎是这样：那天黄昏，他正在从费尔哈姆回家的路上，由于对那一带的乡村道路不熟悉，而且白垩矿坑又无栏杆围着，因此，陪审团毫不迟疑地裁决为，这是一起'意外死亡'。我认真地调查了每一件与他死因有关的事实，可是我没能查出任何含有谋杀意图的迹象。现场没有发现任何他受到暴力袭击的迹象，没有发现脚印和抢劫，也没有人目睹路上有陌生人出没。但是，我不说你也知道，我的心情无法平静，而且我几乎可以肯定地说，有人策划了某种迫害他的卑鄙阴谋。

"在这种危机四伏的情况下，我继承了遗产。你也许会问我，为什么不把它卖掉？我对这个问题的回答是：我们家庭连连遭难，在某种程度上来说，都是由我伯父生前的什么事所引发的，所以不论身在何处，都处于同样危险的境地。我对此深信不疑。

"一八八五年元月，我可怜的老父惨遭不幸，到如今已经过去了两年零八个月。在这段时间里，我在豪舍姆生活得还算心满意足，而且我已开始指望这种灾祸不再降临我家，但愿它与上代人已经了结了。可不承想，我的这种自我安慰还为时过早。昨天早晨，灾祸又一次降临，情景与我父亲当年所经历的一模一样。"

年轻人从背心口袋里掏出一个揉得皱巴巴的信封，转身走到桌旁，然后从信封中抖落出五颗又干又瘪的橘核。

"这就是那个信封，"他继续说道，"盖的是伦敦东区的邮戳。信封的内侧写的还是那几个字母——'K. K. K.'，和我父亲去世前收到的那封信里写的字母一样。接着写的是：'把文件放在日晷仪上。'"

"你有没有采取什么措施？"

"没有。"

"当真?"

"说实话,"他垂着头,那干瘪苍白的双手捂着脸。"我觉得毫无办法。我感到自己像一只可怜的兔子,面对着一条毒蛇朝着自己爬过来。我好像落入了一个不可抗拒且残暴无情的恶魔的魔爪之中,对这样的恶魔既无法预见,也难以预防,任何措施都无济于事,防不胜防。"

"啧啧!啧啧!"福尔摩斯大声对他说,"你一定要采取行动,小伙子。否则,你就完了。你只有振作起精神来,才能得救。现在可不是唉声叹气的时候。"

"我找过警察。"

"他们怎么说?"

"他们听完我的诉说,只一笑置之。我确信那位巡官大人已经对这些信件有了成见,认为那纯属恶作剧,而我的两位亲人之死,正如陪审团所说的,纯属意外,所以与那些前兆毫不相干。"

福尔摩斯挥舞着紧握的双拳,嚷道:"真是糊涂透顶!愚蠢得让人难以置信!"

"不过,他们答应派一名警察来,让他和我一起待在房子里。"

"他今天晚上是不是同你一起出来了?"

"没有。他奉命只待在房子里。"

福尔摩斯又一次挥舞着双拳嚷起来。

"那你干吗还来找我?"他说,"最重要的是,你干吗不一开始就来找我?"

"我哪里知道?今天我跟普伦德格斯特谈起自己的遭遇时,他才劝我来找你。"

"你收到信已整整两天了。我们本应当在此之前就采取行动。我想,你除了向我们提供的这些情况外,再没有更多的证据——我是说,再没有对我们有用的带有启发性的细节了吧?"

"还有一件。"约翰·欧彭萧说道。他在上衣口袋里细找了一阵,掏出一张已经褪色的蓝纸,摊开,放在桌子上。"我还模模糊糊地记得,"他说,"我伯父焚烧文件的那一天,我在纸灰中发现,那些没有烧着的文件纸边的小碎片,就是这种特别的颜色。这是我在他房间的地板上发现唯一未被烧毁的一张纸，而且我认为：它之所以未被烧毁，很可能是由于它从一沓纸里掉出来。纸上除了提到橘核之外，恐怕对我们没多大帮助。我个人觉得，这张纸也许是他一本私人日记中的一页，上面的字迹无疑是我伯父的。"

福尔摩斯把灯移动了一下，我们两人俯下身来查看这张纸，发现页边参差不齐，确实是从一个本子上撕下来的。纸的上端写着"一八六九年三月"字样，下面记载了一些莫名其妙的文字：

　　四日：哈德森前来，仍然抱着旧政见。

　　七日：将橘核交给圣奥古斯丁的麦考利、帕拉米诺和约翰·斯万。

　　九日：麦考利已清除。

　　十日：约翰·斯万已清除。

　　十一日：拜访帕拉米诺。一切顺利。

"谢谢你！"福尔摩斯说着，把那张纸折叠起来，还给了我们的来客，"现在你片刻也不能再耽搁了。我们就连讨论你所提供的案情的时间都没有。你必须马上动身回家，开始行动。"

"我该怎么行动？"

"你只需做一件事，而且要刻不容缓。你必须把刚才给我们看过的这张纸，放在你说过的那只黄铜匣子里。你还必须在黄铜匣子里放一张便条，说明所有其他文件都被你伯父焚毁了，这是仅存的一张。便条中的措辞必须使他们对此深信不疑。接着，你一定要按信封上所说的，马上把那只匣子放到花园的日晷仪上。明白了吗？"

"明白了。"

"眼下你不要考虑报仇之类的事。我觉得我们可以通过法律手段来达到这个目的。不过，他们既然已经布下了罗网，我们也要采取相应的措施。当务之急是如何摆脱迫在眉睫的危险，消除对你构成严重的威胁。然后，再揭穿案子的真相，惩处犯罪团伙。"

"谢谢你，"小伙子说着站起身来，穿上雨衣，"是你给了我新生和希望。我一定遵照你的吩咐去办。"

"你务必分秒必争，千万不要耽搁。最要紧的是，你在这段时间里要加倍小心。我感到有一种实实在在的危险正向你逼近，这无可置疑。你怎么回去？"

"从滑铁卢乘火车。"

"现在还不到九点，街上人还很多，所以我相信你会平安无事的。不过，你绝不能掉以轻心，要特别留神才是。"

"我带着武器呢。"

"那就好。我明天就开始处理你的案子。"

"如此说来，我就在豪舍姆恭候大驾了？"

"不必了，你这个案子的奥秘就在伦敦，所以我将在伦敦寻找线索。"

"那好，我过一两天再来看望你，告诉你有关那只铜匣子和文件的消息。我一定完完全全按你的吩咐去办。"他与我们握了握手就离开了。屋外仍然狂风怒吼，大雨瓢泼，噼噼啪啪地敲打着窗子。这个离奇凶险的案子似乎是随着狂风暴雨来到我们这里——仿佛是一片在狂风中飘舞的枯叶跌落到我们面前——现在重又被暴风雨卷走了。

福尔摩斯探着头，注视着壁炉里红彤彤的火焰，默默地坐了好一会儿。随后他点燃了烟斗，身子靠在椅背上，眼望着蓝蓝的烟圈一个紧随一个袅袅升向天花板。

"华生，我觉得，"他终于开口说道，"我们接手的所有案子中，唯有这一件最为离奇荒诞了。"

"也许'四签名'一案是个例外。"

"哦，是的。也许是个例外。但在我看来，这位约翰·欧彭萧似乎面临着甚至比舒尔托更加大的危险。"

"那么，会是什么样的危险？你对此是否有了明确的看法？"我问道。

"其性质是确定无疑的。"他回答说。

"那到底是什么危险呢？这位 K. K. K. 是谁呢？他对这个不幸的家族干吗纠缠不休呢？"

夏洛克·福尔摩斯合上双眼，两肘放在扶手椅上，双手的指尖合拢着。"一位理想的推理专家，"他说道，"只要有人为他指明某个事实一个方面的情况，他就会从这个方面不仅能够推导出引发这个事实的一系列因素，而且还能够推断出由此可能产生的一切后果。居维叶①经过深思熟虑，仅仅根据动物的一块骨头，就能够准确地描绘出这头动物的全貌，那么，一位观察家，他彻底了解了一连串事件中的某个环节以后，就能够正确地说明前前后后所有其他的环节。我们没有取得结果，而这个结果唯有通过理性才能达到。只有通过深入的研究，种种难题才可迎刃而解。有些人面对难题束手无策，就在于他们仅仅凭借直觉，而不是通过深入的研究。但是，要使这种技巧达到炉火纯青的境界，推理专家就必须善于利用他已掌握的全部事实，这本身就意味着他必须掌握一切知识。对此你是了解的。要达到这个目的，即使如今有了免费教育和百科全书，可算是难得的成就了。不过，一个人要掌握其工作可能需要的全部知识，并非完全办不到。我本身就一直为此努力着。如果我没记错的话，在我们结交之初，有一回你曾十分准确地指出了我知识的局限性。"

"对，"听了这话，我笑了起来，回答说，"那是一份很别致的资料：哲学、天文学和政治学，零分；植物学，很难说；地质学，就伦敦五十英里以内所有地区的泥迹而言，造诣较深；化学，表现奇特；解剖学，缺乏系统性知识；惊险文学和犯罪档案方面，无与伦比；小提琴演奏家、拳击手、击剑运动员和律师；吸食可卡因及烟草毒害自己。我想这些都是我当时进行分析的要点。"

福尔摩斯听了最后一项，嘻嘻地笑了起来。"哼，"他说道，"我过去说过，现在还要说，一个人的头脑就像一个小小的阁楼，应当在里面装满他可能需要的一切，其余的东西完全可以放在藏书室里，需要时可以随时取用。好，为了处理今晚交给我们的案件，我们肯定需要把我们所有的资料都搜集起来。劳驾，请你把美国百科全书K字部那一册递给我，就在你身旁的书架上。谢谢！现在我们来仔细分析一下案情，看看从中可能得出什么结论。首先，我们可以从一个有充分根据的假定开始。欧彭萧上校是由于某种非常重要的原因才离开美国的。人到了他那样的年龄，不会一下子改变所有的习惯，也不会心甘情愿地放弃佛罗里达宜人的气候，而返回英国乡下小镇来过孤寂的生活。他在英国极乐意过隐居生活，说明他因害怕

---

① 居维叶（1769—1832）：法国动物、古生物学家。

某个人或者某件事，才迫使他离开了美国。至于他到底惧怕什么，我们只能凭他本人和他的几名继承人所收到的那几封可怕的信件来推测。你注意到那几封信的邮戳没有？"

"第一封信从本地治里寄出，第二封信从敦提寄出，第三封从伦敦寄出。"

"从伦敦东区寄出的。据此，你能得出什么结论？"

"这些地方都是海港。写信的人就在船上。"

"好极了。我们已经有了一条线索了。毫无疑问，很可能——极可能——写信的人当时就在船上。现在我们来考虑第二点。就本地治里而言，从收到恐吓信到惨案发生，前后经过了七周时间；至于敦提，仅仅过了大约三四天的时间。这说明什么呢？"

"前者比后者路程远。"

"可是信件投递也得经过更远的路程。"

"那我可就不明白了。"

"至少可以得出这样的推断：那个人或那伙人乘坐的船是一条帆船。看来，他们似乎总是先寄出他们那种奇特的警告或标志，然后才启程完成他们的使命。你看，他们从敦提发出警告之后，紧接着就出事了。你说有多快。要是他们从本地治里乘坐轮船来的，那他们就会和那封信几乎同时到达。可是实际上过了七周才发生那桩惨案。我觉得，运送那封信的邮船与写信人乘坐的帆船之间存在着七周的时差很说明问题。"

"有可能。"

"岂止可能，事实几乎就是如此。现在你看到了吧，我们刚接手的这个案子非常紧迫，所以我力劝小欧彭萧要特别小心。灾祸总是在发信人旅程结束之后降临的。这一回，信可是从伦敦寄出的，所以我们不要侥幸地指望他们会推迟动手的时间。"

"天哪！"我大声叫了起来，"这意味着什么呢？这种冷酷无情的迫害！"

"很显然，欧彭萧带走的那些文件，对帆船上的那个人或者那些人来说，极其重要。显而易见，我觉得他们一定不止一个人。单独一个人不可能接连害死两个人，而且使用的手段竟然能骗过验尸陪审团。这必定是数人所为，而且都是些有勇有谋的人。他们所要的文件无论在谁手里，他们都非要弄到手不可。你看，这样一来，K.K.K. 已不再是一个人的名字缩写，而是一个团体的标志。"

"那会是什么团体呢？"

"难道你从来没有……"福尔摩斯说着俯下身来，压低声音，说道，"难道你从来没有听说过三 K 党吗？"

"从来没有听说过。"

福尔摩斯一页页翻阅着放在他膝盖上的百科全书。"在这儿。"随后他念道：

> Ku Klux Klan。该名源于人们想象中酷似扣动来复枪扳机的声音。这个可怕的秘密团体是南北战争后由南方各州前联邦士兵组成的，此后迅速在全国各地建立分支机构。其中在田纳西、路易斯安那、卡罗来纳、佐治亚和佛罗里达等州尤为引人注目。该团体的势力用于实现其政治目的。主要包括恐吓黑人选民，对反对其政治观点的人采取谋杀手段或将其驱逐出境。该团体实施暴行前，通常寄给被仇视者某种形状古怪但尚可辨认的东西，如一小根带叶的橡树枝，几粒西瓜子，或几颗橘核，以示警告。收到这种警告后，被仇视者可以公开宣布放弃原有观点，或逃离国外。若置之不理，必将惨遭杀害，而且被害之方式甚为奇特与出乎意料。该团体组织严密，计划周详，以致记录在案的案件中，与其抗衡者几乎无一人幸免于难，亦无一行凶者被缉拿归案。美国政府及南方上层社会竭力遏制，该团体几年间仍呈蔓延之势。最终，在一八六九年，该团体突然土崩瓦解，但此后仍偶尔发生类似暴行。

福尔摩斯放下手中的百科全书，对我说："你肯定会注意到，那个团体突然垮台的时候，也正是欧彭萧带着那些文件逃离了美国的时间。这两者之间很可能存在着因果关系。难怪欧彭萧和他的家人总是被一些死敌穷追不舍。这个记录和他的日记可能牵涉美国南方的某些头面人物，也可能有不少人，不找回这些东西就感到寝食不安。这是不难理解的。"

"那我们看到的那一页纸……"

“果不出我所料。如果我没记错的话，那上面写着：‘送橘核给A、B和C’，也就是说，把该团体的警告寄给他们。接着又写道，A和B已清除，或已出国，最后还说见过C，恐怕C凶多吉少。喂，大夫，我想我们可以让这个黑暗的地区获得一丝光亮了。我相信，在这段时间里，小欧彭萧唯一得救的机会就是照我跟他说的去做。今天晚上，我们再没有什么要讨论的了，再没有什么可做的了，因此，请你把小提琴递给我，我们这会儿尽量别去理会这糟糕的天气和处境更加糟糕的那位同胞了。”

次日清晨，天已放晴。明媚的阳光，透过笼罩在这座雄伟城市上空的蒙蒙云雾，洒向人间。我从楼上下来时，福尔摩斯正在吃早餐。

“我没有等你，别见怪了。”他对我说，“我估计，调查小欧彭萧的案子够我忙一整天的了。”

“你打算采取什么措施？”我问。

“这在很大程度上取决于我初步调查的结果。不过，我也许不得不去一趟豪舍姆。”

“你不先去那里吗？”

“不，我得先从城里开始。你只要按一下铃，女仆就会把咖啡端来。”

我在等咖啡的时候，从桌子上拿起一份还没有打开的报纸，匆匆翻了一下。我的目光停留在一个标题上，心里不禁打了冷战。

“福尔摩斯，”我惊叫起来，“你晚了！”

“啊！”他说着放下手里的杯子，“我担心的就是这个，怎么搞的？”他说这话时显得很平静，但我已看出他的内心很焦虑。

我一眼就注意到了欧彭萧的名字和“滑铁卢桥畔之悲剧”这个标题。这个报道是这样写的：

> 昨晚九时至十时之间，八分队警士库克在滑铁卢大桥附近值勤，忽闻有人呼救和落水的声音。是夜一片漆黑，伸手不见五指，又值狂风暴雨肆虐，虽有过路者数人救援，仍无法营救。警报随之发出，经水上警察大力协助，终将尸体打捞出水。验

尸证明乃一青年绅士，其衣袋有信封一只，知其名'约翰·欧彭萧'，生前住豪舍姆一带。据推测，此人可能急于赶搭从滑铁卢车站驶出之末班火车，匆忙间在黑夜中迷路，误踏一轮渡小码头之边缘而失足落水。尸体未见暴力迹象，死者无疑因意外不幸而遇难。此事足以唤起市政当局注意河滨码头之现状。

我默默地坐了几分钟。福尔摩斯显得垂头丧气，心烦意乱。我从未见他出现过这般神色。

"华生，这件事太伤我的自尊心了，"他终于开口说道，"我这样说虽然有点儿小肚鸡肠，可是，这件事真的伤了我的自尊心。现在这件事成了我个人的事了。如果上帝保佑我健康地活着，我非要亲手铲除这帮歹徒不可。他跑来向我求救，而我竟然把他打发走了去送死……"他从椅子上一跃而起，在房间里走来走去，情绪激动不安，难以自制。他深陷的双颊涨得通红，两只瘦长的手烦躁不安地紧紧握在一起，过了一会儿又松了开来。

"这帮魔鬼真是狡猾透顶，"他终于大声说道，"他们怎么能把他骗到那个地方去的呢？沿堤岸走不能直达火车站。他们要下手，即使在这样漆黑的夜晚，在大桥上动手，无疑路人太多了。好，华生，走着瞧吧，看谁是最后的赢家。我现在得出去一下！"

"找警察吗？"

"不，我自己来当一回警察。我布好罗网后，就可以捕捉这些苍蝇了。不过，要等到布好罗网以后。"

这一整天，我忙于自己的医务工作，回到贝克街时已是暮色苍茫。夏洛克·福尔摩斯还没有回来。快到十点钟的时候，他才脸色苍白、筋疲力尽地走了进来。进屋后，他直奔餐具柜，一下子撕了一大块面包，狼吞虎咽地吃了起来，然后喝了一大口水，就着水把面包吞了下去。

"你饿了？"我问他说。

"快饿死了。我一直没想起来吃东西。早饭后什么都没下过肚。"

"真的？"

"是的。我根本没工夫想到吃东西。"

"有什么进展？"

"还好。"

"有线索了?"

"他们已在我的掌握之中了。不日就可以为小欧彭萧报仇了。唉,华生,咱们给他们来个以其人之道,还治其人之身,这可是经过深思熟虑的呀!"

"此话怎讲?"

只见他从食品柜里拿出一个橘子来,掰成几瓣儿,将橘核挤出来,放在桌子上,从中拿出五颗,塞到一个信封里。然后在信封口的内侧写上"S. H. 代表 J. O. ①。最后他封好信封,写上地址。地址为"美国佐治亚州萨瓦纳'孤星号'三桅帆船詹姆斯·卡尔亨船长收"。

"他进港时,这封信正等着他呢。"福尔摩斯咯咯地笑着,对我说,"他看到这封信就会寝食不安。他还会确信无疑地感到死期已经不远了,跟欧彭萧生前的遭遇一样。"

"这个詹姆斯·卡尔亨船长是什么人?"

"他是这帮歹徒的头目。其他的人我也不会放过,不过先拿他开刀。"

"你到底是怎样追查出来的?"

他从衣袋里拿出一大张纸来,上面写满了日期和姓名。

"我花了整整一天的工夫,"他说道,"查阅了劳埃德船舶登记处的船籍证书和有关旧文件的卷宗,追查到一八八三年元月和二月间,在本地治里港口停泊过的所有船只离港后的航程。据记载,在这两个月期间,有三十六艘吨位较大的船只在此地停泊过。其中一艘名为'孤星号'的船立即引起了我的注意。登记处的记载表明,这艘船已早在伦敦结关,可是用了美国的一个州来命名。"

"我猜,是得克萨斯州。"

"到底是哪个州,我当时没有把握,现在也说不准。但是我知道,这艘船原先一定是一艘美国船。"

"后来呢?"

"我查阅了敦提的有关记录。我发现这艘'孤星号'三桅帆船于

---

① 即夏洛克·福尔摩斯代表小欧彭萧。

一八八五年元月在那里停泊过，这时候，我心中的猜疑就变成了确定无疑的事实了。接着，我对现在停泊在伦敦港内的所有船只进行了调查。"

"结果呢?"

"那艘'孤星号'上星期抵达这里。于是，我赶到艾伯特船坞，查明这艘船已于今天清晨趁着早潮顺流而下，返回萨瓦纳①了。我打电报给格雷沃森德，得知这艘船已于不久前驶过该港。现在刮的是东风，我敢肯定，这艘船现在已驶过古德温斯，距怀特岛②已经不远了。"

"那你打算怎么办呢?"

"哈，我要逮住他。据我了解，那艘船上只有他和他的两个帮凶是美国人，其余的是芬兰人和德国人。我还从装货的码头工人了解到，他们三人昨晚曾一起离船上岸。他们这艘帆船到达萨瓦纳时，邮船就已经把这封信送到了。同时，萨瓦纳的警察也已经从我打的海底电缆电报得知，这三位先生被控犯有谋杀罪，这里正要将他们缉拿归案。"

然而，智者千虑，必有一失。杀害约翰·欧彭萧的凶手再也收不到那几颗橘核，但那几颗橘核告诉我们，这个世界上还有一个人与他们同样狡猾和坚定不移，而他正在追捕他们这伙歹徒。那年的秋风刮得猛烈异常，没完没了。我们等了很长一段时间，盼望从萨瓦纳传来"孤星号"的消息，可是一直杳无音信。后来我们听说，远在大西洋某处，有人看到一块船尾柱帆柱在波谷中漂荡，上面刻着"L. S."两个字母③。至于"孤星号"的命运，我们只知道这些情况。

---

① 萨瓦纳：美国佐治亚州东部港市。

② 怀特岛：英国英格兰南部岛屿。

③ 即孤星号的英语缩写。

花斑带子

在过去的八年中，我研究了我的朋友夏洛克·福尔摩斯的破案方法，记录了七十多起案件。我翻阅一下这些案例，发现许多是悲剧性的，其中也不乏具有喜剧色彩，而很大一部分只能说是离奇古怪，但是没有一例算得上是平淡无奇的。这是因为，他办案并非为了获得金钱，而是出于对自己的办案方法的热爱。他热衷于办理那些独特的，甚至近乎荒诞的案子。回想起来，在所有形形色色的案例中，唯有那起有名的萨里郡斯托克莫兰的罗伊洛特家族案最具异乎寻常的特色了。我所谈的这起案子发生在我和福尔摩斯交往的早期。那时，我们都是单身汉，合住贝克街的一套寓所。我早就想把这案件写出来，但是，当时我曾作出过保证，严守秘密。直到上个月，我为之作出保证的那位女士不幸早逝，从此我再不受诺言约束。现在，我大概可以动笔把真相公诸于世了，因为我确实知道，外界对于格里姆斯比·罗伊洛特医生之死广泛流传着种种谣言，听来比实际情况更加骇人听闻。

事情发生在1883年4月初。一天早上，我一觉醒来，发现夏洛克·福尔摩斯衣冠齐整，站在我的床边。通常，他爱睡懒觉，而这次壁炉架上的时钟，刚七点一刻，我诧异之余朝他眨巴几下眼睛，对他还有点生气，因为我自己的生活习惯是很有规律的。

"对不起，华生，把你叫醒了，"他说，"但是，今天早上你我都命该如此，哈德森太太被敲门声吵醒，她回头来吵醒我，现在是我来把你叫醒。"

"倒是什么事——失火了吗?"

"没有。是一位当事人。好像来了一位年轻的女士，情绪相当激动，坚持非要见我不可。现在正在起居室里等候。你瞧，如果这个大都会里的年轻女士大清早就出来东奔西颠的，甚至把还在酣睡的人从床上吵醒，看来那必定是一件紧急的事情，不得不找人商量。假如这是一起有趣的案子，那么，我肯定你一定希望从一开始就能有所了解。所以该把你叫醒，给你这个机会。"

"老兄，那我说什么也不愿失掉这个机会。"

我最大的乐趣就是观察福尔摩斯进行非常专业的调查工作，欣赏他迅速做出推论，看他办事之迅速，就像是不假思索，全凭直觉似的，但恰恰又总是建立在逻辑的基础之上。他就是依靠这些素质解决了所遇到的种种难题。我匆匆地穿上衣服，几分钟后准备就绪，随同我的朋友来到楼下的起居室。一位女士端坐窗前，她身穿黑色衣服，蒙着厚厚的面纱。见我们进来，便站起身来。

"早上好，小姐，"福尔摩斯愉快地说道，"我的名字是夏洛克·福尔摩斯。这位是我的挚友和搭档华生大夫。在他面前你不必拘束，就像在我面前一样，有什么话尽管说。哈！哈德森太太想得真周到，她已经生旺了壁炉，真叫人高兴。请凑近炉火坐坐，我叫人给你端一杯热咖啡，瞧你在发抖哩。"

"我不是因为冷才发抖。"那女士低声地说，同时，她听了福尔摩斯的话换了个座位。

"那到底是为什么?"

"福尔摩斯先生，是因为害怕和恐惧。"她说着，撩起了面纱，看得出，她确实是处于万分焦虑之中，好生令人怜惜。她脸色苍白，神情沮丧，露出惊惶不安的神色，目光酷似一头被追逐的动物。从她的身材外貌看，像是个三十岁模样的人，可是，她的头发已花白，精神不振，形容枯槁。夏洛克·福尔摩斯迅速地从上到下打量了她一番。

"你不必害怕，"他探身向前，轻轻地拍拍她的手臂，安慰她说，"我毫不怀疑，有什么事我们很快就会处理好的。我知道，你是今天早上坐火车来的。"

"如此说来，你认识我?"

"不，我注意到你左手的手套里有一张回程车票的后半截。你一定很早就动身了，而且在到达车站之前，还乘坐单马车在崎岖的泥泞道路上行驶了一段很长的路。"

那位女士猛地吃了一惊，疑惑地凝视着我的搭档。

“没什么奥妙可言，亲爱的小姐，”他笑了笑说，“你外套的左臂上，有七处以上溅上了泥土。这些泥迹都是新沾上的。这样溅起土的只有单马车，其他的车都不会，并且只有你坐在车夫左面才会溅到泥。”

“不管你是怎么判断出来的，反正完全给你说对了，”她说，“我是六点钟前离家的，六点二十到达莱瑟黑德，坐上开往滑铁卢的第一班火车。先生，太紧张了，我再也受不了啦，这样下去我准会发疯。我是求助无门——关心我的只有一个人，可是他这可怜的人儿，也帮不了我。我听人说起过你，福尔摩斯先生，我是从法林托什太太那儿听说的，在她极需帮助的时候你向她伸出援助之手。我正是从她那儿打听到你的地址。哦，先生，你能不能帮帮我？至少可以给我这个陷于黑暗中的人指出一条路吧。目前我拿不出钱酬劳你对我的帮助，但在一个月或一个半月之内，我就要结婚，那时就能支配我自己的收入，到时候你至少可以发现，我不是个知恩不报的人。”

福尔摩斯转身走到办公桌，打开抽屉的锁，从中取出一本小小的案例簿，翻阅了一下。

“法林托什，”他说，“啊，是的，我想起了那个案子，是一件和猫儿眼宝石女冠冕有关的案子。华生，我想起那还是你来以前的事呢。小姐，我曾经为你的朋友在那桩案子尽过力，同样，我也乐于为你这个案子效劳。至于酬劳，我的职业本身就是酬劳；不过，你可以在你感到最合适的时候，随意支付我在这件案子上可能付出的费用。那么，现在请你把可能有助于解决这件事的一切全告诉我们。”

“哎，”来客回答说，“我处境的可怕之处就在于我还看不出到底是什么令我担惊受怕，完全是一些鸡毛蒜皮的小事也会引起我的怀疑。这些小事在别人眼中可能是微不足道的，所有的人，甚至我最有权利取得其帮助和指点的人，也把我跟他说的有关这方面的话全看作是在胡思乱想，认为我是个神经质的女人。他倒没有这么说，但是，我能从他安慰我的话和躲躲闪闪的眼神中觉察出来。我听说，福尔摩斯先生，你能看透人心中种种邪恶。请你告诉我，我现在是危险重重，我该如何是好。”

"我在十分留意听着呢,小姐。"

"我的名字叫海伦·斯托纳,和我的继父住在一起,英国最古老的撒克逊家族,萨里郡西部边界的斯托克莫兰的罗伊洛特家族中,在世的只有他一个人了。"

福尔摩斯点点头,说:"这个家族的名字我很熟悉。"

"这个家族一度是英国最富有的家族之一,它的产业占地极广,超出了本郡的边界,北至伯克郡,西达汉普郡。可是到了上个世纪,连续四代子嗣都生性放荡不羁、挥霍无度,到了摄政时期①终于被一个赌棍最后搞得倾家荡产。除了几亩土地和一座两百年古老住宅外,其他都已荡然无存,而那座古宅也已典押得差不多了。最后的一位地主在那里苟延残喘地过着破落贵族的悲惨日子。我的继父是他的独生子,他为适应新的境况,向一位亲戚那里借了一笔钱,这笔钱使他得到了一个医学博士学位,并且出国到了加尔各答行医,在那儿凭借他的医术和坚强的个性,业务非常发达。可是,由于家里几次被盗,盛怒之下,他殴打当地人管家致死,虽然免了一死,却难逃长期监禁的厄运。后来返回英国,变成一个性格暴躁、失意潦倒的人。

"罗伊洛特医生在印度时娶了我的母亲。她原来是斯托纳太太,是孟加拉炮兵司令斯托纳少将的年轻遗孀。我和我的姐姐朱莉娅是孪生姐妹,我母亲再婚的时候,我俩只有两岁。她有一笔相当可观的财产,每年的收入至少有一千英镑。我们和罗伊洛特医生生活在一起时,她就立下遗嘱把全部财产给了他,但有一个附加条件,那就是在我们婚后,每年要拨给我们一定数目的钱。我们返回英伦不久,我们的母亲就去世了。她是八年前在克鲁附近一次火车事故中丧生的。此后,罗伊洛特医生放弃了重新在伦敦开业的想法,带我们一起到斯托克莫兰祖先留下的古老宅邸生活。我母亲遗留的钱足够应付我们的一切需要,看来我们的幸福似乎是完全有保障的了。

"但是,大约在这段时间里,我们的继父发生了可怕的变化。起初,邻居们看到斯托克莫兰的罗伊洛特的后裔回到这古老家族的宅邸,都十分高兴。可是他不与邻居们交朋友,也不互相往来,而是

---

① 指1811—1820年乔治三世精神失常后由其子摄政时期。

把自己关在房子里，深居简出。一旦外出，路上不管碰到什么人，非要跟人家大吵大闹一顿不肯罢休。这种近乎癫狂的暴戾脾气，在这个家族中，是有遗传性的。我相信我的继父是由于长期旅居于热带地方，致使这种脾气变本加厉。于是接连不断发生了争吵，丢尽了脸面。其中两次，一直吵到违警罪法庭。结果，他成了村里人人望而生畏的人。人们一看到他，都躲得远远的，因为他力气很大，发起怒来，任凭什么人也挡不住他。

"上星期他把村里的铁匠从栏杆上扔进了小河，我费了大力凑足钱，才没让他又一次当众出丑。除了那些到处流浪的吉卜赛人外，他没有任何朋友。他允许那些流浪者在那一块象征家族地位的几亩荆棘丛生的土地上扎营。对方为了答谢他，会在他们的帐篷里殷勤款待他，他也欣然接受。有时候随同他们出去流浪数周。他还对印度的动物有着强烈的爱好。这些动物是一个记者送给他的。目前，他有一只印度猎豹和一只狒狒，这两只动物就在他的庭园上自由自在地跑来跑去，村里人就像害怕它们的主人一样害怕它们。

"听了我说的这些情况，你们不难想象，我和可怜的姐姐朱莉娅的生活完全无乐趣可言。仆人在我们家待不下去，很长一个时期里，所有的家务都是我们自己动手做。我姐姐死的时候，才三十岁。可是她早已两鬓斑白了，甚至和我现在一样满头白发了。"

"你姐姐已经死了？"

"她是两年前死的，我想对你说的正是有关她去世的事。你可以理解，过着我刚才所说的那种日子，我们几乎见不到任何和我年龄相仿、地位相同的人。不过，我们有一个姨妈，叫霍洛拉·韦斯法尔小姐，她是我母亲的姐妹，是个老处女，住在哈罗附近，我们偶尔得到允许，到她家去短期做客。两年前，朱莉娅在圣诞节到她家去，在那里认识了一位领半薪的海军陆战队少校，并和他订了婚约。我姐姐归来后，我继父听到这一婚约，对此并未表示反对。但是，在预定举行婚礼之前不到两周的时候，可怕的事情发生了，从此我失去了唯一的伴侣。"

福尔摩斯身子一直靠在椅背上，闭着眼睛，头枕在椅背靠垫上。但是，这时他半睁开眼，看了一眼客人。

"请再说得详细些，准确些。"他说。

"这好办，因为在那可怕的时刻发生的每一件事，都已经深深印在我的记忆中。我已经说过，庄园的宅子是极其古老的，只有耳房现在住着人。耳房的卧室在一楼，起居室位于房子的中间部位。第一间是罗伊洛特医生的卧室，第二间是我姐姐的，第三间是我自己的。这些房间彼此互不相通，但是房门都是通向一条共同的过道。我讲清楚了没有？"

"非常清楚。"

"三个房间的窗子都朝向草坪。出事的那个晚上，罗伊洛特医生早早就回到了自己的房间，不过我们知道他并没有就寝，因为那浓烈的印度雪茄烟味害得我姐姐吃尽了苦头，他抽这种雪茄已经上了瘾。因此，她离开自己的房间，来到我的房间里逗留了一些时间，和我谈起她即将举行婚礼的事。到了十一点钟，她起身回自己的房间，但是走到门口时停了脚步，回过头来。

"'告诉我，海伦，'她说，'在夜深人静的时候，你听到过有人吹口哨没有。'

"'从来没有。'我说。

"'我想你睡着的时候，不可能吹口哨吧？'

"'当然不会。怎么回事？'

"'因为这几天的深夜，大约清晨三点钟，我总是清晰地听到轻轻的口哨声。我一向睡得挺警醒，所以被吵醒了。我说不出那声音是哪儿来的，可能来自隔壁房间，也可能来自草坪。我当时就想，我得问问你有没有也听到了。'

"'没有，我没听到过。一定是种植园里那些讨厌的吉卜赛人。'

"'完全有可能。可是如果是从草坪那儿来的，我纳闷：你怎么会没有听到。'

"'啊，是不是因为我一般睡得比你沉。'

"'好啦，反正小事一桩。'她扭过头对我笑笑，接着把我的房门关上。不一会儿，我就听到她的钥匙在门锁里转动的声音。"

"可不是，"福尔摩斯说，"你们是不是有夜里锁门的习惯？"

"总是这样。"

"为什么呢？"

"我想我和你提到过，医生养了一只印度猎豹和一只狒狒。锁上门，感到安全些。"

"是这么回事。请接着说。"

"那天晚上，我睡不着。模模糊糊一种大祸临头的感觉。你记得我们姐儿俩是孪生姐妹，要知道，孪生姐妹总是微妙地血肉相连，心灵紧密相通。那天晚上，天气很糟，外面狂风大作，雨点噼噼啪啪打在窗子上。突然，在风雨嘈杂声中，传来一声女人的狂呼惊叫，我听出那是我姐姐的声音。我一下子从床上跳了起来，裹上一块披巾，冲向了过道。就在我开房门时，我仿佛听到一声轻轻的就像我姐姐说的那样的口哨声，稍停，又听到哐啷一声，仿佛是一块金属倒在地上。就在我顺着过道跑过去的时候，只看见我姐姐的门锁已开，房门正在慢慢地移动着。我吓呆了，瞪着双眼，不知道会有什么东西从门里出来。借着过道的灯光，我看见我姐姐出现在房门口，她的脸由于恐惧而苍白如纸，双手摸索着寻求救援，整个身体就像醉汉一样摇摇晃晃。我跑上前去，双手抱住她。这时只见她似乎双膝无力，跌倒在地。她像一个正在经受剧痛的人那样翻滚扭动，四肢可怕地抽搐着。起初我以为她没有认出是我，可是当我弯身要抱她时，她突然发出凄厉的叫喊，那叫声令我记住一辈子。她叫喊的是，'唉，海伦！天哪！是那条带子！那条花斑带子！'她的话好像还没有说完，还想说些别的什么，把手高高举起，指向医生的房间，但是抽搐再次发作，她说不出话来了。我大步奔过去，大声喊我的继父，正碰上他穿着睡衣，急急忙忙地从房间过来。他赶到我姐姐身边时，我姐姐已经不省人事了。尽管他给她灌下了白兰地，并从村里请来了医生，但一切努力都无济于事，她已奄奄一息，濒临死亡，直至咽气之前，再也没有重新苏醒。这就是我那亲爱的姐姐的悲惨结局。"

"且慢，"福尔摩斯说，"你敢十分肯定听到那口哨声和金属碰撞声了吗？你能肯定吗？"

"本郡验尸官在调查时也这样问过我。我是听到过，给我的印象很深。可是当时风雨声很响，老房子也发出嘎嘎吱吱声，我也有可能听错。"

"你姐姐还穿着日常的衣服吗？"

"没有，她穿着睡衣。在她的右手中发现了一根烧焦了的火柴棍，左手里有个火柴盒。"

"这说明在出事的时候，她划过火柴，并向周围看过，这一点很重要。验尸官得出了什么结论？"

"他非常认真地调查了这个案子，因为罗伊洛特医生的品行在郡里早已臭名远扬，但是他找不出任何有说服力的致死原因。我证明，房门总是反锁的，窗子也是由带有宽铁杠的老式百叶窗护着，每天晚上都关得严严的。墙壁仔细地敲过，发现四面都很坚固，地板也经过了彻底检查，结果也是一样。烟囱倒是很宽大，但也是用了四个大锁环闩上的。因此，可以肯定我姐姐在遭到不幸的时候，只有她一个人在房间里。再说，她身上没有任何暴力的痕迹。"

"会不会是被人毒死的？"

"几个医生为此做了检查，但查不出来。"

"那么，你认为这位不幸的女士的死因是什么呢？"

"尽管我想象不出是什么东西吓坏了她，可是我相信她致死的原因完全是由于恐惧和精神上的刺激。"

"当时种植园里有吉卜赛人吗？"

"有，那儿几乎不断有些吉卜赛人。"

"啊，从她提到的带子——花斑带子，你有什么看法？"

"有时我觉得，那只不过是精神错乱时说的胡话，有时又觉得，可能指的是某一帮人。也许指的就是种植园里那帮吉卜赛人①。他们当中有那么多人头上戴着带点子的头巾，我不知道这能不能说得清她所使用的那个奇怪的形容词。"

福尔摩斯摇摇头，像是这样的想法远远不能使他感到满意。

"这里面大有文章。"他说，"请接着讲下去。"

"此后的两年里，我的生活比以往更加孤单寂寞了。然而，一个月前，很荣幸有一位认识多年的亲密朋友向我求婚。他的名字叫阿米塔奇-珀西·阿米塔奇，是住在里丁附近克兰沃特的阿米塔奇先生的二儿子。我继父对这件婚事没有表示异议，我们商定在春天结婚。两天前，这所房子西边的耳房开始修缮，我卧室的墙壁上钻了些洞，所以我只好搬到我姐姐丧命的那房间里去住，睡在她睡过的那张床

①　英文 band 既有"带子"的意思，也有"一帮人"的意思。

上。昨天晚上，我睁着眼睛躺在床上，回想起她可怕的遭遇。就在这夜深人静时，我突然听到曾经预示她死亡的轻轻口哨声，不难设想，我当时被吓成什么样子！我跳了起来，点上灯，但是房间里什么也没看到。我吓得掉了魂似的，再也不敢重新上床。我穿上了衣服，天一亮，悄悄出来，在住宅对面的克朗旅店雇了一辆单马车，坐车到莱瑟黑德，又从那里来到你这儿，唯一的目的是来拜访你并向你讨教。"

"你这样做很明智，"我的朋友说，"但是你是否一切全说了？"

"是的，全说了。"

"罗伊洛特小姐，你并没有全说。你在袒护你的继父。"

"天哪！你这是什么意思？"

我们客人的手放在膝盖上，黑色花边袖口有条褶边，遮住她的手。福尔摩斯拉起了褶边，露出白皙的手腕，只见上面留有五小块乌青的伤痕，那是四个手指和一个拇指的指痕。

"你受过虐待。"福尔摩斯说。

这位女士满脸绯红，遮住受伤的手腕说："他身强力壮，也许不知道自己的力气有多大。"

大家沉默了好长时间，在这段时间里福尔摩斯手托着下巴，凝视着噼啪作响的炉火。

"这是一件异常复杂的案子。"最后他说，"在决定要采取什么步骤以前，我希望了解的细节多得数不胜数。我们已经到了刻不容缓的时候了。假如我们今天到斯托克莫兰去，我们是否能在你继父不知道的情况下，查看一下这些房间呢？"

"巧得很，他谈起过今天要进城来办理一些十分重要的事情。他很可能一整天都不在家，这就不会对你有任何妨碍了。眼下我们有一位女管家，她已一大把年纪，而且很蠢，我很容易把她支开。"

"好极了，华生，你不反对跟我去一趟吧？"

"决不反对。"

"那么，我们两个人都要去。你自己有什么要办的事吗？"

"既然到了城里，有一两件事我想去办一下。不过，我将坐十二点钟的火车赶回去，好及时在那儿恭候两位。"

"你可以在下午早些时候等我们。我自己有些业务上的小事要料理一下。你不留下来吃一点早点吗?"

"不,我得走了。我把我的烦恼事跟你们说了以后,心情轻松多了。我盼望下午能再见到你们。"她把那厚厚的黑色面纱拉下来蒙在脸上,悄悄地走出房间。

"华生,你听了有什么想法?"夏洛克·福尔摩斯身子向后一靠,问道。

"在我看来,这里面藏着一个十分阴险毒辣的阴谋。"

"是够阴险毒辣的。"

"可是,如果这位女士所说的地板和墙壁没受到什么破坏,人从门窗和烟囱里是钻不进去的,如果这些情况属实的话,那么,她姐姐莫名其妙地死去时,她无疑是一个人在屋里。"

"可是,那夜半哨声是怎么回事?那女人临死时非常奇怪的话又作何解释?"

"我想不出来。"

"夜半哨声,同这老医生关系十分密切的一帮吉卜赛人的出现;我们有充分理由相信医生企图阻止他继女结婚;那句临死时提到的有关带子的话;最后还有海伦·斯托纳小姐听到的哐当一声的金属碰撞声(那声音可能是由一根扣紧百叶窗的金属杠落回原处引起的)——当把上述所有情况联系起来的时候,我想有充分根据认为:沿着这些线索就可以解开这个谜。"

"那么那些吉卜赛人都干了些什么?"

"我无法想象。"

"我觉得任何这一类的推理都有许多说不通的地方。"

"我觉得是这样。正因为此,我们今天才要到斯托克莫兰去。我想看看这些漏洞是无法弥补的呢,还是可以解释得通的。啊,真见鬼,这到底是怎么回事呢?"

我搭档这声突如其来的喊叫是因为我们的门突然被人撞开了。一个彪形大汉堵在房门口。他的装束很古怪,既像一个专家,又像一个庄稼汉。他头戴黑色大礼帽,身穿一件长礼服,脚上却穿着一双有绑腿的高筒靴,手里还挥动着一根猎鞭。他长得人高马大,帽子实际上都擦到房门上的横楣了。他块头之大,几乎把门的两边堵得严严实实。他那张宽脸皱纹纵横,被太阳晒得黄黄的,以充满邪恶的神情看了看我，又看了看福尔摩斯。他那一双凶光毕露的深陷的眼睛和那细长而高高的鹰钩鼻子，使他看起来活像一只老而凶残的猛禽。

"哪个是福尔摩斯？"这个怪物问道。

"先生，我就是。不过，对不起，请问你是哪个？"我的伙伴心平气和地说。

"我是斯托克莫兰的格里姆斯比·罗伊洛特医生。"

"哦，医生，"福尔摩斯和蔼地说，"请坐。"

"用不着来这一套，我知道我的继女到你这里来过，因为我在跟踪她。她对你都说了些什么？"

"今年这个时候天气还这么冷。"福尔摩斯说。

"她都对你说了些什么？"老头怒气冲冲，嚷了起来。

"但是我听说番红花将开得很不错。"我的搭档径自接着说。

"哈！你想搪塞我，是不是？"我们这位新客人向前跨上一步，挥动着手中的猎鞭说，"我认识你，你这个无赖！我早就听说过你。你是福尔摩斯，一个爱管闲事的家伙。"

我的朋友微微一笑。

"福尔摩斯，你这家伙就爱管闲事！"

他笑得更欢了。

"福尔摩斯，你这个苏格兰场的自命不凡的芝麻官！"

福尔摩斯咯咯地笑了起来。"你的话真够风趣的，"他说，"你出去的时候把门关上，因为有一股穿堂风正吹着哩。"

"我把话说完就走。你竟敢来干涉我的事。我知道斯托纳小姐来过这里，我跟踪了她。我可是一个不好惹的危险人物！你瞧这个。"他迅速地向前走了几步，抓起拨火棍，用他那双褐色的大手把它折弯。

"留神别落到我的手中。"他咆哮着说，顺手把折弯的拨火棍扔到壁炉里，大踏步地走出了房间。

"多和蔼可亲的人，"福尔摩斯哈哈大笑说，"我的块头没有他那么大，但是假如他在这儿多待一会儿，我会让他看看，我的手劲比他的小不了多少。"他说着，拿起那根钢拨火棍，猛一使劲，就把它重新弄直了。

"真好笑，他竟那么蛮横地把我和官方侦探混为一谈！然而，这么一段插曲却为我们的调查增添了乐趣，我唯一希望的是我们的小朋友不会由于粗心大意让这个畜生跟踪上而遭受伤害。好了，华生，我们叫他们开早饭吧，饭后我要步行到医师协会去，我希望在那儿能搞到一些有助于我们处理这件案子的材料。"

夏洛克·福尔摩斯回来时已快要一点钟了。他手中拿着一张蓝色纸，上面潦草地写着一些字和数字。

"我看到了他那已故妻子的遗嘱，"他说，"为了确定遗嘱所留下收入的确切数额，我不得不计算出遗嘱中所列的投资有多大进项。其全部收入在那位女人去世的时候略少于一千一百镑，现在，由于农产品价格下跌，至多不超过七百五十镑。可是每个女儿一结婚就有权从收入中索取二百五十英镑。因此，很明显，假如两位小姐都结了婚，这位'美人儿'剩下的钱就不多了，甚至即使只有一位结了婚也会弄得他很狼狈。看来我上午没白忙，因为这证明了他有最强烈的动机，要防止这一类事情发生。华生，现在再不动手就太危险了，特别是那老头已经知道我们对他的事很感兴趣，所以，如果你准备好了，我们就去雇一辆马车，去滑铁卢车站。假如你把你的左轮手枪揣在口袋里，我将万分感激。对于能把钢拨火棍扭成麻花的先生，一把埃利二号手枪是最能解决争端的工具了。我想我们需要带的就是这个家伙，外加一把牙刷。"

来到滑铁卢，我们正好赶上一班开往莱瑟黑德的火车。到站后，我们从车站旅店雇了一辆双轮轻便马车，沿着美丽的萨里单行车道行驶了五六英里。那天天气很好，阳光明媚，空中白云飘飘。树木和路边的树篱初露嫩枝，空气中散发着令人心旷神怡的湿润泥土气息。对于我来说，至少觉得这春意盎然的景色和我们从事的这件凶险的调查是一个奇特的对照。我的搭档双臂交叉，坐在马车的前部，帽子耷拉下来遮住了眼睛，头垂到胸前深深地陷入沉思之中。忽地，他抬起头来，拍了拍我的肩膀，指着对面的草地。

"瞧那边。"他说。

只见一片树木葱茏的园地，向着不很陡的斜坡向上延伸，到了最高处形成了密密的一片丛林。树丛之中隐现出一座十分古老宅邸的灰色山墙和高高的屋顶。

"那是斯托克莫兰吗?"他问。

"是的,先生,那是格里姆斯比·罗伊洛特医生的房子。"马车夫答道。

"那边正在造什么东西,"福尔摩斯说,"我们要去的就是那地方。"

"村子在那儿,"马车夫指着左面的一排排屋顶说,"但是,如果你们想到那幢房子去,你们这样走会更近一些:跨过篱笆两边的台阶,然后顺着地里的小路走。瞧那儿,小姐正在小路上哩。"

"我想,她就是斯托纳小姐,"福尔摩斯手搭凉棚,仔细地瞧着说,"好,我看我们最好还是照你说的办。"

我们下了车,付了车钱,马车吱嘎吱嘎地驶回莱瑟黑德。

"我认为还是让这个家伙把我们当成是来这里的建筑师,或者是来办事的人吧,免得他到处嚼舌头。"我们走上台阶,福尔摩斯说,"午安,斯托纳小姐。你瞧,我们是说到做到的。"

我们这位早上来过的当事人急急忙忙赶上前来迎接我们,脸上流露出喜悦。"我一直在焦急地盼着你们,"她热情地和我们握手,大声说道,"一切都很顺利。罗伊洛特医生进城了,看来不到傍晚他是不会回来的。"

"我们已经有幸认识了这位医生。"福尔摩斯说。接着他把前后经过大概说了一遍。听着听着,斯托纳小姐的整个脸和嘴唇变得煞白。

"天哪!"她喊了起来,"如此说来,他一直在跟踪我了。"

"看来是这样。"

"他太狡猾了,我始终觉得自己逃不出他的手心。他回来后会说什么呢?"

"他自己也得当心,因为他可能已发现,有比他更狡猾的人跟踪他。今天晚上,你一定要把门锁上,不放他进去。如果他动粗,我们就送你去哈罗你姨妈家里。现在,我们得抓紧时间,所以,请马上带我们到需要查看的那些房间去。"

这座宅邸是用灰色的石头砌的,壁上苔藓斑驳,房子中央部分高高耸起,两侧是弧形的厢房,像一对蟹钳向两边延伸。一侧的厢房窗框都已经破碎，钉着木板，房顶也有一部分坍陷了，完全是一幅荒废破败的景象。房子的中央部分也已年久失修。可是，右首那一排房子却比较新，窗子里窗帘低垂，烟囱上蓝烟袅袅，说明这家人就居住在这块地方。靠山墙竖着一些脚手架，墙的石头部分已经凿通，但是我们到达那里时却没见到有工人的踪影。福尔摩斯在那块粗粗修剪过的草坪上慢慢地走来走去，十分仔细地检查了窗子的外部。

"我想，这是你过去的卧室，当中那间是你姐姐的房间，挨着主楼的那间是罗伊洛特医生的卧房。"

"说对了。当中那间是我现在的卧室。"

"我想这是因为房屋正在修缮。顺便说说，那座山墙似乎完全没有必要非修不可吧。"

"根本没有必要，我相信那只不过是找个借口，要我从自己的房间里搬出去。"

"哦，这很说明问题。嗯，这狭窄厢房的另一边有条过道，通向三个房间的房门都在那里，里面当然也有窗子吧？"

"不错，不过是一些非常窄小的窗子。太窄了，人钻不进去。"

"既然你俩晚上都锁上自己的房门，从那一边进入你们的房间是不可能的了。现在，麻烦你到你的房间里去，并且关上百叶窗，好不好？"

斯托纳小姐照他吩咐的做了。福尔摩斯十分仔细地检查开着的窗子，然后用尽各种方法想打开百叶窗，但就是打不开。百叶窗关得严丝合缝，连刀子也插不进去，不可能用撬棍撬开。随后，他用放大镜检查了合页，合页是铁制的，牢牢地嵌在坚硬的石墙上。"嗯，"他有点困惑不解地搔着下巴说，"我的推理肯定有些不对头的地方。如果这些百叶窗闩上了，是没有人能够钻进去的。好吧，我们来看看里边有没有什么线索能帮助我们弄明白事情的真相。"

一道小小的侧门通向刷得雪白的过道，三间卧室的房门都朝向这个过道。福尔摩斯不想检查第三个房间，所以我们马上就来到第二间，也就是斯托纳小姐现在用作寝室、她的姐姐丧命的那个房间。这是一间简朴的小房间，按照乡村旧式宅子的样式盖的，有低低的天花板和一个开口式的壁炉。房间的一角摆着一只棕色的五斗橱，另一角放置着一张窄窄的床，罩着白色床罩，窗子的左侧是一只梳妆台。这些家具加上两把柳条椅子就是这个房间的全部陈设了，只是正当中还有一块四方形的威尔顿地毯。房间四周的木板和墙上的嵌板是蛀孔斑斑的棕色栎木，十分陈旧，并且褪了漆。很可能都是当年建筑这座房子时已经有的。福尔摩斯搬了一把椅子到墙角，默默地坐在那里。他的目光前前后后，上上下下不停地打量着。他看得十分仔细，房间里的每个细节都不放过。

最后，他指着悬挂在床边的一根粗粗的铃拉索问道，"这只铃通什么地方？"那索头的流苏实际上就搭在枕头上。

"通管家的房里。"

"看样子它比房里其他东西都要新些。"

"是的，装上没几年。"

"我想是你姐姐要求装的吧？"

"不是，我从来没有听说她用过。我们要什么东西都是自己去取的。"

"是啊，看来实在没有必要在那儿安装这么扎实的一根铃索。对不起，我得花几分钟看看这地板。"他趴了下去，手里拿着放大镜，迅速地前后移动，十分仔细地检查木板间的缝隙，又对房间里的嵌板做了同样的检查。最后，他走到床前，目不转睛地打量了好一会儿，又顺着墙上下来回瞅着。末了他把铃索握在手中，突然使劲一拉。

"咦！这只是个摆设。"他说。

"拉不响吗？"

"不响，上面甚至没有接上线。太有意思了，看清了吧，绳子刚好是系在小小的通气孔上面的钩子上。"

"多么荒唐！我以前从来没有注意到这个。"

"多怪！"福尔摩斯手拉着铃索，喃喃地说，"这房间里有一两个十分特别的地方。例如，造房子的人太傻了，竟把通气孔朝向隔壁房间，花费同样的工夫，完全可以通到户外去的。"

"那也是新近才开的。"这位小姐说。

"是和铃索同时开的吗？"福尔摩斯问。

"是的，有好几处小改动都是那时进行的。"

"这些东西实在太有趣了——装样子的铃索，不通风的通气孔。你要是允许的话，斯托纳小姐，我们到里面那一间去看看。"

格里姆斯比·罗伊洛特医生的房间比他继女的宽敞一些，但房间里的陈设也是十分简朴。一张行军床，一个木制小书架，满是书，多数是技术书，床边是一把扶手椅，靠墙有一把普通的木椅，一张圆桌和一只大铁保险柜，这些就是一眼就能看到的主要家具和杂物。福尔摩斯在房间里慢慢地绕了一圈，全神贯注地，逐一检查了一遍。

"里面是什么？"他敲敲保险柜问道。

"我继父业务上的文书。"

"噢，你见过里面的东西了？"

"只一次，那是几年以前。我记得里面装满了文书。"

"比方说，里边不会有猫吧？"

"哪会呢，多么奇怪的想法！"

"哦，你看这个！"他从保险柜上边拿起一个盛奶的浅碟。

"不，我们家从来不养猫。家里倒有一只印度猎豹和一只狒狒。"

"啊，是的，当然！嗯，印度猎豹也差不多算是一只大猫，可是，我敢说要满足它的需要，一碟奶怕不怎么够吧。还有一个特点，我必须得弄清。"他蹲在木椅前，聚精会神地检查了椅子面板。

"谢谢，差不多可以算弄清了，"说着，他站起来，把手中的放大镜放回衣袋里，"唔，这儿有件很有意思的东西！"

引起他注意的是挂在床头上的一根小赶狗鞭子。不过，这根鞭子是卷着的，而且打成结，以使鞭绳盘成一个圈。

"这件事你怎么看，华生？"

"那只不过是一根普通的鞭子。但我不明白，为什么要打成结？"

"并不那么太普通吧。天哪，这真是个罪恶的世界，聪明人如果把脑子用在犯罪上，那就糟透了。我想我现在已经看够了，斯托纳小姐，如果你许可的话，我们到外面草坪走走。"

我从来没有见到过我的朋友在离开调查现场时，脸色是那样的严峻，表情是那样的阴沉。我们在草坪上来来回回走着，无论是斯托纳小姐还是我，都不想打断他的思路，最后他终于开口说话了。

"斯托纳小姐，"他说，"你得在一切方面都绝对按我所说的办，这是至关重要的。"

"我一定照办。"

"情况太严重了，不容有片刻犹豫。你的生命可能取决于你是否听从我的话。"

"我向你保证，我一切听从你的吩咐。"

"首先，我的朋友和我都必须在你的房间里过夜。"

斯托纳小姐和我都吃惊地看着他。

"对，必须这样，让我来解释一下。我相信，那儿就是村里的客栈吧?"

"是的，那是克朗客栈。"

"很好。从那儿看得见你的窗子?"

"肯定看得见。"

"你继父回来时，你一定要假装头疼，把自己关在房间里。然后，当你听到他夜里就寝后，你就必须打开你那扇窗子的百叶窗，解开窗子的搭扣，把灯摆在那儿作为给我们的信号，随后带上你可能需要的东西，悄悄地回到你过去住的房间。我断定，尽管尚在修理，你还是能在那里住一宿的。"

"哦，明白了，这容易办。"

"余下的事放心交给我们办。"

"可你们打算怎么办?"

"我们要在你的卧室里过夜，我们要调查打扰你的那种声音是怎么回事。"

"我相信，福尔摩斯先生，你已经心中有底了。"斯托纳小姐拉着我朋友的袖子说。

"也许是这样。"

"那么，发发慈悲吧，告诉我，我姐姐是怎么死的?"

"我倒愿意在有了更确切的证据之后再说。"

"你至少可以告诉我，我的想法是否正确：她也许是突然受惊而死的。"

"不，我不这么看。我认为可能有某种更为直接的原因。好啦，斯托纳小姐，我们必须离开了，因为，要是罗伊洛特医生回来见到了我们，我们这次算是白来了。再见，要勇敢些，只要你按我的话去做，你尽可以放心，我们很快就除掉威胁你的那些危险了。"

　　夏洛克·福尔摩斯和我没费什么劲就在克朗旅店订了一间卧室和一间起居室。房间在二层楼，我们可以从窗子看到斯托克莫兰庄园林荫道旁的大门和住人的厢房。黄昏时刻，我们看到格里姆斯比·罗伊洛特医生驱车过去，他那胖大的身躯出现在给他赶车的瘦小的少年身旁，显得格外突出。那男仆在打开沉重的大铁门时，稍稍费了点事，我们听到医生嘶哑的咆哮声，并且看到他由于激怒而对那男仆挥舞着拳头。马车走了。过一会儿，我们看到树丛里突然射出一道灯光，原来是一间起居室点上了灯。

　　"你知不知道，华生？"夜色渐浓，我们坐在一起谈话，福尔摩斯说，"今天晚上你同我一起来，我的确不无顾虑，因为确实存在着明显的危险因素。"

　　"我能帮上忙吗？"

　　"有你在场可能会起很重要的作用。"

　　"那么，我当然应该来。"

　　"非常感谢！"

　　"你说到危险。显然，刚才你在那些房间里看到的东西比我看到的要多得多。"

　　"不，但是我认为，我可能稍微多推论出一些东西。我想我看到的你也看到了。"

　　"除了那根铃索，我没有看到其他值得注意的东西。至于那东西有什么用途，我承认，我想象不出来。"

　　"你也看到那通气孔了吧？"

　　"看到了，但是我想在两个房间之间开个小洞，并不值得大惊小怪。那洞口是那么窄小，连个耗子都难钻过去。"

　　"在我们没来斯托克莫兰以前，我就知道，我们将会找到通气孔。"

　　"你真神哪，亲爱的福尔摩斯！"

　　"哦，是的，我想到了。你记得当初她在叙述中提到她姐姐能闻到罗伊洛特医生的雪茄烟味。那么，这自然立刻表明在两个房间当中必定有一个通道。可是，它只可能是非常窄小的，不然在验尸官的检验报告中，就会被提到。因此，我推断是一个通气孔。"

　　"但是，一个通气孔能造成什么伤害呢？"

"嗯，至少在时间上有着奇妙的巧合，凿了一个通气孔，挂了一条绳索，睡在床上的一位小姐送了命。这难道还不足以引起你的注意吗？"

"我仍然看不透其间有什么联系。"

"你注意到那张床有什么非常独特之处吗？"

"没有。"

"它是用螺钉固定在地板上的。你以前见到过一张那样固定的床吗？"

"怕是没见过。"

"那位小姐移动不了床。那张床就必然总是保持在同一相应的位置上，既对着通气孔，又对着铃索——也许我们可以这样称呼它，因为显而易见，它从来没有被当作铃索用过。"

"福尔摩斯，"我高声喊叫起来，"我似乎隐约领会到你给我的暗示。我们刚好来得及防止某种阴险而可怕的罪行发生。"

"真够阴险可怕的。一个医生堕入歧途，他犯起罪来最拿手。他既有胆量又有知识。帕尔默和里查德就在他们这一行中拔尖的，但这个人更高深莫测。但是，华生，我想我们会比他更高明。不过天亮之前，担惊受怕的事情还多得很；看在上帝的分上，让我们安安生生地抽一斗烟，换换脑筋。在这段时间里，想点愉快的事情吧。"

大约九点钟，从树丛中透过来的灯光熄灭了，庄园那边一片漆黑。两个小时缓慢地过去了，突然，就在时钟刚打十一点的时候，我们的正前方孤零零地出现了一盏灯，灯光显得特别明亮。

"那是我们的信号，"福尔摩斯跳了起来说，"是从当中那个房间透出来的。"

我们向外走的时候，他和旅店老板交谈了几句话，解释说我们要连夜去访问一个熟友，可能会在那里过夜。一会儿，我们就来到了漆黑的路上，冷飕飕的夜风吹在脸上，在朦胧的夜色中，昏黄的灯光在我们的前方闪烁，引导我们去完成悲壮的使命。

由于山墙年久失修，到处是残墙断垣，我们轻而易举地进入了庭院。我们穿过树丛，又越过草坪，正待通过窗子进屋时，突然从一丛月桂树中，蹿出了一个形状像丑陋畸形的孩子的东西，它扭动着四肢纵身跳到草坪上，随即飞快地跑过草坪，消失在黑暗中。

"天哪！"我低低地叫了一声，"你看到了吗？"

此刻，福尔摩斯和我一样，也吓了一大跳。他在激动中用像老虎钳似的手攥住了我的手腕。接着，他低声笑了起来，把嘴巴贴近我的耳朵上。

"真是不错的一家子！"他低声地说，"这就是那只狒狒。"

我已经把医生的宠物忘了一干二净，竟没有想到还有一只印度猎豹！它随时都有可能趴到我们的肩上。我学着福尔摩斯的样子，脱下鞋，悄悄溜进卧室。我承认，直到这时，我才放下心来。我的朋友悄无声息地关上了百叶窗，把灯挪到桌子上，向屋子四周瞧了瞧。室内的一切，和我们白天见到的一样，没有改变。他蹑手蹑脚地走到我跟前，把手圈成个喇叭，再次凑着我的耳朵小声说，声音轻得我刚能听出他说些什么："连最小的声音都会毁了我们的计划。"

我点头表示我听见了。

"我们必须摸黑坐着，他会从通气孔发现有亮光的。"

我又点了点头。

"千万别睡着，这是生死关头。把手枪准备好，以防万一。我坐在床边，你坐在那把椅子上。"

我取出手枪，放在桌子角上。

福尔摩斯带来了一根又细又长的藤鞭，把它放在身边的床上。床旁边放了一盒火柴和一个蜡烛头，然后，吹熄了灯。四周一片黑暗。

我至今也忘不了那次可怕的守夜。四周静悄悄的，连呼吸声也听不见。可是我知道，我的朋友正睁大眼睛坐着，离我只有咫尺之隔，且同样处于神经紧张的状态。百叶窗挡住了可能照到房间的最小光线。我们在伸手不见五指的漆黑中等待着。外面偶尔传来猫头鹰的叫声，有一次我们的窗前传来两声长长的猫叫似的哀鸣，这说明那只印度猎豹确实在到处跑动。我们还听到远处教堂深沉的钟声，每隔一刻钟就响亮地响一次。这一刻钟令人感到无限漫长！钟敲了十二点、一点、两点、三点，我们一直沉默地端坐在那里等待着可能出现的任何情况。

突然，从通气孔那个方向闪来一道瞬间即逝的亮光，随之而来的是一股燃烧煤油和加热金属的强烈气味。隔壁房间里有人点着了一盏遮光灯。我听到了什么东西轻轻挪动的声音。接着，一切又都沉寂下来。可是那气味却越来越浓。我竖起耳朵坐了足足半个小时，突然，我听到另一种声音——一种非常轻而柔和的声音，就像烧开了的水壶咝咝地喷着气。就在我们听到这声音的一瞬间，福尔摩斯从床上跳了起来，划着了一根火柴，用他那根藤鞭猛烈地抽打那铃索。

"你看见了没有，华生?"他大声地嚷着，"你看见了没有?"

可是我什么也没有看见。就在福尔摩斯划着火柴的时候，我听到一声低沉、清晰的口哨声。但是，突如其来的耀眼亮光照着我变得酸痛的眼睛，使我看不清我朋友正在拼命抽打的是什么东西。可是我看到，他的脸死一样苍白，满脸是恐怖和憎恶的表情。

他已停止了抽打，抬头注视着通气孔，紧接着在黑夜的寂静中，突然爆发出一声我有生以来未听到过的最恐怖的尖叫声。这叫声越来越高，交织着痛苦、恐惧和愤怒的令人惊惧的哀号。据说这喊声把远在村里，甚至别的教区的人们都从睡梦中惊醒。我们听了这叫声不禁毛骨悚然。我站在那里，呆呆地望着福尔摩斯，他也呆呆地望着我。最后回声终于渐渐消失，一切又恢复了原来的寂静。

"怎么回事?"我忐忑不安地问。

"这说明好戏已经有了结局，"福尔摩斯答道，"而且，总的来看，这可能是最好的结局。带上手枪，我们到罗伊洛特医生的房间看看去。"

他点着了灯，带头过了过道，表情非常严峻。他敲了两次卧室的房门，里面没有回音，他随手转动了门把手，进入房内，我紧跟在他身后，手里握着扣上扳机的手枪。

出现在我们眼前的是一幅奇特的景象。桌上放着一盏遮光灯，遮光板半开着，一道亮光照到铁保险柜上，柜门半开着。桌旁边的那把木椅上，坐着格里姆斯比·罗伊洛特医生，他身上披着一件长长的灰色睡衣，睡衣下面露出一双赤裸的脚脖子，两脚套在红色土耳其无跟拖鞋里，膝盖上横搭着我们白天看到的那把短柄长鞭子。他的下巴向上翘起，他的一双眼睛恐怖地、僵直地盯着天花板的一角。他的额头上绕着一条异样的、带有褐色斑点的黄带子，那条带子似乎紧紧地缠在他的头上，我们走进去的时候，他既没有作声，也没有动一动。

"带子！花斑带子！"福尔摩斯低声说。

我向前跨了一步。只见他那条异样的头饰开始蠕动起来，从他的头发中间钻出一条粗而短的、令人憎恶的毒蛇，头呈三角形，脖子鼓鼓的。

"这是一条沼泽地蝰蛇！"福尔摩斯不禁失声叫了起来，"印度最毒的毒蛇。医生被咬后十秒钟内就死去了。真是恶有恶报，阴谋家掉到亲手挖成的、陷害别人的陷坑里去了。咱们把这畜生弄回到它的巢里去，然后我们就可以把斯托纳小姐转移到一个安全的地方，然后把这里发生的事报告当地警方。"

说话间，他快速从死者膝盖上取过打狗鞭子，甩过去，用活结套住那条爬虫的脖子，从它可怕地盘踞着的地方把它拉了起来，并伸出手臂提着它，扔到铁柜子里，随手将柜门关上。

这就是斯托克莫兰的格里姆斯比·罗伊洛特医生死亡的真实经过。说了一大通已经够长了，至于我们怎样把这悲痛的消息告诉那吓坏了的小姐；怎样乘坐早车陪送她到哈罗，交给她好心的姨妈照看；警方又是怎样长时间调查后得出结论，认为医生是在不明智地玩弄自己豢养的危险宠物时丧生的，等等，就没有必要在这里一一赘述了。不过有关这案子还有一个情况我还不太了解，福尔摩斯在第二天回城的路上告诉我。

"亲爱的华生，"他说道，"我曾经得出了一个错误的结论，这说明：依据不充分的材料进行推论总是非常危险的，那些吉卜赛人的存在，那可怜的小姐用了'band'这个词，这无疑是表示她在火柴光下仓皇中见到一样东西，这些情况足够引导我跟踪一个完全错误的线索。当我认清那威胁到住在室内的人的任何危险既不可能来自窗子，也不可能来自房门，我立即重新考虑自己的想法，只有这一点我觉得可以说是我的贡献。正像我已经对你说过的那样，我的注意力迅速转到那个通气孔，那个悬挂在床头的铃索。当我发现那根绳子只不过是个幌子，那张床又是被螺钉固定在地板上，这两件事立刻引起了我的怀疑，我怀疑那根绳子只不过是起个桥梁作用，是为了方便什么东西钻过洞孔到床上来。我立即就想到了蛇。我知道医生养了一群从印度运来的动物，当我把这两件事联系起来时，我感到很可能我的思路是对头的。使用一种用任何化学试验都检验不出的毒物，这种主意只有一个经过东方式训练的聪明而冷酷的人才想得出来。在他看来，这种毒药能够迅速发挥作用也是它的一大可取之处。确实，要是有哪一位验尸官能够检查出那毒牙咬过的两个小黑洞，也就算得上是个眼光敏锐的人了。接着，我想起了那口哨声。当然，天一亮他就必须把蛇召唤回去，以免让他要谋害的对象看到它。他驯养的那条蛇能一听到召唤就回到他那里，很可能就是用我们见到的牛奶在起作用。他认为最合适的时候把蛇送过通气孔，确信它会顺着绳子爬到床上。蛇也许会咬，也许不会咬床上的人，她也许有可能整整一周每天晚上都免遭毒手，但她迟早不免一死。

"我在走进他的房间之前就已得出了这个结论。对他椅子的检查表明，他常站在椅子上，当然是为了够得着通气孔。见到保险柜，发现有那一碟牛奶和鞭绳的活结，余下的一切怀疑完全好解释了。斯托纳小姐听到了金属哐啷声，这很明显是他继父急急忙忙把他那条可怕的毒蛇关进保险柜时引起的。至于我一旦打定主意，接着采取了些什么步骤来验证，你已一清二楚了。我听到有东西咝咝作响，我毫不怀疑你一定也听到了，我马上点着了灯并抽打它。"

"结果把它从通气孔赶了回去。"

"结果还引起它在另一头反过去扑向它的主人。我那几下藤鞭子抽打得它够受的，激起了它的毒蛇本性，因而就把第一个见到的人狠狠地咬了一口。这样，我无疑得对格里姆斯比·罗伊洛特医生的死间接地负责。凭良心说，我是不大会为此而受良心谴责的。"

铜山毛榉庄园

"但凡为艺术而爱好艺术的人，"夏洛克·福尔摩斯将《每日电讯报》的广告专页扔在一边说，"往往能从微不足道的和最不起眼的形象中得到最大的乐趣。华生，从你诚心实意地为我们的案件所作的那些记录中，我高兴地看出，你已经掌握了这个真理。而且，我肯定，有时你还要渲染一番。你突出的并不是那些我曾参与的许多著名案件的侦破，也不是轰动一时的审讯，而是那些情节本身可能是平淡无奇的案件，然而正是这些案件反而有发挥推论和逻辑综合才能的余地，它们均列入我特殊的研究范围之内。"

"然而，"我笑着说，"我不能因此在记录中就不采用具有轰动效应的手法，这虽然有悖于我文章的风格。"

"也许你确实不无错误，"他说着，用火钳夹起通红的炉渣，点燃他那长把的樱桃木烟斗。樱桃木烟斗是他在争论问题的时候用，而在思考问题的时候，常常是用陶制的，"也许你错就错在总是想把你的每项记述都写得有声有色，富有生活情趣，而不是将你的任务着重于在记述事物因果关系严谨的推理上——这实际上是事物唯一值得注意的一大特点。"

"看来，在这个问题上我对你还是十分公正的。"我带着几分冷淡的神情说道，因为我不止一次观察到我的朋友的奇特性格中有很强的自以为是的毛病，对此我颇为反感。

"不，这不是我自私自利或自高自大。"他回答说。和往常一样，他不是针对我所说的话而是针对我的思想，"如果我要求十分公正地对待我的技艺，这是因为它不是属于个人的东西……一种不属于我自己的身外之物。犯罪是常有的事，逻辑是难得的东西。因此你详细记述的应该是逻辑而不是罪行。可是你已经把本来应该是教导人们的课程而降低为讲一连串的故事。"

这是一个寒冷的初春早晨。吃过早饭后，两人相向坐在贝克街老房子里的熊熊炉火旁。一阵浓雾滚滚而来，在成排的暗褐色的房子之间弥漫开去。对面的窗子在深黄色的团团浓雾中，隐隐约约成为阴暗的、不成形状的一片模糊不清的东西。我们点上汽灯，灯光照在白台布上，照在微微闪光的瓷器和金属器皿上，因为当时餐桌还没有收拾干净。夏洛克·福尔摩斯整个早晨一直沉默着，不断翻阅着一系列报纸的广告栏，最后，他显然停止查阅，恶声恶气地针对我文章中的缺点，教训了我一顿。

"同时，"他稍微停顿了一下，坐在那里，边抽着长烟斗，边盯着炉火说，"不会有谁指责你用轰动效应笔法的，因为在这些你那么感到兴趣的案件中，相当大的一部分不是法律意义上的犯罪行为。我为波希米亚国王尽过力的那件小事，玛丽·萨瑟兰小姐的奇异经历，有关那歪唇男人的难解问题，那个单身汉贵族案，这些都属于法律范围以外的事情。如果你尽力避免采用轰动效应的手法，你的记述恐怕不免就要失之繁琐了。"

"结果可能是这样，"我回答说，"但是我所采用的方法毕竟是新颖而饶有趣味的。"

"哎，我的好朋友，对公众，对广大不善于观察的公众来说，他们根本无法从一个人的牙齿看出他是一名编织工，或从一个人的左拇指看出他是一名排字工，他们才不会去注意什么是分析和推理之间的细微区别！但是，如果你写的是凡人琐事，我也不来指责你，因为出大案的时代已经过去了。人们，至少是一个犯刑事罪的人，已经失去过去的那种冒险和创新精神了。我自己的小行业，似乎也沦落成一家代办处的地步，只办理一些为人家寻找失掉的铅笔，以及替寄宿学校的年轻姑娘们出出主意。我想，无论如何，我的事业已经一落千丈，无可挽回了。今天早上我收到的这张条子，我想，正标志着我的事业的最低点。你读读这个吧！"他将揉成一团的一封信扔过来给我。

这是前天晚上从蒙塔格普莱斯寄来的，内容如下：

亲爱的福尔摩斯先生：

我急切地想请教你有关我应不应该接受人家聘请我当家庭

女教师的问题。如果方便的话，我明天十点三十分来拜访你。

你的忠实的　维奥莱特·亨特

"你认识这位年轻的小姐?"

"不认识。"

"现在已经是十点半了。"

"对，我敢肯定这是她在拉门铃。"

"这件事也许比你想象的要有趣得多，你还记得蓝宝石案件吧，开始时只把它当作消遣，后来却发展成为严肃的调查，这件事也许同样如此。"

"唔，但愿如此。是不是这样很快就会见分晓，因为要是我没搞错的话，当事人这就来了。"

话音未落，房门开了，一位年轻的小姐走了进来。她衣着朴素，但很整齐，容光焕发，聪明伶俐，脸上长着鸽鸟蛋大小的斑痕，举动敏捷，像个为人处事很有主见的妇女。

"我肯定你会原谅我来打扰你的，"一见我的朋友起身迎接，她说，"我碰上一件十分奇怪的事，由于我既没有父母，又没有其他亲属可以请教，我想也许你会好心告诉我该怎样办。"

"你请坐，亨特小姐，我很愿意全力为你效劳。"

我看得出来福尔摩斯对这位新当事人的举止和谈吐有良好的印象，他以探究的目光打量了她一番，然后神定气闲，垂着眼皮，双手指尖顶着指尖，听她陈述事情的经过。

"我在斯彭斯·芒罗上校的家里担任了五年的家庭教师，"她说，"但是两个月前，上校奉命到美洲的新斯科舍的哈利法克斯去工作；他带了他的几个孩子同去，我便失了业。我登报寻找职业，并按报纸上的招聘广告前往应聘，但都没有成功，最后我存下的小小存款就要告罄，我已落到了山穷水尽、无可奈何的境地了。

"西区有家出名的叫作韦斯塔韦的家庭女教师介绍所，我每星期都要到那里看看是否有适合我的职业。韦斯塔韦是这家介绍所创办人的名字，但是实际的经理人是斯托珀小姐。她坐在自己的小办公室里，求职的妇女等候在前面的接待室，然后逐个被领进屋，她则查阅登记簿，看看是否有适合她们的职业。

· 283 ·

"上个星期当我照常被领进那间小办公室时，我发现里面不只斯托珀小姐一人，还有一个异常粗壮的男人。他长着一个又大又厚的下巴，一团肥肉，在喉部上方耷拉下来。他满脸堆笑，坐在她近边，鼻子上戴着一副眼镜，仔细地观察每个进来的女士。他原本端坐在椅子上，一见我进去，身子明显地动弹了一下，很快转身面向斯托珀小姐。

"'这位行，'他说，'我不能要求比这更好的了。好极了！好极了！'他仿佛十分热情，搓着两手，表现出最亲切不过的样子。他这么热情，使人看了很愉快。

"'你是来求职的吧，小姐？'他问。

"'是的，先生。'

"'做家庭教师？'

"'是的，先生。'

"'你要求多少报酬？'

"'我以前在斯彭斯·芒罗上校处是每月四英镑。'

"'哎哟，啧！啧！亏待了——太亏待人了，'他大声道，同时伸出一双肥胖的手，情绪激动似的，在空中挥动起来，'怎么会有人给这样一位又迷人又有才华的小姐出这么几个可怜的小钱呢？'

"'我的才华么，先生，可能不如你所想象的那么高，'我说，'懂一点法文，懂一点德文、音乐和绘画……'

"'啧，啧！'他高声道，'这些都不是主要问题，关键是你的举止和风度是不是显得有教养。一句话：你若是没有，那你就不适宜于教育一个有朝一日也许会对国家的历史起很大作用的孩子；要是有，那么，为什么竟有一位先生好意思要求你屈尊接受少于三位数的报酬？小姐，你在我这里的薪水，开始时是一年一百镑。'

"试想，福尔摩斯先生，这样的待遇，在我这样穷得不名一文的人看来，几乎是高不可攀了！可是这位先生，大概看见我脸上怀疑的表情，便打开钱包，拿出一张钞票。

"'这也是我的习惯，'他说，笑得甜甜的，两只眼睛在那皱纹纵横的白脸上只剩下两条发亮的细缝，'预付一半薪金给我的年轻的小姐，好让她们支付旅费等零星开支，再添置些服装！'

"我好像从来没遇到过这么动人、这么体谅人的人。我那时还欠着小商贩一些债，这笔预付款为我救了急。然而，整个接洽过程中，我总觉得有些地方不太正常，决定多了解一些情况然后再表态。

"'我是否可以问问你住在什么地方，先生？'我说。

"'汉普郡，一个可爱的乡村地区。铜山毛榉，离温切斯特才五英里。真是最可爱不过的乡村，我亲爱的小姐，并且还有一座极可爱的古老的乡村房子。'

"'那么我的职责呢，先生？我很想了解一下是什么工作。'

"'一个小孩子，一个可爱的小淘气，只有六岁。哟，你要是能够看见他用拖鞋打死蟑螂，那才有趣哩！啪哒！啪哒！啪哒！你眼睛还来不及眨巴一下，三个已经没命了！'他靠在椅背上笑得又把眼睛眯成一条缝了。

"孩子这样的玩法有点使我吃惊，但是他爸爸的笑声使我认为也许他只是在开玩笑而已。

"'那么，我唯一的工作，'我说，'是照管一个孩子？'

"'不，不，不是唯一的，不是唯一的，我亲爱的年轻小姐，'他大声说，'你的职责应该是，我肯定你聪明的头脑会意识到，听候我妻子的吩咐，假如这些吩咐是一位小姐理应遵从的话。你看，毫无困难，是不是？'

"'我很乐意成为对你们有用的人。'

"'那太好了。再来说说服装，比如说，我们喜欢赶时髦，你知道，我们就爱赶个时髦什么的，但是心眼不坏。要是我们给你一件服装要你穿的话，你不会反对我们的小小怪癖，是吧？'

"'不。'我说，对他的话感到相当吃惊。

"'叫你坐在这里，或者坐在那里，这不至于使你不高兴吧。'

"'哦，不会的。'

"'或者让你先把头发剪短了，再到我们那里去呢？'

"我简直不敢相信自己的耳朵。我的头发，福尔摩斯先生，正如你见到的，长得相当密，并且有着栗子般的特殊色泽，很有艺术性。我做梦也想不到就这样随随便便地剪掉。

"'这恐怕很难办到。'我说。他的小眼睛一直热切地注视着我，听了我说这话，我注意到他的脸上掠过了一丝阴影。

"'这一点恐怕相当必要，'他说，'这是我妻子的小小癖好，夫

人们的癖好，你明白，小姐，夫人们的爱好是必须考虑的。那么，你是不打算剪掉你的头发了？'

"'是的，先生，我实在办不到。'我回答的口气挺肯定。

"'啊，那好，这件事就算黄了。很可惜，因为其他方面你实在都很合适。既然那样，斯托珀小姐，我最好再多看几位你这里其他的年轻姑娘。'

"女经理正坐在那里忙着看文件，一句话也没和我们两人说过。可现在她显得十分不耐烦地瞧着我，使我不禁怀疑她是否因为我的拒绝而失掉一笔可观的佣金。

"'你愿不愿意将你的名字仍然留在登记簿上？'她问我。

"'如果你乐意的话，斯托珀小姐。'

"'唉！其实，登记不登记似乎也是多此一举，既然你用这种方式拒绝了人家提供的最优厚的条件，'她尖刻地说，'你很难指望我们尽力再为你另外找一个这样的机会，再会，亨特小姐。'她按了一下台上的铃，一个仆人进来把我领了出去。

"唔，福尔摩斯先生，我回到寓所，打开食橱，见里面吃的东西所剩无几，桌子上又放着两三张催账单，这时我开始自问是不是做了一件很愚蠢的事。毕竟，如果这些人有奇怪的癖好而又希望别人顺从他们这种最异乎寻常的要求，那么，他们至少是准备为他们的怪癖付出代价的。英国家庭女教师能够一年拿到一百镑的报酬能有几个？再说，我的头发又派得上什么用场？好多人把头发剪短以后倒反显得更精神，也许我也应该把头发剪短。第二天，我想我这一步大概是走错了，再过一天，我肯定自己是错定了。在我几乎要压下自己的傲气、重新前往介绍所询问那个位置是否依然空着的时候，我接到那位先生写来的亲笔信。我把它带来了，我这就念给你听。

亲爱的亨特小姐：

　　承蒙斯托珀小姐的好意将你的地址告诉了我，所以我从这里写信，请问你是否重新考虑自己的决定。我的妻子急切盼望你能来，因为我对你的介绍引起她很大的兴趣。我们情愿每季度给你三十英镑，即一年一百二十英镑，用以补偿因为我们的爱好可能给你带来的小小不便。这毕竟不是过于苛刻的要求。

我的妻子偏爱颜色特别深的铁蓝色，并希望你早晨在室内穿着这种颜色的服装，然而你并不需要自己花钱购置，因为我们有一件原为我们亲爱的女儿艾丽丝（她现在美国费城）所有的衣服，据我看这件衣服对你很合身。其次，你要坐在哪里，或者要求按指定的方式来消遣，这将不会给你带来不便。关于你的头发，这无疑是令人惋惜的，特别是在和你短暂的会见时我就禁不住十分赞赏它的美丽。但是我恐怕必须坚持这一点，但愿报酬的增加也许可以补偿你的损失。至于照管孩子方面的职责，那是很轻松的。望你务必前来，我将乘马车到温切斯特接你。请通知我你乘坐的火车班次。

杰夫罗·鲁卡斯尔　谨启于温切斯特附近，铜山毛榉庄园

"这是我刚接到的信，福尔摩斯先生，我已决定接受这个位置，然而，我认为在采取这决定性的一步以前最好把事情的全部经过告诉你，请你代为斟酌。"

"亨特小姐，既然你已经拿定了主意，那就这么办吧。"福尔摩斯微笑着说。

"你不劝我加以拒绝吗？"

"我承认：我不愿意看到我自己的姐妹去谋求这个职位。"

"你这是什么意思，福尔摩斯先生？"

"哦，我不了解情况，所以说不上来，也许你已经有你自己的想法。"

"哦，我好像只有一种可能的解释。鲁卡斯尔看来是个很和蔼、脾气很好的人，他的妻子会不会是个疯子？因而他想对此保守秘密，以免她被送入精神病院。所以他要千方百计来满足她的癖好以防止她的神经病发作？"

"这样解释也说得通，实际上，事情完全可能就是这样。但是无论如何，对于一位年轻的小姐来说，这并不是一户理想的人家。"

"可是，钱给得不少！福尔摩斯先生，钱给得不少啊！"

"可不是，报酬当然是高的……太高了。这正是我担心的原因，为什么他们要给你一百二十英镑一年，他们很可以出四十英镑就挑到一位合适的，这后面必定有些很特殊的原因。"

"我想我把情况告诉你，如果以后我请你帮忙的话，你就会明白是怎么回事。而且，我觉得如果有你的支持，我的胆子就会壮一些。"

"啊，你可以带着这种想法前去，我向你保证，你的小难题有可能成为我今后几个月最有兴趣的事。这里有一些迹象，显然是很奇怪的，如果你自己感到疑虑或遇见了危险……"

"危险？你预见到有什么危险？"

福尔摩斯严肃地摇摇头，"如果我们能够明确掌握了，那就不成其为危险了。"他说，"但是不论什么时候，白天或是夜晚，打个电报来我马上就去为你效劳。"

"这就够了，"她轻快地从座椅上站起来，面部的愁容一扫而光，"我现在就可以安心到汉普郡去了，我会马上写信回复鲁卡斯尔先生，今天晚上就把我可怜的头发剪掉，明天早晨就动身到温切斯特去。"她对福尔摩斯说了几句感谢的话后，就向我们俩道过别，急忙走了出去。

"至少，"当我们听到她以敏捷、坚定的步伐走下楼梯时，我说，"她看来是一位善于照顾自己的年轻姑娘。"

"她需要的就是这个，"福尔摩斯严肃地说，"如果再过几天我们还听不到她的消息，我是错定了。"

过不了多久，我朋友的预言应验了。两个星期过去了，在这期间我时常发现我一直想着她的事，生怕这个孤单的女孩子误入了什么不可思议的人间歧途。高得出奇的薪水、怪异的条件、轻松的职务，这一切都说明有点异乎寻常。这是人家一时的癖好还是一项阴谋，这个人是个慈善家还是个恶棍——这一切我无法确定。至于福尔摩斯，我看到他时常一坐就是半个小时，紧锁眉头，独自在那里出神，可是我一提到这件事时，他就把手一挥，应付我。"材料！材料！材料！"他不耐烦地嚷着，"巧妇难为无米之炊！"接着他总是咕哝着说，他绝不会让自己的姐妹接受这样的职位。

终于有一天深夜，我们收到一封电报。这时我正打算上床睡觉，而福尔摩斯正要安顿下来搞那迷得他神魂颠倒、经常通宵达旦进行的化学研究——通常在这种情况下，我晚上离开他时，他总是弯着腰，在试管或曲颈瓶上搞化学实验，次日早上我下楼吃早餐时发现他还在那里——他打开那黄色信封看了一眼电报内容，就扔给了我。

"马上查一下开往布雷德肖的火车时刻。"他说，接着转身又去搞他的化学研究。

求援电报既简短又紧急：

（这封电报说）明天中午请到温切斯特黑天鹅旅馆。务必来！我已山穷水尽。

亨特

"你愿意跟我一起去一趟吗?"福尔摩斯抬起头，看了我一眼，问道。

"愿意。"

"那就查一下火车时刻表。"

"九点半有一班车，"我查看着我要找的布雷德肖，"十一点半到达温切斯特。"

"正合适，那么，我也许最好还是将我的丙酮分析推迟一下，因为明天早上我们的精神、体力都要处于最佳状态才行。"

第二天十一点钟，我们已经顺利地在前往英国旧都的途中了，福尔摩斯一路上只是埋头翻阅晨报，但在过了汉普郡边界以后，他扔下报纸，开始观赏起风景来了。这是春天的一个极好的日子，蔚蓝色的天空中点缀着朵朵白云，由西往东飘去。阳光灿烂耀眼，然而早春天气仍然凛冽清新，令人心旷神怡，精力倍增。村野上方，直至环绕着奥尔德肖特的重叠山冈，红色和灰色的农舍小屋顶隐现其间，点缀在青翠的新绿中。

"多么清新美丽的景色啊!"我，这个来自烟雾腾腾的贝克街的人，见了这幅美景只觉得新奇，不禁充满深情地大声赞叹起来。

但是福尔摩斯严肃地摇摇头。

"你知道吗，华生，"他说，"我观察每一件事情都一定要和自己探讨的特殊问题联系起来，这就是我的性格为人所不齿的一个方面。你目睹这些散于树丛间的房屋，它们的秀丽景色给你留下了深刻的印象。但我看到它们时，心里出现的唯一想法是：觉得这些房子互相不联系，会使那里可能发生的犯罪行为得不到应有的惩罚。"

"天哪！"我叫了起来，"谁会把犯罪和这些可爱的古老乡村房屋联系在一起呢？"

"它们经常使我充满某种恐惧之感。华生，我的信念是根据我的经验来的，我相信伦敦最卑贱、最恶劣的小巷发生的犯罪行为也没有这令人赏心悦目的美丽的乡村里发生的可怕。"

"你这话可吓坏我了！"

"但原因是明摆着的。在城市里，法律无能为力的，公众舆论的压力可以做到。没有一条小巷会坏到这般地步：孩童受虐待而发出的哀号声，或醉汉打人的啪啪声邻居们会听之任之，不引起他们的同情和愤慨。而且，整个司法机构近在咫尺，一提出控诉就可以使其采取行动，罪犯离被告席只有一步之遥。但是看看这些孤零零的房子，每幢都造在自己的田地里，里面居住的大多是愚昧无知的乡民，他们对于法律所知其少。想想看，凶恶残暴的行为、暗藏的罪恶，可能年复一年在这些地方连续不断发生而不被人发觉。向我们求援的这位小姐要是住在温切斯特，我就绝不会为她担忧，但是恰恰是她住在五英里之外的农村，她才危险。不过，很清楚，她个人安全并没有受到威胁。"

"不错。如果她能够到温切斯特来和我们见面，说明她是脱得开身的。"

"一点不错，她还是有自由的。"

"那么，到底会是什么事情呢？你能解释解释吗？"

"我有过七种不同的设想，每一种都适用于目前我们所知道的事实。但其中哪一种是正确的，无疑取决于我们将要得到的是什么样的新消息。好了，那边就是教堂的塔，我们不久就会听到亨特小姐要告诉我们到底是怎么回事了。"

"黑天鹅"是这条大路上一家有名的小客栈，离火车站不远。在那里，我们看到那位年轻的小姐正在等待着我们，她已经预定了一个房间，午餐也已经在桌上摆好。

"看到你们来了我真高兴，"她真诚地说，"非常感谢你们两位；但是我实在不知如何是好，我盼着得到你们十分宝贵的指点。"

"请告诉我们你碰到了什么事了。"

"我要讲，而且必须赶快讲，因为我答应鲁卡斯尔先生要在三点钟以前赶回去，今天早上我向他请假到城里来，不过他并不知道我是为什么事出来的。"

"请你将所有的事一件一件地按先后顺序讲。"福尔摩斯将他那又瘦又长的腿伸到火炉边，镇定自若地听。

"首先，总的来说，我可以说实际上我不曾受到鲁卡斯尔先生和夫人的虐待，对他们我这样讲是公平的。但是我无法理解他们，我心里对他们很不踏实。"

"他们有什么叫你无法理解呢？"

"他们为自己的行为辩解的理由叫人无法理解。但是你听了所发生的事情后，就知道一切情况了。当初我来时，鲁卡斯尔先生到这里接我，并用他的单马车接我到铜山毛榉庄园。这里，正如他所说的，环境很优美。但是房子本身却并不美。这是一幢四四方方的大房子，刷成白色，然而被潮湿和坏气候侵蚀得斑斑驳驳，到处是污渍。房子的周围有院地，三面是树林，另一面是一块斜坡，从这房子门前大约一百码处拐了弯，直达南安普敦公路。屋前的这块庭院是这所房子的，而周围所有的树林，则是萨瑟顿领主的部分防护林木。一丛铜山毛榉就长在这屋子大厅门前的正对面，所以这地方就取名'铜山毛榉'。

"我的东家驾车来接我，他还是和上次一样和蔼可亲，当天晚上他将我介绍给他的妻子和孩子。福尔摩斯先生，我们在贝克街你们房子里所猜测的情况并不符合事实。鲁卡斯尔太太没有疯，我看她是一位文静的女人，脸色苍白，比她的丈夫年轻得多。我估计她不到三十岁；至于东家，不会少于四十五岁。从他们谈话中我了解到他们结婚大约已有七年。他原来是个鳏夫，他的前妻遗留下唯一的一个孩子是女儿，她在美国费城。鲁卡斯尔私下对我说，他的女儿离开他们是因为她对后母有一种无端的反感。既然他女儿的年龄不会小于二十岁，我完全可以设想她和父亲的年轻妻子在一起，彼此是很难相处的。

"在我看来，鲁卡斯尔太太无论是她的心灵方面或相貌方面，很一般，她既没有给我留下什么好感，也没有什么坏印象，她是个无足轻重的人。很容易看出她一心都扑在丈夫和小儿子的身上。她淡灰色的眼睛不时地东张西望，一觉察到他们任何一点小小的需要，便想方设法满足他们的要求。他对她很好，只是方式鲁莽粗野。总的来说，他们俩好像是一对幸福的夫妇。然而这个女人，她仍然有一些秘密的愁苦，她时常会陷入深思默想之中，愁容满面。我不止一次意外地看见她在掉眼泪，我有时想这一定是她孩子的不乖闹得她这样心事重重。真的，我从来没有见过这么一个完全宠坏了的、偏偏又这么坏的小家伙。他的个子显得比同龄人小，脑袋却大得和身躯很不相称。他好像整天不是野性发作，便是绷着脸闷闷不乐。他唯一的消遣似乎就是虐待一些比他弱小的动物。在捕捉老鼠、小鸟和昆虫方面，他表现出很了不起的才智。但是我还是不谈这个小家伙吧。福尔摩斯先生，实际上他与我的事情没有多大关系。"

"你不妨细细说来，你说的我全都要听，"我的朋友说，"不管你认为与你有没有关系。"

"我尽量不漏掉重要的东西。这个家里仆人们的装束和行为我一看立刻就有了反感。这家里只有两个仆人，一个男人和他的女人。托勒是男的名字，粗鲁笨拙，灰白的头发和连鬓胡子，整天酒气熏天。有两次我和他们在一起的时候，他醉得很厉害，然而鲁卡斯尔先生似乎熟视无睹，满不在乎。他的老婆是一个高个子的强壮女人，面目可憎，和鲁卡斯尔太太一样沉默寡言，但远不如她和气。他们夫妻俩是最令人讨厌的一对。但幸运的是我大部分时间是在保育室和我自己的房间里。这两间房间是相连的，都在这屋子的一个角落里。

"我到铜山毛榉庄园后，开头两天生活很安静。第三天，鲁卡斯尔太太早餐后下楼来，她和丈夫正在低声议论着什么。

"'哦，是的，'他转向我，'我们十分感谢你，亨特小姐，因为你迁就了我们的喜好而将头发剪掉。我敢保证，这一点并不影响你的容貌。我们现在来看一看你穿铁蓝色服装合不合适。这件衣服放在你房间的床上，你可以在那里看到它，如果你肯把它穿上，那我们两人都十分感谢你。'

"等着我去穿的是件颜色很特别的暗蓝色衣服，是一种极好的哗叽料子缝制的，但是一眼就能看出是穿过的。衣服我穿起来再合身不过了，好像是为我量身定做的。鲁卡斯尔先生和夫人看了都异常高兴，高兴得甚至有些过分。他们在起居室等我。这房间十分宽敞，占据了房子的整个前半部，有三扇落地窗，靠中间那扇窗前有一张椅子，背朝着窗子。他们要我坐在这张椅子上。接着，鲁卡斯尔先生在房间的另一边来回踱步，开始给我讲一连串我从来没有听到过的最好笑的故事。你们想象不出他有多么滑稽，笑得我前仰后合，腰酸背痛。可是鲁卡斯尔夫人显然没有什么幽默感，甚至连笑也不笑，只是双手放在膝盖上端坐在那里，脸上既忧郁又焦急的样子。大约过了一个小时的光景，鲁卡斯尔先生忽然宣称已到开始一天工作的时间，我可以更换衣服去保育室找小爱德华了。

"两天以后在完全相同的情况下又照样表演一番。我又一次换上衣服，又坐在那窗子旁边，又来听我的东家讲他那没完没了的可笑的故事。又一次我捧腹大笑。后来，他递给我一本黄色封面的小说，又将我的坐椅向旁边移动了一下，免得我自己的影子遮挡了书。他央求我大声念给他听。我从某一章的当中开始念了差不多十分钟，正当一个句子我刚念到一半时，他忽然叫我停止，去更换衣服。

"你不难想象，福尔摩斯先生，我实在难以理解这种异乎寻常的表演，想不通这到底是什么意思。我察觉到他们总是小心翼翼地让我的脸背着那扇窗子，这么一来，我很想看看背后到底发生什么事。起初，这好像是不可能的。但我很快想出了一个办法。我有一面手镜打破了，我灵机一动，偷偷地把一片碎镜子藏在手帕里。在下一次表演中，就在我发笑的时候，将手帕举到眼睛前面，稍为摆弄一下，就看到背后的一切了。我承认开始时我很失望，因为我没有看到什么东西。至少我第一个印象是如此。可是第二次我再一看，我察觉到有一个长着小胡子、穿着灰色服装的男人正站在南安普敦路那边，好像正在向我这一方向探望。这是一条重要的公路，平时路上总是人来人往的。可是这个人却斜靠在我们庭院的栏杆上，并且很认真地朝这边张望。我把举着的手帕放低，瞥了鲁卡斯尔夫人一眼，发现她那锐利的目光紧盯着我。她什么也没有说，但是我相信她已经猜出我手里握着一面镜子，并且也已经看到我背后的情形，她立刻站了起来。

"'杰夫罗，'她说，'那边路上有一个不三不四的家伙，正盯着亨特小姐。'

"'不是你的朋友吧,亨特小姐?'他问。

"'不是,这里的人我一个也不认识。'

"'哎呀,多么不礼貌!请你回过身去挥手叫他走开。'

"'真的,还是不理他的好。'

"'不,不,那他会常常在这里转来转去的。请你转过身去,像这样挥挥手,叫他走开。'

"我按吩咐挥了挥手。与此同时,鲁卡斯尔夫人将窗帘拉了下来。这是一星期以前的事,从那时起我不再坐到窗子那边,不穿那身蓝衣服,也没有再看到那个男人来了。"

"请往下说,"福尔摩斯说,"你说的听来挺有意思。"

"我担心你会认为我说得缺乏条理。也许这正表明我所讲的各个不同事件之间没有什么关联。在我刚到铜山毛榉庄园的头一天,鲁卡斯尔先生带我到厨房门附近的一间小外屋。我们刚走近,我听见有一根链条当啷作响,还有一头大动物在走动的声音。

"'从这儿朝里看!'鲁卡斯尔先生指点我从两块板缝中往里看,'它不是一个漂亮的家伙吗?'

"我从板缝中往里望,只觉得黑暗中蜷伏着一个眼睛炯炯发亮的模糊的身躯。

"'别害怕,'我的东家看见我吃惊的样子,笑了起来,说,'那是我的獒犬卡罗。我说它是我的,但实际上只有我的饲养员,老托勒,才对付得了它。我们一天喂它一次,不能喂得太多,所以它才能总是像芥末那样有股热辣劲。托勒每天晚上放它出来,要是有哪个人敢闯进来,碰上它的尖牙利齿,那只有求上帝保佑了。看在老天爷的分上,你千万不要以任何借口晚上双脚跨过那门槛,要是那样,就等于不要命了。'

"这番警告不是没有根据的。两天后,我凑巧在凌晨大约两点钟的时候从卧室窗口向外望。那天晚上月光皎洁,屋前的草坪银光泻地,亮如白昼。我正站在那里沉湎在这宁静美丽的景色中,忽然间警觉到有什么东西在铜山毛榉树的阴影下移动。当它出现在月光底下后,我清楚地看到它是什么。原来它是一条像小牛犊那么大的巨型狗,色棕黄,下巴宽厚下垂,一张黑嘴巴,硕大突出的骨骼。它慢慢地走过草坪,消失在另一角的阴影里。看了这个可怕的'卫士'

我打了个寒战。我想即使遇到窃贼也不像它那样把我吓成这样子。

"现在，我要告诉你一件很奇怪的事。你知道我是在伦敦剪短头发的。我将剪下的一大绺头发放在箱底。有一天晚上，我安顿好小孩上床后，就开始以检查房间里的家具和整理我自己的零星东西来消磨时间。房间里有一个旧衣柜，上面两只抽屉是没有锁上的，里面空无一物，底层的一只抽屉则锁上了。我把我的衣物装满了上面两只抽屉，但是还有许多东西没处放，而那第三只抽屉又不能用，我自然感到懊恼。我突然想到它也可能是无意中锁上的，所以我拿出一大串钥匙试着去打开它。巧的是一试第一把钥匙就把抽屉打开了。抽屉里只有一件东西，可是我肯定你们永远猜不到是什么。竟是我的那绺头发！

"我拿出头发来细细看了一番。那罕有的色泽、密度，和我的一模一样。明摆着不可能的事却出现在我眼前。我的头发怎么会锁在这抽屉里呢？我双手哆哆嗦嗦，打开了箱子，把里面的东西一股脑儿全翻出来，从箱底抽出我自己的头发。我把两绺头发放在一起，我敢向你们保证，一比，竟是一模一样。你说离不离奇？我真是莫名其妙，百思不得其解。我把那绺奇怪的头发放回抽屉里，但在鲁卡斯尔夫妇面前只字不提，因为我觉得，把人家锁上的抽屉打开来，这事我做得不对。

"你可能注意到，福尔摩斯先生，我这个人天生就喜欢留心观察事物。不久，我脑子里对整个房子便有了一个很清楚的轮廓。有一边的厢房看来根本就没有人住。托勒一家住处的通道对面的一扇门可以通向这套厢房，但是这扇门总是锁着的。可是有一天我正上楼时，碰见鲁卡斯尔先生手里拿着钥匙，从这扇门里出来。看他那时的脸和我惯常看到的完全不一样，平时脸庞胖胖的，始终开开心心。这时他怒气冲冲，两颊涨得通红，眉头紧锁着，激动得两旁太阳穴青筋毕露。他锁好那扇门，急急地从我身边走过，一言不发，也不看我一眼。

"这引起了我的好奇心，所以当我带着照管的孩子到庭园散步的时候，兜个圈子溜达到房子那一边，这样我可以看到房子这一部分的窗子。那里一排有四扇窗子，某中三扇肮脏不堪，第四个拉下了百叶窗，是关闭着的。所有这些窗子显而易见都是久已弃置不用，就在我走来走去、时而打量一下这些窗子的时候，鲁卡斯尔先生来到我跟前，显得和往常一样高高兴兴，开开心心。

"'啊！'他说，'如果我一声不吭地从你身边走过去，你一定不要以为我不懂礼貌，我亲爱的年轻的小姐。我刚才正忙于处理一些事务。'

"我请他放心，我并不以为他冒犯了我。'顺便问一下，'我说，'上面好像有一整套空房间，其中一间的窗板是关着的。'

"他显得有些出乎意外，并且，我似乎觉得他听了我的话有点儿吃惊的样子。

"'拍照是我的一种爱好，'他说，'我把那边几间当作暗室。啊！瞧我们这位年轻的小姐多么细心！谁会相信？谁会相信？'他说话用的是开玩笑的口吻，但是看我的眼光却不是。我看到的只有怀疑和恼怒的神情，绝不是在开玩笑。

"唔，福尔摩斯先生，自从我明白这套房间里有些东西不让我知道，我心里更加急切地想要查个究竟。人人都有好奇心，我也有，但我这么做更出于责任感，以为由于我识破这个地方的内幕说不定可以做出什么好事来。人们谈论女人的本能，也许就是女人的本能使我有那样的感觉。不管怎么说，的确是有这种感觉。我密切地注意有什么机会可以闯闯这道禁区的门。

"直到昨天，这机会来了。我可以告诉你，除了鲁卡斯尔先生外，还有托勒和他的妻子都曾在这空房间里忙些什么。我有一次看见托勒抱着个大黑布袋从那房里出来。最近，他时常酗酒。昨天晚上他喝得酩酊大醉。我上楼时，发现钥匙还插在门上，我肯定是他留在那里的。鲁卡斯尔先生和太太当时都在楼下，那孩子也和他们在一起，真是难得的好机会。我轻轻地把钥匙一转，开了那扇门，然后悄悄地溜了进去。

"我面前出现一条小过道，这条过道没有裱糊过，也没有铺地毯。过道尽头转弯的地方是一个直角。转过这个弯并排有三扇门，第一和第三扇门是敞开着的。每扇门里面都是一间空房，脏脏的，阴惨惨的，一间有两扇窗，另一间只有一扇窗，窗子上积了厚厚的一层尘土，傍晚的光线照到那里显得非常昏暗。当中一扇门关着，外面横挡着一根铁床上的粗铁杠，一头锁在墙上的一个环上，另一头是用一根粗绳绑在墙上。这扇门也上了锁，钥匙不在那里。这扇严密封锁的门显然是和外面所看到那扇关着的窗子是同一个房间的。而且从下面透进来的微弱光线中，我仍可以看到那房间里并不很黑暗。可见里面有天窗，可以从上面透进光线。我站在过道里，注视着那扇不祥的门，想不透里面藏着什么秘密。这时，我忽然听到房间里有脚步声，从房门底下小缝透出来的微光中我看见有一个人影在来回走动。这情景使我心里突然升起一阵强烈的无名恐怖。福尔摩斯先生，我神经紧张得忽然失去了控制，掉头就跑，跑的时候好像有一只可怕的手在后面抓住我的衣裙似的。我沿着过道狂奔，跨过那扇门，一直冲到外面，撞到等候着的鲁卡斯尔先生的怀里。

"'可不是，'他微笑地说，'果然是你。我一见门开着，心想准是你。'

"'啊，可把我吓死了！'我喘着粗气说。

"'我亲爱的年轻小姐！我亲爱的年轻小姐！'——你料想不出他的态度有多么亲热，多么体贴，'是什么把你吓成这个样子，我亲爱的年轻小姐？'

"但是他说话的声音简直就像在哄孩子。他太做作了，我是处处提防着他的。

"'我够傻的，怎么走到那边的空房子里去了，'我回答说，'但是，里面黑洞洞的，真凄凉，真可怕！吓得我又跑了出来。啊，那里面静悄悄的，真可怕！'

"'就这些？'他紧紧盯着我，问。

"'怎么啦？你说呢？'我反问他。

"'你问我为什么锁上门？'

"'我确实不知道。'

"'就是不让闲人走进去，你明白吗？'他还是无比亲切地微笑着。

"'要是我早知道，我肯定……'

"'那么，好啦，你现在知道啦！如果你再把你的脚跨过那门槛……'说到这里，他的微笑片刻之间变成咬牙切齿的狞笑，一张脸像魔鬼似的瞪着我，'我就把你扔给那条獒犬。'

"当时我吓得掉了魂似的。我想我大概是飞快地从他的身边径直奔进了自己的房间。我什么也记不起来了，只是躺在床上，浑身颤抖不停。这时我想到了你，福尔摩斯先生。如果没有人给我出主意，我再也不能在那里待下去了。我害怕那房子、那男人、那女人、那些仆人，甚至那孩子，他们个个都使我感到胆战心惊。要是能够领你们到那里去看看，那就好了。当然，我本来可以离开那房子，不过，我虽说怕得厉害，但好奇心同样强烈。我很快打定主意。我要给你拍一份电报。我戴上帽子，穿上外衣，走到约半英里外的电报局。回去时，心里觉得踏实多了。但是我走近大门时不觉心里又惊慌起来，唯恐那只狗已经放出来了。但是我想起托勒那天晚上喝得烂醉，不省人事，而且我还知道在这家里只有他对付得了这只野性十足的畜牲，所以不会有别人敢冒险把它放出来。我顺利地偷偷地溜了进去。晚上，我想到不久就要见到你们，开心得躺在床上大半夜没合眼。今天早上我毫不困难地请了假到温切斯特来。但是三点钟以前我必须赶回去，因为鲁卡斯尔先生和太太准备出去做客，今天晚上都不在家，所以我必须照看孩子。好了，我已经把我的全部历险经过都告诉你了，福尔摩斯先生。要是你能告诉我这一切意味着什么，并且，最要紧的是，我应该怎么办，我将非常高兴。"

福尔摩斯和我入迷地听了这离奇的故事。我的朋友站了起来，两手插在衣袋里，在房间里踱来踱去，脸色显得极其深沉严肃。

"托勒是不是还醉得没有醒过来？"他问。

"是的，我听见他的老婆告诉鲁卡斯尔太太，说她拿他实在没辙了。"

"那好，鲁卡斯尔夫妇今天晚上要出门？"

"是的。"

"那里有没有一间地下室和一把结实的好锁？"

"有，那间藏酒的地窖就是。"

"亨特小姐，从你处理这件事的经过来看，你可以说得上是一位智勇双全的姑娘。考虑一下：能不能再做一件了不起的大事？如果我不认为你是个十分卓越的女性，我是不会向你提出这样的要求的。"

"我一定试试看，什么事？"

"我的朋友和我七点钟到达铜山毛榉庄园。那时候鲁卡斯尔夫妇已经出门。而托勒，我们希望到时候他还是烂醉如泥。剩下的就只有托勒太太，她可能会报警。要是你能叫她到地窖里去干什么事，然后把她锁在里头，那样我们办起事来就顺当了。"

"我一定照办！"

"好极了！那么我们就来彻彻底底调查它一番。当然，只有一个说得通的解释，你是被请到那里去冒充某个人，而那个人实际上被囚禁在那间屋子里，这是显而易见的。至于这个被囚禁的人是谁，我可以断定就是那个女儿艾丽丝·鲁卡斯尔小姐。如果我没记错的话，她是被说成已经到美国去了。毫无疑问，你所以被选中是因为你的高度、身材和你的头发的色泽和她的一样。她的头发被剪掉，很可能是因为她曾经患过什么病，因而，自然也必须要你牺牲你的头发。你碰巧见到了那绺头发。那个在公路上的男人无疑是她的什么朋友，很可能是她的未婚夫。而且无疑，正因为你穿着那个姑娘的衣服，而且又那么像她，所以每当他看见你的时候，他从你的笑容中，以后又从你的姿态中，相信鲁卡斯尔小姐确实活得很快乐，并认为她不再需要他的关怀了。那只狗晚上放出来是为了防止他设法和她接触。所有这些都是相当清楚的，这桩案件最严重的一点就是那孩子的性情。"

"这和孩子又有什么关系？"我突然高声问。

"我亲爱的华生，你作为一名医生，通过研究他的父母亲，就能逐步了解一个孩子的性格。你没想到反过来也是同样的道理吗？我时常从研究孩子入手来深入对其父母品格的基本了解。这孩子的性格异常残忍，而且是为残忍而残忍。不管这种性格是像我所猜疑的那样来源于他的笑眯眯的父亲，还是来源于他的母亲，这预示着在他们掌握之中的那个可怜的姑娘凶多吉少。"

"我确信你是对的，福尔摩斯先生，"我们的当事人大声说，"回想起无数的事使我非常确定被你说中了，我们一刻也不要耽搁，赶快去营救那可怜的人儿吧！"

"我们必须小心行事，因为我们是在对付一个很狡猾的人。我们在七点钟以前办不了什么事，七点我们就会合，不用很久我们就能解开这个谜了。"

我们说到做到，七点整就已经到了铜山毛榉庄园，并把双轮马车停放在路旁一家小客栈里。那一丛铜山毛榉树上的黑叶，像擦亮了的金属，在夕阳的余晖下闪闪发光。有了这一丛树，即使亨特小姐不站在门口台阶上微笑地面向着我们，也足以让我们认出那幢房子。

"你都安排好了吗?"福尔摩斯问。

这时从楼下的什么地方传来了响亮的撞击声。

"那是托勒太太在地窖里闹出来的声音，"她说，"她的丈夫躺在厨房的地毯上鼾声如雷。这是他的一串钥匙，和鲁卡斯尔先生的那串钥匙完全一样。"

"你干得实在漂亮!"福尔摩斯先生热情地高声道，"你这就带路，我们就要看到这桩黑勾当的结局了。"

我们到了楼上，把那房门的锁打开，沿着过道往里走，到了亨特小姐所说的禁区前。福尔摩斯割断绳索，将那根横挡着的粗铁杠挪开，然后他用那串钥匙一把一把地试开那门锁，但都打不开。房间里没有任何一点动静，在这寂静之中，福尔摩斯的脸色阴沉了下来。

"我相信我们来得并不太晚，"他说，"亨特小姐，我想你最好还是不要跟我们进去。这样吧，华生，你用肩膀顶住，看看我们到底能不能进去。"

这是一扇老旧的、摇摇晃晃的门，我俩合起来一使劲，门立刻塌下来。我们两人冲进门一看，只是一间空荡荡的房间，除了一张简陋的小床，一张小桌子以及一筐衣服，没有其他家具，上面的天窗开着，关在里面的人已无影无踪了。

"这里面大有文章，"福尔摩斯说，"这个家伙大概已经猜到了亨特小姐的意图，先一步将被害者弄走了。"

"怎么弄出去的?"

"从天窗。我们很快就可以知道他是怎么弄出去的。"他爬上屋顶，"哎呀，是这样，"他叫喊道，"这里有一架长的轻便扶梯，一头靠在屋檐上。他就是这么干的。"

"可这是不可能的，"亨特小姐说，"鲁卡斯尔夫妇出去的时候，这里没有扶梯。"

"后来他回来搬来的，我告诉过你他是一个狡猾而又危险的人物。我现在听见有脚步声上楼来。如果这不是他那才怪哩。我想，华生，你最好把手枪准备好。"

他话声未落，只见有一个人已经站在房门口，一个很胖的、粗壮结实的人，手里拿着一根粗棍子。亨特小姐一看见他，立即尖叫一声，缩着身子靠在墙上。但是夏洛克·福尔摩斯快步向前，面对着他。

"你这恶棍！"他说，"你的女儿在什么地方？"

这胖子用眼睛打量了一下四周，又看看上面打开的天窗。

"这话该由我来问你们！"他尖声叫喊道，"你们这帮贼！贼探子！我可捉住你们了，是不是？你们掉进我的掌心里来了，我要叫你们吃不了兜着走！"他转过身去，咯噔咯噔地快步跑下楼去。

"他是去放那只狗了！"亨特小姐大声说。

"我有枪！"我说。

"最好把门关上。"福尔摩斯说，于是我们一起冲下了楼，还没到达大厅，便听见猎犬的狂吠声，然后是一阵凄厉的尖叫和令人可怖的惊叫声，使人听了不觉毛骨悚然。一个红脸蛋、上了年纪的人挥舞着胳膊，跌跌撞撞地从边门走了出来。

"天哪，"他大声嚷着，"什么人把狗放出来了。它已经两天没喂过食啦，快，快，要不就来不及了！"

福尔摩斯和我急忙飞奔出去，转过房角，托勒紧紧跟在我们后面。只见那边一条饿慌了的巨型畜牲，一张黑嘴紧紧咬着鲁卡斯尔先生的喉咙，而他正在地上打着滚，悲惨地号叫着，我跑上去就是一枪，把狗的脑袋打开了花。它倒了下来，锋利的白牙仍然嵌在他那肥大的满是褶皱的颈部。我们花了好大力气才把人和狗分开，然后将他抬到房子里。人虽然还活着，然而已是血肉模糊，惨不忍睹。我们把他放在客厅的沙发上，并打发吓醒过来的托勒送信去通知他的太太。我力所能及地减轻他的痛苦，我们大家都围着他。这时，房门打开，一位瘦高个的女人走了进来。

"托勒太太！"亨特小姐喊道。

"是的，小姐，鲁卡斯尔先生回来后先把我放了出来，然后才上去找你们。啊，小姐，可惜你事先不把你的打算跟我说一声，要不我可以告诉你，那样你就不要费那么大的劲了。"

"哈！"福尔摩斯目光炯炯地注视着她说，"显然，托勒太太最了解这件事的底细了。"

"是的，先生，我确实知道。我现在正准备把我所知道的全都跟你们说。"

"那就请坐下来，说给我们听听。因为我必须承认，这中间还有几点我仍然不太明白。"

"我这就让你们听明白，"她说，"要是我能早点从地窖里出来，我就可以让你们明白是怎么回事了。如果这事要闹到违警罪法庭去，你要记住我是作为朋友站在你们一边的。我也是艾丽丝小姐的朋友。

"她在这个家里日子一向过得不开心，她的爹再娶后，艾丽丝小姐日子就更不好过了，人家可亏待她了，什么事都轮不到她说话。不过，她在朋友家里碰到福勒先生之前，她的情况确实还不算很坏。我听说，根据遗嘱，艾丽丝小姐有她自己的权利，但是她一向很乖，很忍让，从来不提有关权利的事，一切都交给鲁卡斯尔先生处理。他知道，把她留在身边可以很放心，但是要是她的丈夫要挤进来，那他一定会要求在法律范围内应该给他的东西。所以她的父亲认为该阻止这件事发生了。他要他女儿签署一个字据，声明不管她结不结婚，他都可以动用她的钱。可她不愿意签，他便一个劲折磨她，最后闹到她得了脑炎，六个星期差点没死去。最后她逐渐康复，但已经是皮包骨头了，把一头漂漂亮亮的头发也剪掉；但是这些都不能使她的年轻的男友变心！他对她忠心到底。"

"啊，"福尔摩斯说，"我想，听了你好意地告诉我们的这些情况，我们对这件事情已经明白了，至于其余的我就可以推断得出：我敢断言，鲁卡斯尔先生因而就采取了监禁的办法？"

"是的，先生。"

"专门把亨特小姐从伦敦请来，好摆脱福勒先生令他头疼的纠缠？"

"正是这样，先生。"

"可是福勒先生痴心不改，就像一名好水兵，他紧紧守着这所房子。后来遇见了你，通过用金钱或其他方式说服了你，使你相信你和他坐的是同一条船，利益是一致的。"

"福勒先生是一位说话和蔼、出手大方的先生。"托勒太太平静地说。

"通过这个手段，他设法让你的好男人不缺酒喝，要你看到主人一出门，就把一架扶梯准备好。"

"你说得对，先生，是这么一回事。"

"我们应当谢谢你，托勒太太，"福尔摩斯说，"因为你确实让我们想不通的事全都澄清了。现在村里的那位外科医生和鲁卡斯尔夫人就要来了，我认为，华生，我们最好是护送亨特小姐回温切斯特去，因为我似乎感觉到我们在这里的合法地位很成问题。"

于是门前有株铜山毛榉的那所凶宅子的谜解开了。鲁卡斯尔先生总算幸免于死，然而落成个精神颓丧的人，只是由于他那忠心耿耿的妻子的护理，他才能苟延残喘。他们的老用人们还和他们住在一起。大概他们知道鲁卡斯尔这家人过去的事太多了，所以鲁卡斯尔先生下不了手辞退他们。福勒先生和鲁卡斯尔小姐就在他们出走后的第二天在南安普敦申请到证书结了婚。福勒先生现在毛里求斯岛的政府里供职。说到维奥莱特·亨特小姐，我的朋友福尔摩斯使我感到有点失望。由于她不再是他研究问题中的中心人物，他就不再对她表示有进一步的兴趣了。她目前是沃尔索尔地区一家私立学校的校长。在这方面我相信她已卓有成就。

跳舞的小人儿

　　福尔摩斯一声不吭，一坐就是好几个小时。他弯着瘦长的身子，埋头注视着面前的一支化学试管。试管里正煮着一种臭得特别的化合物。在我看来，他脑袋垂在胸前的样子，就像一只瘦长的怪鸟，全身披着深灰的羽毛，头上的冠毛却是黑的。

　　他忽然说："华生，你是不打算在南非投资了，是不是？"

　　我吃了一惊。虽然我对福尔摩斯的各种奇特能耐已习以为常了，但怎么也想不到，他竟然这样突如其来地道破我的心事。

　　"你怎么知道的？"我问他。

　　他在圆凳上转过身来，手里拿着那支冒气的试管。他深陷的眼睛里，微微露出一丝笑意来。

　　"这不，华生，你得承认，你想不到吧。"他说。

　　"我是想不到。"

　　"我应该叫你把这句话写下来，签上你的名字。"

　　"为什么？"

　　"因为过了五分钟，你又会说这太简单了。"

　　"我一定不说。"

　　"你要知道，我亲爱的华生，"他把试管放回架子上，开始用教授对班上的学生讲课的口气往下说，"作出一系列推理来，并且使每个推理前后都有因果关系，而每个推理本身又简单明了，实际上并不难。然后，只要把中间的推理统统去掉，只告诉你的听众起点和结论，就可能产生惊人的，但也许是夸张的效果。所以，我看了你左手的虎口，就觉得有把握说你没有打算把你那一小笔资本投到金矿中去。这种推断做起来真的不难。"

　　"我看不出有什么关系。"

　　"似乎没有，但是我可以马上让你看到其间的密切关系。这可说是一条非常简单的链条，其中缺少一些环节，那就是：第一，昨晚你从俱乐部回来，你左手虎口上有白粉；第二，只有在打台球的时候，为了稳定球杆，你才在虎口上抹白粉；第三，没有瑟斯顿做伴，你从不打球；第四，你在四个星期以前告诉过我，瑟斯顿拥有购买南非某项产业的特权，再有一个月就到期了，他很想跟你分享这项特权；第五，你的支票簿锁在我的抽屉里，你一直没跟我要过钥匙；第六，你不打算在这方面投资。"

"这太简单了！"我叫起来了。

"说对了！"他有点不高兴地说，"每个问题，一经点破，就变得很简单。这里还有个不明白的问题。看你怎样解释清楚，我的朋友。"他把一张纸条扔在桌上，又开始做他的化学分析。

我看见纸条上画着一些奇奇古怪的图案，十分诧异。

"嘿，福尔摩斯，这是一张小孩子涂鸦。"

"你是这么想的？"

"难道错了吗？"

"这正是那个诺福克郡跑马村庄园的希尔顿·丘比特先生急着想弄明白的问题。这个小谜语是今天早班邮车送来的，他本人准备乘下一班火车随后赶来。门铃响了，华生。如果来的人就是他，也是我意料中的事。"

楼梯上响起一阵沉重的脚步声，不一会儿走进来一个身材高大、体格健壮、脸刮得干干净净的绅士。明亮的眼睛，红润的面颊，说明他生活的地方远离多雾的贝克街。他进门的时候，似乎带来了些许东海岸那种浓郁、新鲜、凉爽的空气。他跟我们一一握过手，正要坐下，目光落在那张画着奇怪图案的纸条上，那是我刚才仔细看过以后放在桌上的。

"福尔摩斯先生，你作何解释？"他大声问，"听说你对稀奇古怪的事有所偏爱，我看再找不到比这更稀奇古怪的了。我事先寄来这张纸条，是为了让你在我来以前有时间研究研究。"

"的确是很怪，"福尔摩斯说，"乍一看就像孩子们信手涂鸦，在纸上横着画了些在奇形怪状跳舞的小人。你怎么会看重这样一张怪画呢？"

"我倒是丝毫不在意，福尔摩斯先生。可是我妻子就不一样。这张画差点没把她吓死。她什么也不说，但是我能从她眼神看出来她很害怕。所以我才要把这件事弄个水落石出。"

福尔摩斯把纸条举起来，正对着阳光。那是从记事本上撕下来的，上面的画是用铅笔画的，排列成这样：

福尔摩斯仔细看了一会儿，然后小小心心地把纸条叠起来，放进记事本里。

"这可能成为一件最有趣、最不寻常的案子，"他说，"你在信上告诉了我一些细节，希尔顿·丘比特先生。但是我想请你给我的朋友华生医生再讲一遍。"

"我不善于讲故事，"来客说。他那双大而有力的手，神经质地一会儿紧握，一会儿放开，"如果有什么讲得不清楚的地方，你尽管问我好了。我就从去年我结婚前后开始讲吧，但是我想先说一下，虽然我不是个有钱的人，我们这一家住在跑马村大约有五百年，在诺福克郡就算我们一家最出名了。去年，我到伦敦参加维多利亚女王即位六十周年纪念，住在罗素广场一家公寓里，因为我们教区的帕克牧师住的就是这家公寓。这家公寓里还住了一位年轻的美国小姐，她姓帕特里克，全名是埃尔茜·帕特里克。于是我们成了朋友。还没有等到我在伦敦住满一个月，我已经深深爱上她，离不开她了。我们悄悄在登记处结了婚，然后我们夫妇俩双双回到了诺福克。你会觉得一个名门望族子弟，竟然以这种方式娶一个来历不明的妻子，简直是发疯吧，福尔摩斯先生。不过你要是见过她、认识她的话，那你就完全理解了。

"她在这一点上很直爽。埃尔茜确实很直爽。我不能说她没给我改变主意的机会，但是我从没有想到要改变主意。她对我说：'我一生中跟一些坏人有过来往，现在只想把他们都忘掉。我不愿意再提过去，这会使我痛苦万分。要是你娶了我，希尔顿，你娶的妻子个人没有做过任何有愧自己的事。但是，你必须答应我，并且允许我对在嫁给你以前我的一切经历保持沉默。要是这些条件太苛刻了，那你就回诺福克去，让我照旧过我的孤寂生活吧。'她的这番话就是在我们结婚前夕对我说的。我告诉她我愿意满足她的条件娶她，我也一直遵守我的诺言。

"我们结婚到现在已经一年了，一直过得很幸福。可是，大约一个月以前，就在六月底，我第一次看见了烦恼的预兆。那天我妻子接到一封美国寄来的信。我看到上面贴了美国邮票。她脸变得煞白，把信读完就扔进火里烧了。后来她再也没有提起这件事，我也没提，我既然许下诺言，就应遵守。从那时候起，她就没有过片刻的安宁，神色惊惧，好像在等着什么，盼着什么。她本可以充分信任我，把我看作是她最可靠的朋友。但是，除非她开口，我什么都不便说。请注意，福尔摩斯先生，她是个值得信赖的人。不论她过去在生活中有过什么不幸的事，都不能怪她。我虽是个诺福克的普通乡绅，但是在英国我最看重家庭声望。这方面她很清楚，而且在没有跟我结婚之前，她就很清楚。她决不愿意给我们一家的声誉带来任何污点，这我完全相信。

"好，现在我谈这件事可疑的地方。大概一个星期以前，就是上星期二，我在一个窗台上发现画了一些跳舞的滑稽小人儿，跟那张纸上的一模一样，是粉笔画的。我以为是小马倌画的，可是他发誓说他一点都不知道。反正那些滑稽小人儿是在夜里画上去的。我叫人把画全刷掉了，后来才跟我妻子提到这件事。使我惊奇的是，她把这件事看得很严重，而且求我如果再出现这样的画，让她看一看。连着一个星期，什么也没出现。到了昨天早晨，我在花园日晷仪上找到这张纸条。我拿给埃尔茜一看，她立刻昏死过去了。以后她就像个梦游人，精神恍惚，始终露出恐惧的神色。到了这个时候，福尔摩斯先生，我才写了一封信，连那张纸条一起寄给了你。我不能把这张纸条交给警方，因为他们准要笑话我，但是你会告诉我该怎么办。我并不富有，但万一我妻子遭到什么不测，为了保护她，我愿意倾家荡产在所不惜。"

他是古老英国大地孕育出的一个好小伙子——纯朴、正直、文雅，有一双大大的蓝眼睛，显得很真挚，一张宽宽的脸庞，十分秀气。看他那神情，足以说明，他深深爱着妻子，信任妻子。福尔摩斯全神贯注地听完他讲的这段经过以后，默默地坐着沉思了片刻。

"你不觉得，丘比特先生，"他终于说，"最好的办法莫过于直接请你妻子把她的秘密告诉你吗？"

希尔顿·丘比特摇了摇大脑袋。

"许下的诺言就该遵守，福尔摩斯先生。假如埃尔茜愿意告诉我，她就会主动告诉我的。假如她不愿意，我不能逼她说出来。不过，我自己想办法搞清楚。我一定得想个办法。"

"我很愿意帮助你。首先，你听说过你家附近一带来过陌生人没有？"

"没有。"

"想来你那一带是个很偏僻的地方，任何陌生面孔出现都会引人注意，是吗？"

"离我们家很近的地方是这样。但是，离我们那儿不太远，有好几个饮牲口的地方，那里的农民经常留外人住宿。"

"这些难懂的图案显然有其含义。假如纯粹是信手乱画的，那我们多半解释不了。从另一方面看，假如不是偶然之作，我相信我们会把它彻底弄清楚。但是，仅有的这一张太简短，我无从入手。你提供的这些情况又太模糊，不能作为调查的基础。我建议你回诺福克去，多加留意，以后要是再出现新的跳舞的人的画，那就照原样准确地临摹下来。非常可惜的是，早先那些用粉笔画在窗台上的跳舞的人，没有一张复制下来。你还要仔细打听一下，附近有没有来过什么陌生人。要是收集到新的证据，请再来这儿。这就是现在我能给你的最好建议。如果有什么新的紧急情况，我随时可以赶到诺福克你家里去。"

这一次的会见后，福尔摩斯变得非常沉默。一连数天，我几次见他从记事本中取出那张纸条，久久地仔细研究上面画的那些古怪图案。可是，他绝口不提这件事。一直到差不多两个星期以后，有一天下午我正要出去，他把我叫住了。

"华生，你最好别走。"

"怎么啦？"

"因为早上我收到希尔顿·丘比特的一份电报。你还记得他和那些跳舞的人吗？他应该在一点二十分到利物浦街，随时可能到这儿来。从他的电报中，我推测已经出现了很重要的新情况。"

我们没有等多久，这位诺福克的绅士坐马车直接从车站赶来了。他像又焦急又沮丧，一副倦态，满额皱纹。

"这件事真叫我受不了，福尔摩斯先生，"他说着，就像个精疲力竭的人一屁股坐进椅子里，"当你感觉到无形中被人包围，可是那些人你既看不见摸不着，更不知道他们的底细，可他们在一心算计着你，这就够糟的了。加上你又明白这件事正在一点一点地折磨自己的妻子，有血有肉的人哪能受得了？她给折磨得一天天消瘦下去，我眼见她瘦下去了。"

"她说了什么没有？"

"没有，福尔摩斯先生。她还没说。不过，有好几回这个可怜的人想要说，又鼓不起勇气来开这个头。我也试着来帮助她，大概我做得很笨，反而吓得她不敢说了。她讲到过我的古老家庭、我们在全郡的名声和引以为自豪的清白声誉，这时候我总以为她就会说到点子上来了，但是不知怎的，眼看着要说到节骨眼上，就岔开去了。"

"那么你自己有什么发现吗？"

"可不少，福尔摩斯先生。我给你带来了几张新的画，更重要的是我看到那个家伙了。"

"怎么？是画这些画的那个人吗？"

"就是他，我看见他画的。还是按顺序跟你说吧。上次我来拜访你以后，回到家里的第二天早上，头一件见到的东西就是一排新的跳舞的人，是用粉笔画在工具房黑色的木门上的。这间工具房挨着草坪，正对着前窗。我照样临摹了一张，就在这儿。"他打开一张纸，放在桌上。下面就是他临摹下来的图案：

"好极了！"福尔摩斯说，"好极了！请接着说下去。"

"临摹完了，我就把门上这些记号擦了，但是过了两个早上，又出现了新的。我这儿也有一张。"

福尔摩斯搓着双手，高兴得咯咯笑出声来。

"咱们的资料积累得好快呀！"他说。

"过了三天，我在日晷仪上找到一张纸条，上面压着一块鹅卵石。就是这张。纸条上很潦草地画了一行小人，跟上一次的完全一样。从那以后，我决定在夜里守着，于是取出了我的左轮枪，坐在书房里不睡，因为从那儿可以望到草坪和花园。大约在凌晨两点的时候，我正坐在窗口，外面除了月色，黑洞洞的。突然我听到后面有脚步声，原来是我妻子穿着睡衣走来了。她央求我去睡，我就对她明说要瞧瞧谁在干这样的荒唐事，捉弄我们。她说这是毫无意义的恶作剧，要我不去理它。

"'假如真叫你生气的话，希尔顿，咱俩可以出去旅行，躲开这种讨厌的人。'

"'什么？让一个恶作剧的家伙把咱们从自己的家里撵走？'我说，'让全郡的人都来笑话咱们？'

"'睡去吧，'她说，'有事咱们白天再商量。'

"她正说着，在月光下我见她的脸忽然变得更加苍白，她一只手紧抓住我的肩膀。我看见对面工具房的阴影里，有什么东西在移动。一个黑糊糊的人影，偷偷绕过墙角走到工具房门前蹲了下来。我抓起手枪正要冲出去，我妻子使劲把我抱住。我用力想甩开她，她拼命抱住我不放手。最后，我挣脱开来。等我打开门跑到工具房前，那家伙跑了。但是他留下了痕迹，门上又画了一排跳舞的人，排列跟前两次的完全相同，我已经临摹在那张纸上。我把院子各处都找遍了，也没见到那个家伙的踪影。可这件事怪就怪在他并没有走开，因为早上我再检查那扇门的时候，发现除了我已经看到过的那排小人以外，又添了几个新画的。"

"你有没有那些新画的？"

"有，很简单，我也照样临摹下来了，就是这一张。"

他又拿出一张纸来。他记下的新舞蹈是这样的：

"请告诉我，"福尔摩斯说，从他眼神中可以看出他非常兴奋，"这是画在上一排下面的呢，还是完全分开的？"

"是画在另一块门板上的。"

"好极了！这一点对咱们的追查来说最重要。我觉得很有希望了。希尔顿·丘比特先生，请把你最有意思的部分接着讲下去。"

"再没有什么要讲的了，福尔摩斯先生，只是那天夜里我很生我妻子的气，我怪她不该就在我可能抓住那个偷偷溜进来的流氓的时候，把我拉住。她说是怕我会遭到毒手。我听了她这话顿时脑子里闪过一个念头：也许她担心的是那个人会遭到毒手，因为我已经相信她知道那个人是谁，而且她懂得那些古怪图案是什么意思。但是，福尔摩斯先生，听我妻子的话音，看她的眼神都不容我怀疑她。我相信她心里想的确实是我自己的安全。这就是全部情况，现在我需要的是想听听你教我该怎么办。我打算叫五六个农场的小伙子埋伏在灌木丛里，等那个家伙再来，就狠狠揍他一顿，叫他以后再也不敢来打搅我们了。"

"这件事太复杂，恐怕不是用这样简单的办法解决得了的，"福尔摩斯说，"你能在伦敦待多久？"

"今天我必须回去。我不能让我妻子整夜一个人待在家里。她神经很紧张，也要求我回去。"

"你回去也许是对的。要是你能不走的话，说不定过一两天我可以跟你一起回去。你先把这些纸条留给我，可能不久我会去拜访你，帮着解决一下你的难题。"

我们这位客人走前，福尔摩斯始终保持住他那种职业性的沉着。但是我很了解他，一眼就看出他心里是十分兴奋的。希尔顿·丘比特的宽阔背影刚从门口消失，我的伙伴就急急忙忙跑到桌边，把所有的画着跳舞的人的纸条都摆在面前，开始进行精细复杂的分析。我一连两小时看着他在纸条上一张张全都编上号、写上字母。他一心扑在这件事上，完全忘了我在旁边。他干得顺手的时候，便一会儿吹哨，一会儿唱起来；有时给难住了，就好一阵子皱起眉头、两眼发呆地望着。最后，他满意地叫了一声，从椅子上跳起来，在屋里走来走去，不住地搓着手。后来，他在电报纸上写了一份很长的电报。"华生，如果回电中有我希望得到的答复，你就可以在你的记录中添上一件非常有趣的案子了，"他说，"我希望明天咱们可以去诺福克，给咱们的朋友带去一些非常明确的消息，好让他知道使他烦恼的原因。"

说实话，我当时非常想问个究竟，但是我了解福尔摩斯喜欢在他认定适当的时候，以自己的方式来透露他的发现。所以我等着，直到他觉得适合向我说明一切的那天。

可是，迟迟不见回电。我们耐着性子等了两天。在这两天里，只要门铃一响，福尔摩斯就竖着耳朵听。第二天的晚上，希尔顿·丘比特捎来一封信，说他家里平安无事，只是那天清早又看到一长排跳舞的人画在日晷仪底座上。他临摹了一张，附在信里寄来了：

福尔摩斯伏在桌上，对着这张古怪的图案看了几分钟，猛然站起来，发出一声惊异、沮丧的喊叫。他那憔悴的脸上显得十分焦急。

"这件事咱们再不能听之任之了，"他说，"今天晚上有去北沃尔沙姆的火车吗？"

我找出了火车时刻表。末班车刚刚开走。

"那么咱们明天提前吃早饭，坐头班车去，"福尔摩斯说，"现在非咱们出面不可了。啊，咱们盼着的电报来了。等一等，哈德森太太，也许要拍个回电。不必了，完全不出我所料。看了这封电报，咱们更要赶快让希尔顿·丘比特知道目前的情况，而且一小时也不能耽误，因为这位诺福克生性单纯的绅士已经陷入了奇怪而危险的罗网中了。"

后来事实证明的确如此。回想当初，我觉得这是个幼稚而怪诞的故事，现在当我即将结束这个悲惨故事的时候，不免再次体验到当时我所感受到的那种惊讶和恐惧。虽然我乐于给我的读者一个光明的结尾，但作为事实的记录者，我必须照实把一连串的奇怪事件先后交代明白，对那些不幸的危机也不放过。后来正因为发生了这些事件，使得跑马村庄园一度在全英国成了家喻户晓的地方。

我们在北沃尔沙姆下车，刚一提我们要去的目的地，站长就急匆匆朝我们跑来。"你们两位是从伦敦来的侦探吧？"他问。

福尔摩斯的脸上露出懊恼的样子。

"你怎么知道的？"

"因为诺威奇的马丁警长刚打这儿过。要不，你二位是外科大夫吧。她还没死——至少我刚听到的消息是这样讲的。可能你们赶得上救她，但也只不过是让她活下来等着上绞架罢了。"

福尔摩斯的脸色阴沉，焦急万分。

"我们要去跑马村庄园，"他说，"可我们没听说那里出了什么事。"

"惨哪，"站长说，"希尔顿·丘比特和他妻子两个都给枪打了。

她拿枪先打丈夫，然后打自己。这都是他们家的用人说的。男的已经死了，女的也没有多大指望了。唉，可怜哪，原是诺福克郡最古老、最体面的一家！"

福尔摩斯二话没说，赶紧上了一辆马车。在这长达七英里的途中，他始终没有开过口。我很少见他这样绝望过。从伦敦来的一路上，福尔摩斯一直心神不宁，我注意到，他仔细地查看各种早报的时候，显得忧心忡忡。现在，他所担心的最坏情况突然变成事实，使他感到无所适从，痛苦万分。他靠在座位上，愁容满面，陷入沉思默想之中。然而，这一带景色独特，引人入胜。我们正穿过一个在英国算得上是独一无二的乡村，为数不多的农舍散落其间，表明如今居住在这一带的人不多了。处处有方塔形的教堂，耸立在一片平坦青葱的景色中，述说着昔日东安格利亚①王国的繁荣昌盛。一片蓝紫色的日耳曼海终于出现在诺福克绿岸边，马车夫用鞭子指着掩映在小树林中的两座老式砖木山墙说："那儿就是跑马村庄园。"

马车驶到带圆柱门廊的大门前，我就看见了前面网球场边那座黑色工具房和那座日晷仪，当初这两个所在曾引起我们种种奇怪联想。有个人刚从一辆一匹马拉的马车上走下来，短小精悍、动作敏捷、留着胡子，他自我介绍说是诺福克警察局的马丁警长。他听到我朋友名字的时候，露出很惊讶的样子。

"啊，福尔摩斯先生，这件案子还是今天凌晨三点发生的，你远在伦敦怎么就听到了，而且跟我一样快就赶到了现场？"

"我已经料到了。我来这儿是希望阻止它发生。"

"那你一定掌握了重要的证据，在这方面我们一无所知，因为据说他们是一对最和睦的夫妻。"

"我只有一些跳舞的人作为物证，"福尔摩斯说，"以后我再向你解释吧。目前，既然没来得及避免这场悲剧发生，我非常希望利用我现在掌握的材料来伸张正义。你是愿意让我参加你的调查工作呢，还是宁愿让我单独行动？"

"如果我们真的能联起手来，我感到非常荣幸。"警长真诚地说。

"这样的话，我希望马上听取证词，检查现场，刻不容缓。"

---

① 安格利亚：英吉利古称。

马丁警长是个明智之人,他让我的朋友自行其是,自己则乐于仔细记下结果。当地的外科医生,是个满头白发的老年人,他刚从丘比特太太的卧室下楼来,据他报告说,她的伤势很严重,但未必致命。子弹是从前额打进去的,多半要过一段时间才能恢复知觉。至于她是被人枪杀的还是自残的问题,他不敢冒昧表示明确的意见。有一点是可以肯定的:这一枪是从离她很近的地方打的。在房间里只发现一把手枪,里面的子弹只打了两发。希尔顿·丘比特先生的心脏被子弹打穿。可以设想为希尔顿先开枪打他妻子然后自杀,也可以设想他妻子是凶手,因为那支左轮就掉在两人正中间的地板上。

"他有没有被搬动过?"福尔摩斯问。

"没有,只把他妻子抬出去了。我们不能眼看着受伤的人在地板上躺着。"

"你来了有多久了,大夫?"

"四点钟就来了。"

"还有别人吗?"

"有的,就是这位警长。"

"你什么都没有动过?"

"没有。"

"你考虑得很周全。是谁去请你来的?"

"这家女仆桑德斯。"

"是她发现的?"

"她跟厨子金太太。"

"现在她们在哪儿?"

"在厨房里吧,我想。"

"我看咱们最好马上听听她们怎么说。"

这是间古老的大厅,镶着橡木墙板,高高的窗子。大厅正好成了调查庭。福尔摩斯坐在一把老式的大椅子上,脸色憔悴,那双威严的眼睛却闪闪发亮。我能从他眼睛里看出坚定不移的决心,他准备用毕生的力量来追查这件案子,最终为这位他没能搭救的当事人报仇雪耻。在大厅里坐着的那一伙奇特的人当中,还有衣着整齐的马丁警长、白发苍苍的乡村医生,我自己和一个呆头呆脑的本村警察。

这两个妇女讲得十分清楚。"砰"的一声枪声把她们从睡梦中惊醒，接着又响了一声。她们睡的两间房间紧挨着，先是金太太跑到桑德斯的房间里来。后来她俩一块儿下了楼。书房门开着，桌上点着一支蜡烛。主人脸朝下趴在书房正中间，已经死了。他的妻子就在挨近窗子的地方蜷缩着，脑袋靠在墙上。她伤得非常重，脸的一侧满是血，大口大口地喘气，已说不出话来了。走廊和书房里满是烟和火药味。窗子肯定是关着的，并且从里面插上了。在这一点上，她俩都说得很肯定。她们立即就叫人去找医生和警察，然后在马夫和小马倌的帮助下，把受伤的女主人抬回她的卧室。出事前夫妻两个已经就寝了，她身穿外套，他睡衣的外面套着便袍。书房里的东西，都没有动过。据她俩说，夫妻间从来没有吵过架，是一对非常和睦的夫妇。

上面就是两个女仆提供证词的要点。在回答马丁警长的问题时，她们肯定地说所有的门都从里面关好了，谁也跑不出去。在回答福尔摩斯的问题时，她们都说记得刚从顶楼房里跑出来就闻到火药的气味。"我提请你注意这个事实。"福尔摩斯对他的同行马丁警长说，"现在，我想咱们可以开始彻底检查那间书房了。"

书房不大，三面靠墙都是书。一张书桌对着一扇窗，窗外是花园。我们首先注意的是这位不幸绅士的遗体。他那魁伟的身躯横躺在屋里，四肢摊开。他衣衫零乱，说明是从睡梦中匆匆起来的。子弹是从正面射过来，穿过心脏，还留在体内，他当时就死了，没有痛苦。他的便袍上和手上都没有火药痕迹。据乡村医生说，女主人的脸上有火药痕迹，但是手上没有。

"没有火药痕迹说明不了问题，要是有的话，情况就完全不同，"福尔摩斯说，"除非是很不合适的子弹，里面的火药会朝后面喷出来，否则打多少枪也不会留下痕迹。我建议现在就把丘比特先生的遗体搬走。大夫，我想你还没有取出打伤女主人的那颗子弹吧？"

"需要做一次复杂的手术，才能取出子弹来。那支左轮轮里面还有四发子弹，另有两发已经打出去了，造成了两处伤口，所以六发子弹都有了下落。"

"好像是这样，"福尔摩斯说，"你能不能解释打在窗框上的那颗子弹？"他突然转过身去，用他的细长的指头，指着离窗框底边一英寸地方的一个小窟窿。

"可不是！"警长大声说，"你倒是怎么发现的？"

"因为我找过。"

"说得好！"乡村医生说，"你说对了，先生。那就是说，当时一共放了三枪，因此一定有第三者在场。可是，这会是谁呢？他是怎么跑掉的？"

"这正是咱们就要解答的问题，"福尔摩斯说，"马丁警长，你记得在那两个女仆讲到她们一出房门就闻到火药味儿的时候，我说过这一点极其重要，是不是？"

"是的，先生。但是，坦白说，我当时不大明白你的意思。"

"这就是说在打枪的时候，门窗全都是开着的，否则火药的烟不会那么快吹到楼上去。这非得书房里有穿堂风不行。不过，门窗开着的时间很短。"

"何以见得？"

"因为那支蜡烛并没淌下蜡油来。"

"说得对！"警长大声说，"说得对！"

"我既然肯定了这场悲剧发生的时候窗子是开着的，于是就设想到其中可能有一个第三者，他站在窗外朝屋里开了一枪。这时候如果从屋里对准窗外的人开枪，就可能打中窗子框。我一找，果然那儿有个弹孔。"

"那么窗子怎么关上、闩上的呢？"

"女主人出于本能的第一个动作当然是关上窗子。啊，这是什么？"

那是个鳄鱼皮镶银边的女用手提包，小巧精致，就在桌上放着。福尔摩斯把它打开，将里面的东西倒了出来。手提包里只装了一卷英国银行的钞票，五十镑一张，一共二十张，用橡皮圈箍在一起，此外，没别的。

"这个手提包必须保管好，要作为呈堂证物，"福尔摩斯说着，把手提包和钞票交给了警长，"现在必须想法弄清楚这第三颗子弹。从木头的碎片来看，这颗子弹明明是从屋里打出去的。我想再问一问他们的厨子金太太。金太太，你说过你是给响亮的'砰'一声枪声惊醒。你的意思是不是说，在你听起来它比第二声更响？"

"可不是，先生，我是睡着时给惊醒的，所以很难分辨。不过当时听起来确实很响。"

"你不觉得那可能是差不多同时放的两枪的声音?"

"这我可说不准,先生。"

"我确信那无疑是两枪的声音。马丁警长,我倒认为房里的一切已很清楚了。你愿意的话,我们一起到花园里去看看,那里能不能找到什么新的证据。"

外面有一座花坛,一直通到书房的窗前。我们走近花坛,大家不约而同地惊叫起来。花坛里的花踩倒了,松软的泥土上满是脚印。那是男人的大脚印,脚趾特别细长。福尔摩斯像猎犬,追踪中弹的鸟那样在草里和地上的树叶间搜寻着。忽然,他高兴地叫了一声,弯下腰捡起来一个铜质小圆筒。

"不出我所料,"他说,"那支左轮有推顶器,这就是第三枪的弹壳。马丁警长,我想咱们的案子差不多办完了。"

这位乡村警长对福尔摩斯神速巧妙的侦查感到万分惊讶。看他那表情,最初他还想讲讲自己的主张,这时已佩服得五体投地,心甘情愿对福尔摩斯唯命是从了。

"你猜想是谁开的枪?"他问。

"以后再说吧。在这个问题上,有几点我现在还解释不了。既然我已经走到这一步了,最好还是照我自己的想法进行下去,最后把这件事对你彻彻底底说个清楚。"

"请便,福尔摩斯先生,只要我们能抓到凶手就行。"

"我丝毫不想故弄玄虚,现在正是行动的时候,不便作冗长复杂的解释。这起案子的线索我全都有了。即使这位女主人再也恢复不了知觉,咱们仍旧可以把昨天夜里发生的事情一一设想出来,并且保证让凶手受到法律制裁。首先,我想知道附近是否有一家叫作'埃尔里奇'的小客栈?"

问遍所有的用人,谁都没有听说过这么一家客栈。在这个问题上,小马倌帮了点忙,他记起有个叫埃尔里奇的农场主,住在东罗斯顿那边,离这里只有几英里。

"是个偏僻的农场吗?"

"很偏僻,先生。"

"昨晚这里发生的事情也许还没传到那儿的人的耳朵吧?"

"也许没有,先生。"

"备好一匹马,我的孩子,"福尔摩斯说,"我要你送封信到埃尔里奇农场去。"

他从口袋里取出许多张画着跳舞小人的纸条,摆在书桌上,坐下来忙了一阵子后,便交给小马倌一封信,嘱咐他把信交到收信人手里,尤其要记住不要回答收信人可能提出的任何问题。我看见信外面的地址和收信人姓名写得很零乱,跟福尔摩斯一向写的那种严谨的字体完全不一样。上面写的是:诺福克,东罗斯顿,埃尔里奇农场,阿贝·斯兰尼先生。

"警长,"福尔摩斯说,"我想你不妨打电报请求派押送人员来。因为如果我估计不错的话,可能有一个非常危险的犯人要押送到郡监狱去。送信的小孩就可以捎带着你的电报去发。华生,要是下午有回伦敦的火车,我看咱们就赶这趟车,因为我有一项非常有趣的化学分析要完成,何况这件侦查工作很快就要结束了。"

福尔摩斯打发小马倌送信后,吩咐所有的用人:如果有人来问起丘比特太太的情况,立刻把来人领到客厅里,绝不能说出丘比特太太的身体情况。他非常严厉叮嘱用人记住这些话。

最后他领着我们去客厅,并说现在的事态不在我们控制之下,大家尽量休息一下,等着看事态的发展。乡村医生已经离开这里去看他的其他病人了,留下来的只有警长和我。

"我想我能够用一种有趣又有益的方法,来帮你们消磨一小时,"福尔摩斯说着,把椅子挪近桌边,又把那几张画着滑稽小人的纸条在自己面前摆开,"华生,我这么久不让你的好奇心得到满足,算我欠了你一份情。至于你呢,警长,整件案子可能会使你感兴趣,权可作你一项不寻常的业务研究。我必须先告诉你一些有趣的情况,那就是希尔顿·丘比特先生曾两次来贝克街找我商量。"他接着就把我前面已经说过的那些情况,简单扼要地重述了一遍,"在我面前摆着的,就是这些独特的作品。要不是它们成了这么可怕的一场悲剧的先兆,谁见了也会一笑置之。我比较熟悉各种形式的秘密文字,也写过一篇关于这个问题的粗浅文章,其中分析了一百六十种不同的密码。但是我承认,这一种我还是第一次见到。想出这一套方法的人,显然是为了使别人以为它是儿童随手涂抹的画,看不出这些符号传达的信息。

"然而，只要一看出了这些符号代表的是字母，再应用秘密文字的规律来分析，就不难找到答案。在交给我的第一张纸条上那句话很短，我只能稍有把握假定 〤 代表 E。你们也知道，在英文字母中 E 最常用，即使在一个短的句子中也是经常看得到的。第一张纸条上有十五个符号，其中四个完全一样，因此把它估计为 E 是合理的。这些图形中，有的还带一面小旗，有的没有小旗。从小旗的分布来看，带旗的图形可能是用来把这个句子分成一个个的单词。我把这看作一个可以接受的假设，同时记下 E 是用 〤 来代表的。

"可是，现在最棘手的问题来了。因为，E 之后，哪个英文字母出现次数最多呢，并不很清楚。在一页印出的文字里和一个短句子里，平均出现的频率可能完全不同。大致说来，字母按出现次数排列的顺序是 T，A，O，I，N，S，H，R，D，L；但是 T，A，O 和 I，出现的次数几乎不相上下。要是把每一种组合都试一遍，直到得出一个意思来，那会是一项了无止境的工作。所以，我只好等来了新材料再说。希尔顿·丘比特先生第二次来访的时候，果真给了我另外两个短句子和似乎只有一个单词的一句话，就是这几个不带小旗的符号。在这个只五个字母的单词中，我找出了第二个和第四个都是 E。这个单词可能是 sever（切断），也可能是 lever（杠杆），或者 never（决不）。毫无疑问，使用末了这个词来回答一项请求的可能性极大，而且种种情况都表明这是丘比特太太写的。假如这个判断正确，我们现在就可以说，三个符号分别代表 N、V 和 R。

"甚至在这个时候我的困难仍然很大。但是，一个很妙的想法使我知道了另外几个字母。我想，假如这些恳求是来自一个在丘比特太太年轻时候就跟她亲近的人的话，那么一个两头是 E，当中有三个别的字母的组合很可能就是 ELSIE（埃尔茜）这个名字。我一检查，发现这个组合曾经三次构成一句话的结尾。这样的一句话肯定是对'埃尔茜'提出的请求。这一来我就找出了 L、S 和 I。可是，究竟请求什么呢？在'埃尔茜'前面的一个词，只有四个字母，末了是 E。这个词必定是 Come（来）无疑。我试过其他各种以 E 结尾的四个字母组成的词，都与案子无关。这样我就找出了 C、O 和 M，而且现在我可以再来分析第一句话，把它分成单词，还不知道的字母就用点代替。经过这样的处理，这句话就成了这种样子：

. M. ERE . . ESL. NE.

"如此说来，第一个字母只能是 A。这是最有帮助的发现，因为它在这个短句中出现了不止三次。第二个词的开头是 H 也是显而易见的。这一句话现在成了：

AM HERE A. E SLANE.

"再把名字中所缺的字母添上，就成了：

AM HERE ABE SLANEY.

（我已来。阿贝·斯兰尼。）

"我现在已掌握了这么多字母，能够很有把握地解释第二句话了。那就是：

A. ELRI. ES.

"我看这一句中，我只能在缺字母的地方加上 T 和 G 才有意义，如果这是个地名，那便是写信人待的房子或客栈的名。"

马丁警长和我兴致勃勃地听着我的朋友详细讲他如何找到答案的经过，这下我们的疑团全消了。

"接下去怎么样，先生?"警长问。

"我有充分理由猜想阿贝·斯兰尼是美国人,因为阿贝是个美国式的缩写，而且这场灾祸的导火索就是从美国寄来的一封信。我也有充分理由认为这件事带有犯罪的内情。女主人含含糊糊提到有关她过去的话和她拒绝把实情告诉她丈夫，都使我从这方面去想。所以我才给纽约警察局一个叫威尔逊·哈格里夫的朋友发了一个电报,问他是否知道阿贝·斯兰尼这个名字。这位朋友不止一次利用过我所知道的有关伦敦的犯罪情况。他的回电说:'此人是芝加哥最危险的骗子。'就在我接到回电的那天晚上，希尔顿·丘比特给我寄来了阿贝·斯兰尼最后画的一行小人。按已知的这些字母译出来,就成了这样的一句话：

ELSIE. RE. ARETOMEETTHYGO.

"再添上 P 和 D,这句话就完整了（意为：埃尔茜，准备见上帝），说明了这个流氓已经由劝诱改为恐吓。对芝加哥的那帮歹徒我很了解，所以我想他可能会很快把恐吓的话付诸行动。我立刻和我的朋友华生大夫来诺福克，但不幸的是，我们赶到这里的时候，最坏的情况已经发生了。"

"能跟你一起处理一件案子，使我感到荣幸，"警长热情洋溢地说，"不过，恕我直言，你只对你自己负责，我却要对我的上级负责。假如这个住在埃尔里奇农场的阿贝·斯兰尼真是凶手的话，他要是就在我坐在这里的时候逃跑了，那我准得受严厉的处分。"

"你不必担心，他不会逃跑的。"

"你怎么知道？"

"逃跑就等于他承认自己是凶手。"

"那就去把他抓起来吧。"

"我估计他很快就来这儿了。"

"他为什么要来呢？"

"因为我已经写信请他来。"

"简直难以相信，福尔摩斯先生！为什么你一请，他就乖乖地来呢？这不恰恰会引起他的怀疑，促使他逃走吗？"

"我不是编了一封信吗？"福尔摩斯说，"要是我没有看错，这位先生正往这儿来了。"

说话间，只见门外的小路上，有一个身材高大、皮肤黑黑、挺漂亮的家伙正迈着大步走过来。他穿了一身灰法兰绒的衣服，戴着一顶巴拿马草帽，胡子拉碴，大鹰钩鼻。他沿着院子路径，挥舞着手杖，大摇大摆走着，旁若无人，仿佛走的是自家的院子。不久传来响亮而自信的门铃声。

"先生们，"福尔摩斯小声说，"我看最好都各就各位，站到门后面去。对付这样的家伙，还得小心在意。警长，你准备好手铐，让我来同他谈。"

我们静静地等了片刻，这可是永生难忘的片刻。门开了，这人走了进来。福尔摩斯立刻用手枪柄照他的脑袋敲了一下，马丁把手铐套上了他的腕子。他们的动作是那么麻利，那么熟练，这家伙还没回过神来，就动弹不得了。他瞪着一双黑眼睛，把我们一个个都瞧了瞧，突然苦笑起来。

"先生们，这次我可栽在你们手中了。看来我是遇上厉害的角色了。我是应希尔顿·丘比特太太来信来这儿的。她不至于插手这事儿吧？难道是她帮你们给我设下了这个圈套？"

"希尔顿·丘比特太太受了重伤，现在快要死了。"

这人发出一声嘶哑的叫喊，声震屋宇。

"胡说！"他拼命嚷着说，"受伤的是希尔顿，不是她。谁会伤害小埃尔茜？我可能威胁过她——上帝饶恕我吧！但是我绝不会碰她一根毫毛。收回自己的话吧——你！告诉我，她没有受伤！"

"发现她的时候，已经伤得很重，就倒在她丈夫的旁边。"

一声伤心的呻吟，他跌坐在长靠椅上，用铐着的双手遮住自己的脸，一声不响。过了五分钟，他抬起头来，绝望而冷漠地说了起来。

"我没有什么要瞒你们的，先生们。"他说，"如果我开枪打一个先向我开枪的人，就不是谋杀。如果你们认为我会伤害埃尔茜，那只是你们不了解我，也不了解她。世界上确实没有第二个男人能像我那样爱她了。我有权娶她。很多年以前，她就向我保证过。凭什么这个英国人要来横插一杠呢？告诉你们吧，我是第一个有权娶她的，我争取的只是自己的权利。"

"在她发现你是什么样的人以后，她就摆脱了你的势力，"福尔摩斯厉声说道，"她逃出美国是为了躲开你，并且在英国同一位体面的绅士结了婚。你紧追着她，使得她很痛苦，你是为了引诱她抛弃她深爱而敬重的丈夫，跟你这个她既恨又怕的人逃跑。结果你使一个贵族死于非命，又逼得他的妻子自杀了。这就是你干的这件事的记录，阿贝·斯兰尼先生。你将受到法律的惩处。"

"要是埃尔茜死了，那我什么都不在乎了。"这个美国人说。他张开一只手，看了看攒在手心里的一张揉成一团的信纸。"哎，先生，"他大声说，露出了一点怀疑的目光，"你不是在吓唬我吧？如果她真像你说的伤得那么重，这封信是谁写的？"他把信朝着桌子扔了过来。

"是我写的，为的是把你引来。"

"你写的？除了我们帮里的人以外，从来没有人知道跳舞人的秘密。你怎么写得出来？"

"有人想得出来，就有人能破解。"福尔摩斯说，"会来一辆马车把你带到诺威奇去，阿贝·斯兰尼先生。现在你还有时间对你所造成的伤害稍加弥补。丘比特太太已经受到重大嫌疑，说她谋杀丈夫，你知道吗？好在今天有我在场，恰恰掌握了材料，才使她不致受到控告，你知道吗？为了她你至少应该做到向大众说明：对她丈夫的惨死，她没有任何直接或间接的责任。"

"最好没有了，"这个美国人说，"我相信我为自己辩护的最好的办法，就是把全部真相和盘托出。"

"我有责任警告你：这样做可能对你不利。"警长本着英国刑法公正的严肃精神，高声地说。

斯兰尼耸了耸肩膀。

"我愿意冒这个险，"他说，"我首先要告诉在座诸位先生的是：埃尔茜还是个孩子的时候，我就认识她了。当时我们在芝加哥结成一帮，帮里一共七个人，埃尔茜的父亲是我们的老大。老帕特里克是个很聪明的人，他发明了这种秘密文字。除非你懂得这种文字的解法，不然就会当它是小孩信手乱涂的画。后来，埃尔茜对我们的事情有所闻，可是她不能容忍这种行当。她自己还有一些来路正当得来的钱，于是她趁我们都不防备的时候溜走，逃到伦敦。她已经和我订婚了。要是我干的是另外一行，我相信她早就跟我结婚了。她无论如何也不愿意跟不正当的行当沾上关系。到了她跟这个英国人结婚以后，我才知道她的下落。我给她写过信，但是没有得到回信。之后，我来到了英国。因为写信无效，我就把要说的话写在她能看到的地方。

"我来这里已经一个月了。我在那个农庄租到一间楼下的屋子。这样可以每天夜里，自由进出，谁都不知道。我想方设法要把埃尔茜骗走。我知道她看到我写的那些话了，因为她有一次就在其中一句下面写了回答。于是我急了，便开始威胁她。她就寄给我一封信，恳求我离开，并且说如果闹出事来损害到她丈夫的名誉，那就会使她心碎的。她还说只要我答应离开这里，让她安安生生过日子，她就会在早上三点，等她丈夫睡着了，下楼来在最后面的那扇窗前跟我说几句话。她下来了，还带着钱，想用钱打发我走掉。我气极了，一把抓住她的胳膊，想从窗子里把她拽出来。就在这时候，她丈夫手里拿着手枪冲进屋来。埃尔茜瘫倒在地板上，我们两个面对面站着。当时我手里也有枪。我举起枪想把他吓跑，让我逃走。他开了枪，没有打中我。差不多在同一时刻，我也开了枪，他立刻倒下了。我急忙穿过花园逃走，这时还听见背后关窗的声音。先生们，我说的句句都是实话。后来的事情我都没有听说，一直到那个小伙子骑马送来一封信，使我像个傻瓜似的到了这儿，把自己交到你们手里。"

这个美国人说这番话的时候，马车已经到了，里面坐着两名穿制服的警察。马丁警长站了起来，用手碰了碰犯人的肩膀。

"该走了。"

"我可以先看看她吗？"

"不行，她还没有恢复知觉。福尔摩斯先生，但愿下次再碰到重大案子，要是还有你在身边，那我可走运了。"

我们站在窗前，望着马车驶去。我转过身来，看见犯人扔在桌上的纸团，那就是福尔摩斯曾经用来诱捕他的信。

"华生，你看上面写的是什么？"福尔摩斯笑着说。

信上没有字，只有这样一排跳舞的人：

"如果你使用我解释过的那种密码，"福尔摩斯说，"你会发现它的意思不过是'马上到这里来'。我相信，他绝不会拒绝邀请，因为他想不到除了埃尔茜以外，还有别人能写这样的信。所以，我亲爱的华生，结果，这些被恶人利用的跳舞人，在我们手中就变成有益的了。我还觉得自己已经履行了诺言，给你的记事本添上一些不平常的材料。三点四十分有班火车，我想咱们该乘这班车回贝克街吃晚饭了。"

这里还要补充几句，作为本故事的结尾：在诺威奇冬季大审判中，美国人阿贝·斯兰尼被判死刑，但是考虑到一些可以减轻罪行的情况和确实是希尔顿·丘比特先开枪的事实，改判劳役监禁。至于丘比特太太，我只听说她后来完全康复了，现在仍旧寡居，用她全部精力帮助穷人，管理她丈夫的家业。

孤身骑车人

　　1894 年到 1901 年期间，夏洛克·福尔摩斯先生一直非常繁忙。完全可以说，这八年间，没有一件官方经办的疑难案件不请教过福尔摩斯。还有数以百计件私家案件，其中不乏有些十分错综复杂并具有特色的，福尔摩斯也在其中起了突出的作用。在这漫长八年间，连续不断的工作，既取得许多惊人的成就，免不了也有一些不可避免的失败。这些案件我都完整地记录在案，其中的许多案件我自己也亲自参与。可想而知，要我挑选出一些来公诸众，自不是件容易的事。不过，我仍然可以按照我从前的做法，首先选择那些不是以犯罪的凶残著称，而是以结案的巧妙和戏剧性而引人入胜的案件。因此，我就选择了有关维奥特·史密斯小姐，查林顿的孤身骑车人，以及我们调查到的奇异结局，却以出人意料的悲剧而告终的故事奉献给诸君。我的朋友虽以其种种办案手段而遐迩闻名，但并没有因这个案件的告破为他增添异彩。可是，在有关犯罪的众多记录中，这起案子有几点非常突出，不同于那些长篇犯罪记录，而我的一些小故事就是取材于这些长篇写成的。

　　我翻阅了 1895 年的笔记发现，我们第一次听维奥莱特·史密斯谈自己的事是 4 月 23 日。那天是星期六。我记得福尔摩斯对她的来访极不欢迎，因为那时他正专心致志于一件十分棘手而错综复杂的案子，这个案子涉及著名的烟草大王约翰·文森特·哈登所遭遇的奇特的迫害。我的朋友最喜欢的就是凡事讲究准确和思想集中，手头有事的时候，最忌受到别的事干扰。不过，他并非生性冷酷无情之人，来客身材高挑，举止优雅，仪态万方。面对这样一位年轻貌美的姑娘，他无法拒绝听她讲述自己的遭遇。况且时间这么晚了，她又是亲自来贝克街请求帮助和指点。尽管福尔摩斯声称时间已经排得满满的，但也无济于事，因为那姑娘执意要讲。显而易见，她是不达目的决不罢休的，除非动粗，否则休想叫她离开。福尔摩斯无可奈何下，勉强一笑，请那位美丽的不速之客坐下，把她遇到的麻烦事给我们讲讲。

"这至少不会是一件有关你身体健康的事，"福尔摩斯那双敏锐的眼睛上上下下把她打量了一番，说道，"像你这样爱骑车的人，一定精力充沛。"

她惊异地看看自己的双脚，我也发现了她鞋底一边被脚蹬子边缘磨得起毛了。

"是的，我经常骑自行车，福尔摩斯先生，我今天来拜访你，正和骑车有关。"

我的朋友拿起这姑娘那只没戴手套的手，像科学家看标本那样，全神贯注而不动声色地检查着。

"我相信，你会原谅我的。这是我的业务，"福尔摩斯把姑娘的手放下，说道，"我几乎错把你当成打字员了。显而易见，你当然是一位音乐工作者。华生，你注意到这两种职业所共有的匙形指尖吗？不过，她脸上有一种风采，"那女子轻轻地把脸转向亮处，"那是打字员所不具备的。所以，这位女士是音乐家。"

"是的，福尔摩斯先生，我教音乐。"

"从你的脸色来看，我想你是在乡下教音乐。"

"是的，先生，靠近法纳姆，在萨里边界。"

"那是个好地方，可以使人联想到许多有趣的事情。华生，你一定记得我们就是在那附近擒获了伪造货币犯阿尔奇·斯坦福德。嗯，维奥莱特小姐，靠近法纳姆，在萨里边界，你遇到什么事了？"

那位姑娘十分清楚明白、镇定自若地说出下面这一段古怪离奇的故事来：

"福尔摩斯先生，我父亲已经过世。他叫詹姆斯·史密斯，是老帝国剧院的乐队指挥。我和母亲在世上举目无亲，我只有一个叔父，他名叫拉尔夫·史密斯，二十五年前去了非洲，从此音信全无。父亲死后，我们一贫如洗。有一天我们听说《泰晤士报》登了一则广告，查寻我们的下落。可想而知，当时我们是多么激动，因为我们以为有人给我们留下遗产了。我们立即按报上登的姓名去找那位律师，在那里又遇到了两位先生，一位叫卡拉瑟斯，另一位叫伍德利，他们是从南非回来探亲的。他们说我叔父是他们的朋友，几个月以前在约翰内斯堡，在贫困中死去。我叔父临终之前，请他们去找他的亲属，并务必使他的亲属不至穷困潦倒。我们觉得很奇怪，我叔父拉尔夫活着的时候，对我们不闻不问，临死时怎么会想到关照我们。卡拉瑟斯先生解释说，因为我叔父刚刚听到他哥哥的死讯，所以感到自己有责任照管我们的前途。"

"请问，"福尔摩斯说，"你们是什么时候见的面？"

"去年12月，四个月前的事。"

"请接着讲吧。"

"在我的眼中，伍德利先生是个面目可憎的年轻人。他面孔虚胖，长着一脸红胡子，样子很粗俗，头发披散在额头两边，总是向我挤眉弄眼，十分讨人厌。我相信西里尔一定不愿意我认识这么一个人。"

"噢，西里尔是他的名字！"福尔摩斯笑吟吟地说。

那姑娘满面通红，笑了笑。

"是的，福尔摩斯先生，西里尔·莫顿，是一名电气工程师，我们希望在夏末结婚。哎呀，我怎么扯起他来了？我想说的是伍德利先生十分讨人厌，而那位年纪大些的卡拉瑟斯先生就不那么叫人烦的。虽然他脸色土黄，脸刮得光光的，话不多，懂礼貌，脸上老挂着笑。他问了我们的境况，知道我们很穷困，便要我到他那里教他那十岁的独生女儿。我说我不愿离开母亲，他说我可以每周末回家去看她。他答应给我年薪一百镑，酬金自然是十分优厚了。所以最后我答应下来。后来我就去了离法纳姆六英里左右的奇尔特恩庄园。卡拉瑟斯先生丧妻鳏居，他雇用了一个叫狄克逊太太的女管家来照料家事，这位老妇人老成持重，令人尊敬。那个孩子也很可爱，一切都令人满意。卡拉瑟斯先生十分和善，精通音乐，我们晚上在一起过得很愉快，每逢周末我回城里看望母亲。

"我的生活虽然过得挺快乐，但也有烦心事，头一件就是怕一脸红胡子的伍德利先生来。他一来就是一个星期。唉！这一个星期对我来说长得像三个月。他这人叫人害怕。他对别人蛮不讲理，对我就更糟了。他在我面前丑态百出，说是爱我，他吹嘘自己多富有，说如果我嫁给他，就送我伦敦最漂亮的钻石。最后，见我对他不理不眠，有一天饭后，他抓住我，把我抱在怀里——他的劲真大，太可怕了——发誓说如果我不吻他，他就不松手。这时正好卡拉瑟斯先生进屋，把他从我身边拉开。为了这事，伍德利和主人翻了脸，把卡拉瑟斯打倒在地，脸上弄出个大口子。可想而知，结果伍德利只好一走了之。第二天卡拉瑟斯先生向我道歉，并保证绝不让我再受这样的凌辱。从那以后我再没见到伍德利先生。

"福尔摩斯先生，我这就谈到今天来向你请教的事情了。你一定知道，我每星期六上午骑车到法纳姆车站，赶十二点二十二分的火车进城。我从奇尔特恩庄园出来，那条路很偏僻，有一段尤其荒凉，这一段路有一英里多长，一边是查林顿欧石楠灌木地，另一边是查林顿庄园外围的树林。你再也找不到比这段路更荒凉的地方了。只有到了靠近克鲁克斯伯里山公路以后，才好不容易遇到一辆马车、一个农民。两星期以前，我从这地方经过，偶然回头一望，见身后两百码左右有个男人也骑着车，看起来是个中年人，留着短短的黑胡子。在快到法纳姆时，我又回头一看，那人不见了，所以我也没再想这件事。可是，福尔摩斯先生，我星期一返回时又在那段路上看到那个人。你可想而知，我该有多惊奇。而下一个星期六和星期一，又和上次一样，又遇到同样的事，我愈发惊异了。那个人始终与我保持一定距离，从不打扰我，不过这毕竟十分古怪。我把这事告诉了卡拉瑟斯先生，他看来十分重视我说的事，告诉我他已经订购了一匹马和一辆轻便马车，所以今后我再走那段偏僻道路时，不愁没有伴了。

"马和轻便马车本来应该在这个星期到，可不知什么原因，卖主没有交货，我只好还是骑车到火车站。这是今天早晨的事。我来到查林顿欧石楠灌木地带，向远处一看，可不是，那人又在那地方，和两个星期以前一模一样。他总是离我很远，我看不清他的脸，但肯定不是我认识的人。他穿一身黑衣服，戴布帽。我只能看清他脸上的黑胡子。今天我不害怕了，而是充满好奇，决心查个明白，看他到底是什么人，想干什么。我放慢了车速，他也放慢了车速。后来我停下不骑了，他也停下来。于是我心生一计来对付他。路上有一处急转弯，我便紧蹬一阵拐过弯去，然后停车等候他。我以为他很快拐过弯来，并且来不及停车，超到我前面去。可他根本没过来。

我便返回去，向转弯处四处张望。但是在我的视线一英里的路上，见不到他的踪影。尤其令人惊异的是，这地方并没有岔路，他是无法走掉的。"

福尔摩斯咯咯一笑，搓着双手。"这事儿确实有特色，"他说道，"从你转过弯去到你发现路上无人，这中间有多久？"

"两三分钟吧。"

"他来不及从原路退走，你说那里没有岔路？"

"没有。"

"那他肯定是从路旁小路走开的。"

"不可能从那一侧欧石楠灌木丛走掉，不然我早就看到他了。"

"那么，按照排除法，我们就查明了一个事实，他向查林顿庄园那一侧去了。据我所知，查林顿庄园就在大路另一侧。还有其他情况吗？"

"没有了，福尔摩斯先生，只是我十分困惑不解，心里非常不愉快，所以才来见你，求你给指点指点。"

福尔摩斯默默地坐了一会儿。

"和你订婚的那位先生在什么地方？"福尔摩斯终于问道。

"他在考文垂的米得兰电气公司。"

"他不会出其不意地来看你吧？"

"噢，福尔摩斯先生！难道我连他也不认识！"

"还有其他追求你的男人吗？"

"在我认识西里尔以前有过几个。"

"以后呢？"

"假如你把伍德利也算作一个追求我的人的话，那个可怕的人也算一个了。"

"没有别的人了吗？"

我们这位美丽的当事人似乎有点左右为难。

"他是谁呢？"福尔摩斯问道。

"噢，可能完全是我胡思乱想，可是有时我似乎觉得我的雇主卡拉瑟斯先生对我十分有意。我们经常相遇，晚上我给他伴奏，他从来没说过什么。他是一位很好的先生，做姑娘的总是心里明白的。"

"啊！"福尔摩斯显得十分严肃，"他以什么为生？"

"他是一个富有的人。"

"他没有四轮马车或者马匹吗?"

"啊,至少他生活相当富裕。他每星期进城两三次,十分关心南非的黄金股票。"

"史密斯小姐,你要把新发现的一切情况告诉我。眼下我很忙,不过我一定抽时间来查办你这件案子。在这期间,不要没通知我就擅自采取行动。再见,我相信我们会得到你的好消息。"

"这样的一位姑娘会有一些追求者,这是很自然的,"福尔摩斯沉思地抽着烟斗说道,"不过不要随便再选乡村偏僻路段骑自行车。毫无疑问是一个偷偷爱上她的人。可是这件案子里有一些颇为奇怪和引人深思的细节,华生。"

"你是说他竟然只在那个地方出现吗?"

"不错。我们要做的第一件事就是查明谁租用了查林顿庄园。然后再查明卡拉瑟斯和伍德利究竟是什么关系,因为他俩是完全不同类型的人,是不是?这两个人为什么都急于查访拉尔夫·史密斯的亲戚呢?还有一点,卡拉瑟斯家离车站六英里远,连一匹马都不买,却偏偏要出两倍代价来雇一名家庭女教师,这是一种什么样的治家之道?奇怪,华生,十分奇怪!"

"你愿意下去调查一番吗?"

"不,我亲爱的朋友,还是你下去调查吧。这可能只是一件小小的阴谋,我不能为它中断别的重大调查工作。星期一一早你到法纳姆去,要隐藏在查林顿欧石楠地附近,亲自查查这些事实。根据自己的判断见机行事,然后,查明是谁住在查林顿庄园,回来向我报告。华生,在弄到几件可靠的证据,有希望用于结案前,我对这件事能讲的只有这些。"

那姑娘告诉我们她星期一九点五十分从滑铁卢车站乘车出发,所以我便提早出发赶乘九点十三分的火车。到法纳姆车站,我毫不费力地找到了查林顿欧石楠地带。不可能找不到那姑娘的遇险地段,因为那段路一边是开阔的石楠灌木地带,另一边是老紫杉树篱,环绕着一座花园,花园里巨树参天。庄园有个长满地衣的石子路,大门两侧的石柱上满是破烂的纹章图案。除了中间行车的石子路之外,我发现几处树篱有缺口,有小路穿入。从路上看不到宅院,四周的环境表明，这地方十分阴暗、颓败。

欧石楠地开满一丛丛的黄色金雀花，在灿烂的春日阳光下灿烂夺目。我在灌木丛后选好隐身之处，既能观察庄园大门，又能看到两边长长的一大段路。我离开大路时，路上空无一人，现在有个人骑着自行车迎面过来。他穿着黑色服装，我见他蓄有黑胡子。他来到查林顿宅地尽头，跳下车来，把车推进树篱的一处缺口，不见了。

过了一刻钟，第二个骑自行车的人出现了。这次是那位姑娘从火车站来。我见她骑到查林顿树篱时四下张望。过了一会儿，那男人从藏身处走出来，跳上自行车，尾随着她。眼前是一片开阔地带，只有这两个人影。那位仪态端庄的姑娘笔直地骑在车上，她身后的男人却低伏在车把上，一举一动都鬼鬼祟祟，形迹可疑。她回头看到他，放慢了速度。他也放慢了速度。姑娘下了车，他也立即在离她两百码距离的地方下了车。那姑娘的下一步动作却是出其不意地迅猛，她突然扭转车头紧蹬一阵，径直向他冲过去。他也像那姑娘一样迅速，不顾一切拼命地逃脱了。她又立刻返回大路，得意洋洋地昂着头，不愿再去理睬那不声不响的尾随者了。他也转过身来，依然保持着那段距离，最后大路转弯，我看不到他们。

好在我还待在藏身的地方没有出来，因为那个男人马上又露面了，他不慌不忙地骑车返回来。他拐进庄园大门，下了车。我看他在树丛中站了几分钟，举起双手，似乎在整理他的领带。然后又上车从我身旁经过，沿着车道向庄园骑去。我跑出欧石楠地，从树木缝隙望过去，可以隐约看到远处那座古老的灰楼和那些矗立的都铎式烟囱，可惜那条车道穿过一片浓密的灌木丛，我再也看不到那个人了。

不过，我觉得自己干得挺不错，便兴致勃勃地徒步走回法纳姆。关于查林顿庄园，当地房产经纪人一问三不知，他只好把我介绍到帕尔马尔的一家著名的公司。我在回家途中到那里停留了一阵，受到经纪人的殷勤接待。他说：不行，我不能租用查林顿庄园避暑了，我来得太晚了，庄园一个月以前已经租出去，租给了一个叫威廉森先生的人。他是一个体面的老先生。那位颇有礼貌的经纪人客气地说，再多他也无法奉告了，因为他不能议论顾主的事。

那天晚上，夏洛克·福尔摩斯先生注意地倾听了我向他作的长篇报告。我本来以为会受到夸奖，我对他的夸奖是看得很重的，可是他连一句好听的话也没说。恰恰相反，在他评论我做过的事和没有做到的事时，他那严峻的面容甚至比平时更加严肃。

"我亲爱的华生，你选了那么一个藏身的地方算是大错特错了。你本来应该藏到树篱后面，仔细看看那位有趣的人。事实上，你藏的地方离那儿几百码，告诉我的情况甚至比史密斯小姐还要少。她认为她不认识那个人，我确信她是认识的。要不然，他为什么那样拼死拼活地担心，生怕那姑娘走近他、看清他的面貌呢？你说他伏身在自行车把上，你看，这不又是为了不让人看清他的面目吗？你确实做得糟糕透了。他回到了那所宅院，你要查明他是谁，怎么跑到一个伦敦房产经纪人那里！"

"那我应该怎么办？"我有点生气地高声嚷道。

"到离那儿最近的酒店里去，那里是村上闲言碎语的中心。谁谁姓甚名谁，从东家到帮厨的女仆人家都会告诉你。说到威廉森，我一点印象也没有。假如他是老年人，那么他就不是那个机灵的骑车人，在那个姑娘迅速敏捷追赶下老年人怎么轻意逃脱得了。你这次远行的收获是什么呢？了解到那姑娘所讲的是实话？这，其实我从来不怀疑。知道了骑车人和庄园有关系？这，我同样不曾怀疑过。知道了那庄园是由威廉森租用的。这事谁都查得出来。得了，得了，我亲爱的先生，不要那么垂头丧气。星期六以前我们还可以多干点事，这段时间我还可以亲自做一两次调查。"

第二天早晨，我们接到史密斯小姐一封短信，简要而又准确地重述了我亲眼看到的那件事，可是信的附言才是最重要的。

> 福尔摩斯先生，我向你透露一个秘密：我的雇主已经向我求婚，所以我在这里的处境已经变得非常困难，我想你会尊重我而不会泄露这一秘密的。我相信他的感情是深厚而且高尚的。我当然把我已经订婚的事告诉了他。他接受了我的拒绝，认真，又不失风度。然而，你可以理解，我的处境是有些尴尬了。

"我们的年轻朋友看起来是遇上大麻烦了，"福尔摩斯看完信后，若有所思地说，"这件案子肯定比我原来设想的有趣得多，发展的可能性也大得多。我还是应当到乡下去过一天安静太平日子，我打算今天下午就去，并且把我所形成的一两点想法检验一下。"

福尔摩斯所说的在乡下太平安静日子，结局是很奇特的，因为他晚间很晚才回到贝克街，嘴唇划破了，额头上还添上一大块青肿，加上那副狼狈相，好像成了苏格兰场一名调查对象了。他对自己的历险感到非常高兴，说着，说着，由衷地哈哈大笑起来。

"积极的锻炼总是有好处的，可惜我锻炼得不多。"福尔摩斯说道，"你知道，我精通一些优秀的英国传统拳击运动，并且偶尔用得上它，比如说，今天，要是没有这一手，那我就要遭到非常可耻的惨败了。"

我请他告诉我到底发生了什么事。

"我到了请你注意过的那个乡村酒店，在那里小心谨慎地进行调查。在酒吧间里，多嘴多舌的店主把我所要知道的一股脑儿全告诉了我。威廉森是一个白胡子老头，他和少数几个仆人住在庄园里。传说他现在是，要么过去当过牧师，可是在庄园这段短时间，有一两件小事使我觉得他很不像牧师。我查询过一个牧师机构，他们告诉我，曾经有过一个叫这名字的牧师，但他过去的行径极不光彩。那店主接着告诉我，庄园里每到周末总有一些来客——'是一班不正经的家伙，先生'——特别是一个蓄红胡子的人，名叫伍德利的，每次总少不了他。我们正谈到这里，那伍德利先生竟然走了过来，他一直在酒吧间喝啤酒，把我们的话全都听去了。他问我是什么人？要干什么？我问这些问题是什么意思？他这个那个，问个不停，满口脏话。他最后谩骂了一通，凶恶地反手就是一拳，我没有来得及躲避。后来的几分钟够他受的。我赏了那凶恶的暴徒一顿左手拳。我也成了你看到的这副模样。伍德利先生乘车回去了。我这场乡村旅行也就落得这样的下场。必须承认，不管多么有趣，我这一天萨里边界之行并不比你的收获大。"

星期四那天我们又收到那位当事人的一封信。她写道：

福尔摩斯先生，你听到我就要辞去卡拉瑟斯先生的聘任，不会感到惊奇吧。即使报酬优厚，我也忍受不了这等尴尬的处境。我在星期六回城里，不打算再回去了。卡拉瑟斯先生已备好一辆马车，因此，如果说过去路上有什么危险的话，那么偏僻路上的危险现在已不复存在了。

至于我辞职的具体原因，不单是我和卡拉瑟斯先生的尴尬处境，而且是那个令人嫌恶的人伍德利先生又来了。如果说过去我觉得他面目可憎，那么他现在的嘴脸更可怕了。因为他好像出了什么事，所以更加丑陋不堪了。我是从窗子里面看到他的，很高兴，我并没有碰上他。他和卡拉瑟斯先生谈了很长时间，事后卡拉瑟斯先生非常激动。伍德利一定居住在附近，因为晚上他没有睡在卡拉瑟斯家里。今早我又看到他在灌木丛，行动鬼鬼祟祟的。我情愿在这地方有一头凶猛的野兽出没，也比他强。我简直说不出是多么憎恨他和害怕他了。卡拉瑟斯先生怎么竟能容忍这样一个家伙？哪怕是一分一秒也令人难以容忍。不过，我的一切麻烦到星期六就要结束了。

"这话我信，华生，我信，"福尔摩斯严肃地说道，"这位小姑娘周围正进行着一场极为隐秘的阴谋，我们有责任去一趟，不让任何人在她最后一次旅行中骚扰她。华生，我想星期六早晨我们一定抽时间一起去，免得我们这次奇异而广泛的调查遭受悲惨的结局。"

我承认直到现在我还没有十分重视这件案子，在我看来其中并没有什么危险可言，只不过有些荒诞、古怪罢了。男人埋伏着等待漂亮的女人并且尾随她，这并不是什么闻所未闻的奇事。如果他只限于那么一点点放肆行为，不仅不敢向她求爱，而在她接近他的时候，反而逃跑，那他就不是十分可怕的暴徒。那个恶棍伍德利则另当别论。可是，除了那一次之外，他再没有骚扰过我们的当事人，近来他到过卡拉瑟斯家，可也没有在她面前露脸。那个骑车人无疑是酒店老板所说的周末聚会的成员。可他是什么人？他要干什么？却依然模糊不清。可是福尔摩斯表情严肃，他离开我们房间以前，把一支手枪塞到衣袋里，这些都使我感到，这一连串怪事后面可能隐藏着悲剧。

夜来一阵雨之后，早晨阳光灿烂，长满欧石楠灌木丛的村野，一丛丛盛开的金雀花，金光闪烁，此情此景，对厌倦伦敦那阴郁灰暗色调的人来说，显得更加美丽，好不赏心悦目。福尔摩斯和我漫步在宽阔砂石路上，呼吸着清晨的新鲜空气，陶醉在鸟语花香、欣欣向荣的春意中。我们从克鲁克斯伯里山巅的大路高处，只见那座阴森森的庄园耸立在古老的橡树丛中。橡树本来够古老的了，可是比起橡树环抱的建筑物来，却依然显得年轻。福尔摩斯指着长长的一段路，在那棕褐色的欧石楠灌木丛和一片嫩绿的树林之间，宛如一条红黄色的带子。远处，出现一个小黑点，原来是一辆单马马车在向我们这个方向移动。福尔摩斯焦急地惊呼了一声。

"我留出半小时的余地，"福尔摩斯说道，"假如这是她的马车，她一定是在赶乘早些的火车。华生，恐怕我们来不及会她，她早就经过查林顿了。"

当我们从山顶上下来时，已经看不到那辆马车了，可是我们加速向前赶路，速度非常之快，这下我平日里坐着不动，缺乏锻炼的毛病就暴露出来了，因而不得不落到后面。然而，福尔摩斯锻炼有素，因为他有用之不竭的旺盛精力。他那轻快的脚步一直没有放慢。突然，他在我前面一百码的地方停下了脚步。我看见他举起一只手做了一个痛心而绝望的手势。与此同时，一辆空马车拐过大路的转弯处，那匹马缰绳拖地，小跑着，马车吱吱嘎嘎地向我们迎面过来。

"来迟了，华生，来迟了！"在我气喘吁吁地跑到福尔摩斯身旁时，他大声喊道，"我真蠢，怎么没有想到她要赶那趟早些的列车！一定是绑架，华生，是绑架！是谋杀！天知道是什么！把路挡上！把马拦住！这就对了。我说，上车，看看咱们能否弥补自己的大错铸成的后果。"

我们跳上马车，福尔摩斯调过马头，狠狠给了那马一鞭子，我们便顺大路往回疾驰。在我们转过弯时，庄园和欧石楠地段间的整个大路都展现在眼前。我抓住了福尔摩斯的胳膊。

"就是那家伙！"我气喘吁吁地说。

一个单身骑车人向我们冲过来。他低着头，耸着肩，把全身气力都用在脚蹬上，像赛车的人一样蹬得飞快。突然他抬起满是胡子的脸，见我们近在眼前，便停下车，从自行车上跳下来。他那乌黑的胡子和苍白的脸色形成鲜明的对照。他目光炯炯，仿佛正在极度兴奋之中。他瞪眼瞅着我们和那辆马车，脸上显出惊异的神色。

"喂！停下！"他大声喊道，用自行车挡住我们的路，"你们在哪儿弄到这辆马车？嗨，停下！"他从侧面口袋中掏出手枪咆哮道，"告诉你，停下，要不然，我可真的要赏那匹马一颗子弹了。"

福尔摩斯把缰绳扔到我腿上，从马车上跳下来。

"你正是我们要见的人。维奥莱特·史密斯小姐在哪里？"福尔摩斯说得很快，字字句句清清楚楚。

"我正要问你们呢。你们坐的是她的马车，应当知道她在哪儿。"

"我们在路上碰到这辆马车，上面没有人，我们才把车赶回来去救那位姑娘。"

"天哪！天哪！怎么办呢？"那个陌生人绝望地喊道，"他们把她抓走了，那个该死的伍德利和那个恶棍牧师！快来，先生，假如你们真是她的朋友，那就快来。帮我一同搭救她吧，在查林顿森林就是送上一条命我也在所不惜！"

他提着手枪向树篱的一个缺口疯狂跑去，福尔摩斯紧跟在后，我把马放到路旁吃草，也跟在福尔摩斯身后跑过去。

"他们是从这儿穿过去的，"陌生人指着泥泞小路上的足迹说道，"喂！停一下！灌木丛里是什么人？"

那是个十七八岁的小伙子，看装束像马夫，穿着皮裤，打着绑腿。他仰面躺着，双膝蜷曲，头上有一道可怕的伤口，已经失去知觉，不过还活着。我把他的伤口看了一眼，知道没有伤到骨头。

"这就是马夫彼德，"陌生人嚷道，"他就是给那姑娘赶车的。那些畜生把他拉下车来用棍棒打伤了。让他先躺在这儿吧，我们反正帮不了他，可是我们却可以把她从可能落到一个女人身上的最坏厄运中救出来。"

我们发疯一般向林中弯弯曲曲的小路奔去，一到环绕着庭院的灌木丛，福尔摩斯就站住了。

"他们没有进宅子。左边有他们的脚印，在这儿，在月桂树丛旁边。啊！我说得不错。"

他正说着，传来一阵女人的尖声哀叫，声声狂呼怪叫，显得极度惊恐，颤抖着从我们面前一片浓密的绿色灌木丛中传出来。尖叫声突然停了，接着是一阵喘息声和咯咯声。

"这边！这边！他们在滚球场，"那陌生人闯过灌木丛，说道，

"啊，这些胆小鬼！跟我来，先生们！哎呀！太迟了！太迟了！"

我们突然闯进一片古树环绕的林间绿草地。草地那一边，在一棵大橡树的树荫下站着三个人。一个是女人，就是我们的当事人，她垂着头，半昏厥过去，嘴上蒙着手帕。她对面站着面貌凶残的红胡子年轻人，腿上扎着绑腿，大叉着腿，一只手叉腰，另一只手里晃动着马鞭，看他那架势，显得洋洋得意。这两个人中间站着一个花白胡子的老家伙，穿浅色花呢衣服，外罩白色短法衣，显然刚做完结婚仪式，因为我们一到，他就把一本祈祷书装进衣袋，并且轻轻拍着那阴险的新郎的后背，兴致勃勃地向他祝福。

"他们在举行婚礼?"我上气不接下气，说道。

"跟我来！"我们的领路人喊道，"跟我来！"他冲过林中空地，福尔摩斯和我紧紧跟着。我们刚冲到姑娘跟前，她摇摇晃晃地靠在树干上以免摔倒。前牧师威廉森向我们调侃似的鞠了一躬，而暴徒伍德利却野蛮地大吼一声，得意忘形地狂笑着，向我们冲来。

"你可以把胡子摘掉，鲍勃，"他说道，"我知道是你，错不了。喂，你和你的同伙来得正是时候，我正好给你们介绍一下伍德利夫人。"

我们那带路人的回答很特别。他一把扯下用以伪装的黑胡子，把它扔到地上，露出刮得光光的灰黄色长脸。眼看着那暴徒手挥马鞭凶险地向他冲来，他举起手枪，对准了那年轻的暴徒。

"不错，"我们的伙伴说道，"我就是鲍勃·卡拉瑟斯，我要看到这姑娘毛发不损，否则我要动家伙了。我告诉过你，假如你伤害了她，我就动手了。老天在上，我说到做到。"

"你来迟了一步，她已经是我的妻子了。"

"不对。要说妻子，她才是你的寡妻哩。"

枪声响起，我看到血从伍德利前胸背心喷出来。他尖叫一声，转了一下身子就仰面倒了下去，那丑陋的红脸霎时变得斑驳而又苍白，十分吓人。那老头子依然披着白色的法衣，在破口大骂，那些肮脏话语，闻所未闻。他掏出手枪来，但还没来得及举枪，就看见福尔摩斯的枪口已经对准他了。

"够了，"我的朋友冷冷地说道，"把枪扔下！华生，你把枪捡起来！把枪对准他的脑袋！谢谢。还有你，卡拉瑟斯，把你的枪也给我。我们用不着再动武了。来，把枪交过来了!"

"我说，你是谁?"

"我叫夏洛克·福尔摩斯。"

"老天爷!"

"我看得出，你们早知道我的名字了。在官方警探来到以前，我代表他们。喂，你!"福尔摩斯朝林中空地那边一个吓坏了的马夫喊道，"到这儿来。赶快骑马把这张条子送到法纳姆去。"福尔摩斯从记事本上撕下一页纸，草草写了几句话，"把这送到警察局交给警长。在他来到之前，只好由我来看管你们了。"

福尔摩斯凭着自己坚强的性格，威严地控制了这悲惨的场面，所有的人无不乖乖地听他的指挥。威廉森和卡拉瑟斯把受伤的伍德利抬进屋去，我也扶着那受惊的姑娘。受伤的伍德利被放到床上，我应福尔摩斯的要求对他进行了检查。当我向他报告检查结果时，他正坐在挂有壁毯的老式饭厅里，面前坐着受他监守的威廉森和卡拉瑟斯。

"他可以活下来。"我报告说。

"什么!"卡拉瑟斯高声嚷着，从椅子上跳下来，"我首先上楼把他结果了再说。你们不是对我说，那个小天使，那姑娘要一辈子受作恶多端的伍德利的约束吗?"

"这用不着你操心，"福尔摩斯说，"她绝对成不了他的妻子，有两条非常充分的理由。第一，我们完全有把握怀疑威廉森主持婚礼的资格。"

"我任过圣职。"那老无赖喊道。

"早就被免去圣职了。"

"做过牧师，终身便是牧师。"

"我看不对。那么资格证书呢?"

"我们有过办结婚证书的资格，现在我的衣袋里就有一张。"

"那你也是骗来的。不管怎样来的，反正强迫婚姻绝对不是婚姻，而是十分严重的罪行。在你们完蛋以前，你会悟出这一点的。除非我弄错了，在今后十年左右，你是有时间想通这一点的。至于你，卡拉瑟斯，要是你不从衣袋里掏出枪来，你本来可以干得更漂亮一些的。"

"我现在才开始这样想,福尔摩斯先生。因为我爱这个姑娘,福尔摩斯先生,这是我有生以来头一次知道什么叫作爱。当我想到要采取的一切预防措施保护她,想到她落入那个南非最残忍的暴徒的魔掌之中,而此人在金伯利和约翰内斯堡①一带是个臭名昭著的恶魔——想到这里简直使我发狂。啊,福尔摩斯先生,你很难相信这些,我知道这些无赖潜伏在这所宅子里,可是自从那姑娘受我聘用以来,她经过这所房子时,我没有一次不骑车护送她,亲眼看她不致受到伤害。我和她保持着一定距离,我戴上了胡子,免得她认出我来,因为她是一位善良而心高气傲的姑娘,如果她想到是我在村路上尾随她,她就不会长期受我聘用了。"

"你为什么不把危险告诉她呢?"

"因为那样一来,她还是要离开我的,可是我不愿意有这样的事。即使她不爱我,只要我能在家里看到她那俊俏的容貌,听到她的声音,我就知足了。"

"得了,"我说道,"你把这叫作爱,卡拉瑟斯先生。可是我却把这叫自私。"

"可能两者兼而有之。反正我不能让她离开。再说,她周围有这伙人,最好还是有人在身边照顾她好一些。后来,接到电报,我知道他们一定要有所动作了。"

"什么电报?"

卡拉瑟斯从口袋里拿出一份电报来。

"你们看吧。"他说道。

电文非常简单明了:

老头已死。

"哼!"福尔摩斯说道,"我想我知道这是怎么回事了,并且我也明白,像你所说的,这封电报会引起他们走向极端,既然还要等警察来,不妨把所知道的全告诉我。"

那个穿白色法衣的老恶棍破口骂出一连串脏话。

---

① 金伯利和约翰内斯堡均为南非城市名。

"给我听着!"他说道,"假如你泄露我们的秘密,鲍勃,我就要用你对付杰克·伍德利的手段来对付你。你可以随心所欲地乱说一通那姑娘的事,那是你们自己的事,可是你要把你的朋友出卖给这个便衣警察,那你就要自找倒霉了。"

"尊敬的牧师阁下,你用不着激动,"福尔摩斯点起了一支烟,说道,"明摆着,这件案子对你们不利。我不过出于个人好奇,问几个细节问题而已。不过,假如你认为不便说出来,那就让我来说一说,然后你们就会明白你们还能隐瞒住什么秘密了。首先,你们三个人从南非来这里玩这场把戏——你威廉森,你卡拉瑟斯,还有伍德利。"

"弥天大谎,"那老家伙说道,"我是两个月前才认识他们的,而且我这辈子从没去过非洲,所以你可以把这谎言放进烟斗里一起烧掉吧,爱管闲事的福尔摩斯先生。"

"他说的是实话。"卡拉瑟斯说道。

"得,得,你们两个是从那边来的。这位尊敬的牧师是我们自己的本国货。你们在南非结识了拉尔夫·史密斯。你们有理由相信他不会活得很久了,你们发现他的侄女要继承他的遗产。我这话对吧,嗯?"

卡拉瑟斯点点头,威廉森还在咒骂个不停。

"毫无疑问,她是最亲的亲属,你们知道那个老人不会留下遗嘱。"

"他不认字也不会写。"卡拉瑟斯说道。

"所以你们两人不远万里而来,到处查寻这位姑娘。你们打的主意是,一个人娶她,另一个人分一部分赃款。由于某种原因,伍德利选上做丈夫。那是什么原因呢?"

"我们在来的船上打牌,用那个姑娘作赌注,伍德利赢了。"

"原来如此。你把姑娘骗到你家里,好让伍德利扮演求婚的角色。可是她看得出伍德利是个酗酒的畜生,不愿和他来往。同时,你自己也爱上了这位姑娘,这就完全打乱了你们的安排。你一想到那个恶棍要占有这姑娘,再也受不了。"

"对,的确,我再也受不了啦。"

"于是你们争吵起来。他一怒之下就走了,把你撇在一边,自己单独干上了。"

"威廉森，我看，我们要说的这位先生都说了，已经所剩无几了，"卡拉瑟斯苦笑着大声说道，"对，我们争吵过，他把我打翻了。不管怎样，在打架方面，我和他半斤八两。后来我就见不到他了。原来那时他在这里结识了这位被开除的牧师。我发现他们俩在这儿租了房子，这正是她去车站的必经之路。在这以后我就留心照料她，因为我发觉情况不妙。我一次又一次看到他们在一起，我急着想知道他们打的是什么主意。两天以前伍德利带着这封电报到我家来，电报说拉尔夫·史密斯已经去世。伍德利问我是不是遵守讲好的交易条件。我说我不愿意。他问我是不是自己想娶那姑娘，然后分给他一部分财产。我说我倒是愿意这么办，可是姑娘不答应。伍德利说，'咱们先把她娶到手，过一两个星期，她就会改变主意的。'我说我不愿意动用武力。所以他就现出那下流的无赖本性，骂骂咧咧地走了，并且发誓说，一定要把她弄到手。她打算这个周末离开我，我弄到一辆轻便马车送她去车站，可总是放心不下，所以骑自行车赶来。然而，她已经动身了，还没等我追上她，祸事就发生了。我一看到你们两位先生把她乘坐的马车赶回来，我就立即知道事儿不妙。"

福尔摩斯站起来，把烟蒂扔进壁炉。"瞧我脑子多笨，华生，"他说，"你报告说你见骑车人好像在灌木丛中整理领带，光是这一件事我早该看出真相来了。不过，庆幸的是我们遇到了这样一桩稀奇古怪的案子，在某些方面还是独一无二的哩。我看见车道上来了三名区警察，我很高兴看到那个小马夫也能跟他们走得一样快。所以，看来，不管是那小马夫，还是那个有趣的新郎，不会因今天早晨的经历造成终生残疾。华生，我想，凭你的医务能力，你可以照料史密斯小姐。告诉她，假如她恢复了健康，我们就送她回妈妈身边去。如果她还没有完全复原，你可以暗示说，我们准备给米得兰公司的一位年轻电气专家打电报，这多半可以把她治愈。至于你，卡拉瑟斯先生，我想你对你参加的罪恶阴谋活动，已经力所能及地进行了补救。这是我的名片，先生，如果在审判你的时候，我的证词对你有益的话，请随意使用好了。"

　　我们的生活纷繁而永无止境，种种事件纷至沓来，读者可能已经发现，我在写作过程中不得不草草收场，很难做到为好奇的读者详细地提供他们所期许的结局。一起案件刚完结，另一案件接踵而至，决定性时刻一过，那些登台人物就从我们的忙乱生活中永远退场。然而，我找到了我记叙这件案子的手稿，手稿的结尾有一段简要的记录，上面写道：维奥莱特·史密斯小姐果真继承了一大笔遗产，现在她已经是莫顿和肯尼迪公司的大股东，著名的威斯敏斯特电气专家西里尔·莫顿的妻子。威廉森和伍德利两个人都因诱拐和伤害罪受审，威廉森被判七年徒刑，伍德利被判十年徒刑。我没有得到卡拉瑟斯结果如何的报告，不过我相信，既然伍德利是一个声名狼藉的十分危险的恶棍，法庭是不会十分严重地看待卡拉瑟斯所犯的伤害罪的，我想法官判他几个月监禁也就足够了。

巴斯克维尔魔犬

一 夏洛克·福尔摩斯

夏洛克·福尔摩斯在吃早饭。他早上一般起得很迟，因为他晚上工作得也很迟，还时常通宵达旦。我站在壁炉前的地毯上，顺手拿起一根手杖，那是昨晚客人忘了带走的。这根手杖沉甸甸的，做工精致，顶部有个树节头，木质为槟榔子树，产于槟榔岛。节头下面就是个宽宽的银箍，约一英寸宽。银箍上刻有"赠给皇家外科医学院学士詹姆士·莫迪摩尔。C. C. H. 朋友们敬赠。"日期是"一八八四年"。这根手杖不仅庄重，而且结实可靠，虽说它只是个私家医生常用的老式玩意儿。

"嗯，华生，你怎么看这根手杖？"

福尔摩斯那时正背对着我坐着，真不知道他怎么会意识到我在仔细观察手杖。

"你怎么知道我在干什么呢？难道你的后脑勺上也长着眼睛？"

"至少我眼前有一把擦得锃亮的镀银咖啡壶。"他说，"不过，告诉我，你对这位不速之客的手杖究竟有什么看法呢？可惜我们没有见到他。又不知道他为什么来访。这根手杖是客人意外落下的，因此也就变得更加重要了。既然你已经仔仔细细地观察了一番，那就说说这根手杖的主人会是个什么样的人。"

"我想，"尽可能运用起他的推理方法来，"人们为了表达对他的赞赏，送给他这根手杖，这就说明，莫迪摩尔是个成功的、年长的医生，而且享有很高的声誉。"

"很好，"福尔摩斯说，"好极了！"

"另外，这根手杖还能说明他是个乡村医生，常常徒步行医。"

"为什么呢?"

"因为这根手杖非常漂亮,可是,手杖有许多磕碰的痕迹,很难想象城里的医生还会使用它。手杖下端的铁质包头也严重磨损了,足以证明它伴随他走了许许多多的路。"

"太对了!"福尔摩斯说。

"还有,手杖上的'C.C.H. 的朋友们',我猜,这个缩写指的是某个猎人协会,或许医生曾经为他们中某人做了外科治疗,他们才送他这根手杖,表示感激之情。"

"说真的,华生,你长进不小啊,"福尔摩斯说着,把椅子往后一推,点燃一支烟,"你真好,为我那些微不足道的成就做了热情的记载,可我不能不说,在这些记载中,你已经习惯于低估自己的能力。也许你本身并不是个发光体,但是你传导了光。有些人本身没有天赋,却能激发别人的天赋。坦白地说,亲爱的朋友,您给了我莫大的帮助。"

过去,他从来没有说过那么多话,我得承认他的话使我欣喜若狂。因为以前,我总对他表示佩服并努力将他的推理方法公诸众,而对此,他并不以为然,这常使我感到十分伤心。如今,我竟然也能掌握并应用他的方法,而且还得到了他的赞赏,这使我一想起就感到自豪。他从我的手里接过手杖,看了几分钟,饶有兴趣地放下烟,把手杖拿到窗前,又用放大镜仔仔细细观察起来。

"虽说简单,但很有趣,"他一边说一边回到他最喜欢坐的长沙发的一端,"手杖上肯定有那么一两处能告诉我们什么。它给了我们推理的基本证据。"

"你说,我还漏了什么?"我神气地问他,"我自信那些个重大问题是不会忽视的。"

"亲爱的华生,恐怕你的结论大部分是错的。当我说你激发了我的思路,坦白说,我指的是:在我指出你的错误的同时,往往把我引向事实的真相。这并不是说你在分析案例时完全错了。这个人是乡村医生,这是确定无疑的,而且他确实常常走路。"

"那么说,我是对的了。"

"也只能说到这一步。"

"可事实就是如此。"

"不，不，亲爱的华生，事实并非仅此而已——绝非仅此而已。譬如说，我认为这件礼物并不是猎人协会而是一家医院送的呢。因为'C.C.'这两个字母如果在'医院（HOSPITAL）'这个词前面，就很自然使人联想到CHARGE CROSS这两个词来。"

"你也许是对的。"

"这很有可能。有了这一段假设，那就可以获得一个新的依据。据此，我们便可描绘出这位不知名的来客究竟是个什么样的人。"

"好吧。那就假设'C. C. H.'代表查灵十字医院，我们还可得出什么能进一步的结论呢？"

"真的没有什么值得注意的了？你学会了我的方法，就应该好好加以应用！"

"我只能得出一个较为明显的结论，即此人去乡村行医前曾在城里当过医生。"

"我想我们还可以再往前想一步。根据这一推理，这件礼物最有可能是在什么样的情况下赠送的？什么时候，他的朋友们才会共同向他表示良好的祝愿？很明显，这是在莫迪摩尔医生决定离开医院自行开业时，既然我们知道有这一赠礼之事，又相信他去乡下行医之前送的，这一结论不会太离谱吧？"

"这当然很有可能。"

"现在，你可分析得出，他在医院里的地位并不怎么的。因为只有当医生在伦敦颇有声望时，才可能有较高的地位，而有地位的医生是不会去乡下行医的。那么，他到底是干什么的呢？假如他在医院里工作而地位又不高，那么他最多是个住院外科医生或是住院内科医生，其地位略高于医学院高年级学生，而他是五年前离开医院的——手杖上刻有日期，这样，你所推测的那位庄重的中年医生就不存在了。亲爱的华生，而这位医生很可能是个年轻人，约莫三十岁，和蔼可亲，安分守己，漫不经心，他还有一只非常宠爱的狗，比獒要小些。"

我笑了起来，有点不大相信。夏洛克·福尔摩斯背靠沙发，脸朝天花板，吐出一个个小小的烟圈，悠然而飘忽。

"至于后面一部分，我无法确证，"我说，"但是，至少不难找出有关他的年龄、经历和特征。"我从那个放医学书籍的小小书架上取出医学手册，翻到人名栏，查到姓莫迪摩尔的有好几个，但其中只有一个可能是我们的访客，并大声念起有关他的一段：

> 詹姆士·莫迪摩尔，1882年毕业于皇家外科医学院。德文郡，得特沼地格陵朋人，1882—1884年，查灵医院，任住院外科医生。因发表《疾病是否隔代遗传》而获得杰克逊比较病理学奖金。瑞典病理学协会通讯会员。著有《几种隔代遗传的畸形症》（发表于1882年《柳叶刀》），《我们在进步吗？》（发表于1883年3月的《心理学报》）。任格陵朋索尔斯利和商拜罗等教区的医务长官。

"里面可没有提到什么地方猎人协会，华生，"福尔摩斯微笑着戏谑说，"只是一个乡村医生，正如你所观察到的。我知道我的推测相当正确。至于那些个形容词，如果我记得不错的话，我说他'和蔼可亲，安分守己，漫不经心'，那是经验之谈。在这个世界上，只有和蔼可亲的人才会收到纪念物，只有安分守己的人才会撇下伦敦的工作而去乡下行医，只有漫不经心的人才会在你房间里待上一小时后，不留下自己的名片，反而遗忘了自己的手杖。"

"那狗呢？"

"那狗习惯叼着手杖跟在主人的后面。因为手杖很重，狗只能叼在中间部位，于是便留下很明显的牙印。从牙印看，牙齿的间隙要比獒的窄，也许是一只獒……啊，对了，是一只卷毛长耳狗。"

他站起身子，一边说一边在房间里踱起步子来。他走到突出的窗台前，站在那儿。他的语气非常自信，不禁使我抬起头来，惊讶地望着他。

"我亲爱的朋友，对这一点，你怎么会这么肯定呢？"

"道理很简单，我现在就看见这只狗站在我们门口的台阶上，我还听到了它主人拉门的铃声。别走，我求求你，华生，他是你的同行，你在这里或许对我会有帮助。现在，命运已经走到了最富戏剧性的时刻。听，那楼梯上脚步声，它正走进你的生活，而你却不知道是福是祸。詹姆士·莫迪摩尔医生究竟有什么要请犯罪学专家夏洛克·福尔摩斯先生帮忙呢？请进！"

客人的外貌简直使我大吃一惊，跟我想象中的乡村医生的形象大不相同。他又高又瘦，鼻子很长，宛如鸟嘴，突出在一对精明的灰色眼睛中间，眼距很近，但透过那副金丝眼镜，闪烁着炯炯的光芒。他身着一身乡村医生常穿的衣服，可又不修边幅，因为他的外套很脏，裤子也磨破了。虽说年轻，可他长长的背脊已经弯曲了，走起路来头向前倾，带有一种贵族般的慈祥神情。他走进房间，目光就落了福尔摩斯手中的手杖上。他朝它走去，开心地欢呼起来："我太高兴了，我吃不准到底是忘在这里还是在轮船公司里。哪怕是失去整个世界，我也不能把这手杖弄丢了。"

"这是赠物，我理解。"福尔摩斯说。

"是的，先生。"

"查灵医院送的？

"是医院里的一两个朋友在我结婚时送的。"

"天哪，天哪！这可糟了！"福尔摩斯说着，不断摇头。

透过眼镜，莫迪摩尔医生那双眼睛眨了眨，有点吃惊。

"为什么糟了？"

"只是因为你的回答打乱了我们的推测。你说是结婚时送的，是吗？"

"是的，先生。我结了婚，接着就离开了医院，随之失去了成为顾问医生的希望。我必须这么做，因为我要有自己的家。"

"算了，算了，毕竟我们的推测只错了一点点。"福尔摩斯说，"好吧，莫迪摩尔医生——"

"您叫我先生就是了。我是卑微的皇家外科医学院的学生。"

"可很明显，你是个头脑十分精明的人。"

"一个初涉科学的人，福尔摩斯先生，一个在广阔、未知的大海边拾贝壳的人。我想我是在跟福尔摩斯先生说话，而不是——"

"不，这是我的朋友华生医生。"

"很高兴见到您，先生。我已经听说过您的名字总是和您的朋友联系在一起的。您激起了我的兴趣，福尔摩斯先生。我从未想到在这儿能看到这么长的头颅以及这对异乎寻常的深陷的眼窝。先生，您不介意我用手指沿着您头顶的骨缝摸一下把？在得到实物之前，如果能按您的头骨做成模型，肯定能使任何人类学博物馆生辉的。

我不想讨人嫌，可我得承认，我非常渴望得到您的头骨。"

夏洛克·福尔摩斯挥了挥手，示意客人坐在椅子里，说："我觉得，你像我一样，也是个热衷于思考自己本行问题的人。啊，我注意到了你的食指，你是自己卷烟抽的。别客气了，抽一支吧。"

客人拿出卷烟纸和烟叶，很快就卷成了一支烟，熟练异常。他那长长的手指，不住颤抖，就像昆虫的触须。

福尔摩斯一声不响，可眼珠不停地转动，显然，他对这位奇异的不速之客非常感兴趣。

"我认为，先生，"他终于开了口，"你昨晚的光临和今天的再访，并不只是来观察我这颗头颅的吧？"

"不，先生，不是，福尔摩斯先生，尽管我很高兴有机会看到您的头骨。我来找您，先生，因为我是个非常缺乏实际经验的人，可是我突然又碰到了一个十分严重而且非同寻常的问题。我得承认，您是欧洲第二高明的专家——"

"是吗？先生！我能问一下谁有幸第一呢？"福尔摩斯问道，语气有点刻薄。

"贝蒂隆先生可算是欧洲第一，他头脑精确、科学，办起案来总是令人瞩目。"

"那么你去找他帮忙不是更好吗？"

"我说，先生，这只是就头脑精确、科学而言。至于办事实际有效，那就数你第一了。我相信，先生，我无意中没有……"

"只是有一点，"福尔摩斯说，"我认为，莫迪摩尔医生，最好你马上就把你要我帮忙解决的问题的性质及详情清清楚楚地告诉我。"

二　巴斯克维尔家的灾祸

"我口袋里有一份手稿。"詹姆士·莫迪摩尔医生说。

"你走进房间时我就注意到了。"福尔摩斯说。

"这是一份古老的手稿。"

"十八世纪初的，要么就是伪造的。"

"您怎么知道，先生?"

"你那手稿有一两英寸露在外面，而你说话时我一直在观察着。如果一个专家对文件年分估计的误差超出十年，那就太差劲了。也许你已经看过我专门为这一问题写的小文章。依我看，那手稿是1730年写的。"

"准确地说应该是1742年。"莫迪摩尔医生从上衣口袋里掏出手稿，"这份家传文件是查尔士·巴斯克维尔爵士委托我保管的。三个月前，他的突然惨死轰动了整个德文郡。可以说我是他的私人医生兼密友。先生，他是个意志坚强的人，精明，实际，而且跟我一样，毫无想象力。不过，他对这份手稿的态度非常认真，对其中的结局早有心理准备，而这一结局最终还是在他身上应验了。"

福尔摩斯伸手接过手稿，在膝盖上铺平。

"你会看到，华生，这里长 S 和短 S 交替使用，就是这些字母使我能确定该文件的年份的。"

我从他身后望去，那是一份发黄的，而且还是褪了色的手稿。头上写道："巴斯克维尔庄园"，下面，是大而潦草的数字："一七四二"。

"看上去好像是一篇记述之类的文章。"

"是的，这是一个传说，一个在巴斯克维尔家族流传至今的传说。"

"可是，据我理解，这件事的意义更在于现在，而且这就是你要我帮你解决的一个实际问题。"

"非常具有现实意义。而且是一个迫在眉睫的实际问题，必须在二十四小时内作出决定。这份手稿跟这件事大有关系，好在很短，假如您允许的话，我这就念给你们听。"

福尔摩斯向椅子背上一靠，两手指尖交叉，闭上眼睛，一副悠闲自得的样子。莫迪摩尔医生将手稿拿到亮处，以一种高亢而沙哑的嗓音读出了下面一个令人好奇的古老故事来。

有关巴斯克维尔魔犬有好多种说法，然而，由于我是雨果·巴斯克维尔的直系后代，这事儿是我父亲告诉我的，父亲又是我祖父告诉他的，因此，我坚信，这里确实发生过这样的事，所以把它写下来，而且我想让你们相信，我的儿子，正义将能惩罚那些有罪的人。但是，只要他们能祈祷忏悔，无论罪孽多大，都会得到宽恕的。既然知道了这件事，就不要因先人们所得到的恶果而恐惧，而是以后要小心谨慎，使过去我们家族所蒙受的深重苦难不致再度落到我们头上。

传说在大叛乱时期（我真诚推荐，请看一看博物学家克莱尔顿勋爵所写的历史），巴斯克维尔楼宇是雨果·巴斯克维尔的，毫无疑问，他是个非常粗野、亵渎上帝的人。这一点，他的邻居们也许会原谅他，因为圣教在这里从未发达过。可他生来疯狂而自大，幽默却残忍，这在西部是有名气的。这位雨果先生偶然爱上（假如真的，也不过是以圣爱的名义发泄他那卑鄙的情欲）一个庄户人家的女儿。她家在巴斯克维尔庄园附近，种着几亩地。然而，姑娘贤淑、谨慎，总是躲着他，而且还怕他的奥名昭著。于是，在一个迈克尔摩斯节的晚上，他乘姑娘父兄在外，带上五六个游手好闲的恶少，偷偷来到姑娘家，把她抢到庄园，关进楼上的一个小房间。然后，就和这帮朋友狂欢痛饮起来。这时，楼上那可怜的姑娘，听着楼下传来的狂歌乱吼，还有那不堪入耳的咒骂声，吓得不知所措。据说，雨果·巴斯克维尔醉后所说的话，无论是谁，即使重复一遍，都会遭到天打五雷轰的。最后，姑娘在极度紧张、恐惧之中，竟然做出了最勇敢、最聪明的人也不敢做的事：她爬出窗口，攀着南墙那浓密的爬墙虎（至今还在），从屋檐一直爬了下来，然后穿过沼地直奔家里。她家距离庄园有九英里光景。

说来也巧，过了没多久，雨果便撇下客人，带上吃的和喝的独自上楼去找他的掳物，结果发现笼空鸟飞。于是，他就像中了邪似的，冲下楼来，奔进餐厅，纵身跃上餐桌，把桌上的酒瓶和木盘踢得四下乱飞，并大声嚷嚷：只要当晚能追回那丫头，他愿不惜一切代价。这当儿，他那些酒兴犹酣的狐朋狗友却被他的狂怒吓得目瞪口呆。然而，就在这时，一个特别凶狠的家伙——或许他酒喝得最多，醉得最厉害——大喊："快放猎狗。"一听此言，雨果便飞也似的奔出屋去，大声嚷嚷，让马夫即刻牵马备鞍，并把所有的猎狗都放出来，先让它们嗅嗅姑娘的头巾，然后把狗群一下子都赶了出去。这群狗狂吠着，在月光下直奔沼地而去。

他那些浪子朋友一时个个瞠目结舌，弄不清自己匆匆忙忙，乱七八糟，在搞些什么名堂。好一会儿，才弄明白为什么要去沼地。于是便大喊大叫，有的要马，有的要枪，有的还要再来一瓶酒。然而，他们那疯狂的头脑终于有点清醒过来，十三个人一起上马追了出去。天上月明如水，他们一个紧跟一个，沿着姑娘回家的必经之路风驰电掣而去。

他们跑了约莫一两英里地，碰到一个沼地牧人，便大声问他，有没有看见一个姑娘。故事里说，那牧人简直被这些浪子吓得魂不附体，半天说不出话来。最后，才好不容易开口，告诉他们确实看见了一个姑娘，后面还紧追着一群狗。'可是我还看见了雨果·巴斯克维尔爵士，'那牧人说，'他也骑着一匹高大的黑马，疾驰而过，身后还紧跟着一条悄没声息、魔鬼似的巨大猎狗。上帝保佑，但愿那狗别跟在我的后面。'这伙醉鬼骂了牧人几句，继续狂奔而去。然而，不久他们便吓得汗毛直竖，因为沼地上传来了奔马的声音，接着就看到那匹黑马，嘴里流着白沫，拖着缰绳飞驰而过，马鞍上却空空如也。于是乎，那伙醉鬼都挤在一堆，他们真的吓坏了，不过，还是慢慢地向沼地跑去。此刻，要是单独一人，谁都会拨转马头逃回家的。过了一会儿，他们终于追上了那群狗。虽说它们都是些骁勇的优种狗，不料，此时却挤缩在沼地的一条深沟（或者说是峡谷）的尽头，嘴里不住地哀鸣，有的已经逃之夭夭，有的则颈毛直竖，双眼直愣愣地望着前面一条窄窄的溪谷。

这伙人勒住马。此时，他们已经比出发时清醒多了。大部分人再也不愿向前走一步，只有三个胆子最大的，也许是最醉的，策马直奔那窄窄的溪谷。他们来到一片开阔地，那儿矗立着两根石柱（现在还在那儿），那是古时候不知谁竖在那里的。明月照亮了一片空地，空地中央躺着那可怜的姑娘，死了，惊吓疲惫而死的。她的旁边躺着雨果·巴斯克维尔的尸体。然而这一切并没能吓退这三个胆大包天的酒鬼，真正使他们毛骨悚然的却是站在雨果身边撕咬着他喉咙的那怪物，一头又大又黑的怪兽，模样像

条猎狗，可谁也没有见过如此硕大无比的猎狗。正当他们看着那头怪物撕断雨果·巴斯克维尔的喉咙时，它那闪亮的眼睛和流着口水的嘴巴突然转向他们。三人竟吓得惊呼起来，急忙撒开马蹄，夺路而逃。甚至在穿越沼地时还惊呼不已。据说，其中一人当场就气绝身亡，另外两个也变得终生疯疯癫癫的了。

这就是有关这头魔犬的传说。儿子们，打那时起，这头魔犬就一直搅得我们家族不得安宁。我之所以要把这事记下来，是因为我认为：道听途说的东西要比本身一清二楚的东西可怕得多。不可否认，我们家族里有许多人未得善终，死得突然，血腥而神秘。但愿上帝慈悲为怀，不使灾难降落到我们第三代以至第四代人的头上。儿子们，我以上帝的名义，命令你们务必多加小心，千万不要在黑夜降临、罪恶肆虐时穿越沼地。

（这是老雨果·巴斯克维尔写给两个儿子罗杰和约翰的，并嘱咐二人绝不能把这事告诉姐姐伊丽莎白。）

莫迪摩尔医生念完这怪异的手稿后，把眼镜推到额头上，眼睛凝视着福尔摩斯。福尔摩斯打了个呵欠，把烟头扔进壁炉。

"完了?"他说。

"你不感兴趣吗?"

"神话收集者或许会感兴趣。"

莫迪摩尔医生又从口袋里拿出一份折叠着的报纸。

"那么，福尔摩斯先生，我再给你念一点最近的材料。这是今年五月十四日的《德文郡记事报》。上面登了一篇有关几天前查尔士·巴斯克维尔爵士死亡的简短叙述。"

福尔摩斯向前欠了欠身子，表情变得关注起来。莫迪摩尔又戴上眼镜，开始念起来：

最近查尔士·巴斯克维尔爵士的突然去世，使本郡蒙上了悲伤的阴影。据传，他可能是下届选举中德文郡中部的自由党候选人。虽说查尔士·巴斯克维尔爵士住在庄园的日子相对不多，但他为人忠厚、慷慨，凡见过他的人都非常尊敬他、爱戴他。如今到处是暴发户，查尔士出身破落名门，犹能发财致富，并用他的财富重振昔日雄风，着实令人振奋。众所周知，查尔士爵士在南非投机中赚了一大笔钱。但他聪明过人，见好就收，携款回到了英国。他只是两年前才开始入住巴斯克维尔庄园的。人们常常谈论着他那改造旧屋、重建家园的庞大计划，而这项计划因为他的去世而搁浅。由于他没有子嗣，他曾公开表示，在他有生之年将使整个地区都能从他的财产中获益。因此，许多人都为他的突然去世而悲恸万分。本栏常常刊登他对当地和本县慈善事业的慷慨捐赠。

虽经验尸，仍未能弄清与查尔士爵士死亡有关的诸多情况，至少尚不能排除因当地迷信而引起的种种谣传。无论怎么说，还没有理由怀疑这是谋杀或其他非正常原因。查尔士爵士是个鳏夫，或许就某种程度而言，他是个思维习惯怪僻的人。尽管他财产丰厚，但他个人兴趣非常简单。巴斯克维尔庄园中的仆人仅拜里莫夫妇俩。丈夫是总管，妻子是管家妇。他俩提供的证词，均被几个朋友证实，即"查尔士·巴斯克维尔爵士的身体不适已有时日了，特别是心脏病，表现为脸色突变，呼吸急促以及严重的精神忧郁症。"他的私人医生和朋友莫迪摩尔医生的证词也是如此。

案子本身十分简单。查尔士·巴斯克维尔爵士有一个习惯，他每晚睡觉前都要沿着巴斯克维尔庄园有名的水松夹道散步。拜里莫夫妇的证词也证实了他的这一习惯。五月四日那天，查尔士爵士曾说他计划第二天要去伦敦，并吩咐拜里莫准备好他的行李。那天晚上，跟平常一样，他出去散步，同样习惯性地边走边抽着雪茄，可他再也没有回来。十二点时，拜里莫发现大门仍开着，便吃惊不小。于是，他点着灯，出去寻找主人。那天，天气潮湿，查尔士爵士留下的鞋印，沿着夹道，非常清晰。在夹道一半处有扇栅门，门外有条路通往沼地。许多迹象表明，查尔士爵士曾在这里站了一会儿。然后又继续沿着夹道散步，他的尸体就是在夹道尽头发现的。有一个事实未能得到解释，即拜里莫说，过了这扇门，他主人的脚印似乎变了样，从那一刻起他似乎是用脚尖在走路。那时，有个名叫墨非的吉卜赛马贩子正在离开这里不远的沼地上。不过，他自己坦白说，当时他喝得醉醺醺的，因此只听到了喊叫声，但说不清是从什么方向传来的。在查尔士爵士身上找不出任何施暴的迹象，然而，医生的证明却指出，死者的面部扭曲，简直到了令人难以置信的地步。脸部扭曲的程度，甚至连莫迪摩尔医生起初也不愿相信，躺在他面前的人就是他的朋友和病人。据解释，这种症状对呼吸障碍和死于心力衰竭的病人来说是常见的。这一解释已经在尸体解剖时得到证实，说明他长期患有官能性的疾病。法院验尸官的报告跟医生的证明相吻合。事情到这个地步已属不错。如今，最重要的是让查尔士爵士的后代仍住在庄园，从而继续其因他去世而不幸中断的慈善之举。倘若医生的证明仍不能消除邻里传言中荒诞无稽的故事，那就很难使人回到巴斯克维尔庄园来居住了。据了解，亨利·巴斯克维尔先生，如果还活着，便是巴斯克维尔庄园的下一个主人了。他是查尔士·巴斯克维尔爵士弟弟的儿子。有关这一位年轻人的最后一次消息是说他在美洲。现正在进行调查，以便通知他来接受这份不小的遗产。

莫迪摩尔医生把报纸折叠好，塞回口袋里。

"那都是人人皆知的事实，福尔摩斯先生，有关查尔士·巴斯克维尔爵士之死的事实。"

"我得感谢你，"夏洛克·福尔摩斯说，"感谢你提醒我注意一件案子。这件案子肯定有些个特点会令人非常感兴趣的。我已经注意到当时有些报纸的评论。可当时我正专心致力于梵蒂冈宝石案，以解教皇的燃眉之急，竟然没有注意到英国发生的几件有趣的案子。这篇文章，你说，包括了所有公开的事实？"

"是的。"

"那么你现在可以告诉我一些未经公开的事实了。"他向后一仰，又叉起手指，面无表情，像一个法官似的。

"这么做，"莫迪摩尔医生说着，开始激动起来，"就等于把从未告诉过别人的东西说出来了。甚至对验尸官都没说过。作为一个研究科学的人，最怕人家在公众场合说你仿佛相信了某种广为流传的迷信。而我的另一个动机，正如报纸上所说，假如什么东西进而恶化巴斯克维尔庄园那业已非常可怕的名声，那么，以后就不再有人敢住进去了。鉴于这两个原因，我有理由不把事实和盘托出，因为这么做并不会带来什么好处。不过，对你，就没有理由隐瞒了。

"沼地上的住户相距很远，而彼此住得较近的人，关系就非常密切。正因为如此，我常见到查尔士·巴斯克维尔爵士。沼地上，除了拉夫特庄园的富兰克伦先生和生物学家斯泰普顿先生外，方圆数英里之内就不再有什么受过良好教育的人了。查尔士爵士是个性情孤独的人，是他的病使我们相识，对科学的共同兴趣又使我俩成了好朋友。他从南非带回许多科学资料。我们一起度过了许许多多令人迷恋的夜晚，研讨了非洲丛林人和豪顿托脱人的比较解剖学。

"在他最后几个月的日子里，在我看来，查尔士爵士的神经系统显然已经到达崩溃的边缘。他对我刚才念给你听的传说太相信了，虽说他每天晚上要出去散步，但无论什么东西都不可能引诱他晚间走出庄园，前往沼地。这在你看来，是难以置信的，福尔摩斯先生。可是，他深信厄运必将降临到他的家，而他从祖先听来的传说更加使他不快，仿佛随时都会大难临头。他不止一次地问我，夜间出诊中是否看到过怪物或是听到过狼狗的嗥叫，而且声音总是不住颤抖，充满了恐惧。

"我至今还能清楚地记得，那天晚上，我驾车去他家，那是他死前的三个星期。他刚好站在门前。我下了车，站在他跟前。突然，我看到他的眼睛死死盯住我的背后，表情极度恐慌。我猛地转过头，恰好瞥见一头类似黑色大牛犊的东西，飞也似的穿越大路。我见他如此激动惊恐，只得走到那畜牲横穿大路的地方，四下寻找一番，然而，它已经不见踪影，而这事仿佛给他留下了极其糟糕的印象。那晚，我整夜都陪着他。也就是在那个晚上，为了解释他的紧张情绪，他把刚才我念给你听的那份手稿托付给我，要我妥善保存。我提起这个小插曲，是因为这对后来所发生的悲剧很可能非常重要，而在当时，我真的以为这不过是小事一桩，他的惊恐自然也是毫无道理的。

"正是由于我的劝说，查尔士爵士才决定去伦敦的。他经常处于焦虑之中，不管他的焦虑是出于多么虚妄的原因造成的，已严重地损害到他的心脏健康。我原以为在城里待上几个月，消遣消遣，能使他紧张的情绪得到松弛。我俩的朋友斯泰普顿先生也非常关心他的健康状况，他也同意我的看法。然而，最后一刻，在他临走前的夜晚，可怕的灾难终于降临了。

"那天晚上，管家拜里莫一发现查尔士爵士去世，就派马夫佩金思来找我。当晚，我工作得很迟，因此，不到一小时，我就赶到了巴斯克维尔庄园。我仔细检查了一番，并确证了验尸中所提到的所有事实。我循着脚印，沿着水松夹道走去，在通往沼地的栅门边，发现他好像在那里等过人。我注意到打那以后，他的脚印形状起了变化，而且还注意到在松软的沙地上留有拜里莫的脚印（不可能是别人的）。最后我仔仔细细地检查了尸体，尸体在我到达之前没人动过。查尔士爵士脸朝下趴在地上，两臂前伸，手指插进了泥地，五官由于激动、抽搐而变形，以致连我也几乎认不出来。可以肯定，他没有受到任何外来伤害，但是，拜里莫在验尸时做了假证。他说在尸体周围没有其他脚印。他什么也没有看到。然而在离尸体不远的地方，我发现了非常新鲜、清晰的——"

"脚印？"

"脚印。"

"男的还是女的？"

莫迪摩尔医生奇怪地看了我们一会儿，他的声音简直轻得像耳语："福尔摩斯先生，那是些巨大的爪印！"

三　问题

我得承认，听到这话，我不觉浑身战栗。医生的声音震颤不已。这表明连他自己也为他所说的故事而紧张、激动。福尔摩斯也紧张地向前探出身子，双目炯炯发光，严肃、冷峻。通常这说明他对此事非常感兴趣。

"你看清了？"

"一清二楚。"

"可你什么也没说？"

"说了又有什么用？"

"其他人怎么可能没看到呢？"

"爪印离尸体大约有二十码，谁也不会想到去那里看的。我想，如果我不知道他家的传说，也不可能发现那些爪印的。"

"沼地上不是有许多牧羊犬吗？"

"那当然，但那些爪印不可能是牧羊犬的。"

"你是说爪印很大？"

"大得不得了。"

"可那狗并没有走近尸体？"

"没有。"

"那天晚上天气怎么样？"

"又潮又冷。"

"没有下雨吧？"

"没有。"

"夹道是什么样子的？"

"两边两行水松树篱，十二英尺高，种得很密，人是钻不进来的。中间的小道约有八英尺宽。"

"树篱和小道之间有没有别的东西？"

"有。小道两边各有宽约六英尺的草地。"

"我懂了，是不是说那树篱有一处是开了栅门的？"

"是的，就是对着沼地开的那个栅门。"

"还有其他出口吗？"

"没了。"

"这么说，如果要上水松夹道，要么通过大门进去，要么就从栅门进去。"

"小道远处，凉亭那里还有一个出口。"

"查尔士爵士有没有走得那么远？"

"没有。他躺的地方离开那里还有五十码左右。"

"现在，莫迪摩尔医生，告诉我——这一点非常重要——你发现的爪印是在路上而不是在草上，对吗？”

“草上根本看不到爪印。”

“爪印是不是在栅门同一侧的路边？”

“是的。是在同一侧的路边。”

“真是太有意思了。还有一点，栅门是关着的吧？”

“关着，而且还上了锁。”

“门有多高？”

“大概四英尺。”

“那么，谁都可以爬门而入啰？”

“是的。”

“你在栅门边还发现了什么痕迹？”

“没有什么特别的痕迹。”

“天哪！难道没人检查过？”

“有，是我自己检查的。”

“什么也没有发现？”

“呃，啊！简直把我搞糊涂了。显然，查尔士爵士在那里站了五到十分钟。”

“你怎么知道的？”

“因为他雪茄上的烟灰掉落了两次。”

“妙极了！简直就是我的同行，华生。思路和我们一样。那么脚印呢？”

“他在一小片沙地上留下了无数的脚印，根本辨不出还有没有其他人的。”

夏洛克·福尔摩斯用手敲了敲膝盖，好像有一点烦躁。

“要是那会儿我在那里就好了！”他喊道，“这件案子显然有趣极了，而且还为犯罪学专家提供了极好的机会。可是那些痕迹如今已被雨水和来看热闹的农民的木屐弄掉了——啊，莫迪摩尔医生，你当时为什么不来叫我呢！说真的，这事你该负责。”

“当时，我确实没法叫你去，福尔摩斯先生，况且还不能把这些事实公诸众。我已经说了不想这么做的理由。再说，再说——”

“你有什么好犹豫的？”

“有些事情，即使最精明、最老练的侦探也是无能为力的。”

"你的意思是说，这件事跟魔怪有关了？"

"我并没有这么说。"

"没这么说，那肯定这么想。"

"自从悲剧发生后，福尔摩斯先生，我已听到了不少事，很难符合自然法则。"

"举个例说说。"

"我发现，在这件可怕的事发生前，已有几个人在沼地上看见过一头怪兽，样子恰好跟巴斯克维尔魔怪相差无几，而且是动物学上迄今没有记载过的怪物。目击者都说，那怪兽十分高大，浑身发光，魔鬼似的，面目狰狞可怖。我曾逐个跟他们谈过，其中有一个是聪明的乡下人，一个是马掌铁匠，还有一个是沼地农民。他们对这一幽灵的描述都一样，跟巴斯克维尔传说中的魔怪完全吻合。你可以相信，如今整个地区都笼罩在恐怖之中，也许只有胆子最大的人才会夜间穿越沼地。"

"而你，一个潜心搞科学的人，难道也会相信这种妖魔鬼怪的事吗？"

"我不知道该相信什么。"

福尔摩斯耸了耸肩。

"迄今为止，我的侦查工作仅仅局限于人世，"他说，"我确实战胜了一些邪恶，但要跟万恶之神斗法，也许是太狂妄了。可是，你不得不承认，那些个爪印是真真切切、确实存在的。"

"可传说中的狗也是确实存在的，而且还足以撕断人的喉咙，但同时，它又是个魔怪。"

"看来，你几乎相信这一魔怪的存在了。不过，莫迪摩尔医生，请你告诉我，既然你持有这种观点，那么我能为你做些什么呢？你一面说调查查尔士爵士的死无济于事，同时又希望我去调查。"

"我可没说过希望你去调查。"

"那我怎么帮助你呢？"

"就教我如何接待亨利·巴斯克维尔爵士吧。他将在——"莫迪摩尔医生看了看表，"一小时十五分钟后，他会准时到达滑铁卢车站。"

"他就是继承人？"

"是的。查尔士爵士去世后，我们调查了这个年轻的绅士，发现他一直在加拿大务农。从我们收到的资料看，他怎么说都是个非常好的人。我现在并不是以医生的身份说这些话的，而是作为查尔士爵士遗嘱的委托人和执行人的身份说的。"

"我想，再没有其他人会声称有权继承遗产了吧?"

"没有了。在他的亲属中，我们唯一能寻找到的是罗杰·巴斯克维尔，三兄弟中最小的，可怜的查尔士爵士是老大。年轻时就去世的老二就是小亨利的父亲。老三罗杰是这个家族的败家子。他的专横简直就是老巴斯克维尔的翻版，据说，连长相也像是一个模子里刻出来的。他造孽太多，终于闹得连英国也待不下去了。于是，便逃到了中美洲。一八七六年，因患黄热病，他死在了那里。亨利已是巴斯克维尔家族中仅存的子嗣。一小时零五分之后，我就要在滑铁卢车站接他了。我接到电报说他今天早上已到了南安普敦。现在，福尔摩斯先生，你能教教我如何安置他吗?"

"为什么不能让他回到他祖传的庄园去呢?"

"这似乎理所当然，是吗? 然而，想一想，每个巴斯克维尔家的人，回到庄园后都遭到了厄运。我想，假如查尔士爵士死之前能跟我谈一谈的话，他肯定会警告我，绝不要把古老家族的最后一个人、巴斯克维尔庄园庞大遗产的继承人带到那个致命的地方去。当然，不可否认，整个贫穷荒芜的地区的繁荣都系于他的到来。如果庄园没有继承人，那么查尔士爵士生前的一切慈善之举都将化为泡影。因为我本人对此极为关注，担心因此而掺入个人情感。这就是为什么我要把这个案子托付给你，并想从您这里获得忠告。"

福尔摩斯略微想了想。

"简单地说，事情是这样的，"他说，"依你之见，眼下有个魔怪，已经把得特沼地变成了不祥之地，巴斯克维尔家的人住在那里很不安全。这可是你的意见?"

"至少我还可以毫不夸张地说，确实有些证据说明事情也许就是这样的。"

"很好。可以肯定地说，如果你的魔怪理论成立，这个年轻的继承人即便在伦敦也会遭殃的，就像在德文郡的庄园一样。难道魔怪也像教区那样有一定的势力范围?"

"福尔摩斯先生，假如你亲身经历过这些事，也许你就不会那么说了。那么，按我的理解，你的意思是，这位年轻人在德文郡就像在伦敦一样会安然无恙的。啊，再有五十分钟他就要到了，我必须马上去接站。可眼下，您说该怎么办？"

"我建议，先生，叫一辆马车，带上你那条正在抓挠我前门的狗，去滑铁卢车站接亨利·巴斯克维尔爵士吧。"

"那以后呢？"

"以后，什么也别对他说，等我对此事作出决定后再说。"

"要等多久呢？"

"二十四小时。明天十点钟，假如你再来，我将非常感谢你，假如你能带上亨利·巴斯克维尔爵士一起来，那对我们将来的工作肯定会大有好处。"

"我会的，福尔摩斯先生。"他把约好的时间写在衬衣袖口上，正要离去，福尔摩斯又叫住了他。

"最后再问个问题，莫迪摩尔医生。你说查尔士·巴斯克维尔爵士去世前有三个人看见过那头怪兽？"

"有三个人看到过。"

"后来还有没有人再看见过？"

"没听说过。"

"非常感谢。再见。"

福尔摩斯回到了他的坐椅，神情安谧，内心得到十分满足。这说明这件案子正中其下怀。

"出去吗，华生？"

"是的，除非我帮得上你的忙。"

"不必了，亲爱的朋友，到要行动的时候我就找你帮忙。可是，这个案子妙极了，从某种观点看，简直是独一无二的。你路过布莱德雷商店时，让他们送一磅最浓烈的烟叶来。谢谢了。如果方便的话，你最好黄昏后再回来。这样，我将非常高兴地把今天上午所得的有关这个有趣案子的各种印象加以比较、梳理。"

我知道，这种独自闭门苦思冥想对他来说是十分必要的，因为在这段时间里，他将集中精力，权衡、分析每一丁点证据，构想种种可能，加以综合平衡，然后确定哪些是最关键的，哪些又是没有根据的。于是，我在俱乐部里消磨时光，一直到傍晚才回到贝克街。

我来到客厅坐下时，已经是晚上九点了。

我打开门后的第一印象是着火了，因为房间里，烟雾腾腾，就连桌上的台灯都黯然无光。不过，走进房间，就放心了。原来是浓烈的烟草味使我呛得不行，嗓子堵得慌，连连咳嗽。烟雾中，模模糊糊地看到福尔摩斯穿着睡衣，蜷缩在椅子里，嘴里叼着黑色的陶瓷烟斗，身旁还有一卷一卷的纸。

"感冒了，华生？"他说。

"没有，都是这些个毒雾弄得我咳起来。"

"多亏你提醒，看来这烟雾确实浓了点。"

"浓！简直是无法忍受。"

"那就打开窗子！我猜你在俱乐部里待了一天。"

"我亲爱的福尔摩斯先生！"

"难道不对吗？"

"当然对，可你是怎么——"

他看上去一副迷惑的神情，嘲笑起我来。

"你浑身都显露出愉快和轻松，华生，我就想到要略施小技，寻你开心。一个绅士在一个泥泞的下雨天出门去，晚上回来时身上依旧干干净净，帽子、靴子也仍然闪着光亮。他肯定是待在一个地方不动。他没有亲密的朋友，那么，他究竟会在哪里？你说这是不是十分明显的事？"

"嗯，相当明显。"

"这个世界上到处都是十分明显的事，只是无人观察到罢了。你认为我到哪里去过了？"

"你不就待在这里？"

"恰恰相反，我去了德文郡。"

"你魂灵去的吧？"

"正是。我的身体一直坐在椅子里，可是非常遗憾，当我魂游德文郡时，我的身体却喝掉了两大壶咖啡，抽掉了多得难以置信的烟叶。你走后，我就派人从斯坦福警察局拿来了沼地这部分的军用地图，我的魂灵就整天在这片草地上到处游荡。我自信对那里的道路已经了如指掌了。"

"我想，那是一张大比例地图。"

"是的，"他把地图打开一部分，搁在膝盖上，"这里就是我们特别关注的地区。巴斯克维尔庄园就在中心位置。"

"周围还有一个小树林?"

"非常正确。我在想，那条水松夹道，虽说并未标出，肯定是沿着这条线延伸下去，而沼地，你可以看到，就在它的右面。这里一小簇建筑物就是格陵朋。我们的朋友莫迪摩尔医生就住在这里。沼地方圆五英里的范围内，你可以看到，只有零零星星几座房子。这是拉夫特庄园，案子里提到过。这里标了一所孤零零的房子，如果没记错的话，也许就是动物学家斯泰普顿的家。这里还有几间农舍，高托尔和福米尔。距离这里十四英里便是普林斯顿重犯监狱。在这些零星点点之间和周围，伸展着荒凉凄惨、渺无人烟的沼地。看来，这里就是演出人间悲剧的舞台。当然，在这个舞台上，在我们的帮助下也可以演一出好戏。"

"这肯定是个荒野之地。"

"是啊，这里的环境正适合鬼怪出没。如果魔怪真的想在人间世事中插一手的话——"

"难道说你也开始相信那一魔怪说法了?"

"魔怪的代理人也许就是个有血有肉的人，你说是吗? 一开始我们就得解决两个问题。第一，是否真的有人犯了什么罪。第二，到底犯了什么罪，又是怎么犯的? 当然，要是莫迪摩尔医生的疑虑是对的，我们面临的对手是非同寻常的，是超乎自然法则的，那么我们的调查工作也可随之结束。然而，在得出这一结论之前，我们必须竭尽全力以推翻其他种种假设。我想，如果，你不介意，得把窗子关上了。说来真怪，我发现浓重的烟雾能使人思想集中。我并不是说要钻到箱子里去思考，那倒还不至于，可我相信，这一结果也是合乎逻辑的。这案子你好好想过没有?"

"想过了，而且这一整天，我都在想这个案子。"

"那你怎么看呢?"

"非常令人困惑。"

"这案子确实有其特点。有几点非常清楚。譬如说脚印的变化。你是怎么看这一变化?"

"莫迪摩尔医生说死者后来在夹道上是踮着脚走的。"

"他只是重复验尸时那个傻瓜说的话。为什么他要踮着脚走呢？"

"那又怎么解释呢？"

"他在跑，华生——拼命地跑，他在逃命，一直跑到心脏炸裂，倒地而死。"

"那他为什么要逃呢？"

"问题的症结就在这里。种种迹象表明，他在奔跑之前就已经吓疯了。"

"你怎么会这么想呢？"

"我在想，使他害怕的根源来自沼地。假如这点成立，那就有充分的理由说：只有一个吓得神经错乱的人，逃命的时候，才会不往屋里跑，而朝相反方向拼命狂奔。假如吉卜赛人的话是对的，他边跑边喊救命，而他跑的方向恰恰是最不可能有人前来相救的。于是，问题又在于那天晚上，他到底在等候谁？他为什么不在屋子里等而要到夹道上去等呢？"

"你认为他在等个什么人吗？"

"这个人上了年纪，身体虚弱。他每天晚上散步，是可以理解的。可那天地面潮湿，夜晚又黑又冷。莫迪摩尔医生非常精明，他根据雪茄烟灰估计他在那里竟然站了五到十分钟，难道这里有什么蹊跷呢？"

"可是他每天晚上都要出去的呀。"

"可我认为他不太可能每天晚上都等候在通往沼地的栅门边。相反，我们有充分的证据说明他肯定不想去沼地，可那天晚上，他却偏偏要到那里去等个什么人。况且，那还是他去伦敦的前一晚。这样的话，本案就有眉目了。华生，变得前后相符了。请把小提琴递给我。现在我们可以把这案子搁一搁，等明天跟莫迪摩尔医生和亨利·巴斯克维尔爵士见面后再进一步讨论吧。"

四 亨利·巴斯克维尔爵士

早餐桌很快收拾完毕。福尔摩斯穿着睡衣，静候着约好的客人。我们的委托人非常准时，因为刚好钟敲十点，莫迪摩尔医生进来了，后面跟着年轻的从男爵，矮小机警、眼睛黝黑，三十岁光景，眉毛浓重，天生一张坚强、好斗的面庞。他的身体非常结实，穿着一套略带红色的苏格兰式服装，一看就知道是个饱经风霜、常干露天活的人。然而，他坚定的眼神、沉着自信的神态，隐约显露出一种绅士风度。

"这位是亨利·巴斯克维尔爵士。"莫迪摩尔医生介绍说。

"你好，"从男爵说，"奇怪的是，夏洛克·福尔摩斯先生，即使我的朋友今天上午不带我来见你，我自己也有事来求你帮助。我知道你非常善于解决令人困惑的小问题。今天上午我就碰到难题，而凭我的智力是解决不了的。"

"请先坐下，亨利爵士。据我的理解，你是说，你来到伦敦以后，已经碰到上一些非同寻常的事儿，对吗？"

"没什么，福尔摩斯先生。多半是开玩笑。今天早上我收到了一封信，要是能说它是信的话。"

他把信封放在桌子上，我们都俯下身去看。这是个纸质普通的灰色信封。收信人是"亨利·巴斯克维尔爵士"，收信人地址是"诺桑布仑旅馆"，字迹非常潦草，邮戳是"查灵十字"，寄信日期是昨天晚上。

"有谁知道你会住在诺桑布仑旅馆？"福尔摩斯问道，眼睛盯住客人的脸，目光十分犀利。

"谁也不可能知道。那是我和莫迪摩尔医生见面后才决定的。"

"莫迪摩尔医生无疑准备要去那里了。"

"没有。我以前是和朋友住在一起的。"医生说，"我们没有说过要去那家旅馆。"

"唔！有人似乎对你们的行踪极感兴趣。"他从信封中抽出一张叠成四折的半张大页书写纸，打开信纸，在桌上摊平，信纸中间只有一句话，那是用剪下的铅字粘贴成的，写道：

> 如果你珍惜你的生命或是还有理智，那就远离沼地。

"沼地"两个字是唯一用墨水写的。

"现在，"亨利爵士说，"也许你，福尔摩斯先生，会告诉我，这句话到底是什么意思？又是谁竟然会对我的事这么感兴趣？"

"你有什么看法，莫迪摩尔医生？你必须承认这封信总不会是魔怪所为，绝不可能。"

"不会的，先生。但是，也许这是一个相信魔怪神力的人所为。"

"什么神力？"亨利爵士尖声问道，"看来，你们这些绅士对我的事比我知道得还要多。"

"亨利爵士，在你离开这房间前，会把我们所知道的一切都告诉你的。这点我可以向你保证。"夏洛克·福尔摩斯说，"而眼下，请允许，我们还是来研究一下这封令人感兴趣的信吧。这句话肯定是昨天晚上拼贴好以后再寄出的。你有昨天的《泰晤士报》吗，华生？"

"就在那个屋角里。"

"麻烦你拿过来，翻到内页评论专栏，好吗？"他从上到下飞快地瞥了一眼，"这篇重要评论说的是自由贸易，我来念一段给你们听听。"

也许你会被花言巧语哄得相信，你的特别贸易或你的事业会受到保护税法的鼓励，然而，如果你有理智的话，你就看得出这种立法，从长远观点来看，必将使国家远离富庶，减少进口值，降低这个岛国总的生活水平。

"你有什么想法，华生？"福尔摩斯高兴地喊道。满意地搓了搓双手，"难道你不以为这是一种令人赞赏的情感吗？"

莫迪摩尔医生带着一种职业的兴趣，望着福尔摩斯；亨利·巴斯克维尔爵士却转过那对迷茫的黑眼睛盯着我看了起来。

"我并不懂得什么税法之类的东西，"从男爵说，"不过，就这封信而言，我们似乎有点离题了。"

"恰恰相反，我认为正好谈到了点子上，亨利爵士。华生比你更熟悉我的推理方法，不过，恐怕他也未必能懂得这段评论的意义所在。"

"不懂，坦白说我看不出两者之间有什么联系。"

"然而，我亲爱的华生，两者之间有着非常紧密的联系。那个句子就是从这段话中剪下来粘贴而成的。'你'，'你的'，'生活'，'理智'，'值'，'远'，还有'离'。难道你们没有看出信上的字是从哪里弄来的吗？"

"天哪！真神了！"亨利爵士欢呼起来。

"如果说还有疑问的话，'远'和'离'原先就是连在一起的。"

"啊，现在……对了，对了！"

"说真的，福尔摩斯先生，这完全出乎我的意料，"莫迪摩尔医生，惊愕地望着我的朋友，"任何人说这句话是从报纸上剪下来的，我都会相信；而你却能指出是从哪种报纸，而且还是从评论专栏里剪下来的，这真是闻所未闻的最为了不起的事儿。可你怎么知道的呢？"

"我想，医生，你肯定能区别黑人和爱斯基摩人的头骨吧。"

"那是自然。"

"可怎么区别呢？"

"因为这是我的特殊爱好。两者之间的区别是相当明显的。眉骨的隆起，面部的倾斜度，颚骨的曲线，还有……"

"那么，这也是我的特殊爱好。两者之间的区别同样是相当明显的。在我眼里，《泰晤士报》所用的小五号铅字和半个便士一份的晚报所用的差劲铅字有着十分明显的区别，就好像在你眼里，黑人和爱斯基摩人头骨的区别也是一目了然的。辨认铅字字体是犯罪学专家最基本的知识之一。不过，我得承认，我年轻时，也分不清《利兹水银报》和《西方晨报》所用的铅字。然而，《泰晤士报》评论专栏所用的铅字是独一无二的，那句话所用的字只能从这里剪下来。由于信是昨天剪贴成的，那么就非常有可能出自昨天的报纸。"

"我现在才明白，福尔摩斯先生，"亨利·巴斯克维尔爵士说，"有人用剪刀剪成了这封信——"

"用指甲剪刀，"福尔摩斯说，"你可以注意到，刀锋很短，剪了两次才把'远'字剪了下来。"

"这倒是，那么说，有人用了一把短锋指甲刀剪成这封信，然后再用糨糊——"

"是用胶水。"福尔摩斯说。

"用胶水粘贴在纸上。可是，我还想知道为什么'沼地'两个字是手写的呢？"

"因为他一时找不到铅印的字。其他字都很常用，可以在任何一份报纸上找到，而'沼地'两字就不那么常用了。"

"啊，原来如此。这就非常圆满了。福尔摩斯先生，从这封信里，你还能看出别的什么来?"

"此外，还有一两个迹象可供研究的。他为了消除所有的线索，确实花了很大的力气。这个地址，你已经看到，写得很潦草，而《泰晤士报》这种报纸一般只有文化修养较高的人才会看。因此，我们可以这样推断：这封信是个受过较高教育的人拼凑成的，而他又想装成是个没有什么文化的人。再说，他竭力伪装自己的笔迹，说明他害怕被你看出破绽，或者被查出来。还有，你会看到这些字的粘贴，有的高，有的低，不在一条线上。就说'生活'这个字吧，贴得根本不是地方。这一点，要么说明他马马虎虎，要么就是情绪异常激动，匆匆贴好了事。总地说来，我倾向于后一种说法，因为事情显然非常重要，剪贴人不太可能掉以轻心。如果说他很匆忙，那么又会产生一个有趣的问题——既然任何早上寄出的信亨利爵士在离开旅馆前肯定能收到，他为什么还要如此匆忙呢? 剪贴人是否怕有人打断他——那么，那个人又是谁呢?"

"我们好像在胡乱猜测。"莫迪摩尔医生说。

"嗯，还不如说是在比较各种可能性，然后选出其中可能性最大的。这是在科学地运用想象力，而我们的推测是以事实为基础的。啊，还有一点，无疑你又会说是胡乱猜测，而我几乎可以肯定，信封上的地址是在一家旅馆里写的。"

"你有什么证据呢?"

"如果你仔细观察，笔尖和墨水都不怎么好使。写一个字笔尖就扎了两下纸，短短一个地址，他蘸了三次墨水才写成，这说明墨水瓶里只剩下一点点墨水。人们家里的笔肯定不会这么差劲，墨水也不会少到这步田地，而这两种情况同时出现，那就太少见了。要知道，旅馆里的笔和墨水一般都是这么差劲的。对啰，我可以毫不迟疑地说，假如我们去检查一下查灵十字街的旅馆的废纸篓，也许可以找到那份剪过的《泰晤士报》，于是，就可以直接找到寄信人。嗨，哎呀，这是什么?"

他把那张贴着字的信纸拿到距眼睛只有一两英寸的地方，仔细检查起来。

"怎么啦?"

"没什么。"说着他放下信纸,"这是半张空白信纸,连水印也没有。我想,从这封怪信上我们已经找不出更多的线索了。最后,亨利爵士,你来到伦敦,还发生过别的令人感兴趣的事儿吗?"

"噢,没有了,福尔摩斯先生,我想没有了。"

"难道你没有觉察到有人在跟踪或是监视你?"

"我好像进入了一个离奇小说的情节之中了,"我们的客人说,"真见鬼,他们干吗要跟踪我,监视我呢?"

"我们正要讲这个问题呢。在讲这个问题之前,难道你真的没有什么东西要告诉我们了?"

"嗯,这取决于你认为什么是值得告诉的。"

"我认为,日常生活中任何非同寻常的事都值得说说。"

亨利爵士笑了。

"我还不太了解英国的生活,因为我这一生几乎全是在美国和加拿大度过的。不过,我希望在这边,但愿丢了一只靴子总不算是非同寻常吧。"

"你丢了一只靴子?"

"我亲爱的爵士,"莫迪摩尔医生喊道,"只是放错了地方吧。你回到旅馆后就会找到的。这种小事还要麻烦福尔摩斯先生?"

"哎,是他要我说任何非同寻常的事嘛。"

"你说得很对。"福尔摩斯说,"不管这种事有多么愚蠢。你说你丢了一只靴子?"

"啊,放错了地方,就这么一回事。昨晚,我的靴子是放在门外的,而今天早上就剩下一只了。我问擦鞋的,他也说不清是怎么回事。不过,确实晦气,那双靴子是昨晚刚在斯特兰街买的。一次也没穿过呢。"

"既然一次也没穿过,为什么还要放在外面让人擦呢?"

"那双靴子还没上过油,所以就放到外面去了。"

"这么说,我可以理解,昨天你一到伦敦就去买了一双靴子,是吗?"

"我买了不少东西。莫迪摩尔医生陪我一起去了不少地方。你知道，要是我到那里去做个乡绅，我的穿着必须合时，而我在美国西部时是不太讲究的。买了那么多东西，其中就有那双棕色的靴子——花了六块钱——这可倒好，一次也没穿就丢了一只。"

"看来是偷了一件既不成对又没用的东西。"夏洛克·福尔摩斯说，"我承认我的意见跟莫迪摩尔医生一样，这只丢失的靴子马上会找到的。"

"好吧，先生们，"从男爵说，口气十分坚决，"我想，我已经把我所知道的一切都说出来了。现在该你们说了，请把你们所知道的详详细细地告诉我吧。"

"你的要求非常合理。"福尔摩斯回答说，"莫迪摩尔医生，我想由你来告诉他是最合适的，就像昨天你告诉我们一样。"

于是，在福尔摩斯的鼓励下，我们这位搞科学的朋友从口袋里掏出那些纸，就像昨天上午一样，把整个事儿原原本本地说了出来。亨利·巴斯克维尔爵士全神贯注地听着，不时发出惊讶的呼喊声。

"啊，看来我是继承了一份非常危险的遗产，随时都会受到报复的。"长长的故事讲完后，他说，"当然，我还在幼儿园时就已经听到过有关这魔犬的故事。这故事是我们家最喜欢讲的，虽说我以前从来都没有认真想过是否真有其事。然而，至于我伯伯的去世——啊，我的脑袋里好像很乱，理不出个头绪来。你们大概也不大有把握，这件案子究竟应该给警察，还是由牧师来处理？"

"你说得很对。"

"如今又出了这封信。我想可以对得上号了。"

"看来有人比我们更清楚沼地上发生的一切。"莫迪摩尔医生说。

"还有，"福尔摩斯说，"那人对你并无恶意，只是想警告你——你有危险。"

"或者说他们为了自己的目的，想把你吓走。"

"嗯，当然，这也有可能。我非常感激你，莫迪摩尔医生，因为你给我介绍了一个具有多种可能性的问题。而这一问题又十分令人感兴趣。可是，亨利爵士，现在我们必须解决的实际问题是，你究竟该不该去巴斯克维尔庄园。"

"为什么不去？"

"对你好像有危险。"

"你说这危险是来自我家的传说，还是其他什么人？"

"啊，这就是我们必须查清楚的问题。"

"不管有多危险，我都要回去。地狱里并没有魔鬼，福尔摩斯先生，这世上谁也别想阻止我回到自己的老家去。你可以认为，这就是我的回答。"说话时，他那浓浓的眉毛皱在一起，脸色红得发紫。显然，巴斯克维尔家族那种火暴脾气确实传给了这位仅存的继承人。"同时，"他说，"我也没什么时间来仔细思考你们告诉我的一切。这可是件大事，不可能讨论一次就理解了，就能作出决定的。我需要时间，安安静静地思考，以便作出正确的决定。喏，你看，福尔摩斯先生，已经十一点半了，我得马上回旅馆去。如果你和华生医生，下午两点钟，一起来和我们共进午餐，那时，我会更清楚地告诉你们我对这件事的看法。"

"你觉得方便吗，华生？"

"没问题。"

"那么我们一定准时到。要我帮你们叫车吗？"

"我想走走，因为这件事真的让我相当兴奋。"

"我很高兴，陪你一起走吧。"莫迪摩尔医生说。

"那就两点钟见。再见了。"

随后，我们听到他们下楼的脚步声以及关门的声响。忽然，福尔摩斯仿佛从梦中惊醒，马上动手干了起来。

"华生，快，戴好帽子，穿上靴子，我们走。"他奔进卧室，没几秒钟，就换上礼服走了出来。我们匆匆下了楼梯，来到大街上。莫迪摩尔医生和巴斯克维尔爵士在我们前面两百码的地方，依稀可见，他们正朝着牛津街方向走去。

"要不要赶上去叫住他们？"

"千万别，亲爱的华生。只要你愿意陪着我，我就心满意足了。我们的朋友非常聪明，今天上午倒是散步的好时光。"

他加快脚步，一会儿跟他们的距离就缩短了一半，然后，就一直保持在一百码之内。我们走上牛津街，又拐到摄政街。有一次，我们的朋友停下来盯着商店的橱窗里看。见此，福尔摩斯同样也停下来朝橱窗望望。不一会儿，他兴奋得轻声喊了起来。循着他的目光望去，我看见一辆原先停在街对过的马车又开始慢慢向前走了，马车里坐着一个男人。

"我们要找的人就在那儿，华生，快跟上！我们得好好看看他，即使干不了别的。"

就在这一刹那，我看见马车里有一个黑须蓬松、目光敏锐的人，他正转过头来，透过车窗，看了看我们。蓦地，他推开马车顶窗，朝车夫喊了一声，但见马车疯也似的沿着摄政街飞驰而去。福尔摩斯焦急地四下张望，可周围没有一辆空马车。接着，他就冲了出去，在车水马龙里拼命狂奔，可马车跑得太快，转眼就消失得无影无踪。

"糟糕！"福尔摩斯从车马人潮中转回来，脸色发白，气喘吁吁，自责地说，"见鬼！真是太晦气了！太疏忽了！华生，华生，如果你是个诚实的人，你就得把这件事给记下来，我不可能总是事事成功的！"

"那人是谁？"

"我不知道。"

"是跟踪的？"

"我想是的。根据所听到的，显然，巴斯克维尔爵士一到伦敦就被他紧紧盯上了。否则，他们怎么知道他住的是诺桑布仑旅馆？既然第一天就跟上了，那么，可以肯定，第二天一定会继续跟踪的。你也许已经注意到，在莫迪摩尔医生念传说的时候，我曾两次走到窗口去。"

"是的，我记得。"

"当时，我在街上寻找闲逛的人，可一个也没有。我们要对付的人非常精明。这件事非常微妙，华生。尽管我没有最后确定，我们的对手究竟是出于好心还是恶意，但我已经意识到，他是个既有能力又有谋略的人。我们的朋友一走，我就觉得马上尾随他们，希望能发现暗中跟踪他们的人。他可真狡猾，没有步行跟踪，而是躲在马车里，这样就能跟在后边闲逛，要么就从旁边猛冲过去，不会引起人家注意的。这个办法还有个好处，那就是，即使他们乘上马车，他也可以从容跟住他们。然而，这样做也有一个明显的不足。"

"也就是说他只能仰仗马车夫的帮助了。"

"说得很对。"

"可惜我们没有记下车号！"

"我亲爱的华生，你不会以为我这么笨吧！我再粗心也不至于忘了记车号吧。2704 号就是我们要找的马车。可眼下，这对我们毫无用处。"

"我真看不出，在当时这种情况，你还能记下车号。"

"其实，一看到马车我就该往回走，然后从从容容租一辆车，跟在他们后面，并保持一段距离，或者是，最好乘车到诺桑布仑旅馆大门口，在那里恭候他们。当不明身份的跟踪者随着巴斯克维尔爵士到旅馆时，我们就有机会以其人之道还治其身了，而且还有机会看着他们会到哪里去。然而，由于我一时急躁，很快就为对手所利用，结果暴露了自己，又跟丢了人。"

我们边谈边沿着摄政街慢慢地走着，莫迪摩尔医生和他的同伴早就在眼前消失了。

"现在已经没有必要再跟着他们了。"福尔摩斯说，"跟踪的人走了，不会再回来了。我们必须看看还有什么牌可打，然后迅速作出决定。你能担保认得出马车里那张脸面吗？"

"只能认出他的胡子。"

"这我也认得出——以我的经验，他那胡子可能是假的。一个精明的人，何况又在盯别人的梢，戴胡子只是为了不让别人认出他的脸。进来，华生。"

他走进一家区雇工介绍所，受到了经理的热烈欢迎。

"啊，威尔逊，我看得出你还没有忘记那件小案子，我有幸帮了你的忙。"

"哪能呢，先生，真的没有忘记。你挽回了我的声誉，也许还有生命。"

"我亲爱的朋友，你太夸张了。我好像记得，威尔逊，你这里有个叫卡德莱特的孩子。上次调查，他的表现不错。"

"有的，先生，他还在这儿呢。"

"你能让那孩子出来吗？我想把这张五镑的钞票换成硬币。"

一个十四岁的男孩走了出来，脸红扑扑的，显得十分机警。他站在那里，崇敬地望着眼前这位著名的侦探。

"让我看一看旅馆指南，"福尔摩斯说，"谢谢！好吧，卡德莱特，这里有二十三个旅馆，都在查灵十字街附近。你看到了吗？"

"看到了，先生。"

"你要一家一家地去。"

"好的，先生。"

"你先给旅馆大门的门卫一个先令。给你 23 个一先令的硬币。"

"好的，先生。"

"你告诉他，你想看看昨天的废纸篓。你可以说是投错了一份重要的电报，你正在找它。听懂了吗？"

"懂了，先生。"

"可是，你真正要寻找的是一份用剪刀剪了许多孔的《泰晤士报》。这里有一份《泰晤士报》，就这一页。很容易认出的，你行吗？"

"行，先生。"

"门卫会叫出大厅的守卫，你也要给每人一个先令。再给你 23 个一先令的硬币。在这 23 家旅馆中，可能大多数会说昨天的废纸已经烧掉了或处理了。如果有三家给你看废纸堆的话，你就设法找一下《泰晤士报》的这一页。你很有可能找不到。再给你 10 个一先令的硬币，以备急用。傍晚前你得给贝克街我家里发个电报，报告你查找的结果。现在，华生，我们要做的只剩下发个电报，查清那个马车夫，车号是 2704。然后，去证券街的画廊消磨消磨时光，到差不多时间再去旅馆吃饭。"

五　三条线索都断了

夏洛克·福尔摩斯有着惊人的自制力。只要需要，他就可以使自己的大脑得到良好的休息。两个小时内，他似乎把自己正在调查的怪事忘得一干二净。他已经完全被比利时现代大师的画吸引住了。从画廊来到诺桑布仑旅馆的路上，他所谈的全是艺术，其实他对艺术并不怎么通晓。

"亨利·巴斯克维尔爵士在楼上等你们，"旅馆前厅接待说，"说你们一到，就让我把你们领上楼去。"

"谢谢。请先让我看一看旅客登记册，你不会反对吧？"

"一点也不。"

登记册上，在巴斯克维尔的名字后面还有两批人。一个来自纽卡斯尔的谢菲勤思·约翰逊一家；另一个是艾登高镇高洛奇的奥特莫太太和她的女佣。

"可以肯定，这个约翰逊就是我认识的那个。"福尔摩斯对那职员说，"他是个律师，头发灰白，走起路来有点瘸，对吗？"

"不对，先生，这个约翰逊先生是个煤矿主，一个十分活泼好动的绅士，比你还年轻。"

"你肯定是把他的职业搞错了吧？"

"不会的，先生！好几年了，他总是住在我们旅馆里，大家都很熟悉了。"

"啊，好了。还有那位奥特莫太太。我好像记得这个名字。请原谅我的好奇，可是，去看朋友时往往还会碰到其他朋友。"

"她身体不太好，先生。她丈夫以前当过格劳切斯特市的市长。她来城里也总是住在我们这儿。"

"谢谢你。恐怕不是我认识的奥特莫太太。这几个问题足以弄清一个非常重要的事实，华生。"我们上楼时他接着轻声对我说，"现在我们知道了，那些对我们的朋友如此感兴趣的人并不住在这同一家旅馆里。这就是说，正如我们所发现的那样，他们一面非常想监视他，一面又怕被他撞见。啊，这一事实很能说明问题。"

"说明什么？"

"这说明——天哪，我亲爱的朋友，到底出了什么事？"

我们快到楼梯顶部时，突然撞上了亨利爵士。他的脸气得通红，手里拿着一只满是灰尘的旧靴子。他气得连话也说不出来。后来说话时，声音响极了，一口浓重的西部方言，简直跟早上判若两人。

"这旅馆的人，他们好像把我当作傻瓜似的，"他喊道，"他们会发现，他们找错了人，让他们当心点。简直岂有此理！要是那些家伙再找不回我被偷的靴子，那就让他们好看。其实，我并不怕开玩笑，福尔摩斯先生，可是，这次他们的玩笑开大了。"

"你还在找靴子？"

"是的，先生，而且一定要找到它。"

"可是，记得你丢失的是一只棕色的新靴子？"

"是啊，先生，可现在丢失的是一只黑色的旧靴子。"

"什么！你不会是说——"

"我确实想说一件事情。我只有三双靴子：一双棕色的新靴子，一双黑色的旧靴子，还有脚上穿的这双漆皮靴。昨晚他们拿走了一只棕色的，今天又偷走了一只黑色的。喂，你倒是找到了没有？快说，别站在那里干瞪眼啊！"

一个战战兢兢的德国侍者走了过来。

"没有，先生。我在旅馆里到处打听过，可什么结果没有。"

"好吧，要么在太阳下山前给我把靴子找回来，要么，我就去找你们老板，告诉他，我马上就退房。"

"肯定会找到的，先生。我保证，只要你耐心点，靴子肯定能找到的。"

"但愿如此，因为在这贼窝里我可不能再丢东西了。啊，算了，算了，福尔摩斯先生，你会原谅我用这种小事来打扰你——"

"我想，这件事倒值得好好研究研究。"

"怎么啦，你好像非常重视这件小事。"

"那你怎么解释呢？"

"我并不想解释。这件事，在我看来，非常疯狂、奇怪，而且闻所未闻。"

"也许是件最为奇怪的——"福尔摩斯沉思着说。

"那你怎么看呢？"

"嗯，眼下，我承认还不理解。你这件案子非常复杂，亨利爵士。如果把你伯父的去世和这件事联系起来看，会怎么样呢。当然我还不敢肯定。可这件案子，跟我经手过的 500 桩重大案子相比较，也许是最为离奇曲折的。不过，我们手里已经有了几条线索，其中一条将帮我们找到事实的真相。或许我们会跟错了线索而浪费时间。然而，迟早会弄个水落石出的。"

午饭吃得很愉快，席间几乎没有提到把我们聚在一起的这件案子。一直到饭后，大家坐在客厅里时，福尔摩斯才问亨利爵士有什么打算。

"去巴斯克维尔庄园。"

"什么时间?"

"本周末。"

"总的来说,"福尔摩斯说,"你的决定是明智的。我有充分的证据证明你在伦敦已经被人盯上了,而在这个有数百万人口的大城市里,很难发现谁在跟踪你、为什么要跟踪你。假如他们有恶意,就会给你带来不幸,而我们却没有能力阻止这种不幸的发生。你难道不知道,莫迪摩尔医生,其实今天上午你们一离开我家就被人盯上了吗?"

莫迪摩尔医生非常吃惊。

"被人盯上了!是谁?"

"是谁?非常不幸,我也说不上。你在得特沼地的邻居或熟人中,有谁留着黑色长胡子呢?"

"没有,让我想想。嗨,有一个。拜里莫,查尔士爵士的管家拜里莫留有黑色长胡子。"

"哈哈!拜里莫现在在哪里?"

"他在家照看着庄园呢。"

"我们最好能证实他是否真的在庄园里,或者说他是否有可能在伦敦。"

"你怎么能证实呢?"

"给我一张电报纸。就写上'亨利爵士的一切是否准备就绪?'一句话就够了。发给巴斯克维尔庄园的拜里莫先生。最近的电报局在哪里?格陵朋。很好。我们再给邮局局长发一份电报——格陵朋:'给拜里莫先生的电报必须交到他本人手中。如果他不在,请回电给诺桑布仑旅馆,亨利·巴斯克维尔爵士。'这样,傍晚我们就能知道拜里莫是否在德文郡。"

"说得有理,"亨利·巴斯克维尔爵士说,"顺便问一句,莫迪摩尔医生,那个拜里莫到底是什么人?"

"他是老管家的儿子,老管家已经去世了。他们一家照看庄园已有四代人了。就我所知,他和妻子在郡里是非常受人尊敬的一对。"

"同时,"巴斯克维尔爵士说,"很清楚,只要我家没人住在庄园,他就有一个又大又好的家,而且什么活也不用干。"

"那倒没错。"

"拜里莫有没有从查尔士爵士的遗嘱中得到什么好处?"福尔摩斯问道。

"他和他妻子各得五百镑。"

"啊,他们知不知道会得到这笔钱呢?"

"知道的。查尔士爵士非常喜欢谈他遗嘱的内容。"

"那倒非常有趣。"

"我希望,"莫迪摩尔医生说,"你不要对任何查尔士爵士遗产的受益人都疑神疑鬼,因为我也会得到一千镑呢。"

"真的!还有谁呢?"

"还有许多小笔款子分给个人,大笔的捐给了公共慈善事业。剩下的全归亨利爵士。"

"可剩下的有多少呢?"

"七十四万镑。"

福尔摩斯惊讶得连眉毛都竖了起来。"我真的不知道还有这么大一笔遗产。"他说。

查尔士爵士的富有是远近闻名的,但是,在我们清点他的证券以前,谁也不知道他究竟有多富,整个财产价值将近一百万镑呢。

"天哪!这么大一笔财产,足以使人为之拼命。还有一个问题,莫迪摩尔医生,假设我们年轻的朋友发生不测——原谅我这个令人不快的假设——谁会有资格继承这笔财产呢?"

"既然罗杰·巴斯克维尔,查尔士爵士的弟弟死时还未结婚,这笔财产将归他的远房表兄弟戴思蒙特家所有。詹姆士·戴思蒙特是威士摩兰一个上了岁数的牧师。"

"谢谢。这些个细节都令人十分感兴趣。你见过詹姆士·戴思蒙特先生吗?"

"见过。有一次,他来拜访查尔士爵士,我刚好也在庄园。他仪态端庄,过着圣人般的生活。我记得他坚决拒绝查尔士爵士给他的任何产业,尽管查尔士爵士再三坚持要给他。"

"这么一个生活平凡的人,竟然要成为查尔士爵士那万贯家财的继承人?"

"他将成为产业的继承人,这是法律规定的,同样,他也是金钱的继承人。除非现在的主人另立遗嘱,因为他有权任意支配这些钱财。"

"那么，亨利爵士，你有没有立下遗嘱？"

"没有，福尔摩斯先生，我没有，我根本没有时间，因为昨天我才知道事情的来龙去脉。不过，不管怎么样，钱、爵位和产业都是不能分隔开来的。这是我那可怜的伯伯的想法。要是巴斯克维尔庄园的主人没有足够的钱来维持他的产业，他又怎能恢复这个家族的荣耀呢？房子、田地和钱绝不能分开。"

"非常正确。噢，亨利爵士，你说过要立即起程去德文郡，这一点我跟你是一致的。我要提出的条件只有一个：你绝不能独自一人去。"

"莫迪摩尔医生跟我一起回去啊。"

"可是莫迪摩尔医生有他自己的工作，况且他的家离你那里还有三英里地。即使他良心再好，远水救不了近火啊。这可不行，亨利爵士，你必须带上个人，一个你信得过的人，他始终将陪伴你的左右。"

"那么你，福尔摩斯先生，有可能跟我一起回去吗？"

"假如事情危急，我会尽快赶到那里。可是，请你理解，我还接待许许多多别的咨询，还有来自各个方面的求助。要我无限期地离开伦敦，这实在不可能。眼下，就有一个人正在蒙受污蔑、讹诈之苦，而他在英国深受世人敬仰。而只有我能制止这种灾难性的诽谤。你可以看出，眼下我确实不能离开伦敦，前往得特沼地。"

"那么你推荐谁去呢？"

福尔摩斯把手搭在我的肩上，说：

"假如我的朋友愿意陪你去，那就再没有比他更好的人选了。他可以始终在你身边，保护你。这一点，我是深信不疑的。"

这一建议使我惊讶不已，可我还来不及回话，巴斯克维尔爵士就抓住我的手摇了摇，真诚地说：

"好哇，华生医生，你真是个好人，"他说，"你知道我的处境，对这件事，你知道的跟我一样多。如果你能陪我一起去巴斯克维尔庄园，帮我渡过难关，你的大恩大德，我将没齿难忘。"

我对即将投入的冒险向来非常神往，更何况还受到福尔摩斯的赞赏以及爵士那真挚友情的感动，他真心邀请我做他的伙伴。

"我很高兴和你一起去庄园，"我说，"能这样利用我的时间是再好不过的了。"

"不过你得非常详细地向我报告，"福尔摩斯先生说，"危急时刻，如果出现的话，我会教你如何应付的。我想，到星期六，一切必须准备就绪，行吗？"

"这对华生医生合适吗？"

"我没问题。"

"那么，星期六，除非我另有通知，我们就乘帕丁顿发出的十点半那趟车。"

我们刚站起身想走，巴斯克维尔爵士突然兴奋地喊了起来道："我的新靴子找到了。"说着，便朝房间的一个角落奔过去，并从柜子里拉出一只棕色靴子。

"这正是我丢失的那只靴子！"他喊道。

"但愿我们的困难都像这样不知不觉地消失。"夏洛克·福尔摩斯先生说。

"这倒怪了，"莫迪摩尔医生说，"吃中饭前，我还把整个房间，连角角落落都仔仔细细地搜了个遍。"

"我也搜过呀！"巴斯克维尔爵士说，"每个角落都搜过的。"

"那时这里肯定没有靴子的。"

"这么说，一定是侍者在我们吃中饭的时候放回来的。"

我们叫来了那个德国侍者，可他却说，他根本不知道这事儿，再问也问不出什么名堂。

这一件件意图不明的神秘小事接二连三地发生，而眼下又多了一件，除了查尔士爵士猝死的可怕故事外，所有这一连串难以解释的事，竟然都是在这一两天时间里发生的。包括收到一封铅字剪贴的信，乘马车的黑胡子盯梢者，棕色新鞋的失踪，黑色旧鞋的被偷，还有刚才那只棕色新鞋居然自己回来了。我们叫了辆马车回贝克街，路上福尔摩斯一直沉默不语。从他紧皱的眉头和严肃的面庞，可以看得出他和我一样，正在竭力设法把这些奇异而又互不相干的故事拼凑起来。整个下午，他都坐在那里冥思苦想，周围烟雾迷漫，一直到夜幕降临。

就在晚饭前，我们收到了两封电报。第一封说：

　　顷悉，拜里莫在庄园。巴斯克维尔

第二封的电文是：

> 按指示去了二十三家旅馆，很遗憾，未能找到剪过的《泰晤士报》。

卡德莱特

"两条线索断了，华生。真令人沮丧，好像什么事情都在跟我们作对。我们只好换个方向，另找线索了。"

"我们还可以去找为盯梢人赶车的车夫。"

"对啊。我已经拍了个电报给执照管理局，打听他的名字和地址。如果这次来的就是那份电报的答复，也不足为怪。"

说话时，门铃响了。结果比我们期待的更为满意，来人竟然就是我们要找的那个车夫，他看上去很粗鲁。

"我接到总局通知，说这里有位绅士要找 2704 号马车的车夫。"他说，"我赶了七年的车，从来没有客人投诉过。我直接从车场到这里来，想当面问问你到底对我有什么意见。"

"我对你什么意见也没有，我的好人。"福尔摩斯说，"相反，如果你能干脆、清楚地回答我的问题，我还将给你半个金镑。"

"嗯，今天一天我干得很好，毫无差错。"车夫咧开嘴说，"你想知道些什么，先生？"

"先说说你的名字、地址，以便今后还要找你。"

"我叫约翰·克莱顿，住本区土佩街三号。我的车是滑铁卢车站附近的希普里车场的。"

夏洛克·福尔摩斯一一记了下来。

"现在，克莱顿，今天上午你十点钟来这里监视这座房子，后来又跟着两个绅士去了摄政街，请你说说这究竟是怎么回事？"

车夫好像吃了一惊，而且有些尴尬。"嗨，看来你知道的跟我一样多，我再说一遍有啥用。"他说，"事实是那位先生告诉我，他是个侦探，要我别把我知道的东西告诉别人。"

"我的好人，这是件非常严重的事。要是你想隐瞒什么，那你的处境将十分不利。你刚才说你的顾客是个侦探，是吗？"

"是的。"

“他什么时候说的？”

“他离开的时候说的。”

“他还说了些什么？”

“他说了他的名字。”

福尔摩斯飞快地看了我一眼，眼睛里流露出胜利的自豪。“噢，他说了他的名字，是吗？真是太大意了。那么，他叫什么名字呢？”

“他的名字叫，”车夫说，“夏洛克·福尔摩斯，先生。”

一听这话，福尔摩斯大吃一惊。我从来都没有见过他那种惊愕不已的样子。在那一瞬间，他坐在那里，愕然无声。不一会儿，他突然放声大笑起来。

“太妙了！华生，真是妙极了！”他说，“我觉得那家伙的反应简直跟我一样敏捷，一样机警。上次他就把我弄得够难堪的了。那么说，他的名字真的叫夏洛克·福尔摩斯吗？”

“是的，先生，那位先生就叫这个名字。”

“好极了！告诉我他是什么地方上的车，还有后来所发生的一切。”

“九点半时，他在特拉法格广场叫住了我。他说他是侦探，还说，如果今天一天，我完全按他的指示办，也不问为什么，那他就给我两个金镑。我好开心，就一口答应了。我们先到诺桑布仑旅馆，等到有两位绅士出来，看见他们上了马车便跟了上去，一直到这附近的一个地方停下。”

“就在这门口。”福尔摩斯说。

“啊，我说不准在什么地方。可是，我敢说，那客人什么都知道。后来我们停在街上，等了一个半钟头。过了一会儿，那两位绅士走过我们面前，我们又跟了上去，沿着贝克街，然后又沿着——”

“这我知道。”福尔摩斯说。

“我们走过摄政街四分之三的路程时，那人突然推开顶窗大喊，让我直接去滑铁卢车站，而且越快越好。我抢起马鞭，狠抽了一下，不到十分钟就赶到了车站。他很守信，付了两个金镑，就进了车站。就在离开时，他转过身来对我说：‘也许你会感兴趣，今天你一整天都在为夏洛克·福尔摩斯效劳。’就这样，我知道了他的姓名。”

“原来如此。后来你还见过他吗？”

"他进站后就再没见过，先生。"

"那么，你能说说那个福尔摩斯先生长得什么样子？"

车夫抓了抓脑袋，说："嗯，这个人不大好说，四十岁光景，中等个子，比你矮两三英寸，先生。穿着像个绅士，留着黑胡子，胡子修得很齐整，脸色苍白。我想，我能说的就这么多。"

"眼睛的颜色呢？"

"不知道，说不上来。"

"一点也记不起来了？"

"记不起来，先生，一点也记不起来了。"

"好吧，给你半个金镑。假如以后你能给我提供更多的消息，我还会给你半个金镑。晚安！"

约翰·克莱顿笑呵呵地走了。福尔摩斯转过身来，朝我耸耸肩，无可奈何地笑了笑。

"我们的第三条线索也断了，只得从头开始了。"他说，"这个狡猾的混蛋！他知道我们的门牌号码，他知道亨利爵士找过我们了，而且还在摄政街看出了我是谁，也估计到我已经记下了马车的车号，肯定会找到马夫的，因此，才胆敢让他给我们带来这样的口信，戏弄我们。我告诉你，华生，这一次，我们算是碰到了一个高手，值得较量一番。我在伦敦已经失利，但愿你在德文郡的运气会好些。不过，我还是不怎么放心。"

"不放心什么？"

"不放心派你去。这件事非常难办。华生，一件既难办又危险的事。这件事越看越不喜欢。是的，我亲爱的朋友，你会笑话我，但是，我还得提醒你，假如你能安然无恙地回到贝克街来，那我就喜出望外了。"

六　巴斯克维尔庄园

到了约定的那一天，亨利·巴斯克维尔爵士和莫迪摩尔医生一切准备就绪。我们按事先安排好的出发去德文郡。夏洛克·福尔摩斯先生和我一起乘车去车站，临别前又给了我一些指示和建议。

“我不想空谈理论或是说些疑点，以免影响你的看法，华生，”他说，“我只是希望，你能尽可能详细地向我报告事实，由我来做推理和归纳的工作。”

“你要哪些事实呢？”我问道。

“任何看上去跟这案子有关的东西，不管多么的间接，特别是年轻的巴斯克维尔爵士跟他邻居的关系，或是任何有关查尔士爵士暴死的新的细节，前几天，我已经作了些调查，而结果恐怕不尽如人意。只有一件事看来比较肯定，那就是詹姆士·戴思蒙特先生，下一个继承人，是个上了岁数的绅士，为人厚道，因此，他是不会干这种伤天害理的事的。我真想把他从我们今后的推理中彻底排除掉。这样，剩下的就只有沼地上巴斯克维尔爵士周围的人了。”

“首先辞退拜里莫夫妇，你看行不行？”

“绝不行。否则你就要犯大错误。如果他们是无辜的，那就太不公平了，如果他们有罪，我们将不得不放弃所有证实他们有罪的机会。不行，不行，我们必须把他列入嫌疑犯的名单中。然后是庄园的马夫，要是我没记错的话。还有两个沼地农民。至于我们的朋友莫迪摩尔医生，我认为他是绝对诚实的，可对他的妻子，我们一无所知。还有那位生物学家斯泰普顿和他的妹妹，据说那是个非常迷人的年轻女子。再就是拉夫特庄园的富兰克伦先生，他也是个未知因素，当然还有其他一两家邻居。这些人，你都得给予专门的调查和研究。”

“我会尽力的。”

“你带了枪，是吗？”

“是的，有备无患嘛。”

“这个自然。你那把左轮枪应该日夜带在身边，绝不要放松警惕。”

我们的朋友已经订了头等包厢，正在月台上等候。

“有什么消息吗？”福尔摩斯问道。

“没有，什么也没有。”莫迪摩尔医生答道，“有一点我敢保证，在过去两天中，肯定没有人在盯我们的梢，我们出去时非常留意，任何盯梢的人都逃不过我们的眼睛。”

“我想，你们俩始终在一起，是吧？”

"除了昨天下午。一般我进城总要花一天时间消遣消遣。因此，我独自去了外科医学院的陈列馆，在那里消磨了半天时光。"

"我到公园里去看看热闹，"巴斯克维尔爵士说，"我们都没有碰到什么麻烦。"

"不管怎么说，这样做还是太大意了。"福尔摩斯说着，摇摇头，神色十分严峻，"我请求你，亨利爵士，以后别再单独出去了。要是你固执己见，一定会大难临头的。另外一只靴子找到了吗？"

"没有，先生，再也找不到了。"

"说真的，这事十分有趣。好吧，该说再见了。"火车开动时，他又补了一句，"记住，巴斯克维尔爵士，要记住莫迪摩尔医生讲的那古老奇异传说中的一句话——千万不要在黑夜降临，罪恶肆虐时穿越沼地。"

火车出站了，我回头望着月台，看到远处福尔摩斯那高挑、冷峻的身影，站在那里，一动也不动，目送着我们。

旅途顺利愉快。一路上，我同两个朋友变得越来熟悉，越来越亲密。有时，我还跟莫迪摩尔医生的长耳犬逗着玩。火车开出几小时后，棕色的大地变成了红色，砖屋换成了花岗岩建筑，一片片田地都用树篱围好，地里长满青草，红色的奶牛在吃草，园子里的蔬菜绿油油的，一派祥和富庶的景象。年轻的巴斯克维尔爵士急切地凝视着窗外。当他看到德文郡那熟悉的风景时，高兴得喊了起来。

"自从离开这里后，我到过世界许多地方，华生医生，"他说，"可是，没有一个地方能和这里相媲美。"

"德文郡的人谁不说自己的家乡好。"我说。

"这是因为德文郡人杰地灵的缘故，"莫迪摩尔医生说，"看看我们这位朋友，圆圆的头颅是凯尔特人特有的。里面充满了奔放的热情和强烈的情感。可怜的查尔士爵士的头型十分罕见，一半像盖尔人，一半像爱弗人。不过，你上次看到巴斯克维尔庄园时还很小吧？"

"父亲去世时，我只有十几岁，从来没见过庄园，因为他住在南海岸的一间小屋里。以后我就直接去美洲找朋友了。说真的，这庄园对我来说非常新鲜，就像对华生医生一样。我也巴不得能早点看到沼地。"

"是吗？那么你的要求很容易得到满足，因为你马上就会看到沼地了。"莫迪摩尔医生说着，用手指指车窗外面。

绿色的田野，镶嵌着树篱，方方正正的，一直延伸到树林。林梢蜿蜒，曲线优美。树林那边，远远耸起一座灰暗阴郁的小山。山顶上一个个缺口，远远望去朦朦胧胧的，仿佛是一幅梦中幻境。巴斯克维尔爵士坐了好长一会儿，眼睛始终凝视这一美丽的景致。从他急切的脸上可以看出，这一切对他是多么的重要。他第一次看到这片神奇的土地，就在这里，他的家族栖息繁衍，代代相传，留下了各自动人的故事。如今，他坐在这普普通通的车厢的一角，穿一身苏格兰服装，说起话来还带美国口音。可每当我看到他那富有表情的黝黑面庞，就越来越感到他确实是这一高贵热情、坚定果断的古老家族的后代，而且具有一家之主的风范。他那粗浓的双眉，敏感的鼻孔，以及栗色的大眼，无不流露出他的自豪、勇气和力量。假如在这可怕的沼地上，真的出现什么困难和危险，他至少是个能够和衷共济的人，他一定会勇敢地承担起自己的责任的。

火车在一个路边小站停下，我们都下了车。外面，低矮、白色的栅栏那边，等候着一辆两匹矮马拉的四轮马车。我们的到达显然是件大事，站长也和搬运工一道向我们围了过来，帮着搬行李。这是个恬静、简朴的乡村车站。然而，当我看到门边站着两个士兵模样的人时，不觉大吃一惊。他俩身穿黑制服，斜倚在步枪上，眼睛直愣愣地盯着我们走过他们身边。车夫是个冷酷乖戾的矮个子，他向亨利·巴斯克维尔爵士行了个礼。不一会儿，我们已经飞驰在宽阔白色的大道上。马路两边，牧场蜿蜒向上，绿树丛中，老式灰暗的房屋依稀可见，美丽的阳光下沐浴着宁静的乡村。然而，乡村后面，黄昏的天幕下边，露出连绵阴沉的沼地，沼地上矗立着几座犬牙交错、险恶丛生的小山。

马车拐进一条小路，曲折向前，几百年的车行马驰，路面留下了深深的车辙。路两边长满湿漉漉的苔藓和粗壮的蕨草。落日余晖中，棕红色的蕨类和斑斓的黑莓闪闪发光。马车一直在上坡，我们过了一座窄窄的花岗岩石桥，沿着那条溪流向前。溪水湍急汹涌，泛起阵阵白色泡沫。穿过乱石险滩，奔腾咆哮而下。小路和溪流在峡谷中曲折而上，两边尽是浓密低矮的橡树和枞树。每到一个转弯处，巴斯克维尔爵士都会兴奋地欢呼，热情地四下张望，还不住地问这问那。在他眼里，一切都非常美。然而，在我看来，这乡村似乎笼罩着一层暮秋的阴郁。路上铺满了一层厚厚的枯叶，车过时，空中不时落叶飘零，甚至辚辚车声都变得哑然无语。在我看来，这也许是大自然撒在巴斯克维尔家族继承人车前的一种令人悲伤的礼物。

"嗨!"莫迪摩尔医生喊道，"那是什么? 看哪!"

眼前出现一片陡峭的斜坡地，坡地上覆盖着石楠类常青灌木，突出在沼地之上。斜坡顶部有一个骑马士兵，清晰可见，晦暗冷峻，马枪搭在手臂上，可以随时射击，宛如矗立在基座上的雕像。他在监视我们脚下这条路。

"那是干什么，佩金思?"莫迪摩尔医生问道。

车夫扭头说:

"普林斯顿监狱逃出了个罪犯，先生。已经三天了。每个路口和车站，都有人监视，可到现在还没抓住他。说真的，先生，这里的农民都不喜欢这样。"

"噢，我知道，只要报信就可以得到五镑赏金。"

"是的，先生。这五镑钱可不好拿，要冒生命危险的。要知道，那个逃犯可是个亡命之徒，他是什么样的事都干得出来的。"

"他是谁呢?"

"他叫塞尔登，诺丁山谋杀案的凶手。"

我清楚地记得这个谋杀案，福尔摩斯对此案也非常感兴趣，因为凶手罪恶滔天，他的暗杀手段野蛮残忍，无以复加。他之所以没有被判死刑，也因为他极端残忍，人们怀疑这一切都是由于他精神异常而引起的。马车爬上坡顶，眼前立刻展现出一片广袤的沼地，沼地上点缀着色彩斑驳的锥形石堆和嶙峋突岩。一阵冷风从沼地上吹来，不禁令人打了个寒战。在这荒芜的原野，游荡着这个恶魔般的凶手，也许在哪条沟壑，藏匿着这头野兽。在他的心底，对所有抛弃他的人，都充满了深刻的仇恨。光秃秃的荒地，冷飕飕的阴风，灰蒙蒙的天空，还有这凶残的逃犯，使沼地显得比以往任何时候都令人恐怖，就连巴斯克维尔爵士也默然无声，把大衣裹得更紧了。

马车继续向前，富饶的乡村已经落在了我们后面的山坡下。回首俯视，夕阳返照里，初耕的田地，浓密的树林，犹如抹上一层金色，流光溢彩，分外妖娆。而我们前面，那赤褐墨绿的斜坡，却变得越来越凄凉荒芜，到处是圆圆的巨石。一路上经过几座沼地小屋，墙壁和屋顶都是石头的，外壁粗糙，没有藤蔓遮掩。突然，我们在下面看到了一片杯形凹地，那里长着一小片一小片发育不良的橡树和枞树，由于多年风暴的袭击变得弯弯曲曲、东倒西歪的。树梢上方耸立出两座又高又窄的塔楼，车夫用马鞭指了指说：

"那就是巴斯克维尔庄园。"

庄园主人站起身来，凝视着高塔，脸上泛出红晕，双目炯炯发光。几分钟后，我们就来到庄园大门口。大门是铁条焊成的，格子很密，花样奇妙，门的两边是两根久经风雨的柱子，柱子上长满苔藓，略显醒酲，顶部装有巴斯克维尔家族的族徽——野猪头。门房早已坍塌，成了一堆黑色花岗石，中间还露出一根根光秃秃的椽子，可是正对门房，却是一幢新屋，才建成一半，这是查尔士爵士用南非带回来的金子所办的首件事。

进了大门便是园内小道，车轮驶过厚厚的落叶，悄然无声。古老的树枝在头顶交叉，使小道变得晦暗阴沉，好像隧道似的。巴斯克维尔爵士望着这长长的阴暗的小道，心头不由得一惊，房屋就像幽灵似的在路的尽头闪烁发光。

"悲剧就是在这里发生的？"他压低嗓音问道。

"不，不是。水松夹道在房子的那一边。"

年轻的继承人四下张望，神色十分忧郁。

"住在这样一个地方，难怪我的伯伯总是觉得要大祸临头。"他说，"是人都会感到害怕的。六个月之内，我要在这上面安装一排一千支光的天鹅牌和爱迪生牌电灯，到时候，整排灯泡一齐开亮，恐怕你们还认不出这个地方呢！"

小道通向一片宽阔的草地，老屋就展现在眼前。在昏暗的灯光里，可以看到中间是一幢坚固的楼房，一条走廊向前面突出。正面爬满了常青藤，只有窗口或是装有盾徽的地方才被剪去，看上去好像是黑色面纱上的补丁。楼顶两边矗立起两座古老的塔楼，墙上开有枪眼和瞭望口。塔楼左右两侧较为新式，是黑色花岗石砌成的厢房。暗淡的光束，穿过牢固的窗户射入房间。倾斜陡峭的屋顶上高耸起一支烟囱，烟囱里冒出柱柱黑烟。

"欢迎，亨利少爷，欢迎您来到巴斯克维尔庄园。"

一个个子高高的男人走出了走廊的阴影，下来打开车门。在屋子黄色的灯光里，露出一个女人的身影。她走了出来，帮助那人搬下我们的行李。

"我现在就坐车回家，你不介意吧，亨利爵士？"莫迪摩尔医生说，"我妻子还在家等着我呢。"

"不过，你得吃了饭再走。"

"不啦，我得走了。或许还有事等着我去办呢。我本该留下来，带你看看这屋子，当然，这事儿拜里莫自然比我更合适。再见了。无论是白天还是晚上，只要你需要，就马上来叫我。"

亨利·巴斯克维尔爵士和我转身走进大厅，车轮声又消失在路上，接着，大门砰的一声关上了。我们觉得这房子非常华丽，又大又高，橡树木椽子和巨梁，密密麻麻的，只是因为年代久远而略呈黑色。高高的铁狗雕像后面是老式的大壁炉，炉内生着火，木头在燃烧，发出噼里啪啦的声音。亨利爵士和我都伸出双手去取暖，因为坐了一天车，手脚都有点发麻。然后，我们四下看了看，看到窗户又高又窄，装有彩色玻璃，橡木嵌板上有雌鹿头标本，墙上还挂着盾徽。所有这一切，在中央吊灯柔和的光线下，都显得有些昏暗忧郁。

"这跟我想象的完全一样，"亨利爵士说，"难道这不正是一幅古老家族的典型景象吗？这就是我们家住了五百年之久的房屋。一想到这个，就使我感到庄严神圣。"

他环顾四周，黝黑的面庞放出异彩，高兴得像个小孩似的。灯光照着他站的地方，照在他身上，而反射在墙上的影子仿佛是一顶黑色华盖，罩护着他。拜里莫把我们的行李送到房间后又回到大厅。他站在我们面前，像一个训练有素的唯主人命是从的好管家。他长得一表人才，个儿高高，相貌堂堂，黑胡子修得方方正正，还有白皙的面庞和端正的五官。

"少爷，你想现在开饭吗？"

"已经准备好了？"

"马上就好，少爷。你们房间里的热水也已烧好。亨利少爷，在您作出新的安排之前，还是先让我们留下来服侍您吧，我的妻子和我会非常高兴的。不过，现在情况变了，这个庄园需要相当多的佣人。"

"什么情况变了？"

"我只是说，少爷，查尔士老爷过着深居简出的生活，我们俩还是照顾得了他。而您自然会有更多的朋友，这样，您就得对您的家事做些改动了。"

"你是不是想说，你妻子和你想离开这里？"

"这要看你方便的时候再说，少爷。"

"可是，你们家在这里已经有好几代人了，是吗？如果我一到这里，你们就断绝跟这古老家庭的关系，我会感到非常遗憾的。"

我觉察到管家白皙的脸上似乎流露出一种非常强烈而激动的感情。

"我也是这么想的，少爷。我的妻子也一样。可是，说真的，少爷，我俩都非常敬重查尔士老爷。他的去世使我们大为震惊，使我们看到这里的一切就感到难过。我担心，我俩在巴斯克维尔庄园，内心永远也不会得到安宁。"

"可你们想要去做什么呢？"

"毫无疑问，少爷，我们可以去做点小生意，因为查尔士老爷的慷慨，已经给了我们做生意的本钱。好吧，少爷，现在我最好先带你们去看看你们的房间。"

通过一段双层楼梯，可以到达这个古老大厅的顶部，上面有一个正方形游廊，游廊装有护栏。从中央大厅向两边延伸的是穿越整幢屋子的走廊，所有的房间都开在走廊的两侧。我的房间跟巴斯克维尔爵士的房间在同一侧，差不多就是隔壁。这些房间看上去要比中央大厅现代得多，鲜艳的壁纸和无数点亮的蜡烛，仿佛驱走了我们刚到时的阴郁和不快。

然而，大厅边的餐厅却是个阴暗、令人不快的地方。这是个狭长的房间，中间还有一段台阶，把餐厅分成上下两部分。上面是主人的餐室，下面则是用人吃饭的地方。餐厅的一端建有演奏廊。黑色大梁横过头顶，再往上面是炊烟熏黑的天花板。如果点燃数排火炬，把屋子照得亮亮的，并在这里举办一次古时候那种内容丰富、粗犷疯狂的宴会，也许能稍许缓解一下这里阴郁的气氛。可是现在，两个身穿黑衣的绅士，坐在一个顶罩投下的不大的光环中，说话的声音都变轻了，精神也受到了压抑。一排模糊可见的祖先画像，穿着款式不同的衣装，从伊丽莎白时代的骑士到乔治四世时代的纨绔公子，仿佛在看着我们，在默默地陪伴我们，同时也震慑了我们。我们很少讲话。晚饭终于吃完了，因为我马上就可以离开这里，去现代化的弹子房，抽上一支烟，轻松轻松。

"老实说，这地方真的让人不愉快。"亨利爵士说，"原以为我可以慢慢习惯起来，可眼下我觉得有点格格不入，我的伯伯独自一人住在这种地方，怪不得会变得那么心神不宁。

如果你没意见，先生，我们今晚早点睡吧，或许明天早上，周围的一切会使我们愉快一些的。"

睡觉前，我拉开窗帘，向外远眺。窗子正对大厅前的草地。远处有两丛树，在强劲的风中不断摇曳、呻吟。半个月亮在飞快飘忽的云层缝隙中时隐时现。凄冷的月光下，阴郁的树林后面，横亘着犬牙交错的乱石岗和连绵起伏的沼地。我拉上窗帘，这最后的印象跟来前真的十分一致。

然而，这并不能算是最后的印象。我感到很累，却不能入睡，辗转反侧，可越想睡却越睡不着。远处的钟声每隔一刻钟响一次，要不然，整个庄园就笼罩在死一样的寂静之中。而后，在一片死寂中，耳际突然传来一个声音，清晰，响亮，显然是女人的啜泣声，仿佛她在强压巨大的悲痛，而又忍不住哽咽而发出的喘息声。我坐了起来，屏声静息地听着。这哭声不远，肯定是在屋子。我全神贯注地等了半个钟头，结果，除了钟声和常青藤的沙沙作响，再也没有听到其他声响。

七　热心的蝴蝶迷

第二天早晨，巴斯克维尔庄园空气清新，风景如画，确实驱散了我们初见庄园时可怕阴郁的印象。吃早饭的时候，阳光就已经穿过窗棂照了进来，透过盾徽形的窗玻璃，组成了一个个色彩斑斓的图案。晦暗的护墙板在金色的阳光里闪烁着古铜色的光芒，很难想象就是这个房间，头天晚上竟然在我们的心灵投下了如此灰暗忧伤的阴影。

"我想该怪的是我们自己而不是这个房间！"从男爵说，"都是因为旅途劳顿，车内寒冷，才使我们对这个地方产生了不快。现在，我们感到浑身轻松，心情就自然愉快起来。"

"不过，也并不是纯属想象的问题。"我回答说，"你昨晚有没有听到有人，我想是个女人，在哭泣。"

"这倒怪了，我也真的听到过，那时我正昏昏欲睡，我等了好久，后来就什么也听不到了，因此，肯定是我在做梦。"

"我可听得清清楚楚，而且可以断定是个女人在哭泣。"

"我们必须马上去问问清楚。"他打了铃，询问拜里莫是否知道这件事。在我看来，这位管家听到主人发问时，苍白的脸变得更加没有血色。

"屋子里只有两个女人，亨利少爷。"他回答说，"一个是女用人，她睡在厢房里，另一个就是我的妻子，我可以保证，她昨晚没有哭过。"

然而，他的回答显然是假的。因为早饭后，我在长廊里碰巧看到了拜里莫太太。阳光正好照在她的脸上。她是个高大、冷漠的胖女人，嘴巴紧闭，神情十分严肃。可她的双眼明显红肿，还朝我瞥了一眼。然而，要是她昨晚哭过，那么，她丈夫是不会不知道的。显然，他撒这个谎是要冒被发现的危险。他为什么还要这么做呢？为什么她会哭得如此伤心呢？本来，他那张白皙、漂亮、蓄着黑胡子的脸面就已经有一种神秘而阴郁的气氛。是他首先发现查尔士爵士的尸体，而且我们只是从他那里听说了有关导致老人死亡的情况。难道我们在摄政街所看到的那个人就是拜里莫，这有可能吗？胡子可能就是一样的。马车夫说的那乘客好像要比他矮些，而身高这种印象是很容易搞错的。我怎么才能解开这个疑团呢？显然，现在首先要做的事是去格陵朋找邮局局长，查清试探电报是否真的交到了拜里莫本人手中。无论结果如何，我至少有东西可以向福尔摩斯报告了。

早饭后，亨利爵士要看许许多多的文件，我就有时间出门了。我沿着沼地边缘走了四英里地。我感到一身轻松，心情十分愉快。最后，我来到一个灰蒙蒙的小村庄。村里有两幢较大的房屋，一幢是旅店，另一幢就是莫迪摩尔医生的家。其余的屋子都比较低矮。邮局局长，同时也是杂货店老板，对电报一事记得一清二楚。

"可以肯定，先生，"他说，"我是严格按要求，让人把电报直接交到拜里莫先生手中的。"

"谁送的？"

"我儿子。詹姆士，你是把电报直接交到庄园里的拜里莫先生手中的，是吗？"

"是的，爸爸，是我送的。"

"你是直接交到他手里的？"我追问道。

"啊，那时他正在阁楼里，因此，我无法把电报交到他手里。可是，我把电报交到拜里莫妻子手里，她答应我马上交给她丈夫的。"

"你有没有看见拜里莫先生？"

"没有，先生，我说过，他在阁楼里。"

"如果你没有看见他，你怎么知道他就在阁楼里呢？"

"噢，可以肯定，他太太应该知道他在哪里。"邮局局长有点生气地说，"他没有收到电报吗？假如出了什么差错，那应该怪拜里莫先生自己。"

看来，再问下去也不会有什么结果的。但是，有一点非常清楚，那就是，尽管福尔摩斯的计策十分巧妙，我们仍然没有证据说明拜里莫当时并不在伦敦。假如这点成立，假如最后一个看见查尔士爵士活着的人是这个人，而他的继承人一到伦敦，第一个去跟踪的也是这个人，那事情会怎么样呢？是别人指使他干的，还是他本人有什么不可告人的阴谋呢？如此迫害巴斯克维尔一家，他可以捞到什么好处呢？我又想到用《泰晤士报》评论剪贴而成的那封警告信。难道这也是他捣的鬼。或者说，可能是另外一个决意破坏他阴谋的人干的？唯一可以想象得出的动机就是亨利爵士所说的，如果巴斯克维尔家的人都吓跑了，永远放弃这个舒适的家园，那整个巴斯克维尔庄园就属于拜里莫了。然而，可以肯定，这种解释并不足以说明一个神秘而微妙的阴谋，因为它就像一张无形的大网撒在年轻的从男爵周围。福尔摩斯也曾说过，在他办理过的一系列大案中，再也没有比这个案子更复杂的了。我只好沿着灰暗孤寂的小路回庄园。路上，我不住默默祈祷，但愿福尔摩斯能及早脱身事务，来到这里，帮我卸下肩上沉重的负担。

突然，我的思路被身后飞奔的声音打断，接着就听到有人叫我的名字。我以为是莫迪摩尔医生，便转过身去。可是，使我吃惊的是，那人我根本不认识。他个子瘦小，相貌端正，胡子刮得很干净，黄黄的头发，尖尖的下巴，三十岁出头。他穿着一身灰色的衣服，头上戴着一顶草帽，肩上搭着一只放植物标本的铁皮盒子，手里拿着一竿绿色的捕蝶网。

"请原谅我的冒昧，我相信，你一定是华生医生啰。"他气喘吁吁地跑到我跟前说，"既然你来到这沼地，我们就是一家人，也就没有必要再等人正式介绍了。或许你已从我的朋友莫迪摩尔医生处听说过我，我叫斯泰普顿，住在麦利皮特。"

"你的捕蝶网和标本盒，已经告诉了我你是谁。"我说，"因为我知道斯泰普顿先生是生物学家。可你是怎么认出我的呢?。"

"我刚才一直在莫迪摩尔家里，你经过他诊所时，他告诉我的。因为我们回家是同路，便追上你，互相认识认识。我相信，亨利·巴斯克维尔爵士一路上一定非常顺利。"

"他很好，谢谢。"

"我们大家都非常担心，查尔士爵士去世后，新来的从男爵也许会拒绝住在这里。让一个富翁来到乡下，埋没在这种地方，或许太过分了。不过，我得告诉你，这对我们乡下来说，真是太重要了。我想，亨利·巴斯克维尔爵士不会因迷信而产生恐惧心理吧?"

"我想这不太可能。"

"你肯定听说过有关那头魔犬的传说，多少年来，它一直闹得这一家人不得安宁。"

"听说过。"

"真怪，这里的农民会如此轻信这样的传说!谁都会发誓说，在沼地上见过那头魔犬。"他微笑地说，不过，从他的眼睛里，似乎可以看得出，他对这件事的态度非常认真。"这个传说对查尔士爵士的心理影响一定极大。毫无疑问，正是这件事使他落得如此悲惨的结局。"

"可怎么会这样呢?"

"他的神经极度紧张,只要看见狗,他的心脏就会产生病理变化。我猜,他去世的那天晚上,肯定在水松夹道上看见了魔犬之类的畜生。我总是担心他会遭受不测,因为我非常喜欢他,而且知道他心脏有病。"

"你是怎么知道的呢?"

"我的朋友莫迪摩尔医生告诉我的。"

"那么说,你认为真的有一只狗猛追查尔士爵士,结果使他死于极度恐惧之中。"

"难道还有比这更好的解释吗?"

"这我可说不上。"

"那么夏洛克·福尔摩斯先生呢?"

这话使我倒吸了一口气。可是,他那白皙的面庞和坚定的眼神,又说明他并非要对我突然袭击。

"华生医生,假装不认识你是毫无必要的。"他说,"这里的人早已看过你的侦探记叙文章。你不可能只是赞扬你朋友,而不使自己出名吧。莫迪摩尔医生跟我谈起你的时候,他无法避而不谈你的身份。一旦你到了这里,那么,夏洛克·福尔摩斯先生本人肯定也已经对这件事发生了兴趣。那么,很自然,我对他的看法就产生了好奇。"

"这个问题,我恐怕回答不了。"

"我可以问一下,他是否会赏光亲自来我们这儿呢?"

"眼下他还离不开伦敦。他还有其他的案子要办。"

"那太遗憾了!也许他会对这个疑团做些解释的。不过,你在调查过程中,如果需要我效劳的话,请尽管吩咐。假如我知道你有疑问或是你打算怎么进行调查,或许我现在就可以给你提供帮助或建议。"

"请你相信,我来这里只是为了看望我的朋友亨利爵士,我不需要任何帮助。"

"好极了!"斯泰普顿说,"你如此小心谨慎,完全是正确的。我活该受斥,因为我莫名其妙,多管闲事。我向你保证,以后绝不再提这件事。"

我们来到一个岔路口，只见一条狭窄多草的小路，弯弯曲曲，穿越沼地。右边是一座乱石嶙峋的陡峭小山。这是一个废弃的花岗岩采石场。正对我们的是一面阴暗的峭壁，岩缝中长出<u>一丛丛</u>蕨草和荆棘。远处，高地上，一缕灰色烟雾袅袅而上。

"顺着这条沼地小路，稍走一会儿，就可到麦利皮特，"他说，"或许你能抽出一个钟头上我家看看，我可以介绍你认识我的妹妹。"

当时，我首先想到的是应该待在亨利爵士身边。不过我马上又想到他桌子上那堆得满满的文件和票据。我确信，我帮不了他什么忙。况且，福尔摩斯交代过，应该好好研究沼地上所有的邻居，于是，我便接受了斯泰普顿的邀请，和他一道折上小路。

"这沼地真是个奇妙的地方，"他一边说，一边欣赏着周围的风景。蜿蜒起伏的山丘，宛如连绵翻滚的绿浪；犬牙交错的花岗岩山脊，仿佛是波涛汹涌的浪花，泛起层层白色的泡沫，"你永远都会喜欢这片沼地。简直无法想象它蕴藏着多少奥秘。它是多么广阔，多么荒凉，又是多么神秘。"

"那么，你对沼地一定非常了解啰。"

"我才住了两年。这里的人还叫我新来的呢。我们搬来时，查尔士爵士也刚来不久。但是，我的兴趣爱好使我走遍了这里的角角落落。我敢说，很少有人能比我更了解这片沼地了。"

"这事很难吗？"

"非常难。譬如说，你看看北边那一马平川，中间偶尔有几座奇异的小山。你能看得出有什么特别的地方吗？"

"那可是纵马驰骋的大好地方。"

"你自然会这么想，可这种想法已经断送了好几条人命。你有没有注意到那些星罗棋布、闪闪发光的绿点？"

"看到了，那里似乎更加肥沃。"

斯泰普顿哈哈大笑起来。

"那就是格陵朋大泥沼。"他说，"对人畜来说，哪怕走错一步都会送命的。就在昨天，我还看到一匹马驹跑了进去，可再也没有出来。我望着它仰着头，在泥潭里挣扎了好一会儿，可最后还是被吞噬了。甚至在旱季，穿越泥沼也是十分危险的，而下过这几场秋雨后，那就更加令人望而生畏了。然而，我却能够找到通往泥沼中心的路，而且还能活着出来。天哪！又是一匹可怜的马驹陷入泥潭了。"

抬眼望去，绿色的苔草之中，有个棕色的东西在翻滚，摇动，脖子向上，扭来扭去，接着就是一阵令人可怖的哀鸣，在沼地上空久久回荡。我简直吓得浑身发冷，而斯泰普顿的神经似乎比我坚强些。

"它完蛋了。"他说，"泥潭吞噬了它。两天之内两匹小马驹，也许还有更多的会遭此厄运。它们只知道旱季能在那里尽情奔跑，直到陷进泥潭还不知道是怎么回事。格陵朋大泥沼，真是个险恶的地方。"

"可你说你能走进去？"

"是的，有一两条小路。只有十分机警敏捷的人才行。路是我找到的。"

"可是，你为什么要到那么令人恐怖的地方去呢？"

"啊，你看到远处的小山吗？那些小山就像与世隔绝的岛屿。多少年来，始终被泥沼所包围，无法逾越，然而，一旦你到了那里，就肯定能采集到珍稀的植物，捕捉到罕见的蝴蝶。"

"有朝一日，我也会去碰碰运气。"

他神色惊讶地望着我。

"上帝保佑，"他说，"千万别有这个念头。那岂不是等于我把你给害了。我敢保证，你没有一丝活着出来的希望。只有通过牢记几个十分复杂的地形特征，才能进入泥沼。"

"天哪！"我喊道，"那是什么声音？"

一声低沉、凄惨得难以形容的长长的呻吟，萦绕着整个沼地，充满了整个空间，却又不知道从什么地方传来。起初只是模模糊糊的哼哼，继而越来越响，变成深沉的怒吼，然后又变成悲怆而有节奏的哼唧声。斯泰普顿望着我，脸上显露出一种好奇的表情。

"这沼地真是个怪地方！"他说。

"可那究竟是什么声音？"

"这里的农民说，那是巴斯克维尔魔犬在呼唤它的猎物。以前我也听到过一两次，可从来没这么响。"

　　我心中一阵寒栗，不由自主地四下里望望。眺望那缀有一片片绿树丛、起伏不平的广阔原野。偌大的原野一片寂静，只有两只大乌鸦在我们身后的岩石上呱呱大叫。

　　"你是受过良好教育的人，总不会相信这样的胡说八道吧？"我说，"你说究竟为什么会出现这种怪异的声音？"

　　"泥潭里有时也会发出怪异的声音，好像是烂泥下沉，要么污水上冒，或是别的什么。"

　　"不，不，那肯定是动物发出的声音。"

　　"啊，也许是。你有没有听到过麻鹨的叫声？"

　　"没有，从来没听过。"

　　"这是英格兰一种珍稀鸟类，差不多灭绝了，可在沼地里，什么事儿都可能发生。说真的，如果说刚才我们听到的是最后一只麻鹨的叫声，那也不足为奇。"

　　"那是我一辈子都没有听到过的，一种最可怕最奇异的声音。"

　　"是啊，这里整个儿是个非常神秘的地方。你看小山那边，你觉得那是些什么东西？"

　　整个陡坡上到处是灰暗石头堆砌而成的圆圈圈，至少有二十几堆。

　　"是什么？羊圈吗？"

　　"不是，那是我们光荣祖先的家。史前人群居在沼地上。由于后来从未有人去过，所以，我们现在看到的就是他们留下来的遗址。那些石堆就是他们住过的房子，完全是新石器时代的模样，只是缺个屋顶。假如你有兴趣进去看看，那里还有他们用过的炉灶和床铺呢。"

　　"可是，这简直就是个小镇子。那是什么年代的？"

　　"新石器时期，年代不详。"

　　"那时候他们在这里干什么呢？"

　　"他们在山坡上放牛。还学会了开挖锡矿，做青铜刀剑来代替石斧。请看对面山上的壕沟，那就是他们开矿的遗址。是啊，你会发现这片沼地有些非常奇异的地方。哎，对不起，请稍等，这肯定是一只塞克罗帕特大飞蛾。"

　　忽然，一只小苍蝇或是飞蛾什么的，飞过了前面的小路。顷刻间，斯泰普顿便飞快地追了上去。使我大为惊讶的是，这只小飞蛾竟然朝泥沼深处飞去，而我的朋友居然紧跟在后面，在灌木丛中跳跃自如，绿色的捕蝶网在空中不住飞舞，他那灰色的衣裳，加上他那纵身跳跃、曲折前进的动作，仿佛他自己也成了一只大飞蛾。我站在那儿，一边欣赏、羡慕他那灵巧非凡的身手，一边又生怕他会失足陷入那险恶莫测的泥沼里。蓦地，我听到身后传来了脚步声。我转过身子，看见一个女人站在离我不远的路上。她从炊烟缭绕的地方来，那里就是麦利皮特。由于沼地地势低洼，遮住了她的身影，一直到她走得很近很近，我才看见她。

毫无疑问，她就是先前听说过的斯泰普顿小姐，因为沼地上女人本来就很少。我还记得有人形容她是个美女。飘然走近的这个女人确实很美，而且属于一种非同寻常的美。这两兄妹的差别实在太大，足以使人惊愕不已，因为斯泰普顿先生的肤色适中，浅黄色的头发，灰色的眼睛。而他妹妹的肤色，却比我在伦敦所见过的任何肤色较深的女人还要深。她身材苗条，仪态万方，高傲而美丽的面庞，五官端正。幸亏她那敏感的双唇和迷人热情的黑眼睛，才不致使人感到她是冷漠无情的。她那完美的身段和优雅的衣着，突然出现在这孤寂荒凉的沼地小路上，简直就像个奇怪的幽灵。我回转身时，她正望着她的哥哥。接着，她加快步子，朝我走过来。我扬了扬帽子，刚要说几句解释的话，她就先开口了，并且把我的思维引向了新的路子。

"回去吧！"她说，"直接回伦敦去，马上就回去。"

惊愕之余，我只能直愣愣地盯着她。她的双眼发出火焰般的光芒，一边还焦急地跺起脚来。

"为什么要我回去呢？"我问道。

"我不能解释。"她急切而轻声地说，咬字似乎不太清晰，"可是，看在上帝的分上，按我说的去做吧。快回去，别再到这沼地上来。"

"可我才来啊。"

"你这个人哪！你这个人哪！"她喊道，"难道你还看不出，我的警告完全是为你好吗？回伦敦去吧！今晚就走！不管怎么样，都要离开这个地方！别说了，我哥哥来了。我刚才说的话，你绝对不能提一个字。对不起，请把杉叶藻那边的兰花摘给我，好吗？沼地上有各种各样的兰花，不过，你来得太迟了，看不到兰花盛开时的美景了。"

此时，斯泰普顿放弃了追捕，回到我们这儿，不住地喘气，脸也涨得通红。

"哈哈，贝莉。"他说，在我看来，他那问候的语气并不那么友好。

"啊，杰克，你很热吧。"

"是啊。我刚才在穷追一只塞克罗帕特大飞蛾。这种飞蛾极为罕见，尤其是深秋季节。真太可惜了，没有抓到它。"他敷衍似的说，而他那对发光的小眼睛不时看看她，又望望我。"看得出来，你们已经自我介绍过了。"

"是的。我告诉亨利爵士，他来迟了，看不到沼地上真正美丽的景致了。"

"哎呀，你以为他是谁？"

"我想他一定是亨利·巴斯克维尔爵士。"

"不，不，"我说，"我只是一个卑微的普通人，他的朋友而已。我叫华生，是医生。"

"我们连彼此是谁都不知道，就已经谈开了。"她那表情丰富的面庞掠过一丝不安的红晕。

"那有什么，你们才开始谈嘛。"他哥哥说道，双眼仍然在询问着什么。

"我跟华生医生谈天，好像他就是这里的居民，而不仅仅是客人。"她说，"对他来说，欣赏兰花迟早与否并没有多大关系。不过，你愿意去看看我们的麦利皮特，是吗？"

没走多少路，我们就来到麦利皮特。那是沼地上一幢荒凉孤寂的房屋。以前，兴旺繁荣的时候，住过牧人，如今，经过整理和装修，成了一幢现代住宅。四周是花园，可是就像沼地上其他树木一样，这里的树也是那么矮小委琐，整个麦利皮特都笼罩在阴郁凄凉之中。一个怪异、干瘪、衣着陈旧的老仆把我们带进了屋子。他简直就是为这屋子配置的。不过，屋子里的房间很大，布置得非常优雅别致，正好跟那女人的情调相吻合。

　　通过窗口放眼望去，那点缀着花岗岩的沼地，一直延伸到天边。我不禁深感诧异，究竟是什么原因，使这位接受过高等教育的男子和这位漂亮女士搬到这种地方来住呢？

　　"选址很怪，是吧？"他说，似乎在回答我心中的问题，"不过，我们的日子过得非常愉快，贝莉儿，你说是吗？"

　　"非常愉快。"她答道，可说话时，语气却不那么自信。

　　"我办了个学校，"斯泰普顿说，"那是在北方。这事对像我这种脾气的人来说，真是太机械、太乏味了。可是，能够因此跟年轻人生活在一起，帮助培养他们，并用自己的性格和理想去影响他们，对我来说，又是那么亲切。不过，命运总是跟我作对。学校里发生了严重的传染病，死了三个男生。那以后，学校再也没有从那沉重的打击下恢复过来，况且我的大部分资金都泡了汤。然而，要不是因为丧失了和孩子们共同生活的乐趣，我本来是可以忘却那些痛苦和不幸的。由于我对植物学和动物学具有浓厚的兴趣，就搬来这里，因为这里有着无穷无尽的研究资源。再说，我妹妹对大自然，也像我一样，非常投入。你的表情使我相信，华生医生，所有这一切，都在你眺望窗外沼地时，深深地印在了你的脑海里。"

　　"我倒真的想过，这里的生活对你来说，可能要好一些，但对你妹妹，或许会有些枯燥乏味。"

　　"不，不，我从来也没有觉得枯燥乏味。"她说得又快又急。

　　"我们有许多书，有许多研究工作，还有许多有趣的邻居。莫迪摩尔医生在他的本行中是最有学问的。可怜的查尔士爵士也是个令人称羡的朋友。我们非常了解他，而且深深地怀念他，你认为，如果我今天下午就去结识亨利·巴斯克维尔爵士，是否会有点太冒昧呢？"

　　"我相信，他会非常高兴的。"

　　"那么，也许你可以先跟他打个招呼。或许在他习惯这里的新环境之前，我们略尽一点心意，以帮助他在这里生活得更方便，更舒心。华生医生，要上楼参观一下我所收藏的鳞翅类昆虫的标本吗？我想，这是在英格兰西南部所能收集到的最为齐全的。等你看完时，午饭就差不多准备好了。"

　　然而，我急于回到我委托人的身边去。沼地的阴郁、不幸的马驹以及那令人毛骨悚然的长鸣声，似乎都跟巴斯克维尔家族可怕的传说相关联。所有这一切都在我的心中蒙上了一层悲哀的阴影。接着，就是多少模糊了的种种印象，而首要的却是斯泰普顿小姐那肯定、清楚的警告，说得那么诚恳、那么热切，使我再难怀疑，在这一警告的背后，必定有着非常重要而深刻的理由。于是，我婉言谢绝了热情的请吃中饭，告辞出屋，沿着来时那条长满青草的小路，向庄园走去。

然而，这里一定有条近路可走。因为我还没折上大路，就惊奇地看到斯泰普顿小姐已经坐在路边的一块石头上。因为她跑得很快，脸上泛出美丽的红晕，一只手叉着腰。

"我一路跑来这里截住你，华生医生，"她说，"连帽子也来不及戴。我不能在这里待得太久，因为我哥哥要找我的。我想对你说，我非常遗憾，我真笨，把你错当成亨利爵士。请你忘了我刚才说的那些话，对你来说一点也不适用。"

"但是，我永远也忘不了那些话，斯泰普顿小姐，"我说，"我是亨利爵士的朋友，他的幸福是我最大的关注。告诉我，为什么你要如此急切地让亨利爵士马上回伦敦去呢？"

"一个女人的直觉，华生医生。当你对我更了解的时候，你会理解我所说的和所做的一切，并不是都讲得出道理的。"

"不，这不可能。我还记得，你说话时声音发抖，你的眼睛放出异样的神采。请你，请你坦白对我说，斯泰普顿小姐。因为我一到这里，就觉得周围笼罩着一层阴影。生活已经变得像巨大的格陵朋泥沼，布满了零星的绿树丛，要是没有向导指点迷津，说不定什么时候就会深陷泥潭而不能自拔。请你告诉我，你说那些话到底是为了什么。我向你保证，一定把你的警告转达给亨利爵士。"

她脸上略显犹豫，但是，就在她想要回答时，眼神又变得非常坚决。

"你想得太多了，华生医生，"她说，"我哥哥和我得知查尔士爵士不幸去世，都非常震惊。我们和他的关系十分密切。因为他散步时总是喜欢穿越沼地到我家来。他诅咒那笼罩他家的阴影，终日忧心忡忡。悲剧发生后，我自然觉得他的忧郁是有一定道理的。当我听到他家又有人来这里居住时，就感到非常忧伤，而且觉得应该警告他，预防可能发生的危险。这就是为什么我要说那些话的原因。"

"可你指的危险又是什么呢?"

"你知道魔犬的故事吧?"

"我可不相信这种胡编乱造的故事。"

"可我相信。如果你对亨利爵士还有影响的话,就把他带离这个地方,离开这个总是给他家带来厄运的地方。世界之大,何必一定要待在这个危险的地方呢?"

"就因为这是个危险的地方。这可是亨利爵士的天性。恐怕我是无法使他离开这里的,除非你能给我更为详尽、确凿的东西。"

"我没有什么确凿的东西可说,因为我根本就不知道有什么确凿的东西。"

"我想再问你一个问题,斯泰普顿小姐。假如你当初要对我说的话就是这些,那你为什么又不想让你哥哥听到你说的话呢?你哥哥,或是任何其他人,都没有理由说你的话不对啊。"

"我哥哥非常喜欢这庄园有人住,因为他想,这样对沼地的穷人有好处。要是他知道我劝亨利爵士早些离开,他会很生气的。不过,现在我已经尽了力,不想再说什么了。我必须回去了,否则,他会找我的,还会怀疑我来见你。再见了!"她转身往回走,不一会儿就消失在乱石岗中。而我,只得揣着一种莫可名状的恐惧,匆匆赶回巴斯克维尔庄园。

八　华生的第一份报告

从现在起,我将按照先后顺序,把桌上那些我写给夏洛克·福尔摩斯先生的信件誊抄下来。虽然有一页遗失了,但无关紧要,我相信我所写的内容跟事实完全吻合。我对这些悲惨事件记忆犹新,然而,这些信件肯定更能准确地反映我当时的感觉和怀疑。

亲爱的福尔摩斯:

　　我前次给你的信和电报,想必能使你及时了解这个世上最荒凉的角落里所发生的一切。一个人待在家里越久,就会越觉得沼地诱惑之深。它是那么广袤，那么迷人，只要你来到沼地深处，现代英格兰的一切都会消失殆尽。可另一方面，你却会意识到，这里到处是史前人的房屋和成就。散步的时候，你会发现周围都是那些被遗忘了的房屋、坟墓和石柱。那些石柱据说是庙宇的奠基石。灰暗的石屋背靠斑驳的山坡而筑。看着看着，你会忘记你现在所处的年代。假如你居然发现身披兽皮、毛茸茸的人爬出那低矮的屋门，在弓弦上搭上一支装有燧石箭头的箭，你会觉得他的出现要比你站在这里更为自然和谐。令人奇怪的是，在这片一向最为贫瘠的土地上，当年人口竟这么稠密。我不是考古学家，可我能想象得到，他们是些不喜欢战争、而受人欺负的部族，被迫接受了这个别人不要的地方。

当然，所有这些都跟你派我执行的使命毫不相干，而且，对你这个讲究实际的人来说，也许是不会感兴趣的。我依然记得，你对究竟是太阳绕着地球转，还是地球绕着太阳转这种问题，全然不感兴趣。所以，还是让我说说亨利·巴斯克维尔爵士的事情吧。

如果说前几天你一直没有收到任何报告，那是因为以前还没有什么重要的东西值得报告。而今天却发生了一件非常令人诧异的事，我现在就详详细细地告诉你。不过首先，我必须使你知晓有关这事的另外一些情况。

其中一个是以前几乎没有提到过的，也就是沼地上那个逃犯。现在有充分的理由相信，他已经逃走了，而这对这一地区居住分散的沼地人来说，是莫大的欣慰。他已经离开两个星期了，这期间，既没人见过他，也没人听说过他。他居然能在沼地上坚持这么久，确实令人难以想象。当然，要是说在沼地上藏身，那是毫无困难的。任何一间石屋都能做他的藏身之处。然而，那里没东西可吃，除非他捕杀沼地上的山羊，因此我认为他已经逃走了。住在沼地边远处的农民从此也可高枕无忧了。

庄园里有四个体格强健的人，因此，我们有能力照顾好自己。然而，我承认，一想到斯泰普顿一家，心中总觉得那么不自在。他们孤零零地住在沼地深处，方圆几英里之内都渺无人烟。那里，除了他们兄妹俩，还有一个侍女和一个老男仆。哥哥看上去并不强壮。一旦像诺丁山凶犯那种亡命之徒闯进他家，他们就会落入他的魔爪而陷立无援的境地。亨利爵士和我都非常担心他们的处境。本来建议晚上让马夫到他们那里去陪伴他们，可斯泰普顿先生就是不答应。

事实是，我们的朋友从男爵已经开始对斯泰普顿小姐表现出相当大的兴趣。可这并不奇怪，因为像他这样活跃的男人，在这孤寂的地方，实在是百无聊赖；再说，她又是个非常美丽迷人的女郎。她身上有一种热带的异国情调，而这种情调跟他哥哥那种镇静和冷漠，形成了鲜明的对照。然而，他也给人一种印象，仿佛他也深藏着一种烈火般的炽热情感。他对妹妹显然有极大的影响，因为我觉察到，她说话时老是朝他看着，好像在征求他的意见。我相信，他对她非常好。他的双眼炯炯有神，薄薄的嘴唇十分坚定，这一特征可以表明，他是个性情粗暴、专横跋扈的人。你会觉得他是个令人感兴趣的研究对象。

第一天，他就来拜访巴斯克维尔爵士。第二天上午，他带我俩去看传说中邪恶雨果出事的地点。我们在沼地里走了好几英里地，来到一个阴冷凄楚的地方，使人很容易想起那个故事来。两边是乱石岗，中间是短而窄的山沟，山沟通向一片长满青草的开阔地，地里点缀着白棉草。开阔地的中央矗立着两块巨石，顶部由于风化而削尖，看上去仿佛是一头巨兽磨损了的獠牙。说真的，这地方不管怎么看，都跟传说中那古老悲剧的情景非常吻合。亨利爵士兴致很高，不止一次地问斯泰普顿，他是否真的相信魔怪会干涉人间的事情。他问这话时，似乎漫不经心，可在他内心深处，显然是非常认真的。斯泰普顿的回答十分谨慎，其实，看得出来，他知道的比说的还要多，只是处处考虑到从男爵的感情，才不愿把自己的看法统统说出来。他还告诉我们几件类似的事情，有些家庭也遭受过魔怪带来的灾祸。他给我们的印象是，他的观点跟这里大多数人一样。

回家的路上，我们在麦利皮特吃了中饭。在那儿，亨利爵士结识了斯泰普顿小姐。他似乎一见到她就被她吸引住了，而且我敢肯定，这种爱慕是双方的。路上，他一而再，再而三地说起她。从那以后，我们几乎天天会见这兄妹俩。今天，我们是在这里吃的晚饭，还约好了下星期到他们家去。人们可以设想，他俩的结合对斯泰普顿先生来说，一定是十分满意的。但是，有好几次我发觉，当亨利爵士对他妹妹略微多加注意时，斯泰普顿的脸上便露出强烈的反感。毫无疑问，他非常爱她。如果没有她，他的生活将十分孤寂，不过，如果突然因此而拆散那天生的一对，那也未免太自私了。然而我相信，他不希望他俩的亲密感情会发展成爱情，而且我不止一次地发现，他尽量设法不让他俩有卿卿我我的机会。啊，你曾指示我，绝不能让亨利爵士单独出门。如今，我的任务又因为他俩的恋爱，而变得复杂得多，困难得多了。要是我忠实地执行你的命令，那我就成了不受欢迎的人了。

　　一天，更精确些，应是星期四，莫迪摩尔医生跟我们一起吃中饭。他在朗当地区挖掘了一座古墓，发现了一个史前人的颅骨，高兴极了，一直喜形于色。后来，斯泰普顿兄妹也来了。在亨利爵士的请求下，好心的医生带我们大家去水松夹道，看看那晚发生悲剧的现场，讲讲查尔士爵士暴死的全部经过。我仿佛觉得时间过得很慢，气氛沉闷凄恻。水松夹道两边是高高的、修剪整齐的树篱，紧接小道是两条狭长的草地。夹道尽头是一座破烂不堪的凉亭。夹道中间有一扇通向沼地的栅门，在那里，可怜的老绅士曾经弹下了雪茄烟灰。这是一扇白色木头门，上面装有门闩。门外就是那茫茫无际的沼地。我还记得你对此事的推理，努力想象那里发生的一切。老人站在那儿，他看见什么东西朝他窜来，一个使他灵魂出窍的东西。他跑啊跑啊，一直跑到累死吓死。那条长长的夹道阴森森的，确实恐怖。可他到底看见了什么呢？难道是一只沼地牧羊犬？或是一头魔鬼似的，悄没声息的黑色猎狗？有没有人在中间捣鬼呢？苍白而警惕的拜里莫还隐瞒了些什么？这一切都是那么昏暗模糊。然而，可以肯定，这后面一定有某种罪恶的阴影。

　　上次写信后，我又认识了另一个邻居——拉夫特庄园的富兰克伦先生。他家在我们南面约四英里的地方。他是个上了年纪的人，红润的脸膛，雪白的头发，性情有些暴躁。他非常热衷于英国的法律，为打官司而花费了大量的钱财。他只是为打官司而打官司，因为他可以从中获得乐趣，至于站在哪一边，他都无所谓，难怪他发现这是一种昂贵的乐趣。有时，他会切断一条通道，公然蔑视教会让其开放的命令；有时，他又会亲手拉倒人家的门，声称很久以前这里是一条路，全然不顾主人会控告他侵犯私人住宅。他谙熟旧采邑权法和公共权法，有时他利用自己的知识帮助佛恩渥斯的村民，有时却又反对他们。因此，有时他被村民高高抬起，在村里游行，庆祝胜利；有时却被做成模拟稻草人，当众焚烧。据说，目前他手中还有七个案子，也许这些案子将用掉他所剩下的积蓄，到时候他就会像被拔掉毒刺的黄蜂，不再危害于人。不过，撇开法律，他似乎是个心地善良的人。我之所以提到他，完全是因为你特别叮咛过，要我把我们周围的人的情况一一作出描述。眼下，他正忙得不可开交，但令人莫名其妙。还由于他是个业余天文学家，在他的屋顶安了架最好的望远镜，整天瞭望沼地，以期找到那个逃犯。如果他把他的精力都用在这上面，那就平安无事了。然而，据谣传，他现在正在设法告莫迪摩尔医生，告他未经死者后代同意就私自开挖古墓，寻找古人的颅骨。他使我们的生活平添异彩，并给我们以喜剧性的娱乐，而这种娱乐在这里是极其需要的。

写到这里，我已经给你介绍了那个逃犯、斯泰普顿兄妹、莫迪摩尔医生，还有拉夫特的富兰克伦。最后，让我告诉你一些最重要的事儿，以结束这份报告，尤其是昨天晚上那惊人的发展，那是有关拜里莫的。

首先说一说你在伦敦发的那份试探性电报，想弄清拜里莫当时是否在庄园。我已经解释过，邮局局长的证明毫无价值，而且我们一点证据也没有。我把事情的真相告诉了亨利爵士，他马上就把拜里莫叫了来，直截了当地问他，是否亲手接到过那份电报。拜里莫说他收到了。

"那小孩是亲手把电报交到你手中的吗?"亨利爵士问道。

拜里莫看上去非常吃惊，然后想了一会儿。

"不是，"他说，"那时我在阁楼里，是我妻子拿上来交给我的。"

"回电可是你亲自发的?"

"不是,我告诉妻子怎么回电,是她下楼去写的。"

晚上,拜里莫自己又提起这个问题。

"我不太理解今天上午你问那些个问题的意图,亨利少爷。"他说,"我想,这不会是因为我做了些什么使你对我不放心吧?"

亨利爵士只是向他保证,他根本没这个意思。为了安慰他,还送给他许多旧衣服。他在伦敦置办的东西已经全部运到了。

拜里莫太太也引起了我们的兴趣。她是个胖而结实的女人,非常拘谨,可受人尊敬,简直像个清教徒。很难想象还有谁比她更冷漠无情。不过,我曾经告诉过你,第一天晚上,我听到她哭得有多么伤心,而且打那以后,我又有好几次看见她脸上挂着泪痕。她心里肯定隐藏着什么极度悲哀的事。有时我想,是否有一种愧疚在折磨着她。有时我也怀疑,拜里莫是否是个家庭暴君。我总是觉得这个人的性格有点怪异可疑,而昨晚的奇遇却又消除了我头脑中所有的疑虑。

不过,还有一件事,也许只是一件小事。你知道,我的睡眠总是不那么好,再说,我对这所房子也有所警惕,晚上睡觉就特别警醒。昨天晚上,约莫凌晨两点,我被偷偷走过房门的脚步声弄醒。我下了床,打开门,朝门外望去。一个又长又黑的影子沿着走廊移动着。那是一个手拿蜡烛、顺着走廊蹑手蹑脚向前走的身影。他穿着衬衣和长裤,光着脚丫。我只能看到他的轮廓,可他的身高告诉我,这个人肯定是拜里莫。他走得很慢,很小心。看上去就像个贼,那么心怀叵测,那么鬼鬼祟祟,简直莫可名状。

我曾告诉你,那环绕大厅的走廊在阳台处隔开,然后一直延伸到屋子尽头。我一直等他走出视线才跟了上去。当我摸回阳台时,他已经走到了走廊的那一头。借着门里射出的昏暗光线,我知道他走进了其中的一个房间。他沿着走廊,一直走到尽头,然后进了一个房间。要知道,这些房间都没有装修过,也没有人住,因此,他的夜游变得更为神秘。蜡烛光非常稳定,仿佛他一动不动地站在那里。我尽可能轻手轻脚地走到门口,并从门边偷偷向里面望去。

只见拜里莫蹲伏在窗前，手持蜡烛，面对着窗玻璃。他头部的一侧半对着我，眼睛凝视着漆黑的沼地，仿佛在期待着什么，显得那么呆板严峻。他站在那里，急切地注视了好几分钟。然后，长长地叹了口气，用不耐烦的手势弄灭了蜡烛。我马上跑回自己的房间，不久，又听到了他偷偷走过我的房间，回去了。过了好久，当我朦胧入睡时，听到钥匙在锁孔里转动的声音，可是吃不准声音是从哪里传来的。我猜不出这一切究竟是为了什么，然而，可以肯定，这阴郁的屋子里，正在发生一件神秘的事。我们迟早会把它弄个水落石出的。我不想用我的观点来打扰你，因为你要我做的只是提供事实。今天上午，我跟亨利爵士谈了好一会儿，根据昨晚的发现，我们作出了一个行动计划。我不打算现在告诉你，但是必将会使下次报告变得更为生色。

于巴斯克维尔庄园
10 月 13 日

九　华生的第二份报告
（沼地灯光）

亲爱的福尔摩斯先生：

在我执行这一使命的头几天，假如我无法给你提供多少消息，那么现在你得承认，我正在弥补那已经损失的时间。而且，事情发生得越来越多，越来越快。我的头一份报告是以拜里莫夜游结束的。现在我已经掌握了不少材料，除非我估计错误，这事肯定会使你大吃一惊。事情出乎意料地来了个转折。从某些方面看，在过去四十八小时里，事情变得清楚多了；但另外一些方面，却愈见复杂。不过，我将告诉你一切，让你自己去判断。

第二天上午早饭前，我来到走廊尽头，去观察拜里莫头天晚上进去过的那个房间。我注意到拜里莫是站在西窗边，急切地望着窗外。这西窗是整幢屋子最高的窗户，从那儿能俯瞰沼地，而且距离最近。窗外，恰好是两棵树之间的空隙，穿过空隙，可以一直望到沼地深处，而其他窗口则不行。根据这一情况，拜里莫肯定是在寻找沼地上的什么东西或是什么人，因为只有这里才能达到目的。夜是那么黑，因此我简直不能想象他怎么能期望看到什么人。突然，我想起他会不会有私情而在捣鬼，这也许可以解释他鬼鬼祟祟的行为，以及他妻子不安的心情。拜里莫相貌堂堂，很容易博得乡村姑娘的欢心，这一观点也许还是有些依据的。他回到房间后所听到的那阵开门声，也许是他出去秘密幽会。于是，上午，我就独自一人推理起来。不管事情的结果或许会证明我的怀疑错了，我还是要告诉你我所发现的种种疑点。

可是，无论怎么说，我觉得我有责任保密。我后来实在忍不住了，早饭后便走进了从男爵的书房，告诉了他我所看到的一切。可他的平静完全出乎我的意料。

"我知道拜里莫晚上走来走去的，这事我曾想找他谈谈，"他说，"我听到他在走廊里走动已经有两三天了，而且就是你说的那个时间。"

"也许他每天晚上都要到那窗口去。"我提醒说。

"也许是。如果是这样，我们得跟踪他，看他到底在干些什么。我不知道，要是你的朋友福尔摩斯在这里，他会怎么办？"

"我想他会像你建议的那样去干的。"我说，"他会跟踪拜里莫，看他究竟在干什么。"

"那么我们一起干。"

"可他一定会听到我们跟踪的。"

"他耳朵有点聋，可无论如何，我们得抓住这个机会。今天晚上，我俩就坐在我的房间里，等他走过去。"亨利爵士高兴得搓搓手。显然，他喜欢有这么一次冒险行动，以打破他沼地生活的宁静和无聊。

他已经跟拟订查尔士爵士修筑计划的建筑师以及伦敦的承包商取得了联系。这里很快就会发生翻天覆地的变化。他还请来了朴利茅茨的装饰师和家具商。显然我们的朋友决心不辞劳苦，不惜血本，恢复巴斯克维尔庄园昔日的宏伟壮观。一旦庄园修葺一新，唯一的缺憾便是女主人了。种种迹象表明，只要那位女士愿意，我们也就不必杞人忧天了。因为我很少看见一个男人，会像他对我们漂亮的邻居斯泰普顿小姐那么迷恋，那么倾心。然而，在这种情况下，真正的爱情并不像我们想象的那么一帆风顺。譬如说今天，这种宁静就被一串意想不到的涟漪所搅乱，从而使我们的朋友感到非常窘迫和烦恼。

有关拜里莫的谈话结束后，亨利爵士带上帽子，准备外出。我自然也整理一番。

"你也去吗，华生?"他问道，好奇地看看我。

"那就看你是不是去沼地。"

"我是要去沼地。"

"啊，你知道我的任务是什么。很抱歉，我会对你有所不便，可你总听到福尔摩斯是如何郑重其事地向我交代，千万不要离开你，特别是不能让你单独去沼地。"

亨利爵士高兴地笑了，一手搭在我的肩膀上。

"我亲爱的朋友，"他说，"尽管福尔摩斯聪明绝顶，可还是没能预见到我们来沼地后所发生的一些事情。我相信，在这个世界上，你不想成为令人讨厌的、扫我兴的人，你能明白我的意思吗? 我必须单独去沼地。"

这话使我陷入非常尴尬的境地，一时竟不知所措，而我还没来得及拿定主意，他就拿起拐杖走了。

然而，仔细一想，我的良心深受谴责，因为我不能让他以任何借口单独行动。一旦由于我未听从你的指示而发生不测的话，我将不得不回去向你承认错误。我完全可以想象得出，那时会是一种什么样的滋味。说实话，想到这里，我的脸竟然发起烧来。也许马上赶上去还来得及。因此，决定立刻出发，朝麦利皮特方向奔去。

我以最快的速度匆匆赶路，一直到通往沼地的岔路口，才看到亨利爵士。因为担心走错路，我便爬上一座小山。小山一直伸入阴暗的采石场。山顶上可以俯瞰一切。我马上就看到了亨利爵士。他走在沼地的小路上，约有四分之一英里远，身边还有个女人，她只能是斯泰普顿小姐。很清楚，他俩已经非常熟悉，而且是约定相会的。他们缓缓而行，显得十分亲切。我看到她的双手不时做着急促的手势，仿佛对所说的话非常认真；而他在一旁却十分专注地听着，有一两次还摇摇头，似乎表示强烈的反对。我站在乱石丛中望着他们，不知下一步究竟该怎么办。要是跟上他们，打断他们谈情说爱，似乎太唐突，也太不近人情了。可是，我的责任又是一刻也不能让他离开我的视线。而对朋友跟踪，实在是令人厌恶的事。虽说如此，我也只能站在这山顶上观察他们，事后再向他坦诚说明，这在当时也许是唯一可行的。诚然，要是有什么突如其来的危险威胁着他，那我也是鞭长莫及的。不过，我希望你能同意我，因为当时的处境实在太困难了，况且，我相信，我想我已经尽力了。

我们的朋友亨利爵士，和那女人在路上停了下来，聚精会神地谈着。忽然，我意识到我并不是唯一的目击者。因为远处，空中飘浮着一个绿点；再仔细一看，那个绿点是系在一根竿子的顶端，有人拿着竿子在凹凸不平的路上移动着。原来那是手拿捕蝶网的斯泰普顿先生。他距离那对恋人要比我近得多，好像就在朝他们走去。就在那时，只见亨利爵士把斯泰普顿小姐拉向怀里，伸开双臂紧紧拥抱她，而她似乎在竭力挣脱他的拥抱，脸也向一边躲开。接着，我看见他俩猛然跳了开去，匆忙转过身子。原来是斯泰普顿先生打断了他们。他拼命向他俩跑去，那可笑的捕蝶网在他身后不停地乱摇。他在这对恋人面前激动得手舞足蹈起来。我想象不出他究竟在干什么，可是，在我看来，斯泰普顿是在责骂我们的朋友。亨利爵士一再解释，反而更加激怒了他，因为他根本听不进去。那女人却一声不吭，高傲地站在一旁。最后，只见斯泰普顿转过身去，专横地对妹妹招了招手，她犹豫地看了看亨利爵士，跟着她哥哥走了。可以看得出来，生物学家的手势说明他对妹妹同样十分生气。从男爵站了一会儿，目送着他们离去。然后，循着来路，悻悻而回。他低着头，一副垂头丧气的样子。

我弄不懂这到底是怎么回事，可深感内疚。因为，在朋友不知晓的情况下，窥看了他们如此亲昵的情景。于是，我便飞奔下山，在山脚下等着他。他看到我不禁喊道："天哪，华生！难道你是从天上掉下来的？你不会是在盯我的梢吧？"

我解释了我所做的一切：我为什么觉得不该留在庄园里；我怎么跟着他来到沼地；又是怎么亲眼看到了所发生的一切。他那炽热的双眼瞪了我一会儿，可我的坦诚又使他无法光火。而后，他终于发出一阵悔恨的苦笑。

"我还以为这荒野深处是谈情说爱的好地方，"他说，"可是，天哪，好像所有的人都跑出来看我求婚，而且又是那么糟糕透顶！华生，你当时在哪里？"

"在山顶上。"

"后面很远的地方，呃？可她哥哥却近在咫尺。你看见她哥哥朝我们跑过来吗？"

"是的，看到了。"

"你见过他如此疯狂吗——她的那个哥哥？"

"从来没见过。"

"我敢说，我也从来没见过他这个样子。直到今天为止，我一直认为他是个头脑非常清醒的人。但是，你可以相信我，我们两个人，不是他，就是我，总有一个应该送到疯人院去。我不知道自己到底怎么啦。你和我相处也有好几个星期了，华生。现在老实告诉我，我到底有什么不好，不能做他妹妹的丈夫。"

"当然没有。"

"他不至于反对我的地位吧，要么，一定是我个人方面的问题，使他如此憎恨我。他到底反对我什么？据我所知，我这一生，从来没有伤害过我所认识的男男女女。可他甚至还不让我碰他妹妹的指尖。"

"他这么说过吗？"

"说过，还多着呢。我告诉你，华生，我跟她认识才几个星期，可是，自从一见到她，我就觉得她好像是上苍赐给我的，而她呢，她也是这么想的，她觉得跟我在一起非常愉快。对这一点，我敢发誓，因为女人的眼神比言语更令人信服，然而，他从来都不让我跟她单独在一起。而今天只是第一回，我有机会单独跟谈谈。她见到我非常高兴，不过，闭口不谈一个'爱'字，甚至也不让我说'爱'字。她总是不厌其烦地说，这是个危险的地方，我一天不离开，她就一天不快活。我告诉她，自从我看到她以后，就不急于离开这里了。要是她真的希望我走，唯一可行的就是她设法跟我走。我说了不知多少回，我要娶她，可她还没来得及回答，她的那位哥哥便跑了过来，神情活像个疯子。他暴跳如雷，气得脸色发白。浅色的眼睛里燃烧着怒火。我到底对他妹妹做了些什么？我怎么敢做她不高兴的事？难道我会以为自己是从男爵而为所欲为吗？要是他不是她的哥哥，我完全懂得如何更好地对付他。当时我仅仅对他说，我和他妹妹的感情并不是什么见不得人的东西，而且我希望我有幸能娶她为妻。可这些话好像反而是火上浇油。于是，他也光火了。我的反应也许不该这么激烈过分，因为她就站在旁边。于是，正如你所看到的，他把她带走了。事情就这样结束了，而我，直到现在还莫名其妙，比谁都莫名其妙。要是你能告诉我，这到底是怎么回事，华生，那我就对你感恩戴德了。"

虽说，当时我提出了一两种解释，可说真的，连我自己也感到莫名其妙。我们的朋友拥有爵位，有财产，他的青春年少，他的平易近人，还有他的堂堂仪表，条件可谓极其优越。我想不出有任何理由可以反对这桩婚事，除非是世代纠缠他家的厄运。他的要求被如此粗暴无理地拒绝了，而且根本不考虑女士本人的意愿。再则，那女士竟然也毫不反抗地接受了这种事实。这一切都令人惊讶不已。然而，当天下午，斯泰普顿先生的亲自来访，又使我们的种种猜测趋于平静。他是为了上午的粗鲁道歉来的。他和亨利爵士在书房里谈了很久。结果，他俩之间的裂痕消除了。他们还约定下星期五在麦利皮特一起吃饭，可见他们已重修和好。

"不过，我并不是说，他就不是个疯子。"亨利爵士说，"我不会忘记，今天上午他向我奔过来时那种眼神。我得承认，世上似乎没有谁能比他更善于道歉的了。"

"他有没有为他的行为作任何解释呢？"

"他说，他妹妹是他生活中的一切。那是再自然不过的了。

我很高兴他能这么重视。他们一直生活在一起。据他自己说，他是个非常孤独的人，只有他妹妹始终陪伴着他，因此，对他来说，要是一朝失去她，那实在是太可怕了。他说，他并不知道我已经爱上了她。只是当他亲眼看到这是真的，而且马上就要把她从他身边抢走时，他震惊了。因而一时，他不知道自己说了些什么。他对已经过去的一切深表遗憾，而且，他还承认，把他妹妹，一个美丽的姑娘，一生束缚在自己身旁，那该多么愚蠢，多么自私。假如她不得不离开他，他宁可她能嫁给像我这样的邻居，而不是别的什么人。然而，不管怎么说，这对他来说，是个相当沉重的打击。也许要经过一段时间，才能对这事有个良好的心理准备。在他这方面，他将不再反对了，条件是，我保证在三个月之内，先把这事搁一搁，和他妹妹的关系仅仅局限于友情的阶段，而不要提爱情。这一点我答应了。矛盾就这样迎刃而解了。"

于是，我们的一个小小的奥秘得到了澄清，仿佛在泥塘中挣扎时突然脚在什么地方碰到了底。现在，我们知道，为什么斯泰普顿先生对他妹妹的追求者没有好感，即便追求者像亨利爵士那样的天造地设。下面，我将转到这团乱麻中的另一条线索，即深夜哭声之谜，拜里莫太太脸上的斑斑泪痕，还有管家那夜半西窗之行。祝贺我吧，福尔摩斯先生，作为你的代理人，我并没有使你失望。因为所有这一切都是在一夜之间搞得水落石出的。

我说了，只是"一夜之间"，其实，说真的，应该是两个晚上，因为，头一天晚上，我们一无所获。我们一直坐到凌晨三点，除了楼梯壁上的钟声外，一点动静也没有。这一夜真是太惨了。结果我俩都在椅子里睡着了。幸好我们都不气馁，决定第二天再干。第二天晚上，我们捻低了灯火，坐在那里，默默地抽着雪茄。时间过得比爬还慢，简直令人难以忍受。还好，我们被同一种信念支撑着。那种心情就好像猎人在监视自己布下的陷阱，热切期待着猎物的出现。楼梯壁上的钟敲了一下，后来又是两下，我们简直绝望了。可一刹那，我俩都惊坐起来，疲倦的感官也重新警觉起来，我们都听到了过道里传来吱吱嘎嘎的脚步声。

我们听着那脚步声偷偷摸摸地走过房门，一直消失在远处。然后，从男爵轻轻打开门，我们便跟了上去。这时，我们的目标已经拐进了走廊。走廊里一片漆黑。我们蹑手蹑脚地跟着，很快来到走廊的那一头，刚好看到那身高肩圆、留着黑胡子的身影，正弯着腰，踮着脚尖，沿着走廊走下去。接着，跟上次一样，他走进那个房间，黑暗之中出现烛光投射的门框影子，一缕黄色的光线穿过阴暗的走廊。我们小心翼翼地走过去，每走一步都要试试地板是否会发出声响。我们已经非常谨慎，并且脱掉了靴子。可是，那年代久远的地板，还是在我们的脚下发出吱嘎吱嘎的声音。有时候我觉得，他不可能不听到我们渐渐走近了。然而，他的耳朵相当聋。他全神贯注地做他的事，我们终于摸索到了那房门口，向里窥望，发现拜里莫正蹲伏在窗口，手里拿着蜡烛，白皙热切的脸挤压在窗玻璃上，正全神贯注地做他的事，就跟我两天之前看到的一模一样。

我们事先并未确定如何处置他，可是，对从男爵来说，他采取了最为直截了当的办法，这是自然而然的。他走进房间时，拜里莫吓得倒吸了一口气，只见他往后一跳离开了窗口，站在那里，脸色煞白，浑身颤抖。苍白的脸上，那对暗黑的眼睛，充满了惊惧，先看了看主人，接着又朝我看看。

"拜里莫，你在这里看什么？"

"没做什么，少爷。"他又惊又怕，几乎说不上话来，手中的蜡烛不住抖动，连影子也不停地上下跳动，"就为了这些个窗子。晚上，我要来看看窗子有没有关好。"

"二楼的窗子？"

"是的，少爷，所有的窗子。"

"听着，拜里莫，"亨利爵士严厉地说，"我们已经下定决心，让你说出真相。我看，为了省些麻烦，早说比迟说好。好吧，快说！你在窗口看什么？不许撒谎！"

那家伙无可奈何地望着我们，双手扭在一起，极度犹豫、极度痛苦的样子。

"我没做坏事，少爷。我只是拿着蜡烛对着窗口啊。"

"你为什么要拿着蜡烛,站在窗口呢?"

"别问了,亨利少爷,别问我!我对你说,那不是我的秘密,可我又不能说出来。假如这只是个人的事,我绝不会瞒着你的。"

我突然想到一个主意,便从管家手里拿过蜡烛。

"他一直拿着蜡烛,肯定是一种信号。"我说,"让我们来看看会有什么反应。"我像他一样,手拿蜡烛,两眼凝视着那漆黑的夜空。由于月亮被云层遮住,我只能十分模糊地分辨出黑魆魆的树影和晦暗的沼地。不一会儿,我就兴奋地欢呼起来,因为正对方方的窗框中央,忽然闪烁起了一个微小的针尖似的黄色光点,刺破了那漆黑的夜幕。

"在那里呢!"我喊道。

"不,不,少爷,什么也没有,肯定没有!"那管家插了进来,"我向你保证,少爷。"

"华生,左右摆动蜡烛!"从男爵喊道,"看哪,那光点也动了!好了,你这个流氓,还想说不是信号?说吧,快说!谁是你的同伙?你们在搞什么阴谋?"

猛然间,那管家悍然无理地说:

"这是我个人的私事,跟你无关。我不会说的。"

"那么,你马上离开庄园。"

"好极了,少爷。假如我必须离开,我会走的。"

"那你走得太不光彩了。上帝啊!你一定会无地自容的。几百年来,你们家始终跟我们生活在一起。现如今,我竟然发现你在大搞阴谋,妄图害我。"

"不,不,少爷,不会害你的!"那是个女人的声音,原来是拜里莫太太站在门口,比她丈夫更苍白惊恐。要不是她脸上流露出的强烈情感,她那裹着头巾和裙子的臃肿身躯,或许更加令人忍俊不禁。

"我们必须得走了,伊丽莎。事情已经结束,你可以去收拾东西了。"管家说道。

"天哪!约翰,约翰,是我连累了你。这一切都是我要他干的,亨利少爷。都是我干的。他所做的一切都是为了我,因为是我要他干的。"

"那么，说吧，到底是怎么回事？"

"我那可怜的弟弟正在沼地上挨饿。我们不能让他死在家门口。蜡烛光确实是信号，那是告诉他，他吃的东西已经准备好了，黑暗里的光点是他在告诉我们把吃的放在什么地方。"

"那么，你弟弟是——"

"就是那个逃犯，少爷，那个杀人犯——塞尔登。"

"这是实情，少爷，"拜里莫说，"我说了这不是我的秘密，我不能告诉你。可现在你已经知道了。你可以明白，即使这是个阴谋，也不是针对你的，也不会害你的。"

好了，这就是半夜里偷偷的脚步声和西窗神秘灯光的由来。亨利爵士和我都惊异地望着那女人。难道眼前这位冷漠却可敬的女人竟是那个全国臭名远扬的杀人犯的同胞姐姐？

"是的，少爷，我姓塞尔登，他是我的弟弟。他小的时候我们大家太宠他了，什么都依他。以致后来他竟然以为，这世界就是为了他的快活而存在的。在这个世界上，他想干什么就干什么。长大以后又交了些坏朋友，于是就变得越来越坏了。最后弄得我母亲痛不欲生，我们家也名声扫地。他一而再、再而三地犯案，终于越陷越深，到最后，要不是上帝可怜他，早就被送上了断头台。然而，对我来说，他永远是个头发卷曲的小男孩，是我把他抚养大，曾和他一同嬉戏，需要我这个姐姐的照顾。这就是他为什么要越狱的道理，少爷，因为他知道我在这里，而我们不能拒绝帮助他。一天晚上，当他挨到这里时，又累又饿，后面还有狱警紧追不放，我们还能做些什么呢？我们只得把他拉进屋子，给他饭吃，给他照顾。接着，您回来了，少爷。我弟弟认为还是躲到沼地上去，那里比其他任何地方都要安全，他可以等到风声过去。于是，他就躲进了沼地。我们每隔一晚就把蜡烛光放到窗口，弄清楚他到底还在不在那里。如果他回了暗号，我丈夫就给他送些面包和肉去。我们天天盼他离去。但是，只要他还在一天，我们就不能不管他。这就是事情的全部真相。我是一个虔诚的基督徒，你很清楚，这事要是有谁该受责的话，那就是我，而不是我丈夫，因为他是为了我才做这一切的。"

那女人的话句句诚恳，不由得不相信。

"拜里莫，这是真的吗?"

"是的，亨利少爷，千真万确。"

"那么，算了，我不会因为你帮了妻子而责怪你。忘了我刚才说的话吧。那么可以回自己房间去了。我们明天早上再谈谈这件事儿。"

拜里莫夫妇走后，我们又朝窗外望了望。亨利爵士打开窗子，寒风扑面而来。远处，漆黑的夜空中，依然闪烁着微小、黄色的光点。

"我真不懂，他居然还敢这么干。"亨利爵士说。

"可能，只有这里才能看见发暗号的地方。"

"很有可能。你估计有多远?"

"我想，他在克莱夫特山边。"

"最多有一两英里远。"

"也许还不到。"

"噢，不可能太远的，因为拜里莫还得把吃的送到他那里去。那个坏蛋就在蜡烛边等他。天哪，华生，我真想去抓住那个家伙!"

我的脑际也掠过了同样的想法。看来拜里莫夫妇不一定非常相信我们。他们的秘密是被迫说出来的。那家伙对整个地区来说都是一种危险。他是个十足的流氓，对这样的人，既不能怜悯，也不能原谅。假如我们借此机会抓住他，并把他送到他不能危害他人的地方去，这只不过是尽到我们的职责而已。他天生野蛮残忍，假如我们袖手旁观，别人就得付出代价。不知哪个晚上，譬如说，我们的邻居斯泰普顿一家，也许会受到他的袭击。也许就是这一想法，使得亨利爵士如此热衷于这一冒险。

"我也去!"我说。

"那么就带上手枪，穿上靴子。我们越早出发越好，因为那家伙会熄灭蜡烛逃走的。"

五分钟后，我们来到门外，开始了我们的夜袭。天空云层飘忽，月亮时隐时现，耳边秋风呻吟，落叶沙沙。空气中散发出浓重的潮气和霉味。我们刚走上沼地，天就开始下雨了。可眼前那盏灯依旧稳稳地发出光芒。

"你带枪了吗？"我问道。

"我带了猎鞭。"

"我们必须迅速包围他，因为他是个亡命之徒。要突然袭击，在他还来不及反抗就制服他。"

"我说，华生，"从男爵说，"福尔摩斯对此会怎么说呢？还记得'黑夜降临、罪恶肆虐'这话吗？"

话音未落，巨大阴郁的沼地上空传来一阵怪异的叫声，仿佛是在回答他的问题。那声音，我曾在大格陵朋泥沼边听到过。夜空中，随风飘来那深沉的长鸣，越来越响，接着咆哮起来，最后变成一种凄惨的呻吟，然后慢慢地消失了。这声音一阵一阵的，那么刺耳，那么狂野，足以慑人魂魄，使整个夜空都为之颤动。从男爵一把抓住我的袖子，黑暗中他的脸变得惨白。

"我的上帝啊，那是什么声音？华生，快听。"

"我不知道，是沼地上特有的声音。我已经听到过一次了。"

那声音终于消失了，死一样的寂静紧紧向我们包围过来。我们站在那里，竖起耳朵，仔细听着，然而，再也没听到什么。

"华生，"从男爵说，"那是只猎——猎狗的叫声。"

猛然，我觉得浑身的血都凝固了，因为他说话时突然停顿了一下。很明显，突如其来的恐惧攫住了他。

"这种声音，这里的人叫什么来着？"他问道。

"谁？"

"这里的人啊！"

"啊，他们是些无知的人。你为什么要管他们叫什么呢？"

"告诉我，华生。他们到底传说些什么？"

我犹豫了一会儿，可这个问题又不能避而不谈。

"他们说这就是巴斯克维尔魔犬的叫声。"

他哼了哼，有好一阵子一声也没吭。

"是魔犬，"他终于开了口，"可我想，那声音好像是从几英里路以外传过来的。"

"很难说是从哪里传过来的。"

"那声音随着风声，忽高忽低。那边不是格陵朋大泥沼的方向吗？"

"是的。"

"啊，是那边。现在华生，你说说看，那真是魔犬的叫声吗？我不是小孩。你用不着害怕，把真相告诉我吧。"

"上一次听到这叫声的时候，我正跟斯泰普顿先生在一起。他说这种叫声也许是一种奇异的鸟儿发出来的。"

"不，不，是魔犬。我的上帝啊，这些故事毕竟有几分是真实的。难道我真的受到如此黑暗阴险的威胁？你不会相信的吧，华生？"

"不，不相信。"

"而这种事，在伦敦，一定会被人嘲笑。同样令人可笑的是，我们竟然来到这漆黑的沼地上，来听这样一种叫声。我伯伯吓死的地方就有魔犬的脚印。这一切好像完全吻合。我不是胆小鬼，华生，可那叫声好像把我的血液都凝固了。你摸摸我的手看。"

他的手冰冷，简直就像块大理石。

"明天就没事了。"

"我觉得我一辈子也不会忘掉那种叫声。华生，我们现在该怎么办？"

"回去，好吗？"

"不，绝不回去。我们出来就是抓人的，快走，快去追逃犯，说不定，那头魔犬在追我们呢，快！即使沼地这所有的妖魔鬼怪都出来，我们还是要坚持到底。"

我们在黑暗中跌跌撞撞地缓缓向前走着。周围是黝黑参差的山影。眼前那黄色光点仍然稳稳当当地亮着。漆黑的夜晚再也没有比灯光的距离更具欺骗性了。有时远在天边，有时却近在咫尺。然而，我们终于找到了那发光的地方。我们知道，距离光点真的很近了。我们发现，一柱笔直的黄色火苗以及两侧被映红的岩壁。那是一道岩缝，中间插着一支蜡烛，正滴淌着蜡油，两侧岩壁刚好能遮风挡雨。更绝的是，除了巴斯克维尔庄园方向，其他人都不可能看到它。我们弯下腰趴在岩石上，从上面盯着那信号光。令人奇怪的是，在沼地深处点着的这支孤零零的蜡烛旁边，居然毫无生灵。

"现在我们该怎么办？"亨利爵士轻声说。

"就在这里等吧。他肯定在烛光附近。看看我们是否能找到他。"

正说话时，我俩同时看见了他。岩石那边，亮着蜡烛的岩缝里，一张罪恶的黄脸，野兽似的，凶相毕露。他头发蓬乱，胡须粗长，污秽不堪，活像古时候住在山坡上石洞里的野人。烛光照着他那双狡黠的小眼睛。只见他东张张西望望，凶狠地盯着这黑魆魆的夜空，仿佛是一头野兽，听到了猎人的脚步声。

不知什么东西显然引起了他的疑心。也许是拜里莫向他发出了已经暴露的信号，也许是那家伙有其他什么理由感到有点不对劲。从他凶神般的脸上，可以看出他正处在极度惊恐之中。想到他随时都会从亮处窜开，消失在无边的黑暗中，我猛地扑了过去，亨利爵士也跟了上来。那逃犯一边尖声叫骂，一边猛地扔过一块石头来。石头砰的一声打在前面的岩石上，砸得粉碎。幸好有岩石挡着，才没被他砸到。接着，他便跳起身来，转身就跑。就在那一刹那，我趁着月色瞥见了他那粗短结实的身影。因为非常幸运，月亮恰好在那时破云而出。我们翻过山头，只见那家伙顺着山坡飞奔而下，在乱石丛中跳跃，灵巧得就像山羊。假如我向他开枪，也许会有可能把他打瘸。可我带枪只是为了自卫，而不是用来打一个没带武器、落荒而逃的人。

我们俩都接受过赛跑训练，也算得上是飞毛腿，可很快就被他落下了。好一会儿，我们站在那里，看着他在月光下，渐渐变成了一个小黑点，在远处山坡上的乱石丛中急速移动。我们跑啊跑啊，一直跑得筋疲力尽，而跟他的距离却越来越远。最终，我们停住了脚，眼睁睁地看着他消失在一片黑暗之中。

就在那时，发生了一件极其怪异，根本意想不到的事情。当时，我们已经放弃了毫无希望的追捕，站起身来，准备回家。在我们的右边，月儿低垂着，耸立的花岗石突岩，错落有致，宛如支架，托住那银盘似的月亮。我们刚要迈步，却发生了一件意想不到的事。突岩上忽然出现了一个身影，仿佛是一尊漆黑的铜像，在月光下、天幕上显得那么轮廓分明。别以为这是幻觉，福尔摩斯，我可以向你保证，我一生中从未见过如此清晰无误的景象。那是个又高又瘦的人，他站在那儿，两脚稍稍分开，双臂抱胸，低着头，面对眼前那片满是泥炭和岩石的巨大荒野，仿佛在沉思着什么。也许他就是这个可怕地区的幽灵。可以肯定，他不会是那个逃犯。他距离逃犯消失的地方非常远。再则，他要高得多。我失声喊了出来，并把他指给从男爵看。可是，就在我抓住他手臂的一瞬间，那人消失了。但见突兀嶙峋的花岗岩依然托着月轮，而岩顶上那默默无声、呆呆伫立的身影却不翼而飞了。

我想沿着那个方向去搜索那突出的岩石，但相距太远。从男爵的神经，由于那怪异的叫声，还是有点儿震颤，因为那叫声使他想起了他家那阴郁的故事，更因为他已经没有情绪继续作任何冒险了，他没有看到突岩上那孤独的身影。因此，他不会像我一样，为那奇怪的身影和高傲的态度而深感惊讶。

"毫无疑问，他是个狱警，"他说，"自从那个罪犯越狱以后，沼地上到处都是狱警。"是啊，也许他的解释是对的，不过，还得寻找更多的证据。今天，我打算跟普林斯顿监狱取得联系，他们应该去搜寻那个失踪的人。真倒霉，我们未能成功地抓住那逃犯，把他送回他该去的地方。以上这些就是我们昨晚的冒险行动的过程。你得承认，我亲爱的福尔摩斯，我为你写的这份报告，已经是相当出色的了。我所写的许多内容，毫无疑问，都是互不相关的。不过，我还是想，应该给你提供尽可能多的事实，让你亲自选择那些对你获得结论最有用的东西。现在，我们肯定有些进展了。就拜里莫夫妇而言，我们已经发现了他们的行动和动机，使事情澄清了不少。不过，那神秘的沼地和奇怪的沼地人，依然深不可测。也许在以后的报告里，我能把这事也略加澄清。最好你能亲自到这里来，不管怎么说，再过几天，你还会收到我的报告的。

于巴斯克维尔庄园
10月15日

十　华生的日记摘抄

迄今为止，我都在引用我先前寄给夏洛克·福尔摩斯的报告。然而，写到这里，我不得不放弃这一方法，转而借助于当时所写的日记。摘录几段日记，能使我详尽无遗地回忆起那些印象深刻的情景。那么，就让我从那晚，沼地追匪和突岩奇遇后的第二天上午开始吧。

10 月 16 日。天气阴沉多雾，还下着毛毛雨。房子被滚滚浓雾所包裹。翻滚的云雾时起时伏，不时露出沼地那阴郁的曲线，山坡笼罩在银色的水汽之中，远处山岩湿漉漉的，在光线的作用下，闪烁发亮。一切都沉浸在阴沉忧郁之中。昨晚的惊恐，使从男爵的心情仍然不能平静下来。我觉得心情十分沉重，并且预感到即将来临的危险，一种日益逼近的危险。更可怕的是没人能说得上究竟是什么样的危险。

难道我们这种感觉是毫无理由的吗？请考虑一下这连续发生的一系列事情。因为所有这一切都包藏着祸心，而且冲着我们来的。巴斯克维尔庄园前主人的死，使这个家族的传说得到应验。况且，人们一再报告，沼地上出现了一头怪兽。我也有两次亲耳听到过这种似乎是猎狗的嗥叫声。如果说真是超乎自然法则的话，简直既不可信也不可能。一头魔犬，既然留下了爪印，又会嗥叫，可是要说它是超自然的东西，是不可信的，也是不可能的。斯泰普顿也许上了迷信的当，莫迪摩尔医生也是如此。然而，只要还有一点常识，在任何情况下，我都不相信这种事的。假如我相信了，那无疑是把自己的水平降低到普通农民的地步，他们不仅到处传说这头魔犬，而且还说它的眼睛和嘴巴会不断喷出地狱之火。福尔摩斯是不会相信这种胡说八道的。而我又是他的搭档。不过，事实总是事实，我毕竟听到过两次了。假设真的有一条巨大的猎犬在沼地上游荡。那么一切都好解释了。然而，这只巨犬究竟躲到哪里去了？它在哪里觅食？又是从哪里来的？为什么白天就没人见过？这又是怎么回事？必须承认，这件事无论从事实角度或是从迷信角度来看，同样都难以解释。再说，暂且不管是否真有魔犬，可伦敦出现的那个代理人总是千真万确的。还有坐在马车里的盯梢者以及警告亨利爵士别去沼地的那封信，这些至少也是实实在在的。不过，这事可能是他的朋友为了保护他所做的，也可能是他的敌人干的。而那个朋友或是敌人如今究竟在哪里呢？他还待在伦敦吗？或是跟着我们下来了呢？他有可能，很有可能是我在突岩上看到的那个陌生人吗？

说真的，我只见过他一次，但是，有些问题是确定无疑的，他肯定不是本地人，因为现在我已经认识了所有的邻居。他的身材比斯泰普顿高得多，又比富兰克仑瘦得多。也许他是拜里莫，不过，当时他留在家里。我敢肯定，他是不会紧跟我们走出庄园的。或许是那个陌生人，仍旧在跟着我们，就好像在伦敦一样。我们一直没能摆脱他的跟踪。假如我能抓住他，所有的困难都会一下子迎刃而解。为了这一目的，我必须全力以赴。

我第一冲动就是想把所有的计划都告诉亨利爵士。可转而一想，也许最明智的做法还不如自己干自己的，尽可能别跟别人说。他是那么沉默寡言，那么心不在焉。沼地上那怪叫声使他的神经受到了极大的刺激，真叫人感到莫名其妙。我不想再说什么，以增加他的烦恼。不过，我将采取自己的步骤，去达到自己的目的。

今天早饭后，出了件小事。拜里莫要求单独和亨利爵士说个事。他们关了门，在书房里交谈起来。我坐在弹子房里，不止一次地听到他们的嗓音响了起来。我很清楚他们在谈些什么。不一会儿，从男爵打开门，叫我进去。

"拜里莫说他有些不满。"他说，"他认为我们去追捕他的小舅子是不公平的，因为他是自愿告诉我们这一秘密的。"

管家站在我们跟前，脸色十分苍白，但是非常镇静。

"也许我说得过分了点，少爷，"他说，"如果是那样，我肯定会请求您的原谅。同时，我感到非常吃惊，因为我今天早晨听到你们两位老爷回来，并且知道你们已经追过塞尔登。这个可怜的人儿，即使我不再给他添麻烦，也已经够他受的了。"

"如果真是你主动告诉我们的，那就另当别论。"从男爵说，"你，或者说你的妻子，是在不得已的情况下，才说出来的。"

"我没想到你会利用这一点，亨利爵士，我真的没想到。"

"那家伙是百姓的祸根。沼地上都是些孤零零的房屋，而那家伙什么都干得出来。只要你看一眼他那张脸，就会意识到他有多么的危险。譬如说，就看一下斯泰普顿一家子，只要他自己还能防卫一阵，其他人全不行。只要他一天不抓住，对我们来说，就一天不得安宁。"

"他不会闯进人家屋子的，少爷，我可以向您郑重保证。不过，现在，他再也不会惹麻烦了。你可以相信，少爷，再过几天，就会作出必要的安排。他马上要去南美了。看在上帝的分上，少爷，我恳求您，别让警察知道他还在沼地上。他们已经放弃了在那里的追捕行动。他可以安静地待在那里，等待出海的船准备就绪，就可以离开这里了。如果您告发他，我和我妻子就肯定会出事。我恳求您，少爷，别向警察报告这事。"

"华生，你看呢？"

我耸耸肩说："如果他能安全离开英国，那必将减轻纳税人的负担。"

"不过，他会不会在临走前犯案呢？"

"他绝不会疯到这种地步，少爷。他要的东西，我们都已给了他。再犯案的话，就等于暴露了他藏身的地方。"

"那倒不错，"亨利爵士说，"好吧，拜里莫——"

"上帝保佑您，少爷。我们从心底里感谢您！要是他被抓住，那就等于要了我妻子的命。"

"我想，我们是否在怂恿、促成一件重大的罪行，华生？可是，听了他那番话，我好像觉得我们不该去告发他。这事总算了了。好吧，拜里莫，你可以走了。"

拜里莫结结巴巴地说了些感激涕零的话，便转过身去，可是又犹豫了片刻，走了回来。

"您对我们多么仁慈，少爷，我将为您尽心尽力，以报答您的大恩大德。我知道一件事，亨利少爷。也许我早该对你说的。可是，那是验尸后，过了好久才发现的。这事，我从来没有对任何人说起过。那是有关可怜的查尔士老爷去世的事。"

从男爵和我都跳了起来："你知道他是怎么死的?"

"不，少爷，这个我不知道。"

"那你知道什么呢?"

"我知道那天晚上他为什么要站在栅门边。他是在等一个女人。"

"等一个女人! 你说他在等一个女人?"

"是的，少爷。"

"她叫什么名字?"

"我不知道，但可以告诉您，她名字的字头是 L. L.。"

"你是怎么知道的，拜里莫?"

"啊，亨利少爷，那天上午你伯伯收到了一封信。往常，他的信很多很多，因为他是个知名人士，而且他的心地善良，是远近闻名的，因此，人们一有困难，总是喜欢找他帮忙。可是那天上午，碰巧只有一封信，所以就特别注意。那封信是从库姆·特雷西寄来的，而且还是女人的笔迹。"

"后来呢?"

"后来，少爷，我就不再去想这件事，要不是我妻子的话，我绝不会想起这件事的。几个星期前，她去清理查尔士老爷的书房。他去世后，谁也没有走进去过。她在炉栅后部，发现一堆烧掉的纸灰。大部分烧得又焦又碎，不过，还有一小片，信纸的最下面，还没有烧掉。虽说纸已烧得黑糊糊的，字迹灰蒙蒙的，可是还能分辨得出。那句话似乎是信末附言，写的是：'您是个绅士，请、请千万把信烧掉。十点钟到栅门边等我。'下面签着：L. L.。"

"纸片有没有保存下来?"

"没有，少爷，我们一动，就变成了灰。"

"查尔士老爷还收到过同样笔迹的信吗?"

"啊，少爷，我对他的信，并不特别注意。要不是那天只收到那封信，我也不会注意到的。"

"那么说，你并不知道 L. L. 是谁啰？"

"不知道，少爷，我就知道这么多。但是，我想，如果我们能找到那位女士，对查尔士老爷的去世，就会了解到更多的东西。"

"我真不能理解，拜里莫，这么重要的线索，怎么现在才讲。"

"嗯，少爷，因为紧接着，我们就碰到了自己的麻烦事。再说，我们俩都非常敬重查尔士老爷，我们不能不考虑到他为我们所做的一切。况且，这事还牵涉一位女士。我们以为，把这件事讲出来，并不能帮助可怜的主人。也许还会——"

"你认为会有损他的名声？"

"啊，少爷，我只是认为，不会有什么好处的。可是，如今，您对我们这么好，我觉得，如果不把我对这事所知道的一切都告诉您，那就太对不起您了。"

"很好，拜里莫，你可以走了。"管家走后，亨利爵士对我说，"嗨，华生，你对这条新线索有什么看法？"

"好像这案子比以前更加错综复杂、更加难以捉摸了。"

"我也这么想。但是，假如我们能找出谁是 L. L.，整个事情就会变得一清二楚。我们所掌握的线索就这些。我们知道，有人掌握着某些事实的真相，可我们首先必须找到她。你觉得我们该怎么办？"

"马上就把这事告诉福尔摩斯先生。这将为他提供他一直在寻找的线索。要是我没猜错的话，这回他总该下来了。"

我马上回到自己的房间，把上午的谈话写成报告，寄给福尔摩斯先生。显然，他最近似乎特别忙，因为来自贝克街的信又少又短，既没有对我的报告加以评论，也没有对我的使命给予任何指示。毫无疑问，那桩讹诈案占据了他所有的时间和精力。然而，这条新线索肯定会引起他极大的关注，重新使他对这个案子发生兴趣。我多么希望他能在这里啊！

10 月 17 日。整天大雨滂沱，常青藤沙沙作响，屋檐水滴个不停。我想起那个在荒凉寒冷、无遮无盖的沼地上的逃犯。可怜的家伙，现在正在受苦受难，也许这样可以赎他的罪了。我还想起了那个盯梢人，月光下的那个身影，是否也在遭受这场大雨的袭击。傍晚，我穿上雨衣，走在又湿又软的沼地上。脑海中浮现着种种可怕的想象。大雨打在我的脸上，狂风在耳边呼啸。但愿上帝能帮助流落在大泥沼的人。因为，就连坚硬的高地，也变成了沼泽。我找到了那黑色的突岩——那个孤独的监视人曾经站过的地方。我站在峻峭的岩顶，放眼眺望脚下那片凄惨的大地。狂风暴雨洗刷着它那赤褐色的脸面，浓重、青石似的云脚压得低低的，拖着缕缕残云飘泊在奇形怪状的小山坡上。远处，左面的山沟里，巴斯克维尔庄园两座细高的塔楼矗立在树冠之上，在雨中隐隐约约，依稀可见。那是我唯一能看见的人类生命的迹象，除了山坡上那密密麻麻的史前人的石屋。我怎么也找不到两天之前，那孤苦零丁的逃犯曾经出现过的岩缝。

在回庄园的路上，莫迪摩尔医生赶了上来。他驾着他那辆双轮马车，走在一条崎岖不平的小路上。这条路通往弗尔米农舍。他一直很关心我们，只要经过庄园，总要进来看看我们生活得好不好。他坚持要我上他的车，捎我一段路。我发现他很伤心，因为他的小猎犬，跑进了沼地，再也没有回来。我尽量安慰他一阵子，可是眼前却浮现出那匹深陷格陵朋大泥沼里的小马驹。我想，他再也见不到他心爱的小狗狗了。

"顺便问一句，莫迪摩尔，"我说，马车在高低不平的路上颠簸着，"我想，在这儿，凡是你的马车能到的住家，不会有你不认识的人了吧？"

"我想不会有。"

"那么，你能告诉我，有哪位女士的名字的字头是L.L.呢？"

他想了几分钟。

"没有，"他说，"那些吉卜赛人或是苦力我是说不上的。可是，在农民或乡绅中，没有人的名字字头是L.L.的。不过，再等等。"他停了一会儿，补充说，"啊，有一个叫劳拉·莱昂的，她的字头是L.L.。可她住在库姆·特雷西。"

"她是谁呢？"我问。

"她是富兰克仑的女儿。"

"什么？老富兰克仑，那怪老头的女儿？"

"正是。她嫁给了一个名叫莱昂的画家。他来沼地画速写。结果，他是个流氓，把她抛弃了。不过，就我了解，这场婚姻的破裂，并不能单单归咎于一方。她父亲跟她断绝了一切来往，因为他不同意他俩的婚事，也许还有其他某些个理由。因此，怪老头和他女儿之间的关系非常紧张。"

"那她靠什么生活呢？"

"我想老富兰克仑会给她一些津贴的，但不可能多，因为他自己的事也要花费不少钱。不管她多么活该，总不能看着她因绝望而堕落。她的故事谁都知道。这里有几个人曾经帮助过她，使她能过上正常的生活。斯泰普顿帮了忙。查尔士爵士也算一个。我也给过她一些钱。那是为了使她能干上打字的活。"

他想知道为什么我会问他这些问题，然而，我没法满足了他的好奇心，三言两语搪塞过去，因为我没有理由相信任何人。明天上午，我将去库姆·特雷西。要是我能见到那位声名暧昧的劳拉·莱昂太太，那么，在解开这一连串疑团的道路上，我们将向前迈出一大步。我肯定已经变得像蛇一样精明，因为当莫迪摩尔医生追问到不便回答的问题时，我就漫不经心地问他，富兰克仑他颅骨属于哪种类型，于是乎一路上，便只听得大谈头骨学。我总算没有白白同夏洛克·福尔摩斯先生相处了这么多年。

在那阴郁、风雨交加的一天，只有一件事值得记下来。那就是我刚才跟拜里莫的谈话。这次谈话又给了我们一张到时候能打得出去的好牌。

莫迪摩尔和我们一起吃了晚饭。饭后，他和从男爵玩起牌来。管家把我的咖啡送到了书房。于是，我抓住机会问了他几个问题。

"谢谢，"我说，"你那位宝贝亲戚走了吗？还是仍旧在沼地上游荡？"

"我不知道，先生。但愿他已经走了。因为他给这里带来的只是麻烦！自从上次我给他送吃的以后，就不知道他的下落了。

那已经是三天以前的事了。"

"那天你有没有见到他?"

"没有,先生。可后来我经过那里时,吃的东西全没了。"

"这么说,他肯定还在那里?"

"你可以这么想,先生。除非是别的什么人拿走了吃的东西。"

我坐在椅子里,举起咖啡杯,还没送到嘴边,又问道:

"这么说,你知道沼地上还有另外一个人?"

"是的,先生。还有另外一个人。"

"你有没有看到过他?"

"没有,先生。"

"可你怎么知道还有这个人呢?"

"塞尔登告诉我的,先生。大约一个星期前,沼地上又来了一个人。那人好像也在躲避着什么。可是,据我推测,他不可能是逃犯。我不愿谈这件事,华生医生。坦率地说,先生,我真的不愿意谈这件事。"他突然喊出了声,感情非常冲动,却又是那么真切。

"好了,听着,拜里莫!我对此事也毫无兴趣,可这是为了你的主人。我来这里别无他意,只是为了帮助他。老实告诉我,你到底不喜欢什么?"

拜里莫犹豫了一会儿,仿佛后悔刚才不该失言,或许是很难找到合适的言语来表达自己的感情。

"就是这儿接二连三的事情,先生,"他终于喊道,手朝窗子挥了挥,那扇窗子正对着沼地,雨水打在玻璃上噼啪作响,"我敢发誓,那里一定有什么不可告人的勾当!那里一定暗藏着可怕的杀机!先生,我真希望亨利少爷能马上回伦敦去!"

"不过,是什么使你这么害怕呢?"

"看看查尔士老爷是怎么去世!就凭验尸官所说的,简直糟透了。再听听夜晚沼地上那怪叫声。现在,太阳下山以后,就没人敢过沼地,即使你出再多的钱。还有那个沼地上的陌生人,一直在注视着、等待着什么!他在等什么呢?他到底想干什么?这一切,对任何巴斯克维尔家的人都没有好处。但愿有朝一日,亨利少爷能找到新的管家，接过我的活。那时，我将非常高兴，马上就离开这个是非之地。"

"有关那个陌生人，"我说，"你能告诉我一些他的情况吗？塞尔登说过些什么？他有没有发现那人躲在哪里？或者说他在那里干什么？"

"塞尔登见过他一两次，那人十分老练深沉，什么也不肯透露。起先还以为他是警察，可不久，便发现那人有自己的事要干。在他看来，那人像个绅士。不过他猜不透，他到底在干什么。"

"他说过他住在哪里吗？"

"住在山坡上的石屋里，就是古人住过的小石屋。"

"那他吃什么？"

"塞尔登发现，有一个小男孩帮他，他所需要的一切都是那孩子送的。我敢说，那小孩一定是去库姆·特雷西替他搞所要的东西。"

"太好了！拜里莫，我们改日再进一步聊聊这个问题。"

管家走后，我踱到漆黑的窗口。透过模糊的窗玻璃，我看见天上云朵飞驰，风中树枝在不停地摇曳。这样的夜晚，就连待在家里都感到那么凄惶险恶，那躲在沼地上的小石屋里，又会是什么滋味呢。是仇恨，才会使一个人在这样的夜晚，躲在那么险恶的地方！是什么深切而紧迫的目的，才会使他如此不辞艰辛！看来，一直使我伤透脑筋的问题的关键，就在那沼地深处的石屋里。我发誓，明天我要竭尽全力去查明真相。

十一　突岩奇人

前一章是我私人日记的摘抄。整个事情已经叙述到了十月十八日，也就是那些个怪异事件急速发展、接近可怕尾声的一天。以后几天所发生的事情，都已成了我不可磨灭的记忆。我可以完全不看当时的笔记，也能原原本本地说出来。第二天，我弄清了一个非常重要的事实，库姆·特雷西的劳拉·莱昂太太，确实给查尔士爵士写了一封信，并约他在他暴死的那个时间和地点见面。另一个是，躲在沼地里的那个陌生人，就住在山坡的石屋里。有了这两个事实，如果我还不能进而澄清某些事情，那我不是极端无能，就是缺乏勇气。

前一天晚上我没有机会把有关莱昂太太的事告诉从男爵，因为他一直在和莫迪摩尔医生玩牌，而且玩得很迟。可是，第二天早饭当我把我的发现告诉他，并问他是否愿意跟我一起去库姆·特雷西时，开始他很想去，可转而一想，似乎假如我单独去，结果会更好。我们的拜访越正式，得到的信息就越少。因此，我独自乘车去寻找新的线索，心里却因为把他一个人留在家里而感到忐忑不安。

一到库姆·特雷西，我让佩金思把马安置好。然后我就去打听我要拜访的那位女士，并很快找到了她的家。她家在镇子中心，室内陈设也很好。一个女佣非常和气，径直把我领进了客厅。我看到一个女士坐在一架雷明顿打字机前。她看见我便微笑着站起身来，表示欢迎。可是，当她看出我是个陌生人的时候，收敛起笑容，又坐了下去，并问我为什么去她家。

莱昂太太给我的第一印象是非常漂亮。她的眼睛和头发都是深棕色的。双颊虽说有不少雀斑，却泛着红晕，在棕色皮肤的衬映下更觉韵味无穷，仿佛是那浅黄色的玫瑰花心里隐约可见的粉红点。赞美，我再说一遍，就是我对她的第一印象。然而，接下来就是批评。她的脸上，有一种说不出的东西，令人感到不对劲。她的面部表情粗俗，眼神僵直，嘴唇松弛。这一切都成了她美丽相貌的瑕疵。不过，这些自然是事后才想到的。当时我只知道，我眼前这位女士非常漂亮，况且她还问我找她的理由。直到那时，我才意识到自己的任务是多么棘手。

"我有幸，"我说，"认识你的父亲。"

这一介绍实在太笨拙了，只听她说：

"我和我爸已经没有关系了。我什么也不亏欠他。他的朋友也不是我的朋友。要不是已故的查尔士爵士和其他好心人的帮助，我早就饿死了，我爸爸才不管我哩。"

"正是为了已故查尔士爵士，我才来这里拜访您的。"

她吓了一跳，苍白的脸上，连雀斑也变得清晰起来。

"我能帮你什么呢?"她问道，手指神经质地不住拨弄打字机上的句号键。

"你认识他，是吗?"

"我已经说过，我非常感激他的帮助。如果说我现在能自食其力的话，那主要是因为他极其关心我可怜的处境。"

"你能告诉我，你给他写过信吗?"

她猛地抬起头，深棕色的眼睛闪出愤怒的光芒。

"你问这种问题，到底有什么目的?"她尖声问道。

"目的只有一个，那就是为了避免丑闻。在这里问总比传得沸沸扬扬的好吧。"

她沉默了，脸色依旧十分苍白。最后，她抬起头来，一副不屑一顾、蔑视一切的样子。

"好吧，我会回答的，"她说，"请问吧!"

"你给查尔士爵士写过信吗?"

"确实写过一两封，那只是感谢他的关怀和慷慨。"

"还记得写信的日期吗?"

"不记得了。"

"有没有见过他?"

"见过，有一两次，当他来库姆·特雷西时。他很不喜欢张扬，而且，喜欢暗中做好事。"

"不过，如果你很少见到他，又很少给他写信，他对你的事怎么会知道得那么清楚，而且，正如你所说的，他还给了你那么多的帮助?"

她毫不迟疑地回答了我这个自以为是十分难答的问题。

"有好几个绅士知道我的悲惨处境，他们共同帮了我。一个是斯泰普顿先生，查尔士爵士的邻居，也是他的好朋友。他的心地非常善良。查尔士爵士是通过他才了解我的。"

我已经了解到，查尔士·巴斯克维尔爵士有好几次让斯泰普顿先生负责分发救济金，因此，她的话还是真实可信的。

"那你有没有写信约他见面呢?"我顺势问道。

莱昂太太又发怒了，脸涨得通红。

"说真的，先生，这可是一个异乎寻常的问题。"

"很抱歉，太太，可我不得不再问一遍。"

"那么，我就回答你，根本没有。"

"查尔士爵士去世那天也没有？"

她脸上的红晕顿时消失，变成死一般的苍白，干燥的嘴唇动了动，却无力说出"没有"这两个字了。因为那两个字与其说我是听到的，不如说是看出来的。

"那么说肯定是你的记忆在欺骗你喽？"我说，"我甚至可以背出一句你信里的话来：'你是君子，请千万把信烧掉。十点钟到栅门边等我。'"

我还以为她晕过去了，可她居然竭尽全力，使自己恢复过来。

"难道天下真的就没有君子了吗？"她喘着粗气说。

"你错怪了查尔士爵士。他确实把信烧掉了。可是，有时候信是烧了，上面的字还是能辨认出来的。那么说，你承认那封信是你写的了？"

"是的，的确是我写的。"她哭道，把心里的话一股脑儿都倒了出来，"是我写的。我为啥要否认呢？我没有理由感到羞愧。我希望他能帮助我。我相信，如果我能见到他，我肯定能得到他的帮助。所以，我才请求他见我。"

"可为什么要选择那个时间？"

"因为当时我刚知道，第二天他就要去伦敦，而且一去就要好几个月。还有一些别的原因我不能早点去。"

"那么，为什么不在屋子里见面，而偏要在栅门边呢？"

"你以为一个女人，那么晚去一个单身男人家里，合适吗？"

"那么，你到那里时，有没有发生什么事？"

"我根本没去。"

"莱昂太太！"

"我没去，我可以发誓，以我所拥有的最神圣的东西发誓，我根本没去，因为有一件事让我去不了。"

"什么事？"

"那完全是隐私，我不能说。"

"那么，你承认，你约了查尔士爵士会面，正是在他去世的那个时间、那个地点啰？可是，你又否认去见了他。"

"这是事实。"

我一遍又一遍地盘问她，依然不能问出个所以然来。

"莱昂太太，"我边说边站起身子，打算结束这次长长的毫无结论的拜访，"你现在责任重大，而且还处在一个非常不利的境地，这是因为你不肯把自己所知道的一切全说出来。假如我请来警察帮忙，你会发现你已经陷入有多深。假如你是无辜的，为什么开始的时候要否认那天曾给查尔士爵士写过信？"

"因为我生怕结果会对我不利，从而引出一段绯闻。"

"那你为什么如此急于让查尔士爵士把信给毁掉呢？"

"如果你看过信，你就知道了。"

"可我并没有说我看过整封信啊。"

"但你引用了一句话。"

"我引用的只是一句附言。那封信，正如我所说的，已经被烧掉了，因此并不是每个字都能辨认出来的。我再问你一遍，你为什么如此急于让查尔士爵士把信给毁掉呢？而这正是这封信的当天，就要了他的命。"

"因为这事纯属隐私。"

"更重要的原因也许是你想逃避公开调查吧。"

"好吧，就告诉你好了。如果你对我的经历有所了解的话，你肯定知道，我曾草率地结了婚，而且追悔莫及。"

"是的，我听说了不少。"

"我不断遭受到我所深恶痛绝的丈夫的迫害。法律却站在他那边。每天我都面临被迫跟他同居的可能。当时，我写信给查尔士爵士，告诉他，只要我能有一笔钱，就能重新获得自由。这对我来说意味着一切：安宁、幸福和自尊，总之，一切的一切。我知道查尔士爵士为人慷慨大方，如果他亲耳听到我所说的话，就肯定会伸出援助之手的。"

"那你怎么说根本没去见他呢？"

"因为我后来从别处获得了帮助。"

"那你为什么不写信向查尔士爵士解释呢？"

"我本来是要写的，可第二天我在报纸上看到他的死讯。"

那女人的故事前后相符，我无法找出其中的漏洞来。我所能检验的，只是设法找出，是否恰恰就在悲剧发生的那段时间里，她通过法律程序，正式提出同丈夫离婚。

如果她真的去了庄园，而又胆敢说没去过，这似乎不太可能。因为她不得不坐马车去赴约，即便这样，也要到第二天凌晨才能回到库姆·特雷西。这种远行是保不了密的。因此，非常有可能的是，她说的全部是事实，或者至少部分是事实。我走出了她的家，既困惑又一次碰了壁，仿佛在通往我完成使命的每条路上，都筑起了该死的拦路墙。不过，我越想那女士的脸和举止，就越觉得她还有什么东西瞒了下来。为什么她突然变得那么苍白？为什么每个问题她都要先竭力否认，而后又不得不如实交代呢？为什么悲剧发生了，她还要知情不报呢？可以肯定，她所有的解释，并不像她说的那么无辜，自然也别指望我会相信她。眼下，这条线索，我已经无法再深入下去了。我必须去调查另一条线索——沼地石屋。

那是一条十分模糊的线索。在我驱车回家的路上，我意识到这一点。我注意到那重重叠叠的山上，有多少古人的遗迹。拜里莫只是提到，那个陌生人住在其中一间被遗弃的石屋里。当然，我自己就是个好向导，因为我亲眼见过他站在漆黑突岩顶上。那突岩应该是我搜寻的中心位置，以此为圆心，搜遍沼地上那一间间小石屋，直到搜出我要的那一间。假如那人刚好在屋里，我将让他亲口对我说，他究竟是谁？必要的话还可用左轮枪逼着他说出来。为什么要一直跟踪我们？在拥挤的摄政街上，他还有可能从我们眼皮底下溜走，而在这荒凉的沼地上，也许他就没那么运气了。另一方面，如果我能找到那间石屋，可"住户"不在的话，我将在屋里等候他，不管等多久，一直等到他回来。在伦敦，福尔摩斯把他给跟丢了。如果我在这里能把他查出来，无疑那将是我的一大胜利。况且，这是我师傅都未搞定的事。

然而，在这一调查中，命运始终在跟我作对。一天，救星终于来到了。那救星不是别人，正是富兰克伦先生。他胡子花白，脸色红润，站在花园门口。花园门是朝大路开的，我正好经过那里。

"你好，华生医生，"他喊道，很少看到他这么轻松，"说真的，你得让你的马儿休息休息了。快进来喝杯酒，祝贺祝贺我。"

　　我了解了他是如何对待女儿后，感情上似乎跟他相去甚远，很难说是友好。不过，我急于让马车回去，而眼前的机会确实不错。我下了车，给亨利爵士写了个便条，告诉他我将散步回家，晚饭时一定赶到。然后就随富兰克伦走进了他的餐室。

　　"今天对我来说真是个好日子，先生，是我一生中一个大喜的日子。"他一边咯咯笑，一边喊道，"我已结了两个案子。我得教训一下这里的人：法律就是法律，而这里有个人就不怕打官司。我已经确证，曾有一条公用的路穿越老米德尔登家的花园，离开他的前门还不到100码的地方。你觉得怎么样？我们得教训一下这些个大亨，不准他们任意侵犯平民的权利，那些混蛋！我已经关闭了佛恩渥斯人常常野炊的树林子。那些魔鬼似乎认为，这世上根本没有财产保护法，而他们可以涌入任何喜欢去的地方，到处扔纸屑，摔酒瓶。这两个案子都结了，而且是我赢了。自从我告发约翰·莫伦爵士在自己的牧场上打枪以后，我还没有像今天这么快活过。"

　　"你究竟是怎么告他的？"

　　"查查这些书，先生。很值得一读。富兰克伦状告莫伦、高等法院。这个案子花了我200英镑，可是我胜诉了。"

　　"可对你有什么好处呢？"

　　"没有，先生，一点也没有。我可以自豪地说，我根本不在乎有没有好处。我的行为是出于一种社会责任感。譬如说，佛恩渥斯的人今晚肯定把我扎成草人烧掉。上次他们那么干时，我就打电报给警察，让他们制止这种不光彩的行为。可是，县里的警察真可耻，先生，他们对我的请求竟然置之不理。富兰克伦状告女王政府的诉讼案，必将引起公众的注意。我告诉他们，他们这样对待我，总有一天会后悔的，而我的话已经变成了事实。"

　　"怎么回事？"我问道。

　　老头摆出一副非常世故老练的样子。

　　"因为本来我会告诉他们一件他们急于想知道的事情。可是，现在谁也别想让我帮助那些个混蛋。"

　　我本来一直在想法子找个借口，离开他，不听他的饶舌。可是现在，我倒开始希望他再说下去。我已经发现，这个怪老头有个非常怪的脾气。只要你表现出一种强烈的兴趣，就必然会引起他的疑心，于是，他就不说下去了。

"那肯定是偷猎案。"我满不在乎地说。

"哈，哈！年轻人，比偷猎案可重大得多啊！沼地上那逃犯怎么样？"

我大吃一惊："难道你知道他在哪里？"

"我说不准他到底在哪里，可我相信，我能帮助警察抓住他。难道你没有想到，要抓住他，只要找出他的食物来源，然后再循踪追查，问题不就迎刃而解了吗？"

他的话自然有道理，可有点令人不安。"毫无疑问。"我说，"可你是怎么知道他躲在沼地上的呢？"

"我知道，那是因为我亲眼看见了给他送吃的人。"

我的心情沉重起来，有些为拜里莫担心。这件事落入这个爱管闲事的恶老头手中，问题就严重了。可是，后来他说的话又使我如释重负。

"你会感到非常吃惊，那是一个小孩在给他送吃的。每天我都能从屋顶上的望远镜看到那个小孩。他在同一时间，走同一条路。除了他给那逃犯送吃的，还会有谁呢？"

真是太幸运了！我竭力掩饰自己的惊喜，故意表现得对此毫无兴趣。一个小孩！拜里莫说过，那陌生人也有个小孩在给他送吃的和用的。富兰克仑偶然发现的只是那个小孩，而不是有关逃犯的线索。假如我能套出他所知道的一切，那就能节省我许多时间和精力。不过，很显然，我还得装出十分怀疑和漠不关心的样子。

"我想，那小孩很可能是哪个沼地牧羊人的儿子，天天要为他爸送饭。"

只要有一点表示反对，就会使这个老专制大为光火。他的眼睛恶狠狠地望着我，花白的胡子倒竖起来，就像一只发怒的猫。

"真的，先生！"他说着，指指窗外广阔的沼地，"你看见远处那黑色的突岩了吗？你看见那长满荆棘的低矮小山吗？那是整个沼地岩石最多的地方。你说牧羊人会到那里去吗？先生，你的说法简直荒谬极了。"

我顺从地回答说，我是因为情况了解不全才这么说的。我承认无知，使他大为高兴，于是他又说了下去。

"你可以相信，先生，我每得出一种意见，总有非常充分的证据。我一次又一次地观察那小孩，身背包袱，每天一次，有时一天两次，我始终能——请稍等，华生医生。难道我老眼昏花了，好像此刻就有个什么东西正朝山上移动呢？"

那是数英里以外，可是，在一片暗绿、青灰色的背景上，我还是清楚地看见了一个小黑点。

"快来，先生，快来啊！"富兰克仑喊道，径直朝楼上奔去，"你可以亲眼看一看，并且自己来作出判断。"

望远镜非常大，用三角架固定着，架在屋顶的铅板上。富兰克仑眯眼一看，满意地喊出了声。

"快，华生医生，快，他就要翻过山头了。"

真的，是他，一个肩上扛着小包袱的孩子，正在寒冷的蓝色天幕上吃力地往上爬。他到山顶时，我看到一个衣衫褴褛的身影闪了一下。他向周围望了望，鬼鬼祟祟，偷偷摸摸的，好像怕有人盯梢似的。接着，就消失在山头那边。

"怎么样！我说得对不对？"

"当然对了。那个小孩好像在搞秘密使命。"

"至于什么使命，甚至县里警察都能猜得出。然而，他们别想从我嘴里得到一个字。同样，我也希望你能保守这个秘密，华生医生。不能说一个字。你是明白人！"

"悉听尊便。"

"他们对我的态度太不像话了！太不像话了！等到富兰克仑对女王政府的诉讼案公布之后，我敢说，会引起全县的极大愤怒。谁也不能让我帮助警察。到那时，他们要关心的是我，而不是那些流氓捆在柱子上烧掉的草人！啊，你可别走！你得帮助我喝光这瓶酒，以庆祝我这一伟大的胜利！"

然而，我婉言谢绝了他的一切恳求，并且成功地劝说他不必陪我步行回家。在他的监视范围内，我一直沿着大路走。后来，就突然拐上小道，穿行在沼地上，朝着那小孩消失的石头山走去。一切都很顺利。我发誓，这回绝不能因为缺乏精力和毅力而错过一个天赐良机。

我登上山顶时，太阳快下山了。脚下长长的山坡，一面是金绿色，另一面笼罩在晦暗的阴影之中。远处，天幕低垂。苍茫暮色中，贝利佛和维克森岩冈突兀而出。宽阔无垠的大地，没有声响，没有动静。一只灰色的大鸟，也许是海鸥，也许是麻鹬，在蓝天翱翔。那大鸟和我就是在这巨大苍穹之下、荒芜大地之上唯一的生命。凄凉的景致，孤独的感觉以及我那神秘而紧迫的使命，使我不寒而栗。小孩已无影无踪。可是，我下面那山沟里，有一圈小石屋，其中一个，上面还保留有屋顶，足以防风遮雨。一看见它，我的心怦怦直跳。这肯定是那陌生人躲藏的地方。我终于要跨进他那藏身之地的门槛。他的秘密马上就要被我揭开了。

我慢慢走近石屋，就像斯泰普顿举着捕蝶网，蹑手蹑脚朝停着的蝴蝶走去，十分小心谨慎。我非常满意，因为这地方确实有人住过。乱石之中，一条隐约可见的小道，通向一个破烂不堪的开口。那开口便是石屋的门。里面一片寂静。那个陌生人也许就在里面，也许还在沼地游荡。一种冒险的感觉使我的神经兴奋异常。我扔掉烟头，把手伸向枪袋，急速奔到开口处，向里一看，里面却空空如也。

然而，有充分的证据，说明我并没有搞错。这里肯定是那个陌生人栖身的地方。几条毛毯包在防水布里，放在新石器人曾睡过的青石板上。粗糙的石炉里还有灰烬，旁边有一些炊具、一只桶，里面有半桶水。地上有一堆空罐头，说明有人在这里已经住了一段时间。当我的眼睛渐渐适应这阴暗的光线时，我看到角落里有一只金属小杯子和半瓶烈酒。小屋的中央是用作桌子的石板。石板上放着一只布包——毫无疑问，这便是望远镜里曾看到的、小孩肩上扛的那只包袱。包袱里有一只大面包、一听牛舌和两听桃子。看完后，我把它们放回原处。我的心突然一怔，因为下面还有一张字条。我拿起一看，上面写着潦潦草草的铅笔字："华生医生已去库姆·特雷西。"

我手里拿着那张纸，在那里站了一分钟，心想这短信究竟是什么意思。那么说，不是亨利爵士，而是我，一直受到这陌生人的监视。他本人并没有跟踪我，可他找了个代理人，也许是那个小孩，在跟踪我，而这就是小孩的报告。很有可能，我来到这里以后，我的行动没有一个没被他看到，不被他打报告的。我总觉得周围有一种看不见的力量，一张精心设计的网，慢慢向我们逼近。这张网之所以还没收紧，是因为时间未到。一旦到了最紧要的关头，你就会感到自己已经真的陷入网眼之中。

既然有一份报告，那就肯定还会有其他的。因此，我在屋里搜寻起来。然而，什么也没有找到，也没有发现任何其他迹象，能说明石屋主人的特征或意图。只有一点可以确信无疑，即他肯定具有斯巴达人的习惯，根本不在乎生活舒适与否。当我想到那滂沱大雨，再看看屋顶这大口子，我深为震动。我明白，为了达到某种目的，他的意志该多么坚强，多么坚定。否则，他就不会住在这种荒无人烟的地方。他究竟是我们险恶的敌人，还是我们仁慈的保护神呢？我发誓，一定要等到弄清楚这个问题后才离开这里。

外面，太阳已经下山。天际一抹晚霞，射出金红色的光芒，照在格陵朋大泥沼的片片水洼里，反射出点点红光。天空中耸立着巴斯克维尔庄园那两座塔楼。远处烟雾迷蒙，那里显然是格陵朋村。落日返照之中，一切都显得那么恬静、那么温馨。然而，我却不能分享这大自然赋予的一切。一想到迫在眉睫的会面，不觉一阵茫然和恐惧。我的心怦怦直跳，神经也为之震颤。可是，为了既定的目标，我索性在屋里的一个黑暗角落里坐了下来，忧心忡忡却强耐着性子，等候主人回来。

不一会儿，我终于听到他来了。远处传来鞋钉敲击石头的嗒嗒声。然后，那声音越来越响。我退到屋里的黑暗深处，手插在口袋里，手指勾住扳机，决心在看清那陌生人之前绝不暴露自己。脚步声停了好一会儿，他肯定是站住了。后来，脚步声又响了起来，而且越来越近。接着，石屋开口处射进一条黑影。

"今天的黄昏真美，我亲爱的华生。"这是一个非常熟悉的声音，"我倒觉得，待在里面，还不如出来更舒服些。"

十二　沼地死人

我坐在那里，一时间，连呼吸都停止了，简直不能相信自己的耳朵。过了一两分钟，我才恢复清醒，才能开口说话。顿时，我觉得一度压在身上的千斤重担终于可以卸下来了，因为这世上那种冷淡、尖锐和讥讽的声音，只能属于一个人。

"福尔摩斯！"我喊了起来，"福尔摩斯！"

"出来吧，"他说，"不过，请你小心，别让你的枪走火。"

我在粗糙的门楣下弯下腰，一眼便看到他坐在门外的石头上。那对灰色的眼睛高兴得不住转动，在我惊讶的脸上仔细地打量着。他显得消瘦、疲惫，却清醒、机警。他那热切的面庞被太阳晒成了棕色，被风吹得十分粗糙。他身上穿着苏格兰呢衣，头上戴一顶布帽，看上去就像沼地上的一个普通旅行者。而且，他依然保持了自己的特点——像猫一样爱清洁。他的下巴刮得光光的，衬衣跟在见克街时一样干干净净。

"这一辈子我见过多少人，可从来没有像现在见到你这么高兴过。"我一边说一边握着他的手，拼命摇动。

"或者说这么惊讶，呃？"

"是的，我必须承认这一点。"

"不过，你可以相信，感到惊讶的人不仅仅是你一个人。我没想到你已经发现了我的临时藏身之处，更不知道你竟然已经等候在里面。一直到离开石屋二十步开外才觉察到。"

"我想是我的脚印，是吗？"

"不是，华生。恐怕这世上所有的脚印中，我不能保证能认得出你的脚印来。如果你真的想骗过我，恐怕你不得不换一换你的纸烟。因为，我一看到那标有牛津街布莱德里的烟头时，就知道我的朋友华生医生就在附近。现在你还可以去小路边找到那个烟头。你肯定是在冲进石屋之前那最紧张的一刻把它扔掉的。"

"对极了。"

"我还想到，由于我深知你那令人钦佩、坚韧不拔的精神，可以肯定，你一定会在里面埋伏，紧握手枪，等待主人的回来。你真的以为我是逃犯？"

"我不知道你是谁，可是，我决心要弄明白。"

"好极了，华生！你怎么会找到这里来的？或许，在追捕逃犯的那天晚上，我一时疏忽站在月光下，让你看见了，是吗？"

"是的，我看见了。"

"那么，可以肯定，你找到这里之前，一定搜遍了其他小石屋？"

"没有。我看到了你所雇的小孩。是他给我当的向导。"

"肯定是那老头用望远镜看到的。刚开始，我发现那望远镜的镜头闪光时，还弄不清到底是怎么回事。"他站起来，朝石屋里看了看，"哈哈，我看到了，卡德莱特又送来了吃的。那是什么？啊，是他留下的纸条。这么说你去过库姆·特雷西了，是吗？"

"是的，"

"去见劳拉·莱昂太太？"

"干得好！我们的调查方向显然是一致的。假如把我俩的结果加起来，就能对这个案子有一个基本的了解了。"

"嗨，你居然会出现在这里，我打心眼里高兴。说真的，责任重大，案情扑朔迷离，我的神经已经受不了了。可见鬼，你怎么会到这里来的？你都干了些什么？我还以为你正在伦敦忙于那件讹诈案呢。"

"我就是希望你能这么想。"

"原来你只是利用我，而不信任我啊！"我有些痛苦地喊道，"我想，我在你的眼里还不至于到这步田地，福尔摩斯！"

"我亲爱的朋友，在这件案子里，你的贡献，跟其他许多案子一样，是无法估量的。假如我看上去有一丁点耍弄你的想法，那就请你原谅吧。其实，我这么做，有一部分还是为了你的缘故。正因为我担心你的危险处境，才亲自下来调查案情。假如我和你们在一起，可以相信，我的观点跟你们的肯定相同。而我的出现必然会使我们的敌人警觉起来，并采取自卫措施。还有个原因，我现在可以到处走动，而要是我住在庄园里，就不可能这么自由、做这么多事。在这件案子里，我仍将不露声色，时刻准备在最紧要的关头全力出击。"

"可你为什么要瞒着我呢？"

"因为让你知道了，对我们来说并没有什么好处，反而会使我被人发觉。你肯定会想来告诉我什么东西，或是出于好心，给我送来什么东西。这样，我们就会冒不必要的危险了。我把卡德莱特带下来。你肯定还记得雇工介绍所里那个小家伙吧。他就能满足我的基本需求，一只大面包，一个干净的领子。一个人还需要什么呢？他等于给我增添了一双眼睛，还有两条勤快的腿。而这对眼睛、这双腿的价值是无法计算的。"

"那么说，我的报告只是废纸一张啰！"——我的声音颤抖了，因为我想起了写报告时的艰辛和自豪。

福尔摩斯从口袋里取出一卷纸。

"这些就是你的报告，我亲爱的朋友。我向你保证，这些报告我不知看了多少遍。我的安排非常好，因此，你的报告在路上只会延误一天。你在处理如此极端困难的案子中，表现出了极大的热情和非凡的才智。为此，我必须向你表示最崇高的敬意。"

虽说我因受到蒙骗而感到非常不舒服，可是，福尔摩斯这番赞美，犹如温暖的阳光，驱散了我心中的阴影。同时，我打心眼里觉得他所说的话不无道理。为了我们的共同目标，我确实还是不知道他已经到了沼地为好。

"这就好了。"看到我脸上阴影消失后，他说道，"现在，把你拜访劳拉·莱昂太太的结果给我说说。不难猜测，你去那里肯定是找她。因为我已经觉得，在库姆·特雷西，她是个对我们很有用的人。事实上，假如你今天没去的话，很有可能，我明天会亲自走一趟。"

太阳已经下山了，黄昏笼罩着沼地。空气渐渐冷起来，于是，我们就走进石屋，一道坐在暮色之中。我把和那位女士的谈话经过告诉了福尔摩斯。他表现出十分浓厚的兴趣，有时我不得不重复一两遍，直到他满意为止。

"这事非常重要，"我讲完后，他说道，"因为它最终填补了一个缺口，而这个缺口正是这件极其复杂事情中的关键所在。或许，你也知道了这个女人跟斯泰普顿有着非同寻常的亲密关系吧？"

"不，我并不知道他们有着亲密关系。"

"这一事实是毋庸置疑的。他们经常见面，频繁通信。彼此之间完全理解。而这一点，正是我们手中的一张王牌。要是我利用这一点来离间他的妻子——"

"他的妻子？"

"现在，对于你的报告，我得做些补充，聊作酬谢。那个人们称之为斯泰普顿小姐的女士，其实是他的妻子。"

"天哪，福尔摩斯！你说的可是真的？那他怎么还让亨利爵士爱上她呢？"

"亨利爵士爱上她，除了对自己，对谁都没有坏处。斯泰普顿特别小心，不让亨利爵士向她求婚。这一幕被你看到了。我再说一遍，那女人是他的妻子，而不是他的妹妹。"

"可他为什么要如此处心积虑，设下这样一个骗局？"

"因为他早就预见到，如果她以未婚小姐的身份出现，将对他有更大的用处。"

所有我那无言的直觉，模糊的怀疑，顿时变得具体起来，并且都集中到那个生物学家身上。这个头戴草帽、手拿捕蝶网的人，脸色苍白，不易动情。在他身上，我仿佛看到了一种可怕的东西。他是一个极端耐心却异常狡黠，既有菩萨脸面又有蛇蝎心肠的家伙。

"那么说，他就是我们的敌人。在伦敦，也是他在盯我们的梢？"

"这就是我猜出的一个谜。"

"那警告，肯定是他妻子发出的啰！"

"正是。"

那桩久久萦回脑际，似有还无，若隐若现的魔鬼般的罪行，在黑暗之中，终于渐渐浮现出来。

"不过，福尔摩斯，这一点，你敢肯定吗？你怎么知道那女人就是他的妻子呢？"

"因为他第一次见到你时，无意中将他的一段真实身世告诉了你。我敢说，后来他肯定不止一次后悔。他曾在英格兰北部当过小学校长。而小学校长是最容易被调查清楚的。通过教育机构，就可确认任何一个曾经在那里供职的人。稍作调查，就使我知道，有一所小学，由于景况恶劣而停办了。学校校长和他妻子也从此下落不明。他们的姓名虽说不同，可他们的长相、特征，跟我们这里看到的这一对，完全相吻合。当我获悉那下落不明的人同样也致力于昆虫学时，我的鉴别工作亦随之圆满结束。"

黑幕渐渐揭开，然而，大部分真相依然不得而知。

"如果这个女人真是他的妻子，那么劳拉·莱昂又是怎么回事呢？"我问道。

"这是其中一点，你自己的调查已经能够说明一些问题，你跟那女人的谈话大大澄清了这件事。我不知道她很想跟她丈夫离婚，如果是这样，考虑到斯泰普顿是个单身汉，她肯定还寄希望于嫁给他。"

"可是，当她识破这个骗局以后呢？"

"嗨！那么，我们就会发现，她将对我们大有用处。明天，第一件要做的事就是去拜访她，我们俩一起去。华生，你不认为你离开你的岗位太久了吗？你应该待在巴斯克维尔庄园。"

西边的最后一抹红霞消失了，夜幕降落到沼地上。紫色的天空中，只有几颗惨淡的星星，在闪烁发光。

"还有最后一个问题，福尔摩斯，"我站起身来说，"你我之间还有什么不可说的。告诉我，这一切究竟是为了什么？他究竟在搞什么名堂？"

福尔摩斯压低嗓音，回答道：

"这是谋杀，华生，一件精心设计、血腥残忍的蓄意谋杀案。请别再问我细节。我的网已经慢慢向他靠近，尽管他也快网住了亨利爵士。而现在，由于你的帮助，他已差不多成了瓮中之鳖。只有一种危险还在威胁着我们，那就是他的出击有可能比我们还要早。再过一天，最多两天，我将把这个案子全部了结。而在这之前，你的职责就是看好你的保护人，要像充满母爱的妈妈照顾病孩一样，越谨慎越好。你今天的工作确实干得非常漂亮，然而，我还是希望你不要离开他的身边。听！"

一阵可怕的尖叫声。一阵经久不息、恐怖而痛苦的喊声刺破了沼地的宁静。那令人恐惧的喊声几乎使我浑身的血液都为之凝固。

"我的上帝啊！"我喘着气，"这是什么声音？这是怎么回事啊？"

福尔摩斯跳起身来，我看到门外边出现了那黑黑的运动员似的身影，双肩下垂，头向前，脸朝外，向黑魆魆的夜空眺望。

"嘘！"他低声说，"别作声！"

痛苦的喊声越来越响，起先仿佛是从黑暗平原的远处传来。此刻，又好像就在耳边，比先前更近、更响、更紧。

"哪里在喊？"福尔摩斯轻声问道。从他激动的声音中我听出，就连他那样有着钢铁般意志的人，他的心也受到了震惊。"哪一边，华生?"

"我想，是那边。"我朝黑暗中指了指。

"不，是这边！"

此时，痛苦的喊声再次冲破宁静的夜晚，越来越响，越来越近。此外，还有一种不同的声音夹杂在中间，一种深沉、含糊的咕哝声，悦耳却可怕，时起时落，就像大海那深沉连续的低吟。

"是那恶狗！"福尔摩斯喊道，"快，华生，快！天哪！我们真该早些出发！"

他在沼地里飞速奔跑起来，我在后面紧紧相随。可是突然间，就在我们前方，乱石丛中，传来最后一声惨叫，接着就是噗的一声，声音是那么沉重。我们站住脚，侧耳倾听。无风的夜晚又宁静如初。

我看到福尔摩斯好像发疯似的，一只手拼命按住前额，双脚拼命跺地。

"他打败了我们，华生，我们太迟了！"

"不，不，肯定不迟！"

"我真是个笨蛋，竟然没有先发制人。而你，华生，现在总该明白，离开你所保护的人，会有什么后果了！上帝做证，天哪！要是最糟的事发生了，我们一定会为他报仇！"

我们摸黑向前跑着，不时撞到山岩上。我们拼命挤过金雀花丛，喘着气爬上山头，匆匆下坡，径直朝发出可怕喊声的方向狂奔。每到一个高地，福尔摩斯总是焦急地回头瞭望，然而，沼地上一片阴暗凄凉，毫无动静。

"你看到什么了没有?"

"没有。"

"不过，听，那是什么声音?"

耳边传来一阵低弱的呻吟声。又是一阵，就在我们左边！那边有一条岩脊，岩脊尽头是峭壁，下面是乱石丛生的山坡。崎岖不平的地面，摊着一个黑糊糊、形状不规则的东西。当我们跑近时，那模糊的轮廓渐渐清晰起来，原来是个趴在地上的人。脸朝下，头可怕地扭曲在身体下面，双肩圆弓，身子蜷缩成一团，好像在翻筋斗。样子那么特别，很难想象那呻吟会是他发出来的。我们俯下身子，望着那一声不吭，一动不动的黑影。福尔摩斯抓住他，往上拉了拉，随即发出惊恐的喊声。他擦着一根火柴，火光照出了死人紧攥五指的双手，照出了地上一摊污血，那是从他跌破的头颅里缓缓流出的；也照出了一个使我们痛心疾首、几乎昏厥倒地的事实：那尸体正是亨利·巴斯克维尔爵士！

我们俩人谁也不可能忘记那件特别的暗红色苏格兰呢衣。他第一次来贝克街拜访我们时就穿着那件衣服。我们又朝他看了一眼，这时，火柴的火苗闪了闪，熄灭了，仿佛我们的希望已经离灵魂而去。福尔摩斯呻吟着，黑暗中仍能看出他的脸色十分苍白。

"这个畜牲！畜牲！"我紧握双拳喊道，"福尔摩斯，我永远也不会原谅自己。因为我离开了他，使他遭受如此厄运。"

"我更该为此受责，华生。为了使我的破案工作更圆满，更完美，我竟然置当事人的性命于不顾。这在我的生涯中是个最最沉重的打击。可是，我怎么知道——我怎么知道——他会不听警告，冒着生命危险独自来到沼地啊！"

"我们听到了他的呼救声，我的上帝啊，那呼救声！可我们救不了他！这该死的恶狗把他害死了，它究竟跑到哪里去了？也许眼下就在这乱石岗里转悠着。还有斯泰普顿，他在哪里？他必须为此而付出代价。"

"说得对。我保证要他付出代价。伯伯和侄儿都被谋杀了：一个是因为看见那心目中的魔犬而吓死的；另一个则是在狂奔逃命时气绝身亡的。如今，我们得设法证实这个恶徒与这畜牲之间的关系。而现在，要不是听到它的叫声，我们甚至还不能肯定这畜牲的存在，以为亨利爵士显然是跌死的。可是，老天在上，不管他有多狡猾，过不了明天，我就要抓住他。"

我们伤心地分别立在这模糊尸体的两边。这一突如其来的不可挽回的灾难，使我们的心情感到异常沉重。我们长期的奔波，日夜的劳累，得到的竟是如此可怕的结果。后来，当月亮升起的时候，我们爬到岩石顶上。我们可怜的朋友就是在这里倒下去的。从那里，我们注视着这阴暗的沼地，一半银色，一半灰色。远处，几英里之外，在格陵朋方向，闪烁着一个稳定的黄光。那灯光只能来自斯泰普顿家那幢孤零零的屋子。我盯着它，挥舞着拳头，气愤地骂道：

"我们为什么不马上去抓这狗娘养的？"

"破案的条件还不成熟。那家伙简直精明、狡猾到家了。问题不在于我们知道什么，而在于我们能够证明什么。只要我们棋错一着，那流氓就可能从我们手心溜走。"

"那我们该怎么办？"

"明天，我们有许多事要做。今晚只能给我们的朋友办后事了。"

我们一起走下陡坡，走近他的尸体。在岩石反射出来的银光里，那尸体显得漆黑、清晰，四肢扭曲，显得异常痛苦，不禁使我一阵心酸，泪水顿时模糊了我的双眼。

"我们必须找人来帮忙，福尔摩斯！我们不可能一直把他背到庄园。天哪，你疯了吗？"

只见他俯下身去，喊了一声，紧接着却又是跳又是笑的，拉住我的手拼命摇动。难道眼前这人就是我那严肃、自制的朋友吗？这真是压抑已久的火，突然迸发出来了！

"胡子！胡子！这人有胡子！"

"有胡子？"

"这不是从男爵。这是、是……嗨，这是我的邻居，那个逃犯！"

我们一阵狂喜，急忙把尸体翻过来，滴着血的胡子向上翘起，正对着冰冷、清澈的月亮。他那突出的前额，深陷的野兽般的眼睛，一眼就认得出，这张脸确实是那天晚上的烛光里、岩缝中闪露出的那张塞尔登的脸，那个逃犯的脸。

我一下子全都清楚了。我记得从男爵是怎么把他的旧衣服给了拜里莫。拜里莫又把它们送给了塞尔登，以资助他出逃南非。靴子、衬衣、帽子——无一不是亨利爵士的。这一悲剧依然难以解释，可至少，根据国法，他是该死的。我告诉了福尔摩斯这事的来龙去脉，心里充满了感激和快活，甚至血液都为之沸腾。

"那么说，这身衣服是这恶魔死亡的原因。"他说，"事情很明显，那条恶狗一定闻过亨利爵士穿过的东西。几乎可以肯定，它闻过了那只在旅馆里丢失的靴子，才穷追塞尔登，一直追到他跌死。然而，有一件事非常怪：黑暗之中塞尔登怎么知道有狗在追他呢？"

"他听见声音了吧。"

"在沼地上，仅仅听到猎狗的奔跑声，还不至于把这个逃犯吓成那样，竟然冒着再次被抓的危险，狂呼救命。从他的呼救声可以判断，他听到那恶狗在追他以后，肯定已经跑了很长一段路。可他是怎么知道的呢？"

"还有一件我特别感到奇怪的事，为什么那条恶狗，假设我们的推测是对的——"

"我可没做什么假设。"

"嗯，那么，为什么今天晚上要把这恶狗放出来呢？可以肯定，斯泰普顿不会把这恶狗经常放到沼地上来的。不会的，除非他有充分的理由，认为亨利爵士一定会到那里去。"

"我的问题，在这当中，应该说更为可怕。因为我想，你那问题很快就可能弄个水落石出的，而我这问题，也许会成为千古之谜。现在的问题是如何处置这个家伙的尸体。我们不能把他扔在这里喂狐狸、喂乌鸦啊！"

"我建议，先把他抬到一间石屋里藏好，直到我们跟警方取得联系。"

"太好了。这事我俩肯定干得了。天哪，华生，你看，那是什么？就是那家伙，简直胆大包天！别说话，别说一句暴露你已经疑心的话，一个字也别说。否则，就会使我们的计划彻底泡汤。"

沼地上，一个人影慢悠悠地朝我们走来。我看到了一颗暗淡红色的雪茄烟火。月亮照在他身上，我可以辨别出生物学家那短小精悍的身材和轻快自得的脚步。他一看到我们就站住了脚，接着，又向我们走来。

"喂，华生医生，不会是您吧？简直难以置信，此时此刻竟然还会在这里见到您。啊，天哪！这是什么？有人受伤了？别，别告诉我他是我们的朋友亨利爵士！"他匆匆在我面前走过，在死人身边弯下腰。我听到他猛然倒吸了一口气，雪茄也从手中掉落下来。

"他，他是谁？谁？"他结结巴巴地说。

"塞尔登，普林斯顿监狱的逃犯。"

斯泰普顿脸色煞白，然而，还是竭力抑制自己的惊讶和失望，双眼紧紧盯着福尔摩斯，然后再朝我看看。

"天哪！多么令人吃惊！他是怎么死的呢？"

"他好像是撞上那些个岩石，把脖子摔断了。我的朋友和我在沼地上散步时，突然听到了一阵呼喊声。"

"我也听到了一阵呼喊声，所以就跑了出来。我很担心亨利爵士。"

"为什么特别要为他担心呢？"我忍不住问了一声。

"因为我约了他来我家。可是他没来，我有点吃惊。我听到沼地上的呼喊声后，自然要为他的安危而担心了。顺便问一下，"他的眼睛突然转向福尔摩斯的脸，"除了这呼喊声，你还听到其他声音吗？"

"没有。"福尔摩斯说，"你呢？"

"也没有。"

"那么，你问这个是什么意思？"

"啊，你肯定知道，这里农民传说的有关魔犬的故事。据说夜晚，沼地上会听到怪叫声。我想，今晚是否能找到这狗叫的证据。"

"我们没有听到什么狗叫声。"我说。

"你们认为这可怜的家伙是怎么死的呢？"

"毫无疑问，长期的忧虑和露宿把他给逼疯了。他在这沼地上发疯似的狂奔，最终在这里摔了一跤，弄断了脖子。"

"这似乎是最为合情合理的解释。"斯泰普顿说着，叹了一口气。我想，这说明他已经放心了。"夏洛克·福尔摩斯先生，您以为怎么样呢？"

我的朋友欠了欠身，表示感谢。

"你认人可真快。"他说。

"华生医生来后，我们就在恭候你的到来。你恰好看到了这幕悲剧。"

"是啊，说真的，我完全相信，我朋友的解释包括了所有的事实。明天，我将带着这一极不愉快的记忆回到伦敦去。"

"哦，你明天就回去？"

"这是我计划中的一步。"

"我希望你的到来，多少可弄清我们大家一直困惑不解的事情。"

福尔摩斯耸耸肩。

"一个人不可能总是想成功便成功的。一个调查者需要的是事实，而不是传说和谣言。现在这个案子的进展就不那么令人满意。"

我的朋友以他那最为坦诚又极不关心的神态说着。斯泰普顿仍旧盯着他看。然后，他转而对我说：

"我想过把这家伙搬到我家去，但是，那样会吓着我妹妹，这对她不公平。我以为我们还是用什么东西把他的脸盖上，到明天早上就没事了。"

事情就这样安排好了。福尔摩斯和我谢绝了斯泰普顿的盛情邀请，向巴斯克维尔庄园走去。生物学家独自一人回家去了。我们回头望了望，看见他的身影在广阔的沼地上缓缓移动。他的身后，银色的山坡上，有一团黑影，那里躺着一个死人，一个凶残野蛮人的归宿和结局。

十三　天罗地网

"我们终于快要抓住他了，"穿越沼地时，福尔摩斯对我说，"这家伙真沉得住气！他发现自己的阴谋杀错了人，本来应该万分惊恐的，可他竟然能如此泰然自若。在伦敦时我就对你说过，华生，我现在再说一遍：这一次我们算是碰到一个高手，值得较量一番了。"

"很遗憾，他看到了你。"

"开始我也这么想。可这有什么办法呢。"

"现在他知道你在这里，你认为这对他的计划有什么影响吗？"

"会使他更加小心谨慎，或许会逼得他马上孤注一掷。就像大部分比较聪明的罪犯一样，他或许会过于相信自己的小聪明，而想象他已经把我们骗了过去。"

"为什么不马上逮住他呢？"

"我亲爱的华生，你天生就是个急性子。你的天性总是想让自己干得痛快些。但是，我们可以讨论一下，假设我们现在就抓他，那对我们有什么好处？我们没有证据告他，这家伙狡猾透顶！倘若他通过一个人来施展阴谋，或许我们还可以找到些证据。然而，他现在用的是一条狗。即使我们能在光天化日之下拉出那条恶狗，也根本不能帮我们把绞索套在他主人的脖子上。"

"我们当然有证据。"

"连影子也没有，有的也只是些推测和猜想。如果我们带着这荒诞的故事和这点证据上法庭，肯定会被人笑出法庭的。"

"我们有查尔士爵士去世这个证据啊。"

"他是死了，可他身上没有伤痕。你和我都知道，他纯粹是吓死的。我们同样知道，他是被什么东西吓死的。可是，我们怎么才能使十二位陪审员相信这一点呢？那恶狗的踪迹究竟在哪里？它的牙印又在哪里？我们自然知道，猎狗是不咬死尸的，查尔士爵士在那畜牲追上他之前就死了。我们必须证明这一切，而现在还不行。"

"好吧，那么今晚的事还说明不了问题吗？"

"今晚的事也说明不了什么问题。同样，那恶狗和逃犯的死并没有直接联系。我们从未见过那畜牲，我们只是听到那恶狗在穷追他，但不能证实这一点，而且根本没有动机。不行，我亲爱的朋友。我们必须承认这一事实，那就是眼下我们还没有证据。而为了找到证据，再危险的事情，也值得我们去干。"

"那么，你以为该怎么干？"

"劳拉·莱昂太太也许会给我们以帮助，我对此寄予极大的希望。只要我们把事情的来龙去脉给她解释清楚就行，我自有主意。今天的难题够多的了，明天再说吧！不过，我希望明天我们会打败他。"

一路上，他再也不愿多谈什么，我们一边走一边沉思，一直走到巴斯克维尔庄园门口。

"你也进去吗？"

"是的。我看，已经没有任何理由再瞒下去了。不过还有一件事，华生，千万别对亨利提起那恶狗的事。让他认为塞尔登的死因，就像斯泰普顿要我们相信的那样。这样，他将会有坚强的意志，去迎击明天将蒙受的一切苦难。如果我没记错的话，你的报告里说，他明天要去斯泰普顿家吃饭。"

"我也去的。"

"那么，你一定得找个借口让他单独去，这样更容易安排些。好了，如果说晚饭时间已过，那我俩就去吃夜宵吧。"

亨利爵士看见夏洛克·福尔摩斯时，与其说是惊讶，不如说是高兴。因为，好几天以来，他一直在期待着最近所发生的事，会促使福尔摩斯从伦敦赶到这里来的。然而，当他看见我的朋友既未带行李，又对此不作任何解释时，他确是有些惊讶，但我们很快就敷衍了过去。吃夜宵时我们谈了今天的遭遇，把从男爵该知道的东西都告诉了他。但是首先我还有个令人不快的责任，那就是把塞尔登的死讯告诉拜里莫和他妻子。对拜里莫来说也许是件非常舒心的事，可是他妻子却用围裙捂住脸痛哭起来。对整个世界来说，塞尔登是个凶残的暴徒，一半像野兽一半像魔鬼。然而对她来说，始终是她儿时的一个任性的、老是抓住她手的小弟弟。一个人死了竟没有一个女人为他伤心哭泣，那他可真是罪大恶极了。

"早晨，华生出去后，我一直待在家里，心中总是闷闷不乐。"从男爵说，"我想我该受到赞扬，因为我遵守了诺言。如果我没有发过誓：不单独出去，我的夜晚也许会过得更加快乐，因为我收到了一封斯泰普顿请我赴约的信。"

"那么，我敢肯定，要是你真的去了，这一晚你会过得更加快乐的。"福尔摩斯冷冷地说，"顺便说一句，我们那时候还以为是你摔断了脖子，刹时间都心如刀绞、痛苦万分。我想，你总不会因此而感到快乐吧？"

亨利爵士睁大双眼问道："那是怎么回事？"

"那个可怜的家伙当时恰好穿着你的衣服，你的管家把你的衣服送给了他。我担心，警察会来找你管家的麻烦。"

"那不太可能。据我所知，衣服上没有任何记号。"

"那么，他真是太运气了。事实上，你们大家都很运气。因为，就法律而言，你们都已经犯法了。我相信，作为一个负责的侦探，首先应该把你们一家全抓起来。华生的报告就是你们犯罪的最有力证据。"

"话说回来，我们这件案子搞得怎么样了？"从男爵问道，"在这团乱麻中，你有没有理出个头绪来？我不知道，华生和我来这里以后，自己是否变得更加聪明起来。"

"我想，不久，这案子就会变得更加清楚的。这是一件极为棘手、复杂的案子。我们还有几个地方不明白，不过，马上就会弄明白的。"

"我们曾经碰到过一件事，华生肯定已经告诉了你。我们听到了沼地上魔犬的叫声，因此，我敢发誓那不是个毫无根据的迷信故事。

我在美国西部时曾经玩过狗。只要一听，我就知道那是狗叫声。要
是你能给这只狗戴上笼头，锁上铁链，我马上发誓，承认你是当今
世上最最伟大的侦探。"

"我想，如果你能帮助我，这事完全能办到。"

"你让我干什么，我就干什么。"

"好极了。不过，我只要你做，而不要老是问为什么。"

"就听你的。"

"如果你能这么做，我相信我们的小问题马上就会得到解决。我
可以肯定……"

他突然不说了，死死盯住我头顶的空中。灯光照着他的脸，那
么专注，那么肃静，简直像座轮廓分明的古典塑像，一个机警和希
望的化身。

"你看到了什么?"我们俩都喊出了声。

当他的目光往下移动时，我看得出，他在抑制着一种强烈的情
感。虽然脸上显得镇定自若，可是他的眼睛，却闪烁着无限的欣喜。

"原谅我这个鉴赏家的赞美吧。"说着，他的手挥了挥，指着挂
在墙上那排肖像画，"华生相信我不懂艺术，不过，那只是妒忌，因
为我们的观点不同。看，这些画画得真不错啊。"

"啊，听你这么说，我非常高兴，"亨利爵士说着，眼睛向我的
朋友瞟了瞟，好像有些吃惊，"我不想假装我懂得这些东西。或许我
能非常准确地判断出是马还是阉牛，至于画，我却毫无鉴赏能力。
我不知道你竟然还有闲暇搞这个。"

"我一看就知道哪幅画好，而眼前就有几幅。我发誓，那幅画肯
定是内勒①的，就是那边那个身穿蓝色绸衣的女人像。而那个胖胖
的，戴着发套的绅士，则是出自雷诺兹②的手笔。我想这些全是你家
人的画像吧?"

"是的。"

"你知道他们的名字吗?"

"拜里莫教过我，我想，我是个不错的学生。"

---

① 内勒 (1646—1726)，旅居英国的著名德国人像画家。
② 雷诺兹 (1723—1792)，英国著名人像画家。

"那个手拿望远镜的人是谁?"

"那是巴斯克维尔海军少将。他在西印度罗德尼手下供职。身穿蓝外套,手里拿着一卷纸的是威廉·巴斯克维尔爵士,他是皮特①任首相时的下议院委员会主席。"

"那么,我对面那个骑士,那个身披天鹅绒斗篷、胸前挂着绶带的骑士呢?"

"啊,你有权了解他,他就是邪恶的雨果,整个儿恶作剧的元凶。巴斯克维尔魔犬的故事就是从他开始的,我们绝不会忘记他的。"

我注视着那张画,颇感兴趣,却略显惊讶。

"天哪!"福尔摩斯说,"他看上去确实十分安详、柔顺,但是我敢说,在他的眼睛里深藏着一种邪恶。我曾把他想象成一个更为残暴、凶狠的人。"

"毫无疑问,这张画是真的,因为名字和日期,一六四七,就在画布的背面。"

福尔摩斯没再说什么。不过那酒鬼的画像似乎迷住了他,他的眼睛依然呆呆地盯着那幅画。一直到后来,亨利爵士回自己房间时,我才琢磨出一点他的思路来。他把我带回餐厅,手里拿着房间里的蜡烛,然后擎起来,照着墙上那些因为时间久远而略显肮脏的画像。

"你有没有从这张画上看出些什么名堂来?"

我看着那插着羽毛的宽边帽子,卷曲的发穗,镶着白花边的高领圈,还有包裹在中间那呆板严肃的面孔。这张脸算不上残暴,却是那么粗鲁、冰冷和严厉。他的嘴唇薄薄的,嘴巴紧闭,还有一对冷漠、不善包容的眼睛。

"他像不像一个你所认识的人?"

"下巴有点像亨利爵士。"

"也许有点点像。可等一等!"他站到凳子上,左手高举蜡烛,右手遮住那宽边帽子和下垂的鬈发。

---

① 皮特(老),(1708—1778),英国政治家,曾任英国首相。在他执政期间,英国赢得七年战争(1752—1759)的胜利,取得了北美和印度的霸主地位。

"天哪！"我惊异地喊出了声。

斯泰普顿那张脸蓦然跃出画面。

"啊哈，现在你明白了吧。我的眼睛受过专门训练，用以观察、检查人们的脸面，而不会被附加的装饰物所蒙蔽的。这是罪犯调查者的首要本领，用以识别和戳穿任何伪装。"

"可这太妙了！简直成了他的肖像画。"

"是的，这是返祖现象的一个有趣的例子。看来不仅外貌，而且精神都像。对一个家族肖像的研究足以使人相信转世轮回的学说。那家伙是巴斯克维尔家族的一员，这是再明显不过的了。"

"而且还心怀篡夺遗产的阴谋。"

"说得对极了。这张画像刚好为我们提供了一个最明显、最需要的佐证。我们抓住他了，华生，我们终于抓住他了。我敢发誓，明晚之前，他将在我们的网里扑腾，就像他网里的蝴蝶一样痛苦、绝望。一根针，一块软木，再加一张卡片，就可把他添加在贝克街的收藏室里！"

他转过身去，突然爆发出一阵罕见的开怀大笑。我不大听到他笑，而只要他一笑，那肯定是有人要倒霉了。

第二天早晨我起得很早，而福尔摩斯还要早。我在穿衣时，看见他正沿着大道走回来。

"说真的，今天我们得好好干他一天。"他一边说一边搓着手，因为即将出击而喜形于色，"网已布好，马上就要收起来了。不出今天，就会见分晓，看是我们抓住那条尖嘴大梭鱼，还是它冲破网眼，逃之夭夭。"

"你去了沼地？"

"我去了格陵朋，给普林斯顿监狱发了个电报，告诉他们塞尔登的死亡。我想我可以保证，你们大家都不会有麻烦了。然后，我跟我忠实的卡德莱特取得联系。如果我不让他知道我没事的话，他肯定会像看坟狗一样，死死等在石屋门口的。"

"下一步怎么办？"

"去见亨利爵士。啊，他来啦！"

"早上好，福尔摩斯。"从男爵说，"你简直就像个将军，正在跟参谋长商定作战方案。"

"说得不错。华生在请战呢。"

"我也要请战。"

"好极了！我知道你跟他们约好了，今晚去斯泰普顿家吃饭。"

"我希望你也去。他们是非常好客的。而且我相信，他们见到你一定会很高兴的。"

"恐怕我和华生必须去伦敦。"

"去伦敦？"

"是的，我想在这个关键时刻，我们在伦敦更有用。"

从男爵的脸一下子拉长了。

"我原以为你会帮我渡过这一难关的。要知道，一个人孤零零的，这庄园，这沼地有什么意思！"

"我亲爱的朋友，你必须完全信任我，并且严格按照我说的去做。你可以告诉你的朋友们，我们非常高兴能跟你一起去，但是，因为紧急公务在身，必须回伦敦去。我们希望不久便能回到德文郡来。你能记住，把这口信带给他们吗？"

"假如你一定要我带的话。"

"别无选择，我向你保证。"

我看见从男爵眉头紧锁，像是受到了极大的伤害。他肯定以为我们要弃他而去。

"你们什么时候走？"他冷冷地说。

"吃了早饭就走。我们先乘车去库姆·特雷西。不过，华生的东西全留在这里，他保证会回来的。华生，你可以写个便条给斯泰普顿，告诉他，你很遗憾，不能前去赴约。"

"我真想跟你们一起去伦敦，"从男爵说，"为什么让我一个人留在这里？"

"因为这是你的职责。因为你保证过，你听我的，而现在，我要你单独留下来。"

"那好，我就留下吧。"

"最后一个指示：我希望你坐马车去麦利皮特。不过，你必须让马车先回庄园，使他们相信，你想步行回家。"

"步行过沼地？"

"是的。"

"可是，你经常提醒我，不要这么做。"

"这一次，你可以做，而且非常安全。假如我对你的神经和勇气没有信心的话，我就不会提出这个建议。话说回来，这可是关键，你必须这么做。"

"那么，我会做的。"

"假如你珍惜你的生命，过沼地时不要走其他路，只能走麦利皮特到格陵朋大道那条笔直的小路。那是你回家的必经之路。"

"我一定按你所说的去做。"

"好极了。我希望早饭后，走得越早越好。这样，下午就可以赶到伦敦。"

他的计划使我大吃一惊。尽管我还记得，昨天晚上福尔摩斯对斯泰普顿说过，他将于次日回伦敦。然而，我倒真没想到，他要我跟他一起走。我也不理解，在这个他口口声声称之为关键的时刻，竟然让我们两人都离开这里。不过别无选择，只能绝对服从。于是，我们跟可怜的朋友道了别。两个小时后，我们来到库姆·特雷西车站，并把马车打发回庄园。月台上有个小男孩在等我们。

"先生，有什么吩咐？"

"卡德莱特，你乘这班火车回城去。一到城里，就给亨利·巴斯克维尔爵士发个电报告诉他，如果他发现一本我遗忘在那里的笔记本，请用挂号信寄到贝克街来。"

"是，先生。"

"现在，先去车站办公室问问有没有我的信。"

小孩拿着一份电报走回来。福尔摩斯递给了我，上面写道：

电报收悉。带空白拘捕证去。5点45分到。

莱斯特雷德

"我早晨发了个电报给他，这是他的回电。莱斯特雷德是警察局里最好的侦探。我想也许我们会用得着他。现在，华生，最好马上就去拜访劳拉·莱昂太太。"

他的行动计划略露端倪。利用从男爵稳住斯泰普顿，使他相信我们真的走了。其实我们却马上回来，哪里需要就可出现在哪里。

而那封从伦敦发出的电报，如果亨利爵士对斯泰普顿提起的话，势必会消除他头脑中的最后疑虑。我仿佛看到了我们的网已经罩住了那条尖嘴梭鱼，并且正在慢慢收拢，而且越收越紧。

劳拉·莱昂太太正在她的书房里。夏洛克·福尔摩斯十分坦率、直接地开始了他的访谈。这一招使她吃惊不小。

"我在调查有关查尔士·巴斯克维尔爵士去世的所有情况，"他说，"我的朋友华生医生，已经向我报告了你们的谈话，同时也报告了你对我们还隐瞒了什么东西。"

"我还有什么东西好隐瞒的？"她有些不服气，问道。

"你已经承认，你曾约了查尔士·巴斯克维尔爵士十点钟在栅门边会面。我们知道那就是他被害的时间和地点。你隐瞒了这些事件之间的内在联系。"

"根本就没有联系。"

"那么说，这一巧合真的是非同寻常的了。可是不管怎么说，我们肯定会发现其中的联系的。我希望我对你是完全坦诚的，莱昂太太。我们认为这是一件谋杀案，而眼下的证据不仅将牵涉你的朋友斯泰普顿先生，而且还有他的妻子。"

不料，那位女士竟然从椅子上跳了起来。

"他的妻子！"她喊道。

"这是事实，已经不再是什么秘密了。那个他所谓的妹妹，其实就是他的妻子。"

莱昂太太又坐了下来，双手紧紧抓住椅子的扶手。我看到她那粉红色的指甲也因此而变得煞白。

"他的妻子！"她又说了句，"他的妻子！他可是没结过婚的人。"

夏洛克·福尔摩斯耸耸肩膀。

"我要证据！我要证据！要是你能拿出证据来……"她双眼闪出的凶狠目光胜过任何言语。

"我来就是要让你看看这些个证据。"福尔摩斯说着，从口袋里拿出几张纸，"这是他俩四年前在约克郡拍的照。反面写着：'梵得罗夫妇'。你不难认出他，还有她，如果你亲眼见过她的话。这三份是几个可靠证人寄来的有关梵得罗夫妇的书面材料。那时，他办着一所私立学校——奥立佛私立小学。读一读这些材料，看一看你还有什么可怀疑的。"

她朝那几张纸瞥了一眼，然后抬起头看着我们，露出一脸僵硬、绝望的神色。

"福尔摩斯先生，"她说，"那家伙主动提出，只要我和丈夫离婚，他就跟我结婚。这个混蛋骗了我，什么花招都使出来了。他对我说的没有一句是真话。可那到底是为什么？为了什么？而我却一切都往好处想。现在，我明白了，原来我只是他手中的一件工具。他骗我骗到现在，我为什么还要对他一片痴情？我为什么还要帮他保守秘密？他得为他所干的邪恶勾当而自食其果。你想问什么就问吧。我一丁点也不会隐瞒了。不过有一点，我可以向你发誓，当我写信的时候，根本就没想到会伤害那位年迈的绅士，因为他曾经是我最善良的朋友。"

"我完全相信你，夫人，"夏洛克·福尔摩斯说，"把那些事件再讲一遍，对你来说一定很痛苦。也许，我来把事情的来龙去脉说给你听，会好过些。你可以检查一下，我说的有哪些出入较大。那封信是不是斯泰普顿要你写的？"

"是他口述，我写的。"

"据我推测，他所说的理由是，你将从查尔士爵士那里获得你打离婚官司所需要的费用吧？"

"是这样。"

"然后，在你发出信以后，他就劝你不要去赴约，是吗？"

"他告诉我，为这种事而让别人出钱，将会刺伤他的自尊心。还说，尽管他很穷，他将倾其所有，搬掉我俩之间的障碍。"

"看来他真是说到做到了。于是，在你看到报纸上有关查尔士爵士去世的消息之前，你什么也没有听到过？"

"没有。"

"而且他还要你发誓，别对任何人说起跟查尔士爵士约会这件事？"

"他是这么说的。他说，查尔士爵士的死非常神秘，而如果这件事说出去，我肯定要受到怀疑。我被他吓得只好保持沉默。"

"可是，正因为如此，你也开始怀疑他了吧？"

她犹豫了，眼睛朝下看。

"我了解他，"她说，"不过，要是他真心对我的话，我就会永远对他忠贞不贰。"

"我想，总的来说，你还是很幸运，终于脱了身。"夏洛克·福尔摩斯说，"你掌握了他那阴谋的把柄，这一点他非常清楚，可你居然还没有遭到他的毒手。其实，这几个月来，你一直处在危险之中，就好像走在悬崖边上。现在，我们不得不向你告别了，莱昂太太。也许很快你就会听到我们的消息。"

"我们的案子眼看就要圆满结束了，难点一个接一个地被击破。"我们在车站等伦敦快车时，福尔摩斯说，"这真是当今世上最为离奇轰动的犯罪案，我很快就会把它公诸世。研究犯罪学的学生会记得，一八六六年，在小俄罗斯戈德诺发生的类似案件，自然还有南卡罗莱纳的安得森谋杀案。然而，这个案子具有完全属于自己的特点。甚至到现在，我们都还没有确凿证据来对付那个狡猾的家伙。但是，如果我们今晚睡觉之前还不能搞清的话，那才真叫怪哩！"

伦敦快车呼啸着进了站。一个矮墩墩、结实得像哈巴狗似的小个子从头等车厢里跳了下来。我们三人握了握手，互致问候。我马上看出，自从他们第一次合作后，莱斯特雷德肯定从福尔摩斯处学到了不少东西，因为他毕恭毕敬地抬头望着我的朋友。我还清楚地记得那些嘲讽的话语，一个善于推理的人是怎样刺激一个专讲实际的人的。

"有什么好事找我？"

"近年来最大的事。"福尔摩斯说，"现在，离考虑动手前还有两个小时。我想我们可以利用这段时间好好吃上一顿。然后，莱斯特雷德，就让你去呼吸一下得特沼地夜晚清纯的空气，把你喉咙里的伦敦雾气统统驱赶出来。你从来没去过那里，是吗？啊，很好，我想，你将永远不会忘记这次初访的。"

十四　巴斯克维尔魔犬

夏洛克·福尔摩斯的缺点之一，如果真能算得上缺点的话，那就是：在计划完成之前，绝对不向任何人透露一丝一毫。毋庸置疑，一部分是因为他那主宰一切的天性，他喜欢支配周围的人，并使他们感到惊讶；一部分是出于他的职业性谨慎，使他不愿意轻易冒险。其结果是：有时使他的委托人和助手感到非常难受。我常常受此痛苦，但从来没有像这次漫长的夜行那么令人难熬。巨大的考验就在眼前，我们终于能发起最后的冲刺了。可福尔摩斯却一声不吭，我只能推测他即将采取的行动和步骤。忽然，冷风扑面而来，狭窄的车道两边变得越来越晦暗，越来越空旷。我们终于又回到了沼地。此时，我的神经因热切的期待而激动起来。马儿每走一步，车轮每转一圈，我们的冒险也越来越接近终点了。

由于马车是雇来的，车夫在场，我们自然只能谈些生活中的琐碎事。其实我们的神经，因为激动和期待，已经绷得很紧很紧。当我们最后路过富兰克伦的屋子时，才知道我们已经接近庄园以及行动地点了。经过一阵极不自然的紧张后，我们总算舒了一口气。我们并没在屋子门口，而是在庄园大门附近就付了钱，下了车，并让马车立即返回库姆·特雷西。然后，我们出发去麦利皮特。

"莱斯特雷德，你带枪了吗？"

小个子侦探笑了笑，说：

"只要我穿裤子，屁股后面就有口袋。只要屁股后面有口袋，我就得在里面放些什么。"

"很好！我的朋友和我也都为紧急情况做了准备。"

"这事，你的保密可真厉害，福尔摩斯，现在你玩的是什么游戏？"

"等待游戏。"

"我敢说，这个地方好像并不令人愉快。"小个子侦探颤抖着说，眼睛望着那阴郁的山坡和格陵朋大泥沼上低垂的雾海，"我看见前面房子里亮着灯。"

"那就是麦利皮特，我们的目的地。我得要求你，走路要踮起脚，说话越轻越好。"

我们继续沿着小路小心翼翼地向前走，好像肯定要去那座房子。可是，在相距两百码的地方，福尔摩斯便让我们停下。

"这就行了。"他说，"右边的岩石是绝妙的屏障。"

"我们就守候在这里?"

"是的,我们在这里设下一个小小的埋伏。莱斯特雷德,到这沟里来。华生,你去过那屋子,是吗?你能说说屋子里各个房间的位置吗?这边那格子窗门的是什么房间?"

"我想是厨房。"

"那么,那边那间特别亮的呢?"

"那肯定是餐室。"

"百叶窗拉着的呢。你最熟悉这里的地形,轻轻摸过去,看看他们究竟在干什么。不过,千万别让他们觉察到自己受到了监视。"

我踮起脚尖,沿着小径,轻轻地走过去,在果园的矮墙边弯下腰。果园里的果子长势极差。借助阴影,我走到一个地方,在那里可以直接从那扇没有窗帘的窗户看进去。

房间里只有两个人,亨利爵士和斯泰普顿。他们的侧面对着我,两人面对面地坐在圆桌边。他俩都吸着雪茄,面前是咖啡和酒。斯泰普顿谈兴正浓,可是从男爵却显得那么苍白,那么心不在焉。或许一想到他将独自一人穿过那不祥的沼地走回庄园,他就感到忧心忡忡。

正在我观察他们的时候,斯泰普顿站起身来,离开了房间,而亨利爵士却又往杯里斟满酒,斜靠在椅子里,吹着烟圈儿。我听到一阵开门的吱嘎声和靴子踩在砂石上的沙沙声。我蹲伏的围墙外面,只听得脚步声沿着里侧的小路走了过去。从墙头望去,我看见那生物学家停在果园角上一间小屋的门边。只听得一阵开锁的声响,他走了进去,里面传出一种怪异的窸窣声。他在里面待了有一分钟光景,然后我又听到了钥匙在锁孔里的转动声,接着他就循着原路走回来,又走进屋子。我看到他重新回到客人身边,就蹑手蹑脚地走回来,把看到的情况告诉等候在那里的人。

"你说,华生,那女士不在?"我报告完后,福尔摩斯问道。

"不在。"

"那么,她会在哪里呢?除了厨房,其他房间连灯光都没有。"

"我想不出她会在哪里。"

我曾说过,在这巨大的格陵朋泥沼上空,白色的浓雾常会低垂。这时,它正朝我们飘然而来,急速凝聚,好像在我们身边筑起一堵墙，又低又厚，而且边界清晰。月亮照在浓雾上，宛如巨大的冰原，闪闪发光，远处突兀的山岩，仿佛就是冰原上的冰山。福尔摩斯的脸对着浓雾，嘴里焦躁得直嘟哝，眼望着它缓缓飘过。

"这雾正向我们飘过来，华生？"

"情况严重吗？"

"说真的，非常严重，也许会打乱我的计划。他不可能待得太久，已经十点钟了。我们的成功，甚至他的性命，就看他是否会在这飘忽大雾到达小路之前走出屋子来。"

头顶，碧空清澈，星星闪烁着寒光，半个月亮使整个大地都沉浸在朦胧的光线之中。在我们前方是那黑魆魆的屋子，它那锯齿形的屋顶和高高的烟囱的轮廓映在一片银色的天幕下。低低的窗户里射出宽宽的金色光柱，一直向果园和沼地延伸。突然，其中一道灯光熄灭了。用人离开了厨房。只剩下餐室的灯光。灯光里，那两个人依然一边抽着雪茄，一边聊天。一个是暗伏杀机的主人，另一个却是毫无觉察的客人。

此时，沼地的一半翻滚着白花花、羊毛似的浓雾，不断逼近屋子。薄薄的轻纱飘然而至，在明亮的窗户那金色方格前飞动。远处，果园的矮墙业已消失，只有树梢依然摇曳白色雾气之中。我们紧张地注视着，滚滚浓雾已经爬上了屋子的两角，缓缓筑起厚厚的雾墙。雾墙上，二楼和屋顶仿佛是梦幻大海上的一叶奇异的扁舟。福尔摩斯举起手，狠狠地拍在前面的石头上，焦躁地跺起脚来。

"一刻钟之内他再不出来，小路马上就看不见了。而再过半个小时，就会伸手不见五指的。"

"我们是不是退到后面比较高的地方去？"

"很好，我也这么想。"

于是，当雾墙向前推进时，我们往后撤到了距离屋子半英里的地方。然而，月光下，那浓密、白色的海洋，仍在缓慢地、无情地席卷而来。

"我们撤得太远了。"福尔摩斯说，"我们绝不能冒险，别让他还来不及到这里就被追上。无论如何，我们必须坚守在这里。"他跪了下去，把耳朵贴在地上，"感谢上帝，我想，我听到他走出来了。"

一阵急促的脚步声打破了沼地上的沉寂。我们蹲伏在乱石丛中，全神贯注地盯着眼前那泛着银光的雾墙。脚步声越来越响。我们所期待的人终于破雾而来，仿佛是从帘幕中走出来似的。他走出浓雾，来到星光闪烁、清澄迷人的夜色之中，惊讶地四下望了望。然后，沿着小路急速走来，走过我们埋伏的地方，走上我们后面那长长的山坡。他一边走，一边不断向两侧张望，心神不宁，神情十分紧张。

"嘘！"福尔摩斯喊道。我听到一记打开枪机的尖细声。"注意，它来了！"

缓缓推进的雾墙中心，不住地发出尖细而清脆的叭嗒声。浓雾离我们只剩下五十码了，我们三人都睁大了双眼，不清楚可怕的东西会从哪里冒出来。我蹲在福尔摩斯的手肘边，朝他的脸瞟了一眼。他的脸色苍白，但兴奋异常，眼睛在月光下闪闪发亮。可是突然间，他那双眼睛死死盯住了什么，他的双唇惊奇地张开来。就在此刻，莱斯特雷德吓得大喊一声，噗的一声向前扑倒。我跳起身来，抓枪的手也变得不听使唤了，只见雾影中蹿出一个令人恐怖的影子，吓得我几乎魂飞魄散。那是一条异乎寻常的猎狗，一条巨大、漆黑的猎狗，可并不像人们平时所见的狗，它张开的嘴巴喷出火焰，眼睛发亮，射出怒火，嘴巴、颈毛和脖子下面都闪烁着火花。这头雾墙里蹿出来的黑色怪物，面孔狰狞，那么凶狠，那么残暴，那么骇人听闻，即使最疯狂的人在最荒诞的梦里，也是绝对想象不出来的。

那头巨大的黑色怪物，跃着大步，顺着小路，嗅着我们朋友的脚印，紧紧追赶而去。而我们一个个都吓得不知所措，竟然让那畜生从我们眼皮底下溜了过去。好在福尔摩斯和我很快就回过神来，同时举枪射击。只听得那畜生发出一阵怪异的吼声，这表明它至少中了一枪。然而它并没有停下，依旧向前跳跃着、追逐着。远处，我们看见亨利爵士回头望了望，月光下的他，脸色煞白，惊恐地举起双手，绝望地瞪着那身后紧紧追逼的可怕怪兽。

那怪兽发出了痛苦的吼叫，那叫声使我们的恐惧心理顿时烟消云散。要知道，只要枪打得中，它就不是什么魔怪。只要能打伤它，就一定能打死它。那晚福尔摩斯跑得真快，我从来没见过有谁能跑得那么快的。人们一向称我为飞毛腿，可他一下便超过了我，就像我超过那矮个儿侦探一样。当我们飞奔到大路时，前方传来了亨利爵士的一声尖叫和那畜生的一阵阵沉闷的吼声。我恰好看见它跃向

亨利爵士，把他扑倒在地，正要咬他的喉咙。就在这千钧一发之际，福尔摩斯一连开了五枪，枪枪命中了那畜生的侧腹，它发出最后一声痛楚的嗥叫，狠狠地向空中咬了一口，便四脚朝天，滚倒在地，脚爪垂死挣扎，乱蹬一通，侧身瘫在地上，死了。我喘着气，弯下腰，用枪戳了戳那可怕的发光的狗头，不过，不用扣扳机了。这头巨大的魔犬已经死了。

亨利爵士躺在地上毫无知觉。我们解开他的领子，当我们发现他身上毫无伤痕，解救非常及时，福尔摩斯长长地舒了一口气，竟然满怀感激、虔诚地祈祷起来。不一会儿，我们朋友的眼皮开始颤动，他非常虚弱，可还是想动动身子。莱斯特雷德把白兰地瓶塞进从男爵的牙缝，他那双惊恐的眼睛直愣愣地望着我们。

"我的上帝啊！"他轻声说，"那是什么？那到底是什么东西？"

"他死了，不管它是什么东西。"福尔摩斯说，"我们把你家传说中的魔怪永远消灭了。"

我们面前躺着一条四肢摊开的猎狗，单凭它的个头和力气，足以令人魂不附体。它不是纯种獒犬，也不是纯种獒犬。它好像是这两种狗的杂交种——瘦削、凶残，像一头小母狮。甚至现在，死后一动不动地躺着，血盆大口依旧滴着蓝色的火焰；冷酷、深陷的小眼睛周围闪烁着火环。我摸了一下那发光的嘴巴，可当我抬起手，惊讶地发现自己的手指居然也在黑暗中隐约闪光。

"是黄磷。"我说。

"多么狡猾的手段。"福尔摩斯说着，闻了闻死狗，"这磷没有气味，不会影响狗的嗅觉。我们真的非常抱歉，亨利爵士，使你受了这么大的惊吓。对这魔犬我是有心理准备的。我原来以为是一条普通的猎犬，可没想到这畜生有这么可怕。另外，大雾使得我们没能及时截住它。"

"你们救了我的命。"

"不过，还是先让你冒了一次大风险。你站得起来吗？"

"再喝口白兰地，就没事了。好了！啊，扶我一把。现在你看，我该做些什么呢？"

"你就等在这里。你已经不能随我们去继续今晚的冒险了。如果你愿意等，我们会有人过来陪你回庄园的。"

他竭力站起身子，可仍然苍白无力，四肢不住颤抖。我们把他扶上一块大石头。他坐在那里，双手捂住脸，还在发抖。

"我们必须走了，"福尔摩斯说，"剩下的事必须干完，每一秒钟都关系重大。现在证据确凿，必须马上抓住他。"

"他现在绝不可能待在屋子里，"我们迈开大步沿着小路飞速回去时，福尔摩斯接着说，"那几声枪响无疑告诉了他：他的阴谋完蛋了。"

"不过当时，他离开我们还有一段距离，也许大雾会使他听不到枪声。"

"当时，他肯定会跟着猎狗的，因为事成后他必须把它叫开。这一点你是知道的。不、不，现在他一定逃走了！不过我们还是先搜查一下屋子，弄清楚情况再说。"

屋子的前门敞开着。我们冲了进去，一个个房间搜寻着。我们在走廊上碰到那个惊恐衰老的男仆。除了餐室，其他地方一片漆黑。福尔摩斯拿起灯，搜遍了屋子里的角角落落。可我们的追捕目标却毫无踪影。然而，在楼上，有一间卧室紧锁着。

"里面有人。"莱斯特雷德喊道，"我听见里面有东西在动。打开这门！"

卧室里传出一阵微弱的呻吟声和窸窣声。福尔摩斯抬起脚，对准门锁用力一蹬，门哗的一声开了。我们三人紧握手枪，一齐冲了进去。

然而，仍旧不见我们要抓的那个无法无天、垂死挣扎的恶棍。不过我们看到一团东西，又奇怪、又意外，不禁呆站了一会儿，惊讶地盯着它看。

这个房间装饰得就像一个小型博物馆。墙上挂着一排加玻璃盖的盒子，盒子里面装满了蝴蝶和飞蛾标本。这些东西就是那个凶险、心怀鬼胎的人的消遣。房间中央有一根立柱，那是以前用来支撑虫蛙的横梁的。柱子上捆着一个人，用床单裹得严严实实，使人一下子看不出被裹的究竟是男人还是女人。一条毛巾绕脖子而过，扎在背后的柱子上。另一条毛巾包住了脸的下半部，上面露出了两只暗淡的眼睛，凝视着我们，它们充满忧伤，充满羞愧，还有令人可怕的质疑。我们很快扯下了裹在那人嘴巴和身体的东西，斯泰普顿夫人顿时瘫倒在我们跟前。她那美丽的头垂在胸前，脖子上露出了清晰的红色鞭痕。

"这个畜牲！"福尔摩斯喊道，"快，莱斯特雷德，你的白兰地呢？把她扶到椅子里！她受了虐待，筋疲力尽，已经昏死过去了。"

她重新睁开了双眼。

"他安全吗？"她问道，"他逃掉了吗？"

"他逃不掉的，夫人。"

"不、不，我说的不是我丈夫。亨利爵士，他安全吗？"

"非常安全。"

"那狗呢？"

"死了。"

她发出一声长长的、满意的叹息。

"感谢上帝！感谢上帝！啊，这个流氓！看，他是怎么虐待我的！"她猛地拉起袖子，露出手臂。我们看到她的手臂上满是青一块紫一块的，简直令人发指。"这还没什么、没什么。更糟的是他污辱了我的尊严，折磨了我的心灵。这一切，我都可以忍受。什么虐待、孤独、欺骗，一切的一切，只要我还有一线希望，我都想得到他的爱。可是，现在我知道了，就是这一点，我也是他的受害者，成了他的工具。"她一边说，一边失声痛哭起来。

"你已经对他毫无留恋了，夫人。"福尔摩斯说，"那么，请你告诉我们，在哪里可以找到他。假如你以前帮他做过坏事，那么现在就帮助我们，来赎你的罪。"

"他只有一个地方可去，"她回答说，"在大泥沼中心，有个小岛，岛上有个古锡矿。他那猎狗就是藏在那里的。另外，为了避难，他还在那里做了不少准备工作。他肯定逃到那里去了。"

雾墙像羊毛似的涌向窗子。福尔摩斯手拿着灯走了过去。

"看，"他说，"今晚谁也不可能找到通往格陵朋大泥沼的路。"

她拍着手放声大笑。她的眼睛和牙齿闪露出一种凶狠的喜悦。

"他也许进得去，可永远别想出来。"她喊道，"今晚他怎么能看得清指路棒？那是我们一起插的，他和我，为了标明穿越泥沼的小路。啊，今天我多么想把那些棒棒全部拔掉啊！到那时，说真的，他真的成了瓮中之鳖了！"

显而易见，在大雾散去之前，一切追捕都将是徒劳的。我们让莱斯特雷德留下来照看这所房子，福尔摩斯和我陪从男爵回巴斯克维尔庄园。斯泰普顿一家的故事再也不需要瞒着他了。然而，当他得知他所爱的女人的真相后，他勇敢地面对了这一打击。由于这一夜的冒险、惊吓，他的神经被摧垮了。整个夜晚，他高烧在床，神志不清。莫迪摩尔医生一直守候在他身边，看护着他。他俩决定，一俟亨利爵士稍有好转，就一起去作环球旅行。殊不知，在他成为这份不祥遗产的主人之前，是个多么身强力壮、精神饱满的小伙子啊！

现在，我马上就要结束这一怪异的故事了。在这个故事里，我与读者共同感受了那邪恶的恐怖和模糊的推测。这一切，在我们的生活中，长时期地蒙上一层阴影，其结局又是如此之惨。那猎狗死后的第二天，大雾方才散去，我们在斯泰普顿夫人的指引下，来到他们发现的那条通向泥潭的小路上。我们看到她带领我们去追捕她丈夫的迫切、兴奋的心情，便很容易想到她的生活是多么凄惨可怕。我们让她留在一块狭长半岛似的、坚实的泥煤地上。这块土地越向泥塘延伸就变得越狭窄。在小路的尽头，小棒棒东一根、西一根的，标出一条陌生人绝无可能通过的路，一条曲曲折折，从树丛到树丛的无路之路。这里，到处是泛出绿色泡泡的小水坑和污浊的泥淖。繁茂的芦苇，葱翠、黏滑的水草，散发出阵阵腐烂的气味，浓烈的瘴气扑面而来。稍不留心，就会陷入污泥。我有好几次没入了又黑又臭的齐膝泥水之中，走了好几码路还不能把脚上的烂泥甩掉。一路上，烂泥死死拖住我们的脚跟。每当我们陷入污泥，总觉得有只罪恶的手在把我们拉向那污浊的深处，而且抓得那么有力，那么残酷，像是蓄谋已久似的。忽然，我们发现了一丝有人走过的痕迹。肯定有人在我们之前，已经走过这条危险之路。在一丛棉花草中，突然显出一件黑糊糊的东西。福尔摩斯走过去拿的时候，竟然陷到了齐腰深的地方。要是没有我们，他就再也上不来了。他手里举着一只黑色旧靴子，在空中直晃。皮靴里子上印着"多伦多，梅厄斯"的字样。

"这趟泥浴还是值得的。"他说，"这就是我们的朋友亨利爵士丢失的那只靴子。"

"肯定是斯泰普顿逃跑时扔在那里的。"

"说得对。他让猎狗闻了这只靴子去追人后，仍旧保留在身边。当他的阴谋败露时，他就逃了，而鞋子还拿在手里。他逃到这里时，就把它扔进了泥潭。可以看得出，至少他逃到这里时还活着。"

虽然我们可以作许许多多的推测，但是，我们永远也不可能知道得比这更多了。泥沼里再也找不到任何脚印了，因为不断上冒的泥浆很快就把它们淹没了。我们走过最后一段泥沼路后，来到了较为坚实的地面。大家都急切地寻找着他的脚印，然而，一丝痕迹也没有。假如大地能告诉我们事实的话，那么，斯泰普顿肯定没有能够走到他的避难处。尽管昨夜大雾迷漫，他还是挣扎着想逃到那里去。在格陵朋大泥沼中心某处，在这巨大泥潭的深处，污泥浊水吞噬了他。这个冷酷、残忍的人永远被埋葬了。

我们在这泥沼包围的孤岛上，找到了许多他在此藏匿那条恶狗的证据。那里，有一个巨大的传动轮和半是垃圾的竖坑。那是废弃的古锡矿旧址。旁边是矿工宿舍的废墟，他们肯定是被这周围沼泽的恶臭赶走的。在一间小屋里，有一块马蹄铁，一条锁链，还有些啃过的骨头，这里显然是他藏匿那畜牲的地方。瓦砾堆中还有一具狗骨架，上面还粘着一撮棕色狗毛。

"一只狗！"福尔摩斯说，"天哪！是那只卷毛长耳獚。可怜的莫迪摩尔医生再也看不到他心爱的小狗了。嗯，我不知道这地方还有什么问题，我们还没有调查清楚的。对了，他藏得住他的猎狗，但藏不住它的声音，于是就出现了那种甚至在白天也令人不快的嗥叫声。在情况紧急时，他就把狗关到麦利皮特果园的小屋里。不过，那总是危险的，只有认为准备工作万无一失时，他才敢那么做。这罐子里的糊状物，是他用来涂在那畜牲身上的发光混合物。这自然是受到了他家传说中魔犬的启发。正是这一启发，使他吓死查尔士爵士的阴谋得逞。同时，也难怪那可怜的逃犯，尽管凶神恶煞似的，一看到这样一头怪兽，在黑暗中纵身追赶他时，也会吓得边跑边喊，气绝而死。我们的朋友亨利爵士自然也一边狂奔，一边大喊救命。即使我们自己，也会同样呼救的。这真是个狡猾的设计。因为除了把受害者逼死、吓死外，有哪个在沼地上见过那畜牲的农民，谁敢做进一步的探究呢？我在伦敦时就说过，华生，我现在再说一遍，至今我们还没有帮人调查一个比躺在泥沼深处的那个人更为危险的了。"他向远处挥了挥他那修长的手臂。放眼望去，那色彩斑斓、长满片片绿草的巨大的泥沼，一直延伸到沼地那赤褐色的山坡下。

十五　回顾

十一月底，贝克街家里，一个阴冷多雾的下午，我和福尔摩斯坐在客厅熊熊炉火的两侧。自从德文郡的悲剧结束后，福尔摩斯又接办了两个重大的案子。在第一件案子里，他揭露了厄普伍德上校的罪行，那上校卷入了臭名昭著的密农布拉尔俱乐部的纸牌丑闻。第二件案子里，他洗脱了不幸的蒙特邦仕夫人的谋杀罪名，而指控她跟继女卡雷尔小姐之死有牵连：大家总还记得这个年轻的女士，在案件发生后六个月，依然还活着，而且在纽约结了婚。我的朋友因为几个重案大案连连告捷而神采飞扬。于是，我就抓紧机会，激使他讨论巴斯克维尔庄园疑案的详细情况。我一直在耐心等待这个好机会，因为我知道，他绝不允许把不同的案子互相搅在一起，回顾以前的案子必将影响他现在推理时的清醒头脑。亨利爵士和莫迪摩尔医生自然在伦敦，准备远航以恢复他那近乎崩溃的神经。就在那天下午，他们突然来访，而巴斯克维尔庄园的案子自然成了我们的话题。

"整个事件的过程，"福尔摩斯说，"在那个自称斯泰普顿的人看来是非常简单、直接的。可对我们来说，一开始就无法弄清楚他的动机，而只能凭事实来推测，于是就显得异常复杂。我和斯泰普顿夫人谈过两次话，现在可以说是真相大白了，整个案子已经不再有任何疑点。你们可以在我案例的 B 栏找到我的笔记。"

"也许你会凭记忆把这件案子的大概给我们讲一讲。"

"那当然，虽说我不能保证记得住所有的细节。说来也怪，有时候思想高度集中，反而会记不起以前的事。一个律师对手头的案子能跟专家辩论，可一两个星期以后便忘得一干二净了。因此，我每接一个新的案子，就把前一个案子置之脑后。卡雷尔小姐案就模糊了我对巴斯克维尔庄园一案的记忆。明天，或许又要有什么小问题，同样会把那位漂亮的法国太太和臭名远扬的厄普伍德给淡忘了。然而猎狗那案子，我将尽可能把事情的全过程给你们讲一讲，漏掉的地方你们可以提醒一下。

"我的调查，毫无疑问，证明了巴斯克维尔家里的肖像画没有骗人，那家伙确实是巴斯克维尔家族的成员。他是罗杰·巴斯克维尔，也就是查尔士爵士弟弟的儿子。罗杰名声极坏，逃到南美去了，据说还没有结婚就去世了。其实他不但结了婚，而且还生了个儿子。他的真名，跟他父亲一样。他跟贝利儿·加西亚，一个哥斯达黎加的美女结了婚。后来，他偷了一大笔公款，改名为梵得罗，逃回英格兰。他在约克郡东部办了所学校。他尝试办学的理由，是因为他在船上偶然认识了一个患有肺病的教师，他叫弗雷泽。于是，他就想利用这位教师的能力，使他的事业获得成功。然而，弗雷泽死了。而弗雷泽的死使得学校的名声越来越糟，最后竟然变得臭名昭著。梵得罗夫妇觉得，更名换姓对他们今后更方便，于是摇身一变，成了斯泰普顿。他带上余下的钱财，怀着对昆虫学的兴趣，以及未来的阴谋，来到英格兰南部。我从不列颠博物馆获悉，他是公认的昆虫学权威，而且还有一种飞蛾是以梵得罗命名的。因为这种飞蛾正是在约克郡首先发现的。

"下面再谈谈那段业已证明了的，使我们大家都十分感兴趣的生活。很明显，那家伙已经做了调查，发现在他和一笔巨额财产之间，只有两个人是障碍。我相信，刚到德文郡时，他还没有确定他的行动计划。可是，为什么要让他的妻子扮演'妹妹'这个角色呢？但从这点看，他一开始就存有害人之心。在他脑袋中，显然已经想到了利用妻子作诱饵，尽管那时还吃不准如何来安排他阴谋的细节。他决心最终要得到那笔财产。为此目的，他不惜采取任何手段，甘冒任何危险。他的第一步是把家建在尽可能接近祖宅的地方。第二步则是培养跟查尔士·巴斯克维尔爵士以及其他邻居的友好关系。

　　"查尔士爵士自己亲口告诉了他有关魔犬的故事，结果却为自己铺下了通向死亡的道路。斯泰普顿，以后就这么叫他吧。他得知老人心脏虚弱，只要一惊吓就会死去，而这些都是莫迪摩尔医生告诉他的。他也听说，查尔士爵士非常迷信，并且非常相信那个可怕的传说。他那精明的头脑，马上就想出了一个能致查尔士爵士于死地的办法，而且，几乎没有可能找到凶手的确凿证据。

　　"一旦阴谋形成，他就千方百计、不择手段地付诸实施。一般的阴谋者通常会满足于弄到一条凶残的猎狗而已。而援用人工方法，使动物变成魔怪，那只有他这种天才才能想得出来的。那条猎狗是他从伦敦莱姆街上的罗斯和门格尔斯店里买的，是那家店里最大最凶的狗。为了不引起别人的注意，他绕道北达文，下了火车，又牵着狗在沼地上走了相当长一段路。至于那狗的藏匿地，那是他在格陵朋大泥沼深处捉昆虫时找到的。他把狗关在那里，一有机会便可使用。

　　"不过，这一机会并不是唾手可得的。要在夜晚把那位老绅士骗出庄园是不可能的。斯泰普顿带着他的狗在庄园附近埋伏了好几次，结果都无功而返。而正是在那段时间里，有的农民看见了那条大狗，确切地说，他的同伙，于是，传说中的魔怪便得到了证实。他曾希望他妻子能把查尔士爵士诱至毁灭，可对此事，她却非常有自己的主见，因为她不愿把老人拖进这张情网，从而落入他的魔掌。这显然是他始料不及的。威胁，甚至还有那我不愿说的殴打，都没有能动摇她的决心。她不想卷入他的阴谋之中。因此，有好长一段时间，斯泰普顿简直是束手无策了。

　　"后来机会终于等来了，使他摆脱了这一困境。由于他跟查尔士爵士建立了友谊关系，使他成了老绅士慈善金的掌管者。他充分利用了那不幸的女人，劳拉·莱昂太太。他自称是单身汉，骗取了她的信任，而且还让她知道，只要她跟丈夫离婚，他就可娶她了。当他得知查尔士爵士在莫迪摩尔医生的劝告下，马上就要离开庄园去伦敦，他就假装说，他也是这么想的。然而，他知道事情已经到了紧急关头，他必须立即采取行动，否则便将鞭长莫及。于是，他就逼莱昂太大写了那封信，恳请老人在他去伦敦前的那晚见她一面。然后，他又用似乎有理的借口，阻止她去赴约。这样，他终于等到了他梦寐以求的机会。

"傍晚，他从库姆·特雷西赶回来，就及时去牵他的猎狗。他在狗身上抹上发光涂料，带它来到栅门口，因为他肯定那位老绅士会在那里等候的。那畜牲受了主人的刺激，便跃过栅门，穷追那位不幸的老人，他一边尖叫一边沿着水松夹道狂奔。在那条阴暗的小道上，看见那嘴里眼里都喷着火的、又大又黑的怪物，在身后一蹿一蹿地穷追不舍，确实是恐怖至极。老人因患心脏病，在夹道尽头，惊恐万分，终于倒地而死，查尔士爵士沿着夹道逃命时，那猎狗一直在路边草地上紧追不放，因此人们只看到了老人的脚印，而没有发现猎狗的爪印。当那畜牲看见老人躺在地上一动不动时，它上前嗅了嗅，发现他死后便转身离去。这样，就留下了被莫迪摩尔医生观察到的狗爪印。接着猎狗就被主人召回，并且迅速离开庄园，回到了格陵朋大泥沼的狗屋。于是就产生了这个神秘的事件，使当局莫名其妙，使乡邻惊惧不已，最终成了我们所要办的谋杀案。

"查尔士·巴斯克维尔爵士之死就讲到这里。你们可以看到他的手段狡猾至极。因为，你简直无法指控真凶。他唯一的帮凶是那条永远不会败露他阴谋的猎狗，而那古怪、难以想象的手段，又使他在实施阴谋时更加富有成效。那两个女人都卷入了这个案子，斯泰普顿夫人和劳拉·莱昂夫人都对斯泰普顿起了疑心。斯泰普顿夫人知道他想加害老人的阴谋以及那条恶狗。莱昂夫人对这两件事倒一无所知，可她清楚地知道，老人暴死的时间正是她约好的时间，而这事只有斯泰普顿一人知道。然而，这两个女人都在他的控制之下，因此他有恃无恐。至此，他的任务已经完成了一半，但是，另一半更为艰难。

"可能斯泰普顿并不知道在加拿大还有个继承人。不管怎么着，他马上就可从他的好朋友莫迪摩尔医生处获取消息。医生把有关亨利·巴斯克维尔爵士来到的细节都告诉了他。斯泰普顿的第一方案是，在这位来自加拿大的年轻继承人到德文郡之前就将他弄死在伦敦。自从他妻子拒绝帮他设陷阱陷害老人后，他已经不再信任她了。他不敢让她长时间离开自己的视野，生怕失去对她的控制。正因为如此，他把她带到了伦敦。我发现，他们在克雷文街的梅克斯伯罗私人旅馆投宿。这也是我派人去取证的旅馆之一。他把妻子关在旅馆里，自己却戴上假胡子，跟踪莫迪摩尔医生到了贝克街，然后到车站，最后跟到诺桑布仑旅馆。他妻子已经觉察到了他的阴谋，但她非常怕丈夫，怕他的野蛮虐待，因此不敢直接写信警告那个处于危险中的人。要是信落到斯泰普顿手里，就会危及她自己的性命。最后，正如我们所知道的，为了应急，她从报纸上剪下所需要的字，粘贴成一句话，用伪装的笔迹写了信封。从男爵收到的这封信是她发出的第一个危险警告。

"对斯泰普顿来说，必须要搞到一件亨利爵士穿过的东西。这样，当他不得不使用猎狗时，就可让它闻一闻，然后再去追击目标。他以其特有的魄力和机警，立刻就付诸行动。可以肯定，旅馆里的男女侍者都收了他不少贿赂，帮助他搞到了靴子。然而，不巧的是，那第一只靴子是新的。对他来说毫无用处。于是他让他们还掉。再换一只。而恰恰是这一换，对我们来说却是最有意义的。据此，我可以断定，跟我们打交道的人必然有一条真正的猎狗，因为任何其他假设都无法解释：为什么他急于要一只旧鞋子，而对新靴子却是那么毫无兴趣。越是稀奇古怪的事情就越值得我们去仔细调查。虽说一时会使整个案子复杂化，然而，如果给予适当的考虑和科学的处理，往往就最能说明问题。

"接着，第二天早上，我们的朋友来拜访，而且始终受到马车里斯泰普顿的跟踪。从他对我们的屋子，对我的外貌了解得那么清楚，以及从他的行为来看，我相信，斯泰普顿的犯罪生涯肯定不局限于巴斯克维尔庄园一案。据说在过去三年里，西部曾发生过四次盗窃案，可罪犯至今没有归案。最后一件是五月里在福克斯广场发生的，其特殊之处是，一个童仆在奋起抗击蒙面大盗时，被残忍地枪击致死。我敢肯定，斯泰普顿就是这样来补充他那日益告罄的财源。几年来，他一直是个危险的亡命之徒。

"那天上午，他从我们眼皮底下成功地溜走，而且还大胆地通过车夫把我的名字传回来，着实使我领教了他的机智和警觉。从那时起，他知道在伦敦，我已经接下了这个案子，发现在伦敦已经不可能有下手的机会了，因此回到了得特沼地，等候从男爵的到来。"

"等一等，"我说，"你所讲的经过无疑都是正确的。可还有一点你没有解释，当主人在伦敦时，他的猎狗怎么办呢？"

"我已经注意到了这个问题，而且是个十分重要的问题。斯泰普顿有个亲信，当然，他不太会把所有的计划都告诉那人，但还是能够控制得住他。麦利皮特有个老男仆，他叫安东尼。他俩已经有多年的关系了，那要回溯到他办学的年月。他肯定清楚主人和女主人是夫妻关系。现在那人已经失踪，必定逃出了沼地。安东尼这个名字在英国并不普遍，而安东尼奥在西班牙和美洲的西班牙语国家里就非常多。这个人，就像斯泰普顿夫人一样，会说十分流利的英语。不过口齿有点不清，听起来有点古怪。我曾亲眼看到过他，顺着斯泰普顿插上的记号的小路去格陵朋大泥沼。因此很有可能，主人不在时，他就去小岛照看那只猎狗，尽管他可能不知道那畜生是用来干什么的。

"后来，斯泰普顿夫妇便回到了德文郡。没多久，亨利爵士和你也去了庄园。再说一下当时我是怎么看这案子的。或许你们还记得，当我检查那张贴有铅印字的纸时，我特别仔细地检查了纸里的水印。检查时我把纸拿到距离眼睛只有几英寸的地方。突然，我感觉到一种不易觉察的白茉莉的香水味。香水有七十五种，一个犯罪学专家必须具备区别香水的能力。我的办案的经历中，就有好几次是依靠迅速辨别香水味的种类而破案的。香水说明了这个案子里肯定有女人。于是，我的思路就开始转到了斯泰普顿夫妇。就这样，在我去乡下之前，就肯定了有猎狗的存在，而且还推测出谁是罪犯。

"我的办法就是监视斯泰普顿。显然，如果我和你们在一起，这事就办不成了。因为他是个非常警惕的人。所以我把大家给骗了，也包括你们。我秘密去到沼地，而人们以为我还在伦敦。我的困难并不像你们想象中那么严重。而且这种小事绝不可能干扰我对案子的调查。我大部分时间都住在库姆·特雷西，只有在必须到现场时，我才使用沼地上的小石屋。卡德莱特是和我一起下去的。他装扮成一个乡村小孩，给了我很大的帮助。我靠他获取食品和干净衣物。当我在监视斯泰普顿时，卡德莱特还不时注意你的行动。这样，我对整个案子就有个全面的了解。

"我已经告诉过你，华生，你的报告很快就能到我手中，因为报告一到贝克街就会马上转寄到库姆·特雷西，这些报告起了很大的作用，尤其是斯泰普顿不慎吐露的有关他真实身世的那一份。这样，我就能够确定这对男女的身份，最终加以证实。由于那个逃犯的出现，以及他跟拜里莫夫妇的关系，使案子一度变得扑朔迷离起来。这一点，也是你及时有效地澄清的。尽管通过自己的观察，我也得到了同样的结论。

"你在沼地发现我的时候，我对整个案子已经有了全面的了解，但是手头证据还不足以指控罪犯。那晚，斯泰普顿原本想害死亨利爵士，结果以逃犯不幸死亡而告终，即使是这以后，仍旧没有多大进展，因为我们还是没有确凿的证据。看来，除了当场抓住罪犯，已经别无选择。这样做，就必须利用亨利爵士，没有保护，独自一人，作为我们的诱饵。我们这样干了，而且是以我们委托人的严重受惊为代价的。我们终于成功地取得了足够的证据，并把斯泰普顿逼上了毁灭之路。我必须承认，使亨利爵士受到如此惊吓，是我处理这案子中的一大缺憾。不过，我们无法预见到那畜牲居然如此恐怖，慑人魂魄。我们也无法预测，滚滚迷雾的到来会使我们无法及时看到那畜牲的迅捷出现。我们终于成功了。而为此所付出的代价，专家和莫迪摩尔医生已向我保证，那只是暂时的。一次长途旅行会使我们的朋友深受打击的神经得以恢复，而且还会使他深受创伤的心灵得以平复，因为他对那女人的爱是深切真挚的。对他来说，在整个阴郁的案子中，使他最为伤心的是，他竟然受了她的欺骗。

"现在只剩下一个问题了，那就是斯泰普顿夫人在这个案子里所扮演的角色。她的一切都受到斯泰普顿的控制，或出于爱，或出于怕，最大的可能性是两者兼有，因为这两种感情绝非不可同时并存。当他让她以妹妹身份出现时，她同意了，不过他却觉得对她的控制是有限的，因为当他要她直接参与谋杀时，她就设法警告亨利爵士，而且还是一而再，再而三的。当然，前提是不让她丈夫受累。斯泰普顿似乎产生了妒意，当他发现从男爵在追求她时，竟然忘了这是他计谋的一部分，便忍不住跳了出来，打断他们，而且情绪异常激动，从而暴露了他那火暴凶狠的灵魂深处，往昔的虚假和自制也荡然无存。他鼓励他们发展感情，诱使亨利爵士经常去麦利皮特。这样，他迟早能找到他梦寐以求的机会。然而，出事的那一天，他妻子突然转而反抗他。她已经得知逃犯的死讯，她也知道，那天傍晚猎狗就被关进了果园的小屋，而且她还知道那天傍晚亨利爵士就会去她家吃晚饭。她责备丈夫不该蓄意谋杀。于是他勃然大怒，而且第一次告诉她，他已另有所爱。她往日的温顺顿时变成了切齿仇恨。他看出了她将会背叛他，因此就把她绑了起来，使她没有机会去警告亨利爵士。毫无疑问，他希望所有的当地人都把从男爵的死归咎于他家该死的传说，到那时，他会使他妻子承认既成事实而回到他的身边，并对她所看到的事实永远保守秘密。而对此，他绝对是失算的。即使我们不在那里，他的失败也是注定了的。要知道，一个西班牙血统的女人，绝不会如此轻易地宽恕别人对她的这种伤害。好了，我亲爱的华生，若要更详细地叙述这个离奇的案子，那只能借助笔记了。不过，我以为，不会遗漏什么重要的东西还没解释吧。"

"他不可能指望，那条猎狗会像吓死年迈的查尔士爵士那样，害死亨利爵士的。"

"那畜生非常凶残，而且饿得厉害。要是他的出现不能吓死人，也至少能把人吓瘫。"

"那倒是。现在还有一个难题。如果斯泰普顿侥幸成功，继承了财产，那他怎么能解释这样一个事实，即他这个继承人，怎么会一直隐姓埋名，住在离开祖产如此近的地方呢？他又怎能指望获得继承权而不受到怀疑和调查呢？"

"这倒真是个大难题。即便要我来解决，恐怕也是无能为力的。一个人的过去和现在，都在我的调查范围之内，至于将来会怎么做，那就很难回答了。斯泰普顿夫人有好几次听到他丈夫谈论这个问题。应该说有三种可能性。第一，他也许可以在南美要求继承遗产，由当地的英国当局证明他的身份，于是，无须回英国就能得到一笔财产；第二，他也许可以在必要的短时期内，在伦敦隐姓埋名；第三，他也许可找个同谋，带着证明和文件，证明他是合法继承人，以保留要求部分财产的权利。根据我们对他的了解，他肯定会想方设法摆脱困境的。啊，我亲爱的华生，我们已经连续苦干了几个星期，我想今晚，我们还是去轻松轻松吧。我在宇古诺剧院已订了包厢，你们有没有听过德·雷什凯①演的歌剧？请你们在半小时内准备好，我们先去马奇尼吃晚饭，再去听歌剧，好吗？"

（涂小榕译）

———————

① 让·德·雷什凯（1855－1917）：波兰男低音歌唱家，曾任纽约大都会歌剧院主要男低音演员。